En tierra de dioses

books4pocket

Emma Ros

En tierra de dioses

EDICIONES URANO
Argentina - Chile - Colombia - España
Estados Unidos - México - Perú - Uruguay - Venezuela

Copyright © 2009 by Emma Ros Martín

© 2009 by Ediciones Urano, S.A.
        Aribau, 142, pral. – 08036 Barcelona
        www.edicionesurano.com
        www.books4pocket.com

1ª edición en books4pocket febrero 2012

Impreso por Novoprint, S.A.
Energía 53
Sant Andreu de la Barca (Barcelona)

Fotocomposición: Books4pocket

ISBN: 978-84-15139-26-3
Depósito legal: B-2.241-2012

Código BIC: FV
Código BISAC: FIC014000

Impreso en España – *Printed in Spain*

A José y Gregorio,
almas de este libro.

«*¡Ay, dolor! ¡Que los méritos de un hombre,*
aun del mejor, dependan tanto del tiempo
en que le tocó vivir!»

Epitafio del papa Adriano VI
(conocido como Adriano de Utrecht antes del papado,
fue regente de Castilla entre 1520 y 1522)

Océano Atlántico, año de Nuestro Señor de 1520

Embarcar. Cuánto luché catorce años atrás para regresar a mi tierra y ahora… ¡Qué fácil había sido! Tanto, que nadie habría dudado de la intervención de la Divina Providencia. Nadie excepto yo… Aunque quizás no dudaba de ella, sino simplemente estaba furioso por sus designios. No se me ocurrió, en aquel momento, que pudiera ser misericordia de Dios.

En la popa de la nao, a veces notaba las miradas furtivas de algún marinero. Pero mis ojos no se desviaban del horizonte, y sólo desprendía mis manos del hatillo que llevaba conmigo para apartarme algún mechón de pelo. Recuerdo que pensé en esos marineros…, o más bien en lo que hubiera pensado al toparme con un hombre como yo cuando fui, por breve tiempo, uno de ellos: o me creían un noble engreído con mi rica túnica negra; o sólo me consideraban un caballero misterioso que miraba lo que dejaba atrás con su capa al viento, silencioso e indiferente, abrazado a un hatillo de algodón rojizo.

La nao henchía sus velas camino del este, pero yo permanecía en la popa mirando la puesta de sol. Era lo único que me hacía sentir cierta alegría, un regocijo melancólico mientras entornaba mis ojos para mirar la franja anaranjada de ribetes violáceos sobre el horizonte.

«Erguido, Guifré. Mira hacia delante con la cabeza alta. ¡Por Dios! Eres el barón de Orís.»

Resonaba en mi mente el eco de las palabras con las que mi padre me había aleccionado sobre mi sitio en el mundo. Me ayudaban a aguantar el trayecto. En cuanto solucionara lo de las cartas… ¡volvería a Orís, a Cataluña! Pero por más que aspiraba el aire del mar, por más que recurría a la voz de mi difunto padre dejándome mecer por las olas, no sentía en mis entrañas un ápice de la ilusión que debiera acompañar a aquel retorno a mis raíces, al destino que me correspondía por nacimiento. No. Quitando los leves instantes en que el mar parecía lamer al sol para acogerlo en su seno quieto y húmedo, lo único que sentía era desprecio. Desprecio hacia mí mismo por no quedarme y luchar. ¡Qué fácil había sido!

Un bote me llevó hasta la nao. Sentado, ni siquiera tuve que remar. Vestido como tocaba a mi recuperada posición de barón, con ropa que ocultaba la marca de la esclavitud en mi brazo, retornaba gracias a que un castellano de noble linaje reconociera mi nobleza de cuna, la que me otorgaba Dios Nuestro Señor en su orden divino. Me despreciaba a mí mismo por haber usado eso, la palabra de ese Dios único, para retornar cuando la tierra de sueños que me acogió se tornaba pesadilla; cuando la vida de leyenda que fue mi realidad durante más de diez años se quemaba cual infierno en nombre de la Palabra… Me despreciaba a mí mismo porque huía. Pero ¿cómo huyes de ti cuando vuelves al que debiera haber sido tu lugar?

• • •

Domènech se miró en el espejo. El tiempo se había llevado su juventud, pero le había compensado con creces. El obispo de Barcelona se ajustó el cíngulo al hábito. Alargó el brazo derecho y abrió una arqueta. Sonrió ante el brillo dorado de su cruz pectoral. Desplegó la cadena ceremoniosamente y se la colgó al cuello. De reojo vio su propia cama deshecha y se sintió molesto; nadie había aparecido para arreglar la habitación. Pero aquel iba a ser un gran día, tenía que serlo.

«Esta vez, su Eminencia Reverendísima no podrá interponerse. Por mucho que sea el regente de Castilla... —Se puso el anillo pastoral que sacó de la misma arqueta y lo acarició con una sonrisa tensa—. O precisamente por eso. Adriano sabrá que ha llegado la hora de recompensarme. Ya estoy harto de ser su recadero. ¡Las Cortes han acabado! Que continúe él siendo Inquisidor General de Castilla y me deje a mí el mando en Aragón.»

Suspiró profundamente. La humedad del río Duero llegaba incluso hasta su estancia y le hacía sentir frío. Se estremeció. Esperaba dejar pronto Tordesillas y volver al Principado investido de mayor dignidad, más poder que el que le proporcionaba su título de obispo de Barcelona. Para ello trabajaba duro desde hacía ya catorce años.

Se miró en el espejo. Había adelgazado, había perdido la melena negra de su juventud. Pero continuaba siendo un hombre alto, de aspecto robusto y noble porte. Se observó en su hábito morado y a su mente acudieron los sueños de su infancia. Sueños que lo habían invitado a una vida de caballero, de señor de su propio castillo... Pero Dios le había señalado que ese no era su camino.

Y fue Guifré, su hermano mayor, quien se lo indicó. Ambos altos, se habían diferenciado por la edad, el color de pelo y el ancho de los hombros. «¿Cómo hubiera sido Guifré con treinta y seis?», pensó. Habían pasado ya muchos años y ahora, de pronto, se acordaba de él, incluso su alma se atrevía a añorarlo. Le hubiera gustado que el primogénito viera cuán alto había llegado. Aunque Guifré era el destinado a heredar la baronía, al final había sido él, Domènech, el relegado a la Iglesia, quien elevó el linaje de Orís muy por encima de lo que jamás hubiera alcanzado a soñar su padre.

El obispo de Barcelona sacudió la cabeza, alejando aquellos pensamientos que, de pronto, le parecieron absurdos. Tenía cosas más importantes que hacer. Se alisó el hábito, comprobó nuevamente ante el espejo que su aspecto era impoluto y salió de su estancia para encontrarse con el cardenal Adriano, regente de un reino en guerra.

Las estrellas refulgían en el cielo. Sin rastro de luna, señoreaban nuestro rumbo. Tras la puesta de sol solía invadirme una paz vacía. ¿Indiferencia? Me senté en la escalinata del castillo de popa de la nao, con el hatillo en mi regazo. En él había metido las tres cartas que debía entregar al regente de Castilla. Me las dio fray Olmedo antes de partir. Nunca confié del todo en aquel fraile porque pude comprobar que su prudencia no se debía a la misericordia, sino a la codicia.

Acaricié la suave capa de algodón con la que había hecho mi hatillo. Mi mente evocó el sonido de las caracolas y los tambores en las noches estrelladas de aquella azotea que fue parte de mi hogar. Me sentí cansado.

«No —me dije—. Primero iré a Orís y luego ya veré cómo hago llegar estas cartas.»

Busqué en mi corazón. Y mecido por el mar nocturno dejé que a mi mente acudiera el amanecer del día en que partí de mi castillo.

I

Les Gavarres, año de Nuestro Señor de 1506

Todo cambió el día en que me iba a casar. ¡Cuántos años de aquello! Dios Santo, debía de tener veintidós. Enjaezada para la ocasión, mi montura me llevaba al trote a través de campos de retamas en flor, matorrales y algún pino que extendía su amplia copa redonda. Vestía la túnica rojiza que le había prometido a ella, especialmente elaborada para la ocasión con brocados dorados. Un sombrero grana de ala ancha me protegía los ojos de la luz del sol naciente y la capa de exquisita lana me resguardaba del aire frío del amanecer. Escoltado por cuatro vasallos de mi baronía, nos dirigíamos hacia las marismas, tras las montañas de Les Gavarres que separaban el llano de la costa. Ya podíamos ver sus siluetas de cimas redondeadas en el horizonte. No tardaríamos en alcanzarlas. Los nervios atenazaban mi ilusión. Me decía a mí mismo: «Cuando venga hacia el altar, fíjate sólo en sus ojos verdes». Y al instante acudía a mi mente Elisenda, menuda y discreta, conducida por un padre receloso y altivo. Entonces, notaba la garganta reseca entre los pálpitos acelerados de mi corazón.

Al llegar a los pies de las montañas, una amplia pista nos permitió mantener el ritmo que llevábamos desde el llano.

Iniciamos la subida rodeados por encinas. A medida que ascendíamos, sus copas se fueron abigarrando y nos cobijaron del ardiente sol de la mañana. Los cascos de los caballos dejaron de levantar polvo para embarrarse. Quizás había sido la humedad nocturna y el rocío del amanecer, quizás había llovido la noche anterior. Aparecieron algunos charcos y disminuimos del trote al paso para evitar salpicar nuestras elegantes vestimentas.

El sol dibujaba las sombras de unas monturas inmóviles sobre la montaña. De vez en cuando, los caballos piafaban ansiosos de entrar en acción. Ninguno de los harapientos jinetes atendía cómo el amanecer se exhibía tras la turbulenta noche de tormenta primaveral. Miraban al lado opuesto, a las cinco monturas que se aproximaban desde el llano. El jefe del grupo sujetaba las riendas con una mano y, con la otra, la empuñadura de su espada enfundada. Le molestaba la cavidad ocular que otrora albergó su ojo derecho. Le molestaba con un picor denso y permanente, pero no alteraba su concentración. Le gustaba llevarla destapada para intimidar al enemigo.

El jefe desvió la mirada de las monturas vigiladas que ya subían hacia ellos y ladeó la cabeza. Faltaba poco. A su diestra estaba el angosto paso por el que la comitiva debería atravesar la sierra para llegar a la costa. La cima de la montaña parecía partida en dos a causa de ese camino. Dos colmillos graníticos: sobre uno, él y su grupo; sobre el otro, el resto de la banda. No había posibilidad de fallar. Conocían la montaña, Les Gavarres eran su casa. Y desde luego, la información que les habían dado se demostraba precisa a juzgar por lo que veían.

Los trinos de los pájaros quedaron ahogados por los relinchos próximos y por el sonido despreocupado de unos cascos. Una gaviota surcó el cielo. Los cinco caballeros procedentes del llano aparecieron en el campo de visión de sus vigilantes. El jefe, sigiloso, desenvainó su espada y la dejó refulgir al sol. Los jinetes que aguardaban al otro lado del paso vieron la señal y uno de ellos respondió al cabecilla con un destello.

—¡El rubio no se nos puede escapar! —gritó el jefe ya al galope.

Diez jinetes desharrapados se abalanzaron sobre la comitiva. Los cinco caballeros lujosamente ataviados apenas pudieron mantenerse sobre sus monturas, encabritadas ante la sorpresa de la emboscada.

En el patio interior de la enorme casa amurallada, las mesas repletas de viandas, con botellas metálicas de exquisita labranza y delicadas copas, estaban perfectamente dispuestas entre vistosos adornos florales elaborados para la ocasión. Los invitados habían empezado a llegar, pese a ser hora algo temprana. Los más importantes procedían de diversos puntos de Cataluña y habían querido prevenir cualquier retraso. Tras presentar sus respetos al señor de la casa, se reunían en círculos dispersos y bebían el vino producido en aquellas mismas tierras.

Cerca de la puerta, como buen anfitrión, Gerard de Prades, el conde de Empúries, sonreía intentando disimular la ofensa que para él implicaban aquellas nupcias. El conde vestía una túnica totalmente negra en la que refulgía algún hilo plateado en cuello y puños. Aunque no era un atuendo especialmente alegre, desde luego era elegante y realzaba su porte noble. No era un hombre alto, pero sus amplios hombros, su barba de un color castaño oscuro y su actitud generaban tanta admiración como respeto. Estaba dispuesto a ofrecer un gran ágape por las nupcias de su hija, pero, desde luego, había optado por hacerlo fuera de su condado, en la pequeña ermita de su casa de Pals y no en la preciosa basílica de Santa María en Castelló d'Empúries. Elisenda se casaba con un noble señor, pero sin duda de inferior rango del que su padre hubiera deseado. La boda de su primogénito Gerau no sería así. Ya se había asegurado de ello: lo había prometido a la *pubilla*[1] del señor de Assuévar, Pere de Cardona, portavoz del mismísimo gobernador general de Cataluña.

—Al que no veo es al lugarteniente —susurró Gerau a su padre.

—Desde luego que no, hijo —respondió el conde con tranquilidad—. Se hará esperar. El lugarteniente es el álter ego del rey Fernando y no vendrá hasta poco antes de la ceremonia.

—Quizás ni aparezca —les sorprendió por detrás el futuro consuegro del conde de Empúries—. Esto no es una catedral, ni una ciudad. Estamos a las afueras de todo. ¿Qué va a hacer aquí, sin pueblo ante el que pavonearse?

—Querido señor de Assuévar —sonrió Gerard—, estamos nosotros. ¿Qué mejor que verse reverenciado por tan noble sangre como la que aquí se halla?

Pere de Cardona miró a su alrededor. Desde donde estaba veía perfectamente el patio delimitado por la muralla de la casa. Los vestidos de las mujeres adornaban la fiesta con escotes rectos que apenas dejaban intuir el pecho. Las

---

1. Según la tradición catalana, la pubilla es la hija mayor que, en ausencia de hijos varones, se convierte en heredera universal de los bienes de sus padres.

toquillas ocultaban los cabellos de las casadas, mientras que las solteras paseaban su virginidad luciendo sus sedosas cabelleras sueltas, coronadas por alguna sencilla diadema. Los hombres de los más altos linajes catalanes estaban allí, vestidos con sus sobrias túnicas aterciopeladas. Pero su actitud distendida y sonriente era un disfraz para disimular las tensiones políticas. Sin duda, Gerard de Prades exhibía con aquella celebración todas sus influencias. A pesar de que no celebraba la boda de su única hija con el fasto correspondiente a su elevada posición, nadie se había atrevido a declinar la invitación del conde.

Las mujeres rumoreaban acerca de la generosidad de Gerard de Prades al dejar casar a la joven Elisenda por amor. Reían maliciosas al pronunciar tal palabra, destacando la gentil belleza del joven Guifré, barón de Orís:

—Es todo un caballero, tan elegante, tan educado. ¿Qué habrá visto en ella? Siempre tan discreta, tan sosa…

—Condesa de Manresa —se permitió contestar un noble señor—, Elisenda es hija de conde. Es obvio lo que ve un barón, ¿no cree? Cuando menos, una carrera política más allá de la plana de Vic.

—Ay, marqués de Montsolís… ¡Qué malicioso! —rió ella irónica despertando, cual señal de guerra, la hilaridad de las mujeres que la rodeaban.

Sin embargo, los hombres intentaban buscar algún motivo político escondido para que el conde cediera a que se celebrase aquella boda. Tenía que haber uno. Gerard era un hombre que acumulaba gran poder. Y resultaba obvio que el compromiso entre su Gerau y la *pubilla* de Cardona formaba parte de la estrategia del conde de Empúries para aliarse con el poder de Barcelona. Pero ¿qué le movía a la boda de Elisenda? Se rumoreaba que los poderosos señores de Montcada habían mediado para que la joven se casara con el barón de Orís. Pero los señores de Montcada tenían un hijo casadero, aunque no fuera el primogénito. Si Gerard hubiera querido afianzar una alianza con ellos, no necesitaba a Guifré. El conde podría haber sacado mayor provecho de la boda de su única hija. ¿Y el amor como motivo? El oportunismo de Guifré de Orís resultaba demasiado tosco y, desde luego, Gerard no era tonto. Aquella boda debía de encerrar una razón política, aunque fuera imperceptible.

La condesa de Manresa ladeó la cabeza, fijó sus ojos en un apuesto fraile dominico que acababa de entrar y se llevó la mano al pecho. El monje saludaba a Gerard de Prades, a su hijo y al señor de Assuévar. La condesa, con una sonrisa provocativa que pretendía indiferencia, preguntó al marqués:

—Y ese dominico con aire de guerrero, ¿quién es?

El marqués sonrió percibiendo el brillo en los ojos de la dama. El sobrio hábito blanco no ocultaba la corpulencia de un joven de amplios hombros, pelo negro y una mirada azul estremecedora por su frialdad:

—Es Domènech de Orís, hermano menor del novio.

—¿Ah, sí? No se parecen en nada. ¡Dios bendito! —suspiró la condesa—: ¿Y por qué no lo había visto antes?

—Ha estudiado fuera. Dicen que ha venido de Roma expresamente para la boda. —Y en un susurro añadió—: También dicen que es incorruptible.

—Interesante —murmuró la condesa sin quitarle los ojos de encima.

Domènech fue informado de aquella boda a través de una carta de su hermano. Pero no había regresado de Roma a posta para asistir a aquel evento. Su presencia había sido reclamada para ocupar su destino en el Principado. Cuando supo que lo quería de vuelta fray Diego de Deza, dominico como él, arzobispo de Sevilla e Inquisidor General de los Reinos de Castilla y Aragón, había esperado un puesto destacado, cuando menos, en Barcelona. Pero al ver su destino dedujo que la petición había sido firmada como un simple trámite.

A la decepción se sumó la envidia por la boda de Guifré con tan alta estirpe. Era como si su hermano, del mismo noble linaje que él, sólo por ser dos años mayor, pudiera abofetearle con un guante exhibiendo el gran destino que aguardaba siempre a los primogénitos. Y Domènech ni siquiera podía responder a la ofensa, puesto que se suponía que esta no existía. Así que su ánimo sólo gozaba de la predisposición necesaria para esbozar una sonrisa forzada al conde de Empúries.

—Fray Domènech, me alegro de que haya podido llegar sin problemas —dijo cordialmente Gerard.

—Gracias, señor, por ofrecerme escolta —respondió el dominico.

—Los caminos en nuestras tierras no son todo lo seguros que debieran —comentó el joven Gerau.

—Los bandoleros son el gran problema de nuestro estimado lugarteniente —dijo algo irónico el señor de Assuévar.

—No aburramos a fray Domènech con este tema —interrumpió Gerard con gesto de fastidio. Y dirigiéndose al clérigo añadió—: Tengo entendido que va a quedarse en tierras del Principado.

—Cierto, Dios ha tenido a bien disponer que cumpla mi humilde servicio en la Santa Inquisición.

Siguieron unos instantes de tenso silencio, pero el conde se apresuró a romperlo:

—Importantes son sus designios, fray Domènech, al servicio de la fe. Sabio fue el rey de Aragón, don Fernando, en su alta misión de librarnos de la herejía al instaurar en nuestras tierras esa Inquisición.

—Gracias, señor —respondió el monje sin que le pasara desapercibida la que ahora era mirada de sorpresa de Pere de Cardona.

Un pensamiento fugaz cruzó la mente de Domènech. Quizás él también pudiera sacar provecho de aquella boda.

Aparecieron rodeándonos en un galope furioso. Podríamos haber huido hacia delante, ladera abajo, por el camino que nos había de llevar a Pals. Pero la rapidez y la sorpresa del ataque impidieron cualquier reacción lógica. Excepto la de intentar defendernos.

—¡Bandoleros! —oí gritar a Frederic, el más diestro caballero de entre los vasallos que me acompañaban—. Agrupaos alrededor del barón.

Mi caballo se encabritó alzándose sobre sus patas traseras sin dejarme desenvainar la espada. La escolta no tuvo tiempo de rodearme. El relincho de los animales nerviosos se mezclaba con el choque metálico de las espadas en combate. Intentaba controlar a mi montura para que no me tirara cuando vi, de reojo, el fulgor de una espada buscando mi cabeza.

Todo fue muy rápido. El miedo que atenazaba mi corazón me hizo desenvainar en un impulso. Sostuve la espada ante mi cara con todas mis fuerzas y apenas logré evitar que la del atacante me segara la mejilla. Estaba instruido en armas, pero jamás había entrado en combate real. Notaba mis sienes latiendo, la sangre a borbotones por mis venas y temblores por todo el cuerpo. Mi atacante, tuerto, rió mostrando pedazos de dientes negruzcos. Volvió a alzar su espada y mis brazos se movieron, solos, en mi defensa.

Oí gemidos, oí un cuerpo caer tras de mí. Un lamento y, de pronto, todo me sabía a sangre. Una embestida al caballero que me flanqueaba me había salpicado. Vi a Frederic caer de su caballo mientras me miraba. Apenas pude distinguir sus facciones totalmente ensangrentadas. Al tocar el suelo, ya no se movió. El tuerto aprovechó mi distracción para lanzarme otro ataque. Esta vez mis fuerzas, dominadas por el pánico, no reaccionaron a tiempo. Caí del caballo. Oí un galope alejándose, quizás huyendo.

—Dejad al cobarde. Tenemos al rubio aquí en el suelo —rugió una voz.

Todo era barro y cascos de caballos asustados. Me revolqué intentando zafarme de morir pisoteado.

Cuando conseguí levantarme, ya no había caballos. Estaba rodeado de diez hombres que se reían de mi pánico. Un cuerpo yacía irreconocible con las vísceras colgando, Frederic estaba boca abajo sobre un charco sanguinolento y Quim, de apenas diecisiete años, gemía agónico. Los bandoleros no le hacían caso. Simplemente me observaban como si fuera el bufón de un palacio:

—Miradlo. ¿Este es el noble barón? ¡Qué fiero!

—Más parece un cerdo en la pocilga.

Yo, con la espada alzada, giraba sobre mí mismo. Intentaba aparentar que repelería cualquier ataque a pesar de las risas. Sí, risas que eran como puñales en mi mente mientras veía las tripas de mis vasallos sobre la tierra húmeda. Quim dejó de agonizar.

—¿Qué queréis? No llevábamos nada de valor —grité al fin, furioso.

El hombre sin ojo sonrió:

—Te queremos a ti. Ya nos han pagado por tu persona —respondió.

Luego, una explosión de dolor seco en mi cabeza, oscuridad y silencio.

En su alcoba, la joven bajó la mirada en un repentino ataque de rubor. Miró el vestido que llevaba, liviano y rosado, ribeteado con hilos de oro y plata. De pronto, una sombra atravesó sus ojos verdes y sus piernas empezaron a temblar. Se sentó en la silla de su tocador, buscando calma.

—Tranquila, pequeña. Nadie va a notar nada excepto lo mucho que os queréis. Sabes que eres muy afortunada por ello, Elisenda.

Joana era más que una criada. Siempre sabía cómo tranquilizarla. Sus ojos de un marrón oscuro la llenaban de serenidad. Tras la muerte de su madre, la entonces joven sierva se había encargado de amamantar a Elisenda y a su hermano mellizo, Gerau. Los había criado a ambos, pero fue especialmente amorosa con la niña cuando su padre, viudo y sin ánimos para nuevas nupcias, se había dedicado casi por completo al primogénito, garantía de la continuidad de su linaje. Elisenda esbozó una sonrisa nerviosa:

—Sí, Joana, lo sé. Es sólo que… Quisiera que la boda hubiera pasado ya. Quisiera estar casada, estar con él.

Las voces festivas de los invitados en el patio interior subían a la alcoba de la joven, en el segundo piso. Los cortinajes verdes relucían con el sol primaveral y parecían más livianos que de costumbre. Hacía rato que la novia estaba absolutamente preparada. Había despedido al resto de doncellas y sólo le pidió a Joana que permaneciera con ella a la espera de ser llamada para desposarse, al fin, con Guifré. La ansiedad por verlo, otra vez y para el resto de sus días, la consumía. La risa estridente de su hermano mellizo se distinguió entre la algarabía del patio. Y otra vez apareció una sombra en sus ojos ilusionados.

—Elisenda, los nervios son normales en cualquier novia. Incluso diría que el temor. Pero tú y Guifré os amáis, no hay nada malo en ello. Tu padre ha cedido, es lo que querías.

—Es lo que me apena. Simplemente una concesión. —Elisenda concentró su mirada en los brazos de la silla, repasando con sus dedos el trazo de las vetas de roble—. Lo ha preparado todo, pero por respeto a los señores de Montcada. Por dentro siente más disgusto que el que mi hermano demuestra.

—El joven Gerau aún no es conde, mi niña. Es tu padre quien te llevará al altar y te entregará a la protección de Guifré. ¡Ante toda la nobleza, Elisenda! Y Gerau aprenderá a estar conforme, aunque sólo sea por respeto a tu padre.

—Supongo que desearía que este día fuera feliz para todos —suspiró la joven.

De pronto, algo hizo callar a las dos mujeres. Elisenda alzó la mirada hacia la ventana. Desde el patio había ascendido un repentino silencio seguido de un murmullo de temor y la entrada de un corcel, uno solo. Elisenda miró a Joana y sintió que el corazón se le salía por la boca. La criada se asomó a la ventana en busca de alguna explicación que pudiera tranquilizar a su niña, pero sólo vio a un joven caballero caer herido de su montura a los pies de un monje dominico.

—¿Qué sucede, Joana, qué pasa?

La mujer se giró para responder, pero los ojos de angustia de la joven la turbaron aún más, sellando sus labios. La única respuesta que obtuvo Elisenda vino de los gritos indignados de los hombres en el patio:

—¡Vayamos a las montañas!

—¡Esto es intolerable! ¡Un insulto a nuestro honor!

—¡Un ultraje! ¡Acabemos con esos bandoleros!

La novia no quiso oír más. Se levantó de la silla con tal brusquedad que la tiró por los suelos y salió de la habitación sintiendo que las sienes le explotaban. Llegó al piso inferior. El murmullo de los criados se tornó silencio y miradas de espanto siguieron los movimientos de la joven señora. Esta se precipitó hacia fuera y, mientras se abría paso sin dificultad por el patio, sólo vio horror entre las caras de los invitados a su boda sin poder distinguir rostro alguno. Hasta que chocó con un hombre que se interpuso en su camino. Una mano masculina se posó sobre su barbilla para obligarle a alzar la mirada. Elisenda vio los ojos iracundos de su hermano, pero su voz sonó compasiva:

—Han atacado a la comitiva de Guifré en Les Gavarres. Sólo ha conseguido llegar un hombre hasta aquí.

La joven se resistía a creerlo. Sentía el estómago revuelto y el corazón a punto de salirse por la boca. Se zafó de los brazos de Gerau y se abalanzó hacia delante. Lo que vio detuvo sus pasos. Un fraile dominico cerraba los ojos de Jofre, vasallo de Guifré. El padre de Elisenda estaba al lado del cadáver, mientras un charco de sangre se extendía con su vívido color y amenazaba con manchar las ropas del conde.

—¡A los caballos! Salgamos hacia Les Gavarres —gritó Gerard de Prades.

Un rugido se apoderó del patio interior, mezclado con cascos y relinchos de briosos caballos que aguardaban a las puertas de la casa amurallada. El conde distinguió a su hija, inmóvil, entre los hombres que ya salían. Su suave piel blanca se veía translúcida por el miedo. Sus ojos verdes parecían perdidos en los detalles del cadáver, sin valor para dejar fluir las lágrimas. Por primera vez en mucho tiempo, el padre quiso abrazarla.

Se aproximó a ella y sólo fue capaz de articular una aseveración que tronó brusca en su ya de por sí profunda voz:

—Vamos a buscarle, Elisenda. Se casará contigo, te lo prometo. —Ella miró suplicante a su padre. Él se mordió el labio inferior y ordenó—: Joana, súbela arriba.

Elisenda desvió sus ojos hacia donde miraba su padre y vio a la sirvienta. No había notado la presencia de la mujer. Joana la rodeó por la cintura con el brazo y la obligó a apoyarse sobre ella. A la joven novia no le respondían las piernas. Se dejaba arrastrar perdida entre pensamientos inconexos. Entró en la casa mientras los caballos se alejaban al galope. Las lágrimas resbalaron por sus mejillas, pero no se dio cuenta. Alzó la mirada hacia las escaleras que debía subir. «¿Cómo?», pensó. Quería llorar, quería gritar, pero no podía. No corría ya la sangre por su cuerpo pues en el lugar que ocupara su corazón ahora sólo había un intenso dolor palpitando.

II

Pals, año de Nuestro Señor de 1506

El sol del atardecer calentaba el empedrado de las callejas de Pals, estrechas y laberínticas. Los pasos de Domènech sonaban enérgicos sobre los adoquines. Hasta que se detuvo frente a la austera iglesia del pueblo. Sus ojos fueron del pequeño rosetón a la torre de vigía que se veía detrás, vacía. Tras cerrar los ojos de su amigo de infancia, el fraile había sentido la necesidad de huir de aquel patio teñido de sangre. Quería huir de la impotencia que lo corroía. Todos los caballeros habían salido hacia Les Gavarres, las puertas de Pals se habían cerrado a cal y canto y en el interior de la muralla sólo quedaban mujeres, niños y clérigos. Pero su condición de hombre hubiera deseado ir con los caballeros, vengar la muerte de Jofre...

El monje entró en el templo. Su vista se fijó en el sencillo crucifijo que presidía el ábside, justo bajo la vidriera alargada que apenas dejaba entrar luz al interior. Se dirigió al primer banco y se arrodilló en busca de una rutina acogedora. Dos candelabros circulares pendían del techo, escoltando el crucifijo. Domènech aspiró el aire, cerró los ojos y a su mente acudió su primera extremaunción, la de Jofre.

—Acógelo en tu Reino, mi Señor —susurró.

¡Cuánto habían jugado de niños! Cuando Jofre visitaba el castillo de Orís, él y Domènech combatían con sus espadas de madera simulando grandes batallas. Guifré alguna vez participaba de estos juegos, pero a menudo parecía distraído.

«Guifré…» Domènech lo recordaba sentado bajo un árbol. El recuerdo le dibujó una sonrisa de añoranza en el rostro. Sí, Guifré con su espada de madera reposando sobre la hierba y sus manos ocupadas por algún pergamino. La sonrisa de añoranza se convirtió en una punzada de dolor.

El castillo de Orís se erguía, soberbio, sobre un peñasco. Los campos de cultivo se extendían a sus pies salpicados por algunos pinos. El día era luminoso y las montañas del Montseny y el Puigmal se alzaban cercanas como una boscosa muralla natural. A sus diez años, ni acompañado por algún siervo o vasallo podía salir Domènech de las murallas del castillo. Sólo tenía permiso para hacerlo acompañado de Guifré.

El aire fresco y el olor de la tierra invitaban a cabalgar. Pero Domènech no se atrevía a pedírselo a su hermano. El pequeño, con su espada de madera prendida al cinto, miraba desde la muralla el verde tapiz surcado por el tono terroso de los caminos. De vez en cuando ladeaba la cabeza y veía que Guifré seguía a sus pies, sentado. La muralla era su respaldo y leía un libro de Esopo, obsequio traído de Valencia por los señores de Montcada a su padre. «Si se entera de que lo tiene Guifré…», pensaba Domènech. Y por unos instantes se le pasaba por la mente delatarlo. Sin embargo, pronto se desvanecía la idea con un soplo que decía a algún recóndito lugar de su interior: «No vale la pena. Es el primogénito, el heredero. ¿Qué le hará padre?».

—Vamos, Guifré, salgamos del castillo —rogó Domènech, harto de admirar el paisaje—. Vayamos a jugar fuera de las murallas.

Guifré lo miró. Domènech notó cierto aire de fastidio por la interrupción. Pero para su sorpresa, su hermano dijo:

—Está bien, vamos.

Domènech dio un brinco de alegría. No esperaba una respuesta afirmativa sin que se hiciese de rogar. Tenía ganas de jugar, revolcarse entre la hojarasca en pleno combate, dejar volar su imaginación.

Guifré seguía a su enérgico hermano, dirigiéndose ya hacia la puerta del castillo. A Domènech le molestaba depender del primogénito para hacer ciertas cosas. No necesitaba su protección, por mucho que padre no dejara de repetirlo. Domènech sólo era dos años menor que él y, además, prácticamente medían lo mismo. Pero lo que más molestaba al pequeño era sentir que Guifré lo aguantaba por deber y cedía a sus deseos simplemente porque se ponía pesado. Por eso, su alegría era mayor aquel día.

Ya extramuros, la energía de Domènech se volvió entusiasmo. Habían descendido las escaleras hasta la iglesia de Sant Genís. El castillo sobre el peñasco quedaba tras ellos. Y ahora ascendían otro pequeño pico que se alzaba justo ante el templo. Entre los pinos, Domènech saltaba por el terreno y blandía su espada para deshojar ramas y decapitar matojos. Al llegar arriba, el campanario de la iglesia y el castillo quedaron tras ellos.

—¡Saca tu espada, Guifré! ¡Lucha por el condado de Ausona! —espetó el pequeño al fin.

—¿Contra quién? —respondió burlón Guifré y miró teatralmente la tranquila arboleda a su alrededor.

—Contra los moros, contra los herejes… —gritó Domènech, enojado, levantando su arma de juguete ante su hermano—. Desde luego… Ni siquiera has traído la espada.

—No, voy a leer aquí, bajo este pino. La espada la guardo para aprender a combatir, no para jugar.

Domènech frunció el ceño, impotente ante el desprecio del que se sentía objeto. Guifré se podía permitir esos comentarios porque era el mayor. La rabia le hizo apretar los dientes. En su fuero interno, el pequeño sabía que eso de usar la espada para el combate y no para jugar era una excusa. A Guifré no le gustaban las espadas. Prefería los libros y esos extraños pergaminos con mapas, incluso dibujar y mirar las estrellas. Domènech consideraba que era, simple y llanamente, un cobarde indigno de su posición. Y lo que más le irritaba era que su padre no lo veía: parecía cegado porque Guifré nació primero.

Al ver a su hermano mayor a punto de sentarse, la ira se apoderó de Domènech.

—Si quiere un enemigo real, lo va a tener —masculló.

Sus músculos se tensaron y, de pronto, soltó un alarido y se abalanzó sobre él.

Guifré cayó tras la imprevista embestida de Domènech. El libro se le escurrió de entre las manos y rodó por el suelo, bajando por el lado más abrupto del pico, en dirección opuesta al castillo. Domènech estaba encima del hermano mayor y le propinó un golpe en el brazo que había alargado para intentar atrapar el preciado objeto.

—Padre te castigará por perderlo —rugió intentando golpearle de nuevo.

Guifré esquivó el golpe y luchó por sujetarle los brazos.

—Domènech, ¡basta ya!

—¿No querías aprender a combatir? ¡Vamos, cobarde!

Domènech se revolvía mientras Guifré intentaba aplacar aquella furia. El pequeño era más corpulento y sabía que su hermano apenas podía contenerlo. Esto alentó su lucha, la lucha por su honor. En el forcejeo, rodaron por el suelo, tomando el camino que había seguido el libro.

—¡Nos mataremos! ¡Detente!

—Admite que eres un cobarde. ¡Admítelo delante de padre! —rugió forcejeando con rabia.

—¡El precipicio! —aulló Guifré.

Domènech alzó la vista y se vio casi al borde del barranco que rompía la abrupta ladera. Por primera vez fue consciente del peligro real. La ira se evaporó. Instintivamente, sus manos se aferraron a una roca. Sintió cómo le crujían los huesos de los brazos al frenar súbitamente la inercia del recorrido.

Domènech se soltó de la roca, exhausto por el esfuerzo. Olió la hierba rala que cubría esa zona. Su padre lo iba a castigar por aquello, seguro, en cuanto Guifré se lo contara. Dispuesto a disculparse ante su hermano para evitar males mayores, se sentó de cara al precipicio. Le separaban unos cinco pies del mismo. Pero no vio a Guifré.

Alarmado, se puso en pie de un salto y corrió hacia el borde del barranco. Se arrodilló y se asomó. Guifré estaba un poco más abajo, sobre un pequeño saliente. Ante él, la abrupta pendiente se desmigajaba en arena sin darle un punto de sujeción para subir.

—Ayúdame —le pidió Guifré al verlo.

Domènech se tumbó y estiró los brazos para ayudarle a salvar el desnivel. El primogénito se aferró a las manos que el hermano menor le tendía.

—Intenta apoyarte con los pies, vamos —le sugirió.

Domènech vio cómo su hermano obedecía y ponía los pies sobre la pared mientras él tiraba. Pero la gravilla hizo resbalar a Guifré, su cuerpo se sacudió bruscamente y una de las manos se soltó. Domènech sólo podía oír el latido de su propio corazón mientras en su mente veía a Guifré cayendo por el vacío, veía el dolor de su padre por perder al primogénito, se veía a sí mismo como...

—¡Domènech! ¡No aguanto!

El gemido de Guifré lo sacó de su estupor. Domènech volvió a asir la mano suelta que su hermano le tendía desesperado. Este se balanceó un momento, pero al fin logró hacer pie en la pared.

Ya arriba, al borde del precipicio, se sentaron resoplando. Sudoroso, con el jubón rasgado, Guifré no decía nada. Sus ojos parecían perdidos en el paisaje montañoso que tenía ante sí. Luego giró la cabeza y miró al silencioso Domènech. Al sentir los ojos de Guifré sobre él, el pequeño bajó su propia mirada. Dobló las piernas, replegó las rodillas sobre su pecho y las abrazó. «Padre me matará si se entera de esto», pensaba. Se mordió los labios. Sus ojos azulados mostraban su matiz más gris. Estaba al borde del llanto.

—Anda, vamos al castillo —dijo Guifré con un suspiro.

Ambos se alzaron. Domènech caminaba arrastrando los pies. Dos lágrimas rodaron por su mejilla, aunque el niño intentaba ocultarlas con su melena negra. Domènech nunca lloraba. Al contrario, siempre que hacía algo que disgustaba a Guifré, sabía que con una disculpa, aunque orgullosa y sin arrepentimiento, conseguía el silencio del mayor ante su padre. Pero esta vez Guifré había estado a punto de morir. Domènech estaba aterrorizado.

Entraron al recinto amurallado y, desde la puerta de la residencia del señor, su padre los llamó acercándose a ellos a grandes pasos:

—¡Aquí estáis! Llevo buscándoos… ¿Qué es esto? ¿Qué habéis hecho con los jubones? Parecéis recién salidos de una pocilga… ¡¿Guifré?!

Domènech se mordió el labio inferior, con la cabeza baja.

—Hemos luchado contra los moros, padre.

El hombre sonrió ante la ocurrencia de su primogénito sin percibir el suspiro aliviado de Domènech.

—Está bien. Id a cambiaros de ropa y bajad al salón. Esperamos visita. ¡Vamos!

Los dos muchachos entraron en la casa señorial y corrieron hacia sus respectivas alcobas. Domènech había querido agradecer a Guifré su silencio, pero este había salido corriendo a obedecer a padre.

Ya en su habitación, el pequeño vio un austero jubón dispuesto sobre la cama. Pronto, las sensaciones de culpabilidad y afecto quedaron eclipsadas por la curiosidad de la visita. Oyó voces en el patio del castillo. Se cambió presuroso y bajó corriendo hacia el salón.

Al llegar, la puerta estaba entreabierta. El niño identificó la voz de su padre, enérgica, en plena conversación:

—Tengo grandes planes para Guifré. Será un gran sucesor. Eso sí, diferente. ¡Quiere ser navegante! Le apasionan los mapas, sabe leer los rumbos en las estrellas… Su servicio al Rey está asegurado.

—Aunque Orís quede lejos del mar, los catalanes siempre hemos sido un pueblo de navegantes. Ya hace casi doscientos años, nos atrevimos incluso a quemar nuestras naves para presentar batalla contra el Imperio Bizantino. Y aquellos guerreros no eran sólo de la costa —comentó una voz masculina, tan profunda como serena, con un curioso acento que suavizaba en extremo las erres.

Domènech sintió cierto disgusto. Su padre aprovechaba la menor ocasión para alabar el futuro de Guifré como barón de Orís. «Yo también batallaré por el Rey y le demostraré que soy mejor», pensó el muchacho una vez más, sin abrigar ya la esperanza de que su padre se refiriera a él. El barón continuó:

—Cierto. Con la bendición de Dios, Guifré enaltecerá el nombre de nuestro bienamado Orís.

—Y desde luego, con la entrega del pequeño Domènech a nuestra Santa Iglesia, seguro que Dios no olvidará bendecir a su familia.

Domènech se quedó perplejo. ¿Había entendido bien? ¿«Entrega del pequeño Domènech a nuestra Santa Iglesia»? Eso sólo podía significar una cosa, pero el niño no se atrevía a articular en pensamientos más claros las implicaciones de aquellas palabras.

—¿Qué haces aquí? —le sorprendió Guifré por detrás. No iba con jubón. Vestía una bonita túnica parda a juego con los rizos color paja de su cabello. Estaba tan elegante como un pequeño caballero—. Entremos.

Domènech no quería entrar. Estaba paralizado.

—Tranquilo, no le diré nada de lo sucedido esta tarde. A mí tampoco me conviene, ¿sabes? El libro… Vamos.

Guifré llamó a la puerta y, sin esperar respuesta, entró en el salón. Domènech quiso ser diminuto para ocultarse tras su hermano mayor. Pero no lo era. Aunque entró el segundo, no pudo esconderse de su destino. En el salón, su padre estaba sentado en actitud relajada frente a un hombre con hábito blanco y una capa de lana negra. Era más obeso que corpulento y un cinturón de cuero, también negro, hacía más abultada su barriga. Por primera vez en sus diez años de vida, el pequeño oyó como su padre se refería a él antes que al primogénito:

—¡Ah! Aquí está mi Domènech, abad.

Era una noche fría, sin luna. El viento azotaba el carruaje haciendo imperceptible el traqueteo de las ruedas sobre los caminos irregulares. Cuando horas antes, el abad había comunicado a Domènech que su padre se hallaba a las puertas de la muerte, el muchacho respondió:

—Dios, mi Señor, acógelo en tu seno.

Y se había postrado para orar. A ojos del abad, desde que había entrado en el monasterio hacía cuatro años, Domènech había pasado del rechazo a una devota aceptación de la disciplina de la vida monástica y se había entregado al estudio de la Ley Divina. Este cambio hizo que el muchacho se convirtiera en uno de los favoritos del abad. El hombre, nacido en la Fenolleda, en la Cataluña Norte, incluso le enseñaba francés pues intuía en el joven un brillante futuro en la Iglesia, un futuro más allá del Principado. Lo que no intuía el monje era que la entrega de Domènech se debía a la resignación, una resignación que el muchacho se cui-. daba de disimular, al igual que el resto de sus verdaderos sentimientos. Por eso el abad, ahora acompañando a su pupilo en aquellas horas difíciles, pensaba enternecido en la oración por el padre moribundo: «Reafirma la llamada de la fe. He hecho bien en aconsejar su marcha a Roma, aunque lo añoraré».

Por la ventana, Domènech observó los pinos que po-
blaban la ascensión al peñasco. Olió la hierba rala, la tierra
granítica, el fuego procedente del castillo de Orís. No sonreía,
no lloraba ni había reacción alguna deducible de su expresión
o su gesto.

Llegaron a la altura de la iglesia de Sant Genís y dejaron
el carruaje en las cuadras que había al lado. Ascendieron las
escaleras que llevaban al castillo iluminados por una antorcha que se agitaba con el furioso viento. A las puertas de
la muralla, un siervo los aguardaba. En silencio, entraron al
patio. Domènech miró fugazmente la pequeña capilla, a su
derecha, y contrajo sus mandíbulas mientras caminaba hacia
la casa señorial. Al entrar, el muchacho aminoró el paso,
con las manos entrecruzadas y sus labios articulando leves
movimientos, como si orara. Ya ante la alcoba, el siervo abrió
la puerta y Domènech notó el calor de la chimenea en su
rostro.

Su padre yacía en el lecho, con la respiración pesada e
intranquila y los ojos cerrados. Guifré, arrodillado, asía la
mano derecha del moribundo, sin poder contener las lágrimas
que abrillantaban sus ojos almendrados. Domènech avanzó.
Apenas los había visto en cuatro años. Guifré alzó la mirada
hacia él por un instante y luego la volvió hacia el lecho:

—Padre, Domènech ha venido.

El viejo barón abrió lentamente sus ojos azul grisáceo.
Parecían resecos, cansados. Miró a su hijo menor, ya un joven
de catorce años.

—Os tengo aquí a los dos —balbuceó. Hizo una pausa y
continuó, descansando cada dos o tres palabras para tomar el
aire que a duras penas llegaba a sus pulmones—: Domènech,
sé que engrandecerás el nombre de Orís, como lo hará tu

hermano. Él lo hará para el Rey y continuará nuestro linaje con honor. Tú, hijo mío, lo harás para el Altísimo. Ve a Roma, estudia… Y ayuda a tu hermano, pues tu saber estará iluminado por la Gracia Divina…

El barón no pudo hablar más. Sentía cómo la muerte se apoderaba de sus entrañas. El abad, que se había mantenido en el umbral de la puerta, entró e hizo salir a los dos hermanos de la habitación. Era su turno para asegurarse de que el barón de Orís fuera recibido en el Reino de los Cielos.

Tras el entierro, era definitivo. Guifré, a sus dieciséis años, pasaba a ser barón de Orís. Aunque estuviera bajo el consejo del leal Frederic, caballero vasallo que en los últimos años se había ganado la más absoluta confianza del difunto y de los señores de Montcada, Guifré tenía edad para ser depositario de todo el poder. Domènech sabía que el ánimo de su hermano estaría ahora, ante todo, sumido en el duelo. Aun así, debía hacerlo. Respiró profundamente y abrió la puerta del estudio del nuevo barón. Se mantenía igual que como recordaba: estanterías de roble con algunos manuscritos, quizás más que cuando marchó, cubrían las paredes. Al fondo colgaba un tapiz con el escudo de la familia. Guifré estaba sentado ante la mesa, leyendo una de las muchas cartas de pésame enviadas por nobles y vasallos. El joven alzó los ojos sin apenas moverse y le sonrió con tristeza. Domènech entró en la estancia y se sentó frente a la mesa de su hermano.

—Guifré… —Domènech dudó. Suspiró e intentó que su voz sonara dulce—. Yo no… Creo en Dios, lo amo, pero he visto lo que es la vida en el monasterio… He cumplido con diligencia y honor hacia nuestra familia los designios que el

Señor me ha encomendado en su casa, pero… Considero que puedo prestarle mejor servicio, ser su siervo igual, sin ser monje dominico.

Guifré lo miraba con ojos tristes y, a la vez, cálidos. Apoyó los codos sobre la mesa y se inclinó levemente hacia delante:

—¿Has sentido que Dios te llama desde otro lugar? ¿Acaso quieres tomar los votos definitivos en otra Orden?

—¡No! —exclamó bruscamente Domènech—. No he nacido para la Iglesia. ¡No he nacido para la contemplación, sino para la acción!

Y acompañó esta última palabra con un golpe furioso sobre la madera. Guifré no pareció sorprenderse. Simplemente, se recostó en la silla y dejó que se desvaneciera la calidez de su mirada.

—Desobedeciendo así la voluntad de padre en su lecho de muerte —concluyó.

Domènech le sostuvo la mirada mientras asentía con la cabeza. Guifré se levantó y caminó hacia su hermano. Su voz sonó seca:

—Me temo que es imposible. ¿Cómo puedes traicionar a tu difunto padre sin inmutarte? Elige la Orden que quieras, pero el testamento de padre es claro. Hay dinero para que estudies siempre dentro de la Iglesia. No hay nada más.

Domènech se puso en pie. Lanzó una mirada de desprecio a Guifré y se marchó con paso furioso.

El atardecer cabalgaba hacia la noche y Domènech seguía en la iglesia de Pals, postrado. El sonido de las pesadas puertas al abrirse sacó al dominico de sus pensamientos.

El anciano párroco del pueblo entró y avanzó presuroso por el pasillo central. Portaba algo rojizo en las manos. Al llegar ante Domènech, se detuvo e intentó ocultarlo tras su espalda. Se arrodilló, suspiró y le dirigió una mirada compasiva:

—Me temo, fray Domènech, que no traigo buenas noticias. Los caballeros han vuelto de Les Gavarres —anunció con voz queda. Se mordió el labio inferior. Su rostro estaba surcado por profundas arrugas. El párroco le entregó lo que llevaba y continuó—: Han traído a un caballero herido y han hallado a otro muerto. Dios los acoja en su seno. Ninguno era el barón de Orís. Esto es lo único que han encontrado de su señor hermano.

Domènech miró lo que el sacerdote le había dado. Eran los restos de una túnica. Aún se percibían los trazos de un sencillo brocado dorado. Estaba rota, manchada de sangre y barro. Los ojos de Domènech se mostraron de un azul intenso, su cara apenas dejaba ver un leve movimiento de las mandíbulas apretando los dientes. El viejo párroco tuvo la sensación de hallarse ante una estatua de expresión severa y atemorizante, pero debía continuar:

—El señor Gerard de Prades, conde de Empúries, desea verlo. Le aguarda en su casa.

Domènech miró al sacerdote. No habló. Simplemente hizo un gesto afirmativo con la cabeza, se puso en pie y salió de la iglesia por la puerta principal. La noche había caído. Sintió cómo el aire traspasaba su hábito. Empezó a caminar entre las crepitantes teas. Colgadas de las paredes, levantaban sombras irregulares por las callejas. La túnica de Guifré seguía pegada a su pecho, pero la agarraba con tal fuerza que le dolía la mano.

III

Pals, año de Nuestro Señor de 1506

Sentada, con las manos entrecruzadas en el bajo vientre, de cara a la ventana, Elisenda se mantenía inmóvil. Joana había intentado que tomara algo a lo largo del día. Sin embargo, la joven había permanecido con la mirada perdida en algún punto de los Pirineos aún nevados que se dibujaban en la distancia. Tan solo algún parpadeo y el leve movimiento de su pecho al respirar indicaban que seguía viva.

Los cortinajes verdosos de la habitación, frescos como la hierba primaveral aquella misma mañana, ahora le parecieron a Joana oscuros preludios de luto. La angustia de la joven era, para la mujer, un dolor punzante y profundo. Pero no se separaría de ella. Estaría para lo que tuviera que venir igual que lo estuvo para lo que debía haber venido. Esperaría allí, aunque la mente de Elisenda ni siquiera percibiera su presencia, pues simplemente vagaba, volaba entre los recuerdos de lo sucedido unos meses antes.

Elisenda no podía marchar a Castelló d'Empúries sin verlo una vez más. Salió del palacete de su padre en Barcelona envuelta en una capa marrón. Sólo la acompañaba Joana.

Había conocido a Guifré tan solo unos meses antes, pero sabía que quería compartir su vida con aquel hombre alto, de pecho amplio y abrazo tierno.

Las teas llenaban de sombras la calle hacia el palacio de los señores de Montcada. Guifré la había sorprendido el día de la fiesta que hacía oficial el compromiso de su hermano Gerau con la *pubilla* de los Assuévar. Elisenda había ido por obligación, «por el honor de nuestra familia», como solía decir su padre. Sin embargo, a sus diecisiete años, sabía que Gerard la había hecho bajar de Castelló d'Empúries a Barcelona para presentarla ante aquella sociedad y buscarle un marido acorde con las aspiraciones políticas del conde. Por eso, en cuanto empezaron a sonar los primeros acordes del laúd y la flauta, se escabulló con la facilidad de quien tiene práctica en pasar desapercibida. Pero antes de alcanzar la puerta que la sacaría de allí, tropezó con un hombre de pelo claro que vestía una elegante túnica roja.

—Tiene mucha prisa. ¿No se queda al baile? —le preguntó.

Elisenda notó el rubor en sus mejillas ante aquellos ojos color miel en un rostro anguloso, fuerte y cordial a la vez. Así que huyó en busca de un refugio. No volvió la vista atrás. Salió por la amplia puerta y enfiló un pasillo. A los pocos pasos vio una sala a su derecha. Un gran tapiz con una escena de Ulises y las sirenas recubría la pared del fondo. En el centro de la estancia, tres butacas con adornos dorados se disponían en círculo, alrededor de una mesa redonda y baja. El lugar le pareció acogedor. En la sala grande, el baile empezaba.

Se dio cuenta de que tenía las manos sudorosas sobre su lujoso vestido celeste. Pensó en él. Pensó en su absurda reacción al verlo. Y se sintió tonta. Tonta y nerviosa. ¿Por qué le había causado aquella impresión un desconocido? Por primera vez en su vida, la soledad no calmaba su inquietud. Como no podía serenarse, se puso en pie. Las notas del laúd acompañaban la alegría de la flauta. De pronto, se sintió feliz. Dio unos pasos de baile imaginándose frente a él, haciéndole reverencia y luego, dándole la mano para girar. Mientras danzaba era ella misma, la que realmente hubiera deseado mostrarle.

—Le gusta bailar sola, ya veo…

Lo reconoció al instante. Se miraron. Elisenda no supo cuánto tiempo, pero se sonrieron relajados hasta que él se presentó:

—Soy Guifré de Orís.

—Elisenda de Prades.

Si Guifré sabía quién era su padre, no hizo comentario alguno. Simplemente le sonrió:

—¿Me concedería un baile en el salón, Elisenda?

Por única respuesta, tomó el brazo que él le tendía y se dejó llevar. Ya no necesitaba su soledad. Bailaron. Y aunque las formas no les permitieron estar juntos toda la noche, sí estuvieron pendientes el uno del otro cada vez que se distanciaban.

Desde aquel día, hubo miradas furtivas en la iglesia de Santa Ana que dieron paso a encuentros casuales, siempre en los alrededores de la capilla de San Cristóbal, alejados de la zona de palacios e instituciones. Joana ayudaba a Elisenda a urdir citas con Guifré, se encargaba de que circularan las notas secretas… Y cuando se encontraban, simplemente paseaban y charlaban, siempre seguidos por Joana y Frederic. Guifré era galante y divertido, y constantemente intentaba hacerla reír. La hacía sentir segura siendo ella misma.

Sin embargo, cuando no estaba con él, una punzada de dolor arremetía contra su feliz corazón. Elisenda sabía por qué se alargaba su estancia en Barcelona: su padre estaba buscándole marido. Y temía decírselo a Guifré. No quería perderlo. También temía hablar con su padre. ¿Qué podía explicarle? Todo era secreto. Mientras estuviera en Barcelona, podía seguir viva la esperanza de que Gerard de Prades no encontrara lo que buscaba para ella.

Sin embargo, aquel día, envuelta en su capa marrón, había decidido tomar el mismo camino furtivo que habían seguido las cartas durante aquellos dichosos meses. Suspiró. Ya podía ver el palacio de los señores de Montcada, donde él se hospedaba.

—¿Estás segura de lo que vas a hacer?

—Por supuesto, Joana.

La mujer no dijo nada más y siguió el ritmo rápido de Elisenda. Guifré había hecho lo correcto. Ahora ella debía dar el paso. En su mente aún estaba vívido lo sucedido aquella tarde. El barón de Orís se había presentado ante el conde de Empúries, ataviado con sus mejores galas y portando una carta de los señores de Montcada que avalaba la nobleza y la estirpe de su vasallo. Ella sabía que iba a pedir su mano. Por eso, rompiendo toda norma, espió. Y vio. Vio el rostro pálido de un Guifré al que casi no dejaron mediar palabra:

—Como le he dicho antes, barón de Orís, los señores de Montcada hablan muy bien de usted. Pero no es suficiente para tomar como esposa a mi hija. Tengo otros planes para Elisenda más allá de una baronía —le humilló Gerad, seco. Elisenda vio que su hermano sonreía con desdén—. Debe entenderlo. Las hijas pueden ayudar a engrandecer el nombre de un linaje si se las casa bien. Aun así, sepa que nos halaga profundamente una oferta de tan noble estirpe como la suya.

Después, prácticamente lo había echado. Y al poco rato, Gerard de Prades le había anunciado a su hija que debía regresar a Castelló d'Empúries. Por eso debía actuar rápido y con decisión. Tenía que verlo antes de partir, hacerle saber que sólo él, sólo Guifré, era dueño de su corazón.

Cuando llegaron al palacete de los Montcada, las puertas estaban cerradas. Joana golpeó la madera, cinco toques rítmicos, parte de una contraseña ya establecida. Una portezuela se abrió. Elisenda permanecía en un rincón de penumbra, invisible. Sólo oyó los murmullos de Joana y alguien más, alguien que cerró la portezuela y desapareció.

Al cabo de poco rato se abrió la puerta y apareció Frederic. Joana señaló hacia el rincón y Elisenda se aproximó a ellos.

—Os arriesgáis mucho, señora. Pasad, pasad.

—Espérame aquí, Joana.

La mujer obedeció. Se quedó en el rincón que había ocultado antes a su niña y la vio entrar en la casa.

Frederic condujo a Elisenda por el palacio. La joven seguía totalmente cubierta por el manto marrón. Sólo se veían sus ojos verdes.

—Gracias, Frederic, por tu discreta ayuda.

—Lo hago por mi señor.

—Yo también —musitó ella.

Él se detuvo ante una puerta. Asintió, serio, y la entreabrió.

Elisenda entró en una sala apenas iluminada por una chimenea. Las velas estaban apagadas. Vio la silueta de un lecho vacío y el respaldo de una silla cercana a la lumbre.

—¿Guifré?

La silla se movió y él se puso en pie. La miraba. Sin botas, sólo los calzones y una camisa de color crema. Ella se quitó el manto y su melena negra y lisa quedó al descubierto sobre sus hombros desnudos.

—Elisenda, ¿qué haces aquí? Tu padre…

—Chiiist —siseó ella aproximándose a Guifré—. Mi padre aceptará. Sólo quería despedirme de ti hasta que recibas la noticia de forma oficial.

Lo abrazó, pegada la cabeza a su pecho acogedor. Él permanecía quieto, con los brazos caídos. Elisenda alzó la cabeza y le ofreció una sonrisa amplia y segura. Él se la devolvió, indeciso. Pero al fin tocó sus cabellos. Se besaron. Elisenda ya no pensó más, simplemente se dejó llevar por el deseo de fundirse con él.

Sentada frente a la ventana de su alcoba, la joven dejaba vagar la mirada por la noche de Pals. Con las manos entrecruzadas en su regazo, ya notaba el bajo vientre algo abultado. De pronto, un movimiento en el patio de la casa le llamó la atención. Un fraile dominico había entrado. Entre las manos llevaba unos harapos rojizos. «Vestiré una túnica roja, como el día en que nos conocimos, amor», le había escrito Guifré. Harapos. No se habían vuelto a ver desde aquella noche.

Elisenda se irguió y volvió la cabeza hacia el interior de la alcoba. Sus ojos mostraban terror. Joana se acercó enseguida y la tomó de la mano.

—Guifré… Nunca se lo dije. Nunca…

Joana abrazó a su niña, que rompió en llanto desconsolado.

IV

Pals, año de Nuestro Señor de 1506

Domènech atravesó el patio siguiendo al criado que le había abierto las puertas. Miró a su izquierda de reojo e intuyó la sobriedad de la ermita en la penumbra. Habían mandado quitar los adornos florales. En la residencia, las velas de los candeleros iluminaban el pasillo. A los pocos pasos, el criado entró en una habitación. Domènech aguardó fuera hasta que el siervo le indicó que pasara. El fraile miró por un instante los restos de la ropa de su hermano que aún llevaba consigo y dio unos pasos adelante. Tras de sí la puerta se cerró sin ruido.

La estancia olía a lumbre. La chimenea crepitaba. Gerau, primogénito del conde, estaba delante de ella, con sus manos a la espalda, mirando fijamente a Domènech. El heredero del condado inclinó levemente la cabeza.

—Siéntese, por favor, fray Domènech —invitó Gerard, el cabeza de familia.

Cómodamente recostado en un sillón, el conde señaló dos sillas de nogal y cuero marrón situadas frente a él. Gerau se sentó en la más cercana a la chimenea y Domènech ocupó la otra. Puso los restos de la túnica de Guifré sobre su regazo y miró fijamente al conde de Empúries.

—Fray Domènech, como hermano del barón de Orís, le debo una explicación para poder solicitar su ayuda.

Domènech no dijo nada. Sus ojos azules, inexpresivos, se mantenían sobre Gerard de Prades. El conde tosió, se encogió en su sillón y continuó:

—Como ya le deben de haber comunicado, sólo hemos encontrado a un hombre vivo: Frederic. Está aquí, en mi casa. Sus heridas no son muy graves, pero cayó mal del caballo y perdió el sentido. Sólo nos ha podido decir que los atacaron unos diez hombres y que su último recuerdo es de Guifré defendiéndose. Pero no lo hemos hallado ni a él ni su cuerpo. Rastreamos bien los alrededores de la zona del ataque...

—Ni siquiera encontramos restos de sangre fuera del lugar de la emboscada —intervino Gerau.

Su padre le dirigió una mirada severa y Gerau apretó los labios. Domènech no lo vio. No había apartado en ningún momento la mirada del conde.

—Es extraño. Sin duda, muy extraño —prosiguió Gerard de Prades—. Pero esto me hace pensar que pudiera continuar vivo.

—¿Qué insinúa? —inquirió Domènech secamente.

—No insinúo. Asevero. Asevero que existe esa posibilidad y digo que hay que hacer todo lo posible por hallarlo. Debe cumplir con el compromiso adquirido con mi familia. Es una cuestión de honor —concluyó Gerard enfadado.

—No entiendo adónde quiere llegar —insistió Domènech mirando de reojo al joven Gerau.

El primogénito parecía sorprendido. Sin duda, a Domènech también le sorprendía ese interés por hallar a Guifré vivo. Era sabido que el conde había pretendido casar a su hija con alguien de mayor alcurnia que el barón de Orís, y su desaparición le despejaba el camino. La mirada que le dirigía su heredero hizo pensar a Domènech que allí había algo que no encajaba. Sin embargo, Gerard de Prades continuó:

—Desde luego, tanto el testimonio de Frederic como los cuerpos y las marcas de caballos indican que hubo un ataque. O, por lo menos, eso querían que creyéramos. —Gerard hablaba ignorando la expresión de su hijo—. Es su hermano. ¿No sabrá nada al respecto? ¿No se le ocurre dónde pueda estar?

—¡Es absurdo! Hace años que no lo veo. Pero resulta obvio que mi hermano no andaría matando a vasallos para simular su propia desaparición, y menos ante una boda sin duda conveniente para el barón de Orís, ¿no cree, conde? —expuso Domènech en tono claramente irritado.

—Bien, si fueron bandoleros, es posible que un fraile dominico pueda averiguar algo. Todos sabemos de las inmunidades eclesiásticas a las que se acogen. Unas veces nos vienen bien. El descontrol de los bandoleros afecta al comercio de los metales preciosos que vienen de Sevilla. Eso es un gran contratiempo para el Rey y su lugarteniente. Y nos tienen que pedir ayuda. Así se mantiene el equilibrio entre su poder y el nuestro, el de los nobles de Cataluña. Pero en este caso… Si esos bandoleros se han acogido a una inmunidad eclesiástica, los quiero. —Gerard dio un puñetazo al brazo del sillón—. Serían una prueba del honor de su hermano. Los quiero delante de mí. ¡Y quiero que me digan dónde está Guifré, vivo o muerto!

Domènech no se inmutó ante el autoritario tono de voz de Gerard de Prades, conde de Empúries, ni ante sus insinuaciones. Con cierta complacencia, el monje advirtió de reojo que el joven Gerau pasaba de la expresión sorprendida a la enojada. No podía ocultar sus pensamientos tan bien como el monje dominico. «¿Por qué darle vueltas al asunto?», pensaba Gerau. Fuera como fuere, les habían quitado de en medio a ese barón, y ahora, Elisenda sólo tenía una alternativa: ponerse al servicio de la familia.

—A mi hermano no le interesaba ni desaparecer ni morir —dijo Domènech fríamente con sus ojos posados en Gerard—. No hacen falta más pruebas que el uso de la razón para saberlo, conde. Pero será interesante encontrar a esos bandoleros. Si están acogidos a la inmunidad eclesiástica de alguna parroquia o monasterio, me enteraré. He estado lejos mucho tiempo, pero he mantenido contacto con los hermanos dominicos del Principado. Sin embargo… —Domènech hizo una pausa y repartió sus miradas entre padre e hijo, cual experto orador en un púlpito—. Sin embargo, es obvio que alguien ha pagado. Guifré no llevaba un gran botín. Alguien ha pagado por el ataque y, posiblemente, por el silencio. ¿A quién podría interesarle?

—¡¿Qué insinúas tú ahora, fraile?! —exclamó Gerau levantándose de la silla con brusquedad.

—¡Siéntate! —rugió su padre, que podría haberlo fulminado con la mirada.

El hijo obedeció sin rechistar. Gerard, tenso, observó a Domènech. El joven dominico se mantenía en su silla, sosteniéndole la mirada con una expresión opaca. Tocó con los dedos los restos de la túnica de su hermano mientras Gerard, de nuevo con voz serena, decía:

—Bueno, fray Domènech. Si no aparece Guifré, alguien tendrá que ocupar su puesto como barón de Orís.

Domènech siguió inexpresivo. Gerard pensó que su hijo podría aprender de aquel fraile a controlarse.

—Desde luego. Pero para eso, deberíamos tener su cadáver, prueba de su muerte y de mi derecho a heredar… —dijo Domènech pausadamente.

Gerard no pudo evitar una leve sonrisa. Aquel dominico era valiente y listo.

—Lo que digo es que si alguien ha pagado por hacer desaparecer a mi hermano, es porque le interesaba, quizá, deshonrar a mi familia, le interesaba, quizá, que usted creyera que ha huido… —Domènech sonrió para sí y miró directamente al primogénito—. Gerau, no creo que lo acaecido interese a la familia de Prades, sin duda intachable. Ni tan siquiera he querido insinuar algo así. Sin embargo, es obvio que hay muchas familias interesadas en establecer una alianza con estirpe tan noble como la suya.

La compostura serena y autoritaria de Gerard parecía, ahora, turbada. Domènech intuía que estaba considerando algo, pero no sabía qué. Reprimió una sonrisa y continuó:

—Si quien ha ordenado a los bandoleros el ataque ha pagado bien por el silencio, si es alguien poderoso, es más probable que el conde averigüe algo, si tal es su interés. Investigaré qué bandoleros se han acogido a inmunidad eclesiástica, pero no creo que pueda obtener mayor información sobre el paradero de mi hermano o su cuerpo. Yo sólo soy un humilde monje dominico. Simplemente aspiro a que se le haya dado cristiana sepultura en caso de que Dios, Nuestro Señor, haya determinado que abandone este mundo. —Domènech se puso en pie y añadió—: Y ahora, ¿puedo ver al vasallo herido?

—Mi criado le conducirá hasta él —respondió Gerard de Prades reprimiendo un suspiro.

Domènech salió de la estancia llevando los restos de la túnica de su hermano. «Por el momento, es suficiente», pensó. Quería hablar personalmente con Frederic y analizar la situación. El mismo criado que le recibió esperaba fuera de la sala. Lo siguió a lo largo del pasillo. Domènech tenía claro que había algo que se le escapaba; algo que preocupaba a Gerard e indignaba a Gerau. «Y la clave está en saber por qué tiene el conde tanto interés en encontrar a Guifré. ¿No le basta con su desaparición? Tal vez el hombre de confianza de mi hermano sepa algo.»

V

Les Gavarres, año de Nuestro Señor de 1506

La oscuridad me envolvía y un agudo dolor de cabeza me arrancó un gemido. Intenté moverme y sentí mis manos y mis pies atados. Estaba tirado como un fardo sobre un suelo de piedra irregular. Entonces lo recordé todo. Vísceras por el suelo, sonidos metálicos, los gemidos agónicos del joven Quim, el rostro de Frederic ensangrentado...

Tenía la boca pastosa y los ojos me pesaban; me dolía parpadear. Estaba de costado. Frente a mí había una pared rocosa tenuemente iluminada por el reflejo de un fuego y sombras, sombras de hombres, sentados, comiendo, bebiendo. Se reían. Y cada risa era un martillazo para mi cabeza. Los bandoleros estaban fuera de la cueva. El hombro sobre el que estaba apoyado, las costillas... Me dolía todo. Intenté incorporarme entre gemidos, pasando la lengua por mis labios resecos, pero no me quedaba ni saliva. Cuando ya estaba sentado entró un hombre. La luz de su antorcha me cegó por unos instantes. Tuve que cerrar los ojos y bajar la cabeza.

—¿Ya ha despertado el barón? —preguntó en tono burlón.

Sin verlo, reconocí la voz: «Ya nos han pagado por tu persona» fue lo último que había oído antes de caer en aquel sueño profundo. Miré hacia arriba y allí estaba el hombre; esta vez, un parche cubría el espacio donde hubo un ojo. Llevaba una escudilla. Me la acercó a la boca.

—¡Agua! —balbuceé.

Me abalancé sobre ella y justo cuando mi lengua rozó el líquido, la retiró. Caí de bruces hacia delante mientras oía sus carcajadas guturales. La arenilla me entró en la boca. Escupí y, al hacerlo, la cabeza pareció estallarme. Quizás por eso no me dolió cuando noté que el hombre me tiraba del pelo para levantarme la cabeza. Se acuclilló a mi lado. El olor a vino que desprendía me mareó. Me acercó la escudilla a la cara y tiró el agua por mi gaznate. Se me salía de la boca, caía por mi cuello, apenas podía respirar. Pero bebí. ¡Por Dios Santo si bebí!

—¡Deberíamos haberlo matado, como nos encargaron! —escupió otra voz desde la entrada de la cueva—. Es arriesgado tenerlo aquí.

El hombre dejó de darme agua y se levantó. En tono autoritario preguntó:

—¿Arriesgado?

—¿Y si nos pillan? Tenerlo prueba que lo hemos atacado —respondió el otro dando unos pasos hacia nosotros.

—Ya sabes que el encargo incluía protección. No nos perseguirán.

—Si no lo encuentran a él muerto, lo buscarán. ¡Hemos cobrado por matarle! ¿Y si nos retiran la protección?

—¡Deja de quejarte! ¡Me tienes harto! —gritó el tuerto. Noté que pasaba por encima de mí y se dirigía hacia la otra voz—. Aquí mando yo, y si no estás de acuerdo, ya sabes…

Oí que un puñal se desenvainaba. Giré la cabeza hacia ellos y sentí otro estallido de dolor, como si me clavaran agujas en los ojos. El tuerto había tomado al otro hombre por la pechera del ajado jubón y amenazaba con degollarlo. Tuve que cerrar los ojos. Sólo oí, lejana, la voz del hombre del parche. Hablaba bajo, como el que intenta reprimir un estallido de ira:

—Vendiéndolo podemos sacar más dinero. Y cuando lo tengas en tu faltriquera, no te quejarás tanto. Es cuestión de quitarlo de en medio, fuera del reino.

Mi cabeza, mi cuerpo… No pude soportar más el dolor. Volví a perder la consciencia.

—¡Despierta! ¡Vamos, holgazán!

Me estaban abofeteando. Me habían lanzado un cubo de agua encima. Abrí los ojos y la luz del sol me cegó.

—¿Ves? Está vivo, sólo que adormilado.

Aquella voz aguda hablaba un castellano con acento extraño para mí. Debía de ser un hombre del sur. Mi vista se fue adaptando a la luz. Estaba en el patio interior de una casa, maniatado al poste de un listón para atar caballos. Cada vez que intentaba mantener la mirada en algo, sentía dolorosos pinchazos desde la frente a la nuca. Mi cuerpo estaba entumecido y me costaba mantener la cabeza erguida. La tierra era blanquecina y seca. En el otro poste que sujetaba el mismo listón había un hombre atado. Semidesnudo, de piel morena, nariz aguileña, con restos de una túnica bordada como la de los moros. Cerca de él, un majestuoso caballo de cruz alta piafaba. El animal llevaba una sencilla silla de montar puesta y sus bridas estaban atadas al listón.

Me acordé de los bandoleros. Pero no vi al tuerto ni a ningún otro. Frente a mí, de espaldas, estaba el hombre de la voz aguda, bajo, regordete, vestido con un jubón algo raído y sucio. Hablaba con un caballero cubierto con un amplio sombrero verde oscuro, a juego con su túnica y la funda de su espada al cinto. Apenas veía su cara, sólo su barba negra y unos labios gruesos y prietos.

—Ochenta ducados. ¿Qué le parece?

—Caro —respondió secamente el caballero.

—¡Oh, vamos! —se exasperó el hombre bajito.

Se giró hacia mí y me agarró por el pelo, obligándome a mostrar el rostro. El dolor hacía pesados mis párpados. Con la otra mano levantó mis labios, como si fuera un caballo al que examinar:

—¡Está sanísimo! Mire, dentadura de noble, ¿eh?

—Está peor que el otro moro…

—¡Sólo adormilado! Tiene espaldas anchas, está fuerte y es muy alto. En las nuevas tierras prefieren esclavos moros, casi tan fuertes como los negros…

El caballero no respondía. Mantenía su pose sobria, a distancia. Yo apenas entendía qué decían, a qué se referían. «¿Qué otro moro?» Me sentía confuso y dolorido. El hombre de la voz aguda volvió hacia el caballero.

—Está bien. ¡Sesenta ducados! ¿Qué menos?

El caballero se tocó el ala del sombrero y me pareció que hizo un leve gesto de asentimiento con la cabeza. Luego se llevó las manos a un saquillo prendido de su cinto y se lo dio al vendedor. Fue hacia el caballo que piafaba cerca del moro y lo montó.

—Los llevas tú a Sanlúcar de Barrameda —ordenó el caballero, con cierto tono de desprecio.

—Lo haré con discreción, como siempre. No se preocupe, mi señor —respondió el regordete haciendo sonar las monedas de oro del saquillo—. Ha hecho buen negocio. Abridle la puerta, vamos.

Dos muchachos muy morenos y andrajosos abrieron las grandes puertas del muro que rodeaba el patio y el caballero salió al galope. Pero yo no podía apartar la vista del saquillo sobre aquellas manos regordetas, de uñas largas y sucias. Hasta que mi mirada se cruzó con la de aquel hombre bajito de ojos pequeños y negros. Quise decir algo, pero de pronto me sobrevino una arcada y, en una sacudida, vomité. Por primera vez me vi a mí mismo, mi pecho desnudo, con el líquido amarillo y viscoso del vómito remojando el barro seco que recubría mi piel y que se deslizaba hacia unos calzones andrajosos. Yo también estaba semidesnudo, como el moro. Me sentí aterrado, consciente de pronto de mi destino. Las últimas palabras que oí al bandolero me vinieron a la mente como un golpe seco: «Vendiéndolo podemos sacar más dinero». Sí, me habían vendido. Tal era mi sobrecogimiento que apenas oí unos pasos acercándose.

—¡Será cerdo, el moro! —exclamó la voz aguda sobre mí.

En el suelo, al lado de mis pies descalzos, vi como se levantaba una bota blanqueada por la tierra polvorienta de aquel patio. Recibí una patada en el estómago y luego, dolor y oscuridad de nuevo.

Otra vez tirado como un simple fardo, desperté sobre un suelo adoquinado. Una mezcla de olores a mar, orín y vino me mareó. Pero al menos, ya no me dolía la cabeza con aquellos pinchazos agudos e intensos. El bullicio de idas y venidas se entremezclaba con algún gemido y el sonido metálico de cadenas. Alguien puso su mano sobre mi hombro.

—*Kaif halak* —dijo una voz serena y suave, casi en un susurro.

Miré al hombre que me hablaba. Piel morena, nariz aguileña y aquellos restos de túnica bordada… Al instante, todo me vino a la cabeza. Era el mismo moro que había visto en aquel patio interior, al que habían vendido conmigo. Repitió de nuevo:

—*Kaif halak.*

—No te entiendo —logré articular buscando las palabras en castellano.

El hombre pareció extrañarse. Pero simplemente preguntó con un acento que parecía arrastrar las letras:

—¿Cómo estás? ¿Puedes incorporarte?

Intenté hacerlo. Entonces me di cuenta de que me hallaba encadenado de pies y manos, como una bestia. Logré sentarme. Estábamos rodeados de barriles y fardos. Éramos varios hombres, una mezcla de razas: negros, moros y yo, el único blanco. Cerca de nosotros había una playa que hervía de actividad y, frente a la misma, una dársena con varias embarcaciones de gran tamaño amarradas.

—¿Estamos en el puerto de Sanlúcar de Barrameda? —logré preguntar, recordando las órdenes que había dado el comprador.

Al moro apenas le dio tiempo a asentir. Un hombre paseaba ante nosotros con aire altivo. Su cara era alargada, hedía a pescado y su piel morena estaba reseca. Sin camisa, tan solo vestía un pantalón hasta las pantorrillas y llevaba un látigo al cinto. Se lo sacó y golpeó sobre el suelo.

—¡Vamos, arriba, borregos!

El moro se levantó. Yo lo imité, invadido por una creciente angustia en el estómago. Me flojeaban las piernas, me sentía bastante débil, pero le seguí con la sensación de que no tenía otro remedio. En fila, nos hicieron caminar hasta el arenal y luego, sin quitarnos las cadenas, nos obligaron a subir en una barcaza. Una vez llena, el hombre del látigo se sentó en la popa. Los remeros nos condujeron hasta una enorme nao que, por lo menos, debía de ser de unas cien toneladas. Nos hicieron ascender por una gastada escalerilla de cuerdas. Y ya en cubierta, el hombre del látigo gritó:

—¡Venga, a la bodega!

Se detuvo ante el agujero que le servía de entrada. A los que iban por delante les empezaron a quitar las cadenas y luego bajaban. Los que íbamos detrás avanzábamos unos pasos y nos parábamos, esperando el turno, lo cual provocaba las iras y las increpaciones del hombre del látigo. Me sentía acongojado. Sabía que debía hacer algo, pero no sabía qué. ¿Qué estaba haciendo yo allí? Debía volver a Cataluña, casarme, tener hijos… Cuando llegué a la puerta de la bodega me detuve y miré hacia el interior, oscuro, mientras notaba que me quitaban las cadenas de pies y manos. «Ahora o nunca», pensé.

—No soy un esclavo —dije sin apartar la vista de la oscuridad.

El hombre del látigo rió. Me llegó su aliento fétido al cuello y gritó:

—Abajo.

—De verdad, soy un…

Me empujó. No me dejó decir nada más. Me precipité rodando por la escalera. Y de pronto, el miedo dio paso a la rabia. Me puse en pie, ignorando los dolores de mi cuerpo magullado, y subí unos peldaños. Pero desde abajo, alguien me agarró el pie y me arrastró a un lado. Forcejeé, intentando zafarme. Hasta que se puso sobre mí y me sujetó con fuerza por las muñecas.

—¿Estás loco?

Era el moro. Me sorprendió su reacción violenta, pero no me asustó.

—Déjame, soy un noble —grité.

—Yo también —masculló él con rabia, sin soltarme.

De pronto, se oyeron gritos en la parte superior. Gritos en un idioma extranjero mezclados con la rabia del hombre del látigo:

—¡Maldito infiel! ¡En la hoguera te tendrían que haber quemado! ¡Hereje!

Risas y golpes que ahogaron las palabras en árabe y las convirtieron en gemidos y llantos. Luego se oyó un cuerpo rodando por la escalera y se detuvo con un sonido seco contra el suelo de madera. Quedó inmóvil, iluminadas sus heridas por la luz que entraba desde arriba. Miré los grandes ojos del moro, tan marrones como su piel. Él me devolvía la mirada, tenso, aún encima de mí. Me soltó y se sentó a un lado, escudriñando enojado el cuerpo inerte y sangrante por encima del cual pasaba el resto de esclavos.

—Has tenido suerte, noble —masculló.

Miré a mi alrededor. Intuía sombras humanas rodeadas de un olor rancio. Se cerró la puerta de la bodega con un golpe seco. Entonces alguien se movió hacia el cuerpo sangrante, se rasgó los restos de sus vestiduras y cubrió sus heridas. Todo entre cuchicheos ininteligibles para mí. Sí. Ahora era un esclavo. No podía demostrar mi origen, no podía demostrar que todo aquello era un gran equívoco. No sé cuánto tiempo pasó. Sólo sentía un nudo en el estómago. La nao se movió. Con un crujido acompañado de órdenes lejanas, se debieron de desplegar sus velas mientras el nudo en mi estómago se convertía en llanto.

VI

Vic, año de Nuestro Señor de 1506

Solo sobre su caballo, sin escolta, sin miedo a los bandoleros, Domènech recorría el camino desde Vic hasta el castillo de Orís. Había salido temprano y el sol apenas empezaba a iluminar el llano con los rayos que despuntaban entre las montañas. Por el camino se cruzó con algún carro cargado de hortalizas que marchaba en dirección contraria a la suya, hacia la ciudad.

Salió de Pals poco después que Frederic. Aunque no recuperado del todo, el caballero había querido regresar a Orís cuanto antes. Domènech, no. El dominico fue a Vic y se presentó ante el obispo, Joan de Peralta. De su diócesis dependía el Tribunal del Santo Oficio en el cual debía servir como inquisidor jurista, acompañando al inquisidor teólogo. Por fin podría aplicar sus estudios de derecho canónico. La teología la descartó en cuanto supo que no tenía más opción que el clero. Tampoco pensaba quedarse en un monasterio aspirando a un priorato o, a lo sumo, a alguna abadía. Cuando menos, su padre había tenido la decencia de dejarle dinero para estudiar, y la posición de su familia en Ausona así como sus estudios en Roma le habían facilitado empezar como inquisidor. Debiera haber estado orgulloso de un cargo con poder de decisión a su edad, ya que con veinte años habría sido más propio empezar como procurador fiscal o mero ayudante. Pero para Domènech, el cargo de inquisidor era un pequeño consuelo, ya que se hallaba en un tribunal de poca importancia.

A su llegada a Vic, era sabida la trágica desaparición de su hermano. Domènech notó cierto tono compasivo en la voz del obispo, que al parecer había ido a visitar personalmente a Frederic. En su primer encuentro con el dominico, el prelado incluso alabó al joven Guifré augurando que, sin duda, Dios le daría entrada en su Reino, pues, a pesar de su juventud, había mostrado una piadosa forma de obrar. Domènech se sentía irritado, pero el obispo creyó que su tenso rostro era fruto de la resignación ante la pérdida.

Joan de Peralta le había asignado dependencias y aloja-miento, además de otorgarle permiso para visitar su lugar de nacimiento y organizar la administración del castillo, dada la peculiar situación. Pero Domènech no salió de inmediato.

Descansó unos días en Vic. Visitó la catedral que de niño le fascinaba y se reencontró con el alto campanario que le hacía alzar la cabeza hasta el cielo ante la sonrisa de satisfacción de su padre. En el interior, el grupo de esculturas del Santo Sepulcro seguía elevado en su altar. Sin embargo, aquellas figuras que le habían parecido enormes en su infancia ahora eran simples tallas pintadas, de tamaño natural, bellas pero sin la monumentalidad y la expresividad que tanto le habían admirado en Roma. Fue entonces cuando se acordó de la pequeña Virgen de Sant Genís de Orís ante la que le obligaban a orar de pequeño.

Si los campos salpicados de cultivos y barbechos habían cambiado, si el camino había modificado su trazado o se había ensanchado en ciertos lugares para dejar paso a dos carros, Domènech no lo percibió. Simplemente respiraba el olor a abono y tierra húmeda que tan lejos había quedado desde la muerte de su padre, seis años atrás. El sol lucía sobre las montañas y la silueta del castillo de Orís ya se divisaba en lo alto del peñasco. Al verlo, Domènech sonrió como un niño travieso y espoleó su caballo para que galopara hasta la falda de la montaña. Se sintió libre, en casa. De pronto, quería llegar lo más rápido posible.

Ascendió al trote por el camino lleno de curvas que le devolvía a su infancia de batallas y juegos entre retamas y pinos. Entonces pasó por su mente la fugaz imagen de Jofre muerto y la sonrisa traviesa de su rostro desapareció. Recordó a su hermano, el ataque sufrido. Su mandíbula se tensó y su rostro recuperó su habitual frialdad.

El viejo párroco de Sant Genís estaba a las puertas de su casa, escardando la tierra de su pequeño huerto. Al oír el trote de un caballo dejó su tarea para mirar hacia el camino y vio llegar al fraile dominico. Este se detuvo a la puerta de la casa, justo ante la caballeriza del castillo, y bajó ágilmente. El párroco sonrió, dejó el sacho en el suelo y fue hacia el joven lo más rápido que su cuerpo le permitía:

—Do… ¡Fray Domènech!

Mientras Domènech se dejaba abrazar, el mozo de cuadras se llevó su caballo.

—Fray Domènech, siento mucho…

El joven hizo callar al viejo párroco con un gesto y dijo:

—Me gustaría ver la Virgen.

El cura sonrió y lo condujo servilmente a la parroquia. Domènech había crecido, era tan alto como lo había sido su padre, con sus mismos ojos. Se había convertido en un hombre, «un hombre de Dios que ruega a nuestra Virgen por su hermano», pensó enternecido.

Lo dejó frente a la pequeña talla de madera. La Virgen María mantenía su rostro sereno, con esa insinuación de sonrisa, a pesar de que el color dorado de su túnica padecía el desgaste de los años. El Niño Jesús, sentado sobre su regazo, miraba a Domènech con la misma serenidad de la Madre y una leve inclinación de la cabeza hacia delante. En su humildad, la talla le despertó una sensación entrañable. Permaneció allí durante un rato, arrodillado. Y cuando juzgó que los sirvientes del castillo ya sabrían de su llegada, se incorporó y salió de la iglesia.

Frederic lo esperaba a la puerta. Una cicatriz había quedado esculpida en su mejilla derecha, atravesándola por completo. Había salvado el ojo por poco, y apenas se notaba ya el tono ennegrecido tras la cauterización con aceite. Sin embargo, en su pelo castaño había ahora numerosas canas y a Domènech le pareció mucho más envejecido que cuando lo vio en Pals. Su corpulento cuerpo estaba repuesto pero su aspecto era de abandono: vestía una vieja túnica negra que le quedaba demasiado larga.

—Mi señor Domènech… —Frederic hizo una pequeña reverencia algo afectada. El dominico entornó los ojos y tensó la expresión. El vasallo añadió—: ¿Necesita que le lleven algo?

—No, gracias —respondió complacido—. Sólo deseaba volver a ver el castillo.

Frederic asintió y dejó que Domènech pasara ante él para dirigirse a las escaleras que llevaban a lo alto del peñasco. A medida que iba subiendo, seguido de cerca por el vasallo, notó que el aire soplaba con fuerza. «Siempre ha sido una zona de fuertes vientos», pensó Domènech lleno de recuerdos.

A la entrada del castillo, el fraile se detuvo unos instantes. Cerró los ojos, respiró profundamente y luego miró hacia las puertas abiertas. Entró. Todo estaba como recordaba. Ante él, la casa señorial, su casa. A la derecha, la pequeña capilla. A la izquierda, las dependencias del servicio. Todo rodeado por la majestuosa muralla que tanto le había hecho soñar. Los siervos habían dejado sus quehaceres y estaban allí, formados en hilera ante sus propias dependencias, cual ejército que espera a su señor.

—Me complace tu diligencia, Frederic —le susurró Domènech, sabiéndolo justo tras él. Sin duda, el caballero lo había dispuesto todo.

Fue pasando ante los siervos, despacio. A algunos los reconocía. A otros… Deducía que eran los hijos de los siervos, niños crecidos ya, convertidos en hombres y mujeres a su servicio. Le pareció que sus caras mostraban pesar. Aun así, le reverenciaban y Domènech inclinaba la cabeza a modo de respuesta, tal como había visto que su padre enseñaba a Guifré. Al llegar al último, sabía que debía volverse, mirarlos y decir algunas palabras. Decidió hacer el gesto, como quien se pone al frente, pero no dijo nada. El viento aullaba en lo alto de sus cabezas; parecía lejano. Consideró que el recibimiento era digno del nuevo señor de Orís y le satisfacía. Aunque oficialmente aún no lo fuera, parecía que aceptaban la opción más posible del desgraciado destino de Guifré.

Subió a la muralla para observar los campos que, hacía poco, había atravesado en su caballo. Quería reencontrarse con aquella sensación de inmensidad, aquel indefinible anhelo que le invadía de pequeño al observar las vistas desde lo alto del castillo. Sobre la muralla, el viento le azotó, frío, y se cubrió con la capucha negra de su capa dominica.

Entrelazó sus manos en un gesto adquirido por costumbre de su educación religiosa. Miró los campos, las montañas rodeando el valle llano... Y no sintió nada. Inspiró a fondo, imitó la posición señorial que adoptaba de pequeño, con las manos a la espalda, imaginando la espada de madera al cinto, y volvió a mirar. Orís... Nada.

Lo que de pequeño le había parecido una inmensa extensión, de pronto se había convertido en un campo cercado por una geografía escarpada. El peñasco elevado, su posición de absoluto dominio sobre aquellas tierras, era ahora un espacio inhóspito, perdido... Frunció el ceño. Se volvió para mirar el patio del castillo. Los siervos habían vuelto a sus tareas. Una muchacha llevaba agua hacia la casa señorial. Doncella de cabello castaño, algo magra de carnes, era bajita y casi arrastraba el cubo. Este estaba tan lleno que iba dejando un reguero de agua a su paso, convirtiendo la arena en barro. Algunas hierbas crecían desperdigadas. Domènech se dio cuenta de que el patio no estaba descuidado, sino que siempre había sido así.

Un golpe de viento le quitó la capucha y dejó su cabeza al descubierto. La muchacha del cubo miró hacia arriba y a Domènech le pareció percibir una expresión de temor en su enjuto rostro al cruzarse con sus ojos. Él mantuvo la mirada en su ropa harapienta, lejana a las vestimentas de las criadas de los palacios romanos. La joven bajó rápido la cabeza y entró en la casa señorial. Domènech no quiso ver más, ni siquiera ir a la casa. El castillo de Orís seguía siendo el castillo de Orís, pero él ya no se sentía igual. Y esto le irritaba. Una cosa era que la catedral de Vic hubiera empequeñecido a sus ojos tras ver la Capilla Sixtina. Pero el castillo de su infancia... Esperaba encontrar allí algo de sí mismo. Sin embargo, ahora que iba a ser el señor del castillo, ahora que podía hacer realidad un sueño que le prohibieron tener, no hallaba en su interior ni un atisbo de la ilusión de su infancia.

Bajó las escaleras de la muralla. Sería el señor, presumiblemente el nuevo barón, pero no pensaba pisar mucho el castillo de Orís. Domènech nombraría a Frederic *castellà*[2] y se quedaría lo justo para establecer cómo y cuándo el caballero debería informarle. Luego, se iría de allí al galope.

---

2. Señor de un castillo. En Cataluña, el *castellà* podía regir el castillo y su jurisdicción en dominio útil y posesión inmediata, en nombre del señor del castillo o del soberano.

VII

Océano Atlántico, año de Nuestro Señor de 1506

El olor grasiento de nuestros cuerpos y la fetidez del hombre muerto a latigazos, los vómitos amargos producidos por el vaivén de las olas, la humedad de la madera remojada y la mente nublada sin percepción alguna del tiempo. Todo ello construía una maraña rancia, cada vez más irrespirable, en la bodega de la nao. Quizás el ambiente se me hacía más pesado porque mi cuerpo se reponía y el dolor había remitido para que a mi mente acudieran otras angustias y padecimientos.

Supongo que la esperanza de recuperar mi destino era lo que me impulsaba a no dejarme desvanecer. El recuerdo de Elisenda aparecía mezclado con lo que debería de haber sido mi vida con ella, nuestros hijos, mi Orís… Todo mezclado con palabras oídas a los bandoleros:

«—Ya nos han pagado por tu persona.

»—Deberíamos haberlo matado, como nos encargaron.

»—Ya sabes que el encargo incluía protección. No nos perseguirán.

Era una pesadilla, un delirio. Era un martilleo en el que no dejaba de preguntarme: «¿Quién? ¿Quién me quiere mal?». Y una sucesión de caras, de Quim agonizante, del bandolero tuerto, de Gerau y del conde de Empúries: «Tengo otros planes para Elisenda más allá de una baronía…». Y de ella. Ella bajo mi cuerpo, menuda y acogedora; ella danzando sola en una estancia. De los juegos diabólicos de mi mente, de vez en cuando, me despertaba el moro. Y entonces, lo único que podía pensar con cierta lucidez era: «No me buscarán, me creerán muerto, pues es lo que alguien ha dispuesto». Sólo tenía una esperanza: Domènech, mi hermano, que me había prometido su regreso para mi boda. ¿Habría cumplido? Seguro. Me habría gustado abrazarle, ya convertido en un hombre que, sin duda, hubiera enorgullecido a mi padre.

Cuando la puerta de la bodega se abrió con un chirrido, ni tan siquiera tuvimos fuerzas para emitir un suspiro de alivio. Sólo se oyó algún murmullo quejumbroso. Los rayos de luz se me clavaron en los ojos como agujas:

—¡Arriba, animales!

Nos levantamos con dificultad. Dos hombres portaban el cadáver, llagado y putrefacto. El moro y yo subimos tras ellos.

Arriba, el sol era intenso y me llevé un brazo a los ojos mientras notaba el aire preñado de salitre sobre mi piel.

—Tiradlo por la borda —ordenó el hombre del látigo con voz gutural—. Vosotros, ahí, con el resto del rebaño.

Aparté el brazo de mis ojos y vi al resto de esclavos: una masa de huesos y pellejo, de piernas temblorosas, resignación y miedo. Por un momento, el sonido rítmico de la quilla cortando las olas se vio interrumpido por el chasquido del cadáver al chocar contra el mar. Desde los castillos de proa y popa, algunos marineros nos miraban con aire burlón. Frente a nosotros había un grupo de hombres vigilantes. Su aspecto, su olor, no eran esencialmente mejor que los nuestros. Pero su actitud amenazante los distinguía.

A una orden, nos lanzaron cubos de agua de mar como si fuéramos animales. La sal en contacto con las heridas me provocó un terrible escozor y tuve que reprimir un grito, lo que otros no pudieron. Nuestros gemidos desataban carcajadas en los marineros.

Luego nos hicieron sentar bajo el castillo de proa y nos dieron una escudilla con agua. Estaba caliente, pero la bebí con ansia y lamí el fondo vacío con desesperación. Hasta que un golpe seco a mis pies me hizo mirar al suelo: era un mendrugo de pan. Me abalancé sobre él como un perro hambriento. No era el único. Todos los esclavos lo hacíamos, todos menos el que tenía al lado. Algunos perdían su ración porque otros se la quitaban. Esto provocaba gritos; sólo gritos, porque el sonido del látigo contra el suelo contenía cualquier posibilidad de altercado mayor, aunque los marineros animasen el espectáculo con risas e incluso algún aplauso.

—Nos convierten en bestias —masculló el moro, sentado a mi lado.

Lo miré, apretando mi mendrugo con fuerza. Él tenía la vista fija en el castillo de popa, frente a nosotros. Sus ojos, pequeños y oscuros, brillaban de rabia. Miraba a dos caballeros que charlaban, indiferentes al alboroto. No comía. Había rehusado lanzarse sobre el pan como un lobo hambriento.

—¿Realmente eres un noble? —le pregunté.

—Hijo de valí, en el norte de África —respondió con la mirada al frente—, de un corregidor o algo así, creo que dirían los castellanos. —Se giró hacia mí y preguntó—: Y tú, ¿realmente eres un noble?

—Barón, barón de Orís, en Cataluña.

No nos preguntamos nada más. Mordí el pan. Era duro, de sabor salobre, pero lo mastiqué tranquilo, resistiendo el impulso de tragarlo. Luego se lo tendí al moro.

—Come. Tenemos que sobrevivir para volver —dije movido por una mezcla de extraña compasión y de necesidad de esperanza, de mantener la esperanza de que Domènech me encontrara.

El noble me miró y aceptó el mendrugo.

—*Shukran.* Gracias. Soy Abdul.

—Yo Guifré.

Una amarga sonrisa se dibujó en su rostro y mordió el pan. Por el otro lado volvían a repartir agua. Le devolví la sonrisa y miré hacia el castillo de popa, masticando despacio. Uno de los caballeros que hablaba debía de tener prácticamente mi edad. Más bajo que yo, enjuto y de pecho amplio, el joven tenía también el pelo claro pero con destellos rojizos. Su barba bien recortada sólo cubría la barbilla y el bigote estaba bien cuidado. Los ojos, algo saltones, de grandes párpados, parecían desprender un brillo propio del que cumple sus sueños. De pronto, sentí una sensación de pesar. «Así habría sido yo si este viaje lo hubiera hecho por voluntad propia», pensé.

—No le he oído bien, don Hernán —dijo uno de los caballeros, de mediana edad, en el puente de popa.

Los dos hombres miraron hacia abajo, hacia la cubierta de la *Trinidad.* Estaban remojando a los esclavos con agua.

—¡Estas bestias gritan más que los gorrinos en la matanza! —se quejó el joven hidalgo—. Le decía, don Alonso, que yo tendría que haber viajado a las Indias con la expedición de mi pariente don Nicolás de Ovando.

El caballero se admiró al oír el nombre:

—¿El gobernador de las Indias Occidentales? ¿Y qué le impidió cumplir con tal honor?

Hernán arqueó las cejas, satisfecho por haber despertado el interés de don Alonso. Adoptó un aire travieso, algo teatral, y suspiró:

—Permítame que no le diga el nombre de la dama… Pero me había citado en una casa que tenía a las afueras de Sevilla. Cuando me advirtió de que debía saltar la tapia para verla…

—¡Vaya! ¿Cómo resistirse a eso? Francamente prometedor —sonrió el hombre, divertido.

—Eso pensé yo. Así que fui para allá imaginando las delicias que había de brindarme. El problema es que la maldita tapia no estaba en muy buen estado y se derrumbó con mi peso.

—¡No!

—Sí. Ni delicias ni viaje. Me rompí unas cuantas costillas. Tuve que acudir a un algebrista para que recompusiera mi maltrecho esqueleto. Y lo primero que me dijo: «Nada de hacerse a la mar». Tardé demasiado en recuperarme. La expedición de don Nicolás ya había partido.

—Sin duda, quizás ahora podrá beneficiarse de su parentesco con un favorito del rey don Fernando.

—Bueno, de momento voy como escribano para la villa de Azúa al servicio de don Diego Velázquez de Cuéllar. Aprendí el oficio en Valladolid… Pero, mi buen señor, ¿acaso no vamos todos por lo mismo?

—¡Sí, oro! —sonrió don Alonso enarcando las cejas entrecanas.

Los dos hombres rieron. De pronto, un nuevo alboroto interrumpió su conversación. Hernán y don Alonso miraron hacia abajo. Los esclavos devoraban un mendrugo de pan, pero dos se habían enzarzado en una pelea y habían derramado un cubo de agua, de la preciada agua dulce que les estaban repartiendo.

—¡Desagradecidos! —masculló don Alonso—. Si no fuera porque se les puede sacar un buen dinero vivos, los lanzaba yo mismo por la borda. Son bestias.

El encargado de la mercancía blandió su látigo con rabia, fustigando a los alborotadores sin ninguna misericordia. Pero a Hernán le llamó la atención otra cosa: la mirada de un moro de pelo claro que mascaba despacio y mantenía un porte erguido. A pesar de los restos de suciedad que cubrían su cuerpo, la piel era clara. Y compartía el pan con otro moro que estaba a su lado, moreno, de nariz aguileña y aire hostil. El esclavo blanco no desvió la mirada hacia el barullo, ni bajó la vista cuando él lo miró. Se la mantuvo, pero Hernán no supo ver aire retador en ello. «¡Qué raro!», pensó el joven. Su curiosidad duró poco. El encargado de aquella ganadería humana, controlado ya el altercado, se interpuso en su campo de visión.

—Guifré, no mires tan fijamente al castillo y menos a los nobles —me advirtió Abdul.

Pero yo estaba sumido en un pensamiento: «Si consiguiera hablar con algún noble, con algún igual, quizá pudiera convencerle de mi cristiandad, mi identidad».

—Vamos, acábatelo. Termina el pan —me insistió Abdul.

—No se habla —gritó la voz gutural.

Se plantó ante nosotros, amenazante, y golpeó el suelo con el látigo. Estuve tentado de alzar la vista, mirarle a los ojos, pero el rastro de sangre que había dejado el cuero sobre la madera me persuadió. Bajé la cabeza y mordí el pan, en silencio. Veía sus pies mugrientos y sentía su mirada de reptil clavada en mí. Oí de nuevo el chasquido de un cuerpo tirado por la borda, luego el de otro.

—Ya sabes dónde acaba la bestia que no aprende. —Escupía al hablar y notaba sus babas en mis brazos desnudos—. He amaestrado a muchos perros antes…

Entonces, por primera vez, lo tuve claro. Que mi hermano me buscara no podía ser mi esperanza, pues jamás me imaginaría como esclavo en una nao. Todo dependía de mí mismo. La idea de hablar con un igual no era mala. Esa era mi única esperanza: me la habían dado aquellos ojos saltones en el castillo de popa. Pero debía esperar, llegar a mi destino. Si de veras aspiraba a volver, todos mis esfuerzos debían concentrarse en no hacer nada para llamar la atención y aumentar así mis posibilidades de sobrevivir.

VIII

Vic, año de Nuestro Señor de 1506

El aburrimiento se adueñó de Domènech durante los días que siguieron a su visita a Orís. Las campanas de las iglesias de la pequeña ciudad marcaban el paso del tiempo, lento y denso. Las gentes se conocían y la denuncia que se había formulado en la Inquisición contra el orfebre Nicolau había corrido de boca en boca con rapidez. Igual de veloz que la de que Domènech, el nuevo y joven inquisidor, era hermano del pobre barón de Orís, cuya desaparición iba camino de la leyenda.

«Sin duda, es más interesante la historia del orfebre que circula por las calles que la que se ha de ver en audiencia», pensó Domènech cuando esta llegó a sus oídos. Desde luego, se contaban auténticas aberraciones del pobre hombre, pero la acusación presentada era por practicar ritos judíos en su casa.

Domènech pensó que sería un proceso más interesante cuando, al hacer el primer examen informal de la denuncia, apareció Joan de Peralta en persona. No era habitual. O eso le habían enseñado. De personarse, el obispo lo solía hacer en el veredicto, cuando no enviaba a un representante en su nombre.

—¡Ah! No creo que hagan falta calificadores para este caso —decidió el obispo ante la claridad de la denuncia.

Y se marchó de la sala. Tenía razón. El caso era claro, no hacían falta expertos para calificarlo de herejía. Había tres testigos, hombres que refrendaban la acusación del denunciante sin ninguna contradicción entre ellos. Además, el denunciante no necesitaba el dinero con que se agradecía la ayuda al Santo Oficio. Y no se conocía enemistad entre él y el tal Nicolau. Era difícil que la defensa pudiera suministrar tachas a aquellos testigos demostrando que no eran fiables y, tras saber lo que se decía por la ciudad, más difícil sería que algún testigo favorable se atreviera a asistir al orfebre.

Así que allí estaba Domènech, con la barbilla apoyada en su mano, simulando interés en la primera audiencia. Le había hecho cierta gracia sentarse tras la mesa como juez inquisidor. Pero había sido una sensación fugaz. La sala era de piedra gris y, como única decoración, contaba con un crucifijo de madera tras los inquisidores. No había ni un tapiz en las paredes y ni siquiera habían encendido la chimenea.

Cuando dieron entrada al orfebre, las huellas de la tortura en el potro estaban en su piel de la misma manera que la confesión de culpabilidad estaba en sus ojos. Domènech se había asomado al acto de sometimiento a cuestión; la confesión fue rápida. Durante el juicio, el tal Nicolau debería ratificarla. Pero no aún. Este primer interrogatorio de la audiencia oficial era un cúmulo de aburridos datos sobre la vida de aquel hombre, aunque ya para empezar admitía que sus padres fueron judíos. Domènech miró por un momento al otro inquisidor, mucho mayor y con más experiencia que él. Era un sacerdote de rostro severo. Observaba fijamente al acusado con un brillo en sus ojos negros, que contrastaban con su cabello blanquecino. Domènech le imitó mientras pensaba: «¿Estará fingiendo interés como yo o es de verdad?». Quizás aquel proceso, desde el punto de vista teológico, era interesante. Pero desde el punto de vista jurídico, el que a él le tocaba juzgar, estaba casi todo decidido. «Tanto estudiar las disposiciones de Bonifacio VIII y de Juan XXII para esto», pensó con fastidio.

Se le hizo interminable. Tuvo que reprimir un suspiro de alivio cuando la sesión acabó. Anunció la próxima audiencia para el día siguiente y se puso en pie. No mejoró su ánimo cuando, al salir, el otro inquisidor le comentó:

—Es un caso interesante, ¿no cree, fray Domènech? Sé que ha estado en Roma, pero este es un sitio pequeño. Aquí muchas veces los casos no llegan a nosotros porque ni el procurador fiscal acepta las denuncias. Son tremendamente frágiles, rencillas entre vecinos. En cambio este…, este es un caso auténtico. Ese orfebre es un judío disfrazado de respetable cristiano. ¡Ah! Suerte que Nuestro Señor nos ilumina sobre las formas de ocultación de la herejía.

Domènech asintió con la cabeza. Tenso, entrelazó las manos sobre su musculoso vientre y enfiló el pasillo hacia su alcoba. No tenía ganas de hablar con nadie. Sólo quería refugiarse en su habitación y reflexionar.

Subió las escaleras sumido en sus pensamientos. La decepción ante su reencuentro con el castillo de Orís le había dejado algo claro: no podía abandonar la Iglesia. Lo había considerado: sin su hermano, seguro que hubiera encontrado los argumentos para dejar sus hábitos y que pareciera un acto piadoso. Pero ¿para qué quería ser señor de Orís, de un peñasco y unos campos? No, la Iglesia era el camino a Dios, y por tanto, al poder divino en la Tierra. Y por eso había elegido servir en el Santo Oficio, justo administrador de ese poder.

Entró en su estancia y miró a su alrededor: era austera, con un camastro y una simple arquimesa como único mobiliario. Ni alfombras ni tapices, sólo un crucifijo de madera adornaba la pared. No era un lugar adecuado para la campanilla de bronce que había traído de Roma. Suspiró resignado.

—Es demasiado delicada —se dijo.

Fue hacia la arquimesa, la abrió, y sacó el objeto cuidadosamente envuelto en paños. De color ceniciento, con tonos rojizos según la iluminara la vela, la campanilla estaba decorada con un relieve que representaba una mitra obispal y una preciosa cruz. Fue un regalo de su maestro de retórica en Roma. Lo había llevado hasta el taller donde se fabricaba. Mientras repasaba con sus dedos el relieve, Domènech recordó con fascinación el caldo de bronce cayendo sobre el molde. Aquel objeto había adquirido toda su belleza gracias a la capacidad de adaptación de aquel líquido que sólo había requerido un molde y tiempo para enfriarse.

—Un herrero, para doblegar el hierro, usaría el martillo y la fuerza bruta —le había dicho su maestro—. Pero mira, Domènech, qué conseguimos con flexibilidad: adaptación. Si le das tiempo, cuando enfríe, será una campanilla resistente, pero siempre gracias a su capacidad de adaptación. Tendrá más detalles, más matices, y no habrá costado tanto esfuerzo como arreglar una armadura a martillazos.

Domènech pensó que quizás era eso lo que él necesitaba: tiempo para adaptarse. Pero al instante le invadió una sensación de enfado que tensó su cuerpo.

—¿Por qué debo adaptarme a este molde? —se preguntó con rabia apretando la campanilla de bronce entre sus manos.

Vic le había parecido una magnifica ciudad en su infancia, pero ahora hasta el mismo obispo estaba allí como castigo porque el rey Fernando quería apartarlo de la abadía de Montserrat. Domènech había estado en Roma... Y como mudo testigo, había visto el verdadero poder. Ahora quería ser partícipe, para eso había trabajado tan duro. Aunque fuera con un puesto más bajo, con menos poder de decisión, debía llegar a un tribunal más importante y con mayores posibilidades de ascenso.

—A Barcelona —murmuró sentándose en la cama—. Tengo que pensar un plan para llegar a Barcelona. —Acarició la campanilla, más relajado—. Sí, quizá cuando se me nombre barón pueda emplear el título y los dineros de la baronía sabiamente. No tendré que implorar a mi hermano para hacerme con la ayuda de los señores de Montcada... Lo importante es saber a lo que uno quiere amoldarse, saber donde uno quiere llegar en Su servicio para que Dios le ilumine en el camino.

IX

Vic, año de Nuestro Señor de 1506

Gerard de Prades había rubricado aquella carta con su sello.
Pero se la hizo llegar a Domènech de manera furtiva y esto
inquietaba al fraile. Imaginaba sobre qué quería hablar,
pero que el conde de Empúries se desplazara personalmente
hasta Vic para entrevistarse con él, que solicitara un encuentro tan privado como discreto, eran cuestiones que hacían
que Domènech descartara un posible interés piadoso respecto
a la desaparición de Guifré. Si tal fuera la motivación de los
movimientos de Gerard, que su piedad fuera pública le bene-
ficiaría socialmente. ¿Por qué no podía hacer como él, aceptar
con tristeza el terrible desenlace final de la vida de su hermano?
Tal como había percibido la última vez que lo vio, Domènech
sabía que Gerard de Prades ocultaba algo y la prueba era aquel
encuentro.

Tras recibir la carta, envió una respuesta al conde de
Empúries citándolo en las dependencias donde desarrollaba
su trabajo inquisitorial. Al caer la noche, el palacio quedaba prácticamente vacío. Allí Domènech podía darle la discreción deseada a Gerard y, a su vez, tenerlo en su terreno. El
dominico estaba decidido a averiguar, aquel día, qué ocultaba
el conde.

Añadió un leño a la chimenea y lo atizó para avivar las llamas. Luego se puso en pie y miró a su derecha. Había hecho traer a sus dependencias algo de vino. La jarra de cerámica estaba sobre su mesa de trabajo. Fue hacia la pared opuesta y sacó dos copas de un armario que tenía al lado de las estanterías. Las había adquirido en Roma y eran de un cristal finamente labrado. Las puso al lado de la jarra. El candelero que había sobre su mesa tenía dos velas encendidas. Decidió dar algo más de luz a la estancia y prendió las de un candelabro de pie que estaba cerca de la entrada. Justo al encender la última, llamaron a la puerta.

Abrió personalmente. Tras el mismo fraile que había hecho circular las misivas estaba Gerard de Prades, envuelto en una capa negra que le cubría prácticamente todo el rostro y dejaba apenas sobresalir el ala de su sombrero, también negro. Domènech inclinó levemente la cabeza, se hizo a un lado y Gerard de Prades entró en la estancia.

—Tome asiento, por favor —indicó el fraile cerrando la puerta.

El conde de Empúries se quitó la capa, el sombrero y los guantes. Gerard vestía una túnica negra, algo polvorienta por el viaje. Pero los guantes eran de una piel marrón, clara y sucia, en cuyo dorso apenas se distinguían tres hileras de bordado geométrico más oscuras. El fraile concluyó que debían de tener algún valor sentimental, ya que a la vista saltaba que no se conjuntaban con el resto de la indumentaria.

Gerard de Prades dejó capa y sombrero sobre el respaldo de una de las sillas que había frente a la mesa de trabajo y se sentó en la otra, con los guantes en su regazo. Domènech sabía que las sillas no eran especialmente cómodas, pero a la Inquisición no siempre le interesaba que las visitas estuvieran cómodas. El dominico sonrió levemente y se sentó frente a Gerard, en su confortable butaca. Mirándolo fijamente, escanció vino en ambas copas y le extendió una a su invitado. Este despegó sus tensos labios para beber un sorbo mientras Domènech decía:

—¿No viene su primogénito?

—Este asunto no le atañe. Es cosa del cabeza de familia y, de momento, sigo siéndolo yo, fray Domènech. ¿Ha averiguado algo sobre los bandoleros, el ataque a…?

—No.

Gerard se mordió el labio inferior y bebió otro sorbo de vino. El clérigo dejó su copa sobre la mesa sin apartar la mirada del conde. Se recostó sobre el respaldo de su silla, puso los codos sobre los brazos y trianguló los dedos de sus manos a la altura de la barbilla.

—Conde, hice lo que me pidió, por supuesto. Y por lo que respecta a las inmunidades eclesiásticas, no creo que esos bandoleros se hayan acogido a ellas. Sin embargo, estamos hablando de mi hermano. Así que, en cuanto llegué a Vic, también intenté buscar algún rastro de sus atacantes por otras vías. Ya sabe que el Santo Oficio cuenta con una buena y leal red de familiares, servidores del Señor que no han tomado hábitos y están por todas partes, atentos a la herejía y a cualquier otra cuestión que nos pueda interesar.

Gerard acarició sus guantes y miró a Domènech con una expresión que al dominico le pareció un atisbo de esperanza. El fraile continuó:

—No hemos hallado nada.

El conde frunció el ceño. Bajó la mirada y pareció sumirse en sus pensamientos. Domènech alargó la mano derecha, tomó la copa de vino y dio un sorbo. Gerard de

Prades no hablaba. Su silencio reflexivo fue dejando paso a una ira contenida que se reflejaba en sus ojos marrones.

—Esto no significa que no vaya a continuar con mis investigaciones. Señor, entiendo que sospeche del honor de mi hermano, pero…

—¡¿Honor?! —estalló Gerard de Prades dando un golpe seco en el brazo de su silla con los guantes. El fraile ocultó sus ganas de sonreír al ver que la furia ponía en pie al conde—. Su hermano no sabe de honor. Se lo ha arrebatado a mi familia, a mi hija —gritó.

—Señor —dijo Domènech intentado que su voz sonara conciliadora—, mucho me temo que hay algo que desconozco…

Gerard de Prades miró al monje, en pie como estaba. Se dio cuenta de que había perdido la compostura. Mantuvo unos instantes el silencio, pensativo, sopesando su situación. Y por fin, en un tono más sereno, preguntó:

—¿Me puede oír en confesión?

—Si el conde lo desea, para este humilde fraile será un honor —respondió Domènech manteniendo el tono suave.

Gerard se sentó de nuevo en la silla. Bajó la vista y se centró en la pluma de cálamo que yacía sobre la mesa.

—Elisenda está embarazada de su hermano Guifré…

—¡¿Cómo?! —exclamó Domènech, provocando con ello que Gerard alzara la vista.

Sin duda, sus ojos azules transmitían sorpresa. Gerard vio cómo se santiguaba. Pensó que era por el pecado ante el que se hallaban. Pero no. El monje tuvo claro al oír aquello que Dios estaba iluminando su camino para salir de Vic sin que le fuera a costar dinero a su inminente baronía. Debía apoyar al conde, hacer que este le debiera algo.

—¡Dios mío, perdónalo! —exclamó Domènech alzando la vista al cielo. Suspiró y miró a Gerard—. Señor conde, entiendo cómo se siente. No se puede consumar la unión que no existe ante los ojos de Nuestro Señor.

Se levantó de la silla y se sentó en la que estaba al lado de Gerard procurando no apoyarse en el respaldo, donde reposaban la capa y el sombrero. Sus rodillas quedaban altas y le hacían sentir algo ridículo, pero aun así se inclinó levemente hacia el conde, buscando complicidad:

—El pecado no es vuestro, señor.

—Pero sí lo es la deshonra. —Gerard no podía mirar a Domènech—. Debo confesar que pensé en destrozar a Guifré de Orís; obligar a mi hija a que lo denunciara por estupro, por robarle su pureza…

—Sin duda, hubiera estado en su justo derecho. Es un comportamiento absolutamente punible. A nivel jurídico…

—Nada… El castigo habría sido que Guifré pagase una dote o que se casara con ella. Y su hermano fue muy listo, fray Domènech. Había venido a pedir la mano de Elisenda con una carta de los señores de Montcada, que sabían, por lo tanto, de su intención. No me hubiera servido de nada denunciarle. Un escándalo. Hacer pública la deshonra de mi hija y, con ello, la de mi familia. Era más fácil la boda, supongo que era más fácil ceder.

Domènech suspiró de forma audible y adoptó un aire pensativo. Gerard, por fin, se atrevió a mirarlo.

—Entonces, ¿nadie sabe esto? —preguntó el dominico.

—No… Bueno, Elisenda, su criada y yo.

—¿Gerau no lo sabe?

—¿Adónde quiere ir a parar?

—Bueno, es joven, impulsivo y educado en el honor a la familia de Prades.

—¡Oh! —suspiró Gerard. Por un instante se le pasó por la cabeza que pudiera haberlo averiguado y que... Pero no. Sabía que Gerau era valiente sólo de palabra, no por sus acciones—. ¡Es absurdo! No lo sabe.

—Bien, conde. Entonces, debemos encontrar una fórmula para que el honor de su familia se mantenga intacto.

—¿Debemos?

Domènech se puso en pie y paseó de lado a lado de la estancia, obligando a que Gerard se girara para mirarlo mientras hablaba:

—Sí, debemos. Sin duda, no deseo que por un pecado cometido por mi hermano quede en entredicho el honor de la familia de Prades. Quizá Dios me perdonara si no hiciera nada al respecto puesto que no soy el pecador, pero no —volvió a santiguarse—, yo no podría...

Gerard consideró el gesto y la actitud de Domènech. Le gustaba aquel dominico. Parecía un guerrero en su hábito, un guerrero de Dios. Aunque el viejo conde no se creía una actitud tan piadosa. Cierto era que el escándalo podía salpicar su carrera eclesiástica y Gerard intuía que el fraile era consciente de ello. Tal vez pudieran ayudarse mutuamente. Aun así, el conde de Empúries esperó a que Domènech hiciera un ofrecimiento claro.

—Puedo encargarme del asunto. Elisenda tendrá un hijo del pecado, pero no deja de ser hijo de mi hermano.

—Fray Domènech —dijo Gerard poniéndose en pie y obligando al clérigo a detenerse frente a él—. Sólo quiero una cosa: no saber nada de Elisenda ni de su hijo. Nada. No tengo hija, ¿entiende? Mucho menos un nieto bastardo fruto del pecado. Al principio preguntarán… Haré un esfuerzo por responder: el amor la ha vuelto loca, como dicen que le está pasando ahora a doña Juana, la hija del Rey. Simple. Sólo quiero que desaparezca.

Gerard miraba a Domènech, frente a frente. Pese a que el conde era más bajo que el fraile, su porte y su tono desprendían tanta dignidad como autoridad.

—No sabrá nada de ella. Le doy mi palabra.

—Bien —Gerard se echó la capa sobre los hombros. Luego tomó el sombrero con la misma mano con la que sostenía los guantes, y puso la otra sobre el hombro de Domènech—. Futuro barón de Orís, sepa que yo no olvido a mis amigos.

«Ni voy a dejar que lo haga», pensó Domènech mientras asintía con gravedad.

Gerard de Prades pernoctó a las afueras de Vic, en una posada. Sólo se había hecho escoltar por un hombre. A la mañana siguiente, al alba, dejaron la posada y salieron al galope hacia Castelló d'Empúries.

Desde que ella le comunicó que estaba embarazada, el dolor y la humillación habían acompañado al conde. Su orgullo estaba profundamente herido, puesto que su hija se había revelado capaz de corromper su virtud para entrometerse en las decisiones sobre las que él, cabeza de familia, debía tener pleno e incuestionable poder.

Al dejar a Domènech, Gerard de Prades se había sentido aliviado. Aunque no dejaba de pensar hasta qué punto era un secreto el embarazo de su hija. Gerard sabía que tenía múltiples aliados, pero también enemigos que gozarían con su deshonra. Entre ellos, el Capitán General y su hijo, con quienes había estado en tratos… Por fortuna, Elisenda le había anunciado su embarazo antes de cerrar por completo el compromiso. Pero ¿y si se habían enterado y habían dispuesto la desaparición de Guifré para recuperar la posibilidad de una alianza matrimonial con el condado de Empúries? ¿Y si Gerau, impulsivo y sin experiencia…?

«¡Qué más me da ese barón! ¡Mejor muerto, justo es el castigo!», pensó Gerard a lomos de su caballo. La solución acordada con el fraile era suficiente para quitarse un peso de encima. Por lo menos, Domènech de Orís era un hombre digno, mucho más responsable de lo que había demostrado serlo su hermano. Por lo que a Gerard de Prades concernía, Guifré y Elisenda estaban muertos.

El conde de Empúries sólo permitió cargar un arcón. Joana se decidió por el de novia, el que había permanecido intacto e ignorado desde el día en que debía haberse celebrado la boda. En él iban trajes y vestidos que preveían la evolución del embarazo de Elisenda.

Gerard de Prades le lanzó una mirada severa, pero no dijo nada. El hombre había encargado aquel arcón cuando aún aspiraba a casar a su hija con un heredero de alta cuna. Ordenó pintar en el interior, en la puerta superior y en la lateral, dos deliciosas escenas familiares que esperaba ilustraran el destino de Elisenda. Deshonrada ahora, mejor era que se lo llevase. Le ahorraría quemar tan costoso regalo.

La joven salió de la casa oculta por la misma capa marrón que llevaba la última vez que vio a Guifré. Lo único que la confortaba ante aquel destierro incierto era que Joana iría con ella, aunque no supieran su destino. No le entristecía dejar su palacio. Sólo quería permanecer encerrada, llorando la pérdida de su amado aunque no le quedaran ya lágrimas. Subió al carruaje seguida por la mujer que la había criado. Ni siquiera miró a su padre antes de que se cerrase el cortinaje negro de la ventanilla.

Partieron en la oscuridad de la noche. Tampoco verían la luz del día a lo largo del viaje. Ambas mujeres supieron que habían salido de Castelló d'Empúries porque los cascos de los caballos y el traqueteo de las ruedas dejaron de sonar sobre el suelo adoquinado. Para Elisenda, esta fue su única percepción del recorrido. El resto transcurrió prácticamente a oscuras, entre la noche y el cortinaje. Si se adormiló en algún momento del trayecto, apenas fue consciente. Sus pesadillas y sus pensamientos no diferían mucho.

Por fin, algo de luz se filtró por el denso tejido. Pero el trayecto seguía y el tiempo, para ella, pasaba con la misma lentitud confusa con la que había transcurrido durante su encierro en palacio. Cuando sentía que el miedo por su destino incierto abría la puerta a la desesperanza, cerraba los ojos, se tocaba el vientre e intentaba imaginarse a sí misma contándole a Guifré que iba a ser padre.

Ya oscurecía cuando el carruaje, tras cuestas y curvas, se detuvo. Elisenda se atrevió a mirar afuera. Sólo pudo ver una pequeña iglesia y, en la penumbra, una casita frente a la cual había un huertecillo. Su corazón palpitaba acelerado. Joana le tomó una mano. Uno de los hombres que las había escoltado abrió la portezuela del carruaje. Elisenda salió. Las siluetas de las hortalizas del huerto estaban iluminadas por la luz de la luna. El viento agitaba su capa. Oyó el aullido de un lobo. A su derecha había unas caballerizas. Alzó la cabeza y, sobre un peñasco, intuyó la orgullosa silueta de una fortificación.

—Estamos en Orís —anunció sonriente a Joana.

Ella le devolvió la sonrisa, apesadumbrada. Mientras, de reojo, observó cómo un viejo párroco salía de la casita que estaba junto a la iglesia. Avanzó hacia ellas con paso lento. Al llegar, hizo una leve inclinación de cabeza y dijo:

—El barón de Orís ha dispuesto que la dama suba al castillo. —Y dirigiéndose a Joana añadió—: Ha pedido que usted aguarde en la parroquia.

La sierva miró a Elisenda, pero esta parecía ausente y sólo tenía ojos para la fortificación. Joana no se atrevió a preguntar por los motivos de aquellas disposiciones. Amaba a Elisenda como a una hija. Y sabía qué era perder un hijo. Obedecería siempre que pudiera permanecer cerca de ella, obedecería siempre que pudiera asegurarse de su bienestar. El párroco miró con compasión a la mujer y ella fue hacia la iglesia.

Luego, sin mediar palabra, el anciano avanzó hacia unas escaleras que ascendían por el peñasco. Elisenda lo siguió. No echó de menos a Joana. No se volvió cuando el carruaje marchó. El párroco sabía donde poner los pies en las escaleras que subían hacia el castillo. Pero el ascenso fue lento. El viento soplaba cada vez con más fuerza y sus años no le permitían afrontar sus embestidas con agilidad.

Al llegar arriba, las puertas de la fortificación esperaban abiertas. El patio estaba desierto y apenas iluminado por alguna antorcha. El cura fue hacia la casa señorial. La joven apenas pudo ver la disposición del patio. Pero su corazón palpitaba. Sabía cómo era el lugar. Desde que la boda fuera aprobada, las cartas de Guifré no habían hablado de otra cosa. Y ahora, Elisenda oía su voz risueña explicándole cada silueta entre las penumbras.

Entraron en la casa. Subieron unas escaleras y llegaron a un pasillo superior. Elisenda intuyó, entre las sombras, los tapices en las paredes. Reconoció uno, de Ulises y las sirenas, y enseguida supo que Guifré los había hecho colgar para ella, para ellos. «Nuestro hijo se criará en tu casa», pensó ilusionada. El párroco se detuvo ante una puerta, la abrió, y con la mano indicó a la joven que entrara. Una pequeña vela apenas rasgaba las sombras. Elisenda sólo pudo distinguir una sencilla cama. Se quitó la capa y su sedoso pelo negro quedó al descubierto.

—¿Y la toquilla?

Elisenda se asustó. Era la voz de un hombre. Una voz profunda, serena y desconocida. Se giró y vio como alguien, sentado, encendía una vela que había sobre una mesa. Al distinguir el hábito dominico supo quién era aunque no lo conociera. Domènech se puso en pie y se dirigió hacia ella. Era alto, tanto como Guifré, aunque más corpulento y su mirada, enmarcada en una cabellera negra, era de un color azul atemorizante.

—¿La toquilla? —Domènech se paseó alrededor de ella con las manos a la espalda—. Es obvio que no eres virgen. Por eso estás aquí. Sólo verás a tu sierva, pero cuando yo disponga. Podrás salir de esta habitación, pero nunca bajarás al piso inferior. Tampoco al patio. Aun así, ya no eres doncella y llevarás la toquilla. Siempre. Piensa que sabré cuándo no la llevas. Piensa que sabré todos tus movimientos. Ya me he encargado de ello.

Domènech se detuvo frente a Elisenda, autoritario. Los ojos verdes de la joven reflejaban miedo. El fraile sintió una punzada de excitación. Su mirada se desvió, descarada, hacia los labios de aquella mujer, rojos, carnosos, hacia sus pechos generosos. «Sí, es una criatura del pecado —pensó. Al verla creyó entender el proceder de su hermano—. Incapaz de vencer la tentación. Débil, como cuando éramos niños.»

—Ahora subirán tus cosas —concluyó Domènech con desprecio.

Luego se marchó de la habitación.

X

Océano Atlántico, año de Nuestro Señor de 1506

El único indicio claro del paso del tiempo en aquella nao fue el decaimiento de los cuerpos. Nos sacaban de la bodega, pero no sé con qué regularidad. Siempre era a pleno sol, y nos daban porciones de pan cada vez más escasas, mohosas y duras. Cayeron esclavos, no por los azotes, sino porque sus cuerpos no resistieron la escasez de comida y agua. También cayeron algunos marineros. Yo, en cambio, sentía mi cuerpo mejorar día a día, fruto quizás del reposo forzado.

Entonces empezaron a hacer salir, de vez en cuando, a algunos esclavos para realizar tareas en cubierta. Por la luz que se filtraba, intuía el momento del día que debía de ser. A veces deseaba estar entre ellos para saborear algo más de aire fresco y contener mi mente angustiada. Pero el poder de la razón acudía a mí: con la escasez de alimento, el trabajo aumentaba las posibilidades de acabar muerto. Así que me quedaba quieto en mi oscuro rincón, intentando pasar desapercibido. Hasta entonces, me había ido bien aquella táctica de mantenerme prácticamente invisible.

Durante un tiempo pensé mucho en Elisenda, pues, sin duda, quien había encargado mi muerte lo hizo para evitar nuestro matrimonio. Y esto me producía una profunda desazón. Pudo ser su padre, ya que había aceptado nuestra unión a regañadientes y yo no sabía de qué armas se sirvió ella para convencerlo. Pero, ¿y si había algún otro pretendiente despechado? En mi corazón se mezclaban los sentimientos de rabia y dolor hasta el punto de que me carcomían las entrañas. Al principio, por ella, por saberla probablemente forzada a otro matrimonio. Pero debo confesar que la rabia y el dolor también eran por mí, por mi desdichada situación. No me habían matado, pero habían eliminado mi dignidad: estaba obligado a soportar la humillación, a mostrar sumisión, incluso a fingir temor para asegurar mi propia supervivencia.

Si lo soporté, no sólo fue por el deseo de saber, de regresar y saber, sino por Abdul. Aunque pertenecíamos a diferentes pueblos, nuestras situaciones eran parecidas: ambos de noble estirpe condenados a la esclavitud. A él también lo habían atacado, pero en pleno desierto al norte de África, cuando regresaba a las tierras de su padre tras su peregrinación a La Meca. También fue una emboscada. Pero si la mía había sido un encargo que escondía siniestras intenciones, la suya se debió a la mala fortuna: pasó por el lugar inadecuado en el peor momento. No hablábamos mucho sobre nuestro pasado, pero nos apoyábamos constantemente, manteniendo la misma actitud, procurando no olvidar que, ante todo, éramos personas y lo seguiríamos siendo. Así, nuestra supervivencia diaria se convertía en la victoria de una batalla.

Cuando la mar era brava, el estómago se agitaba y me mareaba, pero luchaba por no expulsar del cuerpo el alimento que me habían dado a sabiendas de que eso acabaría en cuanto tocáramos puerto. Cuando la mar era calma, la bodega del barco se mecía, sumiéndome en una especie de letargo. Era agradable para el cuerpo, pero hacía flaquear mi mente pues indicaba que el viaje se alargaba.

Así estaba, adormilado, cuando se abrió la puerta de la bodega y dejó entrar una luz crepuscular. El corazón me dio un vuelco. Estrellas. Cierto que había oído al mercader de esclavos que me vendió hablar de las Indias, así que hacia allí debíamos de ir. Pero se apoderó de mí la expectativa de ver un cielo nocturno cuyas estrellas me dieran algún indicio del rumbo que seguíamos y fui hacia las escaleras. Era tan increíble el vuelco que había dado mi vida que tener una prueba tangible de mi destino más allá de las cadenas me dio un ánimo distinto.

Subí a cubierta y, en efecto, la noche caía como un manto denso. El mar mostraba manchas de un intenso azul violáceo combinadas con un gris claro. Miré al cielo y mis expectativas se vinieron abajo. Las nubes, dispersas pero oscuras, impedían ver el mapa completo de los cuerpos celestes.

—Muévete, holgazán —me ordenó el hombre del látigo.

Volvió a cerrar las puertas de la bodega y nos dio un cubo a cada uno de los cinco esclavos que habíamos subido para que limpiáramos la cubierta.

Arrodillado, fregaba mientras notaba cada vez más revuelto el mar. El olor salobre aumentaba, el viento se agitaba, pero todos parecían tranquilos: nuestro vigía no nos quitaba el ojo de encima y los marineros no parecían en especial estado de alerta. Cada vez que podía, disimuladamente, miraba de reojo al cielo y me parecía que las nubes se espesaban. La vela latina de mesana estaba desplegada, y entre ella y el vigía no me dejaban ver los movimientos del castillo de popa con claridad. Me sentía desconcertado. En mi Orís natal, aquellos signos indicaban que una tormenta se avecinaba y, aunque yo no era marino, algo había leído y aprendido en Barcelona para hacerme a la mar. Según recordaba, plegar velas o asegurar sus sujeciones era lo mejor para evitar daños. «Quizá quieren aprovechar el viento. Hasta que no amaine, tal vez no haya lluvia», pensé.

—Tú, el del pelo claro —me espetó de pronto el vigía—, ve a limpiar la borda de babor.

Mirando hacia popa como estaba, me giré hacia la derecha:

—¡Anda! Resulta que el morito sabe donde está babor —apuntó un hombre de mediana edad precisamente en la borda que me habían mandado limpiar, y añadió en tono burlón—: Mire, don Hernán, distingue mejor que usted.

Por las escaleras del castillo de popa bajaba el joven de la barba cuidada, el que me había llamado la atención el primer día que nos sacaron a cubierta. Con una sonrisa, aceptó la broma:

—Es usted muy gracioso, don Alonso.

De pronto, el viento rugió y el oleaje bravío agitó el barco haciendo crujir los mástiles. Por unos instantes, me costó mantenerme en pie. Cuando me sentí estable, un ruido sobre mi cabeza me llamó la atención. Un madero en el mástil de mesana crujía amenazante. Se agitó con otro golpe de viento hacia popa. Vi al joven, el llamado Hernán, aún en la escalera: tenía el madero sobre la cabeza, balanceándose descontrolado. Fue instintivo: me lancé sobre él. El palo se desprendió y el hombre gritó de dolor. Le había alcanzado un pie.

—¡Santo Dios! —gimió.

De pronto, noté cómo me arrancaban de encima de él entre gritos y confusión. Me vi tirado en el suelo de cubierta: ante mí, dos marineros y el vigía. Y viento y olas salpicándonos. Todo fue muy rápido. Vi que recogían al joven herido de la escalera. Oí los gritos del capitán en reacción ante el vendaval y los dos marineros fueron a obedecer órdenes mientras el vigía desplegaba el látigo y lo alzaba amenazante. Me encogí como un ovillo: «¿Por qué he subido? Virgen de Orís, protégeme...».

—¡Déjalo! —oí que gritaba una voz familiar.

Miré y vi al hombre que se había reído de mí en la borda, a don Alonso, reteniendo el brazo del vigía. Frenó el golpe, pero el látigo cayó y me rasgó con su punta el brazo, arrancándome un grito.

—Le podría haber caído el palo en la cabeza a don Hernán Cortés —añadió el hombre—. Mete a los esclavos en la bodega, vamos.

El hombre del látigo miró furioso al caballero, pero obedeció. Sólo me atreví a suspirar aliviado cuando estuve de nuevo en el agitado vientre de la nao.

XI

Orís, año de Nuestro Señor de 1506

Joana y el anciano sacerdote estaban en la casa parroquial, sentados frente a la chimenea. Desde que llegara a Orís, la sensación de frío no la abandonaba. La mirada pétrea de Domènech se le había quedado grabada como las imágenes de los demonios que advertían del castigo en los frisos de las iglesias. Sólo habló con el monje una vez, pero se estremecía cada vez que recordaba su voz:

—Arderás en la hoguera si, fuera del castillo, alguien descubre el embarazo de tu ama.

Joana enseguida advirtió que no era la única amenazada. La cocinera apenas se atrevía a mirarla a los ojos cada vez que iba a buscar la comida que debía subirle a Elisenda. La sierva sólo podía visitarla entonces. Sus entradas y salidas a la casa señorial estaban controladas por Frederic, el vasallo que gobernaba el castillo en la ausencia continua del nuevo barón. Joana lo había conocido cuando su niña se enamoró de Guifré. Compartieron paseos y charlas tras los enamorados en las que el caballero mostró nobleza de carácter y una gran lealtad. Esta lealtad por sus respectivos jóvenes señores creó entre ambos un nexo de complicidad, a pesar de las diferencias sociales que existían entre ellos. Sin embargo, en Orís, no era el mismo hombre. Distante, retraído, Frederic apenas la miraba más allá de las órdenes que se le habían encomendado. Y aunque la cicatriz que cruzaba su mejilla derecha podía resultar amenazadora, Joana no lo temía, pero comprendía que era imposible saber hasta dónde podría llegar empujado por su propio miedo al barón. «¿Con qué lo habrá amenazado?», se preguntaba a menudo la mujer. Sin duda, Frederic sabía quién era aquella a quien los demás llamaban «la dama del castillo» y a veces, cuando iba a llevarle la comida a Elisenda, sorprendía al caballero mirando hacia la casa señorial con una tristeza que acababa con el dorso de su mano sobre la cicatriz.

Por ello, Joana se limitaba a obedecer y aprovechaba cada instante con Elisenda para intentar que la joven no perdiera del todo la cabeza. Por lo menos, aún la reconocía, aunque parecía vivir en otro mundo.

A parte de sus momentos con Elisenda, la única ocupación de Joana en aquel lugar era sufrir por su niña. Así que buscando vencer sus angustias, había empezado acercándose a la iglesia a orar a aquella virgencita que parecía más tranquila que severa, y había acabado ayudando al anciano párroco con la limpieza de las capillas, su casa y las tareas de la huerta. Él era la única persona que la trataba con piadosa naturalidad. Jamás había mostrado temor por tenerla cerca. Al contrario, sus cansados huesos agradecían la ayuda y ambos compartían su soledad frente aquella chimenea tardes enteras.

Tan sólo se oía el crepitar del fuego. Fuera, el vendaval había cesado y la nieve caía, pesada y continua, sobre el suelo ya blanco. El párroco leía y Joana tejía, aunque de vez en cuando no podía evitar levantar la mirada hacia la ventana, hacia el castillo.

—Eso que tejes, Joana, ¿es ropa de bebé?

—Sí, Padre —respondió ella sin detenerse en su labor.

El cura no pudo evitar una sonrisa cariñosa. ¿Cuántas veces había dado gracias a Dios, en los últimos tiempos, por haberle enviado a aquella mujer? Sin embargo, le preocupaba. El párroco no se había atrevido a hablar con Joana de ello, pero sabía que la mujer padecía por la dama del castillo y eso no le traería nada bueno:

—La piedad es un don de Nuestro Señor y Dios sabe cuánto la necesita esa mujer, tan cercana al parto. Pero Joana —suspiró el cura con pesar—, por favor, se prudente. Te lo ruego como viejo al que has aliviado de su soledad, como padre, no como párroco.

Joana notó un nudo en la garganta. Dejó la labor sobre su regazo y se atrevió a tomar la huesuda mano del anciano:

—Padre, sé que no debemos hablar de esto. No quiero mal para usted. Dejémoslo.

El cura bajó la mirada y la posó sobre el colorido tejido de lo que parecía una pequeña camisa. Sólo deseaba que Joana supiera que podía confiar en él.

—Esa mujer ha pecado. Está bien que te apiades, pero debe enfrentarse al castigo que el Señor le manda. No es tu pecado, Joana, no…

El ladrido de los perros interrumpió al anciano. Ambos miraron por la ventana y vieron aparecer un caballo pardo montado por un fraile dominico. En su capa negra se veían restos de nieve. El mozo de cuadras apareció al instante y lo saludó con una reverencia.

El párroco se puso en pie, sin soltar la mano que le había tendido a la mujer, mientras decía:

—Quédate aquí.

Se dirigió hacia la puerta. Joana, paralizada, sentía su corazón desbocado. Pero cuando el anciano ya estaba a punto de salir, la mujer reaccionó:

—¡Padre! Póngase una capa y un gorro. Nieva.

El párroco sonrió y dejó que ella le ayudara. Luego salió.

Joana no pudo evitar mirar por la ventana, asomándose, con la prudencia propia del temor. Vio que el fraile había ido al encuentro del párroco. Hablaron unos instantes frente a la casa. Luego, el anciano empezó a caminar hacia el castillo y Domènech dirigió una mirada hacia la ventana. Ella sintió que se le clavaban aquellos fríos ojos azules e, instintivamente, se retiró. Cuando se atrevió a mirar de nuevo, Domènech y el cura habían desaparecido. Los grandes copos de nieve empezaban a borrar las huellas que se dirigían a las escaleras.

A medida que aguardaba el regreso del anciano párroco de Orís, los pensamientos de Joana se convirtieron en una espiral de angustia y temor que no conseguía controlar. Intentó seguir con su labor, pero le resultaba imposible concentrarse. Así que se quedó frente a la chimenea, manteniendo el fuego para que la casa estuviera caliente al regreso del cura. El tiempo se le hizo eterno y sólo con la caída de la noche, la mujer se levantó de la silla y se dirigió hacia la cocina para preparar la cena.

El párroco volvió solo. Joana salió a la estancia principal. Se estaba quitando la capa y el gorro. Su respiración era pesada. Corrió a ayudarlo. El rostro del anciano estaba enrojecido y sus ojos parecían hundidos por el cansancio.

—Vaya junto al fuego a calentarse, Padre —le pidió la mujer.

El párroco, con pasos pesados, se acercó a la chimenea y se quedó en pie frente a ella. Mientras, Joana abrió la puerta y sacudió fuera de la casa los restos de nieve de la capa y del gorro. Luego, los colgó al lado de la entrada.

—No te encariñes con el bebé que espera —dijo el cura con tono apesadumbrado.

Joana se giró y miró al párroco sorprendida. Él tenía en las manos la pequeña camisa que había estado tejiendo durante la tarde. No miraba a la mujer, sino la labor.

—Me temo que es tarde para eso, Padre —contestó ella con un nudo en el estómago.

—No podrás asistirla en el parto.

—¡Cómo! ¿Acaso se quedará mucho tiempo el barón?

—No, mañana marchará. Pero… —El anciano se sentó. Parecía agotado—. Fray Domènech lo ha dispuesto así, y así será. ¡Santo Dios! Ha obligado a Frederic a azotar a Anna, la hija de la cocinera, simplemente porque la muchacha ha mirado hacia la ventana donde está ella. Te lo he dicho antes, Joana, no es tu pecado y sí puede convertirse en tu desgracia.

La mujer, temblorosa, fue hacia el cura y se sentó a su lado. El nudo que sentía en el estómago se convirtió ahora en claro temor por el niño. El hombre tenía los ojos humedecidos.

—Padre… Puede que la joven sea una pecadora, pero creo que el bebé no ha de ser culpable de los pecados de su madre… Lo puede salvar usted con el bautismo.

El párroco sonrió amargamente. Cierto que con el bautismo la criatura quedaría limpia del pecado original. Pero esta no había sido la disposición del barón de Orís y, al fin y al cabo, el anciano sólo era un humilde pastor de una pequeña y tranquila parroquia. Fray Domènech ya no tenía nada que ver con el niño que él vio crecer. Era un dominico con gran sabiduría, incluso había estudiado en la ciudad del Beatísimo Padre… ¿Qué podía objetar él a sus disposiciones? El párroco suspiró:

—Joana, prométeme que no intentarás asistir al parto. Si vive, es una señal divina y lo bautizaré, es mi deber cristiano. Pero tú no verás en ningún momento a ese bebé. Es por tu bien… y por el de todos. Si no puedes aceptar esto, mejor será que… —El hombre tragó saliva y acabó la frase con un hilo de voz—: Mejor será que te vayas.

Joana sintió que el miedo se mezclaba con la compasión. Miró al anciano, que bajó la cabeza y se frotó las manos buscando calor.

—Prepararé la cena, Padre —musitó la mujer.

Mientras iba a la cocina, sintió que se le erizaba la piel. Los ojos de Domènech no desaparecían de su mente. Hubiera querido preguntar más al cura, pero sólo le cabía aguardar. No podría asistirla en el parto, pero estaría cerca.

XII

Océano Atlántico, año de Nuestro Señor de 1506

Todo había pasado muy rápido para el joven Hernán Cortés que, durante un instante, había visto peligrar todos sus sueños.

Hijo único de familia noble pero sin fortuna, sabía que había decepcionado a su padre cuando dejó sus estudios de derecho en Salamanca. Pero Hernán vio claro durante aquellos dos años en la universidad que la fortuna no estaba en conocer el latín o las leyes, sino en saber cómo labrarse su propio destino. Y para ello debía estar en los lugares donde había acción. Por eso había intentado por todos los medios ir a las Indias, a un mundo que crecía día a día y ponía nuevas tierras a los pies de quien supiera hacerlas suyas, un mundo donde su posición de hidalgo le daría mayores posibilidades de ascenso que en la vieja Castilla, repartida ya entre los grandes nobles. Cuando en su primer intento se quedó fuera, no regresó cabizbajo a su Medellín natal. Se hizo con un oficio en Valladolid, viajó a Italia a las órdenes del Gran Capitán, don Gonzalo Fernández de Córdoba, pero sin abandonar nunca su objetivo: las Indias, el oro, las tierras… Por fin, y tras trabajar unas semanas en Sevilla, había conseguido embarcar en aquella nao, la *Trinidad*, capitaneada por un avezado hombre de Palos, Antonio Quintero. Todo a pesar de las reticencias de su padre, que tantas veces lo había acusado de iluso. «Y pensar que un golpe de viento podría haber acabado con todo», se decía Hernán mirando su pie vendado.

Por suerte, esta vez no fue preciso un algebrista para recomponer sus huesos. Había sido un simple golpe, más doloroso que grave. También notaba su espalda dolorida a causa de la caída. Pero daba las gracias a Dios por ello… Porque sin duda era Dios quien había puesto a aquel esclavo en su camino. «Y tiene que haber algún motivo, alguna razón para que el Señor haya usado a un esclavo infiel para salvarme», pensaba.

De su mente no desaparecían aquellos ojos color miel enmarcados en una maraña sucia de cabello ondulado y rubio. Al principio no se había percatado. Pero en cuanto le curaron el pie y tuvo tiempo para la reflexión, se dio cuenta de que era el mismo esclavo que le había llamado la atención sobre cubierta, por su piel pálida y su actitud reposada, casi noble. «No parece un salvaje ni actúa como tal —concluyó—. ¡Oh, Señor! ¿Hay algo que quieres para ese esclavo infiel? Sin duda, lo has usado como tu instrumento… ¿Qué debo hacer a cambio? ¿Qué quieres, Dios, de mí?»

Aunque cojo, Hernán no pensaba quedarse en el lecho a la espera de una señal divina. Esta ya se había producido. Su fe era profunda y sabía que, para conseguir sus sueños, necesitaba el favor de Dios. Tenía que descifrar sus designios. Por eso salió a cubierta. El día era claro y el viento había amainado. En el palo mayor, las velas cuadras aprovechaban la brisa favorable.

El vendaval del día anterior no había acabado en tormenta, pero Hernán sabía que causó algunos desperfectos en la *Trinidad*. En el mástil de mesana, con la vela latina arriada, unos esclavos sostenían el madero que casi lo mata mientras otros trabajaban para sujetarlo de nuevo al mástil. El encargado de esclavos no estaba con ellos, sino que era don Alonso quien supervisaba el trabajo. El joven hidalgo los observó. Él no estaba, pero sí reconoció al otro, aquel con el que su salvador había compartido el pan. Hernán se le acercó.

—¿Dónde está tu amigo? —preguntó con la autoridad de su rango.

Todos los esclavos que sujetaban el palo lo miraron con cierta confusión. Todos menos Abdul, el único al que Hernán dirigía la mirada. Sin embargo, el esclavo permaneció en silencio. Don Alonso se acercó a Hernán.

—Está en proa, creo que sujetando la vela del bauprés.

Hernán miró a su compadre, algo confundido.

—Hemos perdido algunos marineros, y ese esclavo sabe, al menos, dónde está babor. Así que…

—¡En el bauprés puede caer al mar!

—Ay, don Hernán, es un simple esclavo. Cierto que vale dinero, pero…

—Don Alonso, usted lo vio todo.

—Y lo salvé de morir a latigazos, así que debe estar agradecido. Usted agradézcaselo a Dios, no a un simple esclavo. No ha tratado mucho con ellos, ¿verdad? Pero seguro que en Medellín tenían perros. ¿Y acaso no ha visto jamás a un perro morder la mano que le da de comer? No se deje confundir, mi joven don Hernán, va a tratar con muchos esclavos en La Española. —Dando por acabada la lección, don Alonso se dirigió a los que sujetaban el madero al mástil y les gritó—: ¡Deprisa, que hay que desplegar la vela, perros!

El hidalgo no pareció convencido. Por lo que él sabía, según la Santa Madre Iglesia, el alma poseía libertad de elección y aquel esclavo había elegido ser piadoso. En sus acciones había mostrado, por fuerza, que era humano y, por tanto, hijo de Dios Nuestro Señor. ¿Por qué había acabado allí, como una bestia sin alma?

Dio media vuelta y fue al otro extremo del barco, arrastrando su pie herido. Subió las escaleras del castillo de proa y, ya arriba, se sintió irritado: en el extremo vio al encargado de los esclavos, que aferraba su látigo mientras dos marineros observaban.

—Venga, bestia inmunda. ¡Átalo ya o serás pasto de los tiburones! —bramó el hombre atizando el suelo con el látigo.

Al acercarse, la irritación se convirtió en rabia. El esclavo de pelo claro y ondulado estaba allí, colgado del bauprés, atando una de las velas, un foque, sin ninguna ayuda. Y los marineros se reían de él, como si fuera un entretenimiento en una feria.

Inexplicablemente, el joven hidalgo se sentía como si aquel vigía, un sirviente al fin y al cabo, lo menospreciara utilizando a aquel esclavo para ello.

—Es una burla —masculló Hernán entre dientes. Le arrancó el látigo de las manos al vigía y le espetó—: ¡Sois idiotas! Si se cae, caerá el foque con él.

El vigía lo fulminó con la mirada. Hernán se mantuvo desafiante. Entre tanto, el esclavo acabó su labor y empezó a reptar por el bauprés de vuelta a la embarcación.

—¡Tierra, tierra! —gritaron desde la cofa, en lo alto del palo mayor.

El revuelo fue inmediato. «Por fin, La Española», pensó Hernán Cortés con un brillo en los ojos. Apenas oyó al vigía ordenar:

—Los esclavos, a la bodega.

La inminente llegada a la isla de La Española sumió la nao en un ajetreo lleno de risas y expectativas. Por fin comida fresca, mujeres y vino.

Al joven Hernán le invadió una sensación de alivio mezclada con impaciencia e ilusión en cuanto la gran nao ancló en la dársena del puerto de Santo Domingo, la puerta a un mundo nuevo lleno de oro, aventuras y éxito. «Le demostraré a mi padre lo que valgo. Elevaré nuestro linaje, llegaré a favorito del Rey», pensó con el pecho henchido mientras una barcaza lo llevaba al muelle. En cuanto puso pie en tierra, miró a su alrededor. Después de haber visto el puerto de Sevilla, aquel le pareció pequeño pero aun así, lleno de la actividad de un hormiguero. Hombres con sombreros coronados por coloridas plumas se mezclaban con esclavos, estibadores, soldados y ruido. Mucho ruido. El de quienes conversaban, el de quienes comerciaban, unido a estridentes sonidos de aves y el murmullo del mar.

Las barcazas iban y venían de la *Trinidad,* descargando las mercancías junto a las que había viajado Cortés. Entonces Hernán se fijó en una embarcación que llevaba a parte de los esclavos. Varó en la arena y los esclavos empezaron a bajar. Desde la barcaza, el vigía los observaba; en tierra, otro hombre los dirigía, contaba y examinaba su estado. Su mirada se volvió a encontrar con los ojos del hombre de cabello claro y ondulado que le había salvado la vida. Fue fugaz, pero el joven hidalgo se mordió el labio inferior.

Cojeando, se dirigió hacia el que controlaba aquellas mercancías:

—Disculpe.

El hombre se volvió con mala cara, pero su expresión cambió al ver la túnica negra de aquel caballero e inclinó levemente la cabeza a modo de saludo. Hernán continuó:

—¿Están vendidos?

—¡Sí, señor! Los indios son débiles, enferman, mueren rápido. Estos son más fuertes.

Cortés bajó la vista y suspiró. «Bueno, tampoco tengo dinero para comprarlo», pensó. Volvió a mirar al hombre.

—¿Y cuál es su destino? —preguntó.

—Minas, señor, minas de oro. En la sierra de Ocoa. Es donde más se necesitan.

XIII

Orís, año de Nuestro Señor de 1506

Elisenda estaba sola cuando rompió aguas. Pero su grito, fruto del miedo más que del dolor, advirtió a todos los siervos del castillo de que había llegado el momento.

Frederic entró en la cocina. La hija de la cocinera se quedó paralizada al verlo mientras un escozor agudo recorría las marcas abiertas que el látigo había dejado en su espalda. El rostro del hombre parecía más pálido de lo habitual y la cicatriz de su mejilla derecha destacaba especialmente. A la joven le sorprendió verlo retorcerse las grandes manos con nerviosismo.

—¡Anna, no te quedes parada! Venga, necesitamos más agua —ordenó la cocinera. Y al ver a Frederic, añadió con voz seca—: La partera ya está con la dama. Necesita agua y paños…

—Haced lo que debáis —dijo el hombre en tono quedo—. Yo esperaré aquí.

Se sentó y observó cómo la mujer vertía en un cubo el agua que había hervido en una olla al fuego. Luego, la cocinera se dirigió hacia la puerta.

—Recuerda, Gisela: sólo tú puedes ayudar a la partera, por favor —le rogó Frederic.

La mujer, enjuta pero robusta, se detuvo un instante. Miró al caballero. Lejos de inspirarle rencor por haber flagelado a su hija, le dio pena: se le veía encogido sobre la mesa con aire triste. «¿Qué le habrá encargado ese demonio de barón?», pensó Gisela estremeciéndose aún al recordar el brillo satisfecho en los ojos de Domènech mientras Anna era azotada. No respondió a Frederic, se limitó a asentir y salió de allí.

Ya en la puerta de la alcoba, la cocinera pudo oír los gritos de la parturienta llamando a Joana. Abrió y se quedó paralizada ante la escena: en una esquina estaba Elisenda, encogida sobre el charco de sus propias aguas; pataleaba y gritaba fuera de si. La partera intentaba sujetarla con fuerza mientras decía con voz suave:

—Por favor, deja que te ayude.

Pero era imposible. La joven se revolvía entre la rabia y el dolor del parto mientras gritaba:

—¡Ladrona, bruja ladrona! ¡No nazcas, hijo, no nazcas!

Al percibir la presencia de Gisela, la partera le espetó:

—Vamos, no te quedes ahí. Ayúdame. Hay que llevarla a la cama.

—¡Joana! —gritó la embarazada—. ¡Ven, Joana! ¡Me lo quieren quitar!

La cocinera dejó el cubo de agua y corrió hacia ellas. Intentó sujetar a la joven por debajo de las axilas, pero Elisenda se revolvió:

—¿Y Joana? ¿Quién eres tú? ¡Joana! ¡Que me lo quitan!

La partera, impotente ante la histeria de la chica, la abofeteó. Elisenda la miró sorprendida.

—Te vamos a llevar a la cama —dijo la curandera autoritaria.

La joven, por fin, se dejó ayudar. Apoyada en las dos mujeres, caminó encorvada hacia la cama. Parecía vencida, y ahora, en lugar de gritar, musitaba el nombre de Joana y repetía frases inconexas.

Continuó así cuando la ayudaron a tumbarse en la cama. Pero la paz duró poco. A la siguiente punzada de dolor, volvieron las pataletas y los gritos.

—Sujétala por las muñecas —ordenó la partera a Gisela.

Esta inmovilizó a Elisenda como pudo y la otra mujer intentó mirar entre las piernas de la embarazada.

—¡Joana! ¡Viene el niño, Joana!

La curandera alzó la mirada hacia Gisela y ordenó:

—Hazla llamar.

—¿Qué? —preguntó la cocinera, espantada.

—Esa Joana, que venga, vamos.

—Pero el barón dejó dicho…

—¡Que me quemaría si moría la madre! —gritó la partera—. La criatura viene con los pies por delante. Y los perderé a los dos si esta chiquilla no se calma. ¡Ve de una vez!

Anna, la hija de la cocinera, atravesó el patio del castillo corriendo con una antorcha en la mano. Frederic, en la puerta de la capilla, frunció el ceño cuando la doncella dejó atrás el pozo, pero no se interpuso en su camino.

La joven salió de las murallas y empezó a bajar las escaleras que llevaban a la parroquia. La niebla apenas le dejaba ver el suelo y casi se le cayó la antorcha cuando, a pocos pasos, topó con Joana.

—¿Va mal el parto? —inquirió la mujer, alarmada.

—No sé. Mi madre dice que vayas.

Joana corrió. Frederic la vio cruzar el patio, sola. Cuando ella entró a toda prisa en la casa señorial, el hombre apretó las mandíbulas y desapareció en el interior de la capilla.

Joana subió las escaleras y, al oír las llamadas de Elisenda, abrió la puerta de la alcoba gritando:

—Ya estoy aquí, mi niña, ya estoy aquí.

Elisenda dejó de patalear y miró a la mujer, jadeante, sudorosa.

—Noquieroquenazca.Selollevaráeldiablo,Joana,meloro-barán.

La sierva se acercó a su joven señora y la cocinera le cedió su sitio a la cabecera de la cama. Joana abrazó a Elisenda.

—Vamos, niña, eso son tonterías —dijo con dulzura—. Todas vamos a ayudarte, ¿de acuerdo?

—Que se ponga de cuclillas y empuje —ordenó la partera angustiada—. Viene de pies. Así que cuando la cabeza esté a punto de salir, por Dios, que empuje o el crío se ahogará y ella…

Frederic salió de la capilla al oír los llantos de un bebé. Entró en la casa señorial y subió las escaleras lentamente. Debía cumplir con las órdenes del barón.

Se detuvo en la puerta de la alcoba de la dama. Con un suspiro pesaroso pensó en su antiguo señor, en Guifré. Los llantos habían cesado y hasta él sólo llegaban murmullos. Inspiró profundamente y entró.

Las tres mujeres miraron sorprendidas al caballero. La partera estaba al pie de la cama; Gisela, en un costado; Joana, a la cabecera, rodeando a la dama con un brazo. La parturienta no tenía buen aspecto: estaba muy pálida y respiraba pesadamente. En las sábanas había rastros de sangre.

—¿Ella está bien?

—Muy débil —respondió la partera, preocupada.

Frederic clavó los ojos en Elisenda, que parecía no percibir su presencia. Sólo miraba a su bebé, al que tenía entre sus brazos. El hombre caminó decidido y rápido hacia ella y se lo quitó. Dio media vuelta y salió de la habitación perseguido por los gritos y llantos de la joven.

Esta vez, ni Joana pudo calmarla. Elisenda gemía y se retorcía como si le hubieran arrancado el corazón.

—¡Hay que lograr que pare! ¡Volverá a sangrar! —gritó la partera.

Pero no sirvieron ni las palabras de cariño ni las bofetadas. La madre estaba fuera de sí. Un hilillo de sangre salía de entre sus piernas y, al final, Gisela y Joana se pusieron directamente sobre ella mientras la partera rasgaba las sábanas para atarla.

De pronto, Elisenda se detuvo totalmente vencida. Las dos mujeres bajaron, una a cada lado de la cama, y la partera aprovechó la súbita calma para examinar a la joven. La sangre seguía manando de entre sus piernas, sus ojos parecían perdidos, pero respiraba.

—¡Vivirás, niña, vivirás! —exclamó la mujer intentando detener la hemorragia—. Viviremos.

Joana estaba paralizada por el terror: «No puedo perder a mi niña». Gisela miraba a Joana. Por primera vez se fijaba en aquella mujer. Y se sentía reflejada en su amor de madre. De pronto, la cocinera rememoró la imagen de Frederic encogido en la cocina.

—¡Joana, el niño! —gritó.

Joana miró la puerta y a Elisenda, indecisa.

—¡Yo me encargo de la dama! —insistió Gisela—. Ve tras Frederic.

La expresión alarmada de aquella cocinera que jamás antes le había hablado la hizo reaccionar y salió corriendo de la habitación. «¿Cómo no he pensado en el niño? ¡Virgen Santa, protégelo!»

Joana llegó al patio y gritó:

—¡Frederic! ¡Frederic!

No obtuvo repuesta. La puerta de la muralla estaba abierta y se precipitó hacia ella. Amanecía un nuevo día de niebla gris. Las escaleras estaban resbaladizas, pero Joana no pensaba en el peligro. «Tiene que saberlo —se decía—, el Padre tiene que saber dónde está Frederic.»

Llegó a la puerta de la casa parroquial sin aliento. Pero no se detuvo. La abrió y… Nadie, no había nadie en la entrada. Oyó ruido en la cocina y fue hacia allí. El cura estaba frente al hogar encendido, del cual pendía un puchero humeante. Se giró al percibir una presencia y Joana lo vio:

—¡El niño!

El párroco lo acunaba entre sus brazos. El bebé dormía plácido.

—He cumplido con mi deber. Lo he bautizado —dijo el anciano.

Joana se acercó para tomarlo en brazos, pero el párroco no la dejó.

—No, Joana. No pongas a prueba la misericordia de Dios, hija.

La mujer se sentó en una silla. De pronto, se sentía agotada. Contempló al anciano, su tez pálida cercana a la del sonrosado bebé. Él la miraba apenado, pero se mantenía inflexible.

—¿Y cómo lo ha llamado?

—Martí.

Joana asintió. Le gustaba ese nombre.

—¿Dónde se llevará a Martí, Padre?

—¡Ay, Joana! —suspiró el hombre con compasión—. Me temo que no te lo diría aunque lo supiera. Este niño no existe.

—Padre, yo sé de un sitio…

—Joana… —la interrumpió él con dulzura.

—Lo llevaré lejos, con una buena familia cristiana, Padre. Y luego, volveré. Nadie sabrá nunca nada, pero no será ni huérfano ni maldito. ¡Por favor! ¡Él no es el pecador!

XIV

La Española, año de Nuestro Señor de 1507

Me acostumbré al trabajo en la mina. Pero tuve que pagar por mi noble procedencia para ello: llagas en manos y rodillas que no me eximieron de seguir trabajando a pesar de estar en carne viva, el dolor del agotamiento que en cada gesto era como un millar de agujas clavadas en cada uno de mis músculos... Y risas, risas y burlas de otros esclavos ante mi sufrimiento... O eso me parecía. Pagué por no haber trabajado nunca físicamente y me acostumbré a no ver el sol, a vivir entre el polvo y el lodo, a estar solo a pesar de los que me rodeaban... Hacía lo que mandaban y no hablaba. Intentaba pasar desapercibido, como lo había hecho en la nao: aquella actitud me había permitido sobrevivir.

Pronto deseché la posibilidad de reivindicar mi auténtica posición ante un igual, un hombre noble: no había. En la mina, los únicos cristianos que entraban eran los capataces. No nos maltrataban en exceso, éramos buena mercancía y habíamos costado buenos ducados a su señor, pero cumplían con su obligación haciéndonos trabajar como bestias de carga. No teníamos más dignidad que la de una mula. De hecho, nos habían marcado como a las reses, con hierro candente. Mi única oportunidad por el momento era mantenerme vivo. Aunque por las noches, antes de caer dormido, como si se tratara de un ritual, examinaba primero el cielo para asegurarme de que seguíamos en el mismo lugar, al noreste del puerto, y luego escrutaba las posiciones de los guardianes, alrededor del campamento, en busca de un descuido que me abriera una esperanza de fuga. Supongo que eso fue lo que me mantuvo vivo en la mina: conservar la esperanza, más que la posibilidad cada vez más lejana de una liberación.

Abdul había llegado a la mina conmigo, pero lo veía poco. Alguna noche, en alguna comida... Nada más. Me pareció que se alejaba de mí, que me ignoraba. Rodeado de otros hombres, Abdul imponía su origen noble entre los mahometanos de la mina. Sólo me dirigió una mirada compasiva cuando las llagas de mis manos suscitaron miradas de desprecio entre los suyos. Aunque no me increpaban, la actitud de los moros hacia mí era hostil y creí, simplemente, que Abdul no quería desafiarlos. En cuanto a los negros... Esos me intimidaban quizá más: a pesar de no entender nada de su idioma, yo era también su objeto de burlas, a veces acompañadas de gestos que me interpelaban, como si me quisieran provocar. Pero yo no quería problemas. Así que aprendí que en la mina no sólo tenía que pasar desapercibido para los capataces, sino también para el resto de esclavos. Cuando menos, de árabes y negros. Los indios eran harina de otro costal. Había pocos y no buscaban bufón que aliviara su desgraciado destino. Callados, tristes, trabajaban en la mina como alma que vaga entre el reino de los vivos y de los muertos. Quizá por eso eran los que morían en mayor número.

Antes de que saliera el sol nos hacían formar en una hilera. Luego nos iban distribuyendo: abrir nuevos pasillos y galerías, asegurar vigas y picar, sacar tierra y rocas, separar el metal precioso… Tras el dolor inicial, mis manos y mis rodillas encallecieron y mi cuerpo se curtió. Creo que fue allí donde me convertí en un hombre, fuerte y robusto.

Quizá por eso solía acabar en el fondo del agujero, en una de las tareas más duras. No me importaba estar solo, en la penumbra. El capataz no molestaba siempre que oyera el pico desmenuzando la roca. Así que eso hacía, picar, sacar roca para que otro a quien no veía ni me importaba, se la llevara. Cierto que mis músculos se habían acostumbrado al constante trabajo, pero a veces me dolía todo el cuerpo. Entonces, como el pan para el hambre, mi mente me proporcionaba alivio. Vagaba hacia la vida que podría haber llevado: de imaginar un matrimonio feliz con Elisenda, incluso con hijos a los que veía con ojos verdes, pasé a rememorar pequeños placeres como contemplar desde lo alto de mi castillo las espigas de trigo creciendo en el llano. Pocas veces, en la mina, mi alma tuvo la tentación del resentimiento, de pensar en quién pudo ser el que conspiró contra mí y me condenó a aquel duro destino. Esa mala pasada me la jugaba el alma en sueños pesados que se acababan convirtiendo en pesadillas.

Una noche desperté sobresaltado, sudoroso. Sentado, miré a mi alrededor. Todo normal: hombres roncando, alguna tos… Hasta que me topé con el blanco de unos ojos oscuros. Era Abdul. Me observaba, también sentado, con la espalda apoyada en un árbol. No sé por qué, me sentí amenazado. Me tumbé y me giré de espaldas a él.

A la mañana siguiente, en la hilera, Abdul estaba a mi lado.

—Ten cuidado —me susurró.

No pude evitar fruncir el ceño, sorprendido. ¿Me amenazaba o me estaba advirtiendo de algo? Lo miré, pero tenía los ojos clavados al frente, como si no hubiera dicho nada. Luego, nos hicieron entrar en la mina y ya no lo vi más. Estuve solo, picando arrodillado, agrandando una pequeña cavidad. El tiempo se hizo largo y pesado, y el alivio que me proporcionaba el pensamiento se vio nublado por las palabras que me había mascullado Abdul.

Sonó la campanilla que anunciaba la comida y dejé mi labor. Me dirigí a la galería grande y me puse en la cola. No pude evitar buscar a Abdul con la mirada. No lo vi. Solamente supe que yo había llamado la atención a un grupo de moros. Sentados, me miraban y reían sin disimulo. Con cierta zozobra en el estómago, agaché la cabeza y tomé el mendrugo de pan y la escudilla con el brebaje habitual.

Como de costumbre, fui a un rincón, solo. Dejé la escudilla en el suelo para que no se me derramara el líquido al sentarme. Un enorme negro, algo más alto que yo y de anchas espaldas, pasó por delante de mí. No fue accidental: dio una patada a la escudilla.

—Se le derramó al señor —dijo en tono burlón.

Me quedé tan sorprendido que no reaccioné. Miré el líquido derramado humedeciéndome los labios con la lengua, aferré el pan con todas mis fuerzas y lo miré, desde abajo, acuclillado, sin haberme sentado aún del todo.

—¡Qué lástima! Ahora el señor no beberá.

«¿Señor? —pensé—. ¿Se ríe de mí?» De pronto, su pie voló hacia mi estómago. El golpe me derribó hacia atrás con brusquedad y noté las aristas de la roca clavándose en mi espalda. Apenas pude respirar. Sonaron latigazos sobre el suelo de la mina.

—¡Vuelve a tu sitio, negro! —gritó el capataz.

El esclavo estaba ante mí, sonriendo altivo. Le oí mascullar:

—Ten cuidado con las rocas…

No entendía por qué me amenazaba. El negro se fue a un rincón, con un grupo. No dejó de mirarme con una sonrisa burlona, pero tampoco hizo nada más. Abdul, en el otro extremo, rodeado de los suyos, también me miraba, serio. Mordió el pan y lo masticó con tranquilidad. Por primera vez desde que estábamos allí, volví a ver al moro que había conocido en el barco, pero en esta ocasión, su actitud me hizo sentir aún más solo y me angustió.

Casi respiré aliviado cuando me devolvieron a mi agujero a picar. De rodillas, desgranaba la roca y la tiraba hacia atrás. Normalmente, alguien venía con un capazo y se la llevaba. Aquel día sentí la necesidad de saber quién era.

—Te lo dije, ves con cuidado.

No pude evitar alzar la voz:

—¡Abdul!

—¡Chiiist! Guifré… Tienes que reaccionar como ellos. Defiéndete. Pega si hace falta —dijo él sin dejar de cargar rocas en el capazo.

—Quieren convertirnos en bestias, lo viste en el barco. Yo no lo haré. No quiero convertirme en una bestia, aunque esté marcado como un cordero.

—Tú me diste el consejo: sobrevivir es lo único que importa.

—Pero…

—Rumorean —sentenció clavándome los ojos—. Los capataces sólo piensan en el oro. Los esclavos, no. Hablamos. Yo con los míos, los negros entre ellos. Supongo que los indios también deben de hacerlo. Tú no. Vas solo. Callas, no haces nada.

—Quiero pasar desapercibido. ¡Me acabas de decir que sobreviva!

—En el barco valía. Aquí sólo llamas la atención.

—No te entiendo…

—Pica, vamos.

El capataz se acercaba, sin duda atraído por el silencio. Volví a mi tarea. Al principio de llegar a la mina, vi intentos de fuga fruto de la desesperación. También fui testigo de cómo acababan. Los guardianes se aseguraban de que lo viéramos para darnos ejemplo a todos. Después, hubo algunas peleas que llegaron a las manos. Y asimismo vi cómo las controlaban. Desde que estaba en la mina, yo no había recibido ni un solo latigazo. Pensaba que lo estaba haciendo bien.

Pero a mi mente acudió la imagen de mí mismo en el suelo de la galería, con el pan en la mano y la escudilla derramada, solo entre lo que parecían bandas. Y de pronto me di cuenta: estuve alerta para no provocar un castigo de mis captores, y también distante para no provocar la ira de moros o negros, pero no me había ni preguntado por qué despertaba la hostilidad en unos y la burla ostentosa en otros. De hecho, yo mismo los clasificaba por bandos, pero, ¿sabía algo más de los esclavos? No dejábamos de ser humanos, y entre los humanos siempre hay un orden, unas reglas, incluso en cautividad. ¿A eso se refería Abdul? ¿Qué se rumoreaba de mí? ¿Por qué corría peligro? Piqué con la rabia de la impotencia, de la ignorancia, hasta que volví a oír ruido a mi espalda. Una mano me agarró el pie y me sacó del agujero, a rastras, boca abajo:

—¿Se ha hecho daño el señor?

Me giré boca arriba. Allí estaba el enorme negro, de pie, con los brazos en jarras, sonriendo al ver mi cuerpo magullado.

—¿Por qué me llamas señor? —pregunté sintiendo más rabia que miedo.

El hombre rió con deprecio.

—Ni mis manos ni mis rodillas sangraron —escupió—. Tú no eres como nosotros. No te dignas a hablarnos. ¿Te crees un señor? ¡¿Has tenido esclavos?!

Me dio una patada furiosa en el estómago. Pero esta vez el dolor me hizo reaccionar. Lo agarré del pie y tiré con fuerza, haciéndolo caer al suelo. Me levanté con una súbita rabia, y me lancé sobre él, golpeándolo en el rostro mientras gritaba:

—No, mierda, no.

—¡Basta! —oí al capataz— ¡Separaos!

Y luego, el siseo del látigo y el dolor... Noté la herida intensa, latiendo, luego se desdibujó expandiendo el dolor por toda la espalda. Me sentí volar hacia atrás. El otro esclavo me había empujado, desembarazándose de mí. Choqué contra la pared de la pequeña galería.

—¿No has oído, negro? —gritó el capataz.

Y lo fustigó: dos, tres, cuatro latigazos...

Sonó la campanilla que indicaba el final de la jornada y los golpes cesaron.

—Venga, fuera, salid —ordenó.

Y se marchó de la galería.

Me levanté del lugar donde había quedado arrinconado y fui hacia el otro esclavo, tumbado. En su pecho había señales sangrantes de latigazos y su cara estaba magullada por los golpes que yo le había dado. Gemía de forma casi inaudible. Me sentí culpable y por eso le tendí una mano. Pero no la aceptó. Se levantó solo y me miró con el ceño fruncido. Sonrió y luego salió.

Contrariado, fui hacia la galería grande. Cierto, allí no valía un gesto de compasión. Desde luego, yo era la personificación de que ni siquiera valía el orden divino que me habían enseñado. De la galería, en hilera salimos hacia fuera, hacia la tórrida noche húmeda, sin luna. Mientras, mi mente buscaba una explicación a todo aquello. No era un infiel, no tenía su idioma ni su acento; tampoco era negro, obviamente. Mi condición era la suya, la de un esclavo, pero sabían, veían que no era como ellos. Mi sufrimiento inicial, con manos y rodillas llagadas, me había delatado. Encerrado en la mina y sin los ratos en la cubierta del barco, mi piel había recobrado su palidez de siempre, la de quien no se ha expuesto jamás a los rigores del trabajo al sol. Recordé a aquel joven, al llamado Hernán, que hablaba en el castillo de la nao tan indiferente a nosotros. ¿Así me veían los otros esclavos? ¿Interpretaban como altivez mis esfuerzos por pasar desapercibido?

Dormía. Una mano se posó sobre mi boca. Desperté e intenté rebelarme, pero me sujetaban.

—Chiiist —oí.

Era un hombre solo. Me calmé y me soltó en cuanto relajé mis músculos.

—Muy bien, Guifré, te has defendido… —susurró Abdul.

Me sentía enojado. Indignado. ¿Por qué esas palabras después de su indiferencia? Debió de intuir mis pensamientos en las sombras de mi rostro, porque se explicó:

—Entre los mahometanos, respetan mi condición. Pero están aquí por culpa de los cristianos. No les gustaría verme contigo, ¿entiendes? Se nota tanto que no eres ni musulmán…

—¿Y los negros? —inquirí con voz seca.

—Supongo que les pasa un poco como a los míos.

—Llegué encadenado, como los demás.

Sentía rabia. Yo también era un esclavo.

—Pero no te comportas como los demás. Si a mí me tiran la escudilla, me revuelvo. Si se ríen de mí, me revuelvo. ¿No lo entiendes? Es la ley del más fuerte. —Abdul calló un momento y escrutó las sombras: sólo se oyó a alguien cambiando de posición. Se mantuvo inmóvil y cuando se hizo de nuevo el silencio, continuó con un reproche—: ¿Dónde has estado, Guifré? ¡No llevas aquí dos días!

Tenía razón. Pero su razón me indignó.

—¿Por qué me ayudas? ¿A qué viene esto?

—No soy una bestia, Guifré. Lo pareceré, es necesario para sobrevivir. Te ignoraré, si así sobrevivimos los dos. Pero no soy una bestia.

Bajé la cabeza. Me habían enseñado que todo respondía a un orden divino y bajo ese orden estaba situado yo, primogénito de Orís, de noble linaje. Pero ¿de qué me valía mi cuna fuera de donde era reconocida? Como esclavo, había visto que de nada. Comprendí con pesar que, aun viéndome despojado de mi rango, me había regido por los mismos esquemas: presté más atención a los que, por orden divino, en esos momentos, estaban por encima de mí mientras había mantenido a los esclavos por debajo, negándome a comportarme como ellos. No me había integrado donde ahora me correspondía porque yo me sabía relegado. «¿Acaso lo he hecho por supervivencia o por un temor oculto, el temor a perder mi dignidad con ello? —pensé con amargura—. ¡Estúpido!»

Miré a Abdul. Me sonrió.

—Aquí no te viene dado el respeto por nacimiento, amigo. No temas ganártelo tú solo.

XV

Orís, año de Nuestro Señor de 1507

Joana regresó a Orís entrado el nuevo año. Ni el viejo párroco ni Frederic le pidieron explicaciones. Regresó a su tarea única: alimentar a Elisenda. Al verla entrar en la cocina, Gisela le dedicó por primera vez una silenciosa sonrisa compungida. Antes de que saliera le dijo en tono triste:

—Te necesita.

Joana subió las escaleras que llevaban a la alcoba de la joven con un nudo en el estómago. Llegó ante la puerta; el silencio era total. Entró en la habitación. Elisenda estaba en la cama. No se movió al oír ruido. Pero Joana vio sus ojos verdes abiertos y se le encogió el corazón. Dejó la bandeja y se acercó a la cabecera.

—Hola mi niña —dijo quedamente. Elisenda no reaccionó—. Te he traído la comida.

Nada. Sólo la respiración tranquila y los ojos perdidos como respuesta. Joana la miró. La joven estaba pálida, pero no más de lo habitual en ella. Había adelgazado, pero podía ser normal tras un parto difícil como el que tuvo.

—Soy tu Joana, cariño —susurró al borde del llanto.

Elisenda se movió. Suavemente, como vencida, ladeó la cabeza. Sus ojos se movieron. Pero nada más. No parecían reconocerla.

—Tu hijo… Tu bebé…

Los ojos de la joven cobraron vida. Incluso levantó la cabeza como para acercarse a Joana.

—Está bien, mi niña, tu bebé está…

—¡Me lo han robado! —gritó de pronto Elisenda fuera de sí—. ¡Me lo han robado! ¡Todo!

El cuerpo de la joven empezó a convulsionarse entre gritos. Joana intentó calmarla con caricias mientras decía:

—Está bien, lo he llevado a un sitio seguro. Cúrate e irás con él.

No servía de nada. Elisenda gritaba su dolor, gritaba por la pérdida de toda su vida mientras se agitaba como poseída por el diablo. Joana dejó de hablar y la sujetó con fuerza para que no se lesionara a sí misma hasta que, de pronto, la joven paró. Se quedó inmóvil, la mirada perdida. Tal como Joana la había encontrado.

Sin darse cuenta, Gerard había ido acumulando un peso en el pecho. Cada vez que hablaban de la reina de Castilla, doña Juana, loca de amor, dando a luz a principios de aquel mismo año una hija, el conde de Empúries pensaba: «Pero la hija de doña Juana tiene padre, y de alta cuna, aunque haya muerto». Y no podía por más que envidiar la suerte del rey don Fernando, que aunque con una hija enajenada, tenía su honor intacto, sin menoscabo.

Sólo cuando supo que el trato que cerró con Domènech se había cumplido, notó cómo le desaparecía el peso del pecho y entonces se dio cuenta de cuánto le había dolido el deshonroso comportamiento de Elisenda. Ahora sólo debía cumplir con su parte. Había ido a Barcelona para encontrarse con su futuro consuegro. Una explicación oficial perfecta que encubría las verdaderas intenciones de aquel viaje. El conde de Empúries estaba contento, pues su hijo Gerau agradaba a su prometida y la cortejaba con el respeto debido a la doncella, lo cual afianzaba la relación entre las familias Cardona y De Prades.

Por eso, al amanecer, salió tranquilo de la Ciudad Condal acompañado por su hombre de mayor confianza y cabalgó hacia el norte, hacia la zona montañosa de la Conrería. Gerard de Prades no llegó a entrar en el monasterio de San Jerónimo de la Mutra. Tampoco se quedó cerca de la pista que llevaba al mismo. Él y su único escolta se desviaron, ascendiendo por la riera hasta situarse por encima del monasterio. Al llegar a la altura de una enorme encina recubierta de hiedra, con el pequeño caudal de agua a sus pies, Gerard se detuvo. Dejó su caballo a cargo de su acompañante y se alejó del curso de la riera. El hombre lo perdió de vista entre la arboleda, dejó a los caballos beber y se sentó sobre la hojarasca, al pie de la encina. No era la primera vez que acompañaba a su señor a un encuentro secreto en aquel lugar. El conde de Empúries era un hombre de convicciones, poderoso, pero siempre actuaba en la sombra.

Gerard caminó unos pasos y cuando el curso de agua fue inaudible, los árboles se espaciaron abriendo un claro ante él. Desde ahí podía ver el campanario del monasterio y parte del edificio que albergaba las celdas de los monjes. El mar, a lo lejos, permanecía tranquilo bajo un cielo claro. Era consciente de que, desde donde se hallaba, resultaba imposible ser visto por cualquiera de los monjes jerónimos. Ahora sólo tenía que esperar. Aquel era su lugar de encuentro secreto, pues toda precaución era poca para que nadie estableciera relación entre él y el hombre con quien se había citado.

A su izquierda, el vuelo precipitado de una paloma torcaz y el ruido de la hojarasca alertaron al conde. Miró hacia el lugar de donde procedían los sonidos. En el extremo del claro apareció un cura, de tez rosada y abultada tripa, que sonrió al ver a Gerard y lo saludó con la mano mientras se acercaba.

Era un hombre de unos treinta años que, con gran astucia, había conseguido llegar a secretario del obispo de Barcelona prácticamente por sus propios medios. Más bien su estrategia había consistido en acercarse a Gerard de Prades y servirle con tanto secreto como lealtad. Esto le había valido dinero y ascensos.

A Gerard le gustó que el clérigo llegara sonriente. Era una buena señal.

—Conde —le anunció ya a su altura—: todo listo.

—¿Está seguro de que nos quitaremos de encima a ese procurador fiscal, padre Miquel? No quiero sorpresas.

—Lo condenará el propio Santo Oficio al que sirve. He tenido que... Al principio el obispo se enfadó, no quería atender al denunciante. Lo mandaba directamente al procurador. Pero con una intercesión mía... «Ilustrísimo Señor, le ruego que lo atienda, es de extrema gravedad —le dije muy inocente—. Se trata de una blasfemia contra su Ilustrísima Reverendísima persona.» Todo arreglado. Por la cara del obispo, no creo que el fiscal encuentre a ningún testigo que interceda por él.

—Muy bien, padre Miquel —dijo Gerard satisfecho.

Sacó un saquillo de debajo de su túnica y se lo alargó al secretario episcopal. El cura lo sopesó.

—Mi señor —manifestó sorprendido—, aquí hay más de lo acordado.

—Bueno, habrá un puesto vacante de procurador fiscal en el tribunal del Santo Oficio de Barcelona. No quiero volver a toparme con alguien incómodo.

El rostro rosado de Miquel palideció y se le borró la sonrisa de los labios. La Inquisición era una institución religiosa, cierto. Pero la Inquisición que había traído Fernando II a Cataluña no era como la antigua, que dependía del Papa y pretendía controlar a los cátaros. El Santo Oficio era ahora un instrumento del Rey. Esto molestaba a no pocos nobles catalanes muy celosos de su poder y a quienes incomodaba la simple sensación de intromisión de Castilla en las instituciones del Principado. Gerard era uno de estos nobles. Veía en esa Inquisición un intento del monarca por cortar las alas a las instituciones catalanas..., si le convenía. Para Miquel, una cosa era servir al conde de Empúries para quitarse de encima a algún procurador fiscal «excesivamente monárquico», y otra, pretender colocar, en un tribunal de la importancia del de Barcelona, a un procurador fiscal tan servil como él mismo lo era. No le gustaba la idea.

El conde pareció adivinar sus pensamientos:

—Tranquilo, padre Miquel. Verá que va a ser muy fácil.

—Mi señor conde, ha sido muy arriesgado deshacerse de ese procurador. Casi me descubre. No creo que ahora sea el momento de...

—Por supuesto que lo es —interrumpió Gerard autoritario—. Hay un inquisidor en Vic, Domènech de Orís. Él será el nuevo procurador fiscal.

—¿De Vic? ¿Al servicio del obispo Joan de Peralta? ¿Y le interesa, al tal Domènech, pasar de inquisidor a procurador fiscal? —inquirió el sacerdote mientras se preguntaba de qué le sonaba el nombre de Orís.

—Le interesa el tribunal de Barcelona.

—Ya. Espero que no se lleve bien con el obispo de Vic —repuso el padre Miquel centrándose en el tema.

Gerard frunció la nariz. Joan de Peralta era un gran hombre al que tenía profunda admiración. Había sido diligente como Presidente de la Generalitat. Luego, injustamente, el rey don Fernando lo había apartado de la abadía de Montserrat para llevar allí a monjes de Valladolid. Hubiera sido una ofensa a los nobles catalanes que después de aquello lo relegara definitivamente, por eso le había dado el título de obispo de Vic. Más le valía a Domènech aprender cuanto pudiera de aquel hombre. Pero entendía el porqué de la preocupación de Miquel.

—¿Prefiere que no se lleven bien, padre?

El cura arqueó las cejas y sonrió encogiéndose de hombros. Gerard sabía que no podía pedirle a Joan de Peralta que mintiera, pero sí podía hacer otras cosas.

—¿Qué le parece una recomendación que alabe su gran tarea jurídica en Vic y... una alusión por parte del obispo acerca del afán de servicio de Domènech a Su Alteza don Fernando, rey por la gracia de Dios? Desde luego, Su Alteza lo ha hecho barón de Orís y le está muy agradecido por ello.

El padre Miquel se quedó pensativo. Entonces, fugazmente, recordó de qué le sonaba el nombre de Orís. Hasta Barcelona llegaron todo tipo de rumores sobre la boda truncada que debiera haberse celebrado entre un tal Guifré, barón de Orís, protegido de los señores de Montcada, y la hija del conde de Empúries, de quien se había llegado a decir que se iba a casar con el hijo del Capitán General. El padre Miquel habría querido saber más, pero se atuvo a la regla de no preguntar nunca acerca de las motivaciones de su benefactor. «Cada uno tiene sus razones y sus secretos —pensó—. Quizás hasta me venga bien a mí tener un buen contacto en la Inquisición.» Y respondió:

—No llevarse bien con Joan de Peralta sería mejor, pero... Por lo menos su título de barón, ratificado por don Fernando es... poco amenazante. Tendrá que ser suficiente para hacerlo procurador fiscal del Tribunal de la Inquisición de Barcelona, supongo.

—Con su leal diligencia, padre Miquel, seguro que lo será.

Tras la primera visita de Joana, Elisenda ya no volvió a reaccionar más de forma violenta. Simplemente, se fue encogiendo sobre la cama hasta que sus rodillas flexionadas casi tocaban su pecho. Su palidez dejó de ser la habitual para parecer la de una muerta y sus ojos verdes fueron adquiriendo un tono mate.

Aun así, Joana no dejó de ir cada día, varias veces, a visitarla. Le hablaba, la peinaba, le cambiaba pañales como si fuera un bebé y la obligaba a moverse o, más bien, la movía como si fuera una muñeca... Y aunque Frederic sabía que sólo podía estar con ella para darle de comer, jamás se interpuso.

XVI

La Española, año de Nuestro Señor de 1508

En el tiempo que llevaba allí, sólo dos comidas de Navidad nos dieron un indicio del paso de los años. Por lo demás, todo se convirtió en pura rutina. Trabajábamos los siete días de la semana a cambio de algo de comida y agua. Cada cierto tiempo, algún esclavo caía a causa del agotamiento, las heridas purulentas o la desesperanza ante una vida sin más aliciente que procurar por uno mismo para sobrevivir. Los indios eran los que morían en mayor número, a veces devorados por las fiebres, otras por violentas viruelas. Entonces eran sustituidos por otros esclavos, a ser posible negros, más fuertes y dóciles a ojos de los capataces.

Tenía la sensación de que el tiempo pasaba rápido y, a la vez, tan monótono como contemplar la arena que cae de un reloj. Supongo que por eso, cuando llegó una remesa de nuevos esclavos, hubo cierta expectación. Nosotros los vimos al salir de la mina, caída la noche. Nos sentamos para descansar y observamos cómo el jefe de capataces los examinaba antes de marcarlos. Sobre una hoguera, dos hombres preparaban el hierro que habría de servir para ello. Los nuevos esclavos reaccionaban, unos asustados, otros con destellos de furia en la mirada, mientras revisaban su dentadura o apretaban los músculos de sus brazos y piernas para comprobar su fortaleza.

—Ese durará una semana.

—Un mes, apuesto mi pan.

Eran comentarios que se hacían entre esclavos, no tanto por la complexión fuerte de la mayoría de los recién llegados, sino por la actitud. Yo callaba porque verlos me recordaba a mí mismo y los comentarios que debí de suscitar a mi llegada. No era el único.

—Mira... Ese negro tan blanco me recuerda a ti, todo un señor, ¿eh? ¿Será otro barón? —me comentó amigable el esclavo que me había atacado en la mina.

Reí mirando al chico al que se refería. Tenía labios carnosos, nariz amplia y rizos negros muy tupidos, pero su tez era blanquecina. Era un joven de apenas veinte años, de talla menuda y anchas espaldas. Robusto, podría parecer un toro, pero con la cabeza baja y los hombros encogidos, parecía más un corderillo asustado. Llevaba una camisa de lino hecha jirones.

—Mbuti, es mulato —le respondí.

—¿Y un barón no puede ser mulato? A los blancos os encanta clasificarnos, ¿eh?

Le di un golpe amistoso en la espalda, pero topé con la mirada amenazante de uno de los capataces. Mudé el rostro. Serio, me puse en pie, aunque tuve tiempo de responder a Mbuti furtivamente con un guiño:

—¿Y tú no los clasificas? En lugar de hacerlo por el color, lo haces según los días de vida que les quedan...

Mbuti se rió en mi cara:

—Para lo que me sirve... A ti te di un mes, creyéndome generoso, y aún te aguanto.

Miré a Abdul, entre su grupo. Hasta algunos de los mahometanos sonrieron. Pero el capataz me clavó los ojos y acarició el mango de su látigo. Me fui a mi rincón habitual. Me recosté de espaldas a los recién llegados, mirando hacia los árboles que delimitaban aquel lugar, entre poblado mísero y campamento. No me apetecía seguir contemplando cómo examinaban a aquellas gentes igual que se examina a un caballo. Me habían sorprendido las sonrisas de los mahometanos. Sorprendido y reconfortado.

Después del encontronazo con Mbuti, después de aquella noche, Abdul y yo habíamos hablado, cautos, siempre a escondidas. Manteníamos nuestra amistad a través de una discreta complicidad. Y no sólo por la estrecha vigilancia de los capataces. Sabía que yo no gustaba a los mahometanos. Y si no me atacaron nunca directamente fue gracias a la intercesión de Abdul, sólo posible por su reconocido linaje entre el grupo.

En cambio, y a pesar de haberle dejado la cara marcada, Mbuti se había metido conmigo algunas veces más. Me provocaba para que peleara. Era uno de los esclavos que más tiempo llevaba en la mina. Responder con furia a sus envites, ganarme algunos latigazos por ello y sobrevivir me había dado su respeto y el de los demás. Seguía sin pertenecer a ningún grupo, me sabían diferente, pero me respetaban. Con el tiempo, incluso me gané ciertas dosis de cordialidad. Y para mi sorpresa, según Abdul, no fue por mi demostrada fuerza física.

—Nos llamas por los nombres que nos dieron nuestros padres —me comentó una noche, cuando todos dormían—, no por los nombres cristianos que nos han puesto.

—¿Nombres cristianos? ¡Son nombres de esclavo! —respondí con cierta indignación, pensando que este razonamiento era pura lógica.

—Por eso. A pesar de ser blanco y cristiano, no te crees mejor, como les parecía a muchos al principio. ¡Vaya! Cuando le contaste al capataz que eras un barón de Cataluña, de alta cuna... ¡Por Alá! Pensé que acabarías muerto. Entre los míos, la reacción fue...

—Encima, tengo que agradecerle al capataz la paliza que me dio.

—Nadie mata a un mulo por creerse caballo, aunque desconfíes de su carácter. Lo que le importa al capataz es el maldito oro que sacamos de ahí dentro. Que despiertes recelo entre los vigilantes hace que el resto de esclavos no te puedan ver como alguien que un día fue como los amos, los enemigos, aunque seas un noble cristiano.

—¿Me creen? ¿De veras los esclavos creen que soy un barón, no es sólo burla?

La sonrisa de Abdul fue amarga, y en aquel momento no entendí por qué.

El sonido de las cadenas me devolvió a la realidad. Se las estaban quitando a los nuevos. Un guardián fue hacia los árboles para ocupar su posición de vigía nocturno.

—De aquí no escapa nadie —aleccionó el jefe de capataces a los recién llegados.

Su voz me devolvió a mis pensamientos. Cierto, había intentado hablar con el jefe de los capataces acerca del error que me había llevado allí. Apenas me escuchó. Cuando menté mi noble linaje, se burló de mi acento catalán y de mi reino, de sus aires ante Castilla. Fui tan tonto que caí en la provocación, no pude dominar mi rabia y sacó su látigo. Después de aquello se popularizó mi mote de Barón. Y mientras esto sucedía, tuve que aprender a ir con más cuidado que nunca con los castellanos. A la mente me vinieron, allí recostado, las miradas recibidas por otro capataz aquella noche, cuando bromeaba con Mbuti. «Los guardianes también me creen —pensé entendiendo entonces aquella amargura que vi una vez en la sonrisa de Abdul—: no quieren que me relacione, que me haga con una banda. Supongo que los otros esclavos me dejan a mi aire no sólo por respeto, sino para evitar castigos.»

Miré al guardián y cerré los ojos. Repasé mentalmente dónde estaban los vigías apostados cada noche. Y fantaseé, como tantas otras veces, con una rebelión. Era el mejor momento del día. Fantasear con la libertad hasta quedar dormido y luego, soñar. Soñar con Elisenda, tan lejana como viva. Era mejor soñar. Porque si pensaba… Si pensaba me dolía el pecho, pues a aquellas alturas sólo podía deducirla casada con otro.

Al día siguiente me tocó sacar lodo de una galería natural inundada que habían descubierto recientemente. Enojado, me escurrí por la entrada, aún estrecha, y salté al agua. Estar entre agua y barro era uno de los trabajos que en la mina se consideraban un castigo, sobre todo si se le ordenaba a un esclavo ya con experiencia, como yo. Era un mensaje claro de los capataces, quizá por considerar descarada mi cordialidad con Mbuti el día anterior, quizá por simple capricho. Al cabo de un instante, oí caer al agua a quien iba a ser mi compañero: el mulato.

—Tú eres blanco, ¿no? Los blancos no suelen estar en la mina.

Su voz sonaba juvenil. «Quizás es menor de lo que creía», pensé. Miré los restos de su camisa, ya embarrada, y empecé a llenar un capazo de lodo.

—Creo que tú eras esclavo en un destino mejor —le dije.

No respondió. Me detuve un instante y le tomé las manos. Eran tersas y en sus uñas me pareció reconocer restos de tinta. Me las retiró con brusquedad.

—¿Sabes escribir? —pregunté entre la sorpresa y la nostalgia.

—No debiera haber aprendido jamás. En la villa de Azúa, donde vivía, al escribano no le gustó descubrirlo…

—¡Eh, Barón! —sonó la voz de Abdul por la angosta entrada de la galería.

Volví al instante a la faena mientras decía:

—Carguemos los capazos o nos molerán a latigazos.

En un momento tuve el mío lleno y se lo pasé a Abdul, que alargaba las manos a la entrada de la galería. Al cabo de un rato, el chico resoplaba por el esfuerzo físico y se le empezaban a entumecer las manos a causa de la humedad. Apenas podía con el capazo lleno que llevaba.

—Descansa un poco —le dije.

Y le señalé con la cabeza un rincón donde había una roca saliente en la que podría sentarse y sacar sus piernas del lodazal. Tomé su capazo y él me respondió con una mirada de agradecimiento. Se lo llevé a Abdul, que asomaba la cabeza por el agujero de la entrada.

—¿Qué? ¿Muy fino? —me preguntó al verlo subir a la roca.

Lo hacía con poco tino, resbalaba y lo volvía a intentar.

—Poco hábil —sonreí—. ¿Cuánto le han dado?

—Dos semanas —dijo riendo—. Quizás es demasiado generoso.

La mina se estremeció. Las paredes y el suelo temblaron. La risa se borró del rostro de Abdul, que miró alarmado la pequeña gruta que lo envolvía mientras parecía que la sacudida cesaba. Pero de pronto, se produjo otra, o quizás era la misma, ahora más intensa, ahora más suave, ahora peor. No lo recuerdo. Todo temblaba y sólo sé que tiré de Abdul hacia mí para sacarlo de aquel hueco estrecho, sin vigas, recién abierto. Caímos hacia atrás, en el agua enfangada, a la vez que se oía una gran explosión. Ya no hacía pie y todo era confuso: gritos amortiguados, cascotes cayendo… Abdul me agarraba, yo forcejeaba por alcanzar la superficie y respirar. Todo estaba oscuro.

—Abdul, Abdul…

No respondió. Me sumergí de nuevo, a tientas noté su mano y tiré de ella hacia arriba. Oí como boqueaba justo cuando sonó otro estruendo. Entonces me sentí arrastrado por la corriente. Intenté asir a mi amigo.

—Abdul, déjate llevar, no forcejees o te hundi…

La corriente nos arrastró hacia el fondo y luego sentí mi cuerpo caer y volví a golpear sobre agua. Con un gemido, tragué líquido. Entonces, desesperado, braceé hacia arriba mientras mi pecho se encogía. Al llegar a la superficie jadeé. Esta vez no estaba oscuro. Una tenue luz iluminaba la cueva donde habíamos caído, pero estaba desorientado. Mis ojos siguieron la línea que marcaba un suave rayo y lo vi: sobre una roca en punta, como si fuera una gruesa lanza, estaba clavado el cuerpo del mulato tiñendo el agua de sangre. Casi se me salió el corazón por la boca:

—¡Abdul!

Vi su mano a unos metros y me lancé hacia allí, presa de un repentino pánico. Tiré de él hacia arriba. Al asomar la cabeza, por su boca salía agua. La nariz le sangraba. Pero intentaba respirar y abrir los ojos. Miré hacia un lado y vi piedras y cascotes que habían caído sobre una gran roca, tanto tiempo expuesta al vaivén del agua que parecía una playa. Nadé llevando a mi amigo, intentando que no sumergiera la cabeza. De pronto, me di un golpe con el fondo. Había tocado suelo. Dejé de nadar para andar llevando a Abdul en brazos hasta que estuvimos fuera. Lo tumbé sobre la roca. Él me miraba.

—¿Estás herido?

—No creo —balbuceó.

De todas formas, lo examiné buscando sangre. Nada. Sólo la de la nariz. Entonces, suspiré aliviado y me senté.

—Mira que no saber nadar, Abdul.

—¿Por qué te crees que evité siempre trabajar en la cubierta del barco, eh? ¡Soy hombre de desierto!

Su voz sonaba débil, pero había recuperado el aliento. Por primera vez observé la cueva donde estábamos. Ante mí, un gran chorro de agua caía del techo. Debía de provenir de la galería donde habíamos estado trabajando.

—Sí que había agua ahí arriba —comenté con el ceño fruncido.

—¡Tonto, cristiano tonto! —gruñó de pronto Abdul—. El nivel, el nivel no sube.

Me puse en pie de un salto. Caía y caía agua del techo, y nuestra roca no se inundaba. Miré el rayo que nos iluminaba. Venía de una pared a la izquierda.

—¡Hay luz! Tiene que haber una salida —añadió Abdul, casi en un susurro.

No me gustó su voz. Me pareció ver algo de sangre en sus orejas.

—Descansa un rato y buscaremos la salida. Bueno, la buscaré yo, hombre de desierto —dije, y me senté a su lado.

—¿Qué haces? ¡Ve ahora! —musitó autoritario

—¡No! Descansa y luego voy.

Y clavé mis ojos en el agua para dar la conversación por zanjada.

—¡Ve ahora! Los guardianes estarán ocupados con el derrumbe…

Miré hacia él, brusco, sin asimilar o sin atreverme a asimilar lo que me estaba diciendo. Pero era cierto, no se oían gritos, ni carreras ni nada. Sólo el agua fluyendo. Con ojos centelleantes añadió:

—¡Es nuestra oportunidad, Guifré de Orís!

Entré en el agua. Me volví y le dije:

—¡Ahora vuelvo!

Nadé hacia la pared, con la intención, primero, de palparla. Pero no iba a hacer falta. Se notaba la corriente. Me sumergí y vi una salida, estrecha, pero no más que algunos de los agujeros por los que habíamos pasado durante aquel tiempo en la mina. Volví a la superficie. Inspiré el aire que pude y me sumergí de nuevo para atravesar la salida. Aquel pequeño túnel no llegaba a ser dos veces más largo que mi propio cuerpo.

La corriente me arrastró y salí a la luz del día mientras mi cuerpo rebotaba contra algunas rocas. Estaba cayendo por una cascada, pequeña pero abrupta, que daba a una charca. Algo dolorido, miré a mi alrededor: había algunos árboles y un sotobosque espeso que permanecía tranquilo, sin más movimiento que el de una brisa suave y húmeda.

—¡Bien! —grité.

Al momento me arrepentí. Pero no acudió nadie. Mi cabeza empezó a bullir: nos esconderíamos en aquel sotobosque, así Abdul descansaría. Viajaríamos de noche, guiados por las estrellas. Lo primero era alejarse de allí. Luego, ya improvisaríamos algo.

Trepé por la cascada. No era empinada, pero la corriente y las rocas hacían el suelo inseguro. Centré mi atención en volver a encontrar el agujero, pensando en cómo sacar a Abdul. Desde luego, la caída por aquella cascada no sería tan dura como la del agujero que nos había arrastrado a la cueva. Las posibilidades de acabar como el mulato eran nulas, o eso creía yo.

Inspiré a fondo y me metí por el agujero de nuevo. No conté con que, esta vez, iría contracorriente. Lo que me pareció un túnel de poco recorrido a la salida, ahora resultaba interminable. Me sentí casi ahogado por el esfuerzo y, de nuevo en la superficie, respiré agradecido.

En la cueva, el chorro de agua parecía agotarse. Abdul se había incorporado. Con la espalda apoyada en un montón de piedras caídas del techo, miraba al frente.

—¿Qué? ¿Pensabas que me había ido sin ti? —pregunté.

Nadé hacia él, sonriente. Salí del agua proclamando nuestra libertad a sus pequeños ojos marrones:

—Nos vamos, Abdul. Vamos a volver a casa —le dije arrodillándome a su lado.

Entonces me di cuenta. De su oído brotaba un reguero de sangre. Los ojos apenas parpadeaban, seguían mirando hacia la pared de la que yo había venido. Se me hizo un nudo en la garganta. Abdul ladeó la cabeza con esfuerzo, me miró y sonrió:

—*Masa el jer* —balbuceó.

Buenas tardes, me había dicho. Noté las lágrimas en mis ojos. Yo sabía la respuesta.

—*Masa en nur* —respondí, lloroso: tardes de luz.

—Ve, amigo, sal a la tarde de luz. Recupera tu libertad.

—No, nos vamos de aquí los dos.

Ya no respondió. Ya no se movió. Lo abracé y lloré meciéndolo como si aquel hombre fuera un chiquillo. «No te puedo enterrar en tierra ni amortajar, no sé ni dónde está La Meca», pensé en algún momento, recordando lo que me explicaba de los entierros según al ley islámica. Aun así, decidí hacer lo posible porque su Alá lo asistiera.

Lo tumbé sobre la roca. Limpié la sangre de sus oídos, de su rostro. Limpié todo su cuerpo, aún entre sollozos. Lo puse sobre su costado derecho, mirando hacia la pared de donde procedía la luz: «Esta tendrá que ser tu Meca, amigo —pensé—: la luz de la tarde, casi extinta». Miré a mi alrededor. Había rocas, y seguro que en el fondo del agua habría cascotes. Dudé un momento. No sabía si era muy correcto según su religión. Lo miré de nuevo. No iba a dejarlo así, al descubierto. Tomé una de las piedras sobre las que se había apoyado antes de morir, luego otra, y otra más, hasta que el cuerpo de Abdul quedó bajo un túmulo digno de todo un señor. No sabía rezar en árabe, así que oré en silencio, besé una piedra y me fui.

Cuando volví a salir de la cueva, la noche caía ya. Desde la orilla de la charca, miré la cascada. La contemplé hasta que se hizo la oscuridad total. Era una noche sin luna. Oteé el mapa celeste con una sola idea: el puerto, hacia el sudoeste. Qué amargo, qué triste me parecía de pronto mi primer paso en libertad.

XVII

Barcelona, año de Nuestro Señor de 1508

El obispo Pere García, sentado en la silla curul que presidía
su espaciosa sala de recepción, hizo un gesto de asentimiento
a su secretario. El padre Miquel salió cerrando la puerta tras
de sí. Reapareció al cabo de unos instantes y anunció con voz
clara:

—Fray Domènech de Orís se presenta ante el Ilustrísimo
Señor obispo de Barcelona.

Domènech atravesó la puerta y se dirigió con paso seguro
hacia la silla del prelado. Este a duras penas disimuló su
sorpresa al ver el porte de aquel joven. Alto, fuerte, conseguía
que el hábito dominico infundiera cierto temor. El obispo
extendió la mano y sonrió, complacido, cuando Domènech se
agachó a besar su anillo pastoral.

—Me pongo humildemente al servicio de su Ilustrísima
Reverendísima para lo que Dios tenga a bien encomendarme
—dijo Domènech con los ojos clavados en el suelo.

—Álcese, hijo.

Domènech miró al obispo, pero se mantuvo arrodillado
ante él. Pere García no pudo evitar estremecerse al sentir
los ojos azules del dominico. Su fría mirada desprendía
un destello metálico. Le sorprendió sentir aquella fuerza,

aquella ambición en un hombre tan joven. Ninguna de estas apreciaciones trascendió cuando el prelado habló:

—Fray Domènech, barón de Orís, si no me equivoco…

—Por la gracia de Su Alteza don Fernando, rey de Aragón.

Domènech vio al obispo sonreír mientras se llevaba la mano a la dorada cruz pectoral:

—Me complace que haya aceptado ser procurador fiscal del Tribunal de la Suprema y Santa Inquisición en Barcelona. Es una lástima que un joven tan prometedor, con estudios en Roma, se marchite en Vic. Joan de Peralta es hombre piadoso, aunque sin duda de los que piensa que el Santo Oficio es una excusa del Rey para controlar su reino y no un instrumento de la ley divina. La realidad es que don Fernando es rey por la gracia de Dios, del mismo Dios al que usted sirve. Espero, fray Domènech, que Él le ilumine en el desempeño de su tarea como procurador fiscal del Santo Oficio.

—Gracias, Ilustrísimo Señor. Intentaré reconocer sus señales divinas en un tribunal de la importancia del de Barcelona, donde seguramente los pecados hallan caminos más intrincados para perpetrarse que en Vic.

—Eso es cierto. Ahora el padre Miquel le conducirá hasta su lugar de trabajo.

Pere García volvió a extender su mano. Domènech no pudo evitar un gesto que semejaba una sonrisa reprimida y besó el anillo del obispo. Este retiró la mano y Domènech se mantuvo con la cabeza gacha, simulando una premeditada sumisión, hasta que oyó la voz de su superior:

—Vaya.

Se incorporó y salió de la sala pausadamente. El padre Miquel lo estaba esperando fuera, con una sonrisa que al fraile le pareció algo ingenua en aquella cara rechoncha y sonrosada.

—La sede del Santo Oficio está en el Palacio Real Mayor —le explicó mientras salían del palacio episcopal.

Domènech no dijo nada. Evidentemente se había informado ya de este punto y podría haber llegado solo hasta allí. Sin embargo, dejó que el secretario del obispo ejerciera de guía para así observar cómo se desenvolvía. No es que aspirara a aprender de él, sino que pretendía saber hasta qué punto el lacayo del obispo podía serle de utilidad.

Salieron a la calle del Bisbe, arteria de la ciudad ya desde tiempos romanos. El padre Miquel se mostró locuaz durante el trayecto.

—Esta es la puerta de Santa Eulalia —le explicó señalándole a su derecha—. Por aquí puede acceder al claustro de la catedral. Si siguiera recto, llegaría al palacio de la Generalitat. Mire, se ve el lateral del edificio, y a la derecha, la Casa dels Canonges.

Doblaron a la izquierda rodeando la catedral por detrás, por la calle Santa Llúcia. A Domènech le molestaba la vocecilla del padre Miquel aleccionándolo como si pudiera perderse entre las callejuelas de la ciudad. Cierto que Barcelona era más importante que Vic, pero para el dominico, formado en gran medida en Roma, su grandeza radicaba simplemente en ser un centro de poder.

—Aquí tiene la casa del arcediano. La está renovando. Supongo que habrá oído hablar de Lluís Desplà.

La vocecilla le seguía pareciendo repulsiva, pero Domènech notó un matiz algo diferente y desde luego, la frase esperaba una respuesta del dominico.

—Por supuesto, el presidente de la Generalitat.

Al padre Miquel se le escapó una sonrisa que desconcertó al dominico. Lluís Desplà, presidente de la Generalitat y arcediano de Barcelona, también se había opuesto a la instauración del Santo Oficio en la ciudad. Domènech esperaba a continuación esta advertencia aleccionadora, sin embargo el padre Miquel simplemente apuntó:

—Estuvo en Roma, como usted, hace ya bastante. —Y prosiguió con su discurso absurdo, ya cerca de la plazoleta del Pla de la Seu—. Por estas escalinatas llegará a la calle Corríbia y aquí, a la izquierda, está la calle dels Comtes, donde tiene su palacio nuestro bienamado lugarteniente.

Domènech reprimió un suspiro de fastidio que le impidió percibir el tono jocoso con el que el padre Miquel había dicho «bienamado». Al dominico le molestaba el aire de cordialidad de aquel cura regordete y no prestaba atención a los matices de sus comentarios. Le parecía un siervo que deslucía la sotana con su aire pueril. Pero debía aguantarlo, dada su posición cercana al obispo. Ya se podía ver la austera construcción del Palacio Real Mayor, más elevada que las que la rodeaban. Domènech caminó hacía allí con la cabeza alzada, ignorando el parloteo de su guía. «Me complace», pensó al divisar su nuevo lugar de trabajo.

A pesar de que la entrada principal del palacio se hallaba en la Plaza del Rey, se detuvieron en la calle dels Comtes, ante una puerta lateral. Allí lucía el escudo del Santo Oficio labrado en piedra con una cruz en lo alto, flanqueada por una rama de olivo y una espada.

Entraron en las dependencias de la Inquisición y el padre Miquel lo condujo por un austero pasillo apenas iluminado. Las paredes lucían la piedra desnuda. Por fin, el sacerdote abrió una puerta y dijo:

—Bienvenido a Barcelona, fray Domènech.

El guía vio sonreír al nuevo procurador fiscal por primera vez y atisbó en sus ojos azules un brillo estremecedor. Domènech se quedó mirando la estancia sin llegar a entrar. Estaba apenas iluminada por un ventanuco. Había una mesa grande, amplia, de un nogal especialmente rojizo, con un candelabro y los utensilios de escritura listos para la labor. Una de las paredes estaba cubierta de estanterías, en la otra había una chimenea donde chisporroteaba un leño. Frente al hogar, dos sillas con asiento de cuero finamente curtido flanqueaban una mesa baja y, en conjunto, formaban un rincón acogedor. Pero no fue eso lo que fascinó al dominico. Desde la entrada, fijó la mirada en el gran tapiz que cubría la pared del fondo de la sala. Era difícil no hacerlo, no sólo por su tamaño, sino por la exquisita factura de la imagen que representaba: una escena de la Pasión de Cristo, en la que Él portaba la Cruz camino del monte Calvario. Desde aquella distancia se distinguían perfectamente las lacerantes y purificadoras heridas de la tortura a la que fue sometido el Salvador. Lo primero que vería cualquiera que entrara en la sala sería a Domènech trabajando ante aquella imagen redentora. Su mesa quedaba justo delante de ella. A su mente acudió la elección el pueblo judío, aquel que había escogido salvar a Barrabás y no a Jesucristo, y las palabras de Pilato: «No soy responsable por la sangre de este hombre». Incluso el romano lo sabía inocente. Domènech no pudo evitar murmurar lo que aquellos infieles le habían respondido:

—«Que su sangre caiga sobre nosotros y sobre nuestros descendientes.» —Sonrió entornando los ojos. Él era ahora el brazo del Señor para ello—: Sea.

Miró triunfal al padre Miquel y vio que su rostro sonrosado enrojecía como si hubiera sorprendido su pensamiento. El sacerdote le sonrió y dijo precipitadamente:

—Le dejo.

Domènech entró en su estancia, contento de librarse por fin de aquel pesado secretario del obispo. Se quedó en pie, girando sobre sí mismo para saborear los aromas de aquel lugar, algo rancios, como si hubiera estado demasiado tiempo cerrado. Aun así, se sentía pletórico. Estaba donde quería estar y no había sido necesario recurrir a métodos extremos para ello. Aunque, sin duda, lo había pensado. Desde que Gerard de Prades le había comunicado que su traslado estaba en marcha, hubo de aguardar demasiado. «Casi un año más de lo esperado pudriéndome en Vic, aguantando los sermones de ese obispo, laxo con la herejía y aburrido», pensó.

Fue hacia el candelero de la mesa. Al lado había unos palos de madera. Tomó uno. Olía a azufre. Se acercó a la chimenea, se agachó sobre el leño y acercó el palo al fuego. Enseguida prendió. Luego, con cuidado, llevó la pequeña llama hasta el candelabro y encendió las velas. El aroma de la cera le trajo a la mente la alusión que había hecho Pere Garcia a Joan de Peralta. Desde su regreso a Cataluña, Domènech había tenido tiempo para tomar nota acerca del delicado equilibrio político que existía en el reino. Ciertos nobles catalanes, sobre todo tras el matrimonio entre don Fernando de Aragón y doña Isabel de Castilla, se mostraban recelosos ante la pérdida de terreno a favor de nobles e instituciones del reino castellano. Y como servidor de la Inquisición, Domènech era consciente de que esta, instaurada por Fernando según el modelo castellano, era considerada como una injerencia, no sólo entre ciertos nobles, sino también entre muchos clérigos como Joan de Peralta o Lluís Desplà. Dicha oposición, a menudo se hacía manifiesta a través de la Generalitat y del mismo Consell de Cent de la ciudad de Barcelona. Desde luego, y aunque en la sombra, Gerard de Prades era también de este último bando. A la mente del monje acudió, por primera vez en casi dos años, la que debió de haber sido la boda de su hermano. Recordó las caras de los De Prades y Pere de Cardona cuando dijo que serviría en el Santo Oficio. El silencio tenso que siguió no era por temor al brazo de la ley divina en la tierra. Gerard de Prades intentó disimularlo. Por eso, durante su espera, Domènech llegó a dudar de que el conde cumpliera su palabra. Quizás no quería ponerlo al lado de un obispo a quien él no controlaba, dentro de una organización nacida para controlarlo a él. Sin embargo, esta misma idea había dado alas a su paciencia, ya que quizá la tardanza era simple inoperancia. El tiempo se lo confirmó, pues al no hacerse efectivo el traslado, el conde se esmeró en enviarle misivas donde seguía prometiendo, por su honor, que tendría un puesto en la Ciudad Condal. Domènech aguardó porque le convenía. Y ahora obtenía su recompensa.

Volvió a mirar el hermoso tapiz de Cristo portando la Cruz y, al recorrer con los ojos el detalle de la sangre que manaba de la frente de Nuestro Señor, su alegría y su seguridad acerca de los pasos seguidos en pos de su ascenso se ensombrecieron poco a poco. Había llegado al Tribunal de Barcelona, sí, fácilmente aunque con tardanza, pero gacias a Gerard de Prades. Los ojos del fraile adquirieron un tono grisáceo. De pronto, aquella espera cobró un nuevo sentido para él: ¿y si Gerard había retrasado su traslado con alguna intención oculta? «¿Habrá tardado el conde para que me sienta agradecido por haberme salvado del suplicio de Vic?

¿Pensará que le debo algo? Se equivoca si cree que me puede manejar a su antojo. Espero que no olvide que tengo su honor encerrado en mi castillo. En todo caso, es él quien me sigue debiendo algo a mí.» Una inesperada excitación se mezcló con la furia al recordar la cara temerosa de Elisenda.

Sintió la necesidad de abandonar su despacho. Con un portazo, salió a la calle. Respiró el olor fétido de la vida en la ciudad y sonrió dejando aflorar a sus ojos azules un vívido destello. Si quería ascender, sabía a qué árbol arrimarse en cuanto las circunstancias así lo requirieran. Ya estaba en Barcelona y, al fin y al cabo, Pere Garcia tenía razón: don Fernando era rey por la gracia de Dios.

XVIII

La Española, año de Nuestro Señor de 1508

La primera noche me centré en alejarme de los dominios de la mina. Sólo sentía el dolor de los moretones producidos por los golpes de la roca y el agua, pero la rabia me daba fuerzas para seguir caminando. ¿Por qué Dios, o Alá, o quien fuera, se había llevado a Abdul en aquel momento? Justo cuando podíamos huir... Mantuve el rumbo sureste. Encontré un riachuelo y lo seguí. Luchaba, ya no sólo por la supervivencia, sino por la libertad. Sentía que aquella lucha era lo único que podía tributar a la memoria de quien me había ayudado a sobrevivir aquellos dos años.

Al amanecer me aparté de la orilla del riachuelo, cuyo caudal se había ensanchado. Me escondí lo mejor que pude en la espesura y caí dormido. Cuando desperté, el sol se filtraba entre las hojas de los árboles al ritmo del murmullo del agua. Sonreí por un momento. ¿Cuanto hacía que no veía el sol? Estaba en lo alto del cielo, pero iniciaba su descenso. Debía de haber dormido toda la mañana. Me incorporé y mi estómago rugió. Vi mis pies, descalzos y sucios. Estaba prácticamente desnudo, con sólo unos harapos a modo de calzón. En aquel momento me di cuenta de que la rabia, el caminar por caminar, aunque fuera con un rumbo, no me darían lo que tanto ansiaba. No conocía aquellas tierras y debía conseguir comida… Comida y ropa.

Por lo pronto, lo único que podía hacer era beber. Me levanté y fui hacia el riachuelo, pero al aproximarme oí un murmullo que se distinguía por encima del ruido del agua. Era una voz femenina canturreando. Me agazapé entre la vegetación y observé. La noche anterior, la oscuridad no me había dejado verla: en la otra orilla había una fuente. Una muchacha, la primera mujer india que veía, menuda, de piel oscura, con un vestido de colores vivos, llenaba una vasija. Tenía que haber un pueblo cerca, o cuando menos un caserón, una masía, algo. ¿Qué hacer? También debía de haber algún camino cerca. La chica se puso la vasija sobre la cabeza y se marchó. Me quedé agazapado, sopesando mis posibilidades. «La mina se derrumbó, por lo menos en parte —me dije—. Si me dan por muerto, no me buscarán. Los capataces estarán ocupados en reanudar la actividad cuanto antes. Seguro que no valgo tanto como para que me sigan.»

Me puse en pie, atravesé el riachuelo y seguí los pasos de la muchacha. Enseguida los árboles empezaron a dispersarse y apareció ante mis ojos un camino lo bastante amplio como para un carruaje. Apreté los labios, indeciso. Entonces pasó al galope un caballero, sombrero de ala con una pluma multicolor, escoltado por otros dos hombres.

Observé durante unos instantes, escondido. Al fondo pude distinguir una casa de tipo castellano rodeada de altas plantas que no supe reconocer. Aun así, aquello era claramente una plantación. Entre sus campos había un poblado de cabañas hechas de ramas con un techo de anchas hojas secas del mismo tipo que las plantas altas. Ante mí había dos cabañas, una frente a la otra. «La chica debe de haber llevado el agua a una de estas», pensé.

Crucé el camino. Tenía que arriesgarme. Temblaba, pero aún así, rodeé la primera cabaña. Oí un ruido, un repicar constante y rítmico, y fui hacia la puerta, frente a la otra cabaña. La muchacha estaba allí, machacando un grano grueso y amarillo con lo que me recordó un mortero. Tardó unos instantes en darse cuenta de mi presencia, pero cuando me vio no gritó. Simplemente, pronunció unas palabras ininteligibles dirigidas hacia la cabaña y de allí salió una mujer, una anciana. Llevaba un vestido harapiento, pero con los mismos colores que el de la joven.

La mujer miró mi brazo derecho y en su rostro noté cierta alarma. «¡La marca de esclavo!», pensé con temor. La anciana miró a su alrededor. Quizá lo mejor era abalanzarme sobre ella, hacerla callar. Pero no lo hice, me quedé inmóvil. Para mi sorpresa, la vieja india hizo un brusco ademán para que entrara en la cabaña.

No había ventanas. La luz se filtraba por las aberturas que quedaban entre las ramas y las hojas que conformaban el techo. Pero me resultó acogedora.

—Aquí no quedar. El señor fuera. Volverá pronto.

Me tendió una escudilla con unas extrañas gachas amarillentas, hechas probablemente del grano que había visto machacar a la chica. La devoré, agradecido.

—Nunca ver yo esclavo blanco.

«Deben de ser esclavas, como yo —pensé—, pero si llevo ropa y oculto la marca…» La miré a los ojos. Pequeños, alargados, me escrutaban con una curiosidad tremendamente tranquila.

—¿Ropa? —me atreví a preguntarle.

La mujer se puso en pie, se dirigió hacia un rincón oscuro y sacó un jubón, raído pero limpio. Me quedaba algo pequeño, pero era mejor que ir desnudo. Luego me tendió un cuchillo. Al principio la miré extrañado:

—Pelo —dijo acercándome aún más el cuchillo.

Me toqué el cabello. Había crecido mucho, demasiado. Lo corté hasta los hombros, recorté también mi barba, demasiado larga, y le devolví el cuchillo a la mujer.

—Pelo corto, no esclavo —sonrió ella mostrando sus encías.

Le di las gracias, aunque en mi corazón sentí que era mucho más lo que le debía. Su piedad tuvo más en cuenta mi condición, tan esclava como la suya, que mi color, el de los hombres que le habían quitado la libertad.

Salí al camino y lo seguí, tan tranquilo y en paz como la mirada de la anciana. Lo último que me había dicho me abrió los ojos. Vestido, aunque pobre, podía pasar por un castellano. Sólo tenía que comportarme como si fuera un hombre libre, sin nada que ocultar.

Don Cosme estaba absolutamente indignado. Una cesión no era una venta, y aquel joven hidalgo, Hernán Cortés, había dispuesto de su excelente esclavo mulato como si fuera de su propiedad. Entró en el despacho del escribano de la villa de Azúa como una exhalación. Los criados no pudieron frenarlo. El joven Cortés alzó la mirada y observó a su visitante sin alterarse. «Estas aves indias tienen un plumaje increíble. No deja de sorprenderme», pensó Hernán al ver la pluma que lucía el caballero en su sombrero.

—¿Y mi esclavo? —gritó el hombre con un golpe sobre la mesa del escribano.

—Buenos días, don Cosme —respondió Hernán dejando su pluma de cálamo con cuidado.

—No te van a valer tus buenas relaciones, ni con Ovando ni con Velázquez, ¿entiendes? ¿Y mi esclavo?

Hernán se levantó y se colocó tras una de las sillas que estaban ante su escritorio, dispuestas para las visitas.

—Siéntese, don Cosme, y no se sulfure, por favor. Todo tiene una explicación.

El hombre miró los ojos saltones y directos del escribano. Este arqueó una ceja y el noble al fin se quitó el sombrero y se sentó. Aunque viviera en una plantación de maíz, lejos de villas y otros colonos, sabía aún como comportarse entre los suyos. Hernán fue hacia una mesita que tenía en una esquina, cerca de las estanterías que revestían las paredes de piedra. Dispuso dos copas metálicas y escanció vino. Luego le ofreció una a don Cosme.

—Su esclavo mulato sabía escribir... —comentó tendiéndole la copa.

—Por eso se lo mandé, para que le acabara de enseñar y me sirviera a mí en mi plantación de maíz.

—¡Ya! —Hernán se sentó tras su mesa, con la copa en la mano—. Pero enseñarle ha sido un error. ¡Por Dios, don Cosme! Lea esto.

Don Cosme miró el manuscrito que le tendía y luego, a los ojos del joven. «No sabe leer», pensó Cortés, pero evitó sonreír y se mantuvo serio:

—Su esclavo escribió auténticas... Sinceramente, no sé como expresarlo sin rubor... Digamos que la tentación de la carne se hizo con sus sentidos y el objeto de su deseo era la hija de un noble. Obviamente, no podía guardar silencio cuando lo descubrí. Tampoco imaginé la reacción furibunda, fuera de sí, de don Diego. El señor Velázquez ha dedicado muchos esfuerzos a la creación de esta villa. Lo quería quemar vivo como a un hereje. Pero, por respeto a su confianza, don Cosme, y en cumplimiento de mi deber cristiano, pude interceder por la vida de su mulato. Creo que ha sido enviado a la mina de Ocoa. El señor Diego Velázquez, evidentemente, ha dispuesto que le sean entregados los ducados de su venta.

—¡Oh! ¡Qué contrariedad! —exclamó don Cosme apurando el vino de la copa—. Necesito escribano y pensé que un esclavo serviría con más fidelidad que un hombre a sueldo. No esperaba tal ofensa de mi mulato. Parecía buen cristiano, temeroso de Dios.

Hernán Cortés reprimió una sonrisa: «Gracias, Señor, por brindarme al fin la salvación de uno de tus hijos». Se llevó una mano a la barba y la acarició simulando cierta gravedad.

—El problema de las mezclas de sangre es que no son fiables —comentó pensando en aquel esclavo blanco que le había salvado la vida en la nao tres años antes—. Sin duda, la parte blanca le dio inteligencia, pero la negra... ¡No sabemos siquiera si esa parte tiene alma! Necesita un escribano totalmente blanco.

—¡Cómo si eso fuera tan fácil en estas tierras! —exclamó el hombre dejando la copa sobre la mesa con un golpe seco.

—Conozco a uno, precisamente esclavo en la misma mina de la sierra de Ocoa donde ha acabado su mulato... Uno por otro. Puedo usar los 160 ducados que nos pagaron por el suyo para conseguirle al blanco. Yo lo adiestraré, creo que se lo debo.

—Bien, don Hernán. Confío en usted.

Don Cosme se puso en pie, inclinó la cabeza a modo de saludo y salió de la sala. En cuanto el hombre desapareció de su vista, el joven sonrió. Había estado informado del destino de aquel esclavo desde que lo vio partir del puerto de Santo Domingo. Sabía que seguía vivo a pesar de la dura vida en la mina. Y con cada año que había sobrevivido, más convencido estaba Hernán de que Dios le había asignado la misión de salvarlo.

Viajé sin mayores problemas que el hambre en ciertos tramos. Pero no me hizo falta guiarme tan sólo por las estrellas. Manteniendo las distancias, con cierta prudencia teñida de buenas maneras castellanas, en el camino empecé a topar con viajeros que llevaban cargas o mensajes a la ciudad de Santo Domingo de Guzmán. Pude cambiar mi jubón por una camisa algo burda y unos calzones más acordes con mi talla. Y seguí la ruta a Santo Domingo. Por un lado, rodeado de castellanos, temía más preguntas de las necesarias. Por el otro, creía que entre la diversidad de gentes de la ciudad sería más fácil pasar desapercibido. A medida que los días transcurrían, gané confianza. Ya no creía que me siguieran, ni tan siquiera que me buscaran. Aunque hubo momentos del camino en que temí que, si daban con la tumba de Abdul, dedujeran la fuga de su enterrador.

Tras cinco jornadas del encuentro con la anciana, el camino se ensanchó y el número de viajeros aumentó. Santo Domingo de Guzmán se dibujó ante mí al oeste del río; no difería demasiado de ciudades que ya conocía, con campanas repicando entre palacetes de piedra. A esas alturas, había llegado a una determinación: desechar la idea de hablar con un noble o el *batlle* de la ciudad, el cabildo, como decían los castellanos, pues sabía que, sin pruebas de mi identidad, aún podía ser peor. Me podían tomar por un pícaro, un buscavidas, un hombre sin honor... Ya los había visto en los caminos. Pero tampoco me podía quedar en aquel lugar al que había llegado como esclavo. Así que, por las calles polvorientas de aquella ciudad en construcción, seguí el bullicio de caminantes y carros. Sin dificultad, llegué al puerto, el mismo donde me habían desembarcado encadenado. Ahora venía a hacer lo contrario: tenía que embarcar, fuera como fuese.

Anclados en la dársena vi algunos bergantines y una nao de unas cien toneladas como la que me trajo. Estaba claro que descargaban. «Quizá vuelva a partir de regreso a Castilla», pensé. Pero no podía esperar demasiado. Lo mejor era dormir aquella noche en la playa, escondido entre barcas y bultos, y embarcar cuanto antes. Entonces la vi. Era una nao, más grande aún que la anterior, quizá de ciento veinte toneladas, un barco impresionante capaz de navegar a través de todos los mares del mundo. Hacia ella afluían las barcazas cargadas de mercancías. «¿Provisiones?», pensé esperanzado.

Me acerqué sin apartar los ojos de aquel movimiento. Unos hombres cargaban con buen humor las barcazas y, a cada viaje, algunos subían hasta la nao. «Desde luego, no son esclavos», pensé. Pero había un capataz, subido a una caja de madera, azuzándolos y reprimiéndolos si bromeaban y ponían en peligro la carga.

—Venga, muchachos. ¡Esa nao zarpará al alba! Y no descansaréis hasta que todo esté arriba.

El crepúsculo anunciaba la llegada de la noche. Me escondí y esperé. Con la luna ya en el cielo, los aromas de los guisos llamaban a la cena y la actividad de las barcazas cesó.

La zona donde me había escondido quedó casi desierta. Hasta mí llegaban cantos y risas de las cantinas mezclados con ladridos y el rumor de los cascos de un caballo alejándose. Esperé un poco más. Aguardé a que el murmullo del mar fuera el sonido dominante. Entonces salí de entre los fardos que me habían escondido, caminé por la arena y me metí en el agua. Nadé hacia la nao por la dársena tranquila y oscura. La luna creciente me dejó ver un cabo que colgaba de la popa. Aunque la embarcación era más alta por los extremos a causa de los castillos, pensé que sería más discreto que subir por la cubierta. Me aferré al cabo y ascendí hasta llegar arriba, sin resuello. «Ya descansaré dentro», pensé. Iba a sobrepasar la borda para meterme en el castillo de popa cuando oí unos pasos acompasados al sonido metálico de lo que podía ser una espada.

—¡Ah! ¡Será un gran viaje! ¡Nos haremos ricos!

Aquel comentario fue seguido de risas y los pasos se alejaron. Cuando ya no pude oírlos, salté al castillo de popa. Aún chorreaba. «Aquí no puedo quedarme —pensé buscando un escondite con la mirada—. Al final tendré que ir a cubierta.» Moviéndome con sigilo, pero con rapidez, me dirigí hacia las escaleras que bajaban del castillo. Ya en los escalones, oí risas en algún lugar y me detuve un momento. Creo que sonaban más fuerte los latidos de mi corazón que las carcajadas. Me asomé por la baranda y me dije: «Al hueco de la escalera».

Me metí de un salto. Las risas se oyeron más fuertes y me mantuve agazapado. Miré más allá de la borda. La noche era húmeda, tenía frío y tiritaba, pero la luna creciente me llenó de esperanza.

Señor don Hernán Cortés,

El buen señor Diego Velázquez, en cuyo nombre usted me escribió, bien merece respuesta detallada a las circunstancias de su demanda, jamás molestia, pues aunque no nos sobran buenos esclavos, siempre es bien vista una jugosa venta como la que usted ofrece. Sin embargo, me temo no poder cumplir con sus deseos, no por falta de buena voluntad.

Pregunté a mi hombre de confianza en la mina por el esclavo que usted me refería y ciertamente, entre los infieles de Ocoa llegados con la remesa indicada por usted —sólo hemos tenido otra más desde aquel envío—, había uno de pelo claro, alto, con buena complexión para el trabajo. Lamento decirle que hace una semana sufrimos un inexplicable accidente en la mina que hundió numerosas galerías. Perdimos muchos esclavos y estamos esperando otra entrega para recuperar el ritmo de extracción de los bienes que han de enriquecer a la Corona. Mi hombre de confianza me ha asegurado que el esclavo a quien creemos usted se refiere no está entre los que han sobrevivido.

Hernán Cortés dejó la breve misiva sobre la mesa y se recostó en el amplio respaldo de su silla con un suspiro de pesar. Movió los labios de un lado a otro y luego se rascó la nariz sin apartar los ojos de la carta. Giró la cabeza a la derecha y miró por la ventana: aún no era noche cerrada, pero esta anunciaba su llegada con una luna creciente que empezaba a atravesar el cielo.

Se llevó la mano a su medallón y repasó con las manos el perfil de la Virgen. Pensó en sus dos años allí, en La Española, en aquella estancia de la villa de Azúa. En ese tiempo había vivido muchas situaciones relacionadas con esclavos. Estos eran, por supuesto, parte del orden dispuesto por la gracia de Dios. Pero eso no eliminaba la virtud de la piedad, sino que para Cortés, la realzaba, en la medida en que la probaba y la convertía en una oportunidad para que aquellos pobres infieles, indios, negros o moros, salvaran su alma, si es que alguno de ellos la tenía. Durante aquellos dos años no se había cruzado con otro esclavo como aquel moro blanco que demostró poseer la esencia de su propia salvación. Y ahora que lo sabía muerto, Hernán se preguntaba si Dios, el Único y Verdadero, lo habría acogido en su seno pese a los pecados que lo debían de haber llevado a la esclavitud. Estaba claro que él había errado al interpretar al Todopoderoso, pues su destino no era ayudar a salvar aquella alma infiel.

De pronto, Hernán se irguió en su silla. Sentía que una idea reveladora se fraguaba en su mente, pero aún no era capaz de discernirla con claridad.

—El oro, cierto que el oro me trajo a estas tierras... —reflexionó en voz alta.

Por eso había pensado que el accidente en el barco era una advertencia divina acerca del pecado de la codicia. Sin embargo, siempre supo cómo superar dicha tentación: las riquezas que había de conseguir también le servirían para honrar a Dios, a la Iglesia del Señor, con generosidad. Por eso pensó, y con el paso de los años se reafirmó en ello, que uno de sus primeros actos había de ser la salvación y liberación de aquel esclavo, cosa que creía sin duda satisfaría al Señor. Sin embargo, era obvio que había errado en su interpretación.

Entonces recordó que Nicolás de Ovando promovía expediciones a tierra firme, expediciones de exploración y rescate. Aunque se considerara que La Española era una parte de las Indias, ya en su tercer viaje, Cristóbal Colón dijo que habían topado con una tierra nueva y desconocida. Por otra parte, el mismo Hernán había oído de una carta de un tal Americo Vespucio cuando estuvo en Florencia. No pudo leerla, pero según le habían dicho, hablaba del descubrimiento de un mundo nuevo basándose en la situación de las estrellas.

«Un mundo nuevo, de gentes nuevas alejadas de la Fe Verdadera; un mundo nuevo que quieres que tus hijos descubramos, oh Dios Todopoderoso... ¿Es eso, Señor? ¿Quieres que Te conozcan quienes tanto tiempo han estado alejados de ti en este lugar? ¿Por eso me salvaste? —se preguntó. Su expresión se tornó resuelta y serena—. Espero no errar esta vez en tus designios.»

Desperté con un sobresalto, sacudiéndome el agua salada que me habían lanzado.

—¡Arriba, holgazán! —gritó un hombre con un cubo en las manos.

Sus ojos eran verde oliva, su barba, oscura y tan descuidada como la mía, y la camisa raída estaba abierta. Me levanté de un salto y al momento noté un suave balanceo a mis pies. Incliné la cabeza, sumiso:

—¿Sí, señor?

—Ve a proa —ordenó.

—¿Al bauprés?

—No, al trinquete. Allí te indicará Gabriel. Obedécele. Salimos a mar abierto. ¡Venga, muévete!

Me dirigí al mástil de proa con paso ligero. Por la borda de babor veía el puerto de Santo Domingo alejarse, y a estribor, mar, un inmenso mar. Se me hizo un nudo en la garganta.

A los pies del trinquete, un hombre con gorro, calzones y amplia camisa daba instrucciones a los marineros. Por un instante tuve miedo de ser descubierto. Los hombres que subían al mástil bromeaban entre ellos, como si fueran compadres. Tragué saliva. Hasta aquel momento me había funcionado: actuar con naturalidad, como quien no tiene nada que ocultar. Me dirigí a él con paso decidido. De anchas espaldas, era más bajo que yo.

—¿Gabriel? —pregunté.

—Gabriel Jiménez —respondió. Se giró y me miró de arriba abajo—. ¿Quién pregunta por mí?

Pensé por un momento y decidí que era mejor hacerme pasar por castellano.

—Domingo Prado —respondí sonriendo al pensar en mi hermano y en Elisenda.

El hombre me devolvió la sonrisa. Una sonrisa de medio lado, inclinada hacia la izquierda como su gorro, pardo y sucio, pero de buena lana. Su barba negra encanecía y me escrutaba con unos ojos oscuros que, a pesar de la diferencia de color, me recordaron a los de mi hermano cuando, de pequeño, soñaba despierto desde la muralla de Orís.

—¿Te ha enviado Arnaldo? —preguntó cordial.

Me quedé callado, dominando mi creciente pánico. Afortunadamente, él debió de interpretar mi silencio como una afirmación, porque mantuvo la sonrisa y añadió:

—Sube al mástil y abre bien las orejas. Ahora eres de mi cuadrilla, ¿entendido?

Me dio una palmada en la espalda y me señaló el punto al que debía ascender. Trepé. Trepé aliviado, esperanzado. «Vuelvo, vuelvo», pensaba reprimiendo las lágrimas.

—¡Eh, tú, el nuevo! —gritó un marinero por encima de mí—. Qué suerte, ¿eh?

—¿Perdone usted? —respondí, alzando la cabeza con una sonrisa, pero sin entenderlo.

El tipo se rió a carcajadas, igual que los marineros más cercanos. Me sentí un poco estúpido. Había sido un paso en falso. Pero el hombre, sin dejar de reír, me dijo cuando ya estuve a la altura indicada:

—¡Buena respuesta! Serás todo un señor, si en esta expedición rescatamos tantas riquezas como nos han prometido.

Reí para seguirles la corriente mientras pensaba: «Dios Santo, ¿hacia dónde va este barco?».

XIX

Barcelona, año de Nuestro Señor de 1508

Tras su primera visita al Palacio Real Mayor, Domènech había tenido que atender obligaciones diversas, y sobre todo sociales, como ser presentado a los inquisidores del tribunal y a diferentes personalidades de la ciudad. Aquel era el primer día en que el nuevo procurador fiscal del Santo Oficio en Barcelona iba a su lugar de trabajo, solo y dispuesto a empezar su labor. Abrió la puerta de madera y sus ojos se pasearon por la habitación. El olor a rancio parecía haber disminuido y la chimenea crepitaba suavemente.

Entró y cerró la puerta tras él. Atravesó la sala y se sentó en una de las sillas que había ante su mesa, las destinadas a recibir a las visitas. El respaldo, alto y especialmente recto, la hacía incómoda. Pero además, era baja para un hombre tan alto como él y le acercaba las rodillas al pecho, haciéndolo sentir ridículo. Frunció el ceño, se levantó y se sentó en su silla de trabajo. Parecía hecha a su medida. A su derecha vio una arquimesa baja. Abrió una de las puertas frontales lleno de curiosidad. Había algunos libros. Escogió el manual del inquisidor de Nicolau Eymerich y lo ojeó con interés. De pronto oyó que la puerta se abría y alzó la mirada, molesto por la intrusión. Era el padre Miquel, el secretario del obispo.

No pudo evitar que el fastidio se reflejara en su expresión, pero el sacerdote pareció no notarlo y el dominico lo disimuló sin tardanza.

—Fray Domènech, parece que está bien instalado —comentó, y al ver el libro que tenía el dominico en las manos, añadió—: ¿Le gusta? Se lo he hecho traer personalmente.

—Gracias —respondió con sequedad.

El sacerdote se mantenía de pie ante Domènech, inmóvil en su butaca. El sonriente cura miró la silla de los invitados y, luego, al dominico. Amplió su sonrisa y arqueó las cejas. Domènech no pudo evitarlo: una sonrisa asomó también a sus labios y se puso en pie. «No es tan tonto», pensó. Se dirigió hacia las confortables sillas que estaban ante la chimenea.

—¿Quiere sentarse? —invitó al secretario del obispo.

—Gracias —respondió el sacerdote con jovialidad.

Uno frente al otro, separados por la mesita, el padre Miquel habló:

—Le traigo su primer caso. Una herejía que, sin duda, preocupa a su Ilustrísima Reverendísima e incluso al Consell de Cent. Rara vez se ponen de acuerdo, como ya sabe. El denunciado es un hombre que se disfraza de comerciante, cerca del puerto, pero es mahometano. Dicen que reza en moro.

Aunque su vocecilla le resultaba repulsiva, el tono del padre Miquel había cambiado sustancialmente respecto al primer día en que lo vio. Domènech mantuvo la sonrisa, aunque entornó los ojos.

—¿Hay denuncia formal?

—Podría haberla, pero sólo contaríamos con un testigo. Verá… El mahometano es rico y seguro que compra a las pobres almas que lo rodean. Son pecadores, y ya se sabe, ceden a la tentación del dinero, aunque provenga del diablo. Es más que lo que da el Santo Oficio, y sobre todo el empobrecido Tribunal de Barcelona, así que no denuncian.

—Podemos recordarles el edicto de anatemas, amenazarlos con sanciones.

—Más simple, fray Domènech, más simple. ¿Quién es aquí el fiscal?

Domènech se sintió molesto. De pronto, aquel hombrecillo ingenuo se atrevía a mostrarse altivo. Aun así, sin mudar su expresión, se limitó a responder:

—Entiendo. Quiere que acepte la denuncia aunque sea endeble.

El cura asintió a la vez que chasqueaba los dedos. «Pero ¿quién se cree que soy?», se indignó Domènech para sus adentros.

—Le llegará por los cauces habituales. Pero recuerde que es de especial interés para la diócesis erradicar el mahometismo de esta ciudad. Y seguro que si lleva el caso con diligencia, el Santo Oficio verá con muy buenos ojos tal intervención, tanto por la erradicación del pecado como por la confiscación de los bienes materiales fruto del mismo, que podrán engrandecer la obra de Dios en la tierra.

Se puso en pie y, sin esperar respuesta alguna, salió de la habitación. Domènech contrajo el rostro con rabia al verlo salir, pero en cuanto se quedó solo, sonrió y se volvió para admirar nuevamente el tapiz. «El dolor de la carne purifica el pecado», pensó. Sin duda, era un buen comienzo, sobre todo porque la precariedad económica del santo tribunal de Barcelona era notoria. Domènech estaba seguro de que el Consejo de la Suprema y General Inquisición, que se veía obligado a enviar maravedises para garantizar la financiación de la

Inquisición en Barcelona, lo sabría agradecer si se llevaba con diligencia.

Presentada la denuncia, Domènech disponía de un pequeño margen de tiempo. En cuanto aceptaron los cargos, el arresto preventivo fue inmediato. Los inquisidores se mostraron poco interesados, amparándose en lo endeble de la denuncia e incluso llegaron a insinuar que él, Domènech, quería el caso para ganar notoriedad y que con años y experiencia disminuiría su entusiasmo. Así que ahora trabajaba con alguna prueba, en sí imperfecta aunque concordante con el único testigo que tenía. Pero para que el caso fuese adelante, para que superara la calificación y él, formalmente, pudiera asumir la acusación en el juicio, necesitaba algo mucho más sólido, necesitaba la confesión del mahometano, algo en lo que ya trabajaba el verdugo.

Domènech estaba inquieto. Aún no le habían avisado, indicativo de que el pecado estaba más enraizado en el acusado de lo que pensaba inicialmente y más dificultoso era purificarlo a través del dolor. Además, la desidia de los inquisidores le extrañaba en extremo y temía que hubieran cedido al pecado de la codicia escudándose en la débil acusación. No encontraba otra razón para que no aprovecharan la oportunidad que suponía un caso en el que no se abría ninguna controversia sobre las actuaciones del Santo Oficio, dado el interés tanto del obispo nombrado por el Rey como de los gobernantes de la ciudad. Por ello, y aunque no estuviera dentro de sus atribuciones, Domènech dejó su estancia y bajó las escaleras que conducían a la sala de tortura, en el sótano.

Ya ante la puerta, inspiró profundamente y entró. Un ventanuco a pie de calle apenas iluminaba la sala con una franja de luz que se centraba en un agujero en el suelo. Era un pozo sobre el que pendía una cuerda cuyo extremo se perdía en las profundidades. Entre las sombras, Domènech pudo distinguir al verdugo que sujetaba el otro cabo de la cuerda.

El fraile cerró la puerta, pero se quedó donde estaba. El verdugo lo vio y se sorprendió, pues hubiera sido más normal la aparición de algún inquisidor, y no la del procurador fiscal. Aun así, le hizo un gesto negativo con la cabeza indicando su falta de resultados. Acto seguido tiró del cabo que sujetaba y, en el otro extremo, apareció el cuerpo empapado del mahometano. El hombre, escuálido, respiraba agitado, buscando recuperar el aire del que se había visto privado momentos antes.

—¡Confiesa tu adoración al diablo! Sólo eso te liberará —ordenó el verdugo al acusado.

—Yo, yo... —balbuceó el hombre jadeante. Respiró hondo y gritó—: ¡Yo no adoro al diablo!

El verdugo dejó de sujetar la cuerda por unos instantes. El acusado cayó al agujero. En cuanto oyó el ruido del cuerpo golpeando el agua, volvió a asir la cuerda, frenando la caída. Domènech observaba la escena imperturbable, con los brazos cruzados. El verdugo esperó unos instantes y volvió a sacarlo del pozo. El hombre escupía agua, tosía e intentaba respirar a la vez.

—¡Confiesa tu adoración al diablo! Sólo eso te liberará —repitió el torturador, incansable.

El acusado masculló:

—Yo adoro al Dios único, al Dios único, al...

Domènech arrugó la nariz e hizo una señal al verdugo para que mantuviera al hombre suspendido sobre el pozo. Se aproximó y paseó en círculo alrededor de él. El hombre miraba al dominico suplicante, con los ojos enrojecidos. Tenía los labios azulados y su piel mostraba moretones ennegrecidos.

—Sácalo —ordenó Domènech.

El verdugo lo miró sorprendido. A Domènech no le gustó y arqueó las cejas, manteniendo su fría mirada azul.

—Vamos, vamos, sácalo, déjalo fuera —apremió el fraile. El verdugo frunció el ceño y el fiscal añadió autoritariamente—: Déjalo con suavidad.

El torturador obedeció y dejó que el cuerpo del hombre se depositara sobre la roca que cubría el suelo de la sala de torturas. Domènech se agachó sobre el acusado. Estaba de costado, encogido, rodillas sobre pecho, tiritando. Domènech le acarició el cabello y susurró suavemente:

—Muy bien, hijo mío, adoras al Dios único. Eso está bien, sí.

El acusado empezó a sollozar como un chiquillo.

—Chiiist, tranquilo —dijo el fraile sin dejar de acariciarlo, simulando piedad—. Descansa, hijo, descansa.

Se puso en pie y se dirigió hacia el verdugo, que observaba la escena desde donde había estado sujetando el cabo de la cuerda.

—Lo tenía, casi lo tenía —le espetó a Domènech enfadado por la intromisión: «Es sólo fiscal, no inquisidor. ¿Quién se cree este jovencito?», pensó el verdugo con desprecio.

—Ya —respondió el dominico, frío—. Prepara la bota.

—Pero…

—No tengo tiempo que perder. Saca la bota.

Ante el tono del joven fiscal, el verdugo fue hacia el aparato que le había indicado el fraile. Domènech volvió sobre el acusado, que había pasado del sollozo a la apatía propia del agotamiento. Si bajo tortura no conseguían una confesión, una confesión sin contradicciones con las pocas pruebas que tenía, el caso se le volvería directamente en contra al procurador fiscal, haría impensable una sentencia condenatoria. Seguro que alguien le habría contado esto al acusado, dado los buenos pagos que le habían propiciado protección hasta aquel momento. Domènech volvió a agacharse sobre él y recuperó el tono de voz dulce:

—Bueno, no temas. Si el dios al que adoras es realmente el Dios único, Él te protegerá. En todo caso te redimirá. Acógelo, acoge sus disposiciones sin temor, hijo. ¿Prometes que lo harás?

El acusado asintió.

—Bien —dijo Domènech y volvió a acariciarle el pelo.

Luego desató al acusado y lo ayudó a ponerse en pie. Apenas se tenía, pero Domènech era fuerte y, rodeándolo con un brazo bajo las axilas, lo ayudó a caminar hasta el extremo de la sala. Lo sentó en una silla con sogas y se quedó tras él. El verdugo estaba de espaldas al acusado. Se puso de frente, ocultando la bota a los ojos del pecador.

—Está agotado, no hará falta que lo ates —indicó Domènech, severo. Y luego, poniendo una mano sobre el hombro del acusado, añadió en tono piadoso—: Además, ha prometido acoger los designios de Nuestro Señor Todopoderoso, el Verdadero y Único.

El verdugo, malhumorado, se agachó para tomar un pie al acusado y este vio el aparato que había estado oculto por el cuerpo del torturador: un cilindro de madera con unas afiladas púas de hierro en su parte interior. El pánico se dibujó en su rostro. El dominico presionó suavemente con su mano el hombro huesudo del hombre y susurró:

—Tranquilo…

El verdugo colocó la pierna derecha del acusado dentro del cilindro. El hombre, aterrado, empezó a murmurar algo ininteligible. El torturador hizo girar, lentamente, un enorme hierro chirriante que había en un costado de la bota. El cilindro se fue cerrando alrededor de la pierna del acusado a medida que el verdugo actuaba. El hombre cada vez respiraba más agitado, con los ojos clavados en las púas que se aproximaban a su pierna. Miró a Domènech, aterrorizado. El fraile no le rehuyó la mirada, mantuvo su mano en el hombro del mahometano y le sonrió. «No se santigua —pensó—. Está claro que es culpable.»

La punta de las púas se insertó en la carne del acusado y un grito de dolor retumbó en toda la sala.

—*Allahu akbar.*

El verdugo se detuvo.

—¡Ha dicho que Ala es Grande! —afirmó persignándose.

Sin embargo, Domènech le dirigió una mirada furibunda. El verdugo sintió un escalofrío de miedo. Se volvió a persignar y continuó cerrando la bota alrededor de la pierna del acusado.

—Habla en cristiano, vamos —le invitó Domènech suavemente.

Sin embargo, entre alaridos de dolor, con los ojos desorbitados y la pierna sangrante, el hombre seguía hablando en árabe:

—*Ashhadu an la ilha illa'llah. Ashhadu anna Muhuamadan rasulu'llah*

Domènech hizo señal al verdugo para que se detuviera. El dominico se colocó frente al acusado. Se inclinó para que sus ojos quedaran a la altura del mahometano. Su cara casi tocaba la nariz aguileña del pecador y podía sentir su fétido aliento. Le habló fríamente:

—Sé lo que decís en tierras infieles para llamar a lo que creéis oración. Hasta hace poco, se oía en Granada. Aun así, ¿crees que has confesado ante el verdadero Dios? Verás, si doy la orden, oirás el chasquido de tus huesos al romperse. El dolor que sientes ahora no es nada. Parece que necesitas más para purificar tu alma. —Tomó la cabeza del pecador entre sus manos y ordenó—: Vamos, mahometano, habla en cristiano. Dímelo, confiesa ante tu Señor.

El acusado suspiró y en voz suave dijo:

—No hay más dios que Alá, y Mahoma es el Enviado de Alá.

El verdugo se santiguó y dirigió una mirada admirada hacia el joven monje. Domènech se irguió y cruzó los brazos, mirando al pecador desde su posición superior. Sonrió satisfecho. Luego, dirigiéndose al verdugo, ordenó:

—Quítale la bota y envíalo a la mazmorra. Ahora sí que lo tienes.

Dio media vuelta y se dirigió hacia la puerta de salida. Antes de abandonar la sala, aún pudo oír gritos de dolor al salir las púas de la carne.

—Fray... ¿Domènech? —oyó que gritaba el verdugo.

El fraile se detuvo, molesto, y se volvió despacio. El verdugo se había situado ante él. Calvo, de nariz ancha y con una barba mal cuidada, su aliento hedía a cerveza. Era bajo, a Domènech sólo le llegaba al pecho, y su cuello era corto. Pero se le veía fuerte, de amplias espaldas y poderosos brazos. Sus ojos negros centellearon cuando le dijo con su rota voz:

—¡Vive Dios que jamás había visto a un fiscal como usted! ¡Gran confesión!

El clérigo esbozó una sonrisa, pero permaneció en silencio, escrutándolo. El verdugo le respondió asimismo con una amplia sonrisa de dientes rotos y sucios, y murmuró:

—Sólo eso, señor.

Domènech enarcó las cejas y se marchó.

El procurador fiscal esperaba inquieto ante la sala de audiencias del obispo. Era una estancia con una puerta principal y dos laterales que daban a otras dependencias. No había tapices, sólo una alfombra que conducía a la puerta grande. Domènech no entendía por qué había sido requerido, y le inquietaba.

Mentalmente, repasaba los pasos seguidos hasta el momento en el proceso. Cierto que no era del todo regular que el procurador fiscal se personase en la sala de torturas. Menos, que interviniera. Pero si Domènech debía formalizar la acusación, quería asegurarse la victoria como representante de la Verdadera Fe. «Y si al Ilustrísimo Señor obispo le parece inapropiado, que hubiera enviado a algún inquisidor, que habría sido lo propio. Al fin y al cabo, fue su secretario quien me dijo que aceptara una denuncia endeble», pensó irritado por la espera.

Esta no se alargó mucho más. Al cabo de unos instantes se abrió una de las puertas laterales y ante él apareció el padre Miquel.

—Fray Domènech, el Ilustrísimo Señor obispo le atenderá ahora. Sígame, por favor.

El padre Miquel volvió hacia la puerta por la que había salido. «¿No me recibe en la sala de audiencias?», pensó Domènech extrañado. No sabía si interpretarlo como buena o mala señal. El secretario abrió la puerta y, sin anunciarlo, le indicó que entrara.

Domènech así lo hizo y ante él apareció un lujoso estudio, con una enorme alfombra roja sobre la que se hallaba la majestuosa mesa del obispo. Tras ella, Su Ilustrísima Reverendísima estaba sentado relajadamente. Agitó la mano en la que portaba el anillo pastoral y Domènech reaccionó. Rodeó la mesa y se arrodilló para besar el anillo. Pere Garcia le puso la mano sobre el hombro y habló:

—Al interrogatorio deben ir los inquisidores o un representante que yo designe. Fray Domènech, ¿te he designado?

—No —respondió secamente.

—Aun así, ayer fuiste. Y confesó ante ti.

El obispo calló, como si esperara respuesta o disculpa. Pero Domènech simplemente le sostuvo la mirada, arrodillado ante él. No se arrepentía de lo hecho, pero no le gustaba aquella situación y se mantenía tenso. «Este joven es tan arrogante como me ha dicho Lluís, el verdugo», pensó Pere Garcia. Y rompió el silencio:

—Bien hecho. Hoy ha ratificado su confesión. Siéntate, hijo —invitó el obispo señalando una de las sillas que había ante su mesa.

Domènech obedeció reprimiendo un suspiro de alivio. Al ir hacia la silla, vio que el padre Miquel, ante la puerta, le hacía un leve gesto de asentimiento con la cabeza.

—Eres perspicaz, joven. Los inquisidores se mostraban sospechosamente apáticos —suspiró—. ¿Qué te voy a contar? Pero tú… Mejor de lo que imaginaba. El verdugo, admirado por tu tenacidad, no ha sido discreto. Y ahora, los dos inquisidores del caso se enfrentan, me temo, al pecado de la envidia. Terrible lucha —dijo Pere Garcia sonriendo—. Me gusta tener cerca a un servidor tan leal a nuestro Señor. Te ha puesto una prueba difícil y la has superado. Sigue así y Él te llevará lejos. Pero procura mantenerte en tu sitio, ¿entiendes?

—Sí, Ilustrísima Reverendísima —respondió Domènech en un tono más seco de lo que hubiera deseado.

El obispo se puso en pie y se dirigió hacia él mientras decía:

—Bien, bien, bien… Esta noche espero que seas mi invitado. Vendrán a cenar algunos señores de la ciudad y quiero que los conozcas. —Se detuvo ante él y añadió con una sonrisa maliciosa—. Además, asistirán los dos inquisidores, y me encantará ver cómo superan la tentación del pecado: has dejado el caso tan claro… Necesitamos pureza en el Santo Oficio.

Extendió la mano ante Domènech. Este volvió a besar el anillo pastoral y dijo con voz cálida:

—Gracias, mi Ilustrísimo Señor.

Al abandonar la estancia, no podía estar más complacido. No consideraba que Dios le hubiera puesto una dura prueba, sino que le había bendecido con una buena oportunidad.

Anochecía cuando llamaron a la puerta. Domènech dejó de escribir y se recostó en el respaldo de su confortable silla:

—Pase.

La puerta se abrió y apareció el verdugo. El clérigo sonrió relajadamente. El hombre se había cambiado el jubón manchado de sangre del día anterior y se presentaba ante él con una túnica parda, algo raída, y un viejo sombrero negro en sus manos. Se había aseado y en su mejilla se veía un corte reciente, sin duda por haberse rasurado él mismo, con poca pericia, parte de la barba, que seguía pareciendo descuidada.

—¿Me ha hecho llamar, señor?

—Siéntate —le invitó Domènech en tono burlesco.

El hombre lo hizo en una de las sillas que estaban frente a la mesa de trabajo de Domènech y se revolvió en el duro asiento. Al final, escurrió su hosco cuerpo hacia delante para mantenerse sentado en el borde.

—O sea, que le has dicho directamente al obispo que estaba donde no debía estar. Me sorprendes...

El hombre enrojeció y murmuró inclinando la cabeza:

—Sólo expresaba mi admiración.

—Ya... —Domènech se pasó la mano por la barbilla y su tono se tornó amenazador—. Pues sólo la expresarás cuando yo te lo diga y ante quien yo te indique.

El hombre alzó la cabeza de pronto, con ojos vívidos y sin rastro de rubor, y mostró los dientes mellados en una sonrisa maliciosa. Sin duda, aquel procurador fiscal era ambicioso y necesitaría a alguien más discreto aún que un familiar, ya que estos colaboradores inquisitoriales eran especialmente odiados en la ciudad. El fraile estaba donde el verdugo quería.

—Eso tiene un precio, señor.

Domènech soltó una carcajada algo gutural.

—Por eso no pago, sólo te salvo de un castigo. Pero si quieres que tu pequeño sueldo de verdugo se vea incrementado... —Hizo una pausa corta. El rostro del hombre se iluminó—. Bien, es posible que hallemos una manera, si, además de fuerza bruta, demuestras la misma habilidad que has usado para hacer saber al obispo de mi presencia en la sala de torturas.

—Señor, tengo más habilidades de las que parece —afirmó dando un pequeño respingo de júbilo en su incómodo asiento.

Domènech vio restos de polvo sobre la mesa y la limpió con la mano derecha, dejando de mirar al hombre.

—Bien, te haré llamar cuando sea menester.

—Lluís, a su disposición —oyó que añadía.

—Lo sé —dijo volviendo sus ojos a él mientras se sacudía unas motas de polvo que habían quedado en sus dedos.

El hombre hizo repetidas reverencias, dio la vuelta y se dirigió a la puerta. Mientras, Domènech se levantó de su asiento.

—Lluís —lo llamó. El verdugo se volvió y se quedó algo desconcertado al verlo en pie, ante él, imponente y frío—. Con lo que te pagaré, no compro tu lealtad, sólo te muestro mi agradecimiento… Y soy muy agradecido. Pero la lealtad es lo que tú me pagarás para que te salve de un castigo. —Le puso una mano sobre el hombro, apretó con fuerza y sonrió con un destello gélido en los ojos—. Ya has visto lo que puedo hacer en la sala de tortura.

El verdugo tragó saliva, se estremeció y asintió con la cabeza.

XX

Océano Atlántico, año de Nuestro Señor de 1508

Llevábamos ya unos días en la mar. Las lecturas de mi juventud me proporcionaron los conocimientos para entender las órdenes que me daban. Eso e imitar con discreción a mis compañeros hizo que estos me vieran como un marinero más. Me esforcé en disimular mi acento y mentí lo mínimo, pero oculté las verdades prudentemente para que Domingo Prado fuera creíble. De modo que como Domingo salí de Sanlúcar de Barrameda en 1506, y puesto que no me hacía a la tierra, me volví a la mar. Si me preguntaban por alguna mujer, esposa o familia, bajaba la cabeza y dejaba que sus mentes interpretaran por sí solas, como había hecho con Gabriel cuando me preguntó por aquel tal Arnaldo, a quien nunca llegué a conocer.

Gabriel era el encargado de los marineros que estábamos en el trinquete, aunque debiéramos asumir otras misiones como la limpieza. Parece que le gustó el personaje callado, dócil y solícito que construí para aquella nao. Y otro tanto sucedió con los dos hombres que bromearon conmigo el primer día: Juan y Manuel, hermanos de mi misma edad, iguales en sus rizos negro azabache y sus luminosos ojos negros, iguales en su risa fácil de labios estrechos, iguales en sus sueños. Eran hijos de pescador:

—¡De Palos!

—De donde partió el mismísimo Cristóbal Colón.

Estaban ilusionados por formar parte de aquella expedición. Lo vivían como un gran logro. Yo, en cambio, cuando subí a la nao, pensé que tan enorme barco no podía tener otro destino que surcar el mar llevando las riquezas de aquellas tierras a Castilla. ¿Cómo iba a imaginar que pudiera existir otro destino? Había pasado dos años encerrado en una mina sin saber que estaba en una isla.

Sólo descubrí que había pisado un lugar llamado La Española al escuchar las conversaciones de los marineros. De la misma forma supe cuál era mi destino incierto: «tierra firme», una forma de llamar a un lugar desconocido. Aquella fantástica nao iba a explorar costas nuevas y, si encontraba riquezas, debía rescatarlas. ¡Yo había sido un verdadero rescatador de riquezas, en la roca, con el pico! Según la conversación, me entristecía o me indignaba pensar que, a más tierras descubiertas, más esclavos para arrancar lo que escondieran sus entrañas.

Al principio reía sus gracias por mi bien. Sin embargo, Juan y Manuel me enseñaron que ellos, simplemente, anhelaban una vida mejor. Si rescataban un gran botín, enriquecerían a otros, pero aspiraban a conseguir una pequeña porción como pago, pues esta ya les serviría para hacer realidad sus aspiraciones. En algún momento empecé a reír con Juan y Manuel porque me hacían sentir bien, porque me aceptaban como a un compadre. Me empecé a sentir acogido y seguro, aunque jamás me quitaba la camisa para no dejar al descubierto las señales de mi esclavitud. Allí trabajábamos duro, sí, pero sin cadenas. Siempre a las órdenes directas de Gabriel, cascarrabias pero bonachón. A veces me preguntaba si él habría empuñado alguna vez un látigo…

Por las noches, me gustaba dormir en el mismo hueco de la escalera en el que me había escondido. Hacía un calor pegajoso a causa de la humedad y allí estaba fresco. Miraba el cielo poblado de estrellas. Miraba cómo me alejaba de donde hubiera querido llegar: íbamos justo en dirección contraria, al oste, al suroeste… A veces suspiraba, recordaba a Ulises, sus fabulosos viajes por los mares. Me sentía un poco como él, queriendo volver a casa con su esposa, pero perdiéndose en el regreso. Evocar aquel mito me esperanzaba tanto como me entristecía. Pero por lo menos, a aquellas alturas, ya no sentía opresión en el pecho. Supongo que estaba resignado. Ulises conseguía regresar, a pesar de naufragios y seres imposibles, y Penélope lo había esperado en Ítaca; a mí no me esperaría Elisenda y, en aquellas noches cálidas, deseaba que si la habían casado con otro, cuando menos fuera feliz. Sólo abrigaba la esperanza de volver a ver mi Orís natal. Y para eso tenía que esperar, esperar a que aquella nao acabara la expedición y volviese a La Española repartiendo suficiente botín entre nosotros como para proporcionarme un regreso seguro a Cataluña.

Hacía días que bordeábamos una costa caprichosa, cuya forma recordaba la de una enorme bahía, cuando se nos ordenó echar el ancla. Al principio se desató cierta expectación por bajar a tierra. Pero mirando la costa abrupta, pronto se desechó la idea y empezó a correr el rumor de que el capitán se había pasado del destino deseado. Los marineros miraban, anhelantes, hacia tierra. La espera aumentaba la tensión, y más al ver nubes grises en el cielo. Nosotros estábamos sentados en cubierta. Yo miraba hacia el horizonte oscurecido y, de vez en cuando, me volvía hacia mis amigos.

—Bueno, se dice que se ha pasado. Se dice… Creo que no sabe ni dónde está —señaló Manuel.

—Tampoco lo sabíamos al salir. ¿No estamos explorando? —respondió Juan. Pero no podía ocultar su nerviosismo y apretaba las manos en su regazo—. Nosotros entendemos de velas y vientos. Ellos, de rumbos.

—¿Qué, hermanito? ¿Acaso estaba yo solo en las tabernas oyendo historias de barcos que se desvían, que desaparecen misteriosamente, que…?

—Historias de mar. ¡No pareces de Palos, Manuel! ¿Cuántas de esas hemos oído?

—Ya, pero esta es una nao muy grande, no un bergantín. No deberíamos acercarnos tanto si no conocemos la profundidad de estos mares. Y menos cuando está nublado —se enfurruñó Manuel. Luego me miró—: Domingo, ¿cómo consigues estar siempre tan tranquilo?

Me encogí de hombros con una sonrisa afable.

—No lo estoy, lo parezco —repuse.

Juan y Manuel rieron.

—Siempre con tus juegos de palabras. ¡Ay, Domingo, eres demasiado listo para este barco! —sonrió Juan. Luego miró a su hermano y, serio, añadió—: Por eso Domingo calla más que habla, y no se queja.

—¡Eres tonto! —respondió Manuel añadiendo un puñetazo amistoso a la respuesta.

Sonreí y volví a mirar hacia el horizonte. Agucé la vista: a lo lejos me había parecido ver el resplandor de un rayo. De pronto, el barco se balanceó, brusco y seco.

—¡Vaya ola! —exlamó Manuel, sorprendido.

Había sido una ola grande y solitaria. «Pero muy grande para mover así una nao como esta», pensé extrañado.

—Es una tontería quedarse aquí.

—¡Manuel! —le reprendió Juan.

—Te lo digo en serio. Mira, el aire está aumentando y el mar…

Cierto, hacia más viento, y aquella ola solitaria parecía un mal presagio.

—Hay rayos —comenté al fin, después de haber observado varios relámpagos.

—Viene una tormenta —aseveró Juan.

Manuel se puso en pie para mirar al horizonte.

—Es rara —dijo frunciendo el ceño.

—¿Cómo rara? ¡Es enorme! Nos va a caer la de Dios.

—¿Ves por qué tenemos que movernos?

Tras la ola solitaria, no éramos los únicos que habíamos observado la tormenta a lo lejos. Se levantó marejada y el viento aumentó notablemente. Empezaron a caer unas gotas de lluvia pequeñas y dispersas. Pero nadie nos ordenaba nada. «Tal vez este viento no es bueno, podría romper las velas», pensé. Sin embargo, los marineros se habían ido poniendo en pie y miraban al mando, esperando la orden de salir de allí.

—Quizá la tormenta ni nos llega. Se deshacen, se desvían… —me susurró Juan.

—Nos va a llegar. El cielo está más negro por momentos y esta marejada es cada vez más fuerte —le respondí.

—No es normal, os digo que no es una tormenta normal —insistía Manuel.

Hablábamos en voz baja. No éramos los únicos que murmurábamos. La tensión crecía, la orden no llegaba. El viento empezó a aullar, la marejada se tornó agresiva y las olas nos zarandeaban y luego reventaban contra la abrupta costa con gran violencia.

—Acabaremos en las rocas —se oyó a alguien gritar.

—¡Zarpemos, capitán! —instó Gabriel.

El capitán asomó por el castillo y anunció bien alto:

—No nos moveremos.

Abucheos. El capitán pidió silencio con las manos. Le costó un poco, pero lo logró. A pesar de ello, el mar embravecido hacía difícil oír sus palabras:

—Estamos en una fortaleza, en un castillo flotante. Esperaremos aquí. Si perdemos las velas, ¿cómo pensáis volver?

—¡Si naufragamos, no volveremos! —voceó alguien.

—Eso, eso —coreó la mayoría de marineros.

Yo observaba todo aquello en silencio, mientras la masa de nubes se nos echaba encima, la lluvia arreciaba y el viento rugía cada vez con mayor furia. ¿Cómo íbamos a zarpar? ¿Cómo se manejaba un viento así? Sentí la pesadez en mi estómago y no por el incesante movimiento del barco, cada vez más violento. Era miedo. El capitán seguía en su intento de tranquilizar a la tripulación, pero la extraña tormenta lo hacía difícil.

Una ola gigante sobrepasó la borda de aquella fortaleza. El temor a la cercanía de la accidentada costa hizo estallar el motín. La marejada subió ostensiblemente el nivel del mar. Los gritos, las carreras, se mezclaron con los sonidos de la tormenta, ya encima de nosotros. La lluvia se tornó agresiva, y el agua formaba una tupida cortina agitada por el viento. Soldados y marineros se enzarzaron en una pelea apenas audible por los embates del mar. Me arrinconé en la pared del castillo de proa, sin poder creer todo aquello. Vi correr a Gabriel, Juan y Manuel hacia el ancla. Otra ola gigante superó de nuevo la borda y arrastró a algunos hombres. Se añadieron gritos a los que ya traía el rugido del viento:

—¡Hombre al agua!

—¡Dejadlo! ¡Hay que salir de aquí o acabaremos en las rocas!

El barco se agitó con violencia. Habían levado el ancla. «Tengo que hacer algo», me apremié. Si nos íbamos, mejor era hacer lo posible para que la nao fuera mar adentro. La embarcación estaba en movimiento, sin rumbo, sumida en el caos, asediada cada vez por más agua, más rayos y truenos. Tenía que ir en busca de Gabriel, atender a sus órdenes. Miré hacia el lugar donde había visto los primeros rayos, pero ya no había horizonte, sólo mar embravecido, como si Poseidón hubiera alzado su brazo armado contra nosotros.

—¡Dios mío! ¿Qué te he hecho? —tuve tiempo de gemir.

Fue una visión rápida, como la de un relámpago. Una ola titánica se abalanzó sobre el lateral hacia proa y noté el barco ladeado. Instintivamente, me aferré a un cabo del trinquete y vi caer a algún hombre arrastrado por el mar. Oí un crujido de madera: era el mástil de proa. Amenazaba con romperse mientras el barco se agitaba de un lado a otro luchando por volver a su posición y mantenerse a flote entre el mar bravío. Ahora todo eran gritos de auxilio. «Nos hundimos», pensé recordando de nuevo a Ulises cuando naufragó ante la isla de Calipso. Mis manos aferradas al cabo apenas resistían. Crujió el trinquete. Se iba a partir, tenía que hacer algo. Una ola me zarandeó, otra hizo volar la percha travesera donde mi cabo estaba atado. Yo no lo solté. Creo que me golpeé con la borda, seguro que me golpeé con el agua al caer al mar.

De pronto, me encontré entre un oleaje que tanto me engullía como me dejaba boquear en la superficie. Y me arrastraba. Pero seguía sujetando aquel cabo, como si su tacto me recordara que no estaba en un infierno, sino vivo. No me encontraba solo entre aquella furia de truenos, viento y lluvia. Barriles, maderos, hombres muertos, algún marinero que, como yo, trataba de mantenerse vivo… Una ola me arrojó un madero, pero lo puede ver a tiempo. Me sumergí, agarrado a mi cuerda. Evité el golpe. La cuerda se tensó. Subí. Casi me traga otra ola, pero tuve tiempo de impulsarme hacia arriba. Respirar, tragar agua, pero respirar. El cabo se volvió a tensar. Luché por mantenerme a flote y atarme la cuerda a la cintura. Ignoro cuánto tardé. Me sentía desfallecer, pero lo logré. En un último esfuerzo, seguí luchando por flotar y esta vez tiraba, tiraba del cabo. Me dolían los brazos, sentía el vientre hinchado, pero no quería morir. Llegó el final de la cuerda y con él, el madero. «Bendito sea», pensé. Me agarré y me dejé arrastrar. El viento rugía, la tormenta no amainaba.

No sé cuánto duró. No sé cuándo las olas moderaron sus embestidas. No sé cuándo dejó de llover ni cuándo cesó el viento en su castigo. Sin embargo, en algún momento fui vagamente consciente de cierta paz. El agotamiento me venció.

XXI

Golfo de México, año de Nuestro Señor de 1508

Abrí los ojos y la luz del día me cegó. Los cerré. Estaba boca abajo. Cuando intenté humedecerme los labios con la lengua, los noté agrietados. Volví a abrir los ojos. El mar lamía mis pies. Estaba en una playa blanquecina. No había una brizna de brisa y el calor era pegajoso. Mi cuerpo estaba entumecido. Oía un sinfín de cantos estridentes, rugidos, gritos… Una algarabía que no sabía identificar. La espalda me ardía. Me apoyé sobre los brazos temblorosos. No soportaban el peso de mi cuerpo. Aun así, conseguí girarme. Noté que algo tiraba de mi cintura, pero no tuve fuerzas para mirar. Me dejé caer de espaldas. Aunque la arena era mullida, se me escapó una mueca de dolor que hizo sangrar mis labios. Me toqué la cintura y palpé una cuerda a su alrededor. A mi mente acudió el naufragio y fue entonces cuando pensé: «¿Dónde estoy?».

Noté el sudor aflorando a mis sienes. Miré aquella playa y fruncí el ceño. Me sentía desconcertado. Vi los restos de lo que pudiera haber sido un barril. Si yo había llegado allí, ¿por qué no había nada más? Me incorporé apoyándome sobre los codos, pero sólo vi mi cuerpo amoratado y el suave oleaje de la orilla meciendo algunas maderas dispersas; nada comparado con aquella fortaleza flotante que se había venido abajo. A mis pies, el agua empujaba una enorme caracola fuera de sus dominios.

Giré la cabeza un poco hacia atrás y vi un exuberante bosque de árboles gigantes marcando el límite de la playa. «¿Qué es esto?», pensé sacudiendo la cabeza para evitar imaginar qué bestias escondía aquel extraño lugar. Volví a mirar la gran caracola: el mar la había expulsado, como arrojándomela. Me senté totalmente y me sentí mareado. Aun así, me incliné hacia delante para hacerme con la caracola y soplar. Quizás hubiera algún otro superviviente, quizás usando aquel enorme caparazón como trompa me oyeran. El calor era soporífero. Intenté alzar la gran caracola para llevármela a la boca. Pero me mareé más y caí de lado. Me costaba mantener los ojos abiertos. Oí una voz a mis espaldas:

—*Quequetzalcoa*…

Unas manos me sujetaron por el hombro. Todo parecía un sueño. Una cara rojiza, lampiña, unos ojos negros, una nariz prominente…

—¿Dónde estoy? —me oí balbucear.

Todo me daba vueltas: la playa blanca, el cielo claro, el bosque gigantesco y aquella cara que agitaba la caracola ante mí con sonidos imposibles:

—*Quequetzalcoa… Tecciztli… Ehecatl… Titlanecuilli…*[3]
Me desmayé.

Desperté boca abajo entre la penumbra fresca y un intenso olor a flores. Aún notaba ardor en mi espalda, pero

3. Descendientes de Quetzalcóatl; caracola; dios del viento; mensajero.

no tenía la boca reseca, ni sensación de sed. Estaba sobre una especie de alfombra de algún tipo de mimbre, tapado con una suave manta de algodón. La parte del suelo donde me hallaba era de arena, pero no el resto, que era de piedra. Estaba rodeado de extrañas flores. La pared debía de ser también de piedra, pero estaba pintada: sólo veía unos pies y alcé los ojos para apenas distinguir una figura humana con un trapo que cubría la entrepierna como único atavío. El sonido de unos pasos desvió mi atención de aquella imagen de la pared.

Ladeé la cabeza. Sentí un escalofrío de temor. En la pared opuesta había más formas humanas pintadas, de aspecto grotesco, con cabezas demasiado grandes, algunas de serpiente, otras de águila, otras de extraños gatos de piel moteada…, brazos demasiado largos, plumas y tocados, cuernos bajo la boca, orejas agujereadas con adornos extraños…

—¡Dios mío! ¿Son monstruos? —murmuré sin osar mover un dedo.

La luz que tenuemente iluminaba la sala procedía de una antorcha en una pared que creaba fantasmales sombras sobre aquellas imágenes caóticas. Me di cuenta de que debía de estar en una habitación. Vi una puerta justo cuando la abría una mano pequeña y oscura. Tragué saliva. El miedo me atenazaba el estómago. Tras la mano, apareció un hombre. Me quedé fascinado.

Su piel era rojiza; su nariz, algo aguileña. Me pareció la misma cara que había visto en la playa. Sin barba, llevaba extraños pendientes en las orejas. De su pelo algo ondulado pendían dos tocados cónicos que caían a su espalda y de los cuales sobresalían unas plumas con brillantes matices verdes. Llevaba dos capas atadas al hombro para cubrir lo que me pareció el cuerpo desnudo. El manto externo era azul, con dos extraños símbolos en la parte frontal, y el de debajo asomaba mostrando un borde rojo con unos adornos geométricos blancos. En el brazo izquierdo, al descubierto, llevaba un brazalete dorado, y en su mano portaba lo que parecía una especie de vaso también dorado.

Se acercó unos pasos sin mirarme, con la cabeza baja. Me pareció que cojeaba levemente. Se detuvo y se postró ante mí. Yo estaba atónito, todavía boca abajo, notando los latidos de mi corazón. Lo veía ahí, agachado como un vasallo ante su rey, y no sabía qué hacer. Sólo podía mirarlo, no tenía valor para moverme. Vi que bajo las capas llevaba un trapo atado a la cintura y me pareció que descendía en un pliegue perfecto a la altura de la entrepierna. Iba descalzo. Su rodilla alzada estaba a poca distancia de mí. Alrededor de la pantorrilla llevaba una cinta a juego con el borde de la capa. De la cinta colgaban más plumas. Había visto indios en la mina, y a la anciana que me ayudó cuando escapaba… Pero jamás había contemplado un atuendo así. Era como el de un salvaje que apenas cubre las partes propias del decoro más elemental, pero a la vez tan elaborado…

El hombre permanecía en actitud servil, con la cabeza inclinada. Seguía sin mirarme. Noté que su respiración era tan acelerada como los latidos de mi corazón. Al fin me atreví a incorporarme. Me di cuenta entonces de que yo también estaba desnudo, limpio, sin rastros de arena y con una prenda blanca como la suya para tapar mis partes pudendas. Me senté ante él con las rodillas dobladas sobre el pecho para tapar algo mi desnudez. Entonces el hombre dejó el vaso a un lado. Tocó el suelo ceremonialmente y luego me besó las manos. Sin mirarme, dijo algo ininteligible. Volvió a tomar el vaso y me lo tendió con la cabeza inclinada. Contenía una pasta marrón que me recordó el lodo. Pero mi estómago rugió cuando percibí su olor. Me acerqué el vaso a la nariz. No podía identificar qué era, pero la boca se me hacía agua. Dudé un instante y al fin me lo llevé a los labios. Era espeso y lo primero que noté fue un sabor amargo. Pero luego me empezó a arder la boca, me asomaron las lágrimas y no pude evitar escupirlo.

Al instante me arrepentí atemorizado: había manchado la capa del indio. Sin embargo, lejos de parecer ofendido, el hombre me miró un instante y humilló la cabeza, intimidado. Me sentí ridículo, y más al notar, superada la sorpresa del picante, que aquella crema me dejaba un delicioso sabor en la boca. Probé otro sorbo. El hombre, aún postrado, respiraba nervioso. Paladeé despacio, con cautela. Era un sabor extraño. Nada que hubiera probado antes se asemejaba a aquello.

—Delicioso —dije titubeante.

El indio asintió sin alzar la cabeza. Pude ver que esbozaba una sonrisa:

—*Xocoatl* —dijo señalando el vaso.

—*Choclat* —intenté repetir yo.

El hombre por fin alzó la mirada, muy serio. Seguía arrodillado, pero ahora erguido. Sus ojos negros, grandes, no se apartaban de los míos. Los entornó y de pronto dijo:

—*Tlein ticnequi titlacuaz*[4]

Negué levemente con la cabeza.

—No hablo tu idioma —respondí.

El indio apretó los labios y retorció el borde de su capa externa. Ahora me escrutaba con aire pensativo. Pero no dijo nada más: inclinó con respeto la cabeza, se puso en pie y se fue.

---

4 ¿Qué quieres comer?

Yo me quedé sentado allí, con la copa dorada en la mano, viendo cómo la puerta se cerraba. No oí voces. Sólo los pasos alejarse. Permanecí un rato a la espera. Me sentía extrañamente sereno. Las pinturas de las paredes que al despertar me habían asustado, ahora resplandecían ante mí con sus tonos rojizos. Eran un fresco, como los que había visto en muros, bóvedas o columnas de las iglesias cristianas, tan desproporcionado o monstruoso en sus expresiones como las pinturas antiguas en mi tierra, con Cristos de cara cuadrada o representaciones de animales asociadas a los evangelistas. La diferencia estribaba en que no entendía qué representaban aquellos que tenía ante mí. Estaba en una tierra extraña, ante un pueblo tan desconocido como inimaginable. Pero las pinturas con su componente artístico, lo elaborado de las ropas del hombre con sus adornos, sus modales, sin duda su propio idioma… Desde luego, no estaba ante un pueblo salvaje y la idea de civilización, aunque desconocida, supongo que fue lo que me serenó.

No vino nadie. Al final, opté por acabarme aquella especie de crema marrón, el *xocoatl* y, para mi sorpresa, me sació el hambre. Me tumbé y me volví a quedar dormido.

La estancia era cuadrada y de paredes blanqueadas. En el suelo había cuatro esterillas paralelas a las paredes. Al lado de una de ellas, los pinceles reposaban ordenadamente ante un *amatl* en blanco. En una esquina, sobre un sencillo altar, una imagen de Quetzalcóatl guardaba la habitación. Aquella imagen del dios del viento, las ciencias y las artes, había sido traída el día anterior para depositar a sus pies una caracola.

Un hombre entró en la sala. No se sentó, sino que se quedó allí de pie, con aire grave. Miró el pergamino y suspiró.

«Tengo que informar sobre esto. Pero ¿cómo lo explico si ni yo mismo lo entiendo muy bien? ¿Y a quién? ¿A mi superior o a un sumo pontífice?», pensó inquieto. Sus ojos se fijaron en el pectoral que lucía la figura de Quetzalcóatl: una caracola. Aquel extraño había sido hallado en una playa con una caracola en sus manos, la que él mismo había colocado a los pies del dios con sumo respeto. Dudó antes de hacerlo, quizás debiera haberla dejado con su propietario. Pero el hecho es que allí estaba.

—No soy un sacerdote. ¡Solamente un simple *calpixqui* relegado a estas tierras totonacas! —exclamó sin alzar la voz.

Pero lo cierto era que, si bien su misión era recaudar tributos para el Huey Tlatoani de Tenochtitlán, en aquel momento el *calpixqui* representaba la autoridad mexica en Cempoalli. Y lo único que tenía claro era que debía obrar con cautela. Avanzó unos pasos y se quitó los tocados de pluma para depositarlos, con cuidado, sobre una esterilla. Se desató las dos capas, las plegó, las dejó al lado de los tocados y se quedó con su sencillo *maxtlatl* como único atuendo. Necesitaba comodidad para abordar su tarea.

Se sentó y tomó el *amatl.* Clavó los ojos en los colores con los que debía escribir y negó levemente con la cabeza. Se sentía asustado e ilusionado a la vez. Miró de nuevo al dios Quetzalcóatl. La piedra de la escultura, pintada de negro, representaba el atavío de un sacerdote. Pero de todos era sabido que el Quetzalcóatl que existió en carne y hueso había sido de tez blanca y con pelo en la cara, como el ser encontrado en la playa. Un ser con aspecto humano, medio muerto como pueda estarlo un humano, portando una caracola, una caracola como la que Quetzalcóatl soplaba para limpiar los caminos y ayudar a Tláloc, dios del agua. Incluso el cabello de aquel ser tenía forma de caracolas.

El *calpixqui* evocó los sonidos que salían de los templos de Tenochtitlán y suspiró. Quetzalcóatl había abandonado la tierra partiendo por el mar del Este y anunció su retorno. El ser blanco y con barba que ahora comía *xocoatl* a pocos pasos de él había sido hallado en una playa del Este.

—Medio muerto —murmuró el *calpixqui*—. Esa no es forma para el retorno de un dios.

Por lo que él sabía, Quetzalcóatl había anunciado su retorno en el año Uno Caña, y aún faltaba para ello. Aunque no tanto. Por eso, cuando él y la guarnición que lo acompañaba para recaudar los impuestos en Cempoalli encontraron a aquel hombre barbado, no creyó hallarse ante el propio Quetzalcóatl y pensó que podía tratarse de un mensajero del dios, un enviado que debía preparar su retorno. Aguardó a que el enviado despertase para hablar con él y hacer lo que dispusiera para ayudarlo en el cumplimiento de su sagrada misión.

—Pero ¿cómo envías a un mensajero que no sabe ni hablar nuestra lengua, amado Quetzalcóatl? —inquirió a la estatua.

Desde luego, aquella era una cuestión que debían resolver los *tlenamacazque*, los sacerdotes de más rango, y la sabiduría del propio Tlatoani. Para el *calpixqui*, después de haberle llevado el *xocoatl*, el enviado parecía un hombre, extraño y extranjero, pero hombre al fin y al cabo. Aquella situación le resultaba profundamente incómoda. Pero juzgando como mejor opción llevarlo a Cempoalli por ser la ciudad más próxima, dejarlo en manos de los sacerdotes locales le había parecido imprudente. El dios Quetzalcóatl era poderoso y en él creían, no sólo los mexicas, sino también otros pueblos como los totonacas. Cempoalli pagaba tributos a los mexicas, pero estaba poblada mayoritariamente por totonacas. Los habitantes de Cempoalli elegían a sus jefes, a sus sacerdotes... La única obligación que tenían ante Tenochtitlán era tributaria. Pero a muchas ciudades no les gustaba someterse y a veces se rebelaban. Pese a los cambios impuestos por el Huey Tlatoani Motecuhzoma Xocoyotzin, en esto seguía actuando como sus predecesores: enviaba tropas una vez estallaba la rebelión, y sólo dejaba guarniciones de guerreros estables en las ciudades fronterizas o más conflictivas. Cempoalli no se hallaba entre ellas, por lo menos en aquellos momentos. Sin embargo, si dejaba a aquel hombre blanco con todo lo que significaba en manos totonacas, ¿acaso no podían utilizarlo como excusa para sublevarse al poder de Tenochtitlán? Por la misma razón, llevarlo a otra ciudad con más población mexica, también lo juzgaba peligroso, puesto que cada una tenía su propio señor y podían usarlo para desafiar al Huey Tlatoani de Tenochtitlán. De hecho, pensándolo bien, el *calpixqui* se sentía agradecido de tener al hombre bajo su techo y no directamente en manos de cualquier sacerdote o señor de imprevisible comportamiento. «Por lo menos, tengo una guarnición de guerreros jaguar para protegerlo», pensaba. Él era la única representación de su soberano allí, y aunque Motecuhzoma Xocoyotzin le había dañado en lo más profundo de su corazón, el *calpixqui* había sido educado para ganar honores, los que había perdido su padre, los que necesitaba para traspasar a su hijo.

«Sea emisario de un dios o un raro extranjero, seguro que obrar con prudente eficacia ante esta situación me devolverá a Tenochtitlán —concluyó para sí mismo—. Escribiré al Huey Calpixqui y que él se ponga en contacto con quien juzgue necesario. Los máximos pontífices, sumidos en sus obligaciones, quizá ni se molesten en leer la carta de un *calpixqui*.»

El hombre al fin empuñó el pincel y empezó la misiva.

XXII

Barcelona, año de Nuestro Señor de 1509

Las campanas de la catedral de Barcelona repicaban en aquel día invernal. Una brisa fría pero suave repartía olores de mar por toda la ciudad. La alta nobleza del Principado estaba en el gran templo luciendo sus mejores galas. Aquella era la primera oportunidad de hacerlo tras los festejos que habían dado entrada al nuevo año. Domènech, sentado en uno de los últimos bancos, cerca del pasillo central, observaba con cierto hastío aquella congregación de túnicas brocadas y sedosos vestidos que invadían la casa del Señor.

Tras la justa condena al mahometano gracias a su actuación como fiscal, el dominico se había enfrentado a casos menores, menores por la facilidad con que se probaba la herejía y por la poca relevancia social y económica de los herejes. Aun así, su entrega al Santo Oficio le había servido para consolidarse como miembro del Tribunal de la Suprema y Santa Inquisición en Barcelona y, en consecuencia, estaba dentro de las esferas de poder de la ciudad. Le complacía saberse respetado unas veces, temido otras, reconocido siempre. Aunque estaba descubriendo que los excesos terrenales que rodeaban al poder a menudo le resultaban aburridos. Aburridos como aquellas mujeres engalanadas que llamaban al pecado en la mismísima casa de Dios; aburridos como aquellos hombres, la mayoría de ellos incapaces de reconocer su propia insignificancia, incapaces de concebirse como títeres cuyos hilos manejaban unos pocos, los que en última instancia sólo se postrarían ante el Señor.

—Hágase Su voluntad, así en la Tierra como en el Cielo.

La voz del obispo de Barcelona interrumpió sus pensamientos. La boda entre la *pubilla* de Cardona y Gerau de Prades, heredero del conde de Empúries, casi tocaba a su fin. La invitación le había llegado a través del portavoz del gobernador, el padre de la novia, Pere de Cardona. Pero era consciente de que detrás se hallaba Gerard de Prades. Una sonrisa escapó a los labios de Domènech. «El gran conde», pensó con desprecio. A su heredero sí lo casaba en público en la catedral de Barcelona, sí lo casaba pavoneando su alianza de altos vuelos y, a ojos de Domènech, su desprecio por Orís. Pero Orís había salvado su honor, le permitía pecar de orgullo en aquel gran templo. «El conde es de los que no reconoce su insignificancia. Cierto que ostenta poder, pero se esconde en las sombras más como un cobarde que como un titiritero», pensó el barón de Orís.

El obispo finalizó el oficio religioso y las campanas volvieron a repicar mientras los cónyuges abandonaban el templo con toda la nobleza en pie. Los ojos de Domènech se toparon con los de una mujer, la madura condesa de Manresa. Sus ojos marrones brillaban con descaro y se humedeció los labios con disimulo. Al fraile le pareció vulgar y giró la cabeza. Los nobles empezaron a desfilar por el pasillo central para abandonar la catedral. Cuando pasaron al lado de Domènech, ni siquiera lo vieron, ni siquiera percibieron que entre las sonrisas y el aparente júbilo que despertaba aquella unión había un fraile dominico cuyos ojos fríos los recorrían con un desprecio tan alejado de la envidia como cercano al saberse superior. Domènech sólo topó con unos ojos que lo miraban directamente. Pero esta vez no había provocación en aquella mirada, sino temor. Ella había captado la expresión altiva y fría de aquel fraile moreno y corpulento. A él le agradó aquel brillo temeroso en los ojos de la condesa y esta vez fue el dominico quien la miró provocativamente. Ella desvió la vista al instante, asustada. El fraile sintió una punzada de excitación.

En la cocina, las mujeres no cesaban en su tarea de hornear panes y condimentar carnes y asarlas. Sudorosas, llevaban días trabajando para que los señores de Assuévar pudieran agasajar a los invitados a la boda.

El salón era un hervidero de chismes y risas que, excepto por el número de invitados, no diferían demasiado de otros encuentros entre gentes de alta cuna. Domènech se había acostumbrado rápido y, como lobo en el bosque, sabía qué hacer. La tensión de su rostro no llegaba jamás a disiparse, pero desde luego, mostraba en sus comentarios la agudeza esperada por quien le diera conversación y empleaba siempre el tono más suave de su voz. En aquellos momentos estaba allí, pero no consideraba oportuno llamar la atención hasta que el Señor no pusiera en su camino la siguiente señal. Por eso había creado un personaje sobrio, siempre correcto, una simple fuente de tediosos chismes alrededor de su inquebrantable dedicación a la misión que Dios le había encomendado.

Cuando las primeras notas del laúd anunciaron el baile, Domènech decidió que ya era hora de dejar el palacete de los señores de Assuévar. Había hecho acto de presencia, fue visto por quien estuviera interesado en su presencia. Se dirigió hacia el anfitrión, Pere de Cardona, que charlaba con su consuegro y el obispo. Sonrió al observar que el prelado, a quien veía de espaldas, era el único que parloteaba, mientras Pere de Cardona escuchaba con cierta expresión de fastidio y Gerard de Prades fingía absoluto interés.

Cuando estuvo a la altura de los tres hombres, el conde lo miró. El obispo, al ver que había perdido el interés de su interlocutor, se giró para ver a quién tenía tras de sí.

—¡Ah! Fray Domènech —dijo algo eufórico.

El fraile captó en los ojos del obispo ese particular brillo que deja el exceso de alcohol.

—Ilustrísima, siento haberle interrumpido —respondió Domènech servil—. Sólo quería agradecer al señor de Assuévar su invitación. Me temo que debo marcharme.

—¿Ahora? Pero si acabamos de empezar la celebración —comentó Pere.

—El servicio me llama.

—Eso es cierto: la herejía no sabe de celebraciones —manifestó el obispo dándole una palmada en la espalda—. Ve, hijo, ve. Dios recompensará tu entrega.

Domènech hizo una reverencia a los caballeros, besó el anillo pastoral en la mano que ya le tendía el obispo y se marchó.

—Este joven llegará lejos —añadió el prelado mientras lo miraba—. Sin duda, el Santo Oficio en Barcelona ha salido muy beneficiado con él aunque, como quien dice, acaba de empezar.

—¿Me disculpa, Ilustrísima? —solicitó Gerard de Prades.

—Claro, tiene que atender a los invitados. ¡Es el padre del novio! —exclamó el obispo tendiéndole la mano.

Gerard besó el anillo y se fue mientras Pere de Carmona seguía de charla con el prelado.

Al salir del salón de baile, el conde vio a Domènech en el pasillo. Se había detenido ante una pequeña sala del palacio y miraba en su interior. Gerard sonrió. Quería charlar con él a solas, pero le convenía que al fraile le pareciera casual.

—Bonito tapiz, ¿verdad? —comentó cuando estuvo a su altura.

La sala a la que miraba Domènech estaba adornada por un gran tapiz con una escena de Ulises y las sirenas. El dominico miró al conde:

—A mi hermano le hubiera gustado. Le encantaban los motivos mitológicos en las paredes.

Gerard de Prades frunció el ceño en un intento de disimular el estremecimiento que le producía la fría mirada de Domènech clavada en él. «¿Cómo sacar ahora el tema del que venía a hablar?», pensó. Se sintió incómodo. El fraile percibió su reacción y sonrió para sí a sabiendas de que el conde lo había ido a buscar y no precisamente para hablar del secreto que les unía. Domènech decidió facilitarle las cosas y entró en la sala adornada por el tapiz. El noble lo siguió.

—El obispo parece que te tiene en gran estima, fray Domènech.

—Sólo cumplo con mi deber.

—Ya… —El conde se paseó alrededor del dominico intentando establecer una situación de control—. ¿Y qué consideras tu deber?

Domènech sonrió: «Si Gerard de Prades quiere dar rodeos, que los dé».

—Ante indicios de herejía, buscar pruebas y, en caso de hallarlas, exponerlas. Dios me guía y hace el resto.

El conde se detuvo delante de Domènech y lo miró a los ojos. Aunque le incomodaba tener que alzar la cabeza, se mantuvo sobrio en la expresión mientras su voz sonaba como la del padre que adoctrina a un hijo:

—Fray Domènech, fray Domènech... ¿Así que tu único señor es Dios? Sabes perfectamente lo que implican los favores del señor obispo de Barcelona. Sabes a quien sirve él en la Tierra, y supongo que recuerdas quién te ha puesto a su servicio, quién ha sido el instrumento de Dios para tu ascensión...

—¿Dónde quiere ir a parar, conde?

A Gerard no le gustó la cara de fastidio de Domènech. Así que se giró y miró hacia el tapiz: Ulises atado al mástil para resistir el canto de las sirenas.

—Sé que el obispo te va a encomendar un caso. Un caso aparentemente claro de aberrante herejía, de esos que son un ejemplo para el pueblo. Pero has de tener cuidado. Los móviles poco tienen que ver con Dios. Por ello, te llegará otro caso. Este segundo es de mi parte. Seguro que sabrás ver la relación entre ambos. El primero de los casos es el canto de sirenas. Yo te ofrezco un mástil como aquel al que se ató Ulises para salvarse. Tú, fraile, ¿qué quieres ser, marinero o héroe?

Sus palabras le sonaron despectivas y a Domènech no le gustó la insinuación de Gerard. ¿Acaso pensaba que era él quien le debía algo? ¿O quizás le prometía algo más?

—Ya le he dicho cuál es mi deber, conde. —Domènech se interpuso entre Gerard y el tapiz que contemplaba—. Cuido de ella. Pero se está dejando morir. Más bien, diría que el pecado la consume. Es simple: Dios me guía y hace el resto.

Los ojos de Gerard brillaron mientras fruncía el ceño. Hubo una pausa y el conde murmuró entre dientes:

—Yo no tengo hija.

El fraile sonrió y abandonó la sala satisfecho. Sin duda, pronto el Señor iba a poner en su camino el siguiente peldaño de su escalera hacia el poder.

XXIII

Cempoalli, año de Nuestro Señor de 1509

El sonido de los suaves movimientos de una capa me despertó. El olor de las flores se entremezclaba con otro aroma indefinido. Al abrir los ojos, mi anfitrión se estaba sentando ante mí sobre una esterilla que sólo difería de la mía en los colores. En cuanto advirtió que lo miraba, sonrió sin dejar de acomodarse; esta vez, una sola capa cubría su cuerpo. Me incorporé frente a él, ataviado sólo con aquella especie de taparrabos. Nos miramos con un cordial silencio, mucho más sereno que nuestro primer encuentro. Para mi sorpresa, me sentí seguro. Después de tres largos años de desdichas y miedos acerca de mi destino, la curiosidad mutua con que nos miramos me hizo sentir acogido.

—*Tlacualli* —dijo el hombre, y tomó una bandeja que había dejado al lado de su esterilla.

La puso en el suelo, entre nosotros. Estaba llena de comida humeante, de donde provenía el olor que se mezclaba con el de las flores. Sin embargo, al igual que me había pasado con el *xocoatl*, no supe identificar los alimentos y me limité a repetir varias veces la palabra con una sonrisa. Había un plato con algo que me recordó, por la forma, a las habas, pero de color negro. Estaban cocinadas con una salsa roja. La verdad es que se me hacía la boca agua, pero no sabía cómo comerme aquello. Entonces, el hombre descubrió algo envuelto en un trapo blanco. Eran una especie de tortas muy finas.

—*Tlaxcalli* —dijo señalando la torta—. *Tlaxcalli.*

Repetí aquella palabra, y todas las que se sucedieron a medida que el hombre distribuía sobre la torta parte de lo que contenía el plato. Lo envolvió con ello y me lo tendió.

Antes de morderlo, metí mi lengua dentro del relleno con cierto recelo. El hombre rió con mi gesto. Picaba, pero no tanto como el *xocoatl*. De hecho, era más bien un sabor ácido. Así que acabé por morder aquella especie de empanada. La masa estaba caliente, las habas negras, o *etl*, eran ásperas pero tiernas y el conjunto, suave. La salsa estaba hecha de algo llamado *xitomatl*, lo que le daba el toque ácido. La carne era parecida al cerdo, quizá de jabalí.

Al ver mi expresión complacida, el hombre se preparó otra torta enrollada para él mismo. Y así, entre gestos y expresiones faciales exageradas, nos comunicamos. No sabía qué comía, no había cubiertos, ni sillas, ni mesa, pero me di cuenta con una sutil punzada de dolor de que era la primera vez en mucho tiempo que disfrutaba una vianda más allá de la supervivencia, que aquella era una comida tan civilizada como las que había en el castillo de Orís.

Aquel día supe que mi anfitrión se llamaba Painalli. Fue el único ser humano con el que tuve contacto en aquellas semanas. Mientras me recuperaba de la debilidad y las marcas del naufragio, Painalli acudía a mi estancia con manjares, tan extraños como elaborados, que solía acompañar de una lección de vocabulario. Parecía divertirse con mis reacciones ante nuevos sabores y texturas. Pero alguna vez le sorprendí mientras me observaba con cierta expresión de gravedad que atribuí, simplemente, a la impotencia ante las dificultades de nuestra comunicación.

Cuando ya me sentí con más fuerza y ánimo, Painalli me enseñó a ponerme el *maxtlatl*. También me proporcionó una suave capa de algodón, en tonos rojos y con dibujos de flores y caracolas. Así ataviado, pero descalzo, me invitó por primera vez a salir de la estancia. Fue entonces cuando descubrí que la puerta no tenía cierre.

Supongo que esperaba un pasillo, quizás ricamente decorado con pinturas como la habitación. Pero no; el olor a flores se intensificó e incluso me mareó. Painalli avanzó unos pasos mientras yo me quedaba paralizado de asombro ante la puerta, intentando asimilar lo que ante mí se hallaba. Mi anfitrión volvió a mi lado y se colocó como yo, de espaldas a la puerta, quizá buscando ver con mis ojos.

Estaba en un patio interior de tamaño similar al que podía tener el de mi castillo. Pero era muy diferente. Miré hacia la puerta de la que había salido, y luego, a mi alrededor. Desde el patio se debía de acceder a unas cuatro habitaciones, sin incluir la mía. No vi ventanas. El edificio era de una sola planta, con paredes encaladas y un ribete superior de diversos tonos azulados algo deslucidos por el sol.

Todo giraba en torno a aquel patio cuadrado. En el centro había un árbol de tronco marrón rojizo. Su majestuosa copa repartía las sombras en un juego a merced de la brisa. Sus hojas me recordaron a las del ciprés, aunque Painalli se refirió a él como *ahuehuetl*. Bajo el mismo se oía agua fluir, musical y deliciosa. Flores de variado colorido crecían entre helechos, todo colocado minuciosamente.

Painalli sonreía con orgullo complacido. Me invitó a pasear por aquel jardín maravilloso que tenía sus propios caminos. Quizá no fuera muy grande en recorrido, sí en detalles. Cada vez que me detenía atraído por alguna flor, él ayudaba a saciar mi curiosidad con un nombre:

—*Yoloxóchitl... Cacaxóchitl...*

Así, a las visitas por las comidas se unieron tardes en aquel jardín. No salimos más allá. Me lavaba cada día en la fuente que fluía del mismo, como me indicó Painalli que hiciera. Llegué a averiguar que estaba en un lugar llamado Cempoalli, pero no lo vi jamás a la luz del día. Sin embargo, no me sentía prisionero con aquel encierro, sino protegido de un mundo tan civilizado como desconocido.

Pero la sorpresa y la fascinación eran a la vez un recordatorio agridulce de mi cruda realidad. Sólo sabía que estaba en «tierra firme» o eso quería pensar. ¿Cómo regresar a mi tierra? Ya ni siquiera podía dibujar Orís como un lugar remoto, sino perdido. Pero curiosamente, esta idea no me generaba la ansiedad y el miedo de la huida hacia el puerto de Santo Domingo, cuando Orís aún estaba en el mapa. Saberme perdido en un mundo desconocido me llenó de un sentido práctico. Si aspiraba a regresar, no tenía que huir, debía aprender primero a comunicarme. Quizá por eso, aunque Painalli era mi única compañía, jamás lo sentí como mi carcelero, sino como un maestro paciente y apacible.

Las horas que pasaba despierto y a solas, repasaba mentalmente las palabras aprendidas. Me introduje en los rudimentos de aquel idioma extraño como el niño que empieza a hablar. En muchas ocasiones nos reíamos de las muecas que acompañaban a nuestros gestos para aprender una acción; parecíamos chiquillos. Pero cada vez más, tras las risas, seguía un silencio en que nos escrutábamos el uno al otro a sabiendas de que la infancia se nos había pasado hacía mucho. En los oscuros ojos de Painalli veía profundidad, deseos de preguntar y explicar, a veces creía ver un atisbo de melancolía, otras de preocupación… Entonces le ponía la mano en el hombro, le sonreía y se dibujaba una sonrisa en su rostro.

Recuerdo mi infancia apacible entre el Puigmal y el Montseny, con los campos de cultivo a mis pies. A mis ojos de niño, un mundo inmutable cuyo mayor cambio era el color que marcaban las estaciones sobre los campos. El tiempo parecía eterno, y convertirse en adulto era una quimera en algún lugar indefinido. Hasta que mi padre murió y no tuve más remedio que crecer, ser hombre, consciente del paso del tiempo. Este de pronto se hizo veloz. Volví a sentir el tiempo en Cempoalli como un niño, casi estático. Sin embargo, pasaron los días, y ahora sé que no fueron tantos.

Painalli se revolvió en su esterilla. No podía pegar ojo. Decidió salir al patio y sentarse bajo el *ahuehuetl*. Solía relajarle el murmullo de sus hojas finas como agujas agitadas por el viento, y a menudo pensaba en las corrientes y sus sonidos al sentarse bajo aquel árbol. Pero en esta ocasión, los movimientos del *ahuehuetl* sólo pudieron recordarle al dios del viento, Ehecatl, que inevitablemente era el mismo Quetzalcóatl. Ya hacía días que debería haber recibido algún tipo de respuesta de Tenochtitlán.

—Pero ¿qué hacer si no llega? ¿Y si no me creen? —murmuró amargamente—. Desde luego, no puedo viajar con él solo. Es demasiado alto, demasiado diferente…

En lugar de usar el sistema habitual de mensajeros, Painalli envió la carta pidiendo instrucciones a través de un guerrero jaguar. Pero el *calpixqui* no halló alivio ante la incomodidad de aquella situación. Paradójicamente, sólo había sentido algo parecido al sosiego en contacto con Guifré, tal vez porque lo mantenía ocupado en algo concreto. En su compañía, veía a un hombre pacífico de ojos bondadosos y despiertos que, al principio, le había generado cierta compasión. Aunque ahora, sentado bajo el *ahuehuetl*, Painalli vivía ese sentimiento como algo lejano, pese a que hubiera sucedido días antes.

Guifré había aparecido en la playa, como si el mar lo hubiera escupido. No conocía el idioma náhuatl y reaccionó con curiosidad ante las tortillas del maíz que Quetzalcóatl había dado a los hombres. De hecho, se sorprendía ante casi todas las comidas y ni siquiera parecía reconocer a la deidad pintada en la pared de la estancia donde dormía. Painalli pensaba que si en realidad era un enviado de Quetzalcóatl, ¿no le hubiera dado el dios creador de los hombres del quinto sol un mensaje para ellos, quizás un mensaje sobre su retorno? «O cuando menos, las herramientas para dárnoslo», se repetía.

Él era un simple *calpixqui* y sentía que interpretar la presencia de aquel hombre altísimo, de piel blanca como la sal y cabello claro y ondulado, era algo que lo superaba.

En cuanto Guifré se recuperó de los avatares que lo habían hecho aparecer en la playa, empezó a mostrar gran voracidad por aprender. Y con ella había despertado en Painalli una espiral de sensaciones contradictorias. Su ignorancia lo humanizaba como extranjero, pero a la vez, Painalli sentía que le daba un carácter divino esa chispa que veía en sus ojos ante cualquier pequeña cosa que le mostrara, esa rapidez para memorizar palabras, incluso cierta ansiedad por recibir más y más enseñanzas...

«Quetzalcóatl fue humano, vivió y respiró en esta tierra antes de marchar por mar —se decía—. Es normal que un mensajero suyo también sea humano. Y también sería lógico que un mensajero del dios del saber arribara con esa voracidad por aprender, esa inteligencia… Quizá porque a menudo se nos olvida que para saber hay que tener primero el deseo de aprender. ¿Podría ser ese su mensaje? ¿Podría estar diciéndonos Quetzalcóatl que debiéramos recibirlo con esa actitud de deseo?»

Painalli se sentía totalmente confuso. Incluso dudaba acerca de si debía enseñarle náhuatl. Pero a la vez, no se atrevió en ningún caso a no satisfacer las claras demandas de Guifré. Lo único que en todo momento tuvo claro el *calpixqui* era que debía mantenerlo aislado en la medida de lo posible.

Painalli era un hombre con estudios. Su padre había nacido plebeyo, pero se los pudo proporcionar gracias a sus méritos como guerrero jaguar durante el reinado del anterior tlatoani, Ahuítzotl. Así había llegado a *pilli,* y por ello, él había accedido a la *calmecac,* la escuela de los templos donde estudiaban los hijos de los nobles hasta la edad militar. Aunque la suerte familiar hubiera cambiado desde el ascenso al trono de Motecuhzoma Xocoyotzin, Painalli tenía una formación que sabía no estaba al alcance de todos los mexicas y, a la vez, la vida le había enseñado a ser una persona práctica y poco impresionable ante sus giros más bruscos. Aun así, Guifré había conseguido generarle primero desazón, luego confusión y, con los días, incluso cierto afecto ante la percepción de su vulnerabilidad. Y esto le llevaba a pensar que pasearlo por Cempoalli podía tener consecuencias inimaginables, no sólo para el pueblo supersticioso, sino para el propio Guifré. Por eso, aparte de la reducida guarnición de guerreros jaguar que lo había acompañado hasta Cempoalli, no había dejado que lo viera ni el servicio, y por primera vez, se había congratulado de no estar aún casado.

Por supuesto, sabía que circulaban algunos rumores por la ciudad. Rumores que habían nacido para explicar la aparición de extraños objetos en la playa; objetos que no era la primera vez que se veían. Pero mientras los rumores no implicaran una alusión directa al hombre blanco hallado ni una interlocución directa de alguno de los sacerdotes, no había problema. Sólo los guerreros jaguar y él habían visto al hombre blanco.

Painalli suspiró. Tomó una de las piñas caídas del *ahue-huetl*. La oscuridad empezaba a teñirse de la luz mate que anunciaba el alba. «Toda la noche despierto», pensó el hombre sin poder evitar mirar la puerta tras la que dormía Guifré. A su mente acudió aquel canto popular: «A este mundo venimos a dormir, venimos a soñar, porque no es verdad, no es verdad, que hayamos venido para vivir la realidad».

A la espera de noticias de Tenochtitlán, su relación con Guifré se había hecho más cercana. A pesar de lo primario de la comunicación, o quizá por ello, Painalli se sentía cómplice del extraño, más allá de la complicidad que había sentido con sus compañeros guerreros cuando estuvo en el ejército. Sentía que Guifré le había contagiado su deseo de aprender, acerca de él, de su procedencia. Y este deseo se tornaba tristeza y frustración cuando lo miraba a esos ojos color miel que, tras el entusiasmo, escondían lo que parecía la triste memoria de sus propias vivencias.

Sin embargo, no era esta frustración lo que había mantenido en vela al *calpixqui* aquella noche, sino la culpabilidad. Esta comenzó como una pequeña zozobra, días atrás: «¿Y si el jardín se le hace pequeño y me pide salir? ¿Podré negarme?», se preguntó al verle nombrar por sí mismo cada planta, con acento extraño pero sin ningún error. Aquel día se había dado cuenta de que no lo tenía aislado, sino preso. Desde entonces, el deseo de explicarle a Guifré lo que podía provocar su presencia en el mundo de los mexicas lo acuciaba cada vez más. Y lo acuciaba con aquel sentimiento de culpabilidad por no poder prevenirle. «Parece tan vulnerable en su ignorancia de este mundo como el guerrero que por primera vez se enfrenta a una batalla», pensaba recordándose a sí mismo.

Los pasos acelerados de unos pies descalzos lo sacaron de sus pensamientos. Vio a un esclavo que se detuvo por un momento ante la puerta de Guifré. «¿Cuánto podré mantenerlo escondido?», pensó. El esclavo no abrió, pero sí dudó antes de avanzar unos pasos hacia la estancia de su patrón. Este tiró la piña al suelo y el esclavo miró hacia el *ahuehuetl*.

—Mi señor, ¿está ahí? —exclamó asustado.

Painalli no contestó ni se movió. El esclavo fue hacia él con paso rápido. Se notaba que se había puesto el *maxtlatl* de forma apresurada. Al llegar frente a su dueño, inclinó la cabeza e, intentando disimular su sensación de alarma, anunció:

—Mi señor, el guerrero jaguar ha regresado con tres guerreros águila. Solicitan verle con urgencia. Traen un mensaje de Tenochtitlán.

—Guifré, Guifré…

La voz suave de Painalli se introdujo, lejana, en mi sueño. Noté un leve contacto de su mano en mi espalda:

—Despierta —insistió.

Me incorporé, somnoliento. Me restregué los ojos y por fin lo miré. Acuclillado ante mí, vestía las mismas galas que el día que le vi por primera vez. Su faz estaba tensa y en sus oscuros ojos creí advertir un anhelo. Se humedeció los labios. Abrió y cerró las manos, nervioso. Le sonreí poniéndole una mano sobre el hombro, pero esta vez no me devolvió la sonrisa, sino un suspiro frustrado.

—Vamos al jardín —entendí que me decía.

Era obvio que pasaba algo, que algo había cambiado, que aquella no era una de nuestras salidas habituales. Supongo que no había querido pensar en ello, pero a la vez lo esperaba. Me sentí tranquilo y simplemente asentí indicando que comprendía. Me incorporé. Painalli se quedó acuclillado detrás de mí. Me dirigí al cesto y, a su lado, vi por primera vez calzado. Lo recogí, me volví hacia mi maestro y lo agité ante mi cara.

—*Tecactli* —dijo, y esbozó una sonrisa, aunque me pareció amarga.

Cada sandalia era una suela con dos tiras de cuero que cubrían el talón al entrelazarlas. Pero esos trozos de cuero estaban primorosamente ornamentados con pequeñísimas piedras negras y verdes que dibujaban una serpiente. Me las puse. También me puse la capa que estaba en el cesto. Sólo cuando estuve vestido, Painalli se levantó. Abrió la puerta y se dispuso a salir delante de mí. No era lo bastante alto como para ocultar a quien me aguardaba.

—¡Dios Santo! —murmuré notando el corazón en la boca.

Me quedé acobardado, dentro de mi estancia, con la puerta abierta y la espalda de Painalli avanzando acompañada del contoneo de su cojera. Los que se hallaban frente a él sin duda eran guerreros de aquel lugar, pues llevaban rodelas y espadas que no parecían de metal, sino de una especie de piedra negra, arcos, flechas y, a modo de armadura, una especie de casaca acolchada, de algodón. Pero no fue eso lo que me intimidó, sino su atuendo coronado por cascos con forma de cabeza de águila, orejas con pendientes, la nariz perforada con una especie de hueso que la atravesaba, el labio inferior perforado asimismo, y del cual colgaba un bezote…

Ya fuera, Painalli se hizo a un lado, dejándome a mí en el umbral. Para mi sorpresa, aquellos tres hombres de aspecto fiero mostraron un estupor inicial acompañado de algún murmullo sorprendido. Enseguida bajaron la mirada. Pude intuir que el del centro fruncía el ceño, con expresión grave más que de enfado, mientras los otros dos se arrodillaban. «¿Quién tiene más miedo, ellos o yo?», pensé.

Al observar mi tardanza, Painalli asomó la cabeza al umbral.

—Guifré, sal —me dijo en su idioma.

Tragué saliva, di unos pasos hacia los guerreros y me situé ante los arrodillados. Estos tocaron el suelo y me besaron las manos. El del medio, que permanecía en pie, acabó también saludándome de igual modo, tal como hiciera Painalli la primera vez que me vio. «Parece un saludo formal ante un gran señor», me dije. Miré a Painalli, desconcertado.

—Levantaos —les ordenó.

El guerrero del centro lo miró con cierta furia y volvió a bajar la cabeza. Painalli posó sus ojos en mí y entonces fui yo quien dijo:

—Levantaos.

Para mayor desconcierto, me obedecieron. Sin embargo, dos de ellos mantuvieron la cabeza baja y sólo me miró el del medio, aunque con cierta expresión de estupor. Le mantuve la mirada, no quería que notara mi nerviosismo. Le sonreí asintiendo y no pude reprimir volver los ojos a Painalli para, después, devolverle la mirada al guerrero. Su expresión me tranquilizó. Superado el estupor, percibí que me observaba fascinado. Su piel rojiza mostraba algunas arrugas, pero no parecía de más edad que Painalli. Entonces me habló en su idioma, pero no entendí más que alguna palabra suelta, como «viento» y «caracola». De nuevo miré a Painalli pidiendo auxilio. Él intervino y habló al guerrero. Su explicación hizo que los otros dos acabaran por alzar la cabeza para examinarme con curiosidad. Pero ninguno de ellos intervino en la conversación que mantenían el jefe y Painalli. De hecho, cuando sus ojos se cruzaban directamente con los míos, bajaban de nuevo la cabeza algo incómodos.

Más por las expresiones y los gestos acelerados de Painalli que por el tono de las voces o la actitud del guerrero, deduje que la conversación se estaba acalorando. De nuevo me sentí inquieto. Me comenzaban a sudar las manos. Sin duda, yo no era sólo un extranjero, un invitado para aquellas personas. ¿Qué había ansiado Painalli explicarme en días pasados? No lograba imaginar por qué generaba reacciones de temor, asombro y respeto casi a la vez. De pronto fui consciente de que mi aislamiento hasta aquel día debía de tener algún objetivo, alguna motivación. Pero ¿cuál? Era obvio que aquellos hombres habían venido a buscarme, y de pronto tuve la sensación de que Painalli los esperaba. Pero a medida que oía aquellos sonidos entrelazados y rápidos sin llegar a distinguir palabras, un miedo sordo empezó a atenazarme.

La conversación acabó. Los soldados se cuadraron ante mí sin mirarme, me saludaron y se marcharon con un simple «adiós» que sólo pronunció el jefe. Nos quedamos ante la puerta observando cómo se iban. Painalli mantuvo la expresión tensa hasta que los vio desaparecer por una de las puertas. Entonces suspiró aliviado y me miró con su familiar sonrisa serena.

—Vamos bajo el *ahuehuetl* —me dijo lentamente para que pudiera entender por fin algo.

—Vamos —respondí.

Traté de sonreír, pero el miedo que había empezado instantes antes me provocó un temblor nervioso en el rostro.

Nos sentamos como habíamos hecho tantas otras veces. Painalli se ayudó con las manos a doblar su pierna más corta y, con el manto cubriéndole, apoyó una mano sobre la misma. Entonces me dijo:

—Noche, caminar.

Así que me iba por la noche. Supuse que con aquellos tres guerreros. Miré al suelo. El miedo se me agudizó hasta tal punto que sentí ganas de vomitar. La cabeza me daba vueltas. Me aterrorizaba salir de allí. Necesitaba más tiempo, aprender mejor el idioma, las costumbres… Noté que Painalli ponía por primera vez su mano sobre mi barba y, con cautela, me obligaba a mirarlo.

—Guifré y Painalli van a Tenochtitlán —anunció con una sonrisa triunfal.

XXIV

Barcelona, año de Nuestro Señor de 1509

Las mejillas del padre Miquel aparecían caídas como las de un mastín de caza y, aunque se mantenían rosadas, las profundas ojeras violáceas le daban un aire enfermizo. Una sonrisa afloró a sus labios cuando hizo pasar a Domènech al estudio de Pere García. Al fraile le repelía aquel gesto del secretario del obispo, le parecía altivo, demasiado altivo para un simple lacayo. Pasó indiferente ante él y entró en el estudio sin dirigirle la palabra.

Sobre la alfombra roja estaba la imponente mesa de trabajo del obispo. Pero éste no lo aguardaba sentado tras ella, sino recostado en una silla de alto respaldo grana, cerca de la chimenea. Ante él había una mesilla con una jarra, dos copas de cristal y una fuente repleta de rosquillas. «Un sarcasmo, teniendo en cuenta la escasez de grano», pensó el fraile.

—Tome asiento —le invitó el obispo agitando la mano donde portaba el anillo pastoral.

Domènech se acercó, besó la joya y se sentó frente a él.

—¿Quiere una rosquilla? —le ofreció Pere Garcia—. Me las han traído de Santpedor, cerca de Manresa.

—Gracias, Ilustrísima Reverendísima. No tengo apetito.

El obispo arqueó las cejas y tomó una. La mordió con deleite y, con la boca llena, dijo:

—Es usted muy recto, fray Domènech. Por eso le he hecho llamar. Se trata de un caso de extrema gravedad. —Dejó la rosquilla mordisqueada sobre la fuente y sirvió algo de vino en unas copas de cristal. Le tendió una a Domènech y añadió—: Esto no lo rechazará, ¿verdad?

El dominico se vio obligado a aceptar. Le gustaba el vino, desde luego, pero no le complacía beberlo cuando se trataban temas de trabajo, presumiblemente delicados. «¿Será el caso que me anunció Gerard?», pensó con el primer sorbo. El obispo continuó, tras aclararse la garganta con aquel vino denso:

—Es un caso grave por la herejía en sí, pero sobre todo, por la personalidad a la que atañe. Tanto es así, que los inquisidores se han mostrado cobardes y me lo han traído aquí.

—La herejía es herejía, da igual quién la cometa, mi Ilustrísimo Señor —apuntó Domènech respondiendo a la pausa expectante del obispo. Este sonrió complacido—. Quizá peque de soberbia, pero los inquisidores deberían saberlo mejor que yo.

—No hay pecado en la verdad, fray Domènech. Pero como ya sabe, en esta ciudad la Inquisición está siempre bajo vigilancia y juicio, sobre todo, de la Generalitat y el Consell de Cent. Y los inquisidores temen que, al llevar el proceso adelante, pueda ser interpretado como una provocación política. No en vano estamos hablando del gobernador general.

—¿Cómo, Ilustrísima Reverendísima? —preguntó Domènech con un fingido tono de incredulidad.

El obispo se aproximó a él con aire grave y prácticamente susurró:

—Los rumores que corren acerca de él… son ciertos.

Domènech profirió una exclamación escandalizada con teatralidad. Se comentaba entre ciertos círculos cuánto complacía al gobernador estar rodeado de los hombres de su guardia, e incluso había oído a la condesa de Manresa, tan descarada como avispada, aludir con inequívoca jocosidad a la juventud de esos hombres y a la exquisitez de sus fornidos cuerpos.

—¿Hay un denunciante formal? —preguntó Domènech con expresión adusta.

El obispo tomó de nuevo la rosquilla que había empezado, la mordió y respondió:

—Intachable, diría yo. Un miembro de su misma guardia, sin duda, un hombre temeroso de Dios y enemigo de la herejía.

Domènech bajó la cabeza buscando disimular con una pose reflexiva la sonrisa que asomaba a sus labios. Luego, con tono fingidamente cándido, preguntó:

—Mi Ilustrísimo Señor, no lo entiendo. Si es tan claro, no quisiera ofenderos, pero no entiendo por qué los inquisidores temen más a los hombres que a Dios Nuestro Señor.

—Como ya le he dicho —respondió Pere García en tono paternal—, es por cobardía. No quieren entrar en una pugna política, temen por sus puestos, porque ciertamente, en Barcelona el Santo Oficio siempre es excusa para el conflicto. Ya me han dado motivos para que no confíe en ellos. Acuérdese del caso del mahometano en el que hubo de intervenir usted mismo para esclarecer la verdad de Nuestro Señor. Quiero que asegure este caso de igual forma, que complete la investigación con discreción y diligencia. Necesitamos más testigos y pruebas para que se vea claro que no hay otra intención que exterminar la herejía del Reino. No quiero dejar ninguna laguna para que nadie tiente a los inquisidores con el pecado de la codicia y ellos encuentren alguna salida formal a tan execrable crimen.

Mientras el obispo peroraba, Domènech pensó en Gerard de Prades, en lo que le había anunciado durante el banquete de boda de su hijo Gerau. Él sabía que aquel caso se estaba fraguando, así que el fraile concluyó que el gobernador había caído en algún tipo de trampa. «Pero ¿por qué ahora?», se preguntó. La respuesta le pareció obvia: era un caso lo bastante escandaloso como para que callara la boca del populacho ante la falta de grano. «Es para desviar la atención», concluyó. Aun así, siguió la corriente al obispo. Quería saber qué podía sacar a cambio de arriesgar el pellejo más que los propios inquisidores. Tomó una rosquilla de la fuente y la mordió.

—Haré cuanto me sea posible en nombre de Nuestro Señor.

Pere García se dio una suave palmada en la pierna y exhibió una amplia sonrisa.

—Confío en usted, fray Domènech, para que les haga ver la luz: es un gran jurista. Y aunque los méritos públicos se los vayan a llevar otros, eso no puedo evitarlo, en estos momentos Dios pone ante usted la oportunidad de probar su habilidad y con ello, seguro que podrá dar el paso siguiente en las responsabilidades de este Tribunal de Barcelona.

Domènech bajó la cabeza con humildad. «Eso es lo que esperaba», se dijo.

—Ni que decir tiene la imperativa importancia del secreto procesal en este asunto en especial —añadió Pere Garcia.

A Domènech le molestó el comentario. «No soy tonto.» Sabía que para juzgar a un hombre tan poderoso como el gobernador debían obrar con cautela o las pruebas se esfumarían y se quedarían con los mismos rumores que ya circulaban. Más aún, tendría que operar con mayor cautela de la habitual pues sabía que los amigos del gobernador, amigos como Gerard, ya estaban enterados de lo que se avecinaba. Por eso pensó en Lluís. Lo tendría que poner a trabajar.

Amanecía y la ciudad despertaba lentamente. Tapado con su capa negra y su capucha, Domènech salió de la ciudad por la puerta de Santa Madrona. Apenas se cruzó con algún carro. La cosecha de trigo había sido mala y, entrado ya el otoño, la hambruna amenazaba a Barcelona. La actividad de la ciudad se veía afectada y la tensión del vulgo cada vez era mayor. De hecho, unos días antes Lluís le había pedido como pago grano en lugar de dinero, utilizando una hipócrita súplica que había divertido al fraile.

—No es asunto de risa, mi señor. La cosa se está poniendo fea —le dijo.

—Tu panza no me indica que estés mal alimentado.

—Pero lo estaré si el Rey no manda grano pronto.

Domènech le dirigió una mirada fingidamente severa mientras reprimía una sonrisa. Lluís se sintió incómodo: quizás el comentario era ofensivo para un servidor de la Corona. Así que trató de enmendarlo:

—Cada vez corren más rumores sobre el Rey, y no son halagüeños.

Domènech arqueó las cejas:

—¿Ah, sí? ¿Y qué dicen esos rumores?

—Que el Rey envía grano a las ciudades castellanas y olvida al Principado.

El fraile sonrió. «Perfecto, así se hace imprescindible mi intervención para desviar la atención del pueblo. Y si la culpa de la amenaza del hambre cae sobre el Rey, ¿cuánto tardará en engullir a su lugarteniente, don Juan de Aragón?» Por ello, no convenía tardar demasiado en sacar el caso a la luz, pues si el hambre llegaba a acuciar por encima de la tensión ya existente, quizá todo se le volviera en contra. Así que tuvo que estimular a Lluís y azuzarlo a la vez:

—Bien, tendrás el grano, pero cuando me traigas algo más que nombres. Quiero que vengan sin que sea necesario ir a buscarlos. Y seguro que encuentras la forma de hacerlo.

—Con un extra de grano resolveré el testimonio de la mujer.

—¿Aparte del que debo darte a ti? El testimonio de una mujerzuela vale menos… Espero que espabiles con el de los dos hombres.

El verdugo se encogió de hombros a la vez que su nariz enrojecía ostensiblemente. A Domènech le pareció divertido. Lluís estaba respondiendo a las expectativas del fraile con creces. Más discreto y servil que la red de familiares con que contaba el Santo Oficio, se había mostrado muy eficiente en lo encomendado y, además, le facilitaba información útil sobre la calle con la locuacidad justa y necesaria.

En aquellos momentos, sobre su montura, Domènech consideraba que era más honesta su relación con el verdugo que con los nobles, siempre conspirando. El dominico espoleó al caballo para que galopara. Se sentía enojado. Tanto secretismo, tantas precauciones y exigencias le parecían una pérdida de tiempo y lo ponían nervioso. Intuía para qué quería verlo Gerard de Prades. Desde luego, no era nada relacionado con su hija, cuyo estado permanecía tan invariable como la indiferencia de su padre. Por eso, si había accedido a verlo, y más en aquellos momentos en que estaba tan ocupado, era porque sabía que le iba a dar en bandeja la estrategia del contraataque al caso del gobernador. No podía ser otra cosa. O contraatacaba ahora, antes de la calmosa, la fase del proceso en que el procurador fiscal debía asumir la acusación formal, o ya sería demasiado tarde para evitar el escándalo que seguro inundaría la ciudad de entretenidas habladurías.

Cerca ya del río Besós, Domènech obligó al caballo a pasar del galope al trote. Las hojas caídas extendían una alfombra de marrones y ocres a su paso. Los molinos harineros cercanos al curso del agua estaban parados, sin actividad. Desde allí podía ver un castillo. Sabía que pertenecía al obispo de Barcelona y que este solía visitarlo cuando le interesaba salir de la ciudad, como en las épocas de peste.

No se acercó. Esperó en el lugar acordado, a orillas del río. Ya debería haber llegado el enviado del conde, quien lo conduciría a su encuentro. Pero Domènech estaba solo. Tenía claro que el gobernador era culpable de una ignominiosa conducta sexual y quería saber cuánta información poseía Gerard sobre el proceso. Desde luego, el conde de Empúries tenía títeres que le pasaban la información, títeres bien situados. Por ello, Domènech había encomendado los trabajos más delicados a Lluís, un servidor secreto al que no podían asociar con él, y vagamente con la Inquisición pues, ¿quién se fija en un verdugo? Sólo el fiscal y Lluís conocían el estado real del caso, con una mujer que valdría como testigo pero que la defensa podía desmontar, y dos hombres que, esos sí, en cuanto Lluís cumpliera con su tarea, sacarían a relucir la verdad de la herejía en las más altas cúpulas de Barcelona.

El trote de una montura sacó al fraile de sus pensamientos. Un hombre con sotana se aproximaba cabalgando un percherón. El sombrero de ala ancha no le dejaba ver bien las facciones, pero a medida que se acercaba, percibió una tez sonrosada y un voluminoso cuerpo. Domènech frunció el ceño. No esperaba que ese fuera el enviado del conde. En cuanto el cura llegó a su altura, sin detenerse, dijo en tono neutro:

—Fray Domènech, sígame. Le guiaré hasta el monasterio de San Jerónimo de la Mutra.

El padre Miquel ni siquiera se detuvo. Domènech siguió al secretario del obispo. «¿Cómo no he caído antes? Con lo simplón que parecía… Desde luego, necesitaba a alguien que le ayudara a llegar donde está. Y su irritante cordialidad, ¿no sería un guiño de complicidad?», pensó francamente molesto al ser consciente de que él había llegado al Tribunal de Barcelona por la intervención de aquel hombre. Sin embargo, pronto el enfado se desvaneció: «¡Qué tonto! El conde de Empúries ha utilizado a un alfil, y no a un simple peón, para guiarme hasta el lugar de encuentro. Mejor para mí, claro».

A la vista quedaba ya el monasterio de San Jerónimo de la Mutra cuando el padre Miquel se desvió del camino y se metió entre la arboleda. Aunque la humedad y las hojas caídas hacían el sotobosque algo resbaladizo, los caballos ascendieron sin dificultad. Domènech oyó el relincho de una montura a su derecha. Miró sin detenerse. Bastante por debajo de su posición, sobre el lecho de una riera, vio dos caballos y un solo hombre. Sin embargo, avanzaron un rato más, siempre hacia arriba. Luego, el padre Miquel abordó un desnivel y cruzó el hilillo de agua que recorría la riera. Entonces se detuvo y se apeó de su montura.

—Deje el caballo aquí, fray Domènech. Tras esas encinas hay un claro. Yo esperaré aquí.

El dominico ni siquiera asintió con la cabeza. Pasó ante el padre Miquel y le dedicó una fría mirada que estremeció al secretario del obispo.

Al llegar al claro, en el otro extremo, Domènech vio al conde de Empúries con las manos a la espalda, mirando hacia el mar. El fraile se quitó la capucha negra y avanzó.

Gerard de Prades se sorprendió al notar una presencia tras él. No había oído acercarse al fraile. Al girarse, se topó con los brazos de Domènech cruzados sobre su robusto pecho y tuvo que alzar la mirada para verle la cara, tensa e irritada. Domènech suspiró y mantuvo los ojos clavados en los de Gerard, esperando una explicación. El conde sintió una mezcla de enojo y agrado ante la actitud del joven. Decidió ser directo:

—Sé que investigas al gobernador.

Gerard ignoraba que no causaba sorpresa alguna en el clérigo. Atribuyó su expresión inmutable, su silencio, a un férreo y admirable control sobre sí mismo.

—Fray Domènech, no dudo de tu inteligencia. Seguro que no ignoras las razones políticas de este caso. Pero no podemos permitir tal intromisión.

—¿Quiénes? —preguntó fríamente el dominico.

Gerard frunció el ceño ante la interrupción. Luego sonrió:

—El hambre será un problema en breve, y a la plebe le gusta tener a alguien a quien culpar. El lugarteniente del Rey, claro, quiere eludir su responsabilidad en todo esto: está dando demasiados permisos para que salga el grano del Principado en época de escasez. Así que le han tendido una trampa al gobernador para dar eco a unos rumores que resultan convenientes para desviar la atención. Me temo que han convertido el caso en un cebo para el joven procurador fiscal y, siento decirle, fray Domènech, que ha picado como un pez bobalicón. Ya le advertí que oiría cantos de sirena...

Domènech sonrió:

—¿Ah, sí? ¿Quiere decirme, conde, que se ha tomado todas estas molestias para abrirme piadosamente los ojos?

—Dejarás la investigación —espetó Gerard acercándose al rostro de Domènech.

A este no le gustó notar el aliento del noble en la cara. Él no era un simple peón, ni un alfil con aires de bufón. Descruzó los brazos sin perder la sonrisa tensa:

—Yo cumplo con mi deber. Y voy a presentar cargos. Si en este caso Su Alteza, a través del lugarteniente, tiene a bien agradecerme que elimine tal herejía de entre las instituciones de su Reino, será por voluntad del Señor.

Gerard de Prades dio un paso atrás, pero no apartó la mirada del joven dominico.

—El Rey te ha dado una pequeña baronía. ¿Y yo? —dijo claramente irritado—. Sabes cómo puedo recompensarte. No me he tomado tantas molestias para abrir los ojos a un joven arrogante. Sólo lo he hecho para recordarte dónde te conviene estar. El denunciante, sin duda el pilar de todo el caso, está amancebado con una bruja. Te pondré muy fácil probarlo. También se lo puedo poner fácil al defensor del gobernador. A eso le llaman proporcionar tachas, ¿no? Invalidarían la declaración de tu testigo: el gobernador descubre el amancebamiento entre tu denunciante y una bruja y este, para defender a su amada, denuncia al nobilísimo gobernador. El caso se desmoronará.

Domènech frunció el ceño fingiendo irritación. El Rey era el que, al fin y al cabo, le iba a dar el puesto de inquisidor. Pero se lo pensaría mucho si, de lleno, tenía en contra a un importante sector de nobles catalanes. No le convenía ignorar las pretensiones de Gerard. Así que dejó que su voz sonara lastimera:

—Aun con eso, no puedo dejar la investigación: es un encargo directo del obispo. Oficialmente estoy a sus órdenes.

Gerard sonrió complacido. Ya lo tenía. Ahora sólo necesitaba motivar su ingenio dando expectativas a su ambición:

—Seguro que encontrará la forma, fray Domènech. No le quepa duda de que su diligencia y discreción serán recompensadas.

El conde dio media vuelta y salió del claro en dirección a la riera. Domènech miró hacia el mar, dejó que la brisa otoñal acariciara su rostro y sonrió. El que había mordido el cebo como un pez bobalicón era el conde. Desde luego, no debía de saber nada acerca de los testigos que podía conseguir contra el gobernador. Pero si quería ascender, tenía que hallar la manera de no juzgarlo y, a su vez, satisfacer al obispo y al lugarteniente. Cualquiera de los dos bandos podía cortarle las alas, pero estaba convencido de que Dios iluminaría su camino para satisfacer a ambos.

Ya era noche cerrada cuando el diligente procurador fiscal bajó a los sótanos del Palacio Real Mayor. Se dirigió a la sala de tortura. Sólo allí y a esas horas se veía con total discreción con el verdugo.

—Lluís —dijo con voz segura al entrar.

Todo estaba a oscuras. La sala hedía a sangre. Oyó un chasquido y se encendió un candil. A la escasa luz de la pequeña llama sólo se distinguía la sombra de la enorme nariz chata en el rostro del verdugo. Domènech se acercó a él.

—Quiero que vigiles al secretario del obispo.

—¿Y lo otro que me encomendó? Ya tengo un plan para convencer a uno de los testigos. Parece ser que se unía a las pequeñas fiestas de buen grado. Fácil de chantajear, y barato.

Domènech sonrió por un instante.

—Déjalo —ordenó en tono severo.

—Pero…

—Cobrarás por el plan como si lo hubieras llevado a cabo. A partir de ahora, de ese caso me encargo yo. Tú haz lo que te ordeno: sigue al secretario del obispo. Si sale, quiero saber adónde va y con quién está. Si envía cartas, las quiero leer yo antes que el destinatario.

—Seré su sombra, señor —aseguró Lluís.

XXV

Cempoalli, año de Nuestro Señor de 1509

Bien entrada la noche, rodeamos el jardín hasta la puerta por donde habían salido el día antes los tres guerreros águila. Entramos en una sala desnuda, sin tan siquiera esterillas. Allí, Painalli tomó una bolsa y me dio una capa oscura. En lugar de atármela al hombro como era costumbre entre su pueblo, mi anfitrión me indicó que me la pusiera sobre la cabeza. Salimos por otra puerta y así pisé por primera vez la calle, totalmente oculto entre mis ropajes y acompañado por una luna en cuarto creciente cuya luz se tamizaba entre las nubes dispersas en el cielo.

Alcé la cabeza e intenté mirar a mi alrededor, pero sólo me dio tiempo a ver la fachada recta y sobria del edificio que me había albergado. Painalli me indicó que bajara la cabeza y me tapara con la capa. No me podía explicar por qué, aún no sabía lo suficiente su idioma, pero era evidente que me sacaban en secreto de Cempoalli. La ignorancia sobre las costumbres de aquel pueblo y la confianza en el único amigo que tenía allí me ayudaron a controlar mi intranquila curiosidad.

Caminamos unos pasos. Pude intuir otros edificios, creí que de grandes dimensiones. Tiempo después supe que eran palacios de los dirigentes de la ciudad. La luna quedó totalmente oculta tras las nubes, como si el cielo quisiera brindarnos su complicidad. Al poco, doblamos una esquina. Allí se nos unieron los guerreros águila. El jefe se situó delante, los otros dos me flanquearon y Painalli arrastró su cojera tras de mí. «¿Por qué tanto celo? —pensé. Hasta aquel momento, lo único que conocía de aquel pueblo era su hospitalidad y me sentía muy desconcertado—: ¿De qué me protegen?»

Las anchas calles estaban desiertas y el silencio sólo se rompía por el murmullo de agua circulando y el crepitar de las antorchas que hacían bailar las sombras de nuestros pasos. De reojo me pareció ver la silueta de una montaña. Me extrañó su presencia en medio de una ciudad, más que la regularidad fantasmagórica de lo que debían de ser sus laderas. Hasta que la luna creciente reapareció: no faltarían más de cinco o seis días para que estuviera llena. El corazón me dio un vuelco. No pude evitar detenerme y mirar mientras sentía que las sienes me palpitaban. Aquello no era una montaña, sino una construcción asombrosa. Sobre una base cuadrangular se elevaban unas paredes triangulares, como una pirámide pero sin vértice superior. Estas paredes eran escalonadas, como las terrazas de los cultivos montañosos. Unas majestuosas escalinatas ascendían hasta la cima coronada por un edificio. Todo ello decorado con relieves y estucados rojizos y azules y…

—¿Qué es eso? —se me escapó en voz alta.

Pude ver aquello sólo por un instante, pero me recuerdo a mí mismo mirándolo sin apenas atreverme a respirar, como si aquel instante fuera eterno. Noté que alguien apoyaba una mano sobre mi cabeza y me obligaba a bajarla. Enseguida reemprendimos la marcha. Pero mis ojos ya no intentaban captar detalles de las calles. Mi mente sólo veía aquel edificio titánico. «¿Cómo han construido algo así? No puede ser una obra humana», pensaba. A mi mente acudían la catedral de Vic, la de Barcelona, la de Girona… Pero aquello sólo era comparable con el mito del monte Olimpo, donde moraban los dioses griegos en sus palacios de cristal.

Vagamente recuerdo haber cruzado una muralla almenada. En algún momento los edificios de piedra pasaron a ser chozas de adobe y ramas. Luego, las calles se transformaron en un sendero. Sólo volví a ser consciente de mí mismo cuando oí la voz de Painalli:

—Frijol.

Giré la cabeza para mirarlo. Él señalaba las plantas que nos rodeaban con una sonrisa.

—Frijol —repitió poniéndose a mi izquierda.

El guerrero que ocupaba ese lugar se situó detrás de nosotros, mientras Painalli tiraba de mi capa para dejarme la cabeza al descubierto. Entonces me di cuenta de que caminábamos por campos de cultivo divididos por canales de trazado regular. Entendí que me indicaba que aquellas eran plantas de los frijoles que ya había comido. No vi casas cerca. Sólo campos. Luego bosque salpicado por cultivos de maíz. Y en el horizonte de aquel paisaje llano y húmedo, una cordillera montañosa que me recordó otra escena de mi vida en la que yo iba a caballo, también escoltado, pero de mis vasallos. Tuve que reprimir mis deseos de llorar al darme cuenta de que, en aquel rincón de mundo, con las montañas de fondo, también amanecía con la misma belleza que el día en que debía de haberme desposado.

• • •

El primer descanso fue en una fuente escondida entre el bosque, ya cerca de las montañas. No era un punto casual ni creo que determinado por un horario planificado en nuestro itinerario, sino que había sido pactado con alguien. Allí nos esperaban unos perros cargados como si fueran pequeñas mulas. Eran robustos, de un recio pelaje marrón corto, orejas puntiagudas y potentes mandíbulas. Parecían fuertes, pero… «¿Por qué perros? —me pregunté—. Iríamos más rápido a caballo e incluso sobre asnos.» Los miré con cierta sorpresa. Sin embargo, nadie pareció percibirla. Con la mayor naturalidad, los guerreros sacaron tortillas de los bártulos que cargaban los canes.

Comí pensando que quizá la ausencia de monturas nos hacía pasar desapercibidos, pero me pareció absurdo. Sin embargo, enseguida vi que no era el momento de hacer averiguaciones. Al acabar la frugal comida de tortillas, con frijol y algo de carne picante, mis compañeros se fueron recostando y al instante dormían. Sólo uno de los guerreros quedó despierto haciendo guardia. Yo miraba los perros cargados con sus cestos de vívidos colores. Pero el cansancio del camino andado, el impacto de lo visto en Cempoalli y el sosiego de mi estómago lleno me sumieron en un sueño intranquilo a la sombra de mis propios recuerdos.

Así fueron los horarios de nuestro recorrido. Descansábamos durante las horas de más sol y caminábamos desde la caída de la tarde hasta pasada el alba. En los ratos de descanso, dibujé sobre el terreno pedregoso algún tosco caballo, pero Painalli negaba con la cabeza: no sabía qué era aquel animal. También dibujé mulas y asnos, incluso tirando de carretas, pero siempre hallaba el mismo desconcierto como respuesta de mi amigo. Llegados a las montañas, las superamos en menos de una jornada, nos introdujimos en una gran llanura y la cojera de Painalli, que en Cempoalli me había parecido siempre ligera, se fue haciendo más acusada, hasta que en su rostro se dibujaron expresiones contenidas de dolor al término de la jornada. Desde luego, con cualquier montura hubiéramos avanzado a más velocidad y le hubiéramos ahorrado aquel sufrimiento. Me costó hacerme a la idea, pero no tuve por más que aceptarla: igual que en Europa no había elefantes si no eran traídos desde tierras africanas, en aquella «tierra firme» no parecían existir animales de carga mejores que los perros. Mucho menos existían monturas y, al parecer, tampoco carretas. «Quizá ni ruedas», me aventuré a pensar no sin desconcierto.

A medida que se sumaban los días de marcha, sentía como propio el sufrimiento silencioso de Painalli. Me recordaba una penitencia cristiana de autoflagelación. Pero los guerreros águila parecían ajenos al sacrificio de mi amigo e inmunes a la generosidad de la misericordia. Al contrario, de vez en cuando se reflejaba cierto desprecio en los ojos del jefe, quien lo dejaba atrás sin aminorar el ritmo de la marcha. Hasta tal punto me llegó a indignar esta actitud que decidí también yo disminuir el paso, como la ayuda que todo hombre de bien debe brindar al necesitado, la pida o no; como la ayuda que me había brindado Painalli desde que desperté en su casa. La primera vez que lo hice, el jefe de los guerreros se giró hacia Painalli con un brillo de desprecio en sus ojos hasta que se cruzó con los míos. Por un instante, al ver la expresión de su rostro, evoqué con temor los latigazos del capataz de la mina. Pero para mi sorpresa, el jefe bajó la mirada y adecuó su paso al nuestro. «¿Por qué no se comporta igual conmigo?», me pregunté. Yo no estaba cojo y la única respuesta que se me ocurrió era que, con mi actitud, el jefe quizá había acogido la piedad inmanente a mi acción.

En nuestro camino puede divisar algunos campos de cultivo e incluso creí ver el trazado de caminos algo más amplios que aquellos por los que nosotros transitábamos. Cuando la silueta de algún poblado de casas de adobe se dibujaba, aunque fuera lejana, volvían a indicarme que me cubriera con la capa. Era evidente que evitábamos cualquier contacto con personas, pero no atinaba a imaginar de qué índole podía ser la amenaza que sobre mí se cernía y que tantas precauciones conllevaba.

Me centré en lo mismo que me había ocupado en la casa de Cempoalli: aprender el idioma. Aprender para saber formular las preguntas que me rondaban. Painalli, paciente y amistoso a pesar de sus dolores, aprovechaba la luna, las estrellas, las piedras, la carga, la montaña…, para seguir pacientemente con sus lecciones. Y esto me serenaba. Me serenaba en el avance y, en los momentos previos a caer dormido, repasaba las palabras aprendidas para frenar los desvaríos de mi mente acerca del destino que me aguardaba.

Lo único que sabía era que avanzábamos en dirección nordeste, aunque creía ver en el mapa estelar que a veces rodeábamos este rumbo para acabar retomándolo. Bordeamos un lago de agua salada de nuevo en dirección a las montañas, pero esta vez era una masa más espesa y alta de picos entre los que destacaban sobre todo dos. Según pude entender por los dibujos de Painailli, eran enormes volcanes: el Popocatepetl y el Iztaccihuatl. Luego, el repaso lingüístico empezó a dejar espacios en mi mente para pensar acerca de la enorme construcción que vi al salir de Cempoalli. Con dibujos, gestos y las pocas palabras que ya era capaz de articular, logré saber que se trataba de un templo. Painalli se mostraba orgulloso y, antes de dormir, iniciamos un nuevo tipo de lección. De su hatillo sacaba una especie de pergamino, me dibujaba deidades con un pincel a las que aplicaba su nombre y, con más dibujos, intentaba explicarme su significación. Tenían un dios de la lluvia, Tláloc, un dios de la guerra de nombre impronunciable, Huitzilopochtli… Y diosas, como la de la luna, Coyolxauqui, o Cihuacóatl, diosa de la fecundidad según creí entender. Tiempo después supe que era mucho más complejo de lo que Painalli me había expuesto, pero en aquellos momentos me pareció como el panteón de dioses griegos o romanos, y así procuraba memorizarlos, intentando establecer una relación entre los que podían tener un elemento común como el viento, y los que eran totalmente únicos, propiedad de aquel pueblo.

Los guerreros, aparte de las expresiones de desprecio hacia Painalli, siempre se mantuvieron distantes. Ni siquiera llegué a saber sus nombres a pesar del largo viaje emprendido. Sin embargo, durante aquellas lecciones, mal disimulaban cierta expectación. E incluso me sentí especialmente observado cuando Painalli me habló de Quetzalcóatl, dios del viento, y creí entender que también de la escritura. Cierto que se extendió en su explicación sobre él, e incluso no sé por qué señalaba al planeta rojo, Venus, en el cielo. Pero la verdad es que aquella visión del mundo me resultaba tan ajena que no hice caso a sus reacciones y me centré en intentar asimilar aquellas enseñanzas.

En algunos tramos del recorrido, los distantes guerreros águila parecían más nerviosos. Una noche de aquellas creí divisar una silueta que podía ser de una ciudad, dado que se veía alguna construcción elevada como aquel templo piramidal, pero mucho mayor dada la distancia que debía de separarnos de ella. Sólo entonces me di cuenta de que Cempoalli no era una ciudad aislada y que debíamos de haberlas estado evitando con mayor celo incluso que los poblados de adobe que habíamos dejado atrás. Recordé las *poleis* griegas. «¿Quizá se rijan por una estructura similar? ¿Quizá Tenochtitlán sea como Esparta o Atenas?», llegué a pensar. Mas estas preguntas me crearon una zozobra sutil, un malestar: ¿por qué si eran *poleis* civilizadas las evitábamos con tanto celo? Creo que en aquel momento fue cuando empecé a intuir que, más que protegerme a mí, tal vez estaban protegiendo a su gente de mi presencia. Pero más que una idea clara, era una vaga sensación que no llegaba a articular.

Llevábamos cinco días de marcha y la luna ya era casi llena cuando volvimos a ascender terrenos montañosos. El tiempo de reposo lo pasábamos escondidos. Nos alejábamos del estrecho sendero que seguíamos y, ya en una cueva, ya entre los robles, nos ocultábamos siempre que hubiera un ápice de luz. No nos apresurábamos al alba, ni aprovechábamos el último rayo de sol para iniciar una jornada. Sólo viajábamos de noche y prácticamente eran los perros los que me ayudaban a discernir dónde poner el pie en la oscuridad. En el último tramo, me obligaron a ir cubierto siempre. Los fríos guerreros parecían más nerviosos que nunca, y Painalli caminaba con tal jovialidad que su cojera parecía desaparecer a pesar de la crudeza del avance.

—Tenochtitlán cerca —me decía con una sonrisa.

Cada vez que oía ese nombre notaba un nudo en la garganta que me costaba deshacer. Hasta que una noche, al cabo de dos días, la luna llena nos iluminó en la cima de la montaña. Todos empezaron a descender menos yo. Mis piernas temblaban. No sé aún si era por la emoción o por el miedo.

—Guifré, vamos —me apremió Painalli unos pasos ante mí.

No lo miraba. Estaba petrificado. Al igual que ante el jardín de su casa, Painalli subió y se situó a mi lado, buscando ver con mis ojos. Me miró. Mi cara debía estar desencajada, la suya reflejó compasión. Atiné a balbucear:

—Tenochtitlán.

Creo que se le humedecieron los ojos al asentir señalando un lugar concreto sobre el agua. Volví a mirar al frente. Un lago enorme rodeado de montaña, un ininteligible tintineo de pequeños puntos de fuego que esbozaban masas urbanas más allá de mi imaginación y, en el punto que Painalli señalaba, la luna proyectaba su luz sobre la silueta de una enorme ciudad que flotaba en el agua.

—¡Santo Dios!

Me llevé las manos a la boca. ¿Con qué comparar aquello? Painalli me puso la mano sobre la espalda y sentí dos palmadas suaves. Advertí que mis pies avanzaban, pero todo era pura inercia y mi impresión al salir de Cempoalli se convirtió en una especie de burla. «¿Quién es esta gente?», preguntó mi mente.

Tendrían que haber llegado antes que la luna llena ribeteara las orillas del lago. Desde que bordearan Cholula al pie de la montaña, aquella era la parte más arriesgada del trayecto, pues las ciudades erigían su opulencia haciendo del valle la zona más poblada desde antes de la llegada de los mexicas.

El jefe de los guerreros águila había optado por el paso entre los volcanes, el más difícil, y por ello menos transitado. Pero a la vez, se había agudizado la cojera de Painalli. Sin embargo, la culpabilidad que sentía el *calpixqui* al saberse causa del considerable retraso se esfumó al vislumbrar el final del trayecto. «Con la capa y por agua, no tienen por qué verlo», pensó al iniciar el descenso que por fin lo devolvería a Tenochtitlán. No se percató de que, justamente, el motivo de aquel viaje se había quedado parado en la cima del paso de la montaña. Se detuvo y se giró hacía él:

—Guifré, vamos —le incitó con una sonrisa.

Pronto Painalli frunció el ceño, extrañado. El extranjero miraba hacia el agua rodeada de montañas y volcanes. Painalli creyó percibir que las piernas de aquel hombre de imponente estatura temblaban ligeramente. Al oír su voz, Guifré lo miró. El *calpixqui* vio el rostro del extranjero agarrotado en una mueca indefinida. El mexica sintió un nudo en el estómago. Su propia emoción por regresar a su hogar le había hecho olvidar cuánto podía impresionar, e incluso confundir, la magnificencia de aquel paisaje urbano a los ojos que lo veían por primera vez. Y sobre todo a un extranjero que no había visto más del pueblo mexica que un jardín en Cempoalli y campos de milpa y frijol en el camino. Sintió unos enormes deseos de reconfortar a Guifré, de protegerlo. Se colocó a su lado y, cuando la voz temblorosa de aquel hombre murmuró «Tenochtitlán» con ojos casi desorbitados, inexplicablemente Painalli sintió las lágrimas pugnando por salir al señalar el punto en el que se entreveía la ciudad, a pesar de la distancia, clara e imponente sobre el agua.

Guifré dijo algo en su idioma. Painalli sólo captó una exclamación sobrecogida acompañada por un gesto que no supo si interpretar como admiración o pavor. «Es tan humano... —pensó el *calpixqui*—. ¿Cómo le explico que lo van a tomar por el emisario de un dios? ¿Cómo lo prevengo de que lo van a utilizar como instrumento político?» Painalli notó sus propias manos sudorosas y se le aceleró el corazón. Pero eso no iba a ayudar a Guifré. Así que intentó simular la mayor serenidad y le dio unas suaves palmadas en la espalda para que, con el calor del contacto humano, volviera a caminar.

Miztli, el jefe de los guerreros águila, caminaba tenso. Le impacientaba la lentitud del avance hacia el lago, pero esta vez tuvo la extraña sensación de que no era por culpa de aquel *calpixqui* tullido. La cojera del hombre parecía haber desaparecido y no mostraba ninguna señal de dolor en el rostro. Sin duda, debía de ser por el emisario de Quetzalcóatl. Era obvio que el reencuentro con la tierra de su señor, el uso cabal de los dones otorgados por el dios para precisamente magnificarlo, le producían emoción. Se veía en su cuerpo tembloroso. Por eso el guerrero respetó aquel ritmo. «Si al amanecer no hemos alcanzado Tenochtitlán, será porque el propio Quetzalcóatl así lo desea. Entiendo que eso está por encima de mis órdenes», pensó.

Aun así, no podía evitar el nerviosismo. De hecho, no le había abandonado desde que vio a aquel ser por primera vez. Su ignorancia manifiesta cuando se suponía que era el emisario del dios del saber le hizo dudar de su vínculo con la divinidad, con Quetzalcóatl. Pero Miztli no había sido enviado para un dictamen teológico. Era parte del cuerpo más selecto de guerreros de Tenochtitlán, y no había recibido órdenes de los sumos pontífices de la ciudad, sino del mismísimo cihuacóatl Chimalma, tío y brazo derecho del Tlatoani. En cuanto Miztli vio a aquel ser por primera vez, entendió por qué aquello era asunto de gobierno antes que de religión. Su tamaño sobrehumano, su piel imposible, aquella cabellera ondulada del color de las milpas secas, el pelo en su rostro... Sin duda, su aspecto era imponente. Exhibirlo por aquellas tierras era pasear a un dios. Y el control de la situación resultaba esencial. Incluso sus dos hombres, grandes guerreros, de los pocos capaces de capturar a cuatro prisioneros en su primera batalla, habían oscilado durante todo el viaje entre el temor y la expectación a pesar de su devoción casi íntegra a Huitzilopochtli, dios de la guerra, su patrón. El jefe estaba convencido de que ni Chimalma era consciente de hasta qué punto el control era esencial en aquella ocasión.

Aun así, Miztli se sentía afortunado. No sólo por la importancia de la misión, sino porque el extraño hombre se había mostrado dócil en todo momento. Y ni ahora, ya cerca de la orilla del lago, hacía ademán de retirar la capa que lo cubría por completo para observar las ciudades cercanas. En aquel punto, no podía permitirle avanzar de otra forma. Pero no dejaba de preguntarse: «¿Tendré valor para obligarle a cubrirse si desea mirar mientras vamos por el lago?».

La ruta había sido escogida con esmero. Si hubieran elegido el paso más transitable, al norte del volcán Iztaccihuatl siguiendo el río Atayoc, habría sido más rápido embarcar cerca de Chalco. Pero tanto el paso como los islotes e istmos que circundaban el lago en aquella zona fueron expresamente prohibidos por Chimalma. Ahora se alegraba de ello. Con la luna llena, pasar cerca de Xico le producía desconfianza. Por eso, entre los campos de milpa y frijol, se dirigieron a pie hasta un punto entre Xochimilco y Atlapulco.

A medida que se acercaban, Miztli notó que las sienes le latían como le sucedía antes de entrar en una batalla. Debían apresurarse, pues antes del amanecer tenían que alcanzar Tenochtitlán. En la ribera, su nerviosismo se acrcentó, el corazón le latía más allá de lo que jamás hubiera imaginado posible. «¿Y la barca?», se preguntó oteando entre la vegetación. Quizá el retraso hubiera anulado la misión, tal vez la habían retirado del lugar pactado. Pero no podía dejar que se notaran su incertidumbre y su miedo. Mandó detenerse a sus hombres.

—Yo voy a buscar la canoa. Que se siente —ordenó, e indicó con la mirada al gigante cubierto por la capa.

—Pero señor... —intentó quejarse uno.

El jefe sabía la razón de la queja: «Y si se niega, ¿cómo ordenar algo al emisario de Quetzalcóatl?». Entonces oyó la voz del *calpixqui*:

—Descanso, Guifré.

Miztli sonrió. Si algo había suavizado su desprecio hacia el cojo no era el respeto al recuerdo de su padre, gran guerrero jaguar a pesar de su triste final, sino el trato con aquel gigante posiblemente divino, un trato llano, directo, paciente... y valiente.

Al ver que Guifré se sentaba junto a Painalli, el jefe desapareció tras ordenar una cautelosa guardia a sus guerreros. No vio cómo el *calpixqui* ponía su mano sobre el brazo de Guifré. Painalli advirtió que el extranjero estaba lívido, sudoroso, y que unas líneas azuladas habían aparecido bajo sus ojos ausentes. Podía sentir su respiración intercalada con nerviosos suspiros. Se sentía culpable. «Tendría que haber esperado antes de enviar la carta. Por lo menos, podría haberle preparado mejor», pensaba. Pero recordó el escalofrío que recorrió su espinazo la primera vez que vio a aquel hombre, aunque estuviera tumbado en la playa, aturdido y claramente herido por las embestidas del mar. Recordó cómo se le desbocó el corazón la primera vez que Guifré le habló. «Si hubiera sabido lo que sé ahora…; de haber sabido de su humanidad…», se lamentó para sus adentros evocando los murmullos entrecortados que Guifré había proferido al rodear Atlapulco.

De poco valía ahora arrepentirse. Al sentir que uno de los perros husmeaba tras él, lo atrajo y lo acarició entre las orejas, donde el pelo sobresalía algo más en punta. Guifré sonrió ante la satisfacción que mostraba el can. «Quizás en su tierra también hay perros y reaccionan como estos», pensó Painalli.

El jefe de los guerreros volvió y reanudaron el camino. En la orilla, una canoa vacía los esperaba. Subieron, tras dejar a los perros allí abandonados, sin carga alguna. Painalli creyó ver cierta pena en el rostro de Guifré, que miraba cómo uno de los canes intentaba seguirlos a nado. El animal al fin desistió y volvió con sus compañeros de jauría.

Los remos sonaban con un rumor rítmico entre la incesante actividad de las aves nocturnas. La luna iluminaba su camino, pero aun así, el jefe de los guerreros esperaba que desde Acachinanco, donde empezaban las primeras casas de Tenochtitlán, divisaran la señal pactada. Pero sobre todo, esperaba que en una de las torres hubiera alguien que fuera capaz de descifrarla. Esperó, paciente, a que sus dos subordinados los acercaran. Enseguida se hicieron visibles los dos ramales en que se dividía la calzada sur: el de Coyoacán y el de Iztapalapa. Servían como dique y también como camino sobre las aguas. De hecho, si entraran en la fortificación situada en medio de aquella intersección de calzadas flotantes conocida como Acachinanco, podrían llegar caminando a la ciudad. Pero las órdenes eran acceder a la zona palaciega por agua.

Preparó las dos antorchas y dirigió su señal luminosa hacia la fortificación que se hallaba en medio del estrecho paso del lago. La ansiedad le dominó hasta que, en una de las dos torres, vio la respuesta esperada. No pudo disimular un suspiro de alivio. Pero enseguida, con voz autoritaria, ordenó:

—Deteneos.

Los remeros obedecieron. Estaban muy cerca de la fortificación de Acachinanco. La luna les iluminaba en medio del lago. El jefe águila se estremeció al sentirse vulnerable. Pensaba en los guerreros de Huexotzinco, ciudad al norte de Cholula que, aunque estaba al otro lado de los volcanes, había obligado al pueblo mexica a construir aquella fortificación dadas las imprevisibles incursiones que protagonizaran en otros tiempos. En las otras calzadas que salían de Tenochtitlán, por el norte y el oeste, no habían sido necesarias aquellas medidas de seguridad; todo eran ciudades aliadas. Su cuerpo se tensó al oír el sonido de cuatro barcas aproximándose. En un acto reflejo, sujetó su lanza con fuerza. No lo dejó de hacer ni cuando oyó un sonido como el que emite el aguilucho hambriento. Respondió como el padre águila que regresa al nido con comida y apareció la escolta que debía acompañarlos en su entrada a Tenochtitlán.

Cuando vi a aquel perro intentando seguirnos a nado, me acordé de mi hermano el día en que me pidió dejar la Iglesia.

Me apiadé del animal como no lo había hecho de Domènech. Él me quería seguir, pero lo mandé a la orilla con los otros frailes. Cuando rechacé su petición, no dudé; me sentía seguro de hacer lo correcto y las razones eran claras: como primogénito, no le permitiría traicionar así la memoria de nuestro padre e incluso me dolió que él lo pretendiera. Pero ahora había perdido toda seguridad. Desde que viera aquel lago, caminé como si mi alma estuviera fuera de mi cuerpo, sin entender… Iba hacia algo, poderoso como mis convicciones de antaño, las mismas que durante siglos habían movido a hombres a construir iglesias, catedrales y ciudades bajo una visión concreta del mundo. Pero ¿qué convicciones movían a aquellos hombres a construir templos piramidales como montañas, ciudades flotantes y palacios? ¿Cómo veían ellos el mundo? ¿Qué mundo habían creado?

Sólo me pareció comprensible la reacción del perro. Me devolvió el alma al cuerpo cuando Painalli lo acarició. Me devolvió un pedazo de mí mismo al recordarme a mi hermano. Y los entendí a los dos, pues yo, en aquellos momentos, deseé ser el perro, lanzarme al lago y huir hacia mi orilla. Sólo que esta se hallaba en algún lugar indeterminado al este, muy al este…

La barca, estrecha y alargada, avanzó. Me mantuve con la cabeza gacha. No quería mirar más. Sabía al jefe ante mí y a Painalli detrás. Noté que otras embarcaciones nos rodeaban. Pero no hice el menor gesto. Me dejé llevar. El miedo del primer impacto había sido sustituido por una honda tristeza desde que mi alma regresara. Por primera vez, con dolor y una lucidez total, pensaba que si ellos eran ajenos para mí, incluso en su aspecto físico, ¿qué era yo para ellos? ¿Qué era yo en aquel mundo? En ningún momento había habido hostilidad. Sus precauciones eran obvias a esas alturas: no pretendían ocultarme sus ciudades, sino a mí de la población. Y eso tenía que significar algo. Me recriminé no haber pensado más en ello, fascinado por lo nuevo. Si hubiera estado más alerta, sin bajar la guardia ante la hospitalidad cómplice de Painalli, podría haber encontrado el modo de entender algo más acerca de lo que me esperaba en esa ciudad a la que me llevaban.

—Tenochtitlán —oí suspirar a Painalli a la vez que notaba su mano en mi hombro.

Me volví para mirar su rostro. Esbozó una sonrisa y con los ojos me indicó que mirara al frente. Me inspiró confianza y lo hice, más que por ver algo, porque esperaba tocar tierra y desembarcar para enfrentarme, por fin, a lo que fuera. Sin embargo, la sorpresa me sacudió. Entramos con las canoas, como la Venecia de la que había oído hablar. Enfilamos un canal de suaves curvas que nos introdujo en una red cada vez más tupida de edificios sin ventanas cuya blancura relucía con el brillo lunar. Alcé la mirada y vi jardines que sobresalían de los tejados planos. Cerré los ojos y oí que nos acercábamos a algún lugar donde reinaba la algarabía nocturna de los animales, demasiado notoria para estar rodeados de edificios, lo cual me hizo pensar que debían de estar enjaulados en algún lugar cercano. Volví a abrir los ojos, presa del entusiasmo de un chiquillo dentro de un mundo de leyenda, levanté la cabeza bruscamente para volver a mirar y se me resbaló la capa hacia atrás. Enseguida Painalli me cubrió de nuevo. Lo miré y vi mi entusiasmo reflejado en el brillo de sus ojos. Sonreía y asentía. La canoa embocó una curva hacia la derecha, él señaló hacia delante y vi una zona de enormes edificios desplegándose ante mí.

—¡Ni en sueños! —se me escapó.

Painalli tiró de la capa hacia atrás y dejó mi cabeza al descubierto. Jardines, jardines flotantes sobre grandiosos palacios; enormes edificios, blancos, estucados con colores sin igual, opulencia; y espacio, espacio abierto, ordenado… Y, sobresaliendo por arriba, a la luz de la luna, templos de la misma forma que el de Cempoalli pero… ¡aquello sí que era el Olimpo!

Dejamos atrás una calle en parte agua y en parte empedrada que se cruzaba con nuestro canal. Ya no sentía miedo, tampoco sentía tristeza ni resignación, no creo que fuera entusiasmo. Sólo sentía mi boca seca, el corazón rítmico y mi aliento acompasado. Me sentía vivo en un mundo que no era imaginable ni en sueños.

La canoa se detuvo ante una calzada empedrada, perfectamente sólida. Me hicieron bajar y volverme a cubrir. Caminamos unos pasos en línea recta, bastante rápido. Noté la respiración acelerada de Painalli tras de mí, pero nos seguía el ritmo. Salimos a otra calle. ¡Aquella sí que era una calzada enorme!

—¿Cuántos carros pasan por aquí? —pregunté sin esperar respuesta.

Giramos a la derecha. Al fondo pude ver una puerta que daba a un recinto del que sobresalían los grandes templos en forma de pirámide. Dimos unos pasos más, casi me empujaron hacia la izquierda y entramos en una calzada más estrecha. Nos detuvimos ante lo que supuse un palacio sin ventanas, como el resto de edificios que ya había visto. Sólo que yo no alcanzaba a ver ni imaginar las dimensiones de aquella construcción, pues sólo veía un muro y una puerta. Ante ella, los tres guerreros me rodearon, dejando a Painalli al margen. Lo miré, y por primera vez lo sentí angustiado.

El jefe de los guerreros llamó a la puerta, dos golpes rápidos y tres claramente pausados. Tragué saliva y noté que me dolía la garganta. La puerta se abrió.

XXVI

Barcelona, año de Nuestro Señor de 1509

Domènech estaba sentado en su estudio frente a la chimenea, al lado de una mesa baja, redonda y de madera oscura. Miraba el hermoso tapiz de la Pasión, pero en aquellos momentos estaba lejos de los sufrimientos de Cristo. Había pensado en ir a ver al obispo y obligarle a que le planteara sin ambages el caso del gobernador en términos políticos. Lo necesitaba sin dilación, ya que mientras el caso se presentase en términos de fe, no podría estar seguro de mantener satisfechos a ambos lados. No le parecía buena idea adelantarse. Aunque supusiera un riesgo, debía aguardar a ser llamado. Así que no le quedaba otro remedio que tener paciencia y esperar que el obispo y don Juan de Aragón, el lugarteniente, se impacientaran por la lentitud del caso del gobernador. Por el momento, Domènech se había asegurado de que no pesara aún denuncia alguna.

«Otra manera de obligar al obispo a que me requiera es entregar toda la documentación que tengo del caso de la bruja —se dijo mientras avivaba el fuego—. La cuestión es: ¿me interesa?»

Desde luego, Gerard de Prades sabía trabajar, «por lo menos, cuando le conviene», pensó Domènech recordando lo que se había retrasado su traslado a Barcelona. En este caso, sin embargo, el conde de Empúries, sin sentirse obligado ya a ocultar su estrecha relación con el padre Miquel, le había hecho llegar en apenas unas semanas un caso de probanza plena: pruebas, en sí imperfectas, aunque numerosas y acompañadas de testigos de sobra, coincidentes e intachables, extremo que Domènech ya había tenido tiempo de comprobar. Así que debía asumirlo: tenía en sus manos más que un proceso instructivo de dilación de los basados en comportamientos, sospechas o gestos. Tenía ante sí una pesquisa en toda regla que el tribunal podía formalizar directamente pese a no haber denunciante directo. Sin embargo, este último hecho irritaba a Domènech tanto como le hacía malpensar. Le irritaba porque le obligaba a él, directamente, a ir a ver a los inquisidores.

«Piensa, Domènech, piensa», se apremió mirando los papeles que tenía sobre su mesa de trabajo. Si los llevaba, los inquisidores iniciarían los trámites como una denuncia formal. Le devolverían el caso para que lo analizara y, al mismo tiempo, ordenarían detener a la bruja. La someterían a cuestión, y utilizarían el purificador dolor del interrogatorio para ello; sin duda confesaría entre sus pecados menores el amancebamiento con un hombre que, en última instancia, era el denunciante del gobernador. A partir de aquí, el encargo del obispo sería inviable, pues su denunciante y sus motivos serían fácilmente cuestionables.

—Sin implicar abiertamente al gobernador. Ese hombre denuncia embrujado por la mujer con quien yace —murmuró Domènech con el rostro contraído en una mueca de rabia.

Si hubiera tenido un denunciante para el caso de la bruja, a él no lo habrían vinculado jamás con la relación entre ese caso y el del gobernador. No se hubiera tenido que preocupar por satisfacer al obispo, y con ello al lugarteniente, pues los responsables de la inviabilidad de un juicio contra el gobernador habrían sido los inquisidores.

—¡Lo ha hecho a propósito! —masculló Domènech golpeando la mesilla que tenía ante a sí.

Sus ojos azules se habían tornado grisáceos como un cielo nublado, y la rabia bordeaba la furia, con la sien latiendo ostensiblemente. Su respiración se aceleraba. Cuanto más lo pensaba, más claro lo tenía. ¿Cómo podía ser que no hubiera un denunciante si Gerard de Prades había preparado con tanta precisión jurídica el caso de la bruja? La respuesta sólo podía ser una: el conde quería que se le pudiera relacionar a él, al fiscal, con el caso. «¿Por qué? —se preguntó Domènech—. Falta de confianza no puede ser, tengo su honor en el castillo. —Y entonces acudió a él una idea—: ¿Me considera Gerard un peón sacrificable? ¿Acaso quiere sacrificarme para así deshacerse del poseedor de su secreto?»

Le parecía tan burdo como falto de sentido. Miró sus manos temblorosas. Cerró los puños e intentó apaciguar su respiración aspirando lentamente el olor de la cera de las velas. Se recostó en el respaldo aterciopelado de su silla y repasó una vez más el caso de la bruja. Si tuviera fisuras, podría hacer llegar la denuncia tranquilamente a los inquisidores. Aunque el obispo y el lugarteniente lo relacionaran con el caso, siempre podría darles la fórmula legal para derribarlo, y no sólo se cubriría las espaldas asegurándose el ascenso de mano del lugarteniente, álter ego del Rey en el Principado, sino que encima le mostraría a Gerard de Prades quién era, realmente, el barón de Orís.

Sin embargo, el caso mil veces repasado era perfecto. Domènech suspiró resignado. «Es obvio que Dios quiere que busque otra fórmula», pensó. A pesar del desprecio que el fraile veía en el conde de Empúries hacia su linaje, el noble tenía un poder que no cabía desdeñar. Y si quería alcanzar, no sólo un puesto inquisitorial, sino también algún obispado en Cataluña, le convenía estar a bien con las diversas esferas de poder del Principado, al menos por el momento. Por eso estaba convencido de que Dios quería que buscara otra opción.

Y volvió a sus pensamientos iniciales: que el obispo lo llamara a su presencia y le plantease el caso del gobernador en términos políticos. «Si lo hiciera, lo del pecado del gobernador sería accesorio, simplemente me lo tomaría como un caso espectacular para desviar la atención de la escasez de grano. El proceso entretendría al vulgo, como si fuera un circo romano, y evitaría la revuelta. O por lo menos, permitiría ganar tiempo. Por lo tanto, si es una cuestión de desviar la atención, ¿qué más da que sea el caso del gobernador u otro? Podría darles una alternativa, pero ¿cuál? —Miró de nuevo los papeles sobre la mesa con la extraña sensación de que estos le habían llamado. Apareció un brillo metálico en sus ojos—. ¡Claro, el caso de la bruja! Si el hambre agobia, aumentan las procesiones en la calle; el padecimiento predispone a la fe. Y en esa tesitura, ¿cómo no va a culpar el populacho a una bruja que con sus malas artes convoca al diablo para que traiga el flagelo del hambre a la ciudad? Desde luego, con el historial que me ha pasado Gerard, es un caso perfecto.»

Sonrió satisfecho. De pronto, lo tenía todo claro. Se puso en pie y tomó los papeles de la mesa. Haría llegar la denuncia de la bruja inmediatamente. Luego, controlaría el proceso para dar un culpable en el momento más conveniente. Sabía que con ello provocaba un encuentro, presumiblemente hostil, con el obispo. «Pero sigo teniendo la culpabilidad del gobernador en mis manos siempre que asegure más testigos. Y eso es lo que me cubrirá en caso necesario. Tengo que convencer al obispo de que yo estaba cumpliendo con lo que me había encomendado.»

Domènech abrió la puerta de su estudio, la cerró tras él con suavidad y fue hacia el despacho del inquisidor jurista.

Lluís salió por la calle del Bisbe a la plaza Sant Jaume. Miró a su derecha, hacia la calle del Call, y sonrió. Luego atravesó la plaza pasando ante la fachada del palacio de la Generalitat. Repitía a plena luz del día el camino que había visto recorrer de noche al padre Miquel.

Lo cierto era que a Lluís le había costado encontrarle sentido a aquel trabajo. No sabía exactamente qué quería descubrir fray Domènech. El padre Miquel se pasaba la vida entre el palacio episcopal y sus rezos en la catedral. Había resultado un hombre entregado totalmente a la fe. Aunque a Lluís le parecía muy aburrido, no podía quejarse: la vida monótona del cura le había dejado espacio para sus quehaceres personales. Su sueldo como verdugo era mísero, y aunque no tenía familia a la que alimentar, le gustaba regalarse con los placeres de la buena vida. Y para eso necesitaba redondear sus honorarios. Fray Domènech era buen pagador, pero además, con su consentimiento a proporcionarle grano en aquellos tiempos, había duplicado sus ganancias. Con el cereal que le daba el fraile, el verdugo podía estrujar los ahorros de algunas familias. Aunque el hambre de momento sólo era una seria amenaza, el fantasma de la hambruna pasada unos años atrás llevaba a artesanos y comerciantes prósperos a crear sus propias reservas. Durante aquella hambruna, el Rey apareció como salvador haciendo traer grano a Barcelona. Pero esta vez había desconfianza hacia don Fernando, tan ocupado con los castellanos. Esto beneficiaba tanto los negocios de Lluís como sus juergas.

Pero el placer terrenal no había distraído al verdugo de la tarea que le había encomendado el fraile. Al contrario, si encontraba algo, seguro que recibiría más. Así que, aunque fuera aburrido, siguió los pasos del padre Miquel celosamente y con tranquilidad, pues su patrón no había dado muestras de impaciencia.

Sin embargo, al igual que la escasez de grano proyectaba la sombra del hambre sobre la ciudad, la falta de resultados comenzó a proyectar la sombra del miedo sobre el verdugo. «¿Y si lo interpreta como deslealtad?», se preguntaba. Tenía la sensación de que al haber pactado con fray Domènech, lo había hecho con el mismo diablo.

Pero sus temores remitieron cuando, una noche, Lluís vio salir al padre Miquel del palacio episcopal. En un rincón, poco antes de la puerta de Santa Eulalia, se deshizo de la capa sacerdotal para aparecer como un simple artesano. Luego, lo siguió hasta la calle del Call. Lo vio entrar en una casa. El verdugo no podía creer en su suerte, pero ahí estaba. A la noche siguiente, el padre Miquel repitió la operación, pero llevando un saquillo de grano. De eso hacía cuatro noches. Y desde entonces, el sacerdote había vuelto a su aburrida monotonía.

Pudo haber seguido a la espera, pero Lluís quería impresionar a su benefactor. Por contradictorio que fuera, fray

Domènech le suscitaba tanto temor como admiración, sobre todo después de haberlo visto en la sala de torturas. Aquel fraile sabía cómo convertir el dolor físico en dolor para el alma. Por eso, pasada la tercera noche de inactividad del padre Miquel, el verdugo decidió emplear el día en vigilar la casa de la calle del Call.

El *call* había sido el barrio judío de la ciudad, aunque ahora quedaba algo desdibujado. En teoría, ya no había judíos en Barcelona desde que se les expulsó hacía algo más de una centuria. Lo que quedaba del *call* era un barrio de artesanos y comerciantes cristianos, e incluso su antigua sinagoga se convirtió, con su marcha, en un taller para tinte de tejidos. Sin embargo, paseando por sus calles, se intuía que la herejía judaica seguía habitando allí, sigilosa y temerosa de un Dios cuya fe no profesaban sus habitantes.

En sólo un día de vigilancia discreta, averiguó que en aquella casa vivía un anciano. Lo había seguido hasta la universidad y lo esperó a la salida. Quería verlo de cerca. Del sombrero sobresalía una melena rizada, demasiado larga y canosa, como su barba. Pero no distinguía ningún rasgo más. Así que provocó un tropezón con el viejo. Para su sorpresa, del jubón del anciano cayó un libro a sus pies. Sus ojos se cruzaron por un instante, fugaz pero suficiente. No cabía duda acerca del parecido: cara a cara con él, sus ojos desprendían la vivacidad de los del padre Miquel y además tenía la misma piel rosada. El anciano se apresuró a recoger el libro sin permitir que lo ayudara. Lluís se disculpó y se marchó con una sonrisa: sin duda, debía de ser un libro prohibido a juzgar por como había mirado a su alrededor.

Por eso aquel día el verdugo había entrado en la calle del Call para pasar a la acción. Siempre fue un hombre decidido, de pocos miedos. Se había criado como huérfano en un monasterio, pero se fugó ya de mozo al entender que su destino no era cultivar los campos de la abadía. Y sin oficio alguno, había sobrevivido gracias a un don de gentes que le permitió aprender allá donde fuere en sus múltiples viajes. Ese mismo don le había facilitado averiguar el nombre del anciano, su nombre judío. Pero quería pruebas para su señor. Si no era sobre el judaísmo, sí sobre los libros.

Aguardó a que el anciano saliera de la casa. El hombre enfiló la calle en dirección contraria a la plaza. Cuando desapareció de su vista, Lluís miró a su alrededor. Era un riesgo entrar a plena luz del día, pero debía asumirlo. Se acercó a la puerta discretamente, hizo palanca y se abrió. Entró con rapidez. Creía no haber sido visto. Cerró la puerta y esperó unos instantes a que sus ojos se acostumbraran a la penumbra.

Poco a poco, fue viendo la distribución. Sólo había una estancia con una chimenea. En el centro de la sala distinguió una mesa con una vela y unos aparejos astronómicos. Por su disposición, Lluís dedujo que el viejo trabajaba en ello. El resto de la estancia eran libros. Algunos apilados, los más sobre estanterías que recubrían totalmente las paredes. El verdugo frunció el ceño. «Si esto fuera prohibido, lo tendría oculto», pensó. Se acercó a la mesa y tropezó con algo. «Este viejo debe de estar sacando buen partido al grano que le da su hijo», se dijo al ver el saco a sus pies.

Tomó la vela de la mesa y la encendió. Aproximó la luz a algunos libros y soltó una carcajada. Pronto se reprimió. Debía guardar sigilo. Apagó la vela y salió de la casa con tanta discreción como la usada para entrar. «Menudo cinismo. Se debe de creer protegido por su hijo, secretario del obispo.

¿Cómo habrá llegado hasta ahí con semejante pasado?», pensaba mientras se dirigía al Palacio Real Mayor.

Domènech esperaba que interrumpieran su trabajo. Pero cuando sonaron tres toques rítmicos en su puerta, arrugó la nariz. Así solía llamar el padre Miquel y no era el emisario que esperaba. Los inquisidores debían de estar a punto de hacerle llamar para que asumiera formalmente la acusación y procederían al arresto de la bruja. La puerta se abrió.

—El obispo desea verle ahora mismo —le anunció sonriente el secretario.

Domènech dejó la pluma y se levantó. Salió de su estancia mientras el padre Miquel mantenía la puerta abierta. Este la cerró y caminaron por el pasillo tenuemente iluminado.

—El lugarteniente está con él —musitó el padre Miquel manteniendo la sonrisa pero sin mirarle—. Vaya pensando algo. Seguro que quien usted y yo sabemos estará satisfecho, pero ahora no me gustaría estar en su pellejo, fray Domènech. Para que él le pueda recompensar, usted debe mantener su posición actual.

Al secretario del obispo le admiró la actitud de Domènech, como siempre, inmutable. Sin embargo, el dominico ardía por dentro. Ardía de rabia. Aquellas palabras del padre Miquel le hacían volver a pensar en que Gerard de Prades lo creía sacrificable. Era como si el cura regordete supiera que Domènech era un simple peón y se sintiera superior.

A diferencia de anteriores ocasiones, el padre Miquel no le hizo esperar en la antesala de las dependencias episcopales. Le abrió la puerta del estudio privado y le hizo una señal con la cabeza para que entrara.

Pere García estaba a un lado de la sala, sentado en una silla cerca del fuego. Miró fijamente a Domènech. Ante el obispo quedaba otra silla cuyo alto respaldo no le dejaba ver quién la ocupaba. Desde la puerta, el fraile sólo veía unas botas de cuero negras. Pere Garcia no dijo nada, se limitó a agitar la mano en la que llevaba el anillo pastoral. Domènech se acercó, hincó una rodilla sobre la alfombra granate, tomó la mano del viejo y besó el anillo.

—Y ahora, fray Domènech, ¿me va a explicar qué está sucediendo?

Aún arrodillado ante el obispo, el dominico oyó tras de sí una de las botas del caballero repicando mullidamente contra la alfombra. Le molestaba permanecer en esa postura, pero su voz sonó con toda la sumisión de la que fue capaz:

—Ilustrísima Reverendísima, no sé a qué se refiere.

—Sabe que hoy se ha presentado una denuncia que destroza la acusación contra el gobernador —sonó una voz profunda, grave, a su espalda.

Domènech no se giró. Mantuvo la mirada en su superior directo, el obispo Pere Garcia, quien dijo:

—Fray Domènech, le hice una petición respecto a un caso de gran importancia…

—¿De gran importancia? —rugió la voz a espaldas del arrodillado—. Este fraile conspira, y acabará en…

El caballero se interrumpió en un intento de controlar su ira. Se puso en pie y se situó tras el respaldo de la silla del obispo, con el tintineo de su espada al cinto resonando por la habitación. Domènech lo pudo ver por primera vez. «¡Fantástico! ¡También se ha dignado venir don Juan de Aragón, el lugarteniente general, conde de Ribagorza y duque de Luna!», pensó. Lo había visto en múltiples ocasiones, siempre de lejos, siempre altivo. Era un hombre algo mayor que él, pero no debía de llegar a la treintena. «Joven para esa voz tan profunda y autoritaria», pensó el fraile. Miraba al dominico, aún arrodillado, con un fulgor irritado en sus ojos castaños. No le inspiró ningún temor, Domènech sentía que podía controlar la situación. Pero fingió estar atemorizado para alimentar la presuntuosa dignidad del mandatario.

—Tranquilícese, don Juan. Fray Domènech seguro que tiene una explicación —dijo el obispo.

—Ilustrísima Reverendísima, no lo entiendo. Yo esperaba en mis dependencias a ser llamado para la calmosa y asumir así, oficialmente, la acusación —explicó Domènech, pensado en que le debiera haber temblado algo más la voz.

—¿Y no sabe nada del caso de una tal Judith? —inquirió el obispo en tono severo.

—Sí, Ilustrísimo Señor. —Domènech se santiguó antes de continuar. Cuando lo hizo, sus ojos estaban clavados en los pies del obispo—: Dios me libre de… No lo he podido trabajar en profundidad, pero el pecado es tan manifiesto que habría de pesar sobre mi conciencia si no hubiera hecho nada.

—¡Esto es un cuento! —rugió don Juan—. Es una conspiración de esos nobles arrogantes…

—Serenémonos —propuso el obispo poniéndose en pie—. Álcese, fray Domènech, y tome asiento.

Obedeció. Se sentó en la silla que había ocupado el obispo, a indicación del mismo. Al hacerlo, manifestó con voz fingidamente cándida y dubitativa:

—Mi Ilustrísimo Señor, yo… ¿He hecho algo malo? Sigo trabajando en lo que me encomendó. No entiendo muy bien cuál es mi falta, pero…

El dominico oyó reír al lugarteniente general mientras se colocaba al lado del obispo. Ambos quedaron en pie, frente a Domènech, concentrado en mantener una expresión de desconcierto.

—Quizás tenga razón, Ilustrísima. Este pobre fraile no sabe dónde se ha metido —concluyó don Juan.

—Es fiel cumplidor de la ley de Dios —le respondió el obispo.

El lugarteniente general miró, altivo, con cierto desprecio, a Domènech, quien intentaba sostener la mirada manteniendo un aire contrito.

—Te han tendido una trampa, fraile. Ilustrísima, este hombre puede ser un gran jurista, pero necesita lecciones acerca de los usos de la ley, y más en estas tierras. Fraile, debes aprender a ver más allá de la Iglesia si quieres medrar en ella, no sé si me entiendes.

—¿Señor? —respondió Domènech inocentemente.

Se produjo un silencio. Ahora, don Juan miraba furioso al obispo. «Perfecto, culpa a Su Ilustrísima de mi ignorancia», pensó el dominico.

—El gobernador, apoyado por otros nobles, y muchos de ellos consejeros de esta ciudad, quieren aprovechar las malas cosechas de grano con fines políticos —comenzó el obispo—. Quieren para Barcelona el derecho de anona[5], para proveerse de grano por su cuenta y ganar autonomía respecto de Su Alteza.

«¿Derecho de anona? De eso no me había hablado Gerard», pensó Domènech disimulando su enfado. Aquello cambiaba toda la interpretación política del caso del gobernador.

---

5. La anona nace en la República Romana para referirse al subministro público de alimento (grano/pan). En este caso, es una competencia del Rey.

—Darles a esos nobles el derecho de anona para que se provean por su cuenta influiría decisivamente en las ventas de grano fuera del Reino y, por supuesto, es una intolerable ingerencia en el poder real. Por eso han estado propagando el rumor de que el Rey tiene abandonada la ciudad —explicó pacientemente don Juan, como si hablara con un chiquillo—. El proceso era una forma de lanzar una advertencia: el poder del Rey es por la gracia de Dios, y ni siquiera el gobernador debe desafiarlo.

A Domènech le irritaba que en el trato menospreciaran su inteligencia. Pero en aquel menosprecio vio la mano de Dios. Precisaba ganar tiempo para replantear, sobre la marcha, su estrategia. Necesitaba más información. Al fin y al cabo, la arrogancia era pecado y, en consecuencia, debilidad. Le podría sacar partido.

—Pero, mi señor, ¿acaso no es cierto que el Rey está enviando grano a Castilla?

—El rey don Fernando tiene muchas obligaciones y muchos reinos a los que atender —respondió don Juan irritado—. Pero no abandona a su pueblo.

—Sus velados enemigos —continuó el obispo volviendo al tono aleccionador—, en fin, retienen trigo en Sicilia para dificultar al Rey su labor, y entre tanto, malmeten para provocar una revuelta popular.

Domènech asintió y simuló que una expresión de comprensión repentina.

—¡Ah! Así aparecerán ellos como salvadores al traer grano. ¡Cuánta presunción! —exclamó indignado—. Ahora lo entiendo todo. Cierto que me di cuenta de que la tal Judith, la bruja, estaba amancebada con el denunciante del gobernador. Pero claro, no sabía de toda esta trama política, Ilustrísimo Señor.

—Ya, fraile, ya. Aunque el obispo no te lo haya contado, suponía que podías pensar solo. ¿O acaso no es evidente que un caso desmonta al otro? Es burdo y descarado.

A Domènech le estaba empezando a exasperar que ni siquiera se dignara a decir su nombre, por mucho que fuera de altísimo linaje. Cada vez le costaba más controlar su inquina hacia aquel engreído. Pero debía seguir disimulando sus verdaderos sentimientos para encauzar la situación según su conveniencia.

—Mi señor, las pruebas eran tan claras contra la mujer… No pensé que alguien se atreviera a perpetrar tan oscura conspiración, tan… —Bajó la cabeza en señal de arrepentimiento—. Mi misión es hallar la herejía. Y creía haberla encontrado en ambos casos.

—¡Oh, vamos! —se exasperó don Juan—. El grano aún tardará en llegar. El mercado cada vez tiene más problemas para proveerse. Teníamos un ataque directo que habría hecho llegar trigo mucho más rápido. Y ahora estamos en sus manos.

Domènech, con la cabeza gacha, tensó el rostro. El lugarteniente ni siquiera había escuchado lo último que había dicho. Sin embargo el obispo sí lo hizo. Lo supo al notar su mano flácida sobre su barbilla para obligarle a alzar la cabeza. Le repelió el contacto de aquella mano, pero respiró aliviado.

—¿En los dos casos? —preguntó el obispo.

Domènech vio que don Juan los miraba. Sus ojos brillaban con furia, pero callaba.

—Mi señor don Juan, si el Rey va a enviar el grano, sólo necesita tiempo. Y podríamos emplear la trampa que me han tendido para ganar ese tiempo —Domènech se rascó la cabeza, como si quisiera ordenar sus ideas, y observó de reojo la sonrisa del obispo y la mirada expectante del lugarteniente—. El juicio. Esa tal Judith es una hereje, sin lugar a dudas. Su juicio, los rumores sobre sus embrujos, podrían crecer desmesuradamente. Si el pueblo quiere un culpable de su hambre, quienes querían culpar al Rey nos lo han dado. Ya sabe cómo son los rumores, mi señor. Ellos los utilizan para fomentar una revuelta porque saben que crecen y se deforman mientras van de boca en boca. Usted puede utilizarlos para…

—¿No has oído al obispo, fraile? Esos nobles, incluido el gobernador, tienen el grano retenido. Lo que propones es que se salgan con la suya —rebatió con voz cansada.

—Pero tengo pruebas contra el gobernador. No hay denunciante, o el que pudiera serlo no nos vale, pero con algo más de tiempo, podríamos arreglar ese formalismo. Podría dejar el caso tan claro que no hiciera falta un denunciante. Pero tal como lo tengo ahora, mi señor don Juan, usted tendría un arma clara para conseguir que el grano salga de Sicilia.

—Muy bien, fray Domènech —dijo el obispo sin ocultar su entusiasmo.

—Desde luego, es un gran golpe para tamaña arrogancia —admitió don Juan mirando fijamente al fraile.

—Déjeme enmendar mis faltas —musitó el dominico.

El lugarteniente guardó silencio, pensativo, sin desviar la mirada de Domènech, como si lo examinara por primera vez. Le había gustado el plan; «tan simple como un chantaje», pensó. Hubiera preferido un escarnio público, pero de momento había que frenar la amenaza del hambre. Eso era primordial. Frenarla para evitar una rebelión, lo que buscaban sus adversarios. Así que, a falta de mejor opción, don Juan suspiró:

—Está bien, fray Domènech. Lo dejo en sus manos. Pero si esta vez no sale bien, ni el obispo podrá salvarle de lo que tenía pensado para usted. No quiero ninguna rebelión. Yo me encargaré del grano en cuanto me informe con detalle del caso.

El lugarteniente miró a Pere Garcia; este asintió. Luego, Juan de Aragón dio media vuelta y fue hacia la mesa de trabajo del obispo, mientras el prelado decía:

—Puede retirarse, fray Domènech.

Se levantó y salió de la estancia. Al cerrar la puerta tras de sí, se permitió un suspiro de alivio. Pronto se arrepintió: en la antesala aguardaba el padre Miquel. Se dirigió hacia él pero no tuvo tiempo de decir nada: una campanilla requería su presencia en la estancia del obispo.

Domènech se fue hacia el Palacio Real Mayor. Había podido conducir la situación tal como tenía pensado. Sin embargo, le enfurecía que Gerard le hubiera ocultado información. Estaba claro que, si no se hubiera guardado las espaldas con pruebas contra el gobernador, él habría sido destituido aquel mismo día. Sin embargo, al rodear la catedral, su estado de ánimo mejoró. Había salvado el pellejo fastidiando los planes del conde de Empúries, y lo mejor de todo era que no podría decirle que no había cumplido con lo que le encomendó: no habría juicio contra el gobernador general. Sólo tenía que controlar al padre Miquel, asegurarse de que no se enterara de quién había tenido realmente la idea del contragolpe monárquico. Aunque Domènech presumía que la arrogancia de don Juan le iba a ser de gran ayuda para ello.

Entró en su despacho y sonrió, pletórico.

—Dios no quiere que escoja un bando. Puedo manejarlos a los dos.

Y de pronto, el dominico se permitió reír con una carcajada gutural y entrecortada.

XXVII

Tenochtitlán, año de Nuestro Señor de 1509

Chimalma yacía despierto junto a una de sus esposas. La había tomado hacía catorce años, cuando su sobrino Motecuhzoma Xocoyotzin ni siquiera se perfilaba como Tlatoani y él no podía imaginar que llegaría a ser el cihuacóatl. Catorce años ya y sólo le había dado una hija. Pelaxilla tenía aquel maravilloso don de elevar su virilidad incluso en aquellos días, ya viejo para la guerra y demasiado atribulado por sus altas responsabilidades. Ella, a pesar de todos aquellos años, aún podía abstraerlo del mundo para llevarlo a aquel abandono donde no había miedos ni incertidumbres, donde lo único que cabía era la sencillez de seguir los impulsos del cuerpo. Sentía su respiración cálida dormida a su lado y anhelaba, como tantas otras veces, que le hubiera dado algún hijo varón. «Por lo menos, si Izel fuera una niña menos tímida, más enérgica, más como tú», pensaba el hombre.

El sonido de unos pasos sacó a Chimalma de la burbuja que lo aislaba cuando yacía con Pelaxilla. Frunció el ceño, pensativo, y se levantó para ponerse, cuando menos, un *maxtlatl*. Reconocía los pasos. Los había oído desde siempre, ayudándole y protegiéndole. Ocatlana no era un simple *tlacotli*. Podría haber comprado su libertad dejando la esclavitud hacía mucho tiempo, y sin embargo había permanecido a su lado como compañero por encima de las sospechas, demasiadas veces fundadas, que provocan los advenedizos cuando huelen el poder.

Llamaron a la puerta. Abrió y sintió, por un instante, que se le helaba la sangre. El familiar rostro de Ocatlana estaba allí, ante él, pero le pareció un extraño, demasiado arrugado, de pronto encogido por el tiempo, con una mirada desconocida que lo atravesaba sin verlo.

—¿Estás bien? —preguntó Chimalma.

Ocatlana balbuceó:

—Está aquí…

Chimalma no cerró la puerta. Simplemente se volvió, se hizo con una capa y se la ató con manos temblorosas. «Debe de ser cierto. Menos mal que Motecuhzoma me escuchó, a pesar de esos sumos pontífices que se consideran sucesores de Quetzalcóatl. No se cansan de repetir que un emisario así se hubiera presentado ante sacerdotes y no ante un simple funcionario», pensó. De pronto, su mente se centró en algo. Volvió hacia la puerta y le dijo a Ocatlana:

—Lleva al jefe águila, al *calpixqui* y a… Llévalos a la sala de recepción.

Se giró sin esperar respuesta y oyó, de nuevo, los pasos de su *tlacotli* más fiel alejándose por el pasillo. Miró a su alrededor recorriendo la habitación en tinieblas, desorientado: «El tocado… Ahí». Suspiró profundamente. Tenía que serenarse. Miró el cuerpo entre sombras de Pelaxilla. Necesitaba tener la mente clara, tal vez más que nunca. Ya había dejado de esperarlos. Incluso pensó que tantas medidas de seguridad habían sido absurdas, que era otro rumor más, y que los *quequetzalcoa* tenían razón. Se ciñó el tocado de plumas, se cubrió con dos mantos más, se calzó los lujosos borceguíes que le había regalado el Tlatoani al poco de ser coronado y, con todas las joyas que advertían de su rango, salió de la estancia.

Decidió atravesar el jardín interior adyacente a la sala donde dormían sus mujeres. Un sistema de redes le permitía gozar de una fantástica colección de aves, sólo superable por la muestra de fauna del Tlatoani repartida entre la Casa de las Fieras cercana al palacio del cihuacóatl y la Casa de las Aves, adosada al palacio de Motecuhzoma. Miró hacia arriba y vio, pugnando por salir, al macho de la pareja de quetzales traídos de las selvas mayas. Por su espalda corrió la sensación de un presagio, pero decidió no hacerle caso. Al fin y al cabo, a pesar del nombre del ave, esta no era el símbolo de Quetzalcóatl, sino la serpiente emplumada que lo denominaba. Motecuhzoma sabría qué hacer en el terreno de la fe mejor que él mismo. Su única preocupación en aquellos momentos era, sobre todo, confirmar con sus ojos la información de la carta escrita por el *calpixqui* desde Cempoalli a su jefe directo, quien, sabiamente, se la hizo llegar a él. Necesitaba verlo para calibrar el alcance del asunto desde una perspectiva política. Esa perspectiva que a veces se enturbiaba en la mente de su devoto sobrino Motecuhzoma. «Y de paso, tal vez puedo ser el primero en oír su mensaje», se dijo ya ante la puerta de la sala.

Inspiró hondo y entró. Se quedó un instante en el umbral, clavado, en respuesta a unos ojos de color miel que lo miraban con una extraña serenidad. «Como la de quien sabe que ha de perecer en una muerte florida —pensó fascinado de pronto—, ¡Oh, Quetzalcóatl!»

Entró con paso seguro, aunque por dentro la fascinación se mezclaba con el desasosiego. El enviado estaba sentado en la esterilla destinada a las visitas, justo frente a la suya. Un sencillo manto cubría su cuerpo. Tras el hombre blanco, de pie, Miztli escrutaba las reacciones del cihuacóatl pese a mantener la mirada en apariencia baja, mientras el *calpixqui*, con los labios tensos, permanecía con los ojos fijos en el suelo. Chimalma se sentó en la esterilla frente al enviado, tapándose las piernas con sus tres capas y con la espalda erguida. Lo observó sintiéndose a la vez observado con la misma intensidad. Dado su rango, había perdido hacía mucho la costumbre de mantener miradas tan directas y se sorprendió a sí mismo cuando se vio obligado a alzar la cabeza. Era alto, muy alto. Chimalma no se había planteado nunca antes la fe en sus dioses más allá de la costumbre en que lo habían educado. Buscó en su interior al hombre eminentemente práctico para frenar el torbellino que sentía en el estómago y que convertía los presagios y los rumores en algo más que instrumentos políticos. «¿He de hablar yo primero?», dudó. Debería de haber atendido antes a Miztli, pedirle un informe, su opinión… En aquel instante, sólo veía a un oficial ceñido al protocolo, indiferente e inexpresivo. No le servía de nada. Así que se dirigió directamente al enorme ser ante el que se hallaba sentado:

—¿Eres un enviado de Quetzalcóatl?

El ser blanco pareció empequeñecer mientras se encogía de hombros con una sonrisa confundida. Le sostuvo la mirada y luego se volvió hacia el *calpixqui*. Chimalma también lo hizo, sopesando el silencio del hijo tullido de un antiguo guerrero jaguar ya desaparecido.

—Habla —le ordenó saltándose todo saludo formal.

—Mi señor cihuacóatl —respondió Painalli suavemente sin alzar la mirada—, él no sabe náhuatl. Sólo conoce unas pocas palabras que ha aprendido desde su llegada a Cempoalli. Dice llamarse Guifré.

Chimalma frunció el ceño y miró al gigante blanco. «¿Realmente no entiende nada? —dudó el cihuacóatl—. ¿Y eso qué significa?» Con la frente aún fruncida, miró al guerrero águila y ordenó:

—Miztli, déjanos solos.

El guerrero salió de la sala por la puerta que estaba tras él. Entonces, Chimalma suspiró y relajó algo la espalda.

—Painalli, ¿no? Tú eres hijo del Painalli que fue guerrero jaguar en la época de Ahuitzol —dijo en tono amable—. Luché junto a tu padre. Era un gran guerrero.

Painalli bajó la mirada para ocultar el resentimiento que sentía al oír aquel comentario: «Claro que fue un gran guerrero, hipócrita. Y luego se lo compensaste quitándole todo honor». Chimalma continuó:

—Siéntate al lado del llamado Guifré.

Painalli obedeció mordiéndose los labios. Pero su mirada se cruzó con la sonrisa de Guifré y su mente volvió a centrarse en el motivo de aquella recepción. Luego no tendría por qué volver a ver a aquel hombre.

—¿Has estado con él todo este tiempo?

—Sí, señor.

—Y dime —prosiguió Chimalma acercando su cara a la del *calpixqui*—, ¿qué opinas? ¿Quién crees que es?

Painalli se fijó en Guifré fugazmente y volvió a bajar la mirada a sus pies escondidos bajo el manto.

—Creo que es una persona venida de tierras lejanas.

—¿Nada más?

—No sé quién lo envía, mi señor cihuacóatl. A mí también me desconcierta que no hable nuestro idioma. Dice cosas en otra lengua, no sé, suena extraño. Pero yo no soy sacerdote…

—¿Le has enseñado tú las palabras en náhuatl?

—Sí, señor.

Chimalma, pensativo, miró al hombre blanco. Este se mostraba complacido con el *calpixqui,* sin duda.

—Guifré verá mañana al Tlatoani. Os dispondré una habitación hasta entonces. Painalli, has obrado con gran diligencia y sentido en Cempoalli por el bien del pueblo mexica, y necesito que lo sigas haciendo. Por lo menos, hasta que aclaremos su condición y situación. En todo caso, el Tlatoani no olvidará tus grandes servicios.

Painalli asintió con reverencia.

—Guifré… —continuó Chimalma. El hombre blanco asintió con la misma reverencia que Painalli al reconocer su nombre y el cihuacóatl dijo lenta y formalmente—, el viaje ha sido largo y seguro que estás cansado. Ahora ya estás en tu casa. Ve; que descanses bien.

—Deseo tú también —respondió Guifré con voz insegura.

Chimalma sonrió.

—Mi servidor Ocatlana os conducirá a vuestra estancia —le indicó a Painalli con la sonrisa aún en los labios.

Cuando Chimalma se quedó solo, le mudó el rostro. Se recostó sobre la esterilla, pero su expresión era tensa. Estaba furioso. Aquello le superaba, y no le gustaba la idea. No le gustaba que, en aquel asunto, las voces de los sumos pontífices fueran a tener más autoridad que la suya a oídos de Motecuhzoma. En aras de la religión podían ser imprudentes y la devoción de su sobrino podía convertirse en un grave problema. Era obvio que ante todo necesitaban actuar con prudencia. Debía pensar, debía pensar en una estrategia. «¿Pero cómo, si no entiendo nada?»

Recogida en un moño, la vigorosa cabellera negra azabache contrastaba con el rostro de aquel hombre que me recibió en Tenochtitlán. Su cara se veía curtida por los años, y el tiempo pasado al sol acentuaba sus arrugas. Parecía un hombre mayor, pero sus cabellos sin canas, su gesto y su agilidad al andar por la habitación y sentarse le otorgaban una edad indefinida. Sus mantos, los borceguíes con cascabeles de oro y sus tocados de plumas denotaban lujo y poder, y lucía brazaletes y un bezote que contribuía a darle un aire fiero. Cuando se sentó frente a mí, sentí que se me aceleraba el corazón ante la autoridad que desprendía aquel hombre menudo pero corpulento. Hasta que me topé directamente con sus ojos. Marrones con destellos rojizos y bordeados por una orla negra, me escrutaban obligándome a mantenerme pendiente de él. A medida que me observaba, a medida que yo lo observaba, sentí que se apaciguaban los latidos de mi corazón. «Sea cual sea mi destino, él será uno de los que decida», pensé con tanto sentido lógico como sensación de intranquilidad.

Me habló con una voz profunda, algo rota. Pero me sentí interpelado por su mirada, no por sus palabras. Volví a ser consciente del dolor de garganta que me acompañaba desde que había entrado en aquel palacio. E instintivamente acudí con la mirada al único que conocía, a Painalli. Fue su voz la que me serenó poco a poco, y cuando se sentó a mi lado, incluso pude esbozarle una sonrisa tranquila, aunque tuve la sensación, por su gesto tenso, de que aquella situación le producía incomodidad.

De hecho, no entendí mucho más. Era obvio que hablaban de mí, estaba claro que el hombre de cabello negro y rostro arrugado era algún alto dignatario, pero no supe más y aún no era capaz de concebir el porqué de todo aquello. Al salir de la sala de recepción, el mismo hombre que nos había franqueado la casa nos aguardaba en la puerta. Vestía un *maxtlatl* y una sencilla capa anaranjada con el borde violáceo. Intenté disimular mi asombro al vislumbrar, tras él, un jardín donde sonaba la música de aves alborotadas entre la vegetación. Deduje que, como en la casa de Cempoalli, era el patio interior de aquel edificio. Pero su tamaño y su exuberancia no hacían sino reafirmarme en la certeza de que estábamos en un gran palacio.

—El cihuacóatl tiene un jardín enorme —me murmuró Painalli con un codazo mientras lo rodeábamos.

Ante él, no valía la pena intentar disimular.

—¿Qué es cihuacóatl? —pregunté algo confundido con el nombre de la diosa de la fertilidad, que sonaba igual.

Antes de que pudiera recibir respuesta, el hombre que nos conducía se detuvo ante una puerta, la abrió e indicó que pasáramos.

—Bienvenidos —dijo mientras entrábamos en la sala.

Oí que la puerta se cerraba tras nosotros mientras un intenso olor de flores me mareaba. Colgaban de las paredes encaladas, dibujando sombras en movimiento que proyectaba la tenue luz de dos antorchas. Me paseé observando las flores con atención para ver si alguna coincidía con las que ya conocía de aquellas tierras. Sólo pude identificar algunas magnolias. Oía tras de mí a Painalli despojándose de la capa. Encerrado con él me sentí refugiado y sereno. Tragué saliva. Ni rastro del dolor de garganta. Me giré y lo vi tumbado en una de las dos esterillas que había, con la mirada perdida en el techo. Quitándome la capa, insistí:

—¿Qué es cihuacóatl?

Sin desviar su mirada, Painalli se llevó una mano a la barbilla, pensativo. Luego se incorporó sobre un brazo y me observó mientras tomaba asiento frente a él.

—Cihuacóatl es...

Suspiró y bajó la mirada, inquieto. Le puse la mano en el brazo y alzó la cabeza. No sabía cómo explicármelo e intenté restarle importancia. «Mientras estés conmigo...», pensé. Pero él no pareció conformarse. Se levantó y fue hacia su hatillo. Sacó sus instrumentos de escribir y *amatl*, y trazó un triángulo. En la cúspide hizo un dibujo y dijo:

—Tlatoani. —Luego, bajo el mismo, hizo otro y señaló—: cihuacóatl.

El resto del triángulo eran mexicas. Entendí que el Tlatoani debía de ser el rey de los mexicas y el cihuacóatl, su segundo al mando. Fruncí el ceño con cierta aprensión. «Sabía que era una alto dignatario, pero ¿tanto? ¿Por qué?» La voz de Painalli no me dejó pensar mucho más:

—Mañana, Guifré verás al Tlatoani.

Lo miré estupefacto. En aquel instante, como una losa, cayó sobre mí la conciencia de que yo era algo especial para los mexicas. Algo de suma importancia. Y todo lo acontecido hasta entonces tenía más que ver con ello que con una civilizada hospitalidad. Pero era incapaz de concebir de qué se trataba. Miré a Painalli interrogante, con una expresión que debía de reflejar un temor súbito. Él me respondió con un tono grave. Tensó los labios, sentí que buscaba la manera de darme una explicación. Entonces se le iluminó el rostro y tomó mi mano. La agarró con fuerza y dijo:

—Guifré y Painalli, *icniuhtli*.

Negué con la cabeza, confundido. Pero él insistió en la palabra *icniuhtli*, agitando las manos que teníamos unidas. Luego, tomó mi brazo y lo entrelazó con el suyo, recalcando el vínculo. No cejó en su insistencia hasta que a mi rostro asomó la comprensión.

—Guifré y Painalli, *amigos* —repetí dándole una palmada en la espalda, emocionado y menos asustado.

Mi amigo asintió satisfecho y luego, grave de nuevo, añadió:

—Guifré y Quetzalcóatl, amigos.

—Quetzalcóatl, dios del viento —repliqué al reconocer el otro nombre.

—Guifré y Quetzalcóatl, amigos —insistió él gravemente—. Mañana Guifré verás al Tlatoani. Ahora, duerme.

Painalli se tumbó dándome la espalda. Yo lo miraba pensando en las relaciones establecidas, intentando entender: «¿Creen que soy amigo de un dios y por eso me quiere ver su rey?». Alargué el brazo para tocar a Painalli en el hombro y preguntar, dar rienda suelta a mi reciente desasosiego: «¿Por qué? ¿Por qué me creen amigo de un dios? ¿Tú crees eso? ¿Por qué no me lo has dicho antes? ¿Por qué?». Sin embargo, no llegué a rozar la piel de mi amigo. «¿Cómo se lo voy a preguntar?» Me tumbé boca arriba y dejé que mi mente volara: el primer encuentro con aquel Painailli asustadizo; las reacciones de los guerreros águila nada más verme; la cara de horror del viejo sirviente que nos abrió en palacio; el instante —ahora lo veía con claridad— de estupefacción del cihuacóatl al entrar a la sala… En algún momento, el cansancio me venció y aquellas imágenes fueron parte de un angustioso sueño entre templos piramidales y calles con agua que de pronto se convertían en un torbellino que me ahogaba.

Chimalma pasó el resto de la noche en vela. Salió de la sala y se perdió en su jardín. Se sentó a los pies de un *ahuehuetl,* su árbol favorito. El murmullo de las hojas agitadas por las aves, libres en sus horarios y obligaciones, le ayudaba a pensar. Le gustaba Painalli. Había manejado el asunto procurando, ante todo, por el bien mexica. De hecho, en sus palabras, residía la clave de todo. «Creo que es una persona venida de tierras lejanas —había dicho—. No sé quién lo envía…»

Chimalma desistió de discernir si el origen de Guifré era divino o no. Con expresión adusta, ignoró su desasosiego, fuera miedo o ilusión, y se limitó a los hechos. Porque lo que estaba claro era que su aspecto evocaba al dios Quetzalcóatl. Y esa evocación de carne y hueso estaba allí, en una habitación cuya puerta él vislumbraba. Estaba allí, en manos de los mexicas. Si había decidido mostrarse primero a ellos, o si había sido casualidad, era indiferente. Tenían a un hombre con apariencia divina en sus manos. Y no solamente con apariencia divina para los mexicas, sino para el resto de pueblos que les pagaban tributo, incluidos los que aguardaban el momento de sublevarse. Una sombra oscureció su rostro. Chimalma era de los pocos que sabía que Guifré podía implicar algo más. «Pero también puede resultar útil para propiciar ese algo más —pensó—: unidad, unidad alrededor del pueblo mexica.» Sonrió ante esta expectativa. Necesitaba tiempo para que se convirtiera en una estrategia. Y tenía claro cómo ganarlo. Se puso en pie. Amanecía. Debía arreglarlo todo.

El primer encuentro entre el Tlatoani y Guifré debía ser lo más privado y secreto posible. Pero no cabía aguardar hasta la noche para que lo viera su sobrino, padre de los mexicas. Tendrían que llegar al palacio del Tlatoani a pleno día. Para ello, lo primero que hizo fue llamar a Miztli, que ya había traído a Guifré hasta allí. Le dio instrucciones precisas para que seleccionara a sus hombres de más confianza. Ocultarían a Guifré en unas andas cubiertas por mantos blancos y negros que indicaban el rango de cihuacóatl. Los guerreros águila lo escoltarían hasta el palacio del Tlatoani. Nadie podía ver a quién transportaban. También deberían escoltar al *calpixqui* Painalli, que iría unos pasos tras la litera. Entrarían por una puerta lateral y accederían directamente a la habitación donde serían recibidos, aunque no fuera la sala oficial donde el Tlatoani despachaba sus asuntos.

Chimalma temía la reacción de Motecuhzoma al ver al hombre blanco. Lo menos malo era la confusión, que, aunque resultara lógica, suponía un signo de debilidad. Lo peor, el postrarse sin condiciones, fruto de una devoción extrema, pero sin duda ofensiva para el respeto debido al resto de las deidades del panteón. Por eso, el grupo que viera la primera reacción del Tlatoani debía ser lo más reducido posible. No dudó en descartar la presencia de los cuatro jefes militares que, junto al mismo cihuacóatl, eran principales consejeros del Tlatoani. Sabía que esta decisión podía acarrearle problemas, pero se sentía capaz de manejar la situación.

Sin embargo, era obvio que de los *quequetzalcoa* no podía prescindir. Sus voces serían lo primero que querría oír Motecuhzoma en un caso como aquel. Y por otro lado, a Chimalma le divertía la idea: «Por mucho que hayan anunciado el advenimiento de Quetzalcóatl exactamente en el año Uno Caña, ¿qué cara pondrán al ver a Guifré al poco de haber celebrado el Fuego Nuevo[6]?». Por eso, tras hablar con Miztli, envió los mensajes correspondientes.

Ya por la mañana, vio salir a Guifré totalmente oculto y a Painalli cumpliendo lo dispuesto. Después, el cihuacóatl dejó su palacio, ataviado como correspondía a su posición y acompañado por su fiel Ocatlana. Entró por la puerta de Chapultepec al centro ceremonial camino del palacio de Motecuhzoma, a la izquierda de la puerta sur. El templo mayor, majestuoso, dejaba pasar el sol naciente entre los dos edificios superiores y sus rayos se proyectaban directamente sobre el pequeño templo en espiral de Quetzalcóatl[7], que Motecuhzoma había hecho construir apenas cuatro años antes. El fenómeno era habitual en aquella época del año, pero Chimalma no pudo evitar estremecerse. Aceleró el paso ante el edificio redondo de la «serpiente emplumada», dobló a la derecha y suspiró al dejarlo atrás.

«He de concentrarme. El Tlatoani ha de recibirlo en el piso de arriba. En las dependencias de abajo hay demasiados funcionarios y ajetreo. Y tengo que convencerlo antes de que llegue Guifré.»

Aquella mañana, al despertar, había comida dispuesta en el mismo dormitorio. Apenas pude probar bocado. Aunque en su mayoría eran manjares que ya conocía, tanta abundancia me revolvió las tripas. El ánimo de Painalli tampoco parecía mejor que el mío.

---

6. Fiesta del fin de siglo mexica, de 52 años. La última se celebró en 1507.
7. Este fenómeno sucedía en los dos equinoccios.

Preferí vestirme, enfrentarme a lo que aconteciera cuanto antes. A los pies de mi esterilla había una capa doblada cuidadosamente. La desplegué. Me sobrecogió el detalle de su hechura, haciéndome olvidar mis propios miedos. El dibujo del tejido representaba una forma claramente humana, aunque su boca era más como la de una serpiente rojiza con la lengua zigzagueante. En una mano llevaba una especie de báculo ganchudo y en la otra, un escudo redondo con una cruz griega que me recordó historias de caballeros del Temple. Su pectoral era como una caracola. Miré a Painalli inquisitivo. En lugar del orgullo que afloraba a su rostro cada vez que me maravillaba con algo de su pueblo, me topé con su mirada sombría.

—Quetzalcóatl —me dijo señalando la figura.

Mi fascinación se derrumbó y volví a notar que se me encogía el estómago. Me la puse con el ceño fruncido. La puerta se abrió y apareció el sirviente del cihuacóatl.

—Vamos —me indicó mi amigo.

Salí tras el siervo, con Painalli a mi espalda. Volvimos a la sala por la que habíamos entrado. Sólo que en el centro había unas andas de madera finamente tallada, con una estructura de mantos blancos y negros que la dejarían cubierta como una litera. A indicación de Painalli, subí a la superficie de madera, cubierta por una sencilla esterilla. El techo de paño era bajo para mí. Sin advertirlo, Painalli se dispuso a cerrar el cubículo interior con un manto negro. No pude evitar el pánico al ver su gesto y lo agarré del brazo fuertemente, quizá demasiado.

—Amigo —casi imploré.

Painalli relajó su rostro sombrío y asintió con un suspiro.

—Guifré y Painalli van a ver al Tlatoani.

Me consoló oírlo, pero no me serenó. El resto fue un cúmulo de ruidos de pasos. Noté como se elevaban las andas, y supe que habíamos salido por la luz que se filtraba entre los mantos, pero no veía nada del exterior. Me temblaban las manos, sentía mis piernas flojear pese a ir sentado y encorvado. Intenté tranquilizarme: «Son organizados, civilizados, pero temo que me creen enviado aquí por un dios. ¡Oh, Cristo! No me han dado muestras de hostilidad. No sé su idioma, no tienen por qué volverse hostiles cuando se den cuenta del error». No me sirvió la razón. Así que recé en silencio hasta que se detuvieron las andas.

Aguardamos unos instantes; luego, mis portadores volvieron a caminar, la luz filtrada desapareció y entré en la sombra. Bajaron la litera. Oí ruidos de pasos de nuevo. Entonces se abrió el manto y creí que se me pararía el corazón. Pero apareció Painalli con una sonrisa relajada y me invitó a bajar.

La habitación era blanca. Frente a una puerta esperaba el cihuacóatl, que me miraba esta vez con evidente complacencia y fascinación. Subimos por unas escaleras de madera a un piso superior que daba a una sala repleta de esteras, también blanca. Fuimos hacia otra puerta que se abría a mano izquierda. Nos detuvimos ante ella. El cihuacóatl miró hacia los pies de Painalli y enarcó una ceja. Creí ver que mi amigo enrojecía y se agachó con presteza para quitarse las sandalias. Me incliné para hacer lo propio, pero el dignatario me tocó el hombro:

—No —susurró complacido.

Me di cuenta de que él tampoco iba descalzo, sino que lucía los borceguíes con los que lo vi la noche anterior. Pero desistí de tratar de entender. Era inútil y parecía aumentar las pulsaciones de mi corazón, ya bastante alterado. El cihuacóatl nos puso a un lado y abrió la puerta. No vimos el interior, sólo oí su voz rota y distinguí Quetzalcóatl, Guifré y Painalli entre las palabras que dijo. Miré a mi amigo, él me guiñó un ojo y me susurró.

—Vamos.

Crucé la puerta abierta y entré a la sala más grande de las que había visto hasta entonces, con un techo de madera decorado con tallas que representaban ramas de árboles. Las paredes estaban repletas de frescos de entre los que apenas pude distinguir músicos tocando singulares flautas y tambores. La estancia estaba perfectamente iluminada con antorchas que realzaban aquel entramado de color y figuras en danza. Me detuve. Al fondo, vi a un hombre sentado sobre lo que parecía un trono de juncos, cubierto por un sencillo manto turquesa que embellecía su impresionante tocado de plumas rojas y verdes. Al verme dejó caer una especie de gran abanico circular hecho de las mismas plumas que el tocado. Se llevó una mano a la boca, reprimiendo una exclamación, y sus orejeras y los adornos turquesa de la nariz se agitaron. Otros dos hombres lo flanqueaban. Uno inclinó inmediatamente la cabeza al verme y se arrodilló en el suelo para tocarlo. Ambos iban descalzos, pero vestían sus *maxtlatl* y unos mantos verdes tan oscuros que parecían negros, decorados con lo que me parecieron dibujos de calaveras. No llevaban tocado, y su pelo estaba sucio y enmarañado. Miré a Painalli, sin saber qué hacer. Pero él permanecía tras de mí, inclinado en una reverencia continua, sin mirar al frente.

—Adelante, Guifré —entendí al cihuacóatl en un tono que sentí cordial—. Siéntate.

Me acerqué a una esterilla que había frente al hombre sentado. «Ese debe ser el Tlatoani» El cihuacóatl dijo algunas palabras mientras caminaba y el hombre arrodillado se alzó. Aún así, mantuvo la cabeza baja, sin mirarme, como temeroso. Me senté, no sin antes reverenciar al rey de Tenochtitlán imitando el gesto de Painalli. Este se había quedado en la puerta y tras de mí estaba el cihuacóatl. Intenté sonreír, pero creo que estaba demasiado nervioso y noté que me temblaban los labios.

El cihuacóatl calló y el Tlatoani me miró con una mano en el pecho cubierto de collares verdosos, otros de oro, alguno negro… Con la otra mano se tocaba la barbilla, ocultando su boca. Parecía joven, más que su segundo al mando y menos que mi amigo. Sus ojos eran amplios, vivos, con un brillo como el de la arcilla húmeda. Tras unos instantes en que oí el latido de mi corazón acelerado, el Tlatoani se retiró la mano de la boca y me sonrió con sus finos labios y su boca menuda. En su barbilla se agitó un precioso bezote de color azul con forma de colibrí. Me recordó la piedad del viejo párroco de Orís y se me acompasó el corazón. De pronto, me sentí en paz. Una voz aguda rompió el silencio. La del hombre que no se había arrodillado. Me señalaba y gesticulaba con pasión. Pero ante algo que le repuso el Tlatoani, su expresión se tornó confusa. Entonces el soberano se dirigió a Painalli y este habló, sin mirar a su rey y sin que yo pudiera entender nada más que algunos nombres propios, incluido el mío. Me sentí afortunado por tener, cuando menos, un amigo. Habló entonces el hombre que no se atrevía a mirarme directamente, y dijo algo que debió complacer al Tlatoani, pues asintió. Intervino el cihuacóatl, paseándose tras de mí. Mientras este hablaba, creí ver que el hombre confuso se había recuperado y ahora su rostro se contraía como el que se enfada. Pero el Tlatoani lo ignoró.

Cuando el cihuacóatl acabó de hablar, el rey de Tenochtitlán se acuclilló acercándose a mí. Olía a flores. Me tomó las manos. Las suyas eran suaves y pequeñas como las de una dama. Me sonrió a un palmo de la cara y dijo con una voz dulce:

—Bienvenido.

—Gracias —respondí, agradeciendo a Dios el haber aprendido ya esa palabra.

Me invitó a ponerme en pie. Sus plumas casi rozaban mi cabeza al andar. Me condujo hasta la salida de aquella sala, luego me acompañó a la de abajo, donde estaban las andas. El resto nos seguía. Me invitó a subir de nuevo. Ya sentado, él se quitó uno de los collares verdosos que llevaba al cuello y me lo puso. Repetí:

—Gracias.

Mantuvo su sonrisa tranquila mientras él mismo bajaba de nuevo el manto. Miré el collar. Verdoso, con un tacto parecido al jabón de Sevilla que había probado en casa de los señores de Montcada, era de una especie de piedra que tenía motas rojizas y moradas. «¿Cómo han logrado esculpir estas caracolas tan pequeñas con tanto detalle?», me pregunté fascinado mientras sentía que las andas volvían a elevarse.

El Tlatoani quería estar solo. Chimalma había sido astuto. Sabía que, tras el encuentro, sería imposible hablar con él, así que debía hacerse con el control desde el principio. Todo había salido bien. Observó cómo se llevaban las andas con Guifré, seguido a pie por aquel *calpixqui*. «Sí, Painalli me será de gran ayuda. Se preocupa por él», pensó complacido.

—No sé qué pretendes, Chimalma —le interrumpió la voz aguda de Acoatl, el sumo pontífice de Huitzilopochtli.

Se giró y miró por encima del hombro del sacerdote. Estaban solos. El *quetzalcoalt* del dios Tláloc se había ido tras Motecuhzoma. Había sido fantástico: asumió la divinidad de Guifré en cuanto lo vio y ahora debía de estar consultando todos sus códices y presagios pues, «¿a quién ayuda el dios del viento si no es a la lluvia?», sonrió Chimalma.

—Debería ser enviado al templo, al *calmecac*, para hablar con los…

—¿Expertos? —interrumpió Chimalma al furioso sacerdote—. Ya has intentado eso, y es más prudente estudiar qué significa sin que se extienda la noticia de su presencia.

—Nos conocemos, Chimalma. Tú tramas algo…

El cihuacóatl contestó mientras se encaminaba hacia la habitación decorada con frescos donde se había producido el encuentro.

—Intento evitar el desorden, el pánico, el…

—¿El castigo de Huitzilopochtli?

Chimalma se detuvo y miró furioso al sumo pontífice. Él adoraba al dios de la guerra, él lo había honrado dándole más alimento que muchos. «¡¿Cómo se atreve?!» Acoatl continuó:

—Mal manejado, esto puede acarrear las iras de otros dioses. Y el nuestro es muy irascible…

—Por eso me lo quedo.

El pontífice suspiró exasperado:

—¡Por favor, Chimalma! Hablas de él como de un objeto. Ha entrado como un perrillo asustado. Y sin embargo, te has esforzado, con esa capa, en reforzar su apariencia ya de por sí…

—¿Divina?

Acoatl se acercó a él y dijo con sorprendente suavidad:

—¿Por qué? Si de veras creyeras que es divino, lo llevarías a un templo. Pero está claro que es un hombre, bastante simple, incapaz de comunicarse con nosotros. Lo de aprender de él, de su ignorancia, a redescubrir nuestro mundo… Bien, ha sido simpático. Yo hubiera añadido que se hace pasar por tonto porque Quetzalcóatl nos quiere poner a prueba y ver qué le enseñamos a su enviado.

Chimalma sonrió. «Se me había ocurrido», pensó. Pero no hizo comentario alguno, sino que preguntó:

—Tu preocupación y tu rabia, ¿son por temor a Huitzilo-pochtli?

—Esto no estaba en los presagios. No está contemplado en ninguna parte. No sólo es por Huitzilopochtli, también es por respeto a Quetzalcóatl. ¿Y si es un farsante? De veras te lo digo, debería estar en la *calmecac*.

—Él no se presenta como enviado de Quetzalcóatl. No puede ser un farsante —Chimalma vio la sonrisa del sacer-dote—. Tú eres un hombre devoto que, como Huitzilopochtli, se cuida de la grandeza mexica. Pero ya has visto la reacción de…

—¡Patético!

—No nos podemos permitir eso. ¿Cuántos sacerdotes reaccionarían con tu sabiduría? Su presencia aquí puede significar muchas cosas y, en todo caso, las implicaciones serían políticas, no religiosas. En mi palacio puedo asegurar el secreto y su seguridad. Le gusta el tal Painalli. Si es un enviado divino, no le ofenderá que lo asignemos a su cargo. Que siga aprendiendo náhuatl con él hasta ver qué cuenta.

—¿Y entre tanto?

—Confía en mí. No soy tan devoto como tú, pero me guío por los mandatos de Huitzilopochtli y la grandeza del pueblo mexica. Qué más da que sea divino o no. Lo parece y... Te aseguro que no te sentirás defraudado, sobre todo si lo peor que puede significar acaba siendo realidad.

—Quiero tener contacto directo con él.

—Por supuesto, lo tendrás. Pero ahora no es el momento.

Chimalma dio la conversación por zanjada con una cortés reverencia al sumo pontífice de Huitzilopochtli. Se volvió y desapareció hacia las dependencias administrativas de la planta baja del palacio.

No había comprendido mucho, pero ya estaba más tranquilo. Entendí que hubo una disputa, un breve debate sobre si yo estaba o no ligado al tal Quetzalcóatl, y eso me sosegó. Cierto que su rey me había tratado con una deferencia posiblemente impensable, pero en privado. Era obvio que aquella gente tenía capacidad de razonamiento, lo cual sirve para dudar. Y gracias a Dios, la duda se había manifestado. Supongo que mi angustia anterior se basaba en que me tomaran por farsante y se deshicieran de mí. Sobre aquellas andas, vislumbrando contornos sombreados de una ciudad indefinida, tuve claro que no quería morir antes de ver y entender más. «Como mínimo, me tendrán que estudiar», pensé.

Las andas me devolvieron al palacio del cihuacóatl y me sentí reconfortado, ya no sólo al ver la cara de Painalli, sino también la del viejo siervo. Mi amigo me lo presentó como Ocatlana y él hizo ademán de arrodillarse como ya hiciera aquel dignatario, para tocar el suelo y besarme las manos. Lo sujeté por los hombros, impidiéndoselo con suma suavidad. No quería contrariar sus costumbres, pero tampoco alimentar una falsedad. En aquel momento sentí que esa era mi única arma para cuando pudiera explicar mi historia.

Ocatlana nos condujo hacia el jardín interior y caminó dando explicaciones a Painalli. Yo me limité a observar por primera vez, a la luz del día, los grabados que bordeaban la pared por la parte superior. «¿Cómo no me había fijado antes?», pensaba maravillado ante aquellos motivos florales que me hacían caminar con la vista alzada. Ocatlana se marchó dejándonos ante una puerta diferente a la del dormitorio. Estaba abierta y daba a unas escaleras.

Subimos y desembocamos en una azotea, también ajardinada. Painalli avanzó. Yo me quedé parado. Desde allí se contemplaba Tenochtitlán. «Una iluminación», me dije emocionado. Por primera vez vi claramente aguas diáfanas entre aquellos maravillosos templos elevados que anunciaban su amor a los dioses. Una perfecta organización del espacio, amplia, clara como las mismas aguas, perfumada, viva de color. Siempre había creído en Dios, único y todopoderoso, maestro exigente y fuente de amor. Y aquello, aquello…

—Qué más da creer que se levantan por muchos dioses o por uno solo. Es obra de Dios —murmuré acercándome a Painalli.

Él me sonrió, de nuevo con ese orgullo al mostrarme cosas de su pueblo. Hasta que unos ruidos detrás de mí me sacaron de aquella especie de ensoñación. Nos giramos. Pero tras de nosotros, sólo unas ramas de magnolio se agitaban con el aire. Sin embargo, creí ver unos grandes ojos negros que me miraban.

—Guifré —dijo mi amigo recuperando mi atención—, jardín, sala, azotea, tu casa.

—¿Y casa de Painalli?

—Fuera —indicó señalando hacía los frondosos jardines que se perdían en la distancia. Luego me miró. Quería darme explicaciones y sopesaba la manera más clara de hacerlo con las pocas palabras que yo sabía—. Voy a casa. —Intenté mostrar mi desacuerdo, pero me puso las manos sobre los hombros y continuó—. Vuelvo. Guifré y Painalli amigos.

Sonreí y no pude reprimir el impulso de acercarme para abrazarlo, agradecido. Lo necesitaba. Pero él retrocedió unos pasos y miró al suelo con una sonrisa. Desistí, sin poder evitar sentirme algo ridículo. «Si no se miran, ¿cómo se van a abrazar?», pensé. Pero repetí:

—Amigos.

—Voy —asintió, y se dirigió hacia la escalera. Antes de perderse por la misma, repitió—: Jardín, sala, azotea.

Asentí a mi vez y me volví para contemplar aquella maravilla. «¿Cuán grande es esto? Desde luego, más que Barcelona», pensé. Oí de nuevo ruidos tras de mí, como saltos de un cervatillo entre la hojarasca otoñal de Orís. Me giré y vi a una muchacha que corría hacia las escaleras.

—Hola —la saludé en náhuatl.

Se detuvo. Todo su atuendo era de color blanco y contrastaba con su cabello lacio y negro que, a la luz del sol, desprendía destellos azulados. La muchacha se giró. Miraba hacia el suelo y el pelo le tapaba la cara. El cuello del corpiño que llevaba parecía bordado con finos detalles verdes, pero el resto era una pieza de tejido blanco enrollada alrededor de la cintura a modo de falda. Le llegaba hasta las pantorrillas y en el tobillo lucía un sencillo adorno que me pareció de oro.

La muchacha alzó un instante la mirada y pude vislumbrar unos ojos negros, grandes y de forma almendrada. No debía de tener más de catorce años. Fue un instante, porque bajó la vista enseguida. Pero me hizo sonreír y despertó en mí una sensación vaga, una sensación que hacía tanto tiempo que no sentía que ni siquiera recordaba su nombre en mi idioma.

—Hola —repetí.

—Hola —musitó bajando aún más la cabeza en una especie de reverencia.

No la volvió a levantar; prorrumpió en un torrente de palabras que no comprendía. Su voz era sorprendentemente grave, profunda para una criatura tan joven y menuda. Tuve la sensación de que hablaba muy, muy rápido, oculta por su cabello. Estaba claro que, así, la muchacha no podía ver mi cara de absoluta incomprensión reprimiendo una carcajada. Me acerqué a ella y procuré interrumpirla.

—Guifré —dije.

Se quedó paralizada. Yo sólo veía su cabello. Le puse un dedo bajo la barbilla con suavidad, rozándola apenas. Levantó al fin la mirada y repetí mi nombre señalándome a mí mismo, con una sonrisa. Luego la señalé a ella con cara interrogativa.

—Izel —musitó con esa voz grave.

Su boca era menuda, pero sus labios eran carnosos y de un rojo muy vívido, como no había visto en los varones de aquel pueblo. Se mordió el inferior, desconcertada.

—Guifré, Izel, flor —dije señalando cada cosa. Luego, me situé a su lado y señalé al frente—. Templo...

La chica negó con la cabeza. Me llegaba apenas al codo.

—Palacio —rectificó con una sonrisa.

Yo reí y repetí la palabra palacio. Me acerqué al extremo donde había estado con Painalli, pero advertí que no me seguía. «¿Cómo se llama esta sensación?» Me volví con el súbito temor de que se hubiera ido. Pero allí estaba. Señalé un impresionante templo y dije:

—Palacio.

Entonces, la joven se colocó a mi lado, fijó los ojos al frente con la cabeza algo ladeada hacia la izquierda y me corrigió. Yo la miré señalando a otro lugar. Y durante el rato en que me dio mi primera lección sobre Tenochtitlán, Izel me hizo recordar que hacía mucho que no me embargaba la ternura.

XXVIII

Barcelona, año de Nuestro Señor de 1509

Domènech salió de la sala del tribunal tras escuchar las respuestas de la acusada a cada testimonio en su contra. A sus puertas había visto gentes que empezaban a congregarse pidiendo la muerte de la bruja. Esto agradó al fiscal. Indicaba que su plan estaba funcionando perfectamente, y que la atención y los reproches se desviaban de la persona del Rey. Sin embargo, se preguntaba cómo se desarrollarían los acontecimientos si de todos modos estallara una revuelta, dada la escasez ya al límite. La Navidad estaba cerca. Y ahora, sin duda, aquellas turbas congregadas convertían la posibilidad en una auténtica amenaza.

Entró en su despacho y dejó sobre la mesa los papeles que portaba. Se sentó, se inclinó a la derecha y abrió una de las portezuelas de la arquimesa. De ella sacó una carta aún lacrada. Se recostó sobre el respaldo, dispuesto a leerla, cuando la puerta de su estancia se abrió inesperadamente. En un acto reflejo, introdujo la carta entre los pliegues del hábito. Juan de Aragón acababa de entrar. Cerró la puerta tras él y, en unas zancadas, se plantó ante la mesa de Domènech.

—Fraile, hay aires de revuelta —le espetó.

Al dominico le irritó la interrupción y le indignó la rudeza de su entrada. No se movió, pese a que el lugarteniente general, con las manos apoyadas sobre su mesa, le mostraba los dientes como un fiero perro de caza.

—Ya nadie culpa al Rey —respondió Domènech cándido—. Apenas es objeto alguno de rumor.

—A mí tu tono inocente no me convence como al obispo. El objetivo de tu plan era evitar una revuelta. No quiero una ahora, ¿lo entiendes? No la quiere Su Alteza.

Domènech miró a don Juan sin mover un solo músculo de su rostro. Al lugarteniente le sorprendió su frialdad, su tranquila falta de temor. El silencio lo irritaba, a sabiendas de que el fraile no estaba pensando una respuesta, sino que simplemente lo observaba. Don Juan tragó saliva y, por último, se sentó en la silla que tenía tras él sin bajar la vista. El respaldo, recto, resultaba incómodo. Y sentado allí, se veía obligado a alzar la cabeza para sostener la mirada al fraile. El lugarteniente apretó los puños sobre su regazo.

—Al caso le queda poco —arguyó Domènech secamente—. Hoy harán llegar al defensor una copia escrita de las declaraciones. Y tal como están las cosas, esa mujer no tiene muchas posibilidades de defensa: no hay testimonios favorables y los míos son intachables.

—¿Y eso qué nos garantiza, fray Domènech?

—Una hoguera.

—¿Antes de que estalle la gente? Todos esos escritos arriba y abajo, tanta letra… No habrá hoguera a tiempo.

—Quizá llegue el trigo antes, ¿no? —Domènech arqueó las cejas ante el ceño fruncido del lugarteniente general, que ya negociaba el desbloqueo del trigo de Sicilia—. Confíe en

Dios. Sus designios son inescrutables, cierto, pero Él está con nosotros, mi señor.

Don Juan de Aragón suspiró y se puso en pie. Mantenía los puños cerrados.

—Muy bien. Alabo tu fe, fray Domènech, y si ha de tener tanto poder, sin duda te servirá para elevarte. Pero no dudes de que si hay revuelta, no sólo arderá la bruja, sino también tu carrera.

El fraile permaneció inmutable, con los ojos fijos en él. Ni siquiera pestañeó. Don Juan sintió que un escalofrío le recorría el espinazo. Se levantó y salió de allí apresuradamente.

Domènech sonrió al ver cómo se cerraba la puerta. Le gustaba la sensación de control y, realmente, con Juan de Aragón había resultado divertido. «No sólo la palabra solivianta o aplaca, también lo hacen los silencios», le había dicho uno de sus maestros en Roma. Recordaba aquella lección muy a menudo.

De pronto, su sonrisa se borró. Sacó la carta escondida entre los pliegues de su hábito. Rasgó el lacre aplastado por un anillo liso, sin escudo. Desplegó el pergamino y los rasgos de una letra familiar se dibujaron ante sus ojos. La prosa, sin nombres ni saludos, era directa y parca:

Me congratula su habilidad, aunque las cosas no hayan salido exactamente como yo esperaba. Entiendo que no haya podido evitar la desaparición de los papeles del caso del gobernador de su mesa de trabajo y agradezco nos haya advertido del posible uso que se haría de ellos tras descurbir por sí mismo lo que yo había juzgado innecesario que supiera. Lo tendré en cuenta para futuras colaboraciones. Según me informan desde Sicilia, ha sido un chantaje burdo y ofensivo. Y permítame reconocerle que sus exactas observaciones al respecto han sido decisivas para que el orgullo y el honor mancillado no estuvieran por encima de la negociación.

Desde luego, una revuelta en la ciudad no interesa a nadie, pues el vulgo ya ha demostrado en anteriores ocasiones qué puede hacer y que no distingue entre el Bien y el Mal en su obcecación por cuestionar, como el hijo que desoye a su padre, los mandatos divinos que ordenan los derechos de los hombres en nuestras tierras. Por ello, he tomado las medidas necesarias para reconducir esta lamentable situación y evitar así que nadie pueda imputar al honor de la nobleza catalana los males de su pueblo. Sepa que su discreta diligencia se verá recompensada.

Quede con Dios.

G.P.

Domènech se recostó en la silla, sonriente, y notó un leve dolor en la espalda. Pero esto no le hizo perder la sonrisa. Levantó los brazos por encima de su cabeza y se estiró, notando cómo se destensaba la musculatura. Sólo un tema ensombrecía su satisfacción, pero lo resolvería aquella misma noche con la ayuda de Dios.

El fiscal bajó al sótano del Palacio Real Mayor y se dirigió directamente hacia la sala de torturas. Lluís había encendido algunas antorchas y el lugar estaba bien iluminado. Al entrar, no pudo evitar una sonrisa. Los aparatos para someter a cuestión a los pecadores durante los interrogatorios se distinguían entre las sombras. El verdugo le devolvió una sonrisa de dientes negruzcos. Lo aguardaba entre el pozo y el potro, con su jubón ensangrentado, cumpliendo con lo que le había ordenado su patrón. Estaba ansioso por empezar.

—Aquí tiene la silla, frente a la entrada, tal como había pedido —le dijo.

—Perfecto. Sitúate tras la puerta —respondió el fraile tomando asiento.

El verdugo obedeció. Ya se oían unos pasos acercándose por el pasillo. La puerta se abrió y Lluís percibió el reflejo de una capa de sacerdote. Sin embargo, el cura no lo vio.

—Fray Domènech, ya podría haberme citado en un lugar más…

—¿Más discreto? Lo dudo, padre Miquel —le interrumpió.

El sacerdote se estremeció ante la tranquilidad de aquel fraile, confortablemente sentado en un lugar tan desagradable. Sobre el potro, a su izquierda, se veían restos de sangre y el pozo desprendía un hedor nauseabundo. Domènech disfrutaba al ver al padre Miquel sin asomo de su sonrisa bobalicona. Era obvio que deseaba resolver aquello rápido para volver cuanto antes a su acogedora estancia.

—Y bien, ¿qué debe comunicarme que el conde no pueda decirme directamente? —preguntó.

—Su origen —respondió Domènech.

El dominico se puso en pie para recrearse en el rostro de quien tenía enfrente. Había mudado, mostrándole una expresión desafiante que jamás hubiera creído posible en él.

—¿A qué se refiere?

La voz del sacerdote incluso parecía profunda. Domènech hizo una señal y se oyó el sonido suave de la puerta al cerrarse. El padre Miquel miró hacia atrás y vio a un hombre de nariz grotesca, sin apenas cuello, pero con espaldas y brazos enormes. Volvió a mirar al fraile y se le heló la sangre al ver una sonrisa, por primera vez, en aquel rostro inmutable. El cura sintió que le sujetaban fuertemente por detrás. El dominico se apartó y el hombre que lo sujetaba lo arrastró hasta la silla.

—¿Qué pretende? ¿Se ha vuelto loco? —le increpó el cura mientras notaba sus manos sujetas a una soga, por detrás del respaldo.

—No. Desde luego, no soy yo el loco.

Domènech se inclinó sobre él. El sacerdote notaba su aliento en la cara y tragó saliva al advertir el brillo gélido de sus ojos. El fraile asió la sotana con fuerza y tiró hacia arriba. El padre Miquel notó que se elevaba del asiento mientras sentía cómo crujían los huesos de sus brazos. Cayó sobre la silla cuando saltaron los botones de la sotana y Domènech lo soltó bruscamente.

Al descubierto quedaron los calzones del sacerdote. El fraile miró al verdugo y este se colocó al lado del padre Miquel. Metió la mano entre la entrepierna y sacó la prueba definitiva de sus orígenes. «¿Cómo lo ha sabido?», se angustió el secretario del obispo al ver que el dominico arqueaba las cejas.

—Soy cristiano —escupió Miquel.

—A lo sumo, nuevo cristiano. Y como sabes, no pueden ser sacerdotes.

—Mi fe es verdadera.

—Perfecto; te ganarás el cielo, supongo. Pero ¡Santo Dios! ¡Cómo se pondría el obispo si supiera esto! —Y dirigiéndose al verdugo, añadió—: Desátalo y vete.

El hombre obedeció. Mientras Lluís salía por la puerta, Miquel se apresuró a cubrirse, humillado ante la mirada de Domènech. Se hubiera lanzado sobre él, sólo por el placer de desencajarle aquella cara siempre tensa. Pero se contuvo, con la cabeza gacha, intentando calmarse. Su teatral exclamación sobre el obispo le decía al sacerdote que aún podía salvarla vida. Al fin, se atrevió a volver a mirar al fiscal de la Inquisición.

—Bien —comenzó el dominico paseándose altivo ante él—, no sólo sé que eres de origen judío y que eres perpetrador de una herejía que sin duda daría con tus huesos en la hoguera. También sé dónde vive tu padre y a qué se dedica. ¡Menuda burla! O sea que, desde tu puesto, encima proteges a un hereje descarado, que no sólo es judío, sino que además guarda libros prohibidos en su casa. Interesante.

Domènech hizo una pausa, se detuvo y miró al cura a la cara. Le gustó lo que vio: la furia de la impotencia reflejada en sus ojos, en su rostro flácido y pálido, en su corpachón cebado, reteniendo la tensión. Se acercó a él. Le puso las manos sobre las rodillas y continuó, casi en un susurro:

—Me interesa que continúes siendo el secretario del obispo a las órdenes secretas de Gerard de Prades. Pero ahora ya sabes a quién te debes. ¿Entiendes? Seguro que encontrarás la forma de serme útil, y no sólo cumpliendo lo que yo te ordene. Sin duda alguna, jugando con la información has burlado a muchos cristianos devotos.

Domènech se irguió sonriente, dio la espalda a su nuevo peón y salió de la sala de torturas.

En la explanada del Borne, las tribunas rebosaban de nobles bajo los coloridos toldos que les protegían del sol poniente, y la muchedumbre se arremolinaba a sus pies, más apretada que en día de justas. Que el grano hubiera llegado a Barcelona un día antes de que quemasen a la bruja no empañaba el éxito de Domènech. Al contrario. Los rumores que habían recorrido la ciudad concluyeron en juicios que oscilaban entre «yo no veo que quemar a una mujer nos pueda dar trigo. Sólo es alguien a quien colgarle el mochuelo» y «quizás ha echado un maleficio a toda la ciudad. Es una hereje». Con la llegada del trigo y la inminente hoguera, sólo los últimos habían prevalecido entre el vulgo. Y ahora, como si al Señor hubiera que agradecerle la recepción del grano, acudían en masa a la quema de la hereje.

—Si no fuera por el Santo Oficio...

—Dios no nos ha abandonado.

Estos eran los comentarios que oía el fiscal al pie del cadalso. Estaba en un lateral del mismo, entre la gente del pueblo llano. A Domènech aquel espectáculo le parecía vulgar, pero le satisfacía pues ahí radicaba el poder por el que su Orís natal se le había quedado pequeño. El túmulo de leña estaba listo y, desde su privilegiada tribuna, el obispo confería al acto solemnidad litúrgica. Aunque la casulla quedaba deslucida por la capa pluvial que la tapaba, el báculo y la alta mitra ricamente decorada con pedrería lo hacían imponente. «Algún día seré yo quien lleve el anillo pastoral», pensó Domènech viendo reconocido en el obispo un mérito que era suyo. El dominico sabía que, a sus veintitrés años, aún le quedaba un largo camino por delante, pero no pensaba superar la treintena para optar al cargo.

A uno y otro lado del obispo se sentaron los dos inquisidores. Si a Domènech no le importaba estar fuera de aquella tribuna de personalidades era porque se sabía ya poseedor de uno de los cargos de inquisidor. Su ascenso sería inminente tras la quema, y sabía que gracias a su extraordinaria jugada con los dos bandos, nadie se opondría. El obispo se lo había comunicado ya como algo hecho, aunque aún no fuera público. Por eso el fraile le devolvió una forzada sonrisa al lugarteniente, en pie tras el prelado. El vulgo aún no reconocía sus méritos, pero ya llegaría la hora. De momento, se sabía reconocido por quienes le interesaba, y con eso le bastaba.

La carreta que llevaba a la bruja apareció traqueteando entre la muchedumbre que le abría paso y estalló el griterío. Domènech se sintió incómodo, pero guardaría la experiencia para recordarla cuando lo observara desde el lugar privilegiado que le correspondía. «Debe de ser fascinante», pensó sonriente. Miró hacia las tribunas y vio a la nobleza engalanada con sobriedad para la ocasión. No vociferaban como el vulgo, pero algunos señalaban a la bruja y reían burlones con lo que a Domènech le pareció más malicia que insulto. «Quizá se creen a salvo, pero nadie está libre de pecado», pensó el fraile. Observó a la condesa de Manresa, que incluso en aquella ocasión debía de haber hecho el comentario más ocurrente, dada la hilaridad que despertaba a su alrededor. A Domènech le dio la sensación de que era él el objeto de sus burlas, pues la mirada de la condesa no estaba en la bruja, sino posada en su rostro anguloso.

—Yo no soy parte del espectáculo —masculló entre dientes.

El carro pasó cerca de Domènech, pero sólo pudo ver de espaldas a la bruja que tan bien conocía. Reducida su ropa a harapos, en su piel quedaban las señales del sometimiento a cuestión. Las purulentas rayas, enrojecidas en sus bordes, le parecieron una bella representación del camino a la pureza del alma. Lluís ocultaba el rostro con el capuchón negro. Pero su cuerpo, amplio y sin apenas cuello, era reconocible, y a Domènech le pareció que se le veía favorecido. El verdugo tomó a la mujer de la mano, burla del ritual entre dama y caballero, y la llevó al poste. El fraile notó cierta punzada de excitación al ver el temblor de la bruja. El verdugo la ató con la leña a sus pies. «Jamás ha estado tan bella», pensó Domènech. Durante el juicio evidenció ser criatura del pecado, y cuando sus ojos castaños mostraban temor durante el interrogatorio del fiscal, este notaba que obraba en su cuerpo la tentación del deseo carnal.

El verdugo encendió el fuego. La muchedumbre gritó alborozada. Domènech sintió algo más que la tentación. Notaba que su miembro viril se hinchaba, poderoso, mientras él se recreaba en ella, la bruja vencida, cuya fina cara se desmoronaba entre la bruma de la humareda y el llanto. A medida que la pecadora gritaba su inocencia, que imploraba el perdón en desvaríos que ya sólo podían estar dirigidos al Señor, el fraile notaba su excitación en aumento, haciendo cada vez más difícil y ostentosa su respiración. El olor del fuego que devoraba ya los pies de aquella mujer le obligó a cerrar los ojos, extasiado. Le recordaba a algo. Ya sólo oía los gritos de la bruja y el latir acelerado de su corazón. «Los pollos», pensó. Sí, era como el olor que inundaba el patio del castillo de Orís cuando las siervas quemaban las plumas de los pollos a la lumbre. Respiró hondo y abrió los ojos. Los gritos de la bruja habían cesado. El dolor ya le había hecho perder el sentido. El olor todavía era placentero, pero Domènech suspiró decepcionado. Los latidos de su corazón se fueron acompasando. Giró la cabeza hacia la condesa de Manresa, en las tribunas. No le sorprendió descubrir que lo miraba. La noble se atrevió incluso a sonreírle. Y el fraile se sorprendió cuando se descubrió a sí mismo devolviéndole la sonrisa.

XXIX

Tenochtitlán, año de Nuestro Señor de 1511

Camino sobre las aguas y de pronto surge una serpiente que se enrolla alrededor de mi cuerpo, apretándome. Un corro de mujeres me rodea; con dientes pintados de negro y rojo, danzan. Veo caras amarillentas, oigo caracolas… Y a la serpiente que me oprime le salen plumas mientras me ahoga.

Desperté agitado, como muchas otras noches, antes de que la serpiente emplumada me matara. Miré la habitación en la que dormía desde hacía dos años. Había colgado algunas capas de preciosa hechura en las paredes. Les pareció una excentricidad. Chimalma incluso me dijo que mandaría pintar frescos con las mismas representaciones, si tanto me agradaban. Pero respetó mi decisión cuando decliné su oferta. Así colgados, los mantos me recordaban los tapices de las paredes de Orís que había colocado para dar calidez a las piedras.

Me giré, apoyé la cabeza en las manos y me quedé con la mirada fija en la capa colgada en aquella pared. Decorada con caracolas, me la había regalado Izel a escondidas de su padre. Pero yo sabía que Chimalma estaba enterado, aunque no hubiéramos cruzado palabra al respecto. El recuerdo del cihuacóatl frente a mi habitación, esperándome para algún asunto, me impulsó a incorporarme. Miré hacia la puerta. Sólo se oían los cantos de los pájaros del jardín. Debía de faltar poco para el amanecer. Me agobiaba pensar en mis tareas de aquella mañana. Saldría de palacio, pero no me alegraba especialmente. Era más fácil cuando tenía que hacer cosas sin entenderlas. Hacía tiempo que me sabía utilizado por el cihuacóatl, pero en todo momento Chimalma había sido atento y me facilitó entender, indiferente a que me disgustara, me repeliese, me emocionara o me fascinara lo aprendido acerca de los mexicas. Iba donde me mandaba el cihuacóatl. Como testigo según le interesara a él, siempre en función de si se juzgaba mi presencia arriesgada o prematura.

—Estamos preparando al pueblo —me repetía el cihuacóatl Chimalma a menudo.

Decidí que lo mejor para afrontar aquel día era darme un baño de vapor, más relajante que utilizar la fuente para lavarme. Me levanté y salí resuelto de la estancia. Tendría tiempo de disfrutarlo antes de ver a mi anfitrión ante mi puerta. Si bien adopté su vestuario con una naturalidad que tiempo después me sorprendería a mí mismo, bañarme a diario era algo que me costó incorporar a mis costumbres. Pero Painalli me había hecho ver que era inaceptable de otra forma.

—Cuando te trajeron a mi casa, lo primero que hice fue bañarte con mis propias manos y una buena cantidad de *copalxocotl*. Hedías —me había explicado—. No sé cuál es tu costumbre, pero para los mexicas no se trata sólo de estar limpio y oler bien, sino que bañarse purifica.

—¿Y por qué no me bañé en tu casa jamás?

—Me tenías muy confundido. ¡Oh, enviado de Quetzal-cóatl! —contestó con una sonora carcajada.

Así que me acostumbré, e incluso llegué a entender el sentido de purificación, sobre todo con los baños de vapor. Chimalma había hecho construir una *temazcalli* en el patio que ahora era mi jardín privado. Habían tenido que edificar aquella semiesfera de piedra algo más grande que las que hacían para ellos, dado mi tamaño. Miré el hogar, en la parte exterior de la construcción. Estaba encendido. Sonreí pensando en Ocatlana. «Siempre va usted a la *temazcalli* cuando grita por la noche, señor», me explicó una vez. De aquellos con los que me relacionaba directamente, era de los pocos que me seguía creyendo enviado de un dios.

Noté el aleteo de los quetzales sobre mi cabeza mientras me quitaba el *maxtlatl* y no pude evitar una sonrisa: era época de cría. Me agaché para pasar por la puerta y entré en el cubículo. Me resultaba muy acogedor. El agua estaba lista y la arrojé sobre la pared que colindaba con la chimenea, en el exterior. El vapor fluyó al instante, me envolvió e hizo sordo todo sonido. Entorné los ojos y a mi mente volvió Chimalma. En cuanto pude dominar la lengua náhuatl lo suficiente como para comunicarme, le expliqué mi procedencia. La primera vez, pensé que no me había entendido bien.

—Es igual —respondió.

En aquel entonces no salía mucho de palacio. Painalli me enseñaba el idioma, y a veces me llevaban a escondidas a una sala, cerca del palacio del tlatoani Motecuhzoma, donde me mostraban a un grupo de hombres jóvenes que reaccionaba con reverencia y aspavientos al verme. No cruzaba palabra con ellos. Luego, me sacaban de allí y volvía a palacio.

Cuando gané fluidez, intenté dar detalles a Chimalma acerca de mi vida y mi gente, que no debía de andar lejos. Me miró fijamente y me dijo como si recitara de memoria:

—No me interesan los detalles. Lo que cuentas es absurdo, aunque en algún momento nos puede resultar conveniente. ¿Tierras del este donde hay hombres blancos, pasado el mar? La tierra de Quetzalcóatl. Reafirma tu condición divina. Los sacerdotes lo tomarán como «el mensaje».

—Yo no soy un enviado de Quetzalcóatl. Nosotros creemos en un Dios, único y todopoderoso —insistí con indignación.

—¿Ves? Resulta cómico. ¡Un solo dios! —Chimalma se rió. Luego, añadió con seriedad—: No dudo de que seas humano, pero cuando cuentas tu origen, es como si completaras la historia de la serpiente emplumada que nos falta. Seguro que tienes un pueblo y tus costumbres. Pero ya no estás con ellos, y aquí eres lo que pareces, Guifré. Cuanto más te empeñes en negarlo contando estas cosas, más lo parecerás.

—¿Por eso me tienes aquí?

—Por eso y porque nos conviene. Te lo he dicho, no quiero saber detalles de momento. Me doy por enterado de que eres humano. Y espero que, como tal, hagas lo que te encomiende.

Froté mi cuerpo con las raíces preso de cierta rabia. Luego me tumbé en la esterilla mientras el vapor me envolvía con la fragancia vegetal que desprendía mi piel. «Al menos, Chimalma siempre ha sido sincero», pensé. Me utilizaba, y a cada salida me especificaba cómo y para qué le servía mostrarme. Siempre organizado, como si formara parte de un plan con un tiempo asignado para cada cosa. No volvimos a hablar de mi origen. Cuando me invadía la añoranza de mi tierra, una añoranza ya resignada, sólo podía consolarme con Izel, comparando su pueblo con el mío. A pesar de su juventud, la muchacha se había convertido en la oyente de mis emociones y sentimientos. Quizá porque era mujer, quizá porque al venirme a visitar a escondidas fue ella quien había empezado con las confesiones. Me resultaba fácil y me confortaba charlar con Izel.

Me levanté y, sin ganas, salí del baño de vapor. Me refresqué en la fuente y volví a mi habitación. Debía vestirme. En breve llegaría Chimalma. Tomé un *maxtlatl* limpio de mi baúl elaborado con tejidos, ricamente ornamentado. Me envolví la cintura con él, lo pasé entre mis piernas y lo anudé por delante. Luego, repasé la caída de los extremos para que los dibujos se vieran bien, por delante y detrás. «Así de sencillo», pensé. Miré la capa que debía ponerme. El cihuacóatl me había traído una para la ocasión, con motivos que reproducían la piel de serpiente. Temía el día en que me utilizara para mostrarme en una ceremonia religiosa, expuesto ya al público. Lo único que me consolaba era que, llegado el momento, la lógica mexica impondría que fuera en el templo en espiral de Quetzalcóatl, y no en el imponente templo mayor. O eso deseaba fervientemente.

Izel me había explicado la distribución del centro ceremonial en nuestros encuentros en la azotea. Y ya tiempo atrás me enseñó que, en realidad, el templo mayor eran dos. Recuerdo que me avergoncé un tanto de mi falta de perspicacia, pues era cierto, sobre los cuatro cuerpos en talud que constituían la colosal pirámide de piedra se veían dos edificios. A la derecha, el templo de Huitzilopochtli, dios del sol y de la guerra; y la izquierda, el de Tláloc, dios de la lluvia y la agricultura. Abajo, sobre la base, dos edificios rectangulares eran como las capillas de estos dioses. A sus pies, las serpientes de piedra me sobrecogían por su vivacidad, aunque nunca las hubiera visto de cerca. Había también dos escaleras para llegar, tanto a las capillas como a los elevados templos. Y todo con una riquísima decoración de relieves y color impensable en las iglesias alrededor de las cuales me había criado. El templo mayor me fascinó siempre, incluso después de descubrir lo que allí ocurría.

Fue durante mi primer año en Tenochtitlán. Desde hacía unos veinte días, una música dominada por los tambores se colaba hasta mi estancia. Los cánticos se oían lejanos, en el gran recinto ceremonial. Eran las fiestas de Panquetzalitzi y con ellas honraban a su gran dios Huitzilopochtli. Todos parecían contentos y se entregaban a enérgicas danzas en la plaza del templo mayor. Otros días, aunque aún no comprendiera los cánticos, me parecía que las danzas y la expectación del público constituían una representación cuyo sentido escapaba a mi conocimiento de entonces. Subía cada día para ver y admirarme desde mi rincón en la terraza. Cuando podía escaparse de la vigilancia de su padre, lo cual al parecer no le costaba demasiado, Izel me había acompañado con un «no me gusta mucha gente» y me ilustraba sobre los instrumentos, entre los que se hallaba la caracola, pero también ocarinas, silbatos y flautas de sonido curioso a mis oídos. Pero el instrumento que con mayor vigor marcaba su música era el *teponaztli*, una especie de tambor alargado, hecho con un tronco vacío, que podía emitir dos sonidos diferentes.

Sin embargo, aquel día no procedía de la plaza, sino que su ritmo parecía acercarse a mi habitación de palacio desde el otro extremo, con cierto aire marcial. Salí del dormitorio y me dirigí a la terraza con rapidez. Aquel día sabía con certeza que estaría Izel. A su manera, me dio a entender que la fiesta acababa, y deduje que la jornada brillaría con más esplendor que nunca.

Subí. Ella estaba allí, vestida como era habitual en las mujeres, con aquella especie de falda llamada *cueitl* y la camisa, *huipilli*, que al parecer sólo usaban las damas de origen noble. Sin embargo, aquel día, la blancura habitual de sus prendas había dejado paso a un variado colorido que destacaba su juvenil rostro inflamado de vivacidad y de ilusión contenida.

—Desfile —dijo señalando al horizonte.

Me aproximé y vi que al recinto ceremonial entraban ya formaciones de hombres pertrechados como guerreros, con sus rodelas y sus espadas de obsidiana. Flamantes estandartes desplegados daban a aquel espectáculo una sin igual sensación de fuerza organizada. Los guerreros águila y los guerreros jaguar destacaban por sus especiales vestuarios, alegoría de los animales que les daban nombre.

Siguieron más cosas: unas batallas simuladas, el curioso juego de pelota llamado *tlachtli* que se jugaba en un recinto detrás del templo mayor... Lo cierto es que todo seguía un orden, pero mis conocimientos eran limitados para entenderlo. Del juego sólo conseguí saber que no se empleaban las manos y ganaba el que introdujera en un aro de piedra la bola que iba de un lado a otro. Aunque no le viera mucho sentido, los alborotos que llegaban a nuestros oídos denotaban la pasión que despertaba el juego entre los mexicas. Si hubiera sabido cuál era el final de los perdedores...

La verdad era que en aquel momento me contentaba con observar la magnificencia de los nobles empenachados, el color que invadía la gran fiesta, el poder militar de las gentes entre las que me hallaba… No en vano tenían un dios de la guerra, Huitzilopochtli, a quien honraban con aquella festividad. Las explicaciones de Izel sólo conseguían dotarme de algunas palabras nuevas para mi vocabulario náhuatl. Aquel rito era demasiado complejo e incomparable con cualquier ceremonia religiosa de la cristiandad. Sencillamente no estaba capacitado para entenderlo. Cuanto más color adornaba aquella festividad, cuanto más veía a la muchedumbre en la plaza del templo mayor compartiendo aquellos momentos de dicha, más solo me sentía. Yo era diferente, sin motivos para una celebración e incapaz de entender los de la gente que me había acogido. Sólo Izel aliviaba aquella soledad, y más que con su presencia, lo hacía con su actitud, como si a cada gesto o a cada mirada entendiera mi ánimo y eso nos uniera.

Apenas percibí que cuatro hombres con penachos blancos corrían alrededor del templo mayor hasta que los tambores convirtieron el silencio en expectación. Cuando los hombres estuvieron enfrente, apareció una impresionante serpiente gigante que descendía del templo, abriendo la boca para mostrar sus lenguas de plumas que recordaban el fuego. Recuerdo que me maravillé. El efecto de aquella representación, fuera lo que fuese, resultaba prodigioso. Incluso di unas palmadas que atrajeron la mirada de la joven Izel, entre extrañada y divertida. De pronto, se puso seria y siguió mirando. Yo la imité, recuperando la compostura.

La representación seguía. Ahora, a lo lejos, vi a cinco sacerdotes cubiertos con máscaras que parecían calaveras. Cuatro de ellos estaban en círculo y sujetaban algo que escapaba a mi visión. El quinto alzó el brazo, con un cuchillo negro en la mano. Dijo algo. Luego se inclinó levemente. Quedaba tapado por los otros sacerdotes. Cuando volvió a alzarse, llevaba algo en la mano para gran regocijo de todo el público. Sus compañeros arrojaron un cuerpo escaleras abajo. De lejos, parecía un muñeco con forma humana y penacho blanco. Me fijé mejor en el escenario. Tras los sacerdotes, entre el Tlatoani y otros dignatarios, vi tres hombres con penacho blanco. «Antes corrían cuatro de ellos alrededor del templo…», pensé sin atreverme a razonar. Otro de aquellos hombres coronados de blanco fue hacia los sacerdotes. Quedó tapado por cuatro de ellos, en círculo, que lo sujetaban. Y al poco su cuerpo también rodó por las escaleras. El horror apareció en mi rostro, aunque aún no me atrevía a entender. Tuve que ver cómo sacrificaban a los cuatro para comprender que lo que alzaba el gran pontífice de Huitzilopochtli eran corazones arrancados ante la complacencia del público. Tuve que ver cómo, a los pies del templo piramidal, unos guerreros masacraban los cuerpos, mientras eran jaleados, para entender que el rito consistía en matarlos.

Me giré de espaldas y tales fueron las sacudidas de mi cuerpo que acabé arrodillado en el suelo, vomitando. Izel se arrodilló a mi lado, pero no noté sus caricias en mi espalda hasta que el estómago empezó a darme cierta tregua. Me senté en el suelo, vencido. Ella se sentó a mi lado y me tendió un paño para que me limpiara la boca. Estaba tranquila, y sólo me pareció distinguir un asomo de compasión en sus ojos.

—No te gusta la muerte florida. —La miré en silencio, triste—. Quetzalcóatl sólo ofrendas de mariposas. No sangre para comer.

«Su compasión no es por los muertos», pensé deduciendo que la sentía hacia mí como enviado, obligado a ver algo que parecía no iba con los ritos al dios Quetzalcóatl.

Sólo fui capaz de articular una pregunta:

—¿Sangre para comer?

—Sí, sí. Muchos dioses necesitan sangre para comer. Si Huitzilopochtli no come, desaparecerá el sol, y nosotros también.

Me quedé mirando al suelo, entre la contrariedad y el miedo. Por lo que decía Izel, no sólo mataban a hombres para Huitzilopochtli, sino también para otros dioses, como si fuera lo más habitual. Noté que su mano me acariciaba la barba. La miré y la retiró enseguida, avergonzada por tal atrevimiento. Le dediqué una sonrisa amarga, le tomé la mano y la puse sobre mi rostro. Me acarició mientras yo murmuraba:

—Soy hombre venido de lejos, no dios.

—Lo sé, lo sé —respondió ella tomando ahora mi mano.

—No enviado Quetzalcóatl —insistí en aclarar.

—Lo sé. Pero piensan que lo eres. Tlatoani lo piensa. Mejor serlo de un dios que no come sangre si te hace vomitar, ¿no?

Sonreí ante su forma de entender la situación. Sí, quizás fuera cierto. No quería volver a ver algo como aquello nunca. Aunque en aquel momento no sabía si me impactaba más lo que había visto o la naturalidad con que ella lo asimilaba, con tan sólo quince años. «Se ha educado viendo esto. Sólo conoce esta religión», pensé, entendiendo su reacción, aunque no el rito.

—Tierra lejana, ¿no dioses?

—Sí, uno.

—¡Uno! —exclamó incrédula. Recuperó la compostura y preguntó—: ¿No come?

Recordé el vino. «La sangre de Cristo... Y el pan, su cuerpo.»

—No. Dios da de comer al hombre.

Pareció contrariada. Sus dioses también les daban de comer.

—Un dios solo y no come —concluyó pensativa, negando con la cabeza.

No lo entendía. Me di cuenta de que para ella era tan extraña la idea de un solo dios como para mí la suya. Pensé en la ambrosía que alimentaba al panteón griego, pero los mexicas practicaban una metáfora tan física, tan cruda... Al final, se encogió de hombros, se puso en pie y me preguntó:

—¿Quieres agua?

Sonreí, imbuido de la ternura que le era tan fácil transmitirme. El gesto de sus hombros era sabio: no íbamos a sacar ninguna conclusión. No esperó a que respondiera, salió corriendo y me trajo el agua. Mientras bebía, con los sonidos de la fiesta aún de fondo, se le iluminó la cara. Desapareció y volvió con una especie de manto enrollado. Lo desplegó. Estaba decorado con una cruz cuyas aspas se dividían en recuadros. Me dio unas piedrecillas de color, agitó unos granos de fríjol marcados y los lanzó.

—*Patolli.* Yo te enseño.

Era un juego. Me ayudó. Sólo tenía que hacer avanzar mis piedrecillas por las recuadros según lo que sumaran las marcas de los frijoles, como si estos fueran dados. Ganaba el que regresaba en primer lugar a su casilla de origen. Pero no nos dio tiempo a acabar. Se oyeron sonidos de pasos en el piso inferior e Izel lo recogió todo con tanta rapidez como sigilo. Fue hacia las escaleras de la azotea, pero era tarde: los pasos ya subían. Entonces me rogó silencio con un gesto y se ocultó entre la vegetación.

Apareció Painalli, risueño, y me saludó. Pero antes de que se sentara a mi lado, le indiqué que fuéramos abajo, no sin dirigir una mirada fugaz hacia el escondite de Izel. Fuimos hasta mi habitación en silencio, y seguíamos en silencio al sentarnos. De hecho, durante el trayecto apenas me había atrevido a mirarlo. Ataviado con un formidable tocado de plumas, tres lujosos mantos y las orejeras de oro, con seguridad venía de la plaza del templo mayor. Fue él quien rompió el silencio.

—¿No te ha gustado la muerte florida?

«¿Cómo lo ha sabido?», pensé. Me conocía más de lo que yo creía. No oculté mi rechazo y negué en respuesta.

—Yo sólo conozco un Dios, y no come sangre —añadí en un tono más seco de lo que pretendía.

—¿Estás seguro? —Sonrió—. Tú dices que un solo dios. ¿Cómo venció a los otros?

Me quedé estupefacto por un instante. Un pensamiento cruzó mi mente: me hacía esa pregunta porque pensaba siempre en un panteón en el que unos dioses se imponían a otros. Pero al oír «¿Cómo venció a los otros?», pensé en Abdul, en su dios Alá, pensé en los judíos, en su expulsión, en la Inquisición traída por Fernando II… Y lo pensé con horror. Era verdad. Nosotros matábamos en nombre de Dios. Matábamos a los herejes, a los infieles, y la muerte en la hoguera podía ser un espectáculo tan sumamente crudo y tan jaleado como el que había presenciado yo aquel día. Pensé incluso en Domènech, que, si no había colgado los hábitos, podía ser como el sacerdote de Huitzilopochtli cuchillo en mano. Me estremecí y Painalli se dio cuenta. Pero era imposible, en aquel momento, explicarle todo aquello.

—Muerte florida es muerte de honor —me explicó en cuanto se cruzaron nuestras miradas—. Guerra, prisioneros. Prisioneros dan de comer a Huitzilopochtli. Sangre es comida de dioses.

Las lágrimas asomaron a sus ojos y bajó el rostro. Hasta un año después, tras la misma fiesta, no logré entender el porqué de aquellas lágrimas.

—Yo tendría que haber muerto así, en el altar, y no sobrevivir cojo —se lamentó—. Me pudieron apresar y no lo hicieron. Hubiera sido más honroso que verme en Cempoalli, imposibilitado para la guerra.

Cuando me confesó aquello, sólo pude responder:

—A ti te han educado para la muerte florida, a mí me han enseñado que el sufrimiento purifica.

Me miró. Entendí que esperaba una respuesta. Pero yo, de pronto, me acababa de dar cuenta de que el concepto era bastante parecido. No volvimos a hablar del tema.

Tomé la capa y me la anudé en el hombro derecho. Sus matices verdes me recordaron los mantos que utilizaban los sacerdotes mexica. A ellos quedaba reservado el verde oscuro y el negro. Mi capa para aquel día contenía aquellos colores imitando la piel de serpiente, en combinación con verdes que se iban aproximando al turquesa sin llegar a ser jamás el matiz exacto del manto que sólo lucía el Tlatoani. Sin duda, Chimalma quería jugar a revestirme de una especial autoridad aquel día.

Al ponerme el penacho, de largas plumas de guacamayo, rojas y amarillas, me sentí incómodo. No por su confortable y ligera hechura, sino por su belleza. Me era más fácil llevarlo cuando creía que no tenía significado. Pero Painalli me explicó que las galas estaban reservadas a aquellos que habían hecho méritos para lucirlas.

—Los soldados, en la medida en que capturan prisioneros para alimentar a los dioses, pueden ganar riquezas y llegar a ser nobles señores con derecho a lucir ropajes —me había aleccionado.

—¿Sea cual sea su origen?

—No te entiendo…

—En mi tierra es noble el hijo de noble, su sangre es la que lo distingue.

Me miró confuso.

—¿Su sangre? ¿Qué mérito tiene ser hijo de tu padre? Debes demostrar lo que eres. Cierto que ser hijo de noble facilita las cosas, pero… Mira, mi abuelo era artesano de espadas de obsidiana. Mi padre pudo haber seguido sus pasos, pero resultó ser un gran guerrero. En su primera batalla capturó a seis prisioneros. ¡Seis! Directamente se convirtió en *tequiua*, porque sólo hacen falta cuatro para ello, y tuvo derecho a parte del tributo. Ingresó en la orden de los guerreros jaguar, fue jefe militar y llegó a noble. Así me proporcionó estudios en el *calmecac*, en lugar de llevarme a un *telpochcalli* como fue él. Yo quería ser como mi padre, guerrero jaguar, pero me quedé cojo en la primera batalla. Y habría acabado como artesano o campesino si hubiera asistido a un *telpochcalli*. Por lo menos, gracias a mi educación, puedo ser funcionario y tengo más posibilidades de ganar honores. Y cuando tenga un hijo, podré legarle más oportunidades. —Painalli tenía un aire sombrío al llegar a este punto—. Aunque con Motecuhzoma, quién sabe… Cuando tenga un hijo, quizá ya sea como tú dices. Él suele favorecer a los nobles de sangre.

Desde aquella conversación con Painalli sentía cierta culpabilidad. Todo en el vestuario mexica reflejaba la situación del individuo en la sociedad. En la mía también sucedía. Pero el hombre ataviado con una lujosa túnica brocada reflejaba, en verdad, la pertenencia a un linaje.

Me calcé los borceguíes, regalo que me había hecho el Tlatoani. Estaban decorados con caprichosos ornamentos de jade y cascabeles de oro. Mientras me entrelazaba las correas para atarlas, acudió a mi mente una imagen de Domènech vestido de guerrero, como él había deseado: «Es posible que haya dejado los hábitos —pensé. Y me sorprendí al reconocer este pensamiento como un deseo—: No quiero que el linaje de Orís muera en mí, aquí, sin sentido».

—¿Estás listo?

Levanté la cabeza. Chimalma estaba en la puerta.

—Sí, cihuacóatl.

El hombre dibujó una de sus sinceras sonrisas, las que le marcaban las arrugas alrededor de la boca y avivaban los destellos rojizos de sus ojos marrones. Relajó su ceño severo y preguntó en tono jocoso:

—¿Y no es más fácil que te calces los borceguíes antes?

Me reí y me puse en pie de un salto. Al menos, parecía de buen humor. Fui hacia él y me extendió un gran abanico, redondeado y elaborado cuidadosamente con plumas de guacamayo que hacían juego con mi penacho:

—Toma.

—Pero yo no…

—Guifré, me parece… Bueno, me conformo con que te pongas un manto, aunque tengas suficientes para lucir, como mínimo, tres. No quieres llevar narigueras, bezotes, brazaletes…, de acuerdo. Pero por lo menos, acepta de tu anfitrión este regalo.

—Chimalma, todo esto son reconocimientos que otorgáis a vuestros hombres valerosos. Yo no…

—Tú estás ganando grandes honores; haces mucho por nuestro pueblo.

—No con muestras de valor, sino porque parezco el enviado de un dios.

—Exacto. ¿Y no hay que demostrar valor para asumir eso?

Miré hacia el suelo empedrado y él insistió en alargarme el abanico, de forma que tocaba mi brazo con el largo mango. Lo tomé y lo miré directamente a los ojos esforzándome en sonreír.

—Me has vestido con mucha dignidad. Con colores muy estudiados, diría.

Chimalma sonrió complacido, entró en el jardín y caminamos hacia la salida mientras hablaba.

—Hoy no vas a impresionar sólo a jóvenes estudiantes. Hoy es un día clave. Te voy a presentar a uno de los hijos de nuestro estimado Nezahualpilli, el Tlatoani de Texcoco.

Me quedé pensativo por un instante, mientras pasábamos por delante de mi *temazcalli*. Desde mi llegada, tres años atrás, Chimalma solía llevarme a una especie de *calmecac* cerca del palacio de Motecuhzoma. Con el tiempo, el mismo cihuacóatl me explicó que sus alumnos eran hijos o hermanos de gobernantes de otras ciudades, no exactamente mexicas, pero tributarias de Tenochtitlán, Texcoco y Tlacopan, las tres urbes que constituían la Triple Alianza. Me decía que mantener a los jóvenes allí era una forma de asegurarse disminuir las rebeliones. Pero ¿por qué mostrarme a mí ante aquellos jóvenes si como rehenes ya cumplían su cometido? Era evidente que, aunque ni siquiera hablara con ellos, el efecto era rotundo. Me creían prácticamente divino, y estaba con los mexicas. Por lo tanto, era como un golpe de autoridad moral acerca de su superioridad: se presentaban como el pueblo elegido. Aquellos jóvenes serían los futuros soberanos de sus ciudades. Y volverían a ellas para ejercer sus funciones, después de haber sido educados por maestros mexicas en la *calmecac* de Tenochtitlán, con lo cual aseguraban algo más que «disminuir rebeliones». Los iban transformando en mexicas, como los romanos hicieron con los pueblos de su vasto imperio. Ahora bien, ¿qué pretendía Chimalma presentándome al hijo de un gobernante claramente aliado?

—¿Está en el *calmecac?* —pregunté sin atreverme a abordar el verdadero objeto de mi curiosidad.

—No. Es un alto dignatario, de modo que está en el palacio de Motecuhzoma.

Sonreí al notar cierto tono irónico en su voz. Dentro de la Triple Alianza, Tenochtitlán y Texcoco tenían derecho cada una a dos quintas partes de los tributos recaudados, mientras a Tlacopan le tocaba una quinta parte. Sin embargo, a Painalli, por haberme hallado, se le premió con un puesto junto al Huey Calpixqui, ayudándole con los recaudadores de tributos de todas las ciudades que se debieran a la Triple Alianza. Y más de una vez lo había visto ir a reunirse con el cihuacóatl para «ajustar el reparto de los tributos», me decía mi amigo, suplicándome con la mirada que no preguntara más. Esto, unido al tono de superioridad que Chimalma usaba en privado al referirse a Texcoco, siempre me había hecho pensar que Tenochtitlán repartía según le convenía, pero de manera que se mantuviera la mascarada.

—¡Por Dios, Chimalma! —se me escapó en mi idioma al vislumbrar sus intenciones.

Se detuvo en seco. Ya habíamos atravesado el jardín y nos disponíamos a entrar en la sala de la litera que me ocultaba siempre que salía. Me miró severo y dijo:

—Que no se te escape nada en tu idioma delante de él, Guifré. —Asentí como un chiquillo reprendido por su padre y él relajó su expresión antes de abrir la puerta—. Se llama Ixtlixochitl. Será una audiencia privada e informal. Desde luego, se rumorea que existes, pero cualquier persona medianamente culta lo considera eso, un mero rumor sin fundamento. Nuestro bienamado Nezahualpilli incluso cree, porque se lo hemos dejado creer hasta ahora, claro, que hemos creado nosotros ese rumor por motivos políticos. Bien, es hora de que sepa la verdad. Su hijo Ixtlixochitl se la transmitirá oportunamente.

Entorné los ojos con una sonrisa. Sabía de Nezahualpilli y su apego por las mujeres, aunque era costumbre tomar a más de una. El mismo Chimalma tenía varias, pero Izel me había explicado que Nezahualpilli tenía decenas de hijos; «dicen que más de cien», comentó con los ojos muy abiertos, como si le costara concebirlo. Que el cihuacóatl escogiera a aquel hijo en concreto era la clave de lo que ejecutaba a instancias del tlatoani Motecuhzoma: imponer definitivamente la supremacía de Tenochtitlán en la Triple Alianza.

—¿Deberé hablar? —pregunté.

—Cuéntale lo que quieras, menos que te calzas después de haberte vestido —me respondió burlón.

Me subí a la litera riendo.

No hizo aspavientos cuando me vio, no me reverenció, ni se enfadó ni bajó la cabeza. Simplemente posó sus ojos en Chimalma con un brillo de adoración y luego miró al suelo.

Ixtlixochitl, sentado con dos mantos tapándole piernas y torso, sacudió la cabeza con tal contundencia que se desprendió una de las plumas de quetzal con las que estaba confeccionado su penacho. Me sorprendió: no era ningún joven. Debía de tener unos años más que yo. Las arrugas se marcaban en su frente a causa de años de expresiones ceñudas y rostros contraídos. Su nariz aguileña era muy prominente y, al inclinar la cabeza, parecía que partiera en dos aquellos estrechos labios, al principio pensé que encogidos por el estupor. Cuando volvió a alzar la cabeza para mirarme de arriba abajo, me di cuenta de que simplemente tenía una boca pequeña, igual que los ojos.

—¿Quieres tomar asiento, Guifré? —preguntó Chimalma rompiendo el silencio.

—Gracias —respondí y me senté frente a Ixtlixochitl.

Chimalma se situó formando un triángulo con nosotros.

—Como ves, Ixtlixochitl —empezó llamando la atención del dignatario vecino—, nosotros no vamos propagando falsos rumores con hechos de esta magnitud, y mucho menos, para empequeñecer a Texcoco.

Ixtlixochitl guardó silencio, con la cabeza baja. Al fin, masculló con sus ojillos clavados en los míos:

—¿Por qué mi padre…? ¿Por qué Texcoco no sabe esto?

Chimalma no respondió. Lo miré confundido, esperando alguna indicación, pero él mantuvo su inexpresividad habitual cuando manejaba asuntos oficiales. ¿Qué esperaba que respondiera? Dije la verdad:

—No lo sé. Soy un simple hombre venido de lejos…

Interrumpí la explicación. ¿Para qué contar más? Si indicaba que procedía de tierras situadas al Oriente, concordaba con el mito de Quetzalcóatl, que partió por mar hacia allá.

—Del Este, ¿no es así? —preguntó Chimalma.

Yo asentí con expresión fría y añadí:

—No me envia Quetzalcóatl. Simplemente soy de una raza de hombres de piel clara con pelo en la cara.

—Que viven en Oriente —recalcó Ixtlixochitl, nuevamente con la mirada baja, pero ahora con la voz queda.

—Sí.

Suspiró como el que se da por vencido. Luego miró a Chimalma:

—Es tal como decías. Nuestros sacerdotes mantienen la llegada del dios del que tú aseguras no saber nada.

—Puede que aparezcan por Oriente, pero serán hombres, como yo —aseguré.

Miré a Chimalma, retándole. Él parecía satisfecho con mis explicaciones.

—Justo como vaticina mi padre —concluyó Ixtlixochitl—. Está bien, cuando llegue el momento estaré allí donde me indiquéis.

Chimalma sonrió ampliamente.

—¿Habrá que sellarlo? —preguntó.

Por fin, Ixtlixochitl también sonrió mientras asentía.

—Bien, te dejamos. Tengo entendido que el Tlatoani te espera en sus jardines —finalizó Chimalma.

Nos pusimos en pie. Ixtlixochitl hizo una ligera reverencia y me despidió en silencio. Luego salimos de la sala y Chimalma me dijo:

—Gracias, Guifré.

—¿Nadie me creerá nunca? —pregunté con pesar.

—Ixtlixochitl te ha creído. Y yo te creo, claro que te creo. —Me dio unas palmadas amistosas en el hombro y me añadió—: Anda, vuelve a palacio.

• • •

Al llegar a mi dormitorio, me desprendí del manto y del penacho con una sensación de desasosiego. Quería respirar y salí al patio. Por primera vez me pesaba sentirme en una jaula de oro. Y por mucho que quisiera liberarme de aquel lujoso encierro, ¿dónde huir? En aquellas tierras, mi aspecto era único, llamativo, el de un dios. Sólo era visto como hombre porque mi presencia no concordaba con los presagios. Hasta mi historia personal era interpretada de una manera que me confundía totalmente, haciéndome sentir más atrapado que nunca.

Bordeé el jardín hacia la azotea, desalentado. En público, Chimalma era comedido, sobrio, y en privado mantenía ese talante combinado con una actitud paternal hacia mí. Pero no tenía claro si era por aprecio al hombre que hospedaba en su casa o por lo útil que le resultaba.

Oí la voz profunda de Izel en cuanto puse un pie en la azotea.

—¿Ya has regresado?

Sonreí. Izel tenía el don de aparecer en los momentos más oportunos. Con ella me sentía sencillamente un hombre. La inocencia infantil con que me había recibido al llegar se fue convirtiendo en una confortable complicidad durante aquellos dos años. Estaba sentada en el suelo, con la espalda apoyada en un enorme tiesto y las piernas dobladas bajo su falda. Me senté a su lado.

—Tu padre se ha quedado allí.

Sonrió y estiró las piernas en una actitud más bien inapropiada para una joven mexica. Pero sabía que entre nosotros daba igual.

—¿Te ha llevado a ver a Ixtlixochitl, el hijo de Nezahualpilli?

—De Texcoco. Pero no he entendido nada. Me ha dejado contarle incluso parte de mi historia, de mi raza.

Desde donde estábamos, aún sentados y a pesar de las plantas, sobresalía la parte superior del templo mayor. Izel se quedó pensativa, mirándolo con esa profundidad tan poco habitual en las jóvenes de su edad, sean de la raza o el pueblo que sean. Era un día claro, moteado por nubes blancas que seguro espesarían al atardecer en un manto gris.

—Ayer mi padre estuvo con mi madre. Le tiene mucha confianza. Le dijo que si Ixtlixochitl te veía, aún creyéndote humano, aceptaría.

—¿El qué?

Me miró a los ojos.

—Aceptar la supremacía de Tenochtitlán y no pretender más. Parece que Nezahualpilli quiere que le suceda su hijo Ixtlixochitl, pero no está muy decidido. Supongo que el Tlatoani quiere ayudarlo a ganarse la confianza definitiva de su padre y lograr su amistad.

—Pero Motecuhzoma es el Tlatoani de Tenochtitlán. —Me interrumpí cuando estaba a punto de hacer la pregunta estúpida que me había cruzado por la mente: «¿Qué le importa el trono de Texcoco?». Era obvio que si Ixtlixochitl subía al poder con la ayuda de Motecuhzoma, la Triple Alianza quedaría en nada, porque, a efectos prácticos, todo sería dominado por la gran Tenochtitlán. Izel me sonrió al captar que ya lo había comprendido—. Pero lo que no entiendo es por qué no sirve de nada decir que soy parte de un pueblo, como los mexicas, pero diferente en aspecto físico, en religión, en…

—Guifré, entiéndenos. Hasta a mí, que me has contado muchas cosas, me cuesta imaginármelo. Me parece una leyenda. Y si me lo imagino, si pienso que realmente un día aparecerá navegando desde Oriente un gran barco cargado de hombres como tú… Puedo pensar, Quetzalcóatl, u hombres. Otros hombres. ¿Una amenaza? Por lo que he oído, Nezahualpilli vaticinó que vendría un pueblo extranjero y acabaría con Tenochtitlán, pero si tú eres uno de ellos y nuestro amigo…

—En ese caso, mejor tener como aliada a Tenochtitlán —me dije con pesar. —Ella me acarició el hombro—. ¿Y cómo sabes todo esto, Izel? Eres mujer, y joven…

—Y por eso, invisible. Por lo menos para mi padre. Le cuenta muchas cosas a mamá. —Y añadió con amargura—: Podría deducir que piensa que no lo voy a entender, pero lo cierto es que habla delante de mí porque le da igual que esté o no.

Esta vez fui yo quien quise brindarle un gesto de consuelo y le tomé una mano.

—Sí que te ve, Izel. Si no, no te prohibiría que vinieras a verme.

—Pero no sabe si vengo o si voy —recalcó con una sonrisa forzada.

—Sí lo sabe —repuse seguro.

—Pues en todo caso, no le importa, Guifré.

—De algo me tenía que servir lo de ser, o parecer, qué más da, un enviado de Quetzalcóatl.

Ella rió. Eso era lo que más me reconfortaba de Izel, la espontaneidad de sus emociones. Con Painalli, los diálogos siempre se desarrollaban con seriedad, nos explorábamos con respeto y eso implicaba compostura. Nunca perdimos la complicidad, pero esta conllevaba un aire protector por parte de mi amigo. ¡Dios sabe que lo agradecía! Pero el bienestar que me hacía sentir provenía de poder entender su mundo. Izel daba lecciones a mi razón dejando aflorar sus emociones sin tapujos. En aquellos dos años, la había visto crecer y quizás era ella la que despertaba en mí cierto sentimiento protector. Con Izel, podía mostrar cariño o manifestar miedo, recibir consuelo y, a la misma vez, sentirme parte de su consuelo. «Para ti no soy invisible —me dijo la primera vez que justificó la indiferencia de su padre—: Soy la única hija de una mujer secundaria, la cuarta. Si hubiera sido varón… La verdad es que en palacio resulto invisible para todo el mundo, menos para mi madre y para los esclavos. Bueno, para Ocatlana. Además, sus otras hijas son todas tan guapas y complacientes…»

—¿Jugamos al *patolli?* —propuso.

Y sin esperar respuesta, se puso en pie y fue hacia nuestro escondrijo entre las plantas. Sacó los frijoles, las piedrecillas y el manto donde estaban dibujados los cincuenta y dos recuadros en cruz.

—¿Qué apostamos? —pregunté sólo para ver su sonrisa.

—¡Los pelos de tu cara! —respondió con los ojos muy abiertos.

Ambos nos reímos pensando en la reacción de Chimalma si me veía rasurado del todo.

XXX

Barcelona, año de Nuestro Señor de 1511

Nobles de todo el reino llenaban la sala de banquetes como si apenas unos dos años atrás nada hubiera puesto en peligro la paz y estabilidad de la ciudad. El lugarteniente, Juan de Aragón, Pere de Cardona, portavoz del gobernador general, y su consuegro Gerard de Prades se hallaban entre los invitados que el conde y la condesa de Manresa recibían en su palacete de Barcelona. Nadie hablaba de lo sucedido en el pasado, nadie hacía alusión directa al duelo velado que mantuvieron las dos facciones del mismo estamento. No era la primera vez que la cuerda se tensaba hasta el borde de la ruptura y luego retornaba a su delicado equilibrio habitual.

A la espera de las viandas, los invitados charlaban en grupos y se saludaban unos a otros con una cortesía en unos casos conveniente y en otros indiscutiblemente leal, aunque estos matices eran imperceptibles para cualquier ojo ajeno a aquellos círculos. Aquel día, el centro de las conversaciones era la *pubilla* de los anfitriones, en honor de la cual se celebraba la fiesta para presentarla en sociedad. Pero en torno del tema de la joven, que no era precisamente hermosa aunque sí casadera y heredera de una fortuna, cobraron fuerza conversaciones acerca de un fraile dominico, titular de una humilde baronía próxima a Vic. Su buen tino e intachable dedicación al ministerio de Dios como inquisidor iba de boca en boca, entre susurros y comedidos gestos, e incluso se insinuaba que su figura cobraba cada vez mayor fuerza como futuro obispo de la ciudad. Simulando ser ajeno a todo ello, el joven se movía entre los invitados enfundado en su hábito blanco sin arruga alguna, siempre al lado del decrépito prelado.

—Ilustrísimo Señor obispo —saludó Pere de Cardona—. Gracias a Dios que se ha recuperado de su enfermedad y puede bendecir esta celebración con su presencia.

—Señor de Assuévar —respondió el obispo con voz temblorosa, mientras dejaba que el portavoz del gobernador general le besara el anillo pastoral.

Luego, Pere Garcia extendió su mano a Gerard de Prades, que flanqueaba a su consuegro, para dejar que este también le mostrara sus respetos. Domènech, tras el obispo, observó el gesto de pleitesía del conde de Empúries con cierto brillo en los ojos. Al alzarse, el noble clavó su mirada en el joven dominico.

—Fray Domènech, permítame ofrecerle mis respetos. Grande es su obra como inquisidor al frente del Santo Oficio en la ciudad. Hasta Castelló d'Empúries ha llegado su grandeza —dijo Gerard inclinándose levemente.

Domènech, con porte orgulloso, sonrió ampliamente antes de contestar con modestia:

—Sólo procuro servir al Señor.

—Sin duda, Dios le da ojos para ver la herejía con mayor claridad que nadie —comentó el obispo dirigiéndose con cierto descaro a Pere de Cardona. Y luego añadió—: Mire, fray Domènech. Ahí está don Juan de Aragón. Creo que deberíamos ir a presentarle nuestros respetos.

Pere Garcia dejó a los dos nobles catalanes y, con paso lento, se dirigió hacia don Juan. Domènech inclinó levemente la cabeza ante ellos, pero los miró a ambos a los ojos sin poder ocultar su orgullo:

—Señores…

Y luego siguió al obispo de Barcelona en una premeditada actitud servil que no había mostrado ante los que dejaba.

Gerard de Prades y Pere de Cardona vieron cómo fray Domènech era recibido, entre risas y halagos, por Juan de Aragón, el lugarteniente, emparentado con el propio rey don Fernando.

—¿Estás seguro de que hemos hecho bien, Gerard?

—Es un buen contacto, Pere. No nos conviene dejar la ley divina en manos de un único señor. Ya has visto como puede usarla.

—Pero míralos. ¿Seguro que nos conviene ese dominico como futuro obispo?

Juan de Aragón hablaba con Domènech e incluso se atrevió a ponerle la mano en el hombro para instarle a beber de una copa que ofrecía un siervo. El fraile, tan orgulloso momentos antes, ahora se mostraba como un niño tímido. Gerard sonrió y, entre dientes, sin dejar de mirar la escena, murmuró:

—Debe ser así para que nadie se dé cuenta de quien mueve los hilos de su ascenso. Mi contacto cercano a Pere Garcia ha trabajado con diligencia en la sucesión. Sin duda, este joven es hábil. Llegará lejos.

—No sé… Quizás fuera mejor Lluís Desplà, el arcediano. Está más preparado para el poder. No en vano ha sido Presidente de la Generalitat.

—Podemos intentarlo, Pere, pero precisamente los cargos que ha ocupado pueden ser su gran límite. No olvides que, al fin y al cabo, quien nombra obispos es el Rey. No podemos conformarnos sólo con un candidato potencial y lo sabes.

Pere suspiró. Dejó de observar a los clérigos reunidos con don Juan y miró directamente a su consuegro. Este había tejido su poder sabiendo situar gente afín, más que a su causa, a su propia persona, en las instancias más insospechadas. Ni siquiera él mismo sabía de todos los peones de que disponía el discreto conde en el tablero de la política catalana. A veces esto le hacía sentir inseguro y, de no ser por su indiscutible lealtad a las instituciones del Principado, le habría parecido excesiva su dependencia de aquel escurridizo noble. Pero fray Domènech no era un advenedizo cualquiera, le parecía que cambiaba de piel como una culebra, y le preocupaba la sensación de que su consuegro veía esto con cierta admiración.

—Estimado Gerard, si compras a alguien con dinero, lo tienes a tu servicio mientras pagues…

—En este caso, el asunto es mucho más barato: la ambición, querido amigo.

—Ya, ese es el problema. Si utilizas su ambición para tenerlo a tu servicio, ¿estás seguro de que podrás satisfacerla siempre? Porque, ¿dónde pondrá el fraile su límite?

La relajada expresión de Gerard mudó y su rostro reflejó cierto enojo. Miró a Pere como si lo desafiara y este añadió:

—¡Por el amor de Dios! Tiene veinticinco años, sólo lleva dos en Barcelona y desde hace uno es inquisidor de uno de los tribunales más importantes de la Corona…

—Cierto —interrumpió una voz femenina.

—Condesa de Manresa… —saludó Gerard de Prades besándole la mano.

—Ese dominico es fascinante —respondió la dama—. Debería sentirme molesta: roba protagonismo a mi niña y su hábito ni siquiera lo hace casadero.

Los ojos de la anfitriona estaban clavados en Domènech, llenos de curiosidad y con un brillo de deseo. El fraile, aún con el lugarteniente, miró hacia ellos y pareció saludarlos levemente con la cabeza.

—Lástima que sea incorruptible —murmuró la condesa.

Gerard de Prades estalló en una sonora carcajada ante aquel comentario y rió con los que siguieron. Las conquistas de aquella dama eran un secreto a voces.

Domènech, pendiente de la escena, notó cómo la risa de Gerard de Prades retumbaba en su cabeza. «¿Soy yo el objeto de las burlas?», se preguntó. Apretó la mandíbula y sintió la ira bullir en su interior. Era una sensación familiar para él, la misma que le despertaba su hermano cuando de niños se burlaba de sus fantasías caballerescas. Pero ahora había aprendido a controlarla. No se lanzaría sobre él, por lo menos en tanto no fuera nombrado obispo. Pere Garcia lo había convertido en su confesor y ya preparaba su camino para reunirse con Dios Nuestro Señor.

La condesa de Manresa no se percató del enfado de fray Domènech, y mucho menos intuía que fuera causado por la reacción a sus ocurrentes cuchicheos. Animada por la hilaridad que habían suscitado, seguía su cháchara acerca del apuesto inquisidor sin apartar la mirada de aquellos fulgurantes ojos que le inspiraban una lasciva sensación de miedo. Pero Gerard dejó de reír en cuanto captó la mirada de Domènech. La sintió como una daga sobre él. Se volvió hacia su consuegro con el convencimiento de que la observación que le había hecho antes no podía ser más acertada. Pero Pere de Cardona seguía el juego a la divertida dama, sonriente, inconsciente de la atención que despertaban en Domènech y de la repentina palidez del rostro del conde.

Gerard observó al fraile. Este no apartó sus ojos de él y añadió una sonrisa que al noble le pareció algo siniestra. Sintió una extraña sensación que no supo identificar como miedo. En un impulso irracional, se volvió y quedó de espaldas a Domènech. El inquisidor sonrió satisfecho ante aquella reacción: era capaz de controlar la conversación de su círculo y lo que ocurriese a su alrededor y le fuera interesante.

—Señor obispo, quiero la opinión del inquisidor —dijo Juan de Aragón instando al dominico a intervenir—. ¿Cree que ese vasallo merece castigo?

—Bien, dicen que a todo cerdo le llega su San Martín —respondió con una sonrisa forzada.

La noche empezaba a caer sobre Barcelona y envolvía las calles desiertas con su humedad. Las campanas de la catedral tañían lánguidamente para llorar la muerte de un gran señor. Sobre unas andas, un cuerpo cubierto por un rico paño con un escudo bordado en hilos de oro era transportado, meciéndose al ritmo de los gemidos de las plañideras.

«Dios elige curiosos caminos para castigar el orgullo», pensaba Domènech. Por la calle del Bisbe hacia la catedral, el inquisidor dominico seguía aquel cortejo fúnebre con expresión pesarosa. Pero tal expresión estaba lejos de reflejar sus sensaciones, y más aún sus pensamientos. En ellos, recorría complacido los caminos del Señor para colocar las cosas en su sitio. No todo podía ser castigado a través del Santo Oficio. Dios demostraba su omnipresencia más allá del orden divino establecido, pues había algo que igualaba a todos los humanos: la muerte.

Unos pasos ante él avanzaba Gerard de Prades. Vestido de riguroso negro, su melena oscura había encanecido súbitamente y sus anchos hombros se habían encorvado. No podía verle la cara, pero la recordaba antes de la salida del cortejo, cuando le dio el pésame más teatral que pudo. Ojeroso, ausente, como si se le hubiera vaciado el alma. «Nada que ver con el hombre que se reía a mis espaldas», se dijo.

Tres días después de aquella fiesta, durante una cacería, Gerau de Prades, hijo del conde de Empúries, había muerto. No sabían si lo había matado la caída del caballo o las coces que este, asustado por alguna razón, le propinó. El caso es que el conde, orgulloso de su linaje, sólo preocupado de perpetuarlo con honor, había perdido a su primogénito y no tenía otro hijo varón. «De hecho, según sus palabras, ya no tiene hijos —pensó Domènech al recordar a Elisenda en el castillo de Orís, encogida en su cama, con la mirada vacía—. Supongo que es el castigo por lo que me pidió. Pudo haber tenido como descendiente a alguien de mi linaje, pero siempre nos ha despreciado. Podríamos haberlo arreglado ante la sociedad y ante Dios. Me tendría que haber pedido esa ayuda como clérigo, y no pretender que utilizara mi condición para buscar a unos bandoleros y cuestionar el honor de mi hermano.» Para Domènech aquella muerte era un acto de justicia divina, pues Gerau abandonaba este mundo sin dejar descendencia. «Por alguna razón,

Dios no ha querido bendecir aquella unión celebrada en la catedral», se dijo. Y solamente se le ocurría una causa para la crueldad de aquel castigo divino: el terco orgullo del conde de Empúries.

El cortejo se aproximaba ya a la catedral y Domènech buscaba en su corazón algún atisbo de compasión. El conde caminaba encorvado y el fraile intentaba imaginar la cara compungida de Gerard en aquellos momentos, con un llanto contenido que debía estar arrasándole el alma. Pero cuanto más trataba de imaginar cómo sentía un padre la pérdida no sólo del hijo, sino del primogénito, con mayor fuerza veía a Gerard como un noble, más que como un hombre. Y no hallaba asomo de piedad en sus sentimientos.

En la esquina con la calle de Santa Llúcia, apareció un chiquillo. Melena rubia, cabello ondulado, el inocente niño, ajeno aún al dolor, correteaba en un juego que lo mantenía lejos del cortejo. Chocó con el conde. Este, al parecer, olvidó por un momento el dolor. Asió al niño del pelo y lo miró. Vio que lo soltaba y le ponía la mano sobre el hombro cariñosamente. Quizás le estuviera diciendo algo, pero el ala del sombrero le impidió ver el perfil de Gerard. Aun así, Domènech se estremeció y se fijó de nuevo en el pequeño. Debía de tener unos cinco o seis años. Frunció el ceño. Quiso verle mejor el rostro, pero no pudo. Pere de Cardona apoyó la mano en el hombro del conde. Piadoso, le dijo algo y el cortejo continuó su camino mientras el niño retornaba hacia la esquina con la calle Santa Llúcia.

Al instante, el dominico pasó por ese mismo lugar y vio, de espaldas, a aquel niño de melena rubia y ondulada, asido a las faldas de una mujer con toquilla.

—Martí, hijo… —oyó que le reprendía ella con suavidad.

Domènech recobró la calma.

—Es imposible —concluyó.

XXXI

Tenochtitlán, año de Nuestro Señor de 1515

Cerca del *ahuehuetl* del jardín de Chimalma, un espacio de arena era mi lugar para practicar la escritura náhuatl. Con un palo, dibujaba aquellos símbolos, referidos a palabras y no a letras. Practicaba para fijar cada detalle en mi mente, puesto que en breve llegaría Acoatl, el sumo pontífice de Huitzilopochtli, y me haría escribir sobre el *amatl*. Que errara en el papel podía molestarle de esa forma indirecta a la que la mesura obligaba en las formas mexicas. «El *amatl* es muy preciado y necesario para rituales y control de tributos. Deberías ir con cuidado», solía aleccionarme.

Sin embargo aquel día practicaba sobre un símbolo que no conocía. Echaba especialmente de menos a Painalli. Me había llegado una carta suya, pero aún no era capaz de entenderlo todo. En especial, el símbolo que dibujaba. Y Acoatl, desde luego, no era el maestro en el que más confiaba para compartir lo que me decía mi amigo.

Desde hacía poco menos de cuatro años, los más altos sacerdotes de Tenochtitlán, los *quequetzalcoa* que vi junto a Motecuhzoma en mi primera recepción, venían asiduamente a ejercer como maestros. Ya hablaba suficiente náhuatl cuando decidieron introducirme en su complejo mundo. El sumo pontífice de Tláloc me adiestraba sobre todo en las artes, la poesía y la escritura, mientras que el sumo pontífice de Huitzilopochtli se encargaba de instruirme acerca de sus dioses, esenciales para entender mejor las enseñanzas de mi primer maestro. Con la llegada de los sacerdotes a mi vida, empezaron clases ordenadas y planificadas. Al poco tiempo, Painalli se marchó.

—¿Qué es esto, Painalli? Me recuerda a cuando aprendí mis primeras palabras —dije con una enorme sonrisa al ver aquel banquete dispuesto en el jardín.

Él, sentado ante las viandas humeantes, tenía las piernas dobladas sobre el pecho y el manto cubría su cuerpo. Si tamales, frijoles y tomates eran comidas habituales para cualquier mexica, allí había delicias al alcance de pocos, como huevos de mosca acuática, tritones o las deliciosas larvas de salamandra y humeantes guisos entre los que identifiqué el faisán en salsa. En la mano Painalli sostenía un cuenco con chocolate humeante. En cuanto tomé asiento, me lo tendió con una sonrisa. Distinguí en el brillo de sus ojos que reprimía la risa. Tomé el cuenco y me lo llevé a la nariz, desconfiado.

—Esta vez no, amigo. Esto pica a rabiar, seguro.

Mientras bajaba el cuenco, Painalli rió.

—Fue fantástico, ¿verdad? Me manchaste todo…

Reí con él al recordarlo. Pero no podía evitar mirar aquel banquete que se hallaba ante nosotros.

—¿A qué se debe esto, Painalli?

Suspiró.

—Quería despedirme de ti, amigo.

—¿Cómo? —pregunté asustado, deseando no haber entendido bien.

—He de partir a una ciudad, a Zihuatlán, en la costa opuesta a Cempoalli. Está lejos, pero... ¡Oh, Guifré! ¿Cómo podría darte las gracias?

Sabía que vivió su estancia en Cempoalli y la costa totonaca como un castigo, un deshonor, aunque no me había contado toda la historia. Entonces su deseo había sido volver a Tenochtitlán. Pero ahora, al anunciar su marcha, sus ojos reflejaban una felicidad y una serenidad que alejaba aquella melancolía que se traslucía, en especial, cuando paseaba su cojera. Entendí que mi miedo era egoísmo y me relajé.

—¿Por qué tu marcha no es ahora un castigo? ¿Por qué merezco tu agradecimiento? —musité sereno.

—Sé que me alejan de Tenochtitlán, en parte, para que no hable de ti por la ciudad. Pero no quieren que lo vea como un castigo. Y de hecho, jamás podría. Voy a ser el señor de la ciudad —suspiró—. Cuando Motecuhzoma subió al trono, hizo que todos los altos cargos fueran ocupados por *pipiltin* de nacimiento. Mi padre era de clase baja y llegó a general con el Tlatoani anterior, Axayácatl, así que fue destituido. Pero no conforme con ello, el nuevo Tlatoani decidió... Bueno, lo ejecutó, como a tantos otros.

—¿Motecuhzoma? —me extrañé.

—¡Sí, claro! Supongo que lo hizo por miedo. Pero para ocultar su cobardía, en el caso de mi padre propagó el rumor de su afición al *octli* y de los graves prejuicios que ello había causado. ¡Mentiras! Yo quería restituir el honor de mi familia, llegar a *pilli*, pero me quedé cojo. Cuando eso sucedió, no tuve más remedio que aceptar un destino lejos de Tenochtitlán. Sé que fue por la misma desconfianza que mató a mi padre. Y desde allí, no tenía posibilidades de limpiar su nombre. Mi único consuelo era aceptar mi destino sirviendo al bien de los mexicas, como me enseñó él. Hasta que apareciste. Sentí mucho miedo cuando te vi por primera vez, lo sabes. Había oído ya noticias sobre... Rumores y leyendas. Pero tú eras de verdad. Quería llegar a Tenochtitlán contigo, más que por el bien mexica, porque esperaba conseguir un cargo aquí. Al recibirnos Chimalma, desconfié. Él era ya cihuacóatl cuando mataron a mi padre, fue partícipe. Sentí desprecio al verle. Temí por ti, incluso me arrepentí de haberte traído. Ya te sentía como un amigo y te juro que hacía tiempo que había desistido de limpiar el nombre de mi padre. Esto es gracias a ti, es...

—¡Oh, Painalli! ¡Tranquilo, te creo! —me exasperé. Claro que era mi amigo y si eso le beneficiaba, por mí, mejor—. Pero sigo sin entender por qué se debe a mí. Será porque te has ganado ese destino. Al fin y al cabo, por lo poco que sé, sí que has obrado por el bien de tu pueblo. Y desde luego, en mi tierra nadie pondría en duda que eres un hombre de honor.

—Bueno... Pero como no se puede hablar de ti, vuelvo a ser el hijo de un gran general jaguar y no de un borracho muerto que jamás acompañará a Huitzilopochtli en su viaje diurno por el cielo. Así, es normal que haya conseguido los honores para ser señor de una ciudad...

—Pero ¿Motecuhzoma te puede hacer Tlatoani de una ciudad que no es la suya? —pregunté desconcertado.

—¿Quién rechaza un matrimonio arreglado por el Huey-Tlatoani de Tenochtitlán? Guifré, ¿no lo entiendes? No sólo son los honores que gano para mis hijos, sino una primera esposa para tenerlos. Me espera allí, es hija del actual gobernante, ya muy mayor y enfermo y…

—Serás el sucesor…

Él asintió, pletórico. Sonreí intentado ocultar mi melancolía. Recordé cuando me rechazó Gerard al ir a pedir la mano de Elisenda, lo recordé con la amargura de revivir una humillación. En aquel lugar tampoco eran muy diferentes las decisiones en cuestión de matrimonios. Y lo peor era recordar a Elisenda, la que me había amado de corazón, sin posibilidad de decidir sobre su propia vida. Pero a la vez, Painalli estaba tan contento que sólo podía alegrarme por él. Su vida había sido dura y podía recuperar el honor que a su padre le había sido arrebatado. Así que me centré en lo que tenía ante mí: la despedida de un amigo.

Comimos, reímos, y al final me enseñó un último ritual: fumar en pipa. Aspiré el aire de aquellas hierbas encendidas llamadas *piciyetl* y en cuanto noté ese humo dentro de mí, mezcla de sabor a leño ennegrecido y hierba seca, tosí. Tosí mucho. Painalli se rió:

—Menos mal que de momento no tienes que ir a banquetes. Siempre se reparten al final… Le diré a alguien que te haga practicar.

Con lágrimas en los ojos y medio ahogado le respondí:

—¡Oh! Casi prefiero que no.

Fue nuestro último momento de complicidad.

Mis salidas del palacio del cihuacóatl seguían teniendo fines políticos planificados que reforzaban sutilmente el dominio de Tenochtitlán. La única calidez humana de mi vida eran las visitas de Izel, siempre furtivas, que hacía mucho habían dejado de ser lecciones sobre el estilo de vida mexica para convertirse en momentos compartidos. «Quizá pueda preguntarle a ella», pensé. Dejé a un lado el palo con el que escribía en la arena y abrí el *amatl* plegado que me había hecho llegar Painalli. Escruté la escritura. Al empezar la carta, justo al principio, el símbolo era ininteligible para mí. Pero sabía que hablaba de amor hacia su mujer y de ser amado.

—Está en el patio —oí decir a Ocatlana.

Rápidamente escondí el *amatl* entre la vegetación. No quería que Acoatl, sumo sacerdote de Huitzilopochtli, lo viera. Tenía una extraña relación con él. Me admiraban sus enseñanzas pero al mismo tiempo me hacía desconfiar, sobre todo, a medida que más aprendía.

—El destino está escrito en el cielo, desde el día en que nace el bebé mexica —oí que gritaba una voz ronca pero alegre.

«¡Ollin!», pensé algo desconcertado. El anciano, menudo y magro de carnes, apareció entre la vegetación como solía hacer, con los hombros hacia delante, algo encorvado, y con un rollo en la mano. Al verme, sonrió jovial y acabó la frase que siempre decía cuando llegaba y cuando se iba:

—Y yo, querido Guifré, te estaba esperando.

—Pues yo no. Esperaba a Acoatl.

—Eso es porque no te he enseñado suficiente, Guifré, aún no —respondió. Miró al suelo y se sentó sobre el símbolo que yo había dibujado—. Hijo. Ese símbolo es hijo.

Me invadió una oleada de alegría e ilusión. «¡Painalli padre! Espero que me dejen escribirle para felicitarle», pensé. Mi ánimo cambió totalmente mientras el anciano empezaba a desplegar un rollo ante mí. «Y además, me ahorro la tensión en que me pone Acoatl.» Ollin era mi tercer maestro. El que había llegado al patio de Chimalma hacía menos tiempo. En las cosas que admiraba de los mexicas, nunca pude dejar de ver la presencia de Dios. Y la visión del cielo, tan ajustada en sus tiempos y movimientos, era una de ellas. Cuando mostré un especial interés por los astros, Acoatl hizo venir a Ollin para que pudiera completar mi formación al respecto. El anciano era un nigromante, conocedor de la magia y de los mensajes que envía el cielo a los mexicas. Su dios más venerado era Tezcatlipoca, del que yo sabía ya entonces que emborrachó a Quetzalcóatl y así lo expulsó. Al principio pensé que aquel nigromante podía ser una trampa de Acoatl que no era capaz de discernir. Pero no pude ser jamás precavido con Ollin, pese a proponérmelo, pues desde el principio se ganó mi aprecio. De hecho, él fue el primero en decirme que desconfiara de Acoatl: «En sus enseñanzas encontrarás por qué debes hacerlo».

Con el rollo ya extendido, vi un círculo repleto de símbolos: su calendario. Sonreí. Tenían en verdad dos calendarios, uno regido por la Luna y otro por Sol, y siempre nos llevaban al cielo.

—Sujétalo, vamos —me apremió Ollín.

Obedecí y coloqué mis manos en los extremos. El nigromante tomó una bolsa que tenía en algún lugar a su espalda y la depositó sobre su regazo. Empezó a revolver y sacó un pincel. Siguió revolviendo. «¡Que diferente de los pontífices!», pensé.

Estos, mis maestros más antiguos, habían mantenido conmigo dos actitudes diferentes. El sumo sacerdote de Tláloc, tímido y formal, respondía a mis dudas como si lo juzgara. Esta situación me divertía o me apenaba y, en ambos casos, me hacía sentir culpable. No podía verme como un hombre, sino como un enviado de Quetzalcóatl.

—¿Yporquénosabíanadadelpueblomexica?—lepregunté una vez.

Me miró contrariado y bajó la cabeza. Al fin, suspiró y respondió:

—Es una prueba de Quetzalcóatl. Él nos dio el saber de las artes y las ciencias. Eso debes aprender.

Me quedé sorprendido. Supongo que, sabedor de que Chimalma me creía, daba por sentado que entre las esferas de poder era considerado ya un forastero a quien utilizar. Sin embargo, aquel día comprendí que el cihuacóatl había dejado abiertas otras posibilidades; en general, me daba la sensación de que era parte de su plan, y por ello incluso alimentaba mi clara conexión divina. «Aquí eres lo que pareces», me había dicho una vez. Sin embargo, en otras ocasiones, pensaba que era para protegerme del sumo pontífice de Huitzilopochtli, aunque no sabía por qué. Quizás era por percibir ciertas miradas en el patio, cuando a veces coincidían y se cruzaban sin intercambiar una palabra.

Conmigo, Acoatl siempre mostraba un excelente dominio de sus emociones, como mexica educado que era. Pero no sólo me aleccionaba, sino que también me incentivaba a debatir. Y entonces era cuando aparecía cierto brillo en su mirada que me hacía desconfiar de él con temor. En aquellos debates, me obligaba de alguna manera a comparar las creencias con las que yo había crecido y las mexicas. Y aunque diferían enormemente, no me sentía contrariado. Yo siempre había creído en Dios como una realidad cierta e incuestionable, del mismo modo que él creía en los suyos. Eso nos acercaba de alguna forma. Y no dejaban de sorprenderme ciertas sensaciones de semejanza. Para ellos, habían existido cuatro mundos, cuatro eras antes de la que vivíamos. Y cada era había acabado con un cataclismo. Pero lo que me llamó la atención es que la cuarta época, llamada sol de agua, había acabado con un diluvio. No podía evitar asociarlo con el diluvio del cual fue advertido Noé en el Antiguo Testamento.

Cierto que tanto debate, tanta lección, jamás impidieron que me siguieran repeliendo lo que para ellos eran muertes floridas y para mí, terribles sacrificios humanos. Ahí me parecía ver cierta malicia en la sonrisa de Acoatl que, como sumo pontífice de Huitzilopochtli, se mostraba intransigente al respecto. Creía firmemente que la función del hombre era alimentar a los dioses.

—Estando el mundo en tinieblas —me explicó una vez—, se reunieron los dioses descendientes de Ometecuhtli y Omeciuatl. Uno de ellos, enfermo y con la piel ulcerada, se ofreció para lanzarse a una hoguera, y de ahí nació el Sol. Pero el Sol permanecía quieto. Y para que se moviera, el resto de dioses se fueron sacrificando. Nosotros debemos hacer lo mismo para asegurarnos de que el Sol sigue naciendo y recorriendo el cielo cada día. Por eso son necesarias las muertes floridas. Sin ellas, pereceríamos todos.

En aquella época no llegué a pensar hasta qué punto, ahí, podía ser clave para mí ser humano o divino. Simplemente, escuchaba sin discusión. Acoatl estaba convencido de que me explicaba una gran verdad. «Si yo hubiera crecido entre ellos, creería lo que me cuenta, como me enseñaron a creer en la Biblia», pensé recordando que Painalli hubiera preferido morir con el corazón arrancado antes que quedarse cojo. Y aunque no vi más ritos de sangre, sí es cierto que me dejó de revolver el estómago oír los cánticos que precedían a aquellas muertes. «¿Por qué lo mío ha de ser más verdad que lo suyo?», incluso me atreví a pensar, aun a sabiendas de que en mi tierra me hubieran quemado por tales ideas. No me sentía culpable ante la certeza de que, en Tenochtitlán, eran más verdad sus dioses que mi Santísima Trinidad. De hecho, mi fe —tan debilitada tras el ataque de los bandoleros, la mina y el naufragio—, se veía reforzada de una curiosa manera. Era como si, teniendo alma, no hiciera falta Iglesia o religión para llegar a Dios. No sé bien cómo, pero sentía que Dios estaba en todo, incluso en aquel mundo.

El grito de Ollin me sacó de mis pensamientos:

—¡Guifré! Hoy te veo muy, muy disperso.

Sonreí. Miré el rollo que Ollin señalaba, enérgico. Había colocado unas piedras para sujetarlo.

—¿Eso no viene escrito en el cielo? —pregunté rascándome la cabeza.

—Sí, por eso hoy he venido yo en lugar de Acoatl —sonrió. Y empezó a gesticular ampulosamente, como era habitual en el anciano—. Lo tenemos todo, pincel, *amatl*, colores… ¡Ah! Y lo más importante, Guifré. Una pregunta. ¿Te has fijado cómo son las noches cuando vas a ver al tlatoani Mo tecuhzoma Xocoyzin?

—Voy a verlo de día, pero cuando cae la noche… ¿Principios del mes lunar?

Ollin asintió satisfecho. Yo visitaba a Motechuzoma cada mes lunar desde que empezaron a darme clases los sumos pontífices, cuando ya podía mantener una mínima conversación en náhuatl. Y era obvio que formaba parte del trato excepcional que me dispensaba el Tlatoani. En audiencia privada, tras preguntarme si me sentía bien atendido, paseaba con Motecuhzoma por su espectacular jardín o bien me llevaba a la Casa de las Aves, contigua a su palacio, donde las coleccionaba. Me hablaba de las maravillas de la naturaleza, que consideraba una creación divina.

—Bien, Guifré. Pues eso suele ser después de la visita de Motecuhzoma a Teotihuacan. —Se inclinó levemente hacia mí y murmuró, como si se tratara de una confidencia—: Una ciudad sagrada. Ahora está medio devorada por la maleza, pero debió de ser enorme, monumental... Sólo posible de la mano de los mismos dioses. —Se volvió a erguir cuanto su encorvada espalda le permitía, se rascó la barbilla arrugada y miró a su alrededor—. Para hablarte más de la peregrinación a Teotihuacan y su relación con la luna estaría bien un poco de *octli* —dijo alegremente.

Los mexicas eran severos con los excesos del alcohol, pero a los viejos, incluso a las mujeres ancianas, se les permitía gozar de esta bebida abundante en banquetes y fiestas. Lo que yo no tenía claro era si podía hacerlo sin celebración alguna como excusa, pero en todo caso, él gustaba de darme las clases aclarando su garganta con *octli*. Y el alcohol era uno de los derechos que se ganaban con la edad, junto con el respeto y la vida apacible.

—¡Ah! Voy a buscarlo —exclamé haciendo ademán de ponerme en pie.

Ollin me agarró del brazo y me hizo sentar. Aunque anciano y huesudo, era fuerte. Me sonrió y se tocó las orejas: se oían pasos.

—Ya vienen —sonrió travieso, y me mostró sus encías sin apenas dientes.

En efecto, vimos a Ocatlana entre la vegetación. Pero no venía hacia nosotros ni iba solo. Acompañaba a dos mujeres ancianas vestidas con todo tipo de collares, brazaletes y joyas. Recuerdo que el esclavo miró fugazmente hacia donde estábamos Ollin y yo, tapados por la vegetación del jardín. Pero siguió su camino hacia la sala de audiencias de Chimalma. Era extraño, pues por aquel lugar sólo pasaban mis maestros, Ocatlana, el señor del palacio e Izel. Sentí un hálito de temor en el corazón. Me mantuve allí, a resguardo, aunque sin perder de vista a la pequeña comitiva.

—No estás acostumbrado, ¿eh? —me susurró Ollin al oído.

—Todo el que pasa por aquí tiene que ver conmigo o con mi destino. —Ladeé la cabeza para mirarle a los ojos—. Dime, ¿es el caso?

—Puede que sí, puede que no —respondió en tono burlón—. Son *cihuatlanque*, ancianas que median entre las familias para arreglar matrimonios.

No me dejó formular ninguna pregunta más, aunque se me ocurrieran un millar. Se puso en pie, resuelto, y me tendió el rollo.

—Vendré mañana por la noche. Es mejor explicarte la lección con la luna en el cielo. Estás disperso y me temo que aquí hoy no habrá *octli*.

Y se marchó, dejándome atónito. En cuanto reaccioné ante aquella marcha precipitada, fruncí el ceño al evocar el tintineo de su voz: «Puede que sí, puede que no». Me sentí molesto. Soportaba que él respondiera con una sonrisa traviesa y mellada cuando yo preguntaba: «¿En concepto de qué me estabas esperando?». Me divertía su reacción cuando, con los ojos en el cielo, divagábamos hasta acabar en los porqués de los avatares de mi propia vida: «Son la razón por la que yo te enseño sobre nosotros, Guifré, a pesar de mis años». Por lo común, Ollin me parecía tan excéntrico y divertido como sabio. Pero en aquel caso me molestó. Destapada la caja de Pandora, bien podía haberse quedado a dar respuestas sencillas sobre la misión de aquellas damas.

Tomé el rollo y me lo llevé a mi estancia. ¿Se propondrían casarme? ¿Era ese el plan de Chimalma, prepárarme para que encajara? Sabía que Motecuhzoma tenía hijas. Desde luego, menudo espaldarazo para la dinastía enlazar directamente con el enviado de Quetzalcóatl. Esta podía ser una forma de culminar el plan que tan laboriosa y calculadamente había llevado a cabo durante aquellos años para hacer de Tenochtitlán la Roma de un imperio, más que la Atenas centro de un mundo de *poleis*. A medida que esta idea se apoderaba de mí, el enfado pasó a convertirse en angustia.

Salí de la habitación hacia la terraza. Algo sobrecogido, me acordé del día que fui a pedir la mano de Elisenda. «¡Menuda ironía! —pensé—. Ahora parece que mi linaje es de la más alta alcurnia, casi divina.» Elisenda y sus labios, sus ojos verdes y su cabello negro. ¿Cómo habría afectado a su belleza el paso de los años? ¡Hacía tanto que no pensaba en ella! ¡Quedaba tan poco del Guifré del que se enamoró!

Subí las escaleras sin permitirme desvariar más. Tenía que pensar qué debía hacer si el siguiente uso que Chimalma planeaba para mí era una boda. No veía fácil poderla rechazar, y a la vez, tenía claro que no quería casarme, formar una familia y arraigarme. En alguna parte de mi corazón, aún alentaba la esperanza de un retorno a Orís, aunque apenas pensara ya en ello.

En cuanto entré en la terraza, un murmullo interrumpió mis pensamientos. Procedía del escondite favorito de Izel. Me dio un vuelco el corazón: era un llanto sofocado. Me acerqué a las plantas, las aparté y vi a la joven encogida como un ovillo, con los hombros agitados por espasmos.

—¿Qué pasa, Izel? —pregunté suavemente.

Alzó la mirada, intentando controlar los sollozos. Por primera vez en los seis años que llevaba allí, me sentí como un intruso. Estuve tentado de dejarla a solas. Ya no era una chiquilla, sino una mujer de diecinueve años con capacidad de razonamiento y sentido lógico, aunque a menudo escapaba a mi comprensión. Con todo, no me pude reprimir: abrí mis brazos y se los tendí como cuando era una niña. Me miró y observó mi gesto, como intentando entenderlo. Sus mejillas morenas estaban sucias por las lágrimas; sus vivos ojos, desorbitados en la confusión. Por último, se lanzó vencida a mis brazos y continuó llorando con sollozos sonoros y desgarradores. La acuné, pero no se calmó hasta que sus propias fuerzas le pidieron una tregua. Aun así, sólo se despegó de mí cuando pregunté:

—¿Qué pasa, Izel?

—Me parece que me van a casar —murmuró.

«¡Las *cihuatlanque!*», pensé con alivio, y tuve ganas de reírme de mi equivocada preocupación, pero no era el momento.

—Ya tienes edad, Izel. En mi tierra te habrían casado antes, incluso. Además, has dicho «me parece»… Así que «puede que sí, puede que no».

Izel se separó de mí y fue hacia la parte de la azotea que daba al centro ceremonial.

—Si la primera esposa de mi padre no se opone, será un sí definitivo —aseguró con la mirada perdida y su voz grave más profunda que nunca.

—¿Qué tiene que ver la primera esposa? —pregunté caminando hacia ella.

—Sus hijos son los sucesores de Chimalma, y ella podría oponerse. Muchas mujeres de mi padre han intrigado para que Chimalma se enemistara con los hijos de la primera esposa y así hacer que los suyos mejoraran sus opciones para heredar. Pero ella siempre ha sabido manejar bien la situación.

—Podría suceder lo mismo en este caso —sugerí mientras le ponía una mano en el hombro.

Ella no se volvió. Siguió mirando hacia el horizonte, hacia las chinampas donde la ciudad metía sus cultivos en el lago.

—No lo hará. No tiene hijas. Mi madre jamás ha conspirado, e incluso le tiene un cariño especial. Y sabe que Chimalma desea esta boda. —De pronto, se giró y se encaró conmigo—. ¿No te importa, Guifré? No lo entiendes —añadió al ver mi confusión—. Me tendré que marchar a vivir con mi marido.

—Bueno —balbuceé—, quizá puedas venir a verme, ¿no?

—¡Me iré a Texcoco!

Seguía confuso.

—¿Cómo?

Ella suspiró y se volvió hacia el horizonte.

—Tienes mejor suerte que yo, creo que lo conoces. Mi pretendiente es Ixtlixochitl, el hijo de Nezahualpilli. No creo que pueda venir a verte —concluyó con sequedad.

Bajé la cabeza. De pronto noté que se apoderaba de mi alma una tristeza tan densa como la niebla que se extendía sobre el lago. Me noté débil y me senté a sus pies mientras a mi mente acudía la imagen del hombre de rostro rugoso, ojos pequeños y nariz aguileña que había conocido cuatro años antes.

—Pero es mayor para ti —musité.

Observé su sonrisa amarga ante mi absurdo comentario. Entre los mexicas, como entre mi propio pueblo, las mujeres poco tenían que decir sobre su matrimonio. «¿Cómo convenció Elisenda a su padre para casarse conmigo? ¿Desafiándolo?», pensé. Si hubiera sabido la respuesta, quizá podría haber ayudado a Izel. Pero no era así. Se sentó a mi lado. No me atreví a mirarla al preguntar:

—¿Cuándo?

—Parece que no es la primera vez que vienen las *cihaut-lanque*. Supongo que si mi madre ya me lo ha contado todo es porque pronto se reunirá la familia, los que deben dar la aprobación… Pero es una boda política. Para eso sí he sido visible para mi padre. Dirán que sí. Y entonces, según los presagios que tanto te gusta estudiar, fijarán el día.

Tragué saliva. «Puede que sí, puede que no.» La miré. Izel tenía la vista perdida entre las flores, pero me tomó la mano.

—¿Y si no hay presagios favorables?

Me devolvió la mirada y me acarició el rostro con dulzura. Me sentí un chiquillo ante aquellos ojos resignados que se ven obligados a sonreír a causa de una ocurrencia pueril.

—Creo en los presagios. Pero las lecturas de los astros las hacen hombres, y mi padre es un hombre poderoso. Aun así, gracias.

—Supongo que ya habrán leído que sois compatibles…

—Almas gemelas, dice mi madre.

La abracé, aunque en verdad quería ser abrazado.

—Aprovechemos para vernos mientras podamos —le susurré.

Era un intento de consolarme ante la certidumbre de que la tristeza que se había apoderado de mí ya no se desvanecería si ella se iba. La oí volver a llorar entre murmullos y dos lágrimas brotaron de mis ojos. ¿Dónde me perdería si me quedaba sin el alimento de su ternura, sin los únicos momentos en los que podía ser yo mismo?

XXXII

Tenochtitlán, año de Nuestro Señor de 1515

Sucedió tal como Izel predijo. Fijada la fecha de la boda, empezaron los preparativos y el palacio se sumió en una actividad frenética a la que yo era ajeno. Aun así, el olor de tamales, carnes y guisos llegaba hasta mi patio, e incluso creía percibir las fragancias de las flores y del chocolate sin poder evitar una sensación de repugnancia. Jamás antes mi encierro había sido tan angustioso. Invadido por la impotencia, sólo quería salir de allí.

—Izel, te habían preparado para el matrimonio, sabías que esto llegaría —le dije cuando ya faltaba poco.

Necesitaba ver su luz, pero se apagaba a medida que se acercaba el día. Adelgazaba, era notorio que apenas dormía y estaba sumida en la tristeza. ¿Había usado Elisenda esta táctica para que su padre cediera? Desde luego, era desgarradora. Si yo hubiera sido Gerard, habría accedido. Pero para Chimalma, el dolor de su hija parecía tan invisible como Izel había sentido que lo era ella misma.

—No espero que lo entiendas —me respondía con la mirada perdida.

—¿Es la diferencia de edad?

—Muchos dignatarios se casan mayores; tienen mujeres para entretenerse y no las toman como primera esposa oficial. No podía esperar otra cosa.

—Pero la deseabas.

Sus ojos negros se clavaron en mí con una mezcla de dulzura y de rabia. Había perdido peso y su cara se veía demacrada.

—No quiero ir a Texcoco —fue su respuesta resentida.

Después, silencio.

Así que volvimos a lo que habíamos hecho desde el día en que intenté consolarla cuando supo de su destino. Evitábamos hablar de la boda directamente para intentar pasar el tiempo que nos quedaba rebuscando entre nuestra tristeza un atisbo de la ternura cotidiana que habíamos compartido.

Ni siquiera me atreví a decirle que su padre me había pedido que asistiera a la boda. Fue una sorpresa y no pude negarme, pues tuve la esperanza de infundir ánimos a Izel con mi presencia, y quizás así acabar con mi sensación de impotencia. Pero luego, la sorpresa me condujo a la reflexión. Chimalma me había mostrado siempre en situaciones calculadas según sus fines. Y Ollin me explicó cómo funcionaba el ceremonial, que incluía una procesión de casa de la novia a la del novio. Yo también iría en esa procesión. ¿Suponía mi presentación oficial ante el pueblo? ¿Era esta la razón por la que Ollin había dicho «puede que sí, puede que no»?

Al lado de su tristeza, sentía repugnancia de mí mismo. La boda que ella no deseaba me exhibiría en su mundo para darle un carácter divino. Y esto me hacía sentir sucio. Iba a ser más que una boda política y entendí cuán invisible había sido Izel siempre, incluso en esta ocasión, para su padre. Me sentí furioso contra Chimalma por no ver la belleza de su hija más allá de sus fines. Toleraba que me utilizara a mí; pero ¿a ella?

Por primera vez, sentí el impulso de rebelarme. Al día siguiente tendría lugar la fiesta en casa de la novia, previa a la boda, y la congoja me oprimía el pecho.

Oí sus pasos por el jardín.

—Chimalma…

Él se detuvo. Yo estaba sentado fuera de la *temazcalli*.

—No puedo ir —aseveré cabizbajo.

Frunció el ceño y se acercó. Noté su mirada posada en mí. Al final, tras unos segundos, se sentó a mi lado.

—Sé que habrá mucha gente, pero no debes ponerte nervioso. Ollin me ha asegurado que estará a tu lado. Y yo… Yo trataré de ayudarte en todo lo que pueda. Eres mi invitado más especial.

Lo miré. Aunque lo sentía, creo que no le transmití desprecio, pues su cara pareció compasiva al ver mi expresión.

—¿Se acabó el secreto?

—No te puedo tener encerrado de por vida, ¿no crees?

—¿Y ha de ser justo en la boda de Izel?

—Creo que para ti puede ser más fácil que en lo alto del templo de Quetzalcóatl, como pretendía el sumo pontífice de Tláloc. El maestro que menos te gusta, ¿no? Suerte… Bueno, suerte tampoco. Pero por lo menos, nos ha venido bien lo que Acoatl piensa de ti. Motecuhzoma al final desistió de presentarte en templo alguno para evitar un enfrentamiento entre los dos sumos pontífices. Aun así, me ha costado mucho que te dejaran asistir. ¿Sabes? He intentado prohibir a Izel que te vea, y desobedecerme en esto ha sido una de las pocas muestras de resolución que ha dado mi hija. Sé que la aprecias, y este va a ser uno de los días más importantes de su vida. Sólo pretendo tratarte como lo que has dicho siempre que eres, un hombre, mi huésped.

Bajé la cabeza pensativo. «¿Puede ser que me aprecie? ¿Realmente lo hace por respeto hacia mí? Entonces, ¿por qué me angustia tanto?»

—Guifré, no quiero obligarte. Sé que has estado mucho tiempo encerrado, pero creo de veras que estás listo para salir del cascarón. —Apoyó su mano sobre mi hombro—. Tú decides.

Asentí cabizbajo. Se marchó. Yo me metí en la *temazcalli* antes de subir a verla. Entre el vapor perfumado, evoqué la sonrisa mellada de Ollin: «Puede que sí, puede que no».

No fui a la fiesta de la novia en palacio. Me quedé en la habitación, encerrado, orando para que las gruesas paredes acallaran los cánticos. La angustia me hizo llorar y acabé descolgando el manto que ella me había regalado para envolverme con él. La había visto crecer, la había visto convertirse en mujer. Y mis pensamientos me atormentaban: «¿Cómo será ese Ixtlixochitl? A mí no me gustó. ¿Cómo la tratará? ¿Verá su luz? ¿Verá lo que se fragua en el fondo de sus ojos negros? ¿Cómo va a ser feliz si no la han dejado elegir? Se consumirá, se extinguirá». Pasé la noche entre sudor y sueños: volvió a ahogarme la serpiente emplumada, mientras Izel intentaba salvarme pero se la llevaban a la fuerza los guerreros águila en una barca, entre la niebla; veía a Acoatl con una máscara de calavera alzando su cuchillo sobre mi pecho y a Izel, pétrea en la ceremonia, del brazo de un Ixtlixochitl que estallaba en carcajadas.

Por la mañana estaba agotado. Las preguntas del día anterior resurgieron con vivacidad renovada. Sólo había una manera de darme una tregua: verla. Doblé con cuidado el manto que Izel me había regalado. Por primera vez, me calcé las sandalias tras cambiar mi *maxtlatl*. Por primera vez, me puse tres capas, una sobre la otra, dejando ver un borde rojizo, otro por dentro de matices verdosos y un tercero de plumas de quetzal, a juego con mi penacho más suntuoso: «Tiene cuatrocientas plumas, Guifré», me había dicho Chimalma al regalármelo. Salí, aunque tembloroso, decidido.

—Has tardado más de lo que creía.

Observé la sonrisa mellada del viejo Ollin, ataviado también de gala. No pude reprimir la pregunta:

—¿Sabías que iría?

—Está escrito —declaró acercándose a mí.

—Claro, claro… Pero esto es todo lo que voy a saber.

Sin perder la sonrisa, me tomó del brazo y me invitó a caminar junto a él.

—¿Sabes, Guifré? Me pareces un hombre sabio, sólo hace falta que en este caso te des cuenta de que la respuesta no está en el cielo. La tienes tú. Vamos. La celebración ha empezado. Te has perdido toda la comida. Debes de tener muchos demonios. La novia ya está vestida y están hablando con ella los ancianos de la familia del novio. —Rió con esa chispa peculiar que da el exceso de bebida. Mientras, yo me sentía contrariado. No tenía idea de que hubiera transcurrido casi todo el día—. Nezahualpilli parece defraudado por tu tardanza. ¿Qué le habrá contado su hijo? Lo conociste, ¿no? En fin, seguro que queda algo de comer; ¡y *octli*, claro!

Hacía mucho que no veía a nadie ebrio. Sonreí y me dejé llevar. Había vivido allí durante seis años y jamás había visto la grandeza de aquel palacio. Ollin me condujo por una gran habitación con el suelo repleto de mantas de algodón y confortables pieles de conejo. Las paredes estaban adornadas con frescos que imitaban un jardín maravilloso, y un intenso perfume a magnolia dominaba el lugar. No pude por menos de evocar la descripción del Edén.

—Estabas muy cerca de las mujeres de Chimalma —comentó Ollin con un guiño—. Aquí duermen, excepto a la que el marido elige, claro.

Pasamos a otra sala más pequeña, de paredes encaladas. Aquí las esteras se apiñaban recogidas en rollos. El poco mobiliario mexica no dejaba conjeturar usos del espacio, pero me pareció una sala intermedia, puesto que ya llegaban hasta ella los murmullos de los invitados. Me detuve un instante ante otra puerta. Mi boca se estaba resecando.

—En un acto así, Guifré, nadie demostrará sus emociones más allá de la cordialidad. Chimalma es un gran hombre, astuto y cuidadoso. Lo ha preparado con esmero.

—¿Me esperaban desde el comienzo?

—Claro. Pero el cihuacóatl lo ha hecho bien. Digamos que sabían que asistirías en algún momento. Y aunque no te hayan visto antes, aquí está la flor y nata de nuestra sociedad; no se atreverán a salirse de la norma aceptada.

Asentí. Ollin abrió la puerta y accedí a un espectacular jardín, mucho mayor que el del lugar en el que me alojaba. Me sentí mareado por el aroma a comida y flores y el murmullo de la muchedumbre. En el centro del patio, una fuente esculpida con motivos vegetales dejaba fluir el agua y a su alrededor los músicos hacían sonar diferentes flautas y ocarinas al ritmo de los dos tambores, el *teponaztli* y *huehuetl*. La alegre música acompañaba a unos malabaristas que exhibían sus destrezas con los pies y unos troncos. Algunos invitados los miraban, otros danzaban. Había mucha gente, todos ataviados con ricos ropajes, coloridos penachos y elaboradas joyas. Estaban en pie, pero al fondo pude distinguir la puerta abierta de una sala donde una silueta femenina, sentada, asentía y respondía a unos ancianos a quienes veía de espaldas. Me mordí el labio inferior mientras mi corazón se aceleraba. La gente se había percatado de mi entrada y bajó el tono de los murmullos, algunos incluso me miraron. Un músico hizo ademán de detenerse, pero Chimalma, ya viniendo hacia mí, gesticuló imperativo con la mano para que continuara el espectáculo. Las pocas miradas que se habían atrevido a alzarse pasaron al soslayo y se renacieron los murmullos. Aunque hablaran sobre mí, me sentí aliviado.

—Gracias por venir, Guifré —me dijo Chimalma sonriente—. Veo que te has vestido de gala. —Y con aire orgulloso añadió—: ¡Magnífico!

Le devolví la sonrisa, aunque mi corazón seguía acelerado.

—Quería honrar a mi anfitrión.

—El padre del novio… desea conocerte.

Me pareció que el tono de Chimalma era un ruego y me ruboricé.

—Vamos —respondí relajándome.

Avanzamos entre los invitados hacia el umbral de la habitación, el lugar desde donde mejor se debía de ver el espectáculo de malabares. Me di cuenta de que Chimalma y yo éramos los únicos que íbamos calzados. La gente nos abría paso entre cuchicheos. Distinguí algunos como «era cierto», «parece el mismo Quetzalcóatl»… Procuré mantener la mirada al frente. Nos acercábamos a la puerta desde donde se distinguía la silueta de Izel. Pero no la llegamos a cruzar. Antes, entre la gente se abrió un claro al que nadie osaba mirar directamente. Sentado en una esterilla rodeada de flores, cubierto con su capa turquesa que dejaba relucir la suntuosidad de un penacho que bien podía tener medio millar de plumas de quetzal, con su bezote azul en forma de colibrí y dejando entrever, entre sus collares, un espectacular colgante de oro en forma de sol, Motecuhzoma me miraba con la misma expresión serena con que me recibía en sus visitas privadas. El otro hombre sentado cerca de él era bastante más anciano que el Huey Tlatoani de Tenochtitlán. Su nariz aguileña me recordó a Ixtlixochitl. Pero su boca era más grande, bordeada por unas arrugas que se acentuaron al dar una calada a una pipa. De hecho, toda su cara aparecía surcada por las arrugas. A pesar de su edad, era fuerte, más que Ollin, y su espalda estaba recta y erguida. Sus pequeños ojos se entornaron mientras exhalaba el humo de la pipa. A medida que me acercaba, su espalda se fue encorvando. Cuando llegué ante él, mis percepciones de su fortaleza se habían desvanecido: parecía un anciano vulnerable.

Hice una reverencia y mantuve la cabeza gacha. Chimalma, a mi lado, me puso la mano sobre el hombro y presionó suavemente para que alzara el rostro. Me sorprendió cuanto me reconfortaba este gesto suyo. Intuía que todos los presentes observaban la escena y agradecía tener cerca a alguien conocido. Todas las miradas eran de soslayo, pues la norma requería que nadie posara los ojos directamente en el Tlatoani, excepto el cihuacóatl y suponía que el Tlatoani de Texcoco, el anciano que me escrutaba ante la clara complacencia de Motecuhzoma. De pronto fui consciente de que el intercambio de miradas directas confirmaba, ante la flor y nata de aquella civilización, la autoridad divina que me otorgaba mi aspecto a sus ojos. A mi alrededor, sólo uno de los invitados se fijaba en mí sin disimulo: Acoatl, vestido con su oscuro manto estampado con tétricas calaveras. Me estremecí y volví a mirar a Nezahualpilli. De repente, me sentí muy incómodo, arrepentido de haber ido.

—Aquí están los dos ilustres invitados a esta boda. Ya conoces al Huey Tlatoani Motecuhzoma. —Nos sonreímos; yo, forzado—. Este es nuestro estimado Nezahualpilli, Tlatoani de Texcoco y padre del novio.

—Me honra, Guifré, que asistas a la boda de mi hijo —dijo Nezahualpilli con voz segura y un leve temblor en la mano que sostenía su pipa.

—Me honra a mí haber sido invitado.

—Ven, siéntate con nosotros —me indicó Motecuhzoma.

Ahora sí, por si había dudas, quedaba confirmado mi alto rango. Me senté en una esterilla al lado del Tlatoani de Tenochtitlán. Estaba flanqueado por Chimalma. Con la expresión más complacida y relajada que jamás le había visto, me tendió una pipa. Sabía de su existencia, Painalli me había mostrado una vez una. La tomé, nervioso. No quería hacer el ridículo y menos aún ridiculizar a Chimalma. Me la llevé a la boca y me concentré en expeler el humo lo antes posible a fin de no toser. Nezahualpilli pareció otra vez erguirse con una sonrisa, e iba a decir algo cuando el *teponaztli* cambió el ritmo y se creó gran expectación.

—Llegó la hora… —comentó Chimalma a su consuegro.

Motecuhzoma fue el primero en ponerse en pie ágilmente. Nos alzamos el resto. De la puerta que había visto salieron unos ancianos, pero mis ojos estaban fijos en ella, Izel. Aunque era menuda, mi estatura me permitía verla tras aquella comitiva. El sabor del tabaco me produjo náuseas. Iba vestida con bordados multicolores, las piernas y los brazos adornados grácilmente con plumas rojas, embellecida con flores, y su faz maquillada de amarillo con *tecozauitl*. Y con todo ello, me pareció que irradiaba una belleza natural. Pero se me encogió el corazón ante su sonrisa, que podía parecer humilde pero yo sabía forzada. Fue peor cuando me miró y descubrí amargura en sus ojos. La comitiva se detuvo a nuestra altura, como esperando algo.

—Guifré, me honraría que nos acompañaras hasta Texcoco —me susurró Nezahualpilli a mi lado, obligándome a mirarle—. Eres el artífice de esta unión y quisiera agradecértelo como es debido.

No esperó repuesta. Se situó a la cabeza de la comitiva, del brazo de una mujer ya mayor, y siguieron su camino. Me quedé atónito ante lo que había oído. Apenas fui consciente de que Izel pasaba a mi lado. Tras ella se dispusieron Chimalma y algunas mujeres ricamente ataviadas. Noté la mano huesuda de Ollin que me colocaba con ellos. Tras de nosotros se situaron más hombres y mujeres.

—Hermanos de la novia —me susurró Ollin.

Pero mis ojos miraban al frente. Estaba bastante cerca de Izel, podía percibir el perfume mezclado con su olor tan familiar para mí. Pero ahora no me reconfortaba ni me enternecía. Me enfermaba.

Izel salió del palacio en andas. Con los colores blanco y negro del cihualcóalt, su cuerpo ataviado para la boda no se escondía de las miradas de los curiosos. Manteniendo el orden, todos, incluidos los músicos, enfilamos la calzada hacia el centro ceremonial, lo atravesamos y salimos por la puerta de Tezcacoac.

—En línea recta al embarcadero de Texcoco. Es necesario cruzar el lago para llegar —me susurró el anciano.

Lo miré. Tenía los pómulos y los ojos enrojecidos. Miré de nuevo al frente. Se oían vítores al paso del desfile. Ya se veía el embarcadero abriéndose entre el dique de Ahuizotl. Pero yo caminaba como si mi alma no estuviera en mi cuerpo y los sonidos, aunque fueran a nuestro paso, me sonaban lejos.

Creo que fue Ollin quien me empujó para que subiera a una canoa cuando al fin llegamos. Iba con Chimalma y dos mujeres: la que supuse su primera esposa a su lado, y otra detrás de mí. Me volví para mirarla mientras la canoa iniciaba su camino tras la novia. Aquella mujer era, sin duda, Pelaxilla. Nunca la había visto antes, pero el parecido con la hija era mayor de lo que Izel me había contado. Sentí un nudo en la garganta, y tuve que reprimir el impulso de llorar al descubrir compasión en sus ojos. Me giré hacia delante con cierta brusquedad y la barca se balanceó. Sé que Chimalma me miró, pero yo me concentraba en el suelo de madera. No quería verle, pero era inútil: sobre la madera desfiló el rostro de cihuacóatl aquel día, de pronto tan cercano, en que me llevó a ver a Ixtlixochitl.

—Tranquilo, Guifré. Es lo mejor que podía pasar. El desfile ha sido espléndido. Alegría a tu paso, y no miedo.

Me dio asco oír la voz satisfecha de Chimalma. Lo desprecié, por primera vez, muy profundamente: ¡me había utilizado para vender a su hija! Sobre la madera de la canoa, sólo era capaz de ver a Chimalma con una sonrisa resplandeciente al oír de Ixtlixochitl: «Está bien, cuando llegue el momento, estaré allí donde me indiquéis». Y su respuesta sonriente: «¿Habrá que sellarlo?».

Una suave brisa balanceaba mi penacho; me resultaba pesado. Me erguí con la espalda dolorida.

—No viene Motecuhzoma —advertí entonces en voz alta.

Chimalma me miró sin comprender, con el ceño fruncido. Me di cuenta al momento de que había hablado en mi idioma.

—¿El Tlatoani no nos acompaña? —le pregunté secamente en náhuatl.

—No vendrá a Texcoco. Menos, por Izel. No es hija de mi primera esposa, y él es el Tlatoani. —Dirigí una mirada a Pelaxilla, que me dedicó una sonrisa con un asentimiento mientras Chimalma seguía su explicación—: Por otra parte, tu presencia eleva el nombre de Tenochtitlán, y su ausencia lo engrandece ante Texcoco.

—¿Me estás diciendo que si no llego a venir no hay boda? —inquirí con la furia contenida del desprecio.

Chimalma rió, como si no lo notara. Ni me miraba, me daba la espalda.

—Claro que la hubiera habido. Pero Nezahualpilli tampoco habría venido a Tenochtitlán, y mucho menos, al palacio del cihuacóatl.

—No me has respondido. ¿Qué hubiera pasado si me quedo en mi estancia?

Chimalma me miró confuso, sin entender el sentido de la conversación.

—Dejé en tus manos la elección, Guifré. Si no hubieras venido, desde luego que hubiésemos ido con los soberanos a verte. Motecuhzoma no habría aceptado otra cosa. ¡Ha salido de su palacio para venir a mi casa!

De pronto, mi rabia y mi desprecio se volvieron hacia mí. «¿Por qué no he hecho algo para impedirlo?» La culpabilidad me dolió como una quemadura. Sentí nauseas y vomité por la borda.

—¡Por Quetzalcóatl! No has comido nada —observó Pelaxilla poniendo su mano en mi espalda.

—¡Le habéis hecho fumar sin que comiera! —le recriminó la primera esposa a Chimalma.

Otro espasmo. Hasta que oí que Pelaxilla me susurraba afectuosa:

—Es una gran oportunidad para ella. Es lo mejor. Estará bien, Guifré. Te debemos mucho.

Logré recomponerme, pero el sentimiento de culpa no me abandonó y pujaba por convertirse en llanto. «Ella no quería casarse y yo la he empujado fuera de Tenochtitlán, de nuestra azotea. ¿Cómo no he hecho algo para impedirlo?». Izel encarándose a mí con su voz profunda: «¿No te importa?»; las imágenes de mis sueños angustiosos, todos sobre ella, todos sobre Izel; el tacto de su mano en mi mejilla; nuestros abrazos. Me sentía culpable, ¿por qué? Por haberla lanzado a los brazos de otro hombre. De pronto fui consciente de que la amaba, la amaba intensamente. Y la tristeza que me había acompañado los últimos días volvió a apoderarse de mí.

Sólo entonces vi claro cómo lo podría haber impedido. «Puede que sí, puede que no.» Debí de haber pedido su mano. Chimalma me usaba como el enviado de Quetzalcóatl. No se habría podido negar. Lo habría atrapado en su trampa, solicitándosela al mismo Tlatoani a quien dejaba que creyese que yo era un enviado divino. ¡Qué necio! Con ella sí me hubiera casado. Pero en lugar de asumirlo, me había acomodado en mi prisión dorada esperando algo. ¿Qué? ¿Un retorno? Absurdo. En aras de un vago deseo, más que de una posibilidad palpable, había perdido las riendas de mi vida, la que estaba viviendo en aquel mundo extraño. Y la persona que la dotaba de sentido marchaba en una canoa ante mí. Tendría que verla recibiendo regalos, dándole un tamal a ese tipo y comiendo a su vez de su mano. Luego se meterían en una habitación, cuatro días de contemplación, y la consumación. Mi pérdida definitiva. Ella se quedaría en Texcoco y yo regresaría a Tenochtitlán.

«No quiero ir a Texcoco», me había dicho resentida días atrás. Ahora lo entendía. Ella sentía lo mismo que yo. Me lo había dicho con sus silencios, sus llantos, sus intentos de mantener la rutina. Anochecía y en la penumbra aparecía ya la silueta de aquella ciudad donde la perdería.

XXXIII

Barcelona, año de Nuestro Señor de 1515

El estudio de Domènech como inquisidor era mucho más grande y lujoso que el que tuvo como procurador fiscal. Una enorme alfombra de tonos rojizos cubría casi todo el suelo. Los muebles eran de nogal. En una pared, una estantería llena de tratados, y frente a ella, una enorme mesa y una silla de alto respaldo tapizada con terciopelo del color de la grana. El mismo tejido lucían las sillas dispuestas alrededor de otra mesilla baja, situada ante una gran chimenea. Sobre esta había un crucifijo de roble y, a su lado, un pequeño armario de madera surcada de vetas oscuras. Pero al igual que cuando fue fiscal, lo primero que veía quien entraba al estudio del inquisidor era al dominico trabajando bajo el magnífico tapiz con la escena del conmovedor Cristo lacerado, portando la cruz hacia el monte Calvario.

En los cuatro años que llevaba en el cargo, Domènech no había vuelto a hallarse ante casos tan comprometidos políticamente como los que implicaron al gobernador general. Pero sí que vivió situaciones que podían describirse como acoso a la Inquisición desde los estamentos civiles de la ciudad. Uno de los principales recursos que empleaban contra el Tribunal del Santo Oficio era discutir acerca de la jurisdicción de ciertos casos, alegando que no eran delitos contra la fe, sino delitos civiles. Ello repercutía, sin duda, en las arcas de la Inquisición. Desde luego, los sueldos no eran gran cosa porque no había más fondos. Y los vigilaban constantemente para evitar, según ellos, situaciones de abuso del Santo Oficio, como si su función estribara en juzgar para apropiarse de los bienes del acusado, en lugar de limpiar de herejía la ciudad. Por eso le había dado tantos beneficios aquel primer caso como procurador fiscal contra el mahometano. Y por eso, ahora, en su calidad de inquisidor, desconfiaba de uno muy parecido que tenía sobre su gran mesa de trabajo. «Aquí sí que luciría bien la campanilla de bronce que me regaló mi maestro», pensó. Pero en aquel momento, no era conveniente exhibirla en su despacho, pues estaba grabada con la mitra episcopal.

El caso era claro jurídicamente. Y desde luego, los beneficios aliviarían la precariedad de las arcas del Santo Oficio. Dadas las circunstancias, ambos factores unidos le hacían desconfiar. Pere Garcia yacía enfermo en cama. Cada día solicitaba ver a fray Domènech, cada día se confesaba. Y ya habían empezado los movimientos para sucederle, aunque el obispo aún no hubiera fallecido. Respecto a aquel caso, el inquisidor dominico no veía cómo le podían refutar que constituía un verdadero problema de fe. Pero podía ser una trampa y quizás le estuvieran ocultando algo para poder acusar al Tribunal de abuso. Domènech sabía que la sucesión estaba entre Lluís Desplà, el arcediano de Barcelona, y él mismo. Sabía que el arcediano era el candidato favorito de las Cortes catalanas. Pero él lo era del lugarteniente general y de las esferas más monárquicas. Podría parecer conflictivo, pero Domènech contaba con algo de lo que carecía Lluís

Desplà. Puesto que el padre Miquel había cumplido ciertos encargos por orden de Gerard, el dominico sabía que el conde de Empúries estaba haciendo sigilosas maniobras a su favor. Pudieran parecer endebles, pues simplemente solicitaba a algunos nobles que no se opusieran al nombramiento de fray Domènech, a pesar de su puesto en la Inquisición. Pero con estos movimientos, Gerard de Prades hacía menos belicosos los ataques a Domènech, hasta el punto de que el único argumento empleado en detrimento de él era su temprana edad.

Por eso consideraba aquel claro caso de herejía con desconfianza. Pudiera ser que el sector más incondicional de Lluís Desplà, a su vez el más intransigente con el Santo Oficio, hubiese averiguado los movimientos de Gerard. «Sin duda, si este caso fuera una trampa, me desacreditaría yo solo, no ofenderían al conde de Empúries y a la vez conseguirían sus propósitos», pensaba Domènech.

Llamaron a la puerta. Se irguió, tenso, en su silla. «¡El obispo!», pensó. En cualquier momento, el fraile confesor podía ser requerido para darle la extremaunción. Se abrió la puerta y apareció su secretario.

—Ilustrísimo Señor —le dijo con entonación neutra—, la condesa de Manresa solicita verle.

Domènech arqueó las cejas, extrañado. Luego recobró su impenetrable expresión y asintió con la cabeza. El secretario entreabrió la puerta y Domènech se recostó en la silla. Al momento entró la condesa de Manresa con un atavío sobrio, un vestido sin bordados, de un azul marino casi negro, toca e incluso velo del mismo color. Domènech se puso en pie.

—Condesa… —dijo severo pero aproximándose a la dama. Su marido era uno de los nobles con los que Gerard había contactado y recibió su apoyo callado a lo que Domènech denominaba «la causa del conde»—. Me halaga su visita.

A una señal del inquisidor, el secretario salió cerrando la puerta tras él. Domènech invitó a la condesa a sentarse en una de las confortables sillas ante la chimenea. Ella aceptó. Su actitud sorprendió al fraile, llena de humildad y con un recato desconocido. Cuando la mujer tomó asiento, incluso su porte, de una exuberante sensualidad, parecía menguado a pesar del generoso escote. «Creo que ha perdido peso», se dijo el inquisidor mientras se dirigía al pequeño armario al lado de la chimenea. Sacó vino y sus dos exquisitas copas traídas desde Roma. Las dejó sobre la mesilla baja y empezó a escanciarlo.

—La verdad es que su presencia me halaga tanto como me sorprende, condesa.

La dama suspiró mientras caía el vino en la copa. Sus manos enguantadas en suave piel negra no se movieron de su regazo.

—Es algo delicado, fray Domènech. Necesito, no sólo a un hombre de Dios, sino a un hombre tan íntegro como dicen es usted.

El dominico se sentó frente a la condesa. Aquella mujer siempre le produjo cierta repulsión, pero en aquel momento cayó en la cuenta de que, en realidad, le había molestado su actitud provocativa. Por primera vez le dedicó una sonrisa sincera. Realmente se sentía halagado. Desde detrás de su velo, ella añadió:

—Necesito confiar en mi confesor.

Domènech frunció el ceño.

—¿No confía en su confesor?

—Sé que usted tiene muchas ocupaciones, pero si el Ilustrísimo Señor obispo se confiesa a usted... Yo... Lo cierto es que necesito a alguien que sepa entender los designios del Señor.

Domènech bebió un sorbo de vino. La condesa no lo había probado y ni siquiera se había alzado el velo durante la conversación. El fraile se estaba poniendo nervioso, y su miembro daba señales de vida. Debía controlar la situación.

—Perdone, condesa, pero no me creo esta devoción súbita, esta necesidad espiritual suya.

La mujer se llevó las manos enguantadas al velo, lo retiró y mostró su rostro a Domènech con gran pudor. Este lo observó con descaro. La cara de la mujer estaba delgada, muy delgada, y marcaba una prominente osamenta que antes no se distinguía entre las carnes. Pero lo que fascinó al fraile fue la piel, llena de ronchas rosáceas.

—¿Le duelen? —no pudo evitar preguntar esbozando una sonrisa que pretendía parecer compasiva.

Ella negó con la cabeza.

—También las tengo en las manos y en las plantas de los pies. Alguna en la espalda —respondió, y añadió con cierta frivolidad—: Si esto sigue así, no sé hasta cuando podré llevar escote.

Al dominico le repelió el tono de la frase. Contrajo el rostro. La dama mostró temor ante aquellos ojos que le helaban la sangre mientras la escrutaban. El fraile notó cómo se tensaba su miembro. «Qué bella», pensó como si la viera por primera vez. Suspiró, con expresión fría, y dijo:

—Creo que necesita un buen médico, más que un confesor.

—No saben qué tengo.

—Consulte a otros.

El corazón de Domènech empezaba a acelerarse. Se mordió los labios. La condesa sabía que en su piel se extendía un castigo del Señor. Lo veía en sus ojos.

—Lo haré, pero creo que necesito... Creo que le necesito, fray Domènech.

Era una súplica. El fraile se arrodilló ante ella, imbuido de una extraña sensación que él identificó como compasión, a pesar de su miembro tremendamente hinchado. Puso una mano sobre la rodilla de la mujer, se aproximó a ella y fijó los ojos en el movimiento del pecho de la condesa. Se humedeció los labios ante la cadencia de la respiración acelerada de la mujer. La miró a la cara. Su boca sobresalía entre las ronchas violáceas, prieta, enrojecida y bordeada por finas arrugas. Sentía su aliento, cálido, azorado, penetrando en su piel. Los ojos, de un marrón arcilloso, se habían humedecido en un temor súbito que aumentó su excitación.

—Seré su confesor —dijo besándola en la boca.

Ella se dejó. Pero de pronto, Domènech notó que le mordía en el labio inferior. Se retiró e instintivamente la golpeó en la cara.

—¿No es esto lo que ha querido siempre, condesa? —bramó excitado por el sabor de la sangre en su boca.

Se puso en pie. La condesa lloraba en su silla, encogida, musitando un no que a Domènech le pareció el colmo de la hipocresía. Se abalanzó sobre ella, tapándole la boca con una mano.

—¿Ah, no? —le preguntó mientras con la otra mano alzaba su vestido, rendido al ímpetu de la excitación.

Ella intentó zafarse de aquel enorme hombre con cuerpo de guerrero y hábito dominico. Pero cuanto más violentos e insistentes eran sus intentos de defenderse, más olía

Domènech el miedo de la mujer y más se excitaba. Acabaron en el suelo. La poseyó, jadeando con el rostro convulsionado y los ojos desorbitados.

Cuando acabó, se puso en pie. Intentó controlar el temblor que de pronto se había apoderado de su cuerpo y se recolocó el hábito.

—De poco le servirá un confesor. Puede que ya esté condenada, condesa. Pero quizás esas ronchas en la piel sean el camino que el Señor abre ante usted para que se purifique a través del sufrimiento —declaró reconociendo con alivio la serenidad de su propia voz.

Ni la miró. No podía poner nombre a las sensaciones que le embargaban en aquel momento. Volvió a su mesa de trabajo mientras ella salía precipitadamente.

Un asomo de arrepentimiento invadió a Domènech al día siguiente. Había dormido tranquilo, sin sueños, tras el desahogo carnal. Lo reconocía placentero, pero le molestaba darse cuenta de que cuanto más placer experimentó, más había perdido el control sobre sí mismo.

Sentado en su sala de trabajo, con el mismo caso sobre su mesa que el día anterior, contemplaba el lugar de la alfombra donde había sucedido todo. Entendía su encuentro con la condesa no como pecado, sino como lección. Desde luego, aquel poder del cuerpo femenino para hacer perder el control a un hombre era lo que convertía a las mujeres en instrumentos diabólicos. Por un momento recordó lo que le excitaba la bruja Judith. Ahora, tras la lección, entendía mejor cómo la voluntad de un hombre podía quedar sumida a aquellas prácticas si eran continuadas y se alejaban de la procreación. Juró ante el Señor que jamás volvería a incumplir el celibato y supo que no le costaría hacerlo, como no le había costado hasta entonces. Era algo sucio.

Volvió la vista sobre los papeles del caso. Debía tomar una decisión. No era el único inquisidor. El teólogo le apremiaba y no encontraba excusas legales para evitar la aceptación de la denuncia formal. Sin embargo, necesitaba tiempo, pues Lluís había hallado cuestiones que alimentaban la desconfianza de Domènech. El arrepentimiento volvió asomar en algún recóndito lugar del alma del fraile. «Si la condesa habla de lo sucedido, perderé apoyos», pensó con rabia por su falta de control. Se llevó la mano a la barbilla perfectamente rasurada. Recordó la cara marcada y demacrada de la mujer, hermosa en su camino a la purificación. Miró sus manos, sus uñas impolutas. «No hablará. Está avergonzada y lleva escrito el pecado en el rostro.»

En aquel momento llamaron a la puerta, como el día anterior. Pero esta vez se mantuvo relajado en su sillón. Apareció el secretario con expresión compungida.

—Ilustrísimo Señor, el obispo…, pide la extremaunción —anunció con un sollozo

El inquisidor se puso en pie. Miró el caso sobre la mesa y sonrió. Ya no le hacía falta el tiempo. Dios había intervenido llevándose a Pere Garcia consigo, tan oportuno que Domènech sabía que el siguiente obispo de Barcelona sería el más joven que jamás hubiera visto la ciudad.

XXXIV

Tenochtitlán, año de Nuestro Señor de 1516

Aquella noche de luna llena, cuando el *teponaztli* en lo alto del templo de Quetzalcóatl había anunciado con su tañido el final el día, salí al patio después de una solitaria cena de tamales y pavo asado. Me senté entre las plantas del jardín y agradecí estar solo con la algarabía nocturna de los pájaros para poder sumergirme en mi propia tortura.

No había pasado un año desde que Izel se fuera, y en lugar de embargarme la resignación, el paso de los días no hacía sino acrecentar su ausencia y ahondar mi sensación de vacío. Cierto que su boda me había proporcionado la posibilidad de salir de palacio, siempre escoltado por un guerrero águila. No menos cierto que sólo usé tal posibilidad para cumplir con mis visitas al Tlatoani por mi propio pie, o para ir con Ollin al templo de Quetzalcóatl. De forma circular para favorecer las corrientes de viento que regía este dios, era el único templo al que acudía. Pero no entraba, sino que subía al último nivel a observar las estrellas desde su cúspide para aprender sobre lo que pronosticaban y seguir los movimientos de la estrella roja[8] que precisamente recibía

---

8. El planeta Venus.

el nombre divino de Quetzalcóatl. Pero no tenía a Izel para compartir mis experiencias, para oírla burlarse de mis apreciaciones o para sentir su ternura ante mis comentarios. Supe que Painalli había tenido varios hijos y leía y relía sus cartas con tanto dolor como fruición, presa de una necesidad de castigarme a mí mismo por lo que pudo ser y no fue, incapaz de perdonarme el no haberme dado cuenta antes de mis propios sentimientos. ¿Y qué mejor castigo que ser partícipe en la lejanía de la vida familiar de mi amigo para concebir lo que yo había perdido?

Dejé que mis ojos vagaran por los restos apagados de la hoguera de la *temazcalli*. En la ceremonia del quinto día de una boda, los novios se daban un baño de vapor. Suspiré ante esa visión: ella y yo, juntos y desnudos entre el vapor perfumado. En cuanto Izel se marchó, dejé de subir a la azotea. Hasta que descubrí que era otra buena forma de castigar mi ceguera. Ver aquella terraza ajardinada llena de su ausencia me daba el espacio para pensar en ella. No como recuerdo, sino como realidad desconocida. ¿Qué estaría haciendo? ¿Me perdonaría por no haberla librado de aquel matrimonio? ¿Sería lo bastante feliz para ello? Me debatía entre desearle la felicidad y no hacerlo, víctima de dolorosos celos si la imaginaba complaciente en brazos de su marido. A la necesidad de castigarme, entonces, se sumaba una culpabilidad irremediable: si ella era infeliz, por no haberla salvado; si era feliz, por no poder alegrarme de corazón.

Y de vez en cuando me permitía una imagen como la de aquella noche clara, un pensamiento de ensueño en el que frotaba con hierbas aromáticas su menuda espalda, suave y morena, con destellos rojizos. Mi vida giraba en torno a Izel con mayor fuerza que nunca. El día de su boda fui consciente de cuánto la amaba. Y asumir mi amor por ella, aunque ya no la tuviera, me hizo preguntarme otra cosa: ¿quería regresar a Orís? Tuve que admitir que este deseo se había convertido en una sensación vaga, arraigada, sin posibilidad pero también sin necesidad de hacerse real. La prueba estaba en que no se lo había pedido a nadie. Sin embargo, mientras ignoré el amor que sentía por ella, había creído desear de veras el regreso y tal fue el poder de esta creencia que cedí las riendas de mi vida. Incluso convertí Tenochtitlán en una especie de purgatorio, algo temporal e indeterminado previo a ese retorno. Sin embargo, darme cuenta de todo ello no me sirvió de nada. Su ausencia hizo que no tuviera sentido tomar las riendas y vivir el momento.

El suelo tembló ligeramente. Sumido en mi ensoñación, atribuí la sensación a mi propio desánimo. Hasta que del hogar de la *temazcalli* cayeron algunos restos de leña. Se produjo otro temblor, también ligero, pero algo más largo. Me incorporé al recordar el volcán que hacía unos días había empezado a despedir una ligera humareda. «¿Entrará en erupción?» Me alarmé aunque la casa se mantuviera en reposo. Corrí hacia las escaleras de la azotea movido por una sola idea: salvar lo único que me quedaba de ella y que había permanecido allí, en su escondrijo.

Accedí a la terraza y dirigí mi mirada hacia el escondite de Izel.

—En caso de terremoto es mejor salir fuera —dijo Chimalma tranquilamente.

Estaba sentado con el tapiz del *patolli* enrollado sobre su regazo. Parecía relajado, pero el destello rojizo de sus ojos castaños reflejaba pensamientos atribulados. En su rostro se acentuaban los rasgos de la vejez en contraste con su cabello negro, tan aparentemente sedoso como el de ella.

—Tú no te mueves —logré decirle.

—Esto no es más que un aviso de lo que ha de venir —repuso con una sonrisa forzada. Advirtió el movimiento de mis ojos hacia el *patolli* y me preguntó—: ¿Venías a buscar esto?

Asentí a medias, con la cabeza gacha. Me sentí incómodo.

—Yo también la echo de menos, Guifré. Ten.

Me alargó el *patolli* sin moverse. Me acerqué a él y lo tomé con cierto recelo, pero su expresión no había variado desde que entré. Me senté a su lado con el tapiz sobre mi regazo.

—¿Sabías que jugábamos aquí?

—Izel siempre intentó pasar desapercibida. Supongo que lo creía fácil, entre tantas hermanas y hermanos. Pero en verdad, su actitud siempre hizo que tuviera que estar más atento a ella y la hacía más visible a mis ojos. Cuando estaba aquí, le recriminaba su timidez, deseoso de que fuera como su madre, una gran mujer. Y desde que se fue, me doy cuenta de que ya lo era, siempre discreta como ha de ser una mujer mexica. Claro que sabía que jugábais y os veíais, pese a que se lo prohibía, pero en el fondo me complacía que se rebelara y mostrara entereza con ello.

—Nunca se lo hiciste saber —espeté seco, evocando cuánto le dolía sentirse ignorada por él.

No respondió. La tierra parecía haberse calmado. Permanecimos allí un rato, en silencio, hasta que no pude resistir más. Había algo, desde el día de la boda, que aguzaba mi tormento:

—¿Me utilizaste para casarla?

—¿Crees que Ixtlixochitl hubiera aceptado de otro modo? Su hermano Cacama está casado con una hija de Motecuhzoma. ¿Crees que él, quizá futuro Tlatoani de Texcoco, habría aceptado menos? Claro que te utilicé para casarla —replicó indignado.

—¿Y por qué no utilizar a otra hija de Motecuhzoma?

Chimalma rió, pero su rostro estaba demasiado tenso y el gesto de su boca resaltó sus arrugas haciendo que su risa pareciera despectiva.

—Mira, Guifré, no eres el único ni creo que lo seas.

—¿Qué dices?

—Hace tiempo que llegan noticias de hombres blancos y barbudos, como tú. Por el este, por el sur... Nezahualpilli nos desprecia e incluso ha llegado a vaticinar que esos hombres acabaran destruyendo Tenochtitlán. ¡Indignante! Lo llaman sabio, pero yo lo creo soberbio... Y cobarde. Nunca, nunca se ha atrevido a romper la Triple Alianza. Y eso es porque Texcoco necesita la grandeza de Tenochtitlán. Ixtlixochitl nos desprecia, como su padre. No hubiera aceptado a una hija de Motecuhzoma. En cambio a Izel... Era la candidata perfecta. No hiere su orgullosa independencia, pero lo liga a nosotros para hacerla ficticia.

Apenas podía respirar. «¿Hombres blancos?»

—Que yo esté aquí, en Tenochtitlán, quita fuerza al vaticinio de Nezahualpilli... —concluí en un murmullo, más para mí que para el gran cihuacóatl.

—Exacto. Hizo que el hijo dudara del padre. Como dijo Motecuhzoma: utilicemos las tácticas de las concubinas.

Su voz me pareció amarga. Me sentí furioso. Y no por la revelación de la presencia cercana de los hombres blancos, probablemente castellanos. Notaba que me hervía la sangre porque aquel Motecuhzoma con el que paseaba, siempre amable y de voz melosa, a veces caprichoso pero sin más maldad que un chiquillo, de pronto aparecía ante mí como un dirigente frío y calculador.

—¡Dejaste que la utilizara! —escupí al fin, apretando los puños.

Chimalma se levantó, furioso.

—¡No! —gritó—. Eso no te lo consiento. He velado por ella, para que tuviera un buen matrimonio y una vida plácida como buena esposa. Una garantía para el futuro de sus hijos. No, no te consiento que me juzgues como mal padre. —Me dio la espalda y miró hacia el centro ceremonial. Entonces murmuró—: Ese Ixtlixochitl es quien la está usando. ¡Maldito!

Esta última palabra despertó en mí un escalofrío que calmó la furia y la cambió por el miedo. Me quedé aturdido unos instantes ante su apasionada repuesta, tan poco habitual para un mexica. Era obvio que amaba a su hija. Me levanté y me acerqué a él.

—Lo siento —dije poniéndome a su lado.

—¿Es que no hacen esto los padres en tu tierra?

—Sí, claro —murmuré. Y decidido, pregunté—: ¿Qué pasa, Chimalma? ¿Qué sabes?

El hombre destensó los hombros, abatido. Bajó la mirada al suelo y anunció con vergüenza:

—Izel está aquí.

—¿Qué? —no pude evitar gritar.

—Está en Tenochtitlán. No es normal, y mucho menos cuando el padre de su marido, el Tlatoani de Texcoco, está moribundo. La está utilizando para algo. ¡Maldito!

Podía entrar en el palacio del Tlatoani y usar mi cara blanca para exigir hablar con ella. Eso fue lo primero que pensé con un ansioso desasosiego. Gracias a Dios, recapacité. Tenía que verla con precaución. Por Chimalma sabía que tal vez la situación de Izel era delicada, pero ni el mismo cihuacóatl conocía las circunstancias. Si la visitaba abiertamente, a saber qué rumores pudiera levantar. Y era una mujer casada: no le convenían las habladurías. Los mexicas castigaban el adulterio con la muerte, y si a aquellas alturas no me importaba morir, sí que para mí era esencial su vida. Tenía que hacerlo de manera que no empeorara la situación de Izel, fuera cual fuese.

Y sólo se me ocurría una persona que pudiera preguntar e incluso concertar una cita discreta con ella. Sólo podía recurrir a Ollin. De hecho, era el único que sabía de mis sentimientos, incluso antes de que yo mismo me diera cuenta. Su vejez le permitía preguntar y hablar sin que le importara lo que pensaran los demás y, por ello, sin que los demás le hicieran demasiado caso. Pero no podría hablar con Ollin hasta la noche. Así que pasé el resto del día ardiendo en deseos por verla.

A la caída del sol apareció Ocatlana, que se dirigía hacia la sala privada de Chimalma.

—¿Ha regresado el cihuacóatl? —le pregunté.

El hombre bajó la mirada.

—Está con Pelaxilla.

—La madre de Izel... ¿Qué se sabe de ella?

—La han repudiado —contestó con voz triste—. El hijo del señor de Texcoco dice que no es mujer fértil. Ya ha pasado casi un año y no ha concebido.

Una parte de mí se alegró. Otra se sintió aterrada mientras veía a Ocatlana entrar cabizbajo en la sala. Ixtlixochitl se había dado cuenta de la maniobra del Tlatoani de Tenochtitlán y había buscado una excusa para tener las manos libres en cuanto su padre falleciera. Una excusa deleznable, vergonzosa para Chimalma, pero sobre todo para ella. Quizá… Quizá Izel no había yacido con él. No quería casarse. Quizá le había puesto en bandeja la excusa a su marido.

Fui hacia mi habitación. Me calcé y me até el manto al hombro derecho. Salí hacia la estancia de la litera. Allí aguardaba mi escolta. Lo ignoré. Él se levantó y me siguió presuroso cuando ya salía de palacio. Fui hacia el recinto ceremonial. Aún no era de noche, pero el crepúsculo llevaba ya a las gentes hacia la intimidad de sus hogares. Sabía que levantaba miradas y suscitaba murmullos a los pocos que quedaban por las calles. Me daba igual. Mi mente estaba fija en el templo de Quetzalcóatl. Ollin tenía que ayudarme a verla. Era imperioso. «¿Qué pasa con las mujeres repudiadas?», me preguntaba.

Al llegar a los pies del templo en espiral, miré hacia arriba. De pronto, me sentí extraño. Siempre había visto aquel edificio de cerca a la luz de las estrellas, pero ahora veía cómo en el nivel superior se preparaban para anunciar el fin del día tocando el *teponatzli*. «A estas horas, sólo lo he visto desde la azotea.» Se me hizo un nudo en el estómago. ¿Y si Ollin no me quería ayudar? Noté una mano que tocaba mi hombro y me giré con brusquedad.

—¡Cuidado, que casi me tiras! Menuda cara llevas. Estás tan blanco que la luz te podría atravesar —sonrió el anciano. Y añadió serio—: Hoy has venido pronto.

Lo miré en silencio. No había tiempo para juegos.

—Vengo por Izel. Quiero verla. Y quiero que me ayudes.

—No desea verte —afirmó con otra sonrisa mientras se llevaba las manos a la espalda con aire burlón.

Lo tomé del brazo con fuerza y mascullé:

—Eso da lo mismo.

Su expresión cambió. Ni picardía, ni muestras de dolor ni enfado. Asintió con un suspiro paternal y dijo:

—Ven. Creo que no te he mostrado jamás el templo de Cihuacóatl, nuestra diosa de la fertilidad.

Recorrimos en silencio unos pasos. Era diminuto al lado de los templos unidos de Huitzilopochtli y Tláloc, pero no por ello menos bello y reverenciado. Al pie de la escalera, Ollin me agarró del brazo para detenerme. Yo sólo podía mirar hacia arriba. No se veía a nadie, ningún signo de vida. Sólo se percibía un intenso olor a copal.

—Guerrero —oí que decía Ollin—, espera aquí, por favor.

—Como siempre, mi señor —respondió una voz desconocida para mí.

Era cierto, el guerrero águila que me escoltaba jamás nos acompañaba dentro del recinto del templo de Quetzalcóatl. Tampoco entró en el de la diosa Cihuacóalt. Lo rodeamos y accedimos a un jardín, el lugar donde enterraban a las mujeres que morían en el parto. Parecía desierto en la penumbra crepuscular, exceptuando las esculturas dedicadas a las *cihuapipiltin*, las diosas que acompañaban al sol al atardecer y que losdías nefastos del calendario salían durante la noche para enfermar a los niños. Nos detuvimos. Miré a Ollin, desconcertado y temeroso. Él me devolvió la mirada, afable y sereno. Asintió.

—Yo te espero aquí. Está con una esclava, tras aquella escultura de la diosa.

Se encontraba al fondo del patio. Entré solo. En aquel momento oí una especie de rugido lejano. Pero no le hice caso puesto que un suave murmullo ya había estallado en mis oídos como la ola que rompe sobre un acantilado. Mi mirada se fijó en una sombra que se agitaba en espasmos rítmicos como el mar. Era ella. Estaba postrada frente la diosa, mitad serpiente mitad mujer. ¿Sería verdad? ¿Pedía acaso un milagro a su diosa de la fertilidad? El corazón se me encogió.

Me quedé tras ella. Aunque poco sonoro, tan profundo era su llanto que no advirtió mi presencia. Arrodillada, tapada con un manto, la intuía allí, diminuta, a la altura de mis rodillas. Tragué saliva buscando valor para decir algo. Entonces me di cuenta de que, a un lado, alguien exhalaba un suspiro. Era una mujer. Izel la oyó y dio un respingo. Rozó mis piernas y, al contacto, reaccionó en un gesto defensivo: se encogió a los pies de la estatua y se cubrió el rostro con el brazo y el manto.

—Soy yo —murmuré atemorizado.

Bajó el brazo. Sus ojos negros asomaron con una expresión que jamás había visto antes.

—Espera fuera, Citlalli.

La sierva me miraba con temor y salió presurosa del recinto del templo en cuanto Izel se lo ordenó. Yo me arrodillé frente a ella y puse la mano sobre su brazo para que se descubriera del todo. Pero noté la rigidez de su cuerpo y su ceño fruncido. Me asusté ante aquella reacción. Miré al suelo y volví a mirarla sin tocarla, con los brazos abiertos. Aquello siempre había funcionado. Pero esta vez no fue así.

—Izel… —supliqué.

No pude soportar su silencio, sus ojos… Se me escapó un sollozo desesperado. Ella se descubrió y se sentó en la hierba, rendida, pero sin acudir a mis brazos. Me quedé paralizado, de rodillas, mirando su rostro, tan bello, con todos sus desgarradores cambios: había dejado de ser joven para aparecer derrotado, marcado por la tristeza, curtido por el dolor. Lo decía su llanto silencioso, sólo visible por las lágrimas que aún resbalaban por sus mejillas.

—¿Qué te ha hecho ese maldito? —gruñí con un doloroso nudo en la garganta.

—Me ha repudiado —respondió amargamente.

¿Eso era lo que le causaba dolor? Me negaba a aceptarlo. Me había estado castigando a mí mismo porque me sabía correspondido y mi ceguera fue mi mayor falta. Esta vez no.

—Izel, ¿qué te ha hecho? —Me sentí desconcertado ante su indiferencia. Era mala señal. Insistí—: Sé que te repudia porque no le has dado hijos.

De pronto tembló y se cubrió la cara con las manos, de nuevo en espasmódicos pero silenciosos sollozos. La abracé, no lo pensé. Sólo la abracé, acuné su cabeza sobre mi pecho y acaricié su cabello. Lo besé repetidas veces mientras ella se estremecía y yo vertía mis propias lágrimas.

—Estoy contigo, Izel, y lo estaré siempre —murmuré—. Te amo. Jamás debí dejar que te casaran con otro. Te amo, mi Izel. Yo estaré contigo, yo te cuidaré, no temas.

Se apartó de mí y me miró en silencio, con ojos incrédulos, sin pestañear. Parecía examinar mi rostro, como si no me reconociera. Entonces fui consciente de todo lo que le acababa de decir. Le tomé una mano y busqué valor.

—Perdóname por no habértelo confesado antes, Izel. Te amo —repetí, con una voz clara que pretendía sonar segura pero que resultó temblorosa.

Se soltó de mi mano con desprecio y miró al suelo. Luego, dijo con sequedad:

—He yacido con él. Me tomó muchas veces.

—Te quiero.

—Me quedé embarazada. —Me miró desafiante. Me sentí muy confundido. ¿Qué pasaba? Sabía que ella leía en mi rostro y, ante mi silencio, añadió—: Montó en cólera... Dicen que no podré tener más hijos. Lo ha intentado; ahora me repudia con razón. ¿Me quieres? ¿Quieres a una media mujer?

Prácticamente gritó las últimas frases. Se abalanzó sobre mí y me golpeó en el pecho. Yo la dejé hacer. «Montó en cólera —se repetía en mi mente—. Montó en cólera.» De pronto, lo entendí todo. La así por las muñecas; ella dejó de golpearme y me miró furiosa.

—¿Te ha pegado?

Volvió a dejarse caer en el suelo, con la mirada perdida entre las piedras. Sonó otro rugido en el exterior. Esta vez, sin embargo, yo sólo oía mi corazón enfurecido. La había pegado, había golpeado a una mujer embarazada... Seguro que Ixtlixochitl tenía pensado repudiarla desde el principio. Se casó con ella para repudiarla y dejar claro a Tenochtitlán cuál iba a ser su política. Por eso era la candidata perfecta para él. Con toda probabilidad, mi presencia era una prueba más de las razones de su padre. Al fin y al cabo, de Nezahualpilli iba a heredar. Pero Ixtlixochitl no se saldría con la suya. Los mexicas castigaban aquello con tanta severidad como el adulterio.

—Hay que contárselo a tu padre —dije, pero ella sonrió amargamente —. Te quiere.

—Me dirá que no se puede demostrar, Guifré. —Me miró resignada y concluyó—. Ya estoy repudiada. Mañana se hará oficial.

Por primera vez la volví a ver, vi rastros de mi Izel. Su mano se posó en mi barba y me acarició el rostro.

—Yo también te amo —confesó. Y agregó con una sonrisa triste—: Desde que era una muchacha.

Luego, bajó la la cabeza. Me evitó. Me arrodillé para aproximarme a ella. El suelo parecía vibrar, pero yo sólo quería verle la cara. Cuando apenas nos separaba un suspiro, ella me miró y me hundí en sus labios con los ojos cerrados. Saboreé su amargura tensa, aspiré su dolor con mi culpabilidad, y al fin llegué a su lengua cálida, dulce y amada. Noté sus manos en mi cabello y, sin separarme de su boca, la abracé entre lágrimas. Todo me daba vueltas, me sentía hechizado, oía gritos lejanos, envueltos por el olor del copal de los inciensiarios, mezclado con el retumbar de la tierra y su piel, la piel de Izel.

—¡Vamos, salid, salid! —oí que exclamaba Ollin.

Nos separamos sobresaltados.

—Es un terremoto. Vamos —nos apremió el nigromante.

Cierto. El suelo temblaba con intensidad. Salimos a la carrera del jardín de las *cihuapipiltin* mientras algunas esculturas se agrietaban. Íbamos de la mano. Los sacerdotes salían del *calmecac*, a pocos pasos. Los guerreros águilas y los jaguar también abandonaban sus dependencias. Todo era confusión. Había anochecido.

—¡Guifré, eh, Guifré! —gritó Ollin tras de mí.

Izel me tiró del brazo y me obligó a detenerme.

—Gracias —le dijo el anciano, resollando.

Ella intentó soltar mi mano, pero no la dejé. La miré sin entender.

—Debo volver al palacio del Huey Tlatoani —señaló.

—Ni hablar.

—Mañana la verás —terció Ollin—. Vamos, haz lo correcto. En la calle no le pasará nada.

La miré preocupado. En el palacio del Tlatoani también estaba aquel bárbaro. Ella sonrió.

—Tranquilo, ya ha conseguido lo que quería. No me puede hacer más daño.

Suavicé la tensión de mi mano. Ella la aferró y luego la soltó. El suelo había dejado de temblar. La vi marchar con su sierva, de nuevo tapada, entre la muchedumbre de hombres que se agolpaba en las calles del centro ceremonial.

—¡Se acerca, se acerca! —se oían algunos gritos atemorizados; los temblores de tierra se consideraban anuncio de desgracias.

Ollin me tomó del brazo y me obligó a girarme y a caminar.

—Vamos, haz lo correcto.

Me detuve y lo miré, interrogante. Me sonrió, travieso. Caminé decidido. Él se quedó atrás, en el recinto ceremonial. Ya me había ayudado, ahora era cosa mía.

No hubo más temblores, pero la gente estaba en las calles, presa del pánico. Algunos, al verme pasar, pretendían besarme las manos y otros comían la hierba declarándome su respeto y sumisión. Al llegar al palacio de Chimalma, muchos de sus esclavos y siervos estaban en la calle, pero otros tantos volvían al recinto con el regreso de la tranquilidad. Vi a Ocatlana. Me apresuré y lo agarré del hombro.

—¿Y Chimalma?

Me miró asustado. Intenté suavizar mi expresión pero creo que no lo conseguí. Ocatlana me respondió tembloroso:

—En la azotea.

Atravesé el jardín del segundo hombre más importante de Tenochtitlán, deseoso de ver su poder transformado en venganza. Subí las escaleras a toda prisa y ahí estaba, sentado, ataviado sólo con su *maxtlatl* delante del escondite de Izel, con el *patolli* que yo había vuelto a dejar el día antes en su sitio. Me miró con ojos vacíos.

—Era un buen partido para ella —comentó en tono hueco—. ¿Cómo procurarle ahora lo mejor?

—Le ha pegado.

Algo de su alma volvió a sus ojos y agrandó la orla negra que los circundaba. Los entornó y me observó.

—¿No lo has oído? La golpeó para matar al hijo que llevaba en su seno —grité.

Dejó el *patolli* a un lado con sumo cuidado y se puso en pie. Vino hacia mí, escrutándome, lentamente. Sin duda era un hombre inteligente que se había percatado de lo mismo que yo: Ixtlixochitl se había casado con Izel para utilizarla contra Tenochtitlán, cazando al cazador, engañando a Chimalma. Tenía los puños apretados y el rostro crispado. Se situó frente a mí. Tuve que bajar la cabeza para que sus ojos encontraran los míos.

—Te lo ha dicho a ti y no a mí, su padre. —Bajó la cabeza—. Yo la he visto esta tarde…

—Ha dicho que no se puede demostrar —musité sorprendido.

Pensé que su reacción al acercarse a mí se debía a su propio orgullo herido, pero no. Chimalma me volvió a mirar. Sus ojos desprendían fuego.

—Cierto —dijo recuperando su aplomo habitual—. Pero Ixtlixochitl tampoco será Tlatoani de Texcoco mientras mi sobrino lo sea de la gran Tenochtitlán, te lo aseguro. —Apoyó la mano en mi hombro. Vi sus labios contraídos por la rabia—. Esta vez usaremos el bien de Tenochtitlán para vengar a mi hija. Quiero que Motecuhzoma te oiga decir a ti lo que me has dicho. Del resto, me encargaré yo.

Asentí. Él me miró.

—Gracias, Guifré. Más que un huésped, eres un amigo.

Bajó la cabeza y se marchó. Miré cómo iba hacia la escalera, con su espalda desnuda encorvada por la edad. Me pareció vulnerable, pero no dudé ni por un momento de su poder.

—¿Volverá a casa? —no pude evitar preguntar.

Él se detuvo y me miró.

—Claro. No lo puedo castigar oficialmente por lo que le ha hecho a mi niña, pero quiero estar delante cuando mi hija vea cómo cae. ¿Tú no? —Sonreí amargamente. Su rostro se suavizó—. Aquí la querremos como es debido.

XXXV

Barcelona, año de Nuestro Señor de 1516

Con una estola grana sobre la casulla ricamente bordada y la mitra luciendo en su cabeza, el obispo de Barcelona alzó los brazos y contempló a la nobleza congregada en la catedral. Manteniendo las manos a la altura de su pecho, ahuecó la voz para que resonara con claridad en la enorme nave central:

—Dios Nuestro Señor, acoge en tu seno a don Fernando, rey de Aragón, Mallorca, Valencia, Cerdeña y Nápoles; regente de Castilla; duque de Montblanc y conde de Barcelona y Ribagorça.

Luego, Domènech dirigió la oración de su exquisita parroquia ocultando un suspiro de alivio. Al acabar, se retiró rápidamente del altar hacia la sacristía. «Ya está», pensó llevándose las manos a la cabeza. Desde que había muerto don Fernando, los dolores eran cada vez más frecuentes. Pero al fin, aquella misa había sido la última de las muchas celebradas por el alma del ilustre difunto. Esto lo había tenido muy ocupado y se alegraba de haber mantenido al padre Miquel como secretario del obispo. El sacerdote había sido muy eficiente en organizar sus tareas, aunque no le pudo proporcionar informaciones más allá de sus estrictos deberes episcopales. Domènech esperaba que estos recobraran cierta cotidianeidad para tener el tiempo necesario e interpretar qué caminos le abría el Señor. Hasta aquel momento, sólo había podido captar un ambiente enrarecido que podía interpretar como normal: «¿Cómo no va a haber tensiones en una situación de trono vacante?».

Entró en la sacristía con pasos enérgicos. Miró a su alrededor. Cuando se vistió para la misa no había percibido tanto polvo.

—Padre Miquel, dígale al sacristán que limpie todo esto —ordenó entregándole la mitra.

—Sí, mi Ilustrísima Reverendísima —respondió el sacerdote colocando la mitra en una arca encargada por el nuevo obispo con imágenes del martirio de santa Eulalia.

Cuando acabó, su superior ya lo aguardaba tendiéndole la estola. El cura la plegó con ceremonia. El obispo sonrió complacido. Aunque no fueran función del secretario, reservaba siempre al padre Miquel tareas que le hicieran recordar que estaba allí, y no en la hoguera, sólo porque era su sirviente. Colocada la estola en la misma arca, Domènech se dejó ayudar para desprenderse de la delicada casulla.

—Procura que el hábito no se mueva lo más mínimo —advirtió el obispo a su secretario.

Aquella mañana Domènech se había colocado con sumo cuidado el hábito que quedaría bajo la casulla. Tenía unas ronchas dispersas por la espalda y no quiso que se le reventaran para no manchar la ropa y que nadie intuyera aquellas impurezas en su piel. Le recordaban a las de la condesa de Manresa. Sin embargo, el obispo no las asociaba a su particular lección acerca del pecado de la carne, puesto que si bien en su miembro apareció una ampolla, había desaparecido hacía ya tiempo. De hecho, si en el caso de la noble aquella afección en la piel era un camino abierto sin duda por el Señor para que se purificarse a través del sufrimiento, él no podía dar la misma explicación a sus ronchas. Eran menos e indoloras, y no habían supurado ni convertido en herida. Domènech pensaba que podían ser una señal divina: «¿Pero acerca de qué? Debo estar atento al cambio», llegó a pensar. Y por eso no quería que nadie lo supiera: era una asunto íntimo entre él y el Señor.

Cuando el sacerdote le hubo quitado la casulla, el obispo se tocó con suavidad los hombros para comprobar que su hábito morado, indicativo de su alta dignidad, estaba perfectamente colocado. Entonces llamaron a la puerta de la sacristía. Domènech miró al padre Miquel. El cura no pudo evitar encogerse de hombros, aunque se arrepintió al ver la censura en los ojos del obispo. Este no le dejaba sonreír, apenas podía gesticular. Le hacía ser tan sobrio como lo era él. Así que, erguido y serio, el sacerdote se dirigió a la puerta de la sacristía antes de que el obispo le reprochara el gesto.

Domènech se apresuró a ponerse la cruz pectoral, enorme y dorada, mientras el padre Miquel cuchicheaba con alguien en la puerta, sin llegarla a abrir del todo. Luego, la cerró y se dirigió a él:

—El lugarteniente desea verle, Ilustrísimo Señor.

—¿Aquí? —preguntó sorprendido. El secretario asintió con el rostro tenso. Domènech arqueó las cejas y, aunque con cierto disgusto, cedió—: Bien, hazlo pasar y aguarda fuera.

El obispo tomó asiento en una confortable silla de tijera tapizada en morado mientras el padre Miquel hacía pasar a don Juan de Aragón. No le gustaba tener que recibirlo allí. Prefería su amplia estancia de trabajo o la lujosa sobriedad de su sala de audiencias, en el palacio episcopal. Pero era obvio que el lugarteniente no quería una audiencia oficial.

—Ilustrísimo Señor, me congratula que me reciba a pesar de lo poco apropiado de la situación —dijo don Juan de Aragón mientras se dirigía hacia Domènech.

Vestía totalmente de luto, y pese a la pretendida cordialidad del saludo, su rostro reflejaba cansancio y pesar. En cuanto llegó a su altura, el obispo le extendió la mano y el lugarteniente besó el anillo pastoral.

—Sabe que mis puertas siempre están abiertas a su Ilustrísima —respondió el prelado por seguir con el lenguaje formal. Y señalando una silla, añadió—: Poco apropiado es mi recibimiento aquí, puesto que sólo dispongo de este humilde mobiliario.

El lugarteniente sonrió y, dado que no había allí nadie a quien pedírsela, fue hacia la silla, la alzó, la acercó hasta el anfitrión y tomó asiento a su lado. A este le disgustó esa proximidad. Prefería tenerlo enfrente, pero no dijo nada. Desde que fuera nombrado obispo, la actitud de don Juan de Aragón hacia él había cambiado. Se seguía mostrando altivo en público, pero cuando se veían en privado, adoptaba un aire cercano, de una complicidad que llegaba hasta donde a Domènech le interesaba. Y en este caso, dada la extraordinaria petición de ser recibido en la misma sacristía, el obispo intuía que lo que tuviera que decirle le resultaría de gran interés.

—No sé si habrá llegado a sus oídos que en Flandes ya proclaman al joven Carlos de Gante como rey de Castilla y Aragón —empezó don Juan casi en un susurro.

Domènech sintió el calor del aliento del lugarteniente y evitó mirarlo. Desde luego, simuló sorpresa ante lo enunciado y preguntó:

—¿Pero no era su hermano pequeño, el infante Fernando, el elegido por Su Alteza, Dios lo tenga en su gloria, para sucederle?

—¡Era y debiera ser! —exclamó don Juan, claramente irritado—. No en vano se ha criado en Castilla. Pero al parecer hace unos cuatro años su abuelo anuló el testamento en que le legaba el reinado. Y lo peor es que el de Gante es el hijo mayor de Su Alteza doña Juana, sí, pero desde luego también es un extranjero rodeado de borgoñones que planean sobre estos reinos como buitres.

—Don Juan, me sorprende su enfado, la verdad. Dios pondrá las cosas en su sitio.

—Mucha fe tiene usted. El cardenal Cisneros, el regente de Castilla, parece haber claudicado. Ha recibido a un legado de don Carlos, un eclesiástico llamado Adriano de Utrecht, maestro del joven desde que este tenía seis años. Parece que el tal Adriano es ahora el regente oficial, aunque quien ejerce es el cardenal Cisneros, que pide a don Carlos que deje Borgoña y venga a gobernar.

—A fe mía que su Eminencia Reverendísima, el cardenal Cisneros, ya ha probado su fidelidad a la Corona a lo largo de su vida. Si lo ha hecho es porque la gracia de Dios a buen seguro le ha iluminado.

—Si lo ha hecho es porque teme que, tal como están las cosas, las ciudades se subleven —repuso agriamente don Juan—. No quiere disturbios.

—Todos preferimos la paz —murmuró Domènech intentando disimular en su tono una creciente irritación. Se incorporó y por fin se dignó a mirar directamente a los ojos del lugarteniente—. Lo siento, don Juan, pero no veo dónde quiere ir a parar…

—Esta diócesis siempre ha sido fiel a la Corona. Pero ahora no hay un rey legitimado.

—Está Su Alteza doña Juana —interrumpió el dominico secamente—. Y en el reino de Aragón tenemos como regente al Ilustrísimo arzobispo de Zaragoza, don Alonso.

Se cruzó de brazos y escrutó a don Juan. No le gustaba el cariz que estaba tomando la conversación. Por supuesto, no ignoraba los derechos que reclamaba don Carlos, pero no creía que fuera el momento oportuno para tomar partido. El lugarteniente relajó algo sus facciones e incluso esbozó una sonrisa.

—Claro, claro… Pero ya sabe que doña Juana no está en sus cabales, así que… La estrategia de los borgoñones es tan burda que resulta insultante. La legación enviada tiene como propósito controlar al infante Fernando, su propio hermano menor. Y la cosa no queda ahí. Don Carlos se está allanando el camino: va a empezar a otorgar cargos antes de haber pisado tan siquiera esta tierra. Según dicen, se los está vendiendo a los flamencos. Recuerde que es el Rey quien nombra a los obispos. ¿Quiere a un flamenco en su sala de trabajo? Ahí es adonde quiero ir a parar. Va a haber muchos movimientos, Ilustrísima Reverendísima, y es posible que el infante Fernando necesite de toda ayuda para hacer valer la gracia de Dios por encima de la inocencia que aún lo distingue. Normal, por otro lado, a sus doce años.

«¿Me está pidiendo que escoja a un rey antes de que Dios lo haga? —se preguntó Domènech mirando imperturbable a don Juan—. Eso sí que aseguraría a otro en mi silla, sobre todo si elijo mal.» Alargó una mano hasta tocar el brazo del lugarteniente y dijo:

—No se preocupe, don Juan. Dios siempre coloca las cosas en su lugar. El Altísimo nos guiará.

El lugarteniente asintió, aparentemente complacido, y tras besar de nuevo el anillo pastoral, abandonó la sacristía. A Domènech no le importó si se había tomado su respuesta como una velada declaración de fidelidad hacia los derechos al trono del infante don Fernando. Simplemente había evitado generarse enemistades antes de tiempo. La prudencia era esencial. «Pero debería buscar la fórmula de acercarme a don Carlos, por si acaso», pensó. Adriano de Utrecht, además de regente nombrado por don Carlos, era miembro de la Iglesia Católica. «Él es la clave, pero ¿cómo acercarme?»

En confirmación de lo vaticinado por el lugarteniente, dos meses después de la muerte de don Fernando la tensión en Castilla iba en aumento. Don Carlos empleaba el título de Rey aunque no lo hubiera tomado aún, legalmente, ante las diversas cortes. Estaba otorgando títulos y cargos a flamencos, y el cardenal Cisneros se veía obligado a enfrentarse con los nobles castellanos, quienes descontentos, azuzaban los ánimos en las ciudades. Entre todas las esferas de poder, allá donde fuere, Domènech no dejaba de oír hablar de las Gentes de Ordenanza que había armado el regente de Castilla. Para reforzar la posición de un Rey ausente, y de sí mismo, el anciano Cisneros demostraba que sus ochenta años no le habían mermado energía para obtener el permiso real para crear una milicia permanente. Los nobles castellanos protestaban, claro está, pues desde luego, tales milicias eran para controlarles. Pero incluso las ciudades se rebelaban, ya que estaban obligadas a mantener económicamente a las llamadas Gentes de Ordenanza. Y mientras Cisneros reclamaba a don Carlos su presencia en Castilla, este, desde Flandes, atenuaba las medidas del regente para intentar frenar la subversión fruto de su creciente mala fama como monarca.

Aunque Cataluña permanecía más tranquila, la situación inquietaba al obispo de Barcelona más de lo que estaba dispuesto a admitir en público. Se sentía enclaustrado en la ciudad. En su amplia estancia de trabajo, confortablemente sentado frente a la misma chimenea ante la cual, hacía algo más de un año, se postraba a los pies de Pere Garcia, Domènech incluso llegó a la conclusión de que su vida se había estancado. Miró hacia el tapiz de la Pasión, lo único que se llevó del Palacio Real Mayor al palacio episcopal. No había conseguido entrar en el Consejo de la Suprema y General Inquisición de Aragón, pese a haber sido eficiente inquisidor de un tribunal de cierta relevancia y de ser obispo. Sabía que para seguir ascendiendo, sus treinta años de edad le habían pesado. Pero sentía que, tanto su origen catalán como su linaje, noble pero menor, no acababan de favorecerle. Y por eso supo ocultar bien sus lazos con los nobles más celosos del poder de las instituciones propiamente catalanas, además de luchar contra el asedio al Santo Oficio en la ciudad de Barcelona, demostrando con todo ello ser un defensor del poder casi absoluto de la Corona. «Quizás si don Fernando hubiera vivido algo más —se dijo—, hubiera tenido tiempo de afianzar mejor mi posición.»

Mantenerse en un punto de equilibrio dentro de su cargo le había costado sus esfuerzos, que con todo, parecían insignificantes ya que su poder quedaba circunscrito a una ciudad importante, sí, pero sólo en el Principado. Y ahora se preguntaba si debió haber dirigido todo su empeño hacia horizontes más amplios, ya que ¿quién le podía garantizar siquiera la dignidad de obispo?

Atizó el fuego de la chimenea y se recostó en su silla. Había dirigido una misiva de explícito apoyo a Adriano de Utrecht, aunque se aseguró de que saliera de la ciudad de la mano del discreto Lluís. De eso hacía más de un mes, y no había recibido respuesta. Para don Carlos, heredar Aragón suponía un buen conjunto de territorios mediterráneos, pero el comercio catalán, antaño señor del Mare Nostrum, había decaído y tan sólo se comerciaba con Marsella y con el reino de Mallorca. Pocos barcos proseguían rumbo a Sicilia o Cerdeña. En cambio, hacerse con Castilla era heredar la potencia económica que exportaba lana a los Países Bajos y que tenía ante sí tierras nuevas al otro lado del Atlántico, con las cuales sólo comerciaban castellanos a través de Sevilla. Así que Adriano debía de estar concentrado en afianzar la posición de don Carlos en Castilla, y poco le importaba la carta del obispo de Barcelona. De pronto, a Domènech le parecía que la ciudad, que el Principado entero, empequeñecía, tal como hiciera su Orís natal en los tiempos en que heredó la insignificante baronía que tanto le había importado en su juventud.

El padre Miquel lo sacó de sus pensamientos con sus tres toques característicos. Domènech sonrió con desprecio. Aún recordaba cuando el secretario del obispo llamaba a su puerta así, siendo él un procurador fiscal tratado como peón de poderes más elevados. Ahora Domènech representaba a uno de los altos poderes de la ciudad y, sin embargo, ansiaba volver a ser peón, pero de los verdaderos poderes de los reinos peninsulares, ya que con ello, cuando menos, estaba presente en el tablero de juego.

—Pase —dijo sin desviar la mirada de las llamas.

Al oír que la puerta se abría, alargó la mano para que el padre Miquel pudiera besar su anillo pastoral. Este así lo hizo y luego se mantuvo tras la silla en la que estaba sentado el obispo. Prudente, anunció:

—Ilustrísima Reverendísima, tiene una carta.

—¿Y por qué tanta premura para entregármela, padre Miquel?

—Pensé que sería de su interés, mi Ilustrísimo Señor.

Domènech alargó una mano sin dirigir siquiera una mirada a su secretario. El sacerdote le tendió la carta y el prelado se la llevó a su regazo. Vio quién le dirigía la misiva y sonrió satisfecho. De pronto, su rostro se contrajo y se volvió hacia el padre Miquel. El cura, siempre barrigón, había perdido peso en el último año y su rostro se empezaba a arrugar, pero mantenía el tono sonrosado de su piel. El secretario bajó la mirada, sumiso, pero Domènech pudo ver lo que le pareció una sonrisa reprimida.

—Miquel —dijo pausadamente—, supongo que no hace falta recordarte a quién te debes.

—Sólo a usted, Ilustrísima Reverendísima.

—Entonces sabrás que de esta carta…

—¿Qué carta, mi Ilustrísimo Señor? —se apresuró a responder con la mirada sobre la alfombra.

El sacerdote vio de reojo como su superior sonreía complacido y procuró reprimir un suspiro de alivio. La situación de la sucesión no sólo inquietaba al obispo, sino también a su secretario. Desde la muerte de su primogénito, Gerard de Prades había disminuido su actividad política y el cura temía dejar de ser útil para Domènech, lo cual lo exponía demasiado a ser denunciado ante la Inquisición. Con frecuencia, desde hacía cuatro años y sobre todo durante el último, se había dicho que morir no podía ser tan terrible, no tanto como someterse al obispo. Pero ser torturado, quemado vivo…, o ver cómo lo era su padre, le infundía un miedo denso y continuado. Este miedo se había acentuado con los problemas de la sucesión al trono. El padre Miquel incluso temblaba por las noches al pensar que a raíz de ello, Domènech pudiera verse desposeído de su cargo. «Es capaz de arrastrarme con él, e incluso utilizar el caso de mi padre para mantener cierta dignidad en la Inquisición», se decía a menudo.

—¿Algo más, padre Miquel?

—Ilustrísimo Señor… —titubeó. Pero enseguida tomó aire. «He de parecerle útil», pensó—. Han llegado noticias de alzamientos en Navarra. Parece que Juan de Albret pretende recuperar el trono del reino.

El prelado se volvió de nuevo hacia la chimenea y entornó los párpados. Parte de Navarra, la del sur de los Pirineos, se había incorporado a la corona de Castilla hacía apenas un año. Los movimientos subversivos le parecían normales: aún había una dinastía fuerte para reclamar sus derechos. Aunque vista la dureza de Cisneros, Domènech pensó que pocas eran sus posibilidades. Aun así, esos movimientos podían animar a otros reinos, como al mismo Principado. Por ello preguntó:

—¿Ha habido algún movimiento extraño por parte del conde de Empúries?

—No, Ilustrísima Reverendísima. Que haya podido averiguar, tanto él como otros nobles con sus mismas ideas se mantienen a la espera de lo que pueda suceder. Al parecer, están dispuestos a aceptar al Rey que respete a las Cortes y a la Generalitat. Según he sabido, creen que con lo de Navarra y con la inestabilidad en Castilla podrán negociar mejor este respeto, ya que la estabilidad en el Principado será más útil.

—Muy bien, Miquel. Sigue así, alerta. Lo que a veces parece un rumor banal puede adquirir gran relevancia.

Extendió la mano, una vez más sin mirarle, y Miquel besó el anillo pastoral antes de dejar la estancia. «La clave está en quién brinda esa estabilidad», pensó el obispo mientras oía cerrarse la puerta.

Ya a solas, abrió la carta que por fin le remitía Adriano de Utrecht. Estaba en francés, en un trazo formal, de escribano de *scriptorium*. Frunció el ceño. Había aprendido el idioma durante su infancia en el monasterio. Con todo, aquellas viejas nociones de francés, más sus conocimientos de catalán, castellano, italiano y latín, le ayudaron a entender lo que se decía en la misiva con menos dificultad de la inicialmente esperada.

En cuanto acabó de leerla, la plegó cuidadosamente y la mantuvo en su regazo mientras acariciaba la gran cruz pectoral que sólo llevaban los prelados al cuello. La carta le anunciaba que comenzaban ya los nombramientos de extranjeros en cargos del Principado. El primero era el propio Adriano, a quien el rey don Carlos designaba obispo de Tortosa. Le comunicaba además que iría a visitar la diócesis tarraconense y le convocaba a una audiencia. Pero o no hacía referencia alguna a nada más, o él no conseguía leer entre líneas. Aun así, tenía una respuesta y una audiencia. «Debo recuperar mi francés hablado para poder comunicarme con él sin intermediarios», pensó. Tendría sólo una oportunidad para hacerse visible ante el bando de don Carlos y sabía que, para ello, debería convencer a Adriano de lo útil que podía ser el obispo de Barcelona.

• • •

Domènech salió de la ciudad en su carruaje dos días antes del encuentro con Adriano de Utrecht. Su secretario viajaba en el pescante, junto al cochero, y había optado por hacerse acompañar de una pequeña escolta formada por dos hombres. No es que temiera a los bandoleros, sino que quería un séquito acorde con su dignidad sin incurrir en la ostentación. Aunque le dolía la cabeza, estaba contento. Las ronchas rosáceas de su espalda habían desaparecido por completo desde que leyera la carta de Adriano. Y ahora estaba convencido de que, aun sin haber sido consciente de ello, había cumplido con los deseos de Dios, que sin duda le había enviado una señal divina para que diera él mismo un paso, discreto y precavido, hacia quien acabaría siendo su elegido en la pugna por la Corona: don Carlos.

El sol casi estaba cerca de su cenit cuando el carro bordeó el Ebro. Tortosa se hallaba en un terreno llano, cercada por montes, y próxima a la desembocadura del río. Desde su asiento, Domènech vio la silueta del imponente castillo de la Suda. Construido al suroeste, sobre roca en lugar elevado, en un peñasco como el de Orís, dominaba la ciudad a sus pies. Evocó momentos de la infancia, cuando frente al fuego, él y Guifré escuchaban las historias que su padre les contaba sobre cómo Ramon Berenguer IV expulsó a los árabes de Tortosa allá por el año de Nuestro Señor de 1148, y se hizo con el castillo que ellos habían construido. Aquel castillo fue residencia del rey Jaume I, luego de la Orden del Temple… Suspiró con cierta añoranza de las historias que llenaron de felicidad su infancia. En aquella época, el pequeño Domènech había soñado con ser el señor del castillo y defender la plaza ante los infieles. Ahora podía decirse a sí mismo que había luchado y luchaba contra los infieles, aunque no con la espada que había imaginado.

Todo esto se esfumó de su mente en cuanto el carruaje se detuvo y puso los pies sobre los adoquines que conducían al palacio episcopal. La catedral de Santa María alzaba sus contrafuertes, sólida aunque inacabada, pues aún faltaban los pináculos. El palacio episcopal estaba cerca de la seo y se erguía proyectando su orgulloso reflejo sobre las tranquilas aguas fluviales. El prelado llegó a un patio interior precedido de su secretario y seguido de los dos caballeros que lo escoltaban. El padre Miquel había sido diligente: ya los esperaban. La escolta se quedó en el patio ajardinado, y él y su secretario fueron conducidos por una amplia escalera voladiza que los llevó al primer piso.

Domènech oyó que anunciaban su presencia al obispo de Tortosa en francés y en seguida lo hicieron pasar a una gran galería coronada por arcos ojivales. Al fondo estaba sentado, muy erguido, un hombre que debía de superar ampliamente la cincuentena. A pesar de tener el rostro rasurado, se apreciaba una fuerte barba que daba un especial realce a su labio inferior, más grueso que el superior. Su mirada, tan apacible como severa, estaba fija en él. Vestido de morado, como Domènech, se encontraba rodeado de tres sacerdotes en pie. En cuanto el obispo de Barcelona empezó a avanzar por la galería con paso seguro, el de Tortosa se levantó y fue a su encuentro. Este era un gesto poco habitual, pero le satisfizo ver que Adriano de Utrecht le trataba como a un igual. Al obispo de Tortosa no se le escapó la mueca en forma de sonrisa de aquel hombre joven, alto y fornido, de fríos ojos azules.

Cuando se encontraron en medio de la sala, se saludaron con una leve inclinación de cabeza. Tras Adriano iba un sacerdote bajo, regordete, pecoso y de ojos verdes. Domènech no pudo evitar contemplarlo con mirada ceñuda, pero Adriano pareció ignorarlo y se dirigió a él en francés.

—Me honra con su presencia aquí, Domènech de Orís, obispo de Barcelona.

A la espalda de Adriano, el sacerdote hizo ademán de hablar, pero Domènech se adelantó y respondió en un francés con marcado acento catalán.

—El honor es mío, Ilustrísimo Señor.

Adriano sonrió ampliamente y se le dilataron las aletas nasales. Se giró un instante hacia el sacerdote y dijo:

—Gracias, Phillippe. Creo que no necesitamos traductor. — Luego miró a Domènech y añadió—: Tenía excelentes referencias acerca de su formación y su labor, pero veo que están por encima de lo que me habían contado. Acompáñeme, por favor.

Al lado de la silla que había abandonado Adriano de Utrecht habían colocado otra, exactamente igual. El obispo de Tortosa le invitó a sentarse y, dirigiéndose a su séquito, ordenó:

—Pueden dejarnos solos, por favor.

Phillippe tradujo del francés al catalán. Uno de los otros dos sacerdotes frunció el ceño, con evidente disgusto, pero no dijo nada y obedeció. Domènech, por su parte, hizo una señal con la cabeza al padre Miquel, que se había quedado en la puerta de la galería. El cura también abandonó la sala.

Sentados uno al lado del otro, Adriano se inclinó levemente y lo miró directo a la cara. Domènech le devolvió la mirada con sus brazos apoyados en los de la silla, procurando aparentar serenidad. Adriano, en tono afable, comentó:

—He de admitir que me sorprende su juventud. Inquisidor en Vic, procurador fiscal en Barcelona, inquisidor en la misma ciudad y obispo. Brillante. ¿Por qué no es miembro del Consejo de la Suprema y General Inquisición?

—Usted lo ha dicho, me temo. Parece ser que el problema es mi edad.

—Para mí, en cuanto Su Alteza me nombre Inquisidor General de Aragón y Navarra, no será un problema.

Domènech se esforzó por evitar una sonrisa. «Sin duda, Dios me ha vuelto a iluminar el camino», pensó. Adriano, complacido, escrutó al joven. Por primera vez vio un brillo de vida en aquellos ojos, aunque la expresión se mantenía contraída en aquel hombre pálido, de cabello negro y pulcra tonsura. En su primera impresión, Adriano había captado en él una actitud altiva que le pareció reflejada en el aparente temor que advertía en el sacerdote que lo acompañaba. Pero lo atribuyó a la imponente figura del obispo. Sin embargo, queriendo ponerlo a prueba con aquel simple comentario, Adriano de Utrecht concluyó que la altivez era fruto de un espíritu ambicioso. Un espíritu ambicioso que sabía moverse con astucia, dado que a su edad ya había conseguido un obispado en una ciudad de la relevancia de Barcelona sin más título que una baronía de relativa importancia.

—Mi Ilustrísimo Señor, yo sólo deseo servir a Dios —dijo Domènech en un tono afable que a Adriano le pareció fingido.

—¿Por eso me escribió la carta?

—Sí. Don Carlos es rey por la gracia de Dios. Y me inquieta sinceramente la agitación con que algunos reciben los designios del Señor.

Adriano sonrió. No sólo le gustó la respuesta, sino también que le sostuviera la mirada. No todo el mundo era capaz de hacerlo. «Si no fuese tan frío, se diría que realmente siente lo que dice», pensó.

—Hay que ser piadoso —señaló Adriano—. Las medidas que ha tomado su Eminencia el cardenal Cisneros en el reino de Navarra, ¿cómo diría?, han sido...

Dejó la frase en suspenso y miró a Domènech, expectante. Este comprendió que volvía a ponerlo a prueba. Sin apresurarse, unió las manos sobre su regazo para atenuar una altivez de la que era consciente, y sin apartar la mirada de aquel hombre de ojos francos, añadió:

—¿Excesivas? Sinceramente, considero que su Eminencia ha probado de sobra su lealtad a la Corona, pero tal dureza en Navarra ocupando castillos como si fueran moros infieles... Y las Gentes de Ordenanza en Castilla... Disculpe mi arrogancia al emitir un juicio, Ilustrísima, pero considero que las acciones de Cisneros no ayudan al buen nombre de Su Alteza don Carlos ni a alimentar el amor que todo buen pueblo debe a su Rey.

Vio que a la sonrisa cálida de Adriano le sucedía un suspiro pensativo. Había hecho algo más que superar la prueba. Tenía la sensación de que había verbalizado las sospechas del obispo de Tortosa.

—¿Cree que su Eminencia lo ha hecho a propósito?

Domènech reprimió un suspiro de euforia. Su sensación era acertada.

—Ilustrísima, como sabe, mi formación es jurídica. Y sin pruebas, ¿qué más da lo que crea un simple hombre respecto a otro? Dios lo juzgará. Pero no está de más tener en cuenta esto como posibilidad. Y Su Alteza, al atenuar las medidas de Cisneros, sin duda ha obrado con la prudencia necesaria.

Aunque en su rostro no se reflejara más que cordialidad, Adriano estaba sorprendido ante las respuestas del obispo de Barcelona, tan acertadas como comedidas. Domènech podría haber atacado a Cisneros, pero le había demostrado que era capaz de controlar su arrogancia. Por otra parte, Adriano había tenido tiempo de informarse sobre la relación entre castellanos y catalanes; estos últimos, nobles celosos de la intrusión de los poderes e instituciones del reino vecino. También pudo atacar a Cisneros por esto último, y no lo hizo. «Este hombre es ambicioso, pero sabe cuál es su lugar», pensó. Así que se decidió a llevar adelante la estrategia que había empezado a fraguar desde que recibió la carta del obispo de Barcelona.

—Sabe que Cisneros pide a Su Alteza que venga. Y lo hará. Permítame que no le adelante la fecha, pero créame que lo hará.

—Por supuesto, Ilustrísimo Señor, estoy al servicio del Rey, esté aquí o en Gante.

—Me alegra oír eso. Porque el Principado se ha mantenido en paz, aunque mucho me temo que pueda haber quien considere aún al infante Fernando como heredero….

—Los hay, cierto. Se ha criado en Castilla y hay importantes estamentos ligados a la Corona y al reino que pueden inclinarse por el infante. Por esa misma razón, también hay nobles que prefieren a Su Alteza don Carlos.

—¿Y como se puede asegurar la paz?

—Ilustrísimo Señor, si me permite que le diga: haciéndoles ver a quién otorga Dios su gracia.

—Tal y como lo plantea, parece cuestión de predicación.

—Ese es uno de nuestros cometidos, ¿no, Ilustrísima?

Adriano se irguió y observó complacido a Domènech. El joven lo miraba con las manos en el regazo, manteniendo aquel simulacro de serenidad.

—Bien —se dispuso a concluir Adriano—. Confío en el buen cumplimiento de sus cometidos como obispo de Barcelona para que la inestabilidad no se extienda al Principado. Comprenda que yo solamente puedo hacer eso, confiar, pero su Rey, como instrumento del Señor, seguro que encuentra formas de hacer que su diligencia pueda probarse en menesteres más elevados aún que estos que le encomiendo.

—Gracias, Ilustrísima. Mas no atribuya a mi humilde diligencia lo que es, sin duda, voluntad de Dios.

«De nuevo una respuesta mesurada», reafirmó Adriano. Este tipo de reacciones le generaban desconfianza, sabedor de que eran demasiado estudiadas. Adriano de Utrecht, además de maestro de teología en la Universidad de Lovaina, había ingresado hacía unos diez años en la corte borgoñona como mentor del entonces pequeño Carlos, que ahora contaba diecisiete años. Su diligencia diplomática le había valido para venir como legado a aquellas tierras de nobles celosos, por cuanto si los catalanes recelaban de los castellanos, estos últimos lo hacían de los borgoñones. Y aquel joven podía recelar de todos, pues sólo le importaba él mismo. No era la primera vez, en sus años en la corte, que encontraba a alguien así. Su experiencia le decía que desconfiara de él. Pero a su vez, las razones de su desconfianza eran justo lo que le interesaba del obispo de Barcelona en aquella delicada situación. «Será fácil recompensarle si presta buen servicio, pero deberé pensar cómo controlarlo después, ya

que la desconfianza no es más que un aviso a la cautela»,
pensó.

—¿Compartiría conmigo el almuerzo, Ilustrísima? —invitó al cabo.

Domènech bajó la cabeza para asentir con humildad. «Las altas estirpes son así —pensó—. Basta con agasajarlas y ponerse a su servicio para que se crean dueños, cuando no son sino meros instrumentos. Gracias, Señor, por brindármelos.»

XXXVI

Tenochtitlán, año de Nuestro Señor de 1517

Nunca llegó a ver a su hijo, pero el luto se apoderó de su rostro por siempre. Izel se dejó abrazar, besar, acariciar por mi cuerpo como tregua otorgada a su dolor sordo. Su espalda tersa, sus pechos menudos, sus caricias y sus gemidos entre la bruma del vapor bañado del perfume a flores también eran una tregua para mi culpabilidad. No me sentía culpable por nuestro amor secreto, que me enseñó las delicias de la intimidad, sino por el alto precio que ella había pagado para poder vivirlo, un alto precio que yo le pude haber ahorrado.

Después de aquella conversación con Chimalma en la azotea, en la que descubrí al padre por encima del estratega, sólo pensaba en vengar a Izel. El día que le conté al Tlatoani lo que sabía por la hija de su tío el cihuacóatl, el rostro de Motecuhzoma me confirmó que era un hombre soberbio e inflexible. Estaba muy lejos del gobernante débil que había imaginado durante nuestros paseos, cuando me daba la impresión de que dejaba su mandato en manos de sus consejeros, fueran sacerdotes, guerreros o el mismo cihuacóatl. Rememoré la voz amarga de Chimalma: «Como dijo Motecuhzoma: utilicemos las tácticas de las concubinas». Y aunque ante el Tlatoani me enfurecía ver confirmado que él la había utilizado por interés político, no me costó reprimir mi rabia al entender que, a su vez, Texcoco se sirvió de Izel directamente contra él, en la medida que el Huey Tlatoani de Tenochtitlán lo había planificado todo y su tío obedeció al soberano. Aquel día fui consciente de que en ese mundo de leyenda que se había tornado en mi única realidad, el poder era él, Motecuhzoma Xocoyotzin. Por primera vez pensé que debía ser precavido, pues de su favor dependía mi destino.

Cuando Nezahualpilli falleció, poco después de que Izel fuera repudiada, no fue Ixtilxochitl quien subió al trono de Texcoco. Como si la antigua Esparta griega hubiera podido elegir a los gobernantes de Atenas, el Tlatoani de Tenochtitlán actuó para que el consejo de señores de Texcoco eligiese a otro candidato, Cacama. Con la mirada compasiva y tierna que yo conocía bien, Izel clavó los ojos en su padre cuando él se lo anunció, sonrió forzada mientras dos lágrimas resbalaban por sus mejillas y se marchó.

—Habla con ella —me pidió Chimalma—. Creo que eres mejor padre que yo.

Me sorprendió tan desviada visión de mis sentimientos. Pero en aquel momento no le hice caso, como tampoco había atendido a otras revelaciones sucedidas en los últimos tiempos. Me limité a ir a la azotea y encontré a Izel sentada en el mismo lugar donde su padre la había añorado.

—No me siento vengada —me dijo con la mirada turbia y perdida—. Motecuhzoma quería dominar el trono de Texcoco y ha demostrado que pudo haberlo hecho sin utilizarnos. Me apena mi padre. Es su vasallo, como lo somos todos.

—¿E Ixtilxochitl? ¿Qué sientes respecto a él? —pregunté, tímido pero sucumbiendo al deseo egoísta de saberlo todo.

—No quiero hablar de eso, Guifré. Jamás. Hablemos de nosotros. Ya hemos perdido bastante tiempo —concluyó.

Ixtilxochitl me devolvió a una mujer en la flor de la vida pero con el corazón envejecido. No aceptó que la pidiera en matrimonio. Yo aspiraba a hacerle olvidar la vergüenza que sentía por no poder concebir, y así, desde su regreso, me entregué a protegerla y protegerme a mí mismo con su amor. La incorporé a la rutina ganada durante su ausencia y ella consiguió que, cuando yo salía de palacio, deseara regresar a la parte de tiempo que me otorgaba entre sus brazos. El tiempo obra milagros en la cicatrización de las heridas y, según decía ella, era su único bálsamo. Al fin tuve lo ansiado: la oí burlarse de mis apreciaciones con gozo, recibí dichoso sus miradas de ternura ante mis comentarios, nos ocultamos noches enteras en la *temazcalli* para dejar que nuestros cuerpos descubrieran qué hay más allá del deseo… Y en nuestros momentos juntos siempre dominaba una vívida intensidad, como si Izel quisiera devorar el tiempo, como si sintiera que se nos podía acabar. Pensé que era una consecuencia de todo lo que ella había padecido y jamás me atreví a hablarle de ello. Temía mi propio pesar, una mezcla de tristeza y miedo que en aquel momento atribuí enteramente a su dolor sin darme cuenta de que su intensidad no era una consecuencia del mismo, sino una reacción natural a la realidad que se nos avecinaba y para la que ella no estaba ciega.

Diego Velázquez suspiró mientras el bergantín que él mismo había financiado y las tres naos zarpaban del puerto de

Santiago. En sus seis años como gobernador de Cuba, no era la primera expedición que veía marchar, pero sí la primera de aquellas características. Hasta aquel momento, la prioridad de las naves que partían había sido la de conseguir esclavos, tan necesarios no sólo allí sino también en La Española. Esperaba que el general de la expedición, Juan Hernández de Córdoba, atendiera su petición y los trajera.

Pero sabía que el general no tenía esta prioridad. Quería explorar. Por algo Hernández de Córdoba iba a bordo de la nao que pilotaba Antonio Alaminos, avezado marino que ya había surcado aquellas aguas con Cristóbal Colón y con Ponce de León. Desde 1513, la Corona tenía prohibidas tales expediciones exploratorias sin permiso real. Por eso Velázquez había utilizado sus influencias para obtener la autorización de los jerónimos de Santo Domingo. Las naos se alejaban de puerto hacia lo desconocido con todas las garantías legales, pero el mar...

Velázquez se ajustó el sombrero. Se había levantado una brisa del este que agitaba su túnica. Aún recordaba aquella nao desaparecida diez años atrás. Todo tipo de historias al respecto habían corrido por La Española. Claro que entonces no sabían lo que ahora. Hacía unos tres años, en 1514, unos indios habían llegado a Cuba tras cubrir una distancia de seis días en canoa procedentes del Yucatán. Y habían hablado de otras tierras más abajo, quizá tras esa costa de la cual lo único que conocían era su existencia. Desde entonces, Diego Velázquez había querido investigar. Sin embargo, sus obligaciones le impedían cumplir todos sus deseos y el rey don Fernando no había ordenado nada al respecto a pesar de sus misivas. Cuando sus tres amigos, Hernández de Córdoba, Lope Ochoa y Cristóbal Morote le propusieron aquella expedición, no dudó. Confiaba en ellos. Sintió que había llegado el momento.

La última nao desapareció de su vista. Diego Velázquez dio media vuelta y se dirigió a su palacio. Las embarcaciones bordearían Cuba hacia el oeste y luego… Luego sólo les cabía rezar por su retorno.

Era una noche sin luna. Salí de mi estancia y vi a Izel escurrirse hacia la azotea justo en el momento en que su padre entraba en el jardín. Apenas pude dedicarle una sonrisa furtiva antes de que Chimalma pasara por mi lado.

—Vas con Ollin, supongo —me comentó.

—Sí.

—Espero que esta noche le ayudes a ver presagios.

Fruncí el ceño. Aquel comentario me pareció extraño.

—¿Y eso?

—Bueno, Acoatl también los busca. Ten cuidado con él, Guifré.

—Y si he de tener cuidado con él, ¿por qué es uno de mis maestros?

—Que no lo tuvieras sería peor. Tiene mucho poder sobre Motecuhzoma.

—Ya… Bien, me había dado cuenta de que debo ser prudente con él. Siempre se ha mostrado raro conmigo. Pero desde el terremoto… —suspiré y me encogí de hombros. Se me ocurrió un comentario que me hizo sentir ridículo, pero aun así, lo dije sin pensar—: No sé. A veces tengo la sensación que me ve como comida para Huitzilopochtli.

—Has aprendido mucho sobre nuestra religión —respondió Chimalma dándome unas palmadas en el hombro.

Y siguió su camino. Miré hacia la puerta que conducía a la azotea y vi que Izel asomaba para lanzarme un beso. Quise acercarme, pero antes de dar un paso, reapareció Chimalma seguido de Ocatlana e Izel se esfumó. «Aún no nos podemos ver. Hay demasiada gente deambulando por aquí», pensé. Salí del jardín hacia la sala de la litera, saludé con la cabeza a mi escolta, que se puso en pie de un salto, y los dos abandonamos el palacio.

Pasado el terremoto de la noche en que me reencontré con Izel, no sólo Acoatl había acentuado su actitud extraña conmigo. Mis salidas habían ido acompañadas de reacciones peculiares entre los pocos que me veían por las noches en Tenochtitlán. Siempre distantes, había mexicas que no podían evitar la exclamación o la reverencia. Pero con el paso del tiempo y la ausencia de nuevos fenómenos, se restituyó la normalidad y, cuando menos, simulaban una cortés indiferencia al verme pasar. Mi escolta y yo enfilamos la calzada hacia el centro ceremonial. Reflexionaba sobre la respuesta de Chimalma a mi comentario. En las guerras, los mexicas preferían hacer prisioneros más que matar. Y los enemigos capturados luego eran sacrificados con honor, en lo que consideraban muertes floridas para alimento de los dioses. Sin embargo, yo no era un prisionero, sino un invitado de Chimalma. «Excepto si me apresaran, claro», pensé de pronto.

En el recinto ceremonial, el olor a copal de los braseros impregnaba el aire. Continuamos por la calle iluminada por antorchas hacia la plaza mayor. Entonces se me ocurrió, por primera vez desde que estaba en Tenochtitlán, que quizás el cihuacóatl, por algún motivo, ejercía su influencia para protegerme. «Si me hubieran llevado al *calmecac* en lugar de a su casa, estaría totalmente en manos de Acoatl y de sus presagios.» Aun así, era consciente de que se me escapaba algo: el motivo. El terremoto era un mal presagio, pero... «Quizá deba hablar con Ollin. Desde el principio me previno sobre el sumo pontífice de Huitzilopochtli.»

Al aproximarnos al templo de Tezcatlipoca, vi la figura encorvada de un anciano cabizbajo sentado en unas escalinatas a sus pies.

—¿Ollin? —le pregunté.

El hombre alzó la cabeza; era él. Me preocupó verlo así. Jamás había percibido la profundidad de las arrugas en su oscura piel, pero aquella noche, a la luz de las antorchas, aparecían como sombras que se movieron cansinas cuando el anciano esbozó una sonrisa pesarosa.

—Hoy no hay estrellas, así que te enseñaré el templo de Tezcatlipoca —anunció.

Me extrañé: precisamente aquella noche era ideónea pues no había luna. Pero no me atreví a objetar. Tezcatlipoca era el dios que, disfrazado de anciano, había dado a Quetzalcóatl una bebida diciéndole que ganaría la inmortalidad al tomarla, pero en realidad era *octli*. Quetzalcóatl se emborrachó, con lo cual transgredió las leyes que él mismo había impuesto y se convirtió en una especie de pecador. Por ello, el rey dios marchó y en razón de este mito, Ollin me había dicho que era mejor que yo no pisara el templo de Tezcatlipoca. Su propuesta me causó una sensación de alarma.

—¿Puedes esperarnos aquí? —le pedí a mi escolta aparentando indiferencia.

Asintió con un leve gesto. Ollin se puso en pie y cubrió por completo su cuerpo con el manto. No subimos al templo, sino que lo rodeamos. Inquieto, miré hacia atrás, pero el guerrero águila no nos seguía. Tras el templo, alineado con los de Huitzilopochtli y Tláloc, quedaba el recinto del *tlachtli*, junto a una amplia calle arbolada. La tiniebla de aquella noche se hacía más profunda en aquel terreno que tanto se llenaba cuando se jugaba a la pelota. Sólo nos llegaba un tenue reflejo de las antorchas de la plaza del templo mayor. Ollin alzó la vista con gravedad para contemplar la sombra lateral del templo de Tezcatlipoca y suspiró. «¿Buscará alguna respuesta de su dios?», pensé. Luego le dio la espalda y se sentó bajo un árbol cercano al recinto del *tlachtli*. Hice lo mismo y me puse a su lado.

—¿Te he explicado que, en realidad, los movimientos de la pelota en el *tlachtli* representan los del sol en el firmamento? —preguntó con un suspiro, como ausente.

—¡Oh, vamos, Ollin! ¿Qué te pasa? —respondí.

Sacó una mano del manto que lo cubría y me tendió un trozo de *amatl* plegado. Lo abrí. Tuve que acercármelo a la cara y echarme hacia atrás para capturar el reflejo de alguna luz que alumbrara su contenido. En aquel manuscrito había dibujados tres templos sobre tres canoas en el mar.

—¿Se te ocurre qué puede ser? —me preguntó Ollin cuando ya me incorporaba. Me encogí de hombros, desconcertado—. Sólo tú puedes saberlo.

—Me temo que sabes más que yo, como siempre —repuse.

—No de los hombres blancos.

La sensación agazapada de tristeza a la que ya me había acostumbrado se desbordó de pronto. «Hace tiempo que llegan noticias de hombres blancos y barbudos, como tú. Por el este, por el sur», me había dicho Chimalma la noche en que supe del regreso de Izel a Tenochtitlán. «¿Cómo no he pensado más en ello?», me recriminé. Una angustia súbita se apoderó de mí.

—¿Cuántas veces te he dicho que te estaba esperando? —inquirió Ollin con una voz profunda, sin asomo de la picardía con que normalmente me había dicho precisamente aquella cantinela: «El destino está escrito en el cielo desde el día en que nace el bebé mexica, y yo, querido Guifré, te estaba esperando».

—¿Por qué? —atiné a preguntar.

—El año en que Motecuhzoma Xocoyotzin fue nombrado Tlatoani sucedieron muchas cosas, presagios que no podían traer buenas nuevas —susurró Ollin inmóvil—: se vio una lengua de fuego que durante mucho relució en el cielo, las aguas parecía que hervían en espumarajos, aumentó su nivel e inundaron chinampas y casas, ardió el templo del gran Huitzilopochtli e incluso el de Xiuhtecuhtli, el dios del fuego. Al mismo tiempo, empezaron a llegar noticias a palacio desde Xicallanco sobre hombres blancos barbados que merodeaban las costas de los mayas.

Me miró. Yo lo había escuchado impávido. «Hace quince años que saben de los castellanos», pensé apretando los labios. Ollin continuó.

—Todo aquello se olvidó, pasó. Aunque durante estos años han seguido llegando noticias, Motecuhzoma libró guerras y se embarcó en tributos y estrategias para aumentar el poder de Tenochtitlán. Supongo que prefería ignorarlo y creer a los adivinos que no presagiaban nada malo. Nuestro pueblo cada vez es más fuerte. Sin embargo, Nezahualpilli pronosticó grandes calamidades para nuestras tierras, e incluso llegó a apostar su Texcoco contra tres pavos en un juego de pelota para ver quién tenía razón, si él o los adivinos de Motecuhzoma. Obviamente, ganó Nezahualpilli. Pero tú ya habías aparecido e hiciste que el Tlatoani se sintiera seguro. Estoy convencido de que cree que eres divino, gracias a algunos que defendemos eso ante él. Chimalma lo hace para preguntarte cosas llegado el momento; yo, bueno... —Hizo un gesto con las manos, como si espantara una mosca y, con ella, la tentación de divagar. Suspiró y continuó grave—: El problema es que, en su lecho de muerte, hace poco, el difunto Tlatoani de Texcoco insistió en que los mexicas acabaríamos bajo el yugo de unos extranjeros. Supongo que Motecuhzoma no le habría hecho caso de no ser porque desde Xicallanco ha llegado el *amatl* que ves con más noticias. Parece que estos templos flotantes han sido vistos en varios puntos y que los mayas incluso han contactado con los hombres que van sobre ellos. Ese es uno de los motivos por los que te he estado esperando, para oírte decir qué son.

En mi interior se desató un tumulto de sentimientos: «Debo de estar más cerca de los castellanos de lo que pensaba, podrían haberme enviado hacia allá, podría haber regresado, podría...». Sentí rabia. Pero en mi torbellino interior surgió Izel, el primer día que la vi, con su voz y su cuerpo de muchacha; luego reapareció convertida en mujer, acercándose a mí para besarme. Y la furia se difuminó para devolverme la angustia. «Podría haberme enterado hace meses y no lo he hecho», admití. Aun así, pregunté con un nudo en la garganta:

—¿Por qué no me lo dijiste? ¿Por qué nadie me lo contó y nadie quiso escuchar mi historia?

Ollin me miró por primera vez aquella noche. Sólo pude ver un brillo procedente de sus ojos, pero su voz me sonó a disculpa y ruego:

—Guifré, algunos pensamos que eres nuestra única oportunidad. Esas noticias no se pueden ignorar. Lo que está escrito en el cielo ha de suceder, y sucederá. Vendrán. No creo que Nezahualpilli anduviera muy errado. Pero si es así y ellos son humanos… Algunos poderosos te ven como nuestro primer prisionero.

—Acoatl… —murmuré.

Miré a Ollin a los ojos. Sonrió.

—No he leído en ningún sitio que debas alimentar a Huitzilopochtli o a ninguno otro de nuestros dioses. Pero debes tener mucho cuidado. Somos muchos quienes creemos que eres esencial para nosotros, aunque de diferentes formas.

—Si están tan cerca —sonreí amargamente—, yo no podré evitar nada, no soy nadie —respondí tocando mi marca olvidada de esclavo.

—Por lo menos puedes hablarles de nosotros. Y si no a ellos, será a… —Se interrumpió con un suspiro amargo y luego su voz sonó profundamente triste—: Guifré, no te podíamos dejar marchar. Yo… te esperaba para enseñarte. Desde hace años.

—¿Y Chimalma?

—No piensa como yo. Es un hombre práctico. Pero él es el artífice de cuanto has aprendido de nosotros y es tu protector. Motecuhzoma te cree divino, de momento. El cihuacóatl teme que su fe nos pierda. Él, desde luego, te cree hombre, pero nunca has sido su prisionero. Te aprecia.

Bajé la mirada hacia el *amatl*. Chimalma me había ocultado una información esencial acerca de la presencia de hombres de mi mundo merodeando por el suyo. Es más, me engañó, pues desde el principio traté de hablarle de mi origen y jamás quiso escucharme. En realidad, sí había sido su prisionero. Pero yo mismo había consentido, de modo que no podía enfurecerme. Sin embargo, sentí una especie de temor. Ollin me sacó de mis pensamientos.

—¿Sabes lo que son esos templos flotantes? —inquirió con voz profunda.

—Barcos. —Ollin se acercó a mí y rozó mi brazo para mirar los dibujos y símbolos del *amatl* con el ceño fruncido—. Supongo que han pintado templos porque pueden ser enormes, con una especie de palacio de madera en la parte trasera y en la delantera. Pueden transportar muchas mercancías… y esclavos.

Ollin desvió los ojos del *amatl* y los clavó en el suelo. Se llevó una mano a los labios y suspiró, pensativo. Me atreví a interrumpir sus cavilaciones.

—¿Es esto lo que esperabas oír?

—No lo esperaba, en algún rincón de mi corazón no lo esperaba. Sin embargo, sabía que lo ibas a decir. Ya está escrito en el cielo lo que será. —Me miró y dibujó una de sus sonrisas melladas, sólo que esta vez era amarga—. Querido amigo, ha sido un placer conocerte. Estoy contento de que seas tú el elegido.

—¿A qué viene esto, Ollin? —casi grité alarmado ante el tono fatídico de aquellas palabras.

El anciano me puso la mano en el hombro. Parecía muy sereno y tranquilo.

—Mañana he de ir al palacio del Tlatoani. Los nigromantes hemos sido requeridos. Motecuhzoma nos preguntará acerca del significado de estos templos flotantes. He de decirle la verdad, aunque me temo que no le gustará. Tenlo en cuenta, Guifré: vela por tu vida.

Se puso en pie utilizando mi hombro como apoyo. Me incorporé tras él. El anciano me dio la espalda y empezó a caminar pesadamente por la arboleda, en dirección a los templos de Huitzilopochtli y Tláloc.

—Ollin —grité desesperado ante lo que acababa de insinuar. Se detuvo, pero no me miró—. Iré yo mañana a ver al Tlatoani. Puedo decirle, puedo…

—¡No! —Se giró con brusquedad—. Tú no conoces a Motecuhzoma. ¿No lo entiendes, Guifré? No facilites armas a Acoatl. No podemos permitírnoslo. Yo asumiré mi destino, tú asume el tuyo. Para nuestro piadoso Tlatoani, eres lo que pareces. Ya te lo habían dicho, ¿no? De momento, no intentes convencerle de nada que él no crea. ¿De qué sirve hablar a quien no quiere escuchar?

—¿Y por qué lo vas a hacer tú?

Ollin se acercó de nuevo a mí. Irguió su encorvado cuerpo y me mostró su sonrisa, esta vez serena. Me miró como el padre que alecciona a su hijo y respondió:

—No temas por mí, Guifré. Eres un buen hombre. Hay gente aquí a la que amas. Te van a necesitar. Escucha tu corazón y actúa cuando te ordene con claridad. Y ahora ve, amigo, ve. Confía en mí. No temas.

Dio media vuelta y me quedé unos instantes allí, bajo aquel árbol, contemplando cómo se alejaba su silueta encorvada, lenta y tambaleante, en aquella noche sin luna. «Confío en ti porque no me dejas otra opción», pensé.

Ciego, sí, ciego. Durante los dos días que siguieron a aquella conversación, la tristeza y el miedo que había atribuido al dolor de Izel se desataron. Formaban un angustioso torbellino en mi interior, construían pesadillas que me devolvían a la mina, a la explosión, al cuerpo sin vida de un Abdul cuyo rostro de pronto se transfiguraba y se convertía en Ollin. Atormentado por estos pensamientos, intenté disimular mi desazón. Pero Izel me notaba bastante inquieto.

—¿No quieres hablar?

Yo negaba con la cabeza, aunque en verdad sí quería, pero no podía porque no sabía por dónde empezar. Era todo tan confuso… Sólo deseaba abrazarla, aspirar su olor, serenarme con su cuerpo sobre el mío. Ahora era yo quien sentía que se nos acababa el tiempo y necesitaba vivir intensamente aquellos momentos, los únicos en que difrutaba de cierto sosiego. Ella me los concedió sin preguntar, sin exigir. Incluso aumentó sus visitas y, con ello, el riesgo de levantar sospechas. A Izel le daba igual. Yo ni lo percibía.

Al tercer día de la conversación con Ollin, mis pensamientos al fin dieron algún sentido a aquel torbellino de sensaciones. En el patio, al atardecer, contemplé unas magnolias, inmóviles en la placidez del tiempo primaveral. Me permití incluso sonreír con una extraña amargura de pronto sosegada. El día en que el miedo y la tristeza se agazaparon en mi interior, fue el mismo en que supe del dolor de Izel, pero también de la presencia cercana de los hombres blancos barbados. Y sólo ahora, mirando aquellas magnolias, súbitamente comprendía que no consideraba la proximidad de los castellanos como una esperanza de retorno otrora abrigada. Ahora los sentía como una extraña amenaza. Y esa sensación aparecía de pronto como la causa real de la angustia que me había acompañado desde entonces. El dolor de Izel era para mí una herida, pero la había usado como excusa para no enfrentarme a aquel peso interior. Incluso había olvidado el comentario revelador de Chimalma sobre la presencia de los castellanos: «No eres el único».

Lo había olvidado en una especie de obcecación de vivir por y para Izel. ¿Obcecación? Amor. Lo había olvidado para tener una vida propia en la que no quería cambios, sólo una existencia pacífica con la mujer a quien amaba. De hecho, la tuve hasta que Ollin me obligó a afrontar la realidad, tres días atrás. «Vendrán», aseguró. Sólo entonces, lo agazapado se había desbordado.

Suspiré esperándola. Como me pidiera el nigromante, había escuchado a mi corazón. Pero no me decía qué hacer. En el jardín, bajo la luz mate del crepúsculo, mis pensamientos eran claros, pero también me parecían inútiles. No sabía nada de él desde nuestra conversación, y lo único que se me ocurría era preguntar a Chimalma. Entonces caí en la cuenta de que en aquellos tres días tampoco había visto al cihuacóatl.

—¿Guifré? —me sorprendió la voz de Izel tras de mí.

Me giré alarmado. Era muy extraño que se arriesgara así: normalmente se movía con mucha cautela. Pero ahora estaba ante la puerta de mi estancia y miraba hacia el patio sin nada que ocultara su presencia. Era ella la que no podía verme, sentado entre la vegetación.

—Aquí —le indiqué alzando un brazo.

Sonrió por un instante y luego vino hacia mí. Su cara me pareció extremadamente serena. «Será que a mí me serena verla», pensé mientras avanzaba con paso decidido.

—Temía que estuvieras en la *temazcalli* —dijo sentándose a mi lado—. No tienes buen aspecto.

Le sonreí. Me respondió con otra sonrisa y acarició mi mejilla con suavidad. En cuanto noté el contacto de su mano, supe que venía a decirme algo importante. Suspiró, me besó como si buscara fuerzas para hablar y se armase de valor al ver mi rostro.

—Vamos, Izel, no es una visita para… Nos conocemos —susurré con dulzura.

Su mirada se posó en las magnolias ante la que yo había reflexionado momentos antes. Por fin fijó sus ojos en mí con un aplomo que no le conocía. Un aplomo que me sorprendió, pues me hacía sentir todo su amor.

—Hace dos días, Ollin y otros nigromantes fueron conducidos a la prisión de Cuauhcalco por orden del Tlatoani. —Apretó sus labios carnosos y añadió con un tono que me pareció avergonzado—: ¿Sabes por qué los quería ver Motecuhzoma?

—¿Cómo está? —me interesé evadiendo su pregunta.

—Ha desaparecido —respondió tomando mis manos entre las suyas.

—¡¿Qué?! —me alarmé.

Me miró y no vi ni asomo de angustia o pesar en sus ojos. Me acarició la mano e intentó calmarme con su explicación.

—Al principio, al ser preguntados por los presagios, los nigromantes aseguraron no haber visto ninguno. Pero Motecuhzoma tenía información y no los creyó. Por eso los mandó encarcelar…

—¿Los han matado? —la interrumpí, más contrariado que angustiado.

—No —respondió Izel esbozando una sonrisa tranquila—. Parece que, ya en la cárcel, los nigromantes hablaron. Sus predicciones coincidían con algo que había dicho el difunto

Nezahualpilli. Según he podido saber, Ollin especificó que vendrían hombres barbados en grandes barcos. Pero fue listo, como los demás. No se lo dijeron directamente al Tlatoani, sino a su mayordomo. Luego, Motecuhzoma quiso saber más detalles: de dónde vendrían, cuándo… Envió a su sirviente a que les preguntara y… ya no estaban. No se sabe nada de ellos. Los nigromantes se han esfumado.

Sonreí ante la idea. Ella ensanchó su sonrisa y le brillaron los ojos. Aquello era una fuga con aire mágico para atacar a Motecuhzoma desde la devoción, para hacerlo sentirse amenazado. De pronto, vi aparecer a Chimalma por el patio. Parecía cansado, aunque sus pasos eran enérgicos. Pasó ante mi estancia, se detuvo un instante y miró a su alrededor. Izel se tensó y, con la mirada, buscó donde esconderse. Cuando sus ojos se cruzaron con la míos, le hice un gesto de silencio. Ocatlana alcanzó a Chimalma frente a mi aposento, miró levemente hacia donde estábamos y le dijo algo. Entonces fui yo quien se tensó. Pero Chimalma asintió a Ocatlana y luego ambos desaparecieron por la puerta que conducía hacia las otras dependencias de palacio.

Miré a Izel. Me abrazó. Le devolví el abrazo acariciando sus cabellos sedosos. Pensé en que se había mostrado avergonzada al preguntarme sobre las razones de Motecuhzoma para ver a los nigromantes. Apretó su mejilla contra mi rostro. Y de pronto me pareció obvio que ella sabía, desde hacía tiempo, de la presencia cercana de hombres blancos. Sin embargo, jamás me había contado nada y ahora…

—No es por lo de…, lo de Texcoco que presientes que… —balbuceé.

Se separó de mi pecho y me miró con su persistente serenidad.

—Se avecinan cambios —aseguró.

—Si lo sabías, ¿por qué no me lo contaste? —inquirí molesto por primera vez con ella.

—No quería que fueras humano —contestó airada. Se encogió de hombros, bajó la mirada y suavizó el tono—: Sabes que escucho cosas que dice mi padre. Desde que Ollin entró a este palacio, antes de… En fin, que me lo contó todo. Él cree que tu misión va más allá de que hables con esos hombres en nuestro favor, como pretende mi padre. Yo también lo creo. Pero no quiero que suceda.

—Izel, ¿por qué no me dijiste que había hombres blancos? —insistí, dolido.

—¿Qué quieres que te conteste? —Se encaró conmigo reprimiendo un grito—. No quiero que seas humano más allá de este patio, por si Acoatl convence a Motecuhzoma de que te debe matar. O… —Se llevó una mano a la frente, inspiró profundamente y, sin dejarme ver su rostro, su voz sonó temblorosa cuando preguntó—: ¿Te irás, ahora que sabes que…?

Noté que mi expresión se suavizaba mientras desde mi interior ascendía un profundo y irrefrenable deseo de llorar, conmovido ante aquella pregunta.

—No —aseguré.

Permanecimos unos instantes abrazados. Y al sentir los latidos de su corazón junto a mi pecho, se fue apoderando de mí la serenidad, la misma serenidad con la que la vi avanzar por el patio aquel día. De pronto, se separó bruscamente.

—Evita en todo lo que puedas ir al palacio de Motecuhzoma. Disfrutemos del tiempo antes de que vengan de veras los cambios. No quiero sufrir más por Acoatl —me suplicó.

—No soy un prisionero —repliqué con desenfado—. ¡Hasta paseo libremente por Tenochtitlán!

Sonrió y me acarició la barba. Luego, me apretó con fuerza ambas mejillas y me dio un beso húmedo y apasionado en los labios. Cuando nos separamos, la contemplé con otros ojos. Pero no osé preguntar. También yo quería disfrutar.

XXXVII

Barcelona, año de Nuestro Señor de 1517

Tras la audiencia en Tortosa con el nuevo obispo de la diócesis, Domènech pensó que la llegada de don Carlos a sus reinos sería inmediata. Sin embargo, durante prácticamente un año sólo recibió una misiva de Adriano de Utrecht, nombrado cardenal por aquellas fechas. La carta, llegada unos meses atrás, no hacía referencia alguna a las informaciones que le había proporcionado durante todo aquel tiempo. Domènech la tenía ahora en su regazo, sentado cómodamente frente a la chimenea con una copa de vino sobre la mesilla. En aquella comunicación que casi sabía de memoria, el ahora cardenal además de obispo de Tortosa sólo le anunciaba que se trasladaba junto al infante Fernando a disponerlo todo para recibir a su hermano mayor, don Carlos. Lejos de considerarse menospreciado, Domènech se sintió excitado ya que el momento decisivo se acercaba.

Durante un año había conservado su posición ambigua para informar a su Eminencia el cardenal Adriano del control que mantenía sobre el Principado con el fin de allanar el camino al futuro monarca. De hecho le había resultado fácil, e incluso divertido, sobre todo ante los recelos del lugarteniente general.

«Supongo que la situación habría sido diferente si hubiesen actuado todos unidos», pensaba el Obispo mientras tomaba un sorbo del vino y paladeaba su sabor denso. Pero los nobles catalanes y el lugarteniente general, a la vez capitán general desde hacía unos cinco años, no compartían el mismo parecer.

Domènech sabía que durante el último año, Miquel no había cumplido ningún encargo especial para Gerard de Prades. Esto le llevó a deducir que los nobles catalanes se mantenían a la expectativa. Parecían aceptar la proclamación de don Carlos desde la corte borgoñesa. Y por lo que había tanteado, esperaban que el monarca convocara a las Cortes catalanas y asistiera para hacer el juramento pertinente. Para el obispo esto era coherente, puesto que con el juramento habitual se les garantizaba su cuota de poder en cuanto a leyes e impuestos propios. Por ello Domènech informó a Adriano de que sólo con jurar ante las Cortes en las mismas condiciones que lo hiciera su abuelo, don Carlos tendría a sus pies el Principado.

En cambio, con el lugarteniente todo había sido más complicado para el obispo porque el corazón de don Juan de Aragón y su ímpetu apoyaban a Fernando. Había pedido sin tregua al obispo de Barcelona que se decantara por uno de los dos hermanos y así saber si podía confiar en él y en el apoyo de la Iglesia. Así que Domènech se vio obligado a actuar despacio y con cautela, porque el lugarteniente, además era capitán general y tenía poder sobre el fuero militar.

Primero se dedicó a apaciguar los ánimos del dignatario haciéndole pensar en sus propios intereses personales. Así se ganó su confianza como amigo sincero y consiguió que don Juan no le viera como una pieza del tablero político. Y utilizando esta posición, Domènech pudo instarle abiertamente para que estuviera tranquilo, ya que un intento de levantamiento al estilo de Navarra, pero con el joven Fernando como heredero al trono, sería absurdo sin el apoyo de los nobles catalanes, los mismos que nunca habían visto con buenos ojos que don Juan acumulara tanto poder en nombre de la Corona.

—Recuerde las maniobras que hicieron cuando presionaron por el derecho de anona —le había llegado a advertir Domènech—. Ellos son partidarios de sus propios intereses y su propio poder. Y si no llegamos a intervenir, Dios mediante, hubiese habido un levantamiento contra el mismísimo rey don Fernando. Ahora la situación es mucho más delicada. Los nobles catalanes pueden hacer que el vulgo vea la sublevación a favor de Fernando como algo impopular. Y en ese caso, usted, estimado don Juan, serviría en bandeja a esos nobles el ser vistos por los borgoñones como salvadores a los que deber un favor.

Por supuesto, lo que en ningún momento a lo largo de aquel año le había expuesto era las posibilidades que le abría la opción de unir su poder al de los nobles si los convencía de la buena elección que suponía el infante Fernando. En ese caso, un levantamiento a favor del hermano pequeño de don Carlos pudiera haber conllevado una represalia como la de Navarra, pero también habría espoleado a Castilla, pues no era lo mismo enviar tropas a un reino que pretendía entronizar a Joan de Albret para recuperar una total independencia, que mandar tropas a un reino favorable a un heredero a la Corona que, al fin y al cabo, era hijo de la única reina legítima tanto de Castilla como de Aragón: doña Juana. «Por no mencionar cómo hubieran visto los nobles catalanes la entrada de tropas castellanas enviadas por don Carlos. Entonces sí que el lugarteniente hubiera consolidado la unidad alrededor de Fernando», se dijo Domènech acariciando la carta pensativo.

Sólo le quedaba una tarea final. En la ciudad ya se sabía que un séquito de don Carlos se hallaba con el infante don Fernando, tal como decía la misiva. Tenía que conseguir que el lugarteniente apoyara a don Carlos y asegurarse de que no veía a Fernando prisionero de ese séquito de flamencos. Pero todo el trabajo de aquel año parecía venirse abajo, pues don Juan de Aragón le rehuía.

El obispo bebió un largo trago de vino. Sus ojos estaban fijos en el fuego. «Esa inseguridad que demuestra cuando me ve... ¿Qué se me habrá escapado? —se preguntaba Domènech acariciando el rugoso pergamino con el discreto lacre de Adriano—. Y lo peor es que la inseguridad extrema puede hacer que se precipite y llevarlo a la sublevación.»

Quiso tomar otro sorbo de su copa. Frunció el ceño. Estaba vacía. Miró la jarra y escanció más. Un murmullo de voces interrumpió su reflexión. Dejó la copa en la mesilla y aguzó el oído. Sólo pudo distinguir la voz del padre Miquel en un lastimero ruego:

—¡Espere, por favor!

Acto seguido, Domènech oyó a sus espaldas cómo la puerta se abría con fuerza y se cerraba luego con brusquedad. Pero el obispo de Barcelona no se movió de su silla para ver quién era hasta que oyó la voz de don Juan.

—¡Don Carlos está en la Península! —bramó.

Pausadamente, Domènech se puso en pie y dejó la carta de Adriano sobre la silla. Miró hacia la entrada con fingida sorpresa y exclamó afable pero inmóvil.

—Ilustrísimo lugarteniente, ¡cuánto tiempo sin su apreciada compañía! ¡No lo esperaba!

Don Juan vestía una elegante túnica negra que contrastaba con su barba descuidada y canosa, su tez pálida y las acentuadas ojeras. Su rostro se mantenía tenso y aquella simulada sorpresa lo irritó. Hizo sonar sus botas con fuerza hasta que llegó a la altura del obispo de Barcelona. Se irguió ante él, alzó la cabeza y añadió lanzándole a la cara el aliento de un susurro:

—Y Cisneros ha muerto.

Domènech unió las manos, bajó la mirada y entornó los ojos con un ligero suspiro pensativo. «Ahora sí que te he sorprendido», se dijo don Juan al ver aquella reacción. Se sentó en la silla que había al lado de la que momentos antes ocupaba el prelado, cruzó las piernas e incluso se recostó en el respaldo, complacido.

—¿No hay vino para mí? —preguntó al ver la jarra y una sola copa de fino cristal al lado.

Domènech se mordió el labio inferior, irritado, y se dirigió hacia un armario de donde sacó otra copa. Mirando al lugarteniente a los ojos, la dejó sobre la mesa y le sirvió el vino, pero no se la tendió, sino que se sentó en su silla y tuvo buen cuidado de poner la carta de Adriano sobre su regazo. Al lugarteniente no se le escapó la presencia de aquel pergamino, pero se mostró más interesado en hacerse con la copa.

—Dios acoja a su Eminencia en Su Reino —musitó Domènech de forma audible, aunque en un estudiado tono piadoso que no dejaba entrever el atisbo de rabia producido por la noticia.

—Ya —repuso don Juan, y bebió un trago de vino—. Me sorprende que no lo supiera, Ilustrísima.

El prelado se sintió tentado de mirar la carta en su regazo, pero sólo palpó el pergamino para comprobar que el lacre no fuera visible a ojos de don Juan.

—No entiendo a qué se refiere... —El lugarteniente abrió la boca para replicar, pero Domènech, sin disimular su irritación creciente, se apresuró a añadir—. De hecho, no le entiendo a usted, ni su actitud últimamente, ni esta irrupción.

—Me entiende, claro que me entiende. ¿Acaso cree el obispo de Barcelona que puede ocultarme su encuentro con el de Tortosa?

—Desde luego que no. Pero fue hace un año, justo tras el nombramiento de Adriano. Seguro que también usted ha hablado con él.

Don Juan suspiró, miró hacia el fuego, e hizo girar la copa en su mano.

—Algún contacto he tenido con sus intérpretes, sí —respondió entre dientes.

Aunque seguía irritado, el prelado adoptó un tono conciliador para calmar la actitud hostil del lugarteniente, que en aquel momento parecía tener más información que él. No podía ser que la parte inicial de su plan no hubiera funcionado por un simple encuentro con el ahora cardenal Adriano. Se inclinó hacia delante para acercarse a él.

—Don Juan, yo no sé qué habrá pasado por su cabeza acerca de mis intenciones. Con la sucesión, ambos nos jugamos nuestros puestos. Creía que estábamos en el mismo bando, pero su comportamiento reciente conmigo es para recelar. Y sus maneras al venir aquí, disculpe si le ofendo, me atemorizan.

El rostro de su visitante se relajó por primera vez. Don Juan apartó la vista del fuego y le miró. Desde que supiera de su encuentro privado con Adriano, había mantenido con Domènech una relación de confianza para vigilar sus movimientos. Pero no consiguió nada aparte de constatar que el obispo de Barcelona no se inclinaba claramente a favor de Fernando. Por lo demás, las sutiles observaciones del prelado siempre le habían parecido acertadas, incluso parte de un ejercicio de humildad que otros nobles catalanes podrían aplicarse, pues al fin y al cabo, en la cuestión de la sucesión quienes mejor podían manejar las riendas, a su juicio, eran los castellanos. Por eso permaneció a la espera, pero manteniendo al obispo cerca. Hasta que supo de la misiva que, por conducto oficial, el cardenal Adriano había hecho llegar al obispo de Barcelona. Sospechó que era un lacayo de su Eminencia y por ello lo había evitado. Sin embargo, sentado frente a él, en aquella lujosa estancia del palacio episcopal, aquellas palabras, más dirigidas a su persona que a su rango, despertaron en don Juan cierta compasión. Domènech parecía franco y solo. Quizá antes no había estado equivocado con respecto al obispo. Pero necesitaba una prueba.

—Hace unos meses recibió usted una misiva de su Eminencia el cardenal Adriano, también obispo de Tortosa...

Domènech reprimió una sonrisa. «Así que es eso», pensó. Y como si leyera todo lo que había pasado por la mente de don Juan mientras le escrutaba, le tendió el pergamino que tenía en el regazo.

—Sí, me envió esta carta. Léala usted. Como comprobará, mis informaciones son menores que las suyas.

Don Juan la tomó, la desplegó y echó una ojeada.

—¡Está en francés! —exclamó con desprecio.

—Es de hace unos meses. Sólo dice que va a preparar la llegada de don Carlos. Si no se fía de mí, puede hacer que se la traduzcan. La verdad es que ni siquiera sabía que don Carlos ya había llegado a la Península.

El lugarteniente sonrió. Dobló el pergamino y lo introdujo entre los pliegues de su túnica. Bebió vino y luego dijo:

—Sí, el que se hace llamar Rey llegó por error a Villaviciosa, en la costa asturiana. Parece que los aldeanos se asustaron al ver cuarenta galeones y huyeron a las montañas pensando que era un ataque turco.

—¡Por el amor de Dios! —exclamó Domènech tomando su copa y recostándose en la silla para disimular su enfado: «¿Cómo no he sabido nada de esto?» —. ¿Y lo de su Eminencia, el cardenal Cisneros?

Don Juan parecía comportarse ya con la cordialidad que les era más familiar.

—Iba a su encuentro, pero murió en el camino, en Burgos. Ahora el regente es definitivamente Adriano.

—Pero está don Carlos. No hace falta un regente.

Don Juan sonrió despectivo.

—Cierto. ¡Menudo rey! Dicen que viaja hacia Tordesillas, pero evita las ciudades. ¡Vergonzoso! Un monarca debe ser recibido con vítores. Pero aquí, por el momento, la única reina legítima es doña Juana. Y por eso, por su locura, necesitamos un regente.

La ira de Domènech crepitaba en su interior, y notó que la tentación se cernía sobre él: «Si Adriano no ha considerado oportuno ni siquiera ordenar a uno de sus lacayos que me informara de los últimos acontecimientos, ¿por qué debo hacerle el trabajo de mantener a este tranquilo?». Aun así, siguió sonsacando información a don Juan con un comentario obvio formulado en tono sereno:

—Si va a ver a doña Juana, será precisamente para arre
glar ese asunto.

—¡¿Cómo puede estar tan tranquilo?! —El lugarteniente dio un golpe sobre uno de los brazos de la silla y
se irguió—. No se ha enfriado aún el cuerpo de Cisneros
y don Carlos ya ha nombrado a un nuevo obispo de Toledo, un joven de Flandes sobrino de su mentor político,
Guillaume de Croy. ¡Así acabaremos nosotros, sustituidos
por extranjeros!

—Cálmese don Juan. Yo no lo veo tan claro. Aquí sólo ha
otorgado un título a un extranjero: el de obispo de Tortosa. Y
con el tal Adriano se puede dialogar.

«O eso quiero pensar yo», se dijo para sus adentros.

—¿Acaso no desea usted a Fernando como rey?

—¿Qué más da lo que yo quiera? ¿O lo que quiera usted,
don Juan? Nosotros no seremos quienes decidamos en esto.

—Ya, ya… Claro, lo decidirá Dios —repuso el lugarteniente hastiado. Ya había oído demasiadas veces aquel
argumento. Sentado al borde de su silla, preguntó—: ¿Cómo
puede ser tan listo y tan ingenuo a la vez?

—Me gusta ser obispo. Y si uno se decanta abiertamente
por Fernando, entonces es cuando su puesto lo ocupará
otro. Porque si Carlos consigue en Tordesillas el favor de su
madre, la única reina legítima, sólo le quedará pasar por las
cortes de los diferentes reinos. ¿Y qué cree que sucederá con
las catalanas? Procuro ser realista y entender los designios
del Señor. Y cuando no logro comprenderlos, espero a que me
envíe más señales. Bien, y ahora le pregunto, querido amigo:
¿qué quiere usted? ¿A un rey criado en Castilla, sí, pero a
quien al final su abuelo le retiró su favor? ¿O mantener su
propio puesto como lugarteniente y capitán general e incluso

mejorarlo? Al fin y al cabo, tanto Carlos como Fernando son del mismo linaje.

Don Juan suspiró y apuró el vino. El prelado vio como se recostaba de nuevo, pero ahora, más que relajado, vencido, con la mirada perdida entre las llamas. El enojo que por dentro sentía el obispo parecía esfumarse. El razonamiento que había esgrimido ante don Juan era en realidad la reflexión que necesitaba él mismo para sosegarse. Quería seguir en los más altos puestos del servicio al Señor. Y quizás Adriano lo había mantenido sin información precisamente porque se sentía vigilado. No podía aseverarlo, pero concluyó que debía seguir con lo que había pactado, sobre todo al ver que tenía al lugarteniente en un punto de indecisión que podría inclinarlo a pensar que don Carlos sería el rey elegido.

—¿Se quedaría a compartir una austera cena con un humilde amigo, Ilustrísimo Señor? —le preguntó Domènech.

Don Juan lo miró y sonrió. Las cenas que había compartido con su amigo el obispo de Barcelona nunca fueron austeras.

La luz del crepúsculo apenas entraba ya por la ventana. Domènech la dejó a su espalda y miró al interior de la sala. Había escogido una estancia del palacio episcopal pequeña pero con suaves tapices geométricos que la hacían especialmente acogedora y cálida. Quería que aquel encuentro fuera íntimo, que rebosara confianza. Miró la mesa dispuesta con sus mejores cubiertos, dos platos finamente decorados y una jarra con el mejor vino del Penedès. Encendió él mismo los dos candelabros que debían iluminar la cena. A pesar de los gestos serenos, se sentía intranquilo. «¿A qué habrá venido a Barcelona?», se preguntaba. Aspiró el olor de la cera mezclado con el hogar, buscando que sus pensamientos se serenaran tanto como sus movimientos.

Tras su encuentro con don Juan de Aragón, los rumores habían seguido invadiendo Barcelona. Pero el lugarteniente le mantenía informado y por él supo de la llegada de don Carlos a Tordesillas. Sin embargo, ya no se sintió molesto porque don Juan supiera más que él, pues en aquella situación no le convenía que su contacto con Adriano de Utrecht quedara al descubierto. El altivo lugarteniente no sólo le había devuelto la confianza, sino que le pidió que fuera su confesor personal. Así que no podía permitirse poner en peligro un vínculo que le aseguraba el control. Por ello, se había seguido comunicando con Adriano, pero instruyó a Lluís para que redoblara la discreción.

Quien ahora le inspiraba desconfianza era su invitado de aquella noche. El padre Miquel le había informado de la presencia de Gerard de Prades en Barcelona.

—No me ha encomendado nada, ni me ha citado en secreto, Ilustrísima Reverendísima —le aseguró.

«¡Qué raro!», se extrañó Domènech. Desde la muerte de su primogénito, el conde de Empúries apenas se dejaba ver por la Ciudad Condal. Y a pesar de que desde entonces su actividad política había disminuido, por no decir desaparecido, quizás era esto lo que Gerard quería hacer creer empleando a otros lacayos en lugar del sacerdote. Por eso, en vez de mantenerse vigilante, el prelado había decidido pasar a la acción y le hizo enviar una nota en la que le invitaba a una cena de cortesía. Recibió respuesta de inmediato, de manos del mismo secretario, que se la alargó tembloroso. La edad estaba convirtiendo al padre Miquel en un ser endeble y su tez, aún rosácea pero demacrada y llena de arrugas, le resultaba cada día más repulsiva. En cambio le producía gran placer su actitud servil y el temor reflejado en su rostro.

Fue el padre Miquel quien por fin anunció a Gerard de Prades, conde de Empúries.

—Hazlo pasar. E informa en la cocina de que tengan lista la cena para cuando avise. Luego, estate atento a la campana.

—Sí, Ilustrísimo Señor —respondió el secretario con una reverencia.

Salió de la sala dejando la puerta abierta y al poco apareció Gerard de Prades. Domènech ocultó su sorpresa para dejar paso a la serenidad que le invadió, lenta y complaciente, al verlo entrar. Con una sobria túnica, el conde vestía de riguroso luto sin poder disimular una abultada barriga. Apenas le quedaba una orla de pelo grisáceo en la cabeza, y su barba, también salpicada de canas, estaba demasiado larga para ser considerada de buen gusto. Caminaba ayudado por un bastón tan fino como humillante a ojos de Domènech, y luchaba por mantener el porte erguido. Lo único que le pareció igual de aquel viejo aparentemente indefenso fue su voz profunda:

—Ilustrísimo Señor obispo de Barcelona, es un grandísimo honor para mí haber sido invitado a su palacio.

Acto seguido, el conde de Empúries se inclinó tembloroso. Domènech se sorprendió a sí mismo con una sensación de desconcierto, pero duró sólo un instante. Enseguida alargó la mano donde llevaba el anillo pastoral y contempló complacido cómo el otrora orgulloso noble lo besaba.

—Ilustrísimo conde, por favor, el honor es mío. Tome asiento —le invitó mientras le servía una copa de vino—. La verdad es que me alegra mucho su visita. Se prodiga poco por Barcelona.

Gerard sonrió levemente, reconociendo al Domènech de los tiempos pasados, los tiempos que tanto extrañaba y a la vez quería olvidar. Se sentó en la silla y apoyó el bastón en la mesa.

—Cierto, cierto —respondió con un trasfondo melancólico en su voz—. Los avatares de la vida me han desanimado. Mi querido amigo Pere de Cardona ha tenido que insistir mucho en su invitación.

Gerard no percibió las cejas arqueadas del obispo al oír esta última frase. Sólo vio como se sentaba frente a él y le dirigía una tensa sonrisa.

—Los tiempos están muy revueltos. Probablemente el señor de Assuévar quiera su acertada visión y valioso apoyo en el desarrollo de los acontecimientos.

—Mucho me temo, Ilustrísimo Señor, que puedan venirle mejor sus consejos que los míos —respondió Gerard dando un sorbo a su vino.

—¡Por favor! Desde que soy obispo, me temo que a veces el señor de Assuévar me evita.

—Le ha visto demasiado cerca del lugarteniente y sí, por ello quizás haya desconfiado de usted, a pesar de que siempre supo de nuestro… especial contacto, por decirlo de alguna manera. Pero ahora los tiempos han cambiado Según dicen, ha frenado absurdas pretensiones de sublevación del lugarteniente.

—¿Absurdas?

—Sí, es absurdo que Cataluña se rebele, ¿no cree? Mientras el Rey, sea quien sea, jure ante las Cortes y respete dicho juramento…

—Exacto. Ya veo que no ha cambiado, conde. Lo único que pide es respeto a las instituciones catalanas.

—Yo ya no pido nada —respondió amargamente Gerard.

—Entonces, disculpe que sea tan suspicaz, pero ¿a qué se debe su visita a Barcelona y justo en estos momentos?

Gerard dejó la copa sobre la mesa y fijó su mirada en la cruz pectoral del obispo.

—Pere desea que su *pubilla,* la viuda de mi... En fin, aún está en edad de merecer y quiere casarla. Quiere... Es un buen amigo.

Domènech se volvió a sorprender a sí mismo, pero ahora con un sentimiento de compasión hacia aquel anciano de discurso disperso. No podía ni nombrar a Gerau, su difunto primogénito. El obispo permaneció en silencio y bebió de su copa mientras observaba la mirada vacía del conde. Le sorprendía que no le incomodara el silencio; de hecho, no parecía percibirlo, tan ausente estaba su mente de allí. De pronto suspiró, miró al prelado con un extraño brillo en los ojos y preguntó con un hilo de voz:

—¿Cómo están mi hija y mi nieto?

Domènech se irguió de golpe, dejó su copa sobre la mesa y respondió lacónico:

—¿Nieto? Gerard, lo siento, hice lo que me encomendó.

—Pero mi hija sigue en...

—Su cuerpo está en Orís —le cortó en seco, y añadió suavizando el tono—: Pero su alma ya no parece habitar en él.

Gerard bajó la cabeza. Domènech creyó ver sus ojos humedecidos, pero no hizo alusión alguna. El noble asió su bastón y, sin mirarlo, dijo:

—Disculpe que no me quede, Ilustrísimo Señor obispo, pero no me siento muy bien.

Domènech se levantó y retiró la silla para que Gerard se levantara sin problemas.

—No tiene importancia, Ilustrísimo conde. Espero que nos veamos cuando se encuentre mejor.

Gerard se levantó pesaroso, alzó la cabeza y miró fijamente a Domènech.

—Gracias —musitó. Volvió a bajar la mirada y añadió—: Es usted un obispo diligente.

Luego fue hacia la salida acompañado del suave sonido de sus pasos. «Débil», pensó Domènech mientras veía como el conde se alejaba. Salió de la sala en silencio y cerró la puerta con un sonoro golpe, más enérgico que toda la conversación.

De nuevo a solas, el obispo tomó su copa y bebió un sorbo de vino. «Me temo que ya no es ni amigo ni enemigo», pensó. Realmente, aparte de su voz, el título y quizás aquel último portazo, poco quedaba del noble que movía los hilos del poder a la sombra de las instituciones catalanas. Ya no había ni recelo ni cálculo en sus palabras. Parecía tan sincero como apático en su conversación política, como si la pérdida de aquel primogénito engreído le hubiera quitado la energía para luchar por una fracción de poder. Se sintió aliviado por la marcha del prematuramente envejecido conde. Sin duda, la cena hubiera sido una pérdida de tiempo.

La nieve caía sobre el manto blanco que recubría los campos de Orís. Frederic entró en la cocina de la casa parroquial con el rostro contraído. Un puchero humeante pendía sobre el fuego e inundaba la estancia con su olor. Todo estaba en orden, pero Joana se afanaba en limpiar con celo los cubiertos que usaría un instante después para servir la cena. Frederic notó que se le encogía el corazón. Sabía que la mujer recurría a esa frenética

445

actividad para ocultar sus sentimientos. Ni siquiera había advertido la presencia del *castellà*.

—Joana —dijo con la voz rota.

Ella alzó la cabeza y lo miró, temerosa de oír lo que aún no estaba preparada para asumir. La tristeza de Frederic se leía en su rostro, hundido por el cansancio de las últimas noches en vela. La cicatriz de la mejilla resaltaba más oscura que de costumbre en su tez pálida.

—Quiere verte —susurró.

Joana corrió a la estancia principal, donde las butacas frente a la chimenea habían sido sustituidas por un lecho mullido y caliente. El párroco dormitaba inquieto, cerca del hogar. Pero el frío de la muerte se había apoderado de él hacía tiempo y apenas le quedaba ya un soplo de vida a su cansado cuerpo. Joana se arrodilló, tomó la mano huesuda del anciano y no pudo evitar que las lágrimas asomaran a sus ojos cuando dijo:

—Padre, estoy aquí.

El sacerdote abrió los ojos, hundidos, del color gris turbio en que se había tornado el vívido marrón de otros tiempos. No la veía, pero conocía los rasgos de su rostro de memoria. Le dedicó una leve sonrisa y susurró:

—Ha llegado el momento, hija. Dios me llama a su seno. —Joana sollozó y se apoyó sobre su pecho. El hombre hizo un esfuerzo por alzar la mano e impulsar a la mujer a levantar la cara para acariciar su mejilla, ya surcada por los años—. Necesito saberlo. ¿Dónde llevaste al pequeño Martí?

Lo miró, asustada. Miró hacia atrás, a la puerta de la cocina. Allí estaba Frederic. El hombre se mordió el labio y asintió con los ojos llorosos. Joana notó un doloroso nudo en la garganta y tuvo que esforzarse para poder hablar.

—Padre... Lo llevé a Barcelona con mi hermano y su mujer. Son buenos cristianos, y el niño... Es muy listo y... amado.

El sacerdote sonrió mientras las lágrimas brotaban de sus ojos sin vida. Joana se las enjugó cariñosamente. El anciano cerró los ojos. Su respiración era pesada, pero ahora tranquila. La mujer lo besó en la frente. Notó una mano en su hombro. Frederic se había arrodillado junto a ella. Se miraron. El párroco había dejado de respirar.

XXXVIII

Tenochtitlán, año de Nuestro Señor de 1518

Chimalma, al lado del Tlatoani, pudo distinguir de reojo la repulsión en los ojos de Motecuhzoma al ver a aquel ser mutilado que se arrodillaba ante él, sin orejas, sin pulgares y sin dedos gordos en los pies, más digno de estar en la Casa de las Fieras, con los jaguares y los otros deformes. Ataviado con un burdo *maxtlatl*, el campesino parecía querer demostrar con su aspecto que literalmente venía de la ciudad de Mictlancuatla, el «bosque de los infiernos». El Tlatoani hizo una señal al cihuacóatl con la mano para que se acercara y le susurró al oído:

—¿Por qué tengo que perder el tiempo con un *mace-hualli?*

—Escúchalo, mi señor, te lo ruego.

La expresión grave de Chimalma sobrecogió al Tlatoani, pero se guardó bien de demostrarlo. Simplemente se arrebujó con discreción bajo el manto que cubría su cuerpo y ordenó:

—Que hable.

El campesino tembló ligeramente al oír la voz del Huey Tlatoani de Tenochtitlán. Emitió un suspiró y, sin alzar la vista, su voz sonó tan segura como asustada.

—Huey Tlatoani de Tenochtitlán, perdona mi atrevimiento. Soy de Mictlancuatla, cerca del mar grande. Llegué a sus orillas y vi… —El hombre se interrumpió, tragó saliva y continuó—. Vi unas enormes montañas en las aguas. Eran como torres e iban de un lado al otro sin tomar tierra. Somos tus celadores de las orillas de la mar y jamás antes habíamos visto algo semejante.

Motecuhzoma observó al cihuacóatl con una mirada fugaz, tan grave como la que le dirigiera su leal Chimalma cuando le instó a atender a aquel campesino. Luego, habló al *macehualli* con voz amable, utilizando un tono formal:

—El viaje ha sido largo y debes de estar fatigado. Ahora ya estás en casa; ve a descansar.

El rostro severo de Motecuhzoma no se correspondía con su dulce voz. En cuanto el campesino hubo salido de la sala, el Tlatoani ordenó a su mayordomo que hiciera encarcelar a aquel individuo bajo vigilancia. Chimalma no pudo evitar mirar desconcertado a su gobernante:

—Siempre has dicho que el control de la información es esencial —le dijo secamente—. Hay que evitar que vaya hablando por toda la ciudad.

—Desde luego, pero te ha servido…

—Puede ser una artimaña de los totonacas o de cualquiera —interrumpió el Tlatoani irritado.

Chimalma suspiró pero se mantuvo en silencio. Esta vez había que tomar medidas, no como con los rumores llegados un año antes desde Xicallanco. Y sabía que Motecuhzoma estaba evaluando eso en aquellos precisos momentos. Las torres flotantes habían sido avistadas ahora desde ciudades tributarias, demasiado cerca de los intereses de Tenochtitlán.

—Enviaremos a alguien a Cuetlaxtlan. Está cerca del mar y el *calpixqui* del lugar tiene que haber visto algo, si lo que dice ese *macehualli* es cierto.

—Mi señor Tlatoani, quizá ya ha llegado el momento de enviar a…

—No —cortó tajante el soberano—. Ha dicho claramente que no han tocado tierra. No quiero enviar ahora a Guifré.

—Pero obtendríamos mejor información de él. Seguro que habla su idioma, señor, y podríamos saber de sus intenciones.

El rostro tenso de Motecuhzoma se relajó con una sonrisa paternal. Chimalma era un hombre eficiente en sus funciones, y desde luego, leal a su pueblo. «Si fuera él en persona acompañando a Guifré…», se dijo el Tlatoani. Pero enseguida desechó la idea. No podía permitirse enviar al cihuacóatl y que sus asuntos en la ciudad quedaran desatendidos. Y sin él cerca, no sabía si Guifré huiría sobre aquellos templos, o montañas o lo que fuere. Por otra parte, si Acoatl, el sumo sacerdote de Huitzilopochtli, tenía razón y Guifré era un humano enviado por aquellos invasores extranjeros cuya llegada había vaticinado Nezahualpilli, no quería perder a aquel prisionero, un seguro ante su dios de la guerra si tenían que combatir. A lo largo de aquellos años, Motecuhzoma se había convencido de que el apacible y siempre receptivo Guifré era un humano enviado por Quetzalcóatl, y a la vez, una prueba que el dios ponía a los propios mexicas. Por eso, en su corazón pensaba que aquel hombre alto, de cabello rubio y ondulado, sería quien hablaría al dios de ellos, pero sólo al dios. Y sólo podría hablarle bien. Aquellas torres no podían ser aún Quetzalcóatl, pues su venida estaba anunciada para el Uno Caña, y para eso aún faltaba un año. «Deben de ser otros mensajeros, quizás exploradores que preparan la llegada del dios», pensaba. Y si en realidad aquello eran señales del advenimiento de Quetzalcóatl, necesitaba enviar a un hombre sabio, un hombre de fe y no a un posible enviado de su dios que ignoraba por qué había sido enviado. «O eso nos hace creer», concluyó Motecuhzoma.

—Quetzalcóatl nos dirá cuando es momento de enviar a Guifré, pero me complace saber que lo crees preparado. Sin embargo, sería poco digno para tan alto emisario enviarlo tan sólo a comprobar una información. Y eso debemos hacer ahora, comprobar la verdad. Creo, por ello, que es más prudente enviar al *tlillancalqui*. Sin duda, Yoallichan me ha aconsejado sabiamente durante muchos años.

El cihuaóatl asintió resignado. No había otra opción que hacer lo que el Tlatoani disponía. Debería esperar. Si insistía, podía poner en peligro la vida de Guifré. Chimalma consideraba que le debía protección a un huésped que tanto había hecho por su familia; pero además, en su condición de cihuacóatl, le convenía no luchar contra la profunda fe de Motecuhzoma, que mantenía a raya incluso las pretensiones de Acoatl. Proteger a Guifré era esencial para usarlo precisamente como aquello para lo que lo había estado preparando a conciencia: un instrumento dentro de una estrategia defensiva ante una eventual invasión de poderosos hombres capaces de construir templos flotantes.

Pedro de Alvarado repasó su aspecto ante el espejo. Se había recortado cuidadosamente la barba y había hecho arreglar su ya crecida melena rubia, que antes del viaje había llevado al corto estilo veneciano. La menguante dieta, sobre todo a base de pan de cazabe y cerdo salado, con la salvedad de los extraños y exóticos banquetes brindados por los indios, no había aminorado su buena presencia a sus treinta y cinco años. Al cabo de unos seis meses en la mar, agradecía los placeres de Santiago de Cuba y, sobre todo, haberse librado de las órdenes de Juan de Grijalva, aquel joven comandante con tan poco arrojo que designó Diego Velázquez para dirigir una segunda expedición a tierras del continente.

—Y se lo pienso decir, por muy sobrino suyo que sea —murmuró acariciando la túnica de fina hechura y mirando complacido el reflejo de su mano ensortijada.

Por fin se puso un gran collar de oro, salió de la casa donde se alojaba y se dirigió por las húmedas calles de la ciudad hacia el palacio del gobernador. Juan de Grijalva le había ordenado regresar antes que el resto de la expedición con casi todo el oro conseguido, algunos marineros enfermos y una carta para su tío Diego Velázquez. Alvarado se dirigía ahora al encuentro del gobernador para acabar de cumplir su cometido e intentar hacerse sitio en la siguiente expedición que sin duda se prepararía.

Tras la desastrosa aventura de Hernández de Córdoba, que regresó menguada de hombres a causa de ataques de los indios y con numerosos heridos, incluido el mismo comandante, Velázquez reaccionó sin tardanza ante lo único bueno que habían traído: la certeza de que a pocos días de viaje por el mar existían gentes que utilizaban la piedra en sus construcciones, vestían con lujo y tenían una agricultura superior a la que habían conocido en las islas. Melchorejo y Julianillo, los dos intérpretes indios traídos por Hernández de Córdoba, también habían informado al gobernador de la existencia de minas de oro. Así que Velázquez enseguida contactó con los jerónimos de Santo Domingo para que le extendieran el permiso de explotación de las nuevas tierras, e incluso envió a Castilla a Gonzalo de Guzmán, tesorero de Santiago además de pariente de los duques de Medina Sidonia, y a su propio capellán, Benito Martín, para que se entrevistaran con el nuevo rey don Carlos. Era obvio que Velázquez pretendía el título de Adelantado que le diera el control político sobre las nuevas tierras conquistadas. El permiso de los jerónimos llegó mucho antes que una respuesta desde Castilla, y Velázquez financió cuatro naos, a las que se unieron una carabela y un bergantín, y puso al mando de la expedición a su sobrino Juan. Como capitán de uno de los barcos, Alvarado invirtió unos buenos ducados en financiar los víveres de su tripulación. Y habría querido seguir hasta el final de la expedición, de no ser por lo mucho que le irritaba estar bajo el mando de Grijalva.

Alvarado llegó con el rostro serio a las puertas del palacio del gobernador de Cuba. Pero al entrar en el patio interior, recuperó su natural semblante alegre. Su cargamento, con un valor de más de dieciséis mil pesos en oro, estaba allí junto con los porteadores. Diego Velázquez se paseaba entre los tesoros. En cuanto lo vio se dirigió hacia él con los brazos extendidos:

—Don Pedro de Alvarado —lo saludó con alegría.

Y sin dejarle articular palabra, lo abrazó. En cuanto se separaron, el gobernador exclamó con un brillo en los ojos:

—¡Esto es fascinante!

—Más fascinante puede ser la información —respondió Alvarado con una sonrisa.

—¿Han encontrado minas?

Alvarado arqueó una ceja y repuso con semblante serio.

—No. Y perdone que se lo diga así, pero tampoco es que su sobrino haya hecho mucho por buscarlas.

Velázquez lo atravesó con la mirada. Alvarado ignoró la expresión del gobernador y, de entre los pliegues de su túnica, sacó una carta que le extendió.

—Aquí le explica su versión.

—Don Pedro —comenzó Velázquez tomando el áspero pergamino—, explíqueme el motivo de tal irreverencia.

Los dos empezaron a pasear entre los baúles. El sol de la mañana refulgía sobre el oro.

—Don Juan nos ha guiado correctamente. Hemos navegado costeando. Cierto es que nos hallamos ante gentes que construyen increíbles templos... —Alvarado extendió los brazos teatralmente y miró a su alrededor—, y bien se ve que manejan riquezas.

—¿Cuál es el problema, entonces? —atajó Velázquez.

—Dimos con los indios hostiles que habían atacado a Henández de Córdoba. Prudentemente don Juan los asustó con la pólvora. Pero luego, encontramos unos indios pacíficos que nos trataron con reverencia. Don Juan sólo pidió que le trajeran oro. Jamás investigó de dónde salía ni fue en busca de una mina. Ni siquiera quiso establecer colonia alguna en aquel tranquilo lugar. Decía que nada de poblar, que esas eran las órdenes del goberandor. Pero yo no me creo que usted le prohibiera explícitamente establecer colonia en su nombre y asegurar así su derecho, no sea que ahora se le vaya adelantar algún navegante de La Española, como el mismo Diego Colón.

Alvarado guardó silencio unos instantes, sabedor de que había conseguido lo que deseba. Velázquez apretó los dientes y miró las barras de oro y los finos objetos que le rodeaban.

Cierto, no prohibió a su sobrino que fundara colonias, aunque tampoco le dio instrucciones explícitas para ello. Pero había esperado por parte de Juan algo de iniciativa, de leal imaginación para asegurar el buen fin de aquella empresa. Necesitaban garantías de riqueza.

—Y eso no es lo peor —añadió Alvarado interrumpiendo sus pensamientos. Se dirigió a un baúl determinado y tomó unos collares—. Estos en concreto proceden de un gran rey de un pueblo, parece ser que son llamados mexicas, y que habitan en el interior. Porque claro que hemos bordeado la costa, pero don Juan no ha querido saber un poco más del continente ni averiguar algún detalle útil de ese pueblo o de su rey, excepto que son ricos.

Velázquez tomó los collares y observó los hermosos detalles con que los habían decorado. Suspiró y miró el baúl de donde habían salido, repleto de joyas y finos objetos de delicada hechura en oro y bellas plumas.

—Un rey… —musitó pensativo.

—Están organizados: sacerdotes, funcionarios, leyes, tributos… A los pueblos de la costa parece que esto les desagrada porque tienen que pagar a ese rey mexica.

—¿Me estás diciendo que he dado el mando a alguien incapaz de pensar por sí mismo?

—Para una misión como esta, creo que hace falta algo más de lo que se ha hecho. Porque no se puede volver sin saber los secretos de aquel lugar. Y mucho me temo que cuando regrese, su sobrino no se los traerá, don Diego.

Velázquez lanzó el collar al baúl y puso su mano en el hombro de Alvarado.

—Vayamos arriba. Almuerce conmigo, don Pedro. ¡Reyes indios! Con tributos en oro. Maravilloso. —Ya subiendo las escaleras, añadió—: Haremos una cosa, mandaremos alguna delicada joya a Castilla, a mi capellán Benito Martín, para reforzar nuestra posición. Porque espero, don Pedro, que el nuevo comandante de la próxima expedición pueda contar con la experiencia de tan leal e intrépido capitán.

Alvarado, tan alegre como dispuesto a la aventura, sonrió satisfecho. Con sus últimas palabras, don Diego le había dejado claro algo que intuía: el gobernador sólo encabezaría en persona una expedición conquistadora, pero aún era pronto para ello.

Las caderas de Izel se convulsionaron sobre las mías entre gemidos y luego ambos nos dejamos caer exhaustos sobre la esterilla de mi estancia. El silencio que acompañaba a nuestras caricias se vio interrumpido por unos pasos enérgicos en el patio. Izel se tensó y tragó saliva mientras concentraba su atención en el exterior.

—¡Tozudo! —se oyó gritar a Chimalma en el exterior.

Me miró asustada y se humedeció los labios con la lengua. Yo fruncí el ceño al sentir su corazón próximo y acelerado.

—No podemos seguir así —le susurré.

Ella puso un dedo sobre mi boca y oímos claramente que tiraban algo. Noté cómo se estremecía, cada vez más incómoda. Le besé el hombro y me incorporé.

—Quédate aquí. No entrará si estoy fuera.

Me puse en pie y me anudé el *maxtlatl* que Izel me tendía. Le sonreí antes de salir y ella me respondió apoyando la barbilla sobre sus manos, tendida y plácida con su moreno cuerpo desnudo.

Salí al jardín y miré hacia la *temazcalli,* iluminada por el reflejo de la luna. La leña que proporcionaba vapor a la construcción estaba esparcida en desorden. Me acerqué con sigilo y oí a Chimalma. Lo que decía era ininteligible, pero se le notaba malhumorado. Miré hacia allí y vi al hombre sentado en las raíces del *ahuehuetl* con las manos en la cabeza. Sus capas no cubrían el cuerpo como era costumbre, y el lujoso tocado de plumas aparecía torcido sobre su cabello despeinado. No percibió mi presencia ni cuando ya estaba ante él.

—Chimalma, ¿va todo bien? —pregunté con cautela.

Alzó la cabeza sorprendido y enseguida trató de adoptar una expresión neutra. A pesar de ello, me pareció ver que sus ojos estaban húmedos y me examinaba pensativo, como si quisiera leerme el pensamiento. Me senté ante él, con mis largas piernas encogidas ante el pecho, e inconscientemente hice ademán de cubrirme con la capa, pero no la llevaba. Chimalma al fin sonrió con un suspiro.

—Guifré… Contéstame con sinceridad, te lo ruego. ¿Te irías en una torre flotante con tu gente? ¿Quieres dejar Tenochtitlán?

—No —respondí aspirando el olor de Izel aún en mi piel—. Estuvieron en la costa hace un año y creo que jamás he hecho ademán de dejar tu palacio. La verdad, no sé por qué me preguntas eso.

Chimalma agachó la cabeza y me tendió algo. No pude evitar contraer el rostro cuando lo tuve entre mis manos: era un collar de cuentas verdes, nada anormal entre los mexicas, salvo que eran de vidrio.

—¿Han vuelto? —pregunté.

—Sí, esta vez han llegado a Culhúa, a poca distancia de Cempoalli, la ciudad donde estuviste con Painalli.

De pronto recordé mi última conversación con Ollin y reapareció el súbito temor que entonces me invadió. Algo debió de reflejarse en mi rostro, pues con aire paternal Chi-malma me tomó de las manos y prosiguió en tono de con-fidencia:

—No te he mentido jamás, aunque casi nunca te he sido franco. Ahora lo voy a ser. Yo te hubiera enviado a hablar con ellos, Guifré. Para eso te he estado preparando. Cierto que jamás te dejé elegir y seguro que te debo una disculpa por ello, pero lo hice por tu bien y por el bien de la gente a la que amo. Y no me refiero a mi pueblo, Guifré.

Asentí con expresión grave, recordando algunas de las últimas palabras de Ollin: «Guifré, algunos pensamos que eres nuestra única oportunidad. [...] Por lo menos puedes hablarles de nosotros. Guifré, no te podíamos dejar marchar [...] Chimalma es el artífice de todo lo que has aprendido de nosotros y es tu protector.» En su momento me hirieron, pero ahora, al ver sus ojos castaños, tan familiares y lúcidos, no pude por menos que sonreírle, imbuido de una arrolladora sensación de ternura.

—Eres un buen hombre, lo sé, y creo en ti como tal, no como dios. Pensé que podías hacernos de intérprete con ellos y que para hacerlo bien debías saber, no sólo el idioma, sino también cómo vivimos. Pero Motecuhzoma quiso mandar al *tlillancalqui*, por dos veces. No pude impedirlo, como tampoco insistir en que fueras tú. Existen motivos por los cuales, para algunos, hay que mantener que eres un enviado divino. El caso es que la segunda vez, la comitiva del *tlillancalqui* Yoallichan entró en contacto con esos hombres blancos, y los mexicas les entregaron muchos regalos que Motecuhzoma había encargado especialmente en secreto. De hecho, hizo preparar dos enormes discos de madera, uno dedicado al Sol, repujado en oro, y el otro en plata con la Luna como centro: toda la visión de nuestro mundo, la síntesis de lo que te hemos intentado enseñar todo este tiempo. Pero no los acabaron a tiempo. De hecho, yo, el cihuacóatl, sé de esos regalos por Cuitláhuac, el hermano del Tlatoani, que como sabes también es uno de sus consejeros principales.

Dejó mis manos y bajó la cabeza en un silencio triste.

—¿Y qué pasó? —no pude evitar preguntar.

—Aceptaron los regalos, nos dieron collares como estos, algo de su comida… Y se fueron en esas increíbles montañas flotantes.

—¿Y eso es todo?

Chimalma me miró.

—Dijeron que volverían.

Suspiré hondo intentando apaciguar mi corazón, de repente acelerado. Y, como si pensara en voz alta, resumí:

—Ya saben que existís. —Lo miré a los ojos—. ¿Han preguntado por oro?

—Me consta que a los totonacas —respondió Chimalma irguiéndose—. Y entre los regalos de Motecuhzoma había oro: collares, tobilleras, pulseras… Todo de oro.

—Entonces no dudes de que volverán, y me temo que será para algo más que conoceros. Sobre todo si los totonacas les han dicho que sois el pueblo más poderoso. Menos mal que esos discos no estuvieron terminados a tiempo. Podrían haber pensado que eran oro y plata macizos.

—Guifré, necesito saber que nos ayudarás. Motecuhzoma cree que son enviados, como tú, del dios Quetzalcóatl. Cuando vuelvan, necesito que le digas que debes ir por orden del dios, por favor. No sabemos a lo que nos enfrentamos.

—No os enfrentáis a un dios, pero sí posiblemente a armas muy poderosas que escupen fuego, a espadas capaces de partir la obsidiana, a lluvias de flechas…

—¡Basta! —cortó aturdido—. Es posible que sólo quieran conocernos, no invadirnos.

—Nezahualpilli dijo que acabaríais bajo el yugo de unos extranjeros. Bien podrían ser estos, Chimalma.

—No digas eso. Sobre todo, ni se te ocurra decírselo a Motecuhzoma.

—De acuerdo. Ollin me contó muchas cosas antes de desaparecer. Pero quiero que sepas que son muy poderosos. Yo ayudaré en lo que pueda, pero sólo seré un hombre entre hombres.

Chimalma bajó la mirada. Sus pies descalzos jugaban con la raíz del árbol.

—¿Me guardas rencor?

—No, ya no.

Volvió a mirarme.

—Esto debe quedar entre nosotros. La vida de quien lo sepa puede correr peligro. A Motecuhzoma no le gusta escuchar lo que no quiere oír. El campesino que vino a hablar de los templos flotantes ha muerto misteriosamente. Y respecto a ti, no quiero que Acoatl tenga argumentos para convencer al Tlatoani de un disparate inútil.

—Yo también haré lo que sea necesario por el bien de la gente a la que amo —concluí.

—Eres tú el que debe estar convencido, Diego —le dijo Amador de Lares, su contable.

Velázquez se puso en pie con un suspiro y empezó a pasear por la estancia con la copa de vino en la mano. Amador permaneció sentado cómodamente con una actitud satisfecha.

—No tengo muchas más opciones, tal como me recordaste al recomendármelo —reconoció Velázquez—. Desde luego, hubiera preferido a algún pariente más inmediato para esta nueva expedición, como mi sobrino Baltasar Bermúdez.

—Ya, pero no quería aportar los tres mil ducados, ¿no es cierto? Y tu familia directa está muy tranquila en sus haciendas. En cambio, mira, este casi sobrino tuyo y protegido desde hace más de diez años, habrá sido pendenciero con las mujeres pero se acabó casando con Catalina, aunque lo tuvieras que encarcelar para ello. Y en cuanto a aquel tema del reparto de los indios... Bueno, en fin, siempre ha sido manejable, o cuando menos, tú lo has sabido manejar. Si no, ¿por qué después de todos los problemas es el alcalde de Santiago? Necesitas a alguien con iniciativa, y él la ha demostrado. Ha sabido hacer fortuna. De hecho, si hemos estado esperando desde que le escribí, Diego, es porque viene de su hacienda de Cuvanacán, de donde está sacando su buen oro.

—Cierto. —Velázquez se detuvo y clavó los ojos en la pared de piedra—. Y si no ha de enfrentarse a mayores batallas que Grijalva, no creo que su inexperiencia militar suponga un problema. En las campañas en que me ha servido, por lo menos ha sido frío, listo y calculador. No creo que acabe como Hernández de Córdoba.

—Estoy convencido de que es el hombre que necesitas. Te lo dije en su momento y te lo repito ahora—concluyó Lares.

En aquel instante llamaron a la puerta y apareció un sirviente del gobernador.

—Don Hernán Cortés espera ser recibido —anunció.

Velázquez y Lares intercambiaron una mirada. Lares asintió y Velázquez, por primera vez, sonrió.

—Hazlo pasar —indicó el gobernador de Cuba.

XXXIX

Barcelona, año de Nuestro Señor de 1518

Ilustrísimo Señor obispo de Barcelona,

Es posible que ya hayan llegado a sus oídos los problemas de nuestro bienamado monarca don Carlos en las Cortes convocadas en Valladolid. Los castellanos pretendían tratar a Su Alteza como un simple funcionario de alta alcurnia pues, para ellos, la única reina legítima de Castilla es doña Juana, por más que ha dado consentimiento a su hijo primogénito para que firme los documentos y misivas oficiales como Rey por la gracia de Dios tras ella. He de confesar que no entiendo tanto celo, pues bien asistieron los representantes de la nobleza, el clero y las ciudades a unas Cortes que sólo puede convocar el Rey, legitimando con su presencia el poder del monarca.

A pesar de esta paradoja, los castellanos plantearon varias exigencias a Su Alteza don Carlos antes de otorgarle el subsidio real: que aprendiera castellano, que respetase las leyes castellanas y que prescindiese de sus hombres de confianza para rodearse sólo de castellanos. Pero todas estas peticiones planteadas antes de otorgar el subsidio quedaban fuera de lugar, ya que en este orden suponen un incumplimiento de las leyes castellanas por parte de los mismos nobles que reclaman que Su Alteza se ciña a ellas estrictamente. La fuerte insistencia en dicha oposición absurda, personificada sobre todo por Juan de Zumel, representante de Burgos, por último pudo ser situada donde corresponde, pues con la legalidad castellana en la mano, las Cortes no pueden anteponer la resolución de lo que ellos consideran agravios a la concesión del subsidio real. Por ello, finalmente se salvó la situación y Su Alteza ya ha prestado su juramento oficial como Rey de Castilla.

Sin embargo, según tengo entendido, tanto en Aragón como en Cataluña las Cortes cuentan con otros poderes, y su capacidad de oposición a nuestro bienamado monarca puede ser superior. Atendiendo a sus informaciones, así como a las de otros súbditos que entienden que el Rey sólo cumple con su derecho divino, es obvio que esta oposición amaga un intento de favor respecto al infante don Fernando, por entender que a sus trece años puede ser más maleable. Para protegerlo de ello, Su Alteza don Carlos ha decidido enviarlo fuera de la Península con el fin de completar su formación.

Aun así, temo que en Zaragoza, donde ahora se disponen a ser convocadas las Cortes aragonesas, puedan repetirse las disputas, incluso con mayor crudeza que en Valladolid. Si le pongo al corriente de toda esta situación es porque, con la ayuda de Dios Nuestro Señor, Su Alteza convocará Cortes en

Barcelona a principios del año próximo. Y la razón de esta misiva no es otra que encomendarle mayor celo aún en su diligente y discreto trabajo para que el Rey, por la gracia de Dios, pueda hacer el juramento pertinente y acceder a sus derechos sin ver manchado su buen nombre por ambiciosos nobles que, no contentos con resistirse a sus derechos en las Cortes, predisponen a las gentes del pueblo en contra del monarca.

Sin duda, a su llegada a Barcelona, Su Alteza don Carlos sabrá qué siervo de Nuestro Señor ha dedicado sus piadosos esfuerzos para que se cumpla la gracia de Dios. Hasta entonces, rezaré para que Él guíe los pasos de su Ilustrísima Reverendísima, como hasta ahora, sin duda alguna, lo ha hecho.

Su Eminencia Reverendísima

Cardenal Adriano de Utrecht,
Obispo de la ciudad de Tortosa

Domènech dobló la carta con cuidado después de haberla releído varias veces y la guardó bajo llave en una arquimesa de su dormitorio. Miró con disgusto la estancia: aún no habían hecho la cama. Sin embargo, el desorden no era suficiente, aquel día, para reprimir la euforia reflejada en el brillo metálico de sus ojos. Por fin tenía una fecha. Con todo, su rostro estaba tenso. Por supuesto que hasta él habían llegado las informaciones sobre los problemas en Valladolid, que empezaron con el nombramiento de un valón, Jean de Sauvage, para presidir las Cortes. Esperaba que el Rey y su séquito hubieran aprendido la lección, pues intentar nombrar un presidente no catalán en las Cortes de Barcelona daría al traste con todos sus esfuerzos. Otro problema que podía plantearse era el del subsidio. Cataluña carecía de poder económico para aprobar los seiscientos mil ducados otorgados a Su Alteza en Valladolid, y desde luego, mucho menos por tres años sin ningún tipo de condición. Domènech habría preferido de Adriano de Utrecht que le hubiera dado informaciones más útiles, como las pretensiones de don Carlos para con el Principado. Pero no tenía más remedio que contentarse con haber sido avisado con tiempo suficiente de la llegada del Rey a la Ciudad Condal.

Miró por la ventana. El cielo primaveral brillaba sobre Barcelona y el griterío de las justas del Borne llegaba hasta allí. Inconscientemente, el obispo se llevó la mano a la entrepierna, pero en cuanto notó el tacto del hábito, se contuvo, entrelazó ambas manos y contrajo aún más el rostro. Le había reaparecido. No le dolía, pero sabía que se ulceraba con rapidez. Apenas un mes después de su lección acerca del pecado carnal con la condesa de Manresa, Dios le había mandado un mensaje para reforzar su decisión de mantener el celibato: una ampolla en su miembro, indolora, pero que llegó a ser repugnante y enrojeció en los bordes hasta parecer una herida abierta. Pero tal como vino se fue, lo mismo que las ronchas rosáceas que pudo ver en su espalda, que aparecieron y desaparecieron tiempo después. No había vuelto a pensar en ellas durante los tres años siguientes, pues la señal divina a la que se referían era clara: debía mantener el celibato. Sin embargo, hacía unos días había reaparecido la de su miembro. Por ello, tras la especial misa de aquella mañana en la catedral con todos los caballeros de la Orden de Sant Jordi presentes, decidió excusar su asistencia a las justas organizadas por ellos en conmemoración de su patrón. No le gustaban en exceso aquel tipo de espectáculos que a él le parecían una ofensa para la fe, y menos cuando Dios le estaba enviando un mensaje. Quería dedicarse a la contemplación, pues quizá fuera aquello un aviso ante una nueva prueba.

Pero aquella carta de Adriano lo cambiaba todo. En el torneo estarían, seguro, las familias más prominentes de la ciudad. Y en lo que le quedaba de tiempo hasta la llegada del Rey, debía hacerse muy visible entre la alta nobleza para controlarla y afianzar su posición. Frunció el ceño, se giró y se dirigió hacia la puerta del dormitorio. «Los caminos del Señor son inescrutables —pensó—. ¿Por qué otra vez estas molestias?» Aspiró profundamente antes de abrir la puerta. No sucumbiría a ninguna tentación yendo a las justas, pues su objetivo era claro. Domènech estaba tan seguro de ello que no entendía por qué Dios le enviaba aquello, y a la vez, señales como la carta de Adriano que, sin duda, le indicaba cómo proseguir su camino hacia el poder. Abrió la puerta con decisión. Debía seguir adelante cumpliendo con los designios comprensibles del Señor, y esperar a recibir más señales para actuar sobre los que no comprendía.

La gran explanada del Borne estaba invadida por la muchedumbre que se arremolinaba alrededor del campo de justas. Las tribunas cubiertas por coloridos toldos dispensaban a las clases altas los mejores puestos para ver el espectáculo. El lugar vestía como en los actos de fe del Santo Oficio, pero olía muy diferente y el griterío eufórico nada tenía que ver con la rabia y el temor redentor que se elevaban de las voces del vulgo al quemar a un hereje. «Y más aún cuando las justas son una exhibición de vanidad, sin tan si quiera auténticas lanzas ni honor por el que luchar», se dijo Domènech con desprecio.

El gentío abría paso a la comitiva del obispo facilitándole el acceso al lugar que correspondía a tan alto dignatario. Pero él no se sentía con ánimos de disfrutar del reconocimiento público como lo hizo la primera vez que apareció en el Borne como prelado. De eso ya hacía tres años, durante los cuales se le había hecho cada vez más difícil entender por qué actos redentores como las procesiones o las condenas de la Inquisición debían celebrarse en el mismo lugar que un festejo como aquel, a sus ojos, pura exaltación de la vanidad. Pero como obispo había abandonado sus intentos de cambiar la situación, no sólo por la impopularidad que podía granjearle, sino también porque el Borne era de los pocos lugares que podía albergar a todo aquel público.

De pronto, entre la hilera de personas que le abrían paso, Domènech vio que unos ojos verdes lo miraban fijamente, unos pasos por delante de él. Dejó de oír el griterío, se esfumó por completo el piafar de los caballos. Sólo oía su corazón mientras devolvía la mirada a aquel chiquillo que a lo sumo debía de tener doce años. Se sintió turbado por el recuerdo de su hermano. ¿Cuánto hacía que no pensaba en Guifré? Aquel niño tenía el mismo pelo ondulado del color paja, la misma nariz recta y aristocrática... Era igual salvo en el color de los ojos. «¿Cómo están mi hija y mi nieto?» En su mente resonaron las palabras de Gerard de Prades hacía unos meses. Las manos le empezaron a sudar.

Aquellos ojos verdes lo examinaban de arriba abajo, con descaro, y no se amilanaban a pesar de la proximidad. El obispo recordó los ojos también verdes de Elisenda y la turbación dio paso al enojo. Cuando ya estaba a punto de pasar por delante del niño, un hombre alto y huesudo, de barba gris y una tonta sonrisa dulzona, puso la mano sobre el hombro del chico y lo apartó.

De pronto, Domènech se sintió estúpido y no pudo evitar una sonrisa. Siguió su camino divertido ante tal reacción y la turbación absurda que le había despertado aquella casualidad. La hija o el hijo de su hermano debía de estar donde él había ordenado: «Donde Dios indica que ha de ir el fruto del pecado», pensó. La semejanza del hijo de aquel hombre vulgar y larguirucho le pareció una broma de la Providencia que mejoró sus ánimos para afrontar lo que había venido a hacer a aquel lugar.

Sobre sus monturas cubiertas con mantos estampados de color, dos caballeros cabalgaban en dirección opuesta con sus varas de madera extendidas. Vio la animación de las tribunas y se fijó en que los altos dignatarios murmuraban entre sí, unos con cierta hilaridad, otros con expresión sombría. «Quizás ya hayan llegado noticias sobre cómo van las Cortes de Zaragoza», supuso. Atravesaba las primeras tribunas hacia la central cuando oyó el estrépito de una armadura al caer al suelo y el relincho quejumbroso de un caballo; la multitud prorrumpió en vítores. Domènech ni se molestó en mirar: «Ha caído a la primera embestida. ¡Menudo patán!».

Cuando llegó a la tribuna central, la gente reía: el vencedor había conseguido el beso de una doncella de sedoso cabello castaño que parecía azorada por la atención que de pronto despertaba entre el público. Sentados en lugar preferente estaban el lugarteniente y el gobernador general. Tras ellos, parientes de su séquito y algunas damas con toquilla.

—Ilustrísimo Señor obispo —le saludó el lugarteniente—. Me alegra que al final se haya decidido a venir.

—Gracias, Ilustrísimo —respondió Domènech—, aunque espero que haya justas más reñidas que esta.

La tribuna rió ante la observación del prelado. Pere de Cardona le dirigió una afable sonrisa. El gobernador prácticamente no lo miró. Pero a Domènech le complacía, ya que sabía que esta conducta era propia del temor que despertaba en aquel hombre desde el caso de la bruja Judith.

—Siéntese a mi lado, Ilustrísima Reverendísima —le ofreció el lugarteniente.

Domènech así lo hizo, no sin advertir que las damas lo observaban entre risitas mal disimuladas. Se sintió incómodo, pero las ignoró.

—¿Se ha enterado del último rumor? —le preguntó don Juan con una sonrisa, mirando a los dos caballeros que se preparaban para una nueva justa.

Nadie se fijó en que Domènech arqueaba las cejas sorprendido. «¿Se rumorea ya que viene Su Alteza a la ciudad?», se preguntó incrédulo. Pero desechó la idea al oír que don Juan añadía:

—Es mucho más emocionante con lanzas de verdad, ¿no, señoras? No sé a qué viene tanto remilgo por una vara de madera. —Las mujeres rieron—. ¿Y bien, Ilustrísima Reverendísima?

—No creo que el Ilustrísimo Señor obispo esté para rumores de ese tipo —intervino el gobernador general.

Domènech, sorprendido, no pudo evitar mirarlo. Pero el gobernador tenía los ojos clavados en el campo de justas. Se giró hacia Pere de Cardona, quien le sonrió con un leve gesto de cabeza y dijo:

—Sin duda, su posición ante la gracia de Dios es más elevada. Maneja informaciones fidedignas, no simples rumores.

—Por eso le pregunto —insistió don Juan, girándose hacia atrás, con gesto teatral—. ¿Quién mejor que el obispo para saber si es verdad que la condesa de Manresa yace moribunda y maldita?

Dos caballeros iniciaban un nuevo combate. El galope de sus monturas inundó la explanada del Borne, que se llenó de gritos contenidos del público expectante. El prelado miró a Pere de Cardona, que se encogió de hombros.

—Me temo, don Juan, que no sé de qué me habla —confesó Domènech.

El lugarteniente desvió la mirada del combate, aunque estaban a punto de cruzarse los caballeros, y arqueó las cejas fijando sus ojos en el obispo. Se oyó el crujido metálico de las armaduras y don Juan volvió a mirar la justa. El murmullo del público aumentó al ver que un caballero quedaba prácticamente tumbado sobre su corcel. Se recuperó y hubo vítores.

—Bien hecho —aprobó el lugarteniente. Luego miró de nuevo a Domènech mientras los caballeros volvían a sus posiciones—. La condesa de Manresa desapareció de la vida social en un ataque de devoción extrema. Eso ya lo debe de saber.

—Sé que se retiró, sí.

Domènech oyó algunas risitas tras él y no pudo evitar sonreír a su vez.

—Dicen que le salieron unas asquerosas pústulas por el cuerpo —comentó una dama, en tono jocoso—. Luego se le empezó a caer el cabello, perdió muchísimo peso, se quedó ciega e incluso se volvió loca. Y ahora se comenta que está moribunda. ¿No cree que es un castigo divino, Ilustrísima Reverendísima?

Domènech se volvió hacia la mujer. Era la hija de Pere de Cardona, la que debería haber dado continuidad al linaje de Gerard de Prades. El obispo le dedicó una sonrisa malévola y dijo:

—Quizás eso lo sepan ustedes mejor que yo. El único comportamiento punible que le he visto tal vez sea un excesivo... protagonismo. Hasta no hace mucho, todos los que están aquí celebraban sus ocurrencias.

La mujer bajó el rostro encendido en rubor. El lugarteniente y algunos otros nobles concentraron su atención en las justas.

—¡Vamos, aguanta fuerte esa lanza! —exclamó don Juan.

Los caballeros se volvían a cruzar. El que antes quedó tumbado golpeó de lleno en el pecho a su contrincante y arrancó los aplausos del público. Pero no consiguió derribarlo.

—Desde luego, no sé si será verdad todo lo que dicen, pero ya es bastante castigo ser la comidilla de toda la ciudad —señaló Pere de Cardona.

—¿De eso se habla en las tribunas? —preguntó Domènech.

—Creo que incluso entre el vulgo —apostilló secamente el gobernador general.

El prelado no añadió nada más. Miró hacia el campo de justas, intentando disimular un súbito mal humor. No entendía por qué lo que le parecía un obvio castigo a una pecadora era un tema de conversación, con todo lo que estaba pasando en el reino. «He venido para nada. O tal vez no… —Ladeó la cabeza y sonrió a los dos altos dignatarios—. Ya vendrán ellos a mí.»

XL

Estrecho de Yucatán, año de Nuestro Señor de 1519

Un manto de nubes grises anunciaba la llegada de mal tiempo. Pero esto no desanimó en absoluto a Hernán Cortés. Por fin había zarpado rumbo a su destino, y aquella primera parte del viaje era de sobra conocida para los pilotos de la mayoría de barcos que integraban su flota. Ya habían viajado antes con Grijalva y otras expediciones. Aun así, llamó al capitán de la nao.

—Haz colgar una linterna en la popa —ordenó.

Así lo hicieron, Cortés se apoyó en la borda del castillo de popa desde donde divisaba al resto de las embarcaciones, que tendrían más fácil seguir a la *Santa María de la Concepción*, el buque insignia en el que se hallaba. Repasó con la mirada las otras dos naos que lo acompañaban y frunció el ceño. Tuvo que zarpar dejando una embarcación carenando en Santiago, y Pedro de Alvarado, capitán de la cuarta nao, no había aparecido en el punto de encuentro antes de abandonar Cuba. Sin embargo, Hernán confiaba en que se uniría a ellos en el puerto de Santa Cruz, ya en el Yucatán. Además de los cuatro grandes buques, aquella expedición contaría con siete embarcaciones más pequeñas, entre ellas varios bergantines. Todos tenían la misma orden: si se separaban durante la noche, a pesar de la luz que había hecho colgar en la popa, se reunirían en el puerto del Yucatán.

El olor del mar se mezclaba con el de los caballos, que iban en cubierta. Cuba se alejaba de su vista y el viento de poniente agitaba su capa de terciopelo negro con ribetes de hilo dorado. Hernán se llevó una mano a la medalla de oro que colgaba de su cuello. En una cara estaba la imagen de la Virgen, en la otra, la de san Juan Bautista. Pero cuando los ojos del hidalgo extremeño se alzaron al cielo, se encomendó a san Pedro, el que le había salvado la vida de niño en su Medellín natal. Un madero crujió sobre su cabeza y a su mente acudió de pronto una imagen fugaz, la del esclavo que le salvó en su viaje hacia las Indias. «El esclavo que con su muerte me hizo comprender tus designios, Señor —pensó Cortés—. Ahora ya estoy en marcha, hacia las gentes que quieres que te conozcan.» Suspiró satisfecho. Había sido un arduo camino, pero ya en la mar sabía que había hecho lo correcto, pues si las posibilidades de hallar oro eran enormes, asegurarían el engrandecimiento de la obra de Dios en la Tierra. Así fue en Cuba y así sería ahora.

Cuando Diego Velázquez le ofreció encabezar aquella tercera expedición, comprendió que había llegado su gran oportunidad, la que había esperado durante doce años en las Indias, doce años de duro trabajo a la sombra de Velázquez para labrarse su pequeña fortuna. Pero se guardó de hacérselo saber al gobernador. Habían tenido sus roces, siempre fue perdonado por su protector, pero sabía que no le daría el puesto si averiguaba lo que realmente se proponía. Aceptó sin más las instrucciones por escrito que le entregó Velázquez, unas capitulaciones que no diferían de las de una simple expedición de descubrimiento y rescate, con prohibición del comercio privado. Pero en el preámbulo de aquel documento, Cortés vio el vacío legal por el que se colaría en el momento preciso: en el preámbulo se hablaba de la «necesidad de poblar y descubrir», y eso era precisamente lo que Hernán Cortés pensaba hacer.

Por ello, el mismo noviembre de 1518 en que recibió las órdenes se dedicó con ahínco a buscar hombres, barcos y provisiones. Velázquez sólo le proporcionaba dos o tres barcos. Pero él quería más, bastantes más, y para ello empeñó toda su fortuna y se buscó buenos colaboradores que acabaron de financiar la flota. No emularía a Grijalva. Pese a la decepción que con él se había llevado Velázquez, Cortés tenía claro que la información de aquella expedición era demasiado valiosa. Por ello, desde el principio le agradó contar con Pedro de Alvarado, quien se lo había contado todo. Con una sonrisa cómplice, pero sin mediar palabra al respecto, ambos entendieron que debían ir a conquistar aquel gran imperio que, según decían, había tras las montañas de San Juan de Ulúa, su destino oficial, bautizado así por la expedición precedente.

Sin embargo, aún en Santiago de Cuba, y a sólo dos semanas de haber sido nombrado por Velázquez, el gobernador empezó a desconfiar de las intenciones y la lealtad de Cortés. Ahora, en el castillo de popa de la *Santa María de la Concepción,* éste sonreía al recordar la cara del gobernador antes de su partida. Hernán se giró dejando a su espalda a la flota que se alejaba de la costa cubana y se apoyó de codos en la borda para contemplar la nao hirviente de actividad, con las velas henchidas por el viento. «Velázquez tardó demasiado en intentar detenerme», pensó. El gobernador quiso evitar un enfrentamiento frontal con él al darse cuenta de que era demasiado el dispendio para la envergadura del tipo de expedición que había encargado. Le cortó la posibilidad de suministro y trató de convencerle, a través de Amador de Lares, de que lo dejara todo y le sería reembolsada la inversión. Pero ya era tarde. Cortés consideraba que la Divina Providencia había hablado. Hernán lo ignoró y Velázquez, simplemente, lo destituyó; pero el mensajero que debía llevarle tal nueva jamás llegó a su destino, aunque sí las cartas del gobernador, que el propio Cortés se encargó de eliminar. Después de aquello, los acontecimientos se aceleraron, y aunque aún no lo tenía todo dispuesto, con sólo seis barcos y unas pocas provisiones, dejó el puerto de Santiago precipitadamente en una fecha que no olvidaría jamás: el 11 de febrero de 1519.

—¿Adónde vas, compadre, sin despedirte de mí? —le había gritado desde el muelle Velázquez, a quien alguien sacó de la cama al alba, avisándole de la salida de los barcos.

—Perdóname, pero todas estas cosas se pensaron antes de que tú las dispusieras —le gritó Cortés desde una barcaza, rodeado de hombres armados—. ¿Cuáles son tus órdenes ahora?

Velázquez enmudeció ante la insubordinación. Cortés consideró que si no tenía valor ni para hablarle a la cara en aquel momento, es que simplemente estaba haciendo lo correcto, así que zarpó. Se marchó para iniciar un periplo de varios meses por la costa cubana para acabar de abastecer la expedición con nuevos colaboradores que creían en su empresa y algo de pillaje con ayuda del Señor. Desde luego, Velázquez intentó frenarlo en el curso de aquellos meses, pero no lo consiguió.

Cortés se acercó al otro extremo del castillo de popa y se asomó a cubierta. Un caballo pardo piafaba, más nervioso que el resto por el oleaje agitado. La expedición contaba con dieciséis caballos en total. Le hubiera gustado llevar más, pero eran demasiado caros. Sin embargo, pudo lograr un buen número de mastines, muy útiles en posibles batallas. Tendría un total de once barcos y había logrado provisiones para todos los embarcados, cuando menos para llegar a su destino sin dejar de alimentar a los quinientos treinta hombres de la expedición. Lo había previsto todo: treinta ballesteros, una docena de arcabuceros e infantería, además de los cincuenta marineros. Los carpinteros, a lo sumo media docena, desempeñarían un papel importante para cubrir la «necesidad de poblar». Y además, iba mejor armado que el timorato Grijalva: llevaba más culebrinas que él, además de lombardas, mucho más efectivas que los cañones de avancarga, y falconetes para complementar a las culebrinas. Por lo que Alvarado le había contado, sólo con hacerlos resonar espantaría a los indios que ni siquiera conocían las espadas metálicas, de las cuales también llevaba una buena provisión para sus hombres.

Una ola chocó con la quilla de la enorme nao y las instrucciones empezaron a gritarse de un extremo al otro, llevadas con el viento de poniente que arreciaba mientras la noche caía sobre la mar. Hernán Cortés sonreía, excitado ante la proximidad de su primera misión. Melchorejo, uno de los indios que había capturado Hernández de Córdoba hacía ya dos años, iba ahora con él. Este había hablado de por lo menos unos seis cristianos que vivían entre los indios en Yucatán. Velázquez le encomendó rescatarlos. «En esto sí que te obedeceré, don Diego», pensó Cortés.

Besó su medalla, miró hacia el cielo amenazante y se retiró a su camarote. Tenía claro que Dios quería que los cristianos fueran rescatados, pero para servirle en su obra. «Serán mejores intérpretes que Melchorejo», se dijo bajando las escaleras.

Izel tenía los brazos alzados para atarme una tercera capa sobre las dos que ya llevaba. La piel de mi hombro se estremecía al notar el contacto de sus manos, pequeñas y tersas. La miraba sin dejar de admirar sus enormes ojos concentrados en la tarea. Cuando acabó, me dedicó una sonrisa que se me antojó compasiva.

—¿Sabes que te amo? —me susurró melancólica.

La abracé. Cerré los ojos y dejé que sus senos acariciaran mi cuerpo, noté su cara en mi pecho y me deleité con el olor a flores de su lacio cabello.

—Todo va a ir bien, Izel.

Pero mi corazón latía entre el pesar y los nervios. Hacía poco menos de un mes que habían llegado noticias de terribles batallas en Potonchan, en la costa este, cerca de Culhúa[9]. Y a pesar de que Chimalma siguió rogándome silencio, mi corazón desahogó todas mis angustias con ella. Era mi esposa en mi corazón y no podía ocultarle hasta qué punto intuía que nuestros destinos estaban llamados a un cambio tan brusco, tan violento como el que yo ya había sufrido a lomos de mi caballo trece años antes. Su respuesta fue la serenidad. Me confesó que desde que Ollin desapareció esperaba que, antes o después, le contara cosas como aquellas. Al principio, le había angustiado mucho el torbellino de preguntas que la avasallaban, y aquella

---

9. Culhúa es San Juan de Ulúa, bautizado así porque aparentemente, cuando Grijalva preguntó dónde se hallaba, no entendió bien la respuesta.

angustia le había llevado a vivir cada instante con una aterradora intensidad. Pero al compartir mis temores con ella, supongo que Izel halló en mis palabras y mi congoja algunas respuestas cuando ya se había convencido de que no debía preguntarse cosas que no podía responder. Y así, se convirtió en mi fuente de serenidad: «No nos preocupemos, nos ocuparemos llegado el momento», me aconsejó más de una vez. Pero quizás yo hacía más caso a lo que me decía que al tono melancólico de su voz.

No quería separarme del abrazo de Izel. Fue ella quien suavemente alejó su cara de mi pecho y me miró.

—No debes hacerlos esperar —me susurró.

Besé sus labios con avidez. Izel temía lo desconocido; yo, lo que ya conocía. Las noticias de Potonchan hablaban de hombres blancos y armas para las cuales no existían palabras en náhuatl, armas que escupían fuego. Por lo que me había contado Chimalma, deducía que se trataba de cañones y arcabuces. También hablaban de «hombres montados sobre venados», así que sólo podía pensar en algún escuadrón de caballería, y a mi mente acudían las historias que había oído durante mi infancia acerca de la conquista de Granada y el papel de los caballeros sobre sus briosos corceles. Pese a ser mucho más numerosos, los guerreros de Potonchan fueron vencidos con facilidad.

Después de besarnos, Izel se desprendió de mis brazos y noté que se me agitaba el corazón. Pero ella mudó su expresión grave y a la vez dulce, fruto de la serenidad que irradiaba desde que le contara de la presencia de castellanos en las costas. Arqueó las cejas, me escrutó con una sonrisa provocativa y dijo:

—Muy elegante. Mi padre sin duda estará contento de que rompas tu habitual modestia al vestir.

Sonreí y bajé la cabeza como un chiquillo avergonzado. Ella me dio la mano y me acompañó hasta la salida del palacio. A la puerta me esperaba un escolta para llevarme a la Casa de los Guerreros Águila. Allí era donde se producían los encuentros más importantes, y ahora estaba claro que no iba a entrevistarme con Motecuhzoma sino, por primera vez, con todo el consejo supremo, el Tlatocan. A algunos, como los sacerdotes de Tláloc o de Huitzilopochtli, ya los conocía bien. A otros consejeros del Tlatoani, sólo por someras referencias o encuentros puntuales.

Durante el tiempo transcurrido desde la llegada de las noticias de Potonchan, Chimalma me hizo repetir las explicaciones que ya le había dado a él ante hombres de la familia de Motecuhzoma, como su hermano Cuitláhuac o su primo Cuauhtémoc, dos de sus más importantes consejeros. Pero jamás ante el mismo Tlatoani, ni mucho menos con Acoatl u otro sacerdote presente. Ante ellos me había pedido sin ambages que siguiera jugando siempre la baza de mi divinidad. A Motecuhzoma no lo había ido a visitar desde hacía mucho, mucho más del mes lunar habitual.

Avanzamos por la calzada hacia el centro ceremonial y entramos en el recinto de los guerreros águila, situado a los pies del gran templo de su venerado dios Huitzilopochtli. Mi escolta, como miembro de aquella orden militar, me condujo por las escalinatas decoradas a ambos lados por cabezas de águila, y entramos en la Casa. El guerrero enseguida bajó la mirada, sorprendido ante la presencia de un Chimalma con aspecto demacrado y grave, pero al tiempo erguido e imponente. Con un gesto de la cabeza indicó al guerrero que ya se encargaba él y avanzamos hacia una estancia adyacente.

—Han llegado nuevas noticias. Tienes que conseguir que te incluyan en la comitiva pudo murmurarme antes de que entráramos.

Abrió la puerta. Las voces del interior de la sala cesaron al instante. Respiré hondo, miré a Chimalma y entré.

Alrededor de la sala cuadrangular estaban sentados una veintena de hombres descalzos, sacerdotes, altos dignatarios e incluso los dirigentes de las órdenes militares, de los cuales sólo distinguí al jefe águila, aquel callado hombre que hacía ya unos diez años me condujo a Tenochtitlán. Justo frente a mí, el Tlatoani, con su manto turquesa, aparecía ojeroso, con los pómulos marcados y tembloroso en su persistencia por mantener una actitud erguida. Y ante él, sobre un manto, a la vista de todos, un yelmo dorado algo maltrecho. Fruncí el ceño conteniendo una sonrisa. La asociación era clara: aquel yelmo se parecía mucho al que había visto en las representaciones azuladas del dios de la guerra Huitzilopochtli. Miré a su sumo sacerdote, Acoatl, y un escalofrío me recorrió la espalda al ver miedo en su rostro. Por primera vez, no me miraba a los ojos sino que mantenía la actitud de respeto.

El cihuacóatl pasó por delante de mí y se situó al lado del Tlatoani. Fue quien habló primero:

—Ayer por la tarde llegó un enviado de la costa de parte de Teudile. Los hombres blancos están en Culhúa. Son más que hace un año, y parece que les disgusta la sangre de nuestros ritos; sin embargo, se han mostrado muy complacidos con los presentes enviados, sobre todo con los grandes calendarios de oro y plata que les ha hecho llegar el Tlatoani. Visten trajes de hierro, y el jefe dice ser un embajador, aunque no entendemos de quién. Te hemos tratado bien, Guifré, eres nuestro amigo. Es hora ya de que nos desveles de quién eres mensajero, puesto que ellos son como tú.

Noté las manos sudorosas. Todos los ojos, unos asustados, otros expectantes, estaban sobre mí. «Tienes que conseguir que te incluyan en la comitiva», me había dicho Chimalma antes de entrar. Miré de nuevo a Acoatl. Mantenía la cabeza baja, con la mirada centrada en el yelmo. No me podía arriesgar a decir la verdad. Tragué saliva:

—Soy un enviado —proclamé, pero mi voz me pareció trémula y busqué arrojo en el sabor de Izel, aún en mi boca—. Soy un enviado de Quetzalcóatl.

El silencio fue roto por los murmullos, algunos aliviados, otros escandalizados.

—¿Estás seguro? —espetó Acoatl, clavándome sus ojos inyectados en sangre—. Porque este tocado de metal no lo lleva tu dios, y el estandarte del jefe blanco, de ese embajador, es azul, como el del dios Huitzilopochtli.

Me sorpendió que el debate no abordara la posibilidad de que fueran humanos, sino del dios a quien representaba. Pero insistí en mi postura, utilizando lo que sabía de mi propia cultura para interpretarlo desde las enseñanzas mexicas recibidas: tal vez llevaran la túnica más formal y señorial, siempre del mismo color. Así que me aventuré, apretando los puños escondidos bajo los mantos.

—¿Y acaso no sabéis si iban vestidos de negro, aparte de llevar trajes de hierro? —pregunté. No esperé más respuesta que la sorpresa expresada en sus rostros para continuar; había acertado—: El negro es el color de Quetzalcóatl. Y lo ha dicho el cihuacóatl, no yo: no les gusta la sangre de las muertes floridas. ¿Aceptaría eso un enviado de Huitzilopochtli?

Acoatl agrió la expresión y ya no dejó de mirarme fijamente. No vio que el Tlatoani, hasta entonces tembloroso y contraído, relajó los hombros y me miró con un brillo de esperanza en sus ojos.

—Tezcatlipoca es un dios experto en el disfraz —sentenció Acoatl—. Creó a 400 hombres, más o menos como los que acompañan al jefe que se halla en la costa. Le gusta engañar, y es un buen engaño arribar desde donde obligó a huir a Quetzalcóatl. Por no hablar de que el temible Tezcatlipoca adora en extremo las riquezas, y según nuestros informes, el jefe blanco no cesa de preguntar por ellas. ¿Por qué, si tienes tan claro que eres enviado de Quetzalcóatl, no has hablado hasta ahora? ¿Por qué no me lo has dicho antes, amigo Guifré?

Sonrió malicioso. Guardé silencio por unos momentos. Los nervios se estaban convirtiendo en furia en mi interior: «¿Por qué no puedo decir la verdad? ¿Por qué ese Acoatl no me deja ayudar? Simplemente, son castellanos y por lo que dicen, armados. No vienen a comerciar». Miré fugazmente a Chimalma. Estaba tenso y me pareció ver un atisbo implorante en sus ojos.

—Estamos en el año Uno Caña. El año en que nació mi Señor. El año en que, un siglo después, murió. No podía decirlo antes.

Muchos consejeros asintieron. Chimalma suspiró. Incluso el rostro de Acoatl pareció suavizarse un tanto.

—Creo que es obvio que Guifré debe formar parte de la comitiva que ha de parlamentar en la costa —dijo de pronto un dignatario, cercano al Tlatoani pero mirándome a mí; era Cuitláhuac.

Nadie salvo el cihuacóatl podía mirar al Tlatoani, ni su hermano y consejero Cuitláhuac. Motecuhzoma escuchó atento. Luego, bajó sus ojos un instante y, al alzarlos de nuevo, se dirigió a mí:

—Está bien. Guifré, irás con algunos de mis consejeros más allegados a hablar con los enviados o los dioses de la costa. Pero tu misión es averiguar qué quieren y ver si con ellos va realmente Quetzalcóatl y no otro dios. Ahora, ve. Saldréis en cuanto acabe de disponer los presentes.

El corazón me dio un vuelco. Después de once años iba a volver a ver a cristianos, posiblemente castellanos. «Mi marca de esclavo», recordé de pronto, aterrorizado.

XLI

Barcelona, año de Nuestro Señor de 1519

A pesar de la muerte de Maximiliano I, abuelo de Su Alteza don Carlos, Adriano insistió en que los preparativos para la entrada del monarca en la ciudad de Barcelona se desarrollaran según lo previsto.

—Pero vamos a recibir al futuro emperador del Sacro Imperio Romano Germánico, vamos a recibir a su futura Majestad, no sólo a Su Alteza —objetó Domènech, henchido de emoción por las posibilidades que aquello le podía brindar.

Adriano de Utrecht respondió con una amplia sonrisa de complacencia y una observación prudente.

—Ilustrísimo obispo de Barcelona, me temo que eso aún se ha de negociar. Como sabe, Maximiliano no fue coronado por el Papa, y por lo tanto, no ha podido legar el título por herencia. Así que Francisco I de Francia y Enrique VIII de Inglaterra seguro que también se postularán para ser elegidos. Recibamos al Rey como tal. Él continúa su camino hacia aquí. Lo que sí me atrevo a aventurarle es que Su Alteza querrá dedicar una misa a la memoria de su abuelo en Barcelona.

En aquellos días, don Carlos estaba alojado en el monasterio de Montserrat. Su Eminencia Reverendísima, que lo había acompañado a su llegada a Lleida, se adelantó a la comitiva real para ultimar los detalles de la entrada del monarca a la Ciudad Condal. De eso hacía apenas unos diez días. Y ahora, don Carlos ya se alojaba en el monasterio de Valldonzella, cercano a las murallas de Barcelona, y estaba recibiendo a los *consellers* de la ciudad, tal como estipulaba la costumbre.

La presencia de Adriano de Utrecht, alojado en el palacio episcopal, había ayudado a Domènech a convencer a los *consellers* para que superaran cualquier reticencia y recibiesen al monarca como señalaba la tradición catalana. A pesar de que estos habían aceptado, por el obvio motivo de que tal tradición implicaba el juramento por parte del monarca de los derechos municipales de la ciudad en cuanto entrara en ella, el obispo de Barcelona no dejó de advertir al cardenal de que el mayor problema estribaría en el dinero que debería darse a la Corona y, desde luego, el respeto a cargos que tradicionalmente sólo habían desempeñado catalanes. Adriano le había asegurado que respecto a esto último no habría problema. Y Domènech le aconsejó que se guardara esta baza para la negociación, dejando que fuera el rey Carlos quien la expusiera como muestra de respeto y generosidad hacia el pueblo catalán.

Aunque el obispo estaba ansioso por conocer al monarca, y habría sido lógica su presencia entre los *consellers*, se había quedado dentro de las murallas de la ciudad para acabar de concretar los aspectos de la procesión del clero que debía acompañar al Rey al día siguiente hasta el interior de la catedral. Adriano de Utrecht se mostró complacido ante tal decisión y le aseguró que durante el banquete que seguiría a la entrada de don Carlos, este sin duda sabría del importante papel del obispo de la ciudad en los preparativos de todo el fasto.

Sin embargo, ahora, en la soledad de la sacristía de la catedral, Domènech dudaba de haber hecho lo más conveniente para él y apretaba los puños sin dejar de pasear los ojos por la ordenada y pulcra estancia. Debería haber delegado los últimos preparativos en el padre Miquel y asistir luego a la primera recepción de Su Alteza. Sin embargo, no quiso dejar los detalles litúrgicos al hijo de un hereje, por muy servil y eficiente que fuera. Por como le había tratado Adriano de Utrecht aquellos últimos días, Domènech tenía la sensación de que de la entrada del soberano a Barcelona dependía su futuro, y quiso mostrarle al cardenal y obispo de Tortosa que él se lo labraba con sus propias manos. Pero ahora temía haber parecido demasiado solícito y modesto y, sobre todo, invisible a ojos del monarca. El temor a haberse equivocado acrecentaba su nerviosismo.

Unos suaves golpes en la puerta de la sacristía lo sacaron de sus pensamientos. Arqueó las cejas: no eran los tres toques característicos de Miquel. Guardó silencio, esperando a que se fueran y lo dejasen tranquilo. Pero la puerta se abrió para dejar paso a Pere de Cardona. Domènech contrajo el rostro para ocultar su sorpresa ante aquella visita.

—Ilustrísima Reverendísima, tenía la esperanza de hallarlo aquí —saludó el portavoz del gobernador general al tiempo que besaba el anillo pastoral del obispo—. Lo hemos echado de menos en el monasterio de Valldonzelles.

Domènech entrelazó las manos y sonrió malicioso.

—No habrá venido hasta aquí para decirme esto.

Pere de Cardona suspiró nervioso y, desahogando la tensión acumulada, espetó:

—¡Está rodeado de flamencos! Ni hablan castellano, ni mucho menos, catalán.

El prelado, inmóvil, entornó los ojos mientras observaba los paseos nerviosos de Pere de Cardona. Entendía sus miedos, pero los sabía vanos. Sin embargo, su presencia allí le hacía pensar que eran miedos compartidos por un buen número de *consellers* que habían ido al monasterio.

—¿Qué más da el idioma que hablen y de dónde sean sus consejeros si aquí los cargos catalanes son para estirpes del Principado?

Pere de Cardona se detuvo y le dedicó una sonrisa amarga.

—No ha pasado eso en Castilla... ni en Aragón.

—Pero aquí llevamos más tiempo trabajando en esto, ¿no? —contestó Domènech llevándose una mano a la cruz pectoral—. Puede volver ante el gobernador, los *consellers* o quienquiera que le haya enviado aquí y decir que el Rey no sólo respetará sus cargos, sino que así lo anunciará en persona.

—¿Está seguro? —inquirió Pere con la duda reflejada en el rostro.

Domènech le puso una mano sobre el hombro y, buscando dar a su voz un tono de complicidad, concluyó:

—Supongo que imaginará quién me lo ha asegurado... Cumplamos con nuestra parte. Que entre como Rey, es lo único que le pido.

Pere recordó que hacía ya años había advertido a Gerard de Prades sobre la ambición de Domènech. Y más que fiarse de la persona del obispo de Barcelona, confió en su sed de poder. Hizo una reverencia afirmativa y salió de la sacristía con la misma discreción con la que había entrado.

・・・

Su Alteza don Carlos entró triunfal en Barcelona por tierra, como había hecho su abuelo materno don Fernando. La comitiva real, con el monarca sobre una montura blanca lujosamente enjaezada y cabalgando bajo palio, salió del monasterio de Valldonzelles tras el almuerzo hacia el portal de Sant Antoni y, bordeando la muralla por fuera, accedió a la ciudad por el portal de Drassanes, a los pies de Montjuïc.

El tañido de las campanas de Santa María del Mar, Santa María del Pi o de la propia catedral resonaban en la ciudad, sólo amortiguados por los vítores de la población. Domènech sintió que se acrecentaba su nerviosismo a medida que se acercaba la comitiva. Como otros altos dignatarios de la ciudad, esperaba a las puertas del convento de Framenors, ante el mar. Su primera visión de don Carlos fue la de un joven caballero vestido con suntuosidad. Pero su mirada se centró más en sus acompañantes. Entre ellos, a pie pero cercano a Su Alteza, pudo distinguir a Adriano de Utrecht al lado de un caballero fornido bajo cuyo sombrero asomaba una cabellera encanecida. El obispo de Barcelona sintió sus manos sudorosas e intentó evocar el relajante aroma de la cera para alejar de su nariz el penetrante olor a mar que inundaba el ambiente. Jamás en su vida había sentido tanto miedo de perder el control. Y por un instante, deseó haber esperado en la catedral, donde se sentía, si no más seguro, sí en su propio terreno.

Se tranquilizó cuando Su Alteza se detuvo frente a ellos, tal como estaba previsto. Adriano dirigió una discreta sonrisa al prelado de la ciudad susurrando algo al hombre que lo acompañaba. Este le hizo una leve y discreta inclinación de cabeza a la que Domènech respondió sin ser demasiado consciente de su gesto.

Ante el convento de los Framenors, de cara al mar, Su Alteza asistió al desfile de gremios que la ciudad dedicaba a todo monarca en una ocasión tan especial como aquella. Acabado el mismo, el crepúsculo ya plateaba las aguas y las luminarias se encendieron en toda Barcelona para acompañar al Rey y a su séquito. Emprendieron su marcha triunfal por la calle Ample hacia la iglesia de Santa María del Mar.

Domènech no asistió a este desfile por las calles alfombradas de flores, sino que oyó los murmullos alegres de la multitud desde la catedral, donde este debía acabar. Cuando la población empezó a arremolinarse a las puertas del templo, sobre las escalinatas ya estaba dispuesta la procesión del clero con el obispo de Barcelona al frente. De las ínfulas que colgaban de la mitra del prelado pendían unas campanillas de oro que resonaban con la brisa del anochecer. Aferrado con fuerza a su báculo, Domènech las oía por encima de la multitud y el repicar de las campanas, como si su atención necesitara centrarse en algo concreto y diminuto mientras esperaba. Las manos le habían dejado de sudar, pero temía que se notara el temblor que pugnaba por aflorar desde sus entrañas y que lo mantenía extremadamente tenso.

Por fin, don Carlos apareció en la calle Corríbia y se detuvo frente a la seo. Se apeó de su hermoso caballo blanco, aún bajo palio, y ascendió las escalinatas hacia Domènech, seguido de Adriano de Utrecht y el hombre que, ante el convento de los Framenors, le había saludado con discreción. El obispo de Barcelona reverenció al monarca mientras notaba que se le salía el corazón por la boca. «Debo calmarme —pensó mirando el suelo—. Al menos, el báculo no me tiembla.» Cuando alzó la mirada, don Carlos estaba ya ante él. Lucía en el pecho un gran collar dorado repleto de escudos de armas del cual pendía un toisón. Demasiado joven para tener barba cerrada, el monarca lo miraba con sus ojos algo rasgados. Su prominente mandíbula alargaba el óvalo de la cara, y su carnoso labio inferior sobresalía incluso al esbozar una sonrisa contenida. Domènech se la devolvió, imbuido de pronto de una gran tranquilidad. «Todo saldrá bien, como hasta ahora, con la ayuda de Dios», pensó. Y avanzó solemne, con el monarca y el resto de la procesión, hacia el interior de la catedral.

El salón del Tinell era un hormiguero de caballeros y damas, flamencos, castellanos y catalanes, reunidos para agasajar a Su Alteza en aquella primera cena en la Ciudad Condal.

Domènech había sido presentado al monarca a su entrada al salón y ahora bebía vino al lado del lugarteniente mientras trataba de digerir su profunda decepción. Su intercambio de saludos formales había sido breve, mucho más incluso que el mantenido entre el monarca y Lluís Desplà, arcediano de Barcelona, subordinado al obispo, y contra quién Domènech había ganado el obispado.

—Pero fray Benito, si realmente es el futuro Emperador del Sacro Imperio Romano Germánico, esto convertirá los reinos de la península en una provincia —dijo alguien cerca de él.

—No lo creo —respondió fray Benito—. Yo vengo de las Indias, y le aseguro que esos dominios harán imposible que Castilla se convierta en provincia. El gobernador de Cuba, Diego Velázquez, ha descubierto nuevas tierras, un continente. Si Su Alteza le otorga el título de Adelantado, le aseguro que en todo caso será Castilla el corazón de un imperio.

Domènech entornó los ojos. Conocía a quien había dicho esas palabras. Fray Benito Martín, llegado con la corte, no dejaba de hablar de ese continente y de tierras llenas de riquezas, con indios que construían con piedra. Se lo contaba a todo aquel que pudiera apoyar a su patrón Diego Velázquez ante el Rey, y era incansable. De pequeño, al Domènech soñador le hubiera fascinado escuchar las historias de aquel fraile, pero en el salón del Tinell y como obispo de Barcelona, se giró hastiado y miró con discreción hacia el trono. El joven Rey, sentado en su sitial, llevaba a cabo delicados gestos flanqueado por Adriano y por el otro hombre, que Domènech sabía ahora era Guillaume de Croy, señor de Chièvres, cuyo sobrino de dieciocho años había ocupado, no sin gran escándalo, el obispado de Toledo tras la muerte de Cisneros hacía un par de años.

—Pues yo creo que por eso dicen que va a nombrar a nobles castellanos como caballeros de la Orden del Toisón de Oro[10] —comentaba el lugarteniente a su lado—, para que se sientan parte relevante de sus planes, ¿no cree, Ilustrísima Reverendísima?

Al oírse aludido, Domènech miró a don Juan y forzó una sonrisa.

—Por supuesto —respondió recordando el colgante que el monarca llevaba aquella noche y que también portaba el señor de Chièvres.

---

10. Orden de Caballería fundada por el duque de Borgoña en 1429. Los miembros debían ser católicos. Su insignia es un toisón o vellón. Carlos V fue su canciller entre 1506 y 1555.

Y volvió a beber de su copa, malhumorado. Aquel banquete era lo más ostentoso que se había visto jamás en aquel salón, más cercano a sus recuerdos de los fastos en palacios romanos que a la austeridad impuesta por la corte de los abuelos de Carlos. Pero Domènech no se sentía con ánimos de disfrutarlo y ni siquiera con ánimos de relacionarse, aunque el salón estuviera lleno de consejeros flamencos del joven monarca y de algunos fieles castellanos, gentes poderosas más allá de Barcelona como el obispo de Badajoz, muy cercano a Su Alteza.

«Quizá deba dar una lección a Adriano. Esto no es lo que me había prometido», pensaba Domènech tentado de dejar la copa y marcharse de allí. Sin embargo, no lo hizo. Se limitó a separarse de quienes lo rodeaban con una excusa formal, se acercó a un siervo que llevaba vino y le extendió su copa para que se la rellenara.

—Ilustrísimo Señor obispo de Barcelona —oyó que Adriano decía tras él en francés. Domènech reprimió un suspiro de alivio y se volvió lentamente—. Quisiera presentarle a Guillaume de Croy, estrecho consejero de Su Alteza.

El prelado miró al hombre que estaba junto al cardenal. El vellón de su collar se veía difuminado por la copa de vino que sostenía. Su pelo negro mostraba algunas canas y, pese a ir rasurado, se notaba una barba cerrada que pugnaba por brotar. El hombre sonrió mientras arqueaba unas cejas poco pobladas. Domènech inclinó levemente la cabeza:

—Señor de Chièvres…

—El Ilustrísimo obispo de Tortosa me ha informado de su gran aportación a este magnífico recibimiento —dijo Guillaume de Croy con una voz profunda mientras observaba discretamente al obispo de Barcelona

—Ha sido un honor para mí servir a Su Majestad. Disculpe, a Su Alteza —rectificó Domènech con cara de teatral inocencia ante su lapsus de protocolo.

Guillaume de Croy rió de forma que hizo resonar su ostentoso collar. Al obispo de Barcelona no se le escapó que llamaba la atención de algunos nobles catalanes y castellanos, y se relajó internamente, aunque su porte seguía tan tenso como siempre.

—Intentaremos, con la ayuda de Dios, que sí, que don Carlos sea Su Majestad el Emperador del Sacro Imperio —dijo Guillaume.

—Hay quienes no dudamos de a quién otorga Dios su gracia —añadió Domènech mirando a Adriano.

El cardenal mostraba una sonrisa plácida y se limitó a asentir como toda respuesta. Quien continuó con la conversación fue el señor de Chièvres:

—Bien, Su Alteza espera que oficie usted una misa por el alma de su abuelo Maximiliano a primeros del mes entrante aquí, en Barcelona. —Y tocando el toisón de su collar, añadió—: Y espera que no haya problemas para celebrar las liturgias del capítulo de la Orden del Toisón de Oro que piensa convocar el mes próximo. Ciertos actos deben celebrarse en la catedral.

—La catedral de Barcelona es la casa del Señor y también del Rey que ha elegido para su pueblo —respondió Domènech.

—Gracias —dijo Adriano poniendo su huesuda mando sobre el hombro del obispo—, sobre todo teniendo en cuenta que a partir del mes que viene, además de sus tareas como obispo de Barcelona, deberá asumir lo que le corresponda como nuevo miembro del consejo de la Suprema y General Inquisición de Aragón, ¿no es así, señor de Chièvres?

—Por supuesto —se avino el hombre alzando la copa que llevaba en la mano.

Domènech respondió con el mismo gesto y ambos bebieron. Luego, Guillaume de Croy y Adriano se alejaron para conversar con otros cortesanos flamencos. Al retirarse, el cardenal le dirigió una sonrisa cómplice. Domènech reprimió un suspiro. Adriano le iba a dar lo que le había prometido, y seguro que le podría dar más, ya que don Carlos se perfilaba como uno de los grandes soberanos de toda Europa. Pero al darse cuenta de la influencia del señor de Chièvres sobre el joven rey, comprendió que un nuevo y poderoso personaje había aparecido sobre el tablero.

XLII

San Juan de Ulúa, año de Nuestro Señor de 1519

Diez años viviendo en el palacio de Chimalma. Diez años
en los que me convertí en hombre, superé innumerables
miedos y aprendí a amar. Me dolía dejar la ciudad con aquella
imagen, para mí desconocida, de Izel en mi corazón: sus
grandes ojos helados y su expresión adusta como jamás antes
la había visto, ni siquiera cuando se vio obligada a casarse. No
era momento apropiado para irme, pero si no lo hacía, por
encima de los argumentos que ello pudiera facilitar a Acoatl,
dejaría que ganara mi propia angustia. Aquella angustia
que apareció cuando avisté por primera vez el lago donde se
apostaba Tenochtitlán, aquella olvidada sensación, reapareció
y se asentó en mí. Dejaba la ciudad rumbo al mar por el que
había llegado al que ahora era mi hogar. Sólo que esta vez
lo que sentía no era angustia por lo desconocido, sino por lo
conocido, por lo aprendido durante mis primeros veintidós
años de vida.

Si cuando entré en Tenochtitlán sentí que llegaba a un
mundo de leyenda, con los años fue mi existencia anterior
lo que se había convertido en algo ilusorio. Pero desde que
supe mi destino, desde que comprendí que esos dos mundos
iban a converger en las costas de Culhúa, volvieron a mí con

toda crudeza la bodega de la nao que me llevó a las Indias y la vida en las minas como esclavo. Una crudeza brutalmente rematada por aquel mulato partido por una roca y la tumba de Abdul a sus pies. Si los mahometanos eran infieles, ¿qué lugar ocuparían los mexicas, con sus ritos de sangre? ¡Sólo Dios sabía si tendrían alma a ojos de los castellanos! Yo, como esclavo, tuve la sensación de haber sido desposeído de ella.

No habíamos llegado aún a Culhúa y ya se recortaban en el horizonte unas grandes embarcaciones, entre las que pude contar claramente, y a pesar de la distancia, cuatro enormes naos. Con una congoja asfixiante en el corazón, miré los fardos que cargaba la ordenada manada de canes que nos acompañaba. Todo mexica hubiera considerado excepcional el contenido de aquellas cestas: joyas, cascabeles, finas figurillas de animales, flechas, arcos, cayados…, todo de oro; tocados y abanicos de las más preciadas plumas; borceguíes de preciosa hechura, algunos también con adornos de oro; capas, casacas de algodón, pendientes, máscaras, rodelas, diademas… Todo, a ojos de los castellanos, posiblemente transportable en unas pocas mulas, más aún después de haber recibido las enormes ruedas de oro y plata. Aunque ahora también llevábamos oro como presente para el jefe blanco, oro en polvo que llenaba el casco que Acoatl había identificado con Huitzilopochtli. Mi angustia aumentaba a medida que el olor a mar iba siendo perceptible, pues inevitablemente lo asociaba a las extenuantes jornadas de trabajo en la mina y a la reacción de Izel. «No debería haber intentado consolarla como si fuera una niña. Ella tiene las cosas más claras que yo, aunque no conozca por experiencia propia a los castellanos», me dije dolido por mi propia actitud antes de marchar. Si hubiera obrado de otro modo, tal vez ahora fuese algo más llevadera mi angustia.

Los regalos, además de riqueza, eran símbolos. Habían sido elegidos por el Tlatoani como si de ofrendas se tratara, ofrendas al dios Quetzalcóatl y a su rival Tezcatlipoca. Pero el desánimo ante el advenimiento de un dios, fuera cual fuere, se había apoderado de Motecuhzoma, e incluso trascendió a su pueblo que el protector de los mexicas había llorado, convencido de que sería el último Huey Tlatoani. Yo no lo había percibido directamente, sino a través de Acoatl y de Chimalma. Por un lado, el sumo pontífice de Huitzilopochtli desistió de intentar convencer a su soberano de que los blancos no eran sino hombres, y se sumió en un estado depresivo que le llevó a encerrarse en el templo del gran dios de la guerra. Sin duda era un reflejo del propio Motecuhzoma, que se sentía profundamente perturbado, trastocado ante aquella situación que, por insólita e inquietante, sólo podía tener para él una explicación religiosa. Este estado del Tlatoani angustiaba a Chimalma, y con él, a todo un sector de nobles y ciudadanos más pragmáticos como el mismo hermano de Motecuhzoma, Cuitláhuac, o su primo Cuauhtémoc. Y les angustiaba por la falta de previsión, la carencia de una estrategia propia. Precisamente, antes de mi partida, el cihuacóatl, que entre sus funciones tenía la de organizar expediciones militares, me encomendó una misión más acorde con mi propia condición.

—Están en zona totonaca. Y tanto ahora como con los visitantes del año pasado, los totonacas tienen muy buenas relaciones —me explicó—. Nunca les ha gustado estar sometidos al pueblo mexica y esto me preocupa, Guifré. Si se aliaran… Tú hablas náhuatl y el idioma de los extranjeros. ¿Estarás atento?

Asentí con un incipiente dolor en el pecho. Un dolor que se instaló de modo imperceptible entre el pesar y la angustia a lo largo del viaje hasta que avistamos el campamento de chozas que los mexicas habían hecho construir para los visitantes. Podría decir que estaba aterrado, pero creo que el miedo era lo único identificable en el confuso torrente de sensaciones y sentimientos que me inundaba. ¡Iba a ver a hombres blancos, castellanos! Quizás incluso algún catalán. Y aun así, me llevé la mano al brazo para asegurarme de que el brazalete que me había regalado Izel seguía tapando mi marca de esclavo.

—Por lo menos, llévate esto —me había dicho antes de partir, pues ya sabía lo que significaba aquella marca.

Si su tono había sido seco, su mirada fue fría, enojada. Tomé el brazalete con el corazón encogido, atribuyendo al miedo aquella actitud tan poco usual en ella.

—No me pasará nada, Izel. No saben nada de mí. Podría ser incluso un esclavo liberto.

—¿No lo entiendes? —estalló con un grito—. No es eso lo que deberías temer. ¡Esto es, es…! ¡El principio del fin! —concluyó con un sollozo.

—Vamos, no será para tanto —dije con ternura, más por calmarla que porque estuviera convencido—. Cambiarán cosas, muchas, pero…

Intenté abrazarla. Me rechazó, dio un paso atrás y, secándose las lágrimas, añadió:

—¡El fin mexica! Espero que sirva para que te convenzas y te des cuenta de cuál es tu misión real. Deberíamos huir.

Sin darme oportunidad de preguntarle, giró en redondo y se marchó. A pesar del dolor que me había acompañado todo el camino, a pesar de arrepentirme de haberle hablado en aquel tono protector en vez de con la franqueza que tanto nos había unido, aún me costaba darle la razón del todo. «Mi misión es estar aquí, ayudar a Chimalma, a mi protector y amigo, en todo lo que pueda —me dije—. ¿Cómo voy a huir con ella? ¡No soy un cobarde!»

Pero al ver que una pequeña comitiva de soldados con armadura salía de entre las hileras organizadas de aquel poblado improvisado, no pude evitar arrebujarme en las capas de mi lujoso atuendo.

Encabezaba nuestra comitiva el *tlillancalqui* Yoallichan, el sacerdote guardián de la Casa de la Tinieblas y uno de los consejeros de Motecuhzoma, que ya había visitado antes la costa. Apenas habíamos cruzado unas palabras en el camino. Él sería la voz de su señor, yo le haría de intérprete y abriría los oídos en cumplimiento de la encomienda secreta de Chimalma.

Un castellano con una túnica algo raída salió de entre los soldados y corrió hacia el poblado, al tiempo que un capitán se adelantaba hacia nosotros. Yoallichan se adelantó a su vez. Me mantuve tras él, pero mi estatura me hacía sobresalir y los ojos del capitán se fijaron en mí con un brillo que resecó mi garganta. Ya uno frente al otro, me desplacé a la derecha del *tlillancalqui*, siempre detrás de él. Con la cercanía, me sorprendió mi repugnancia ante el hedor que desprendía el capitán castellano. Este, por su parte, no apartaba los ojos de mí, al parecer maravillado. Ni siquiera miró a Yoallichan cuando este le saludó formalmente, besándole las manos, y luego le habló. Llegó mi turno de traducir y me sorprendí balbuceando inseguro:

—Nos envía Motecuhzoma, el gran rey de Tenochtitlán, para ver a vuestro señor.

El capitán sonrío abiertamente.

—Llevas mucho tiempo entre ellos. Tu castellano puede mejorar, amigo.

Asentí con una sonrisa nerviosa. Era cierto, llevaba muchos años hablando náhuatl y ya pocas veces pensaba en catalán, mi lengua materna. Además, mi castellano nunca había sido muy bueno, puesto que entre Orís y Barcelona, jamás lo necesité demasiado. En aquel momento, mi mente exigía toda mi atención incluso para entender lo que me decía.

—Bueno, pronto te librarás de estos salvajes —continuó. Aquel comentario teñido de desprecio aceleró mi corazón—. Dile que nuestro comandante está en su barco. Deberéis ir allí si queréis verlo. ¡Cortés va a estar encantado contigo!

Pedro de Alvarado se disponía a llamar a la puerta del camarote de Cortés en la *Santa María de la Concepción* cuando esta se abrió y, apenas a unos dedos de distancia, se topó con la cara arrebolada de aquella joven indígena. Alvarado le dedicó una sonrisa seductora y ella bajó la mirada. Aunque era difícil advertir la edad entre las gentes de su pueblo, debía de contar unos diecisiete años. «Pero muestra astucias de mujer hecha, muy hecha», pensó el capitán al ver aquel gesto de fingida incomodidad que delataba la expresión de sus ojos.

—Disculpe, Marina —dijo Alvarado apartándose del camino de la mujer.

Sabía que ella no lo entendía y teatralizó divertido el gesto de caballerosidad. Ella lo miró con un aplomo que contrastaba con la sonrisa dubitativa que se dibujó bajo su prominente nariz. Luego se marchó por el pasillo, con un andar parsimonioso pero provocativo.

La puerta estaba entreabierta y preguntó burlón:

—¿Puedo pasar, señor?

—¡Oh, Alvarado! Adelante.

El capitán entró en aquella habitación bajo el castillo de popa y encontró a Cortés de espaldas a él, frente a un espejo; se estaba anudando su capa negra con un amplio borde dorado.

—Pensé que le habías regalado la mujer a tu buen amigo Alonso Hernández —comentó Alvarado cerrando la puerta tras de sí.

Cortés se giró y lo miró sonriente.

—¿Acaso la hubieras querido para ti?

—Me gusta alternar, ya lo sabes —respondió alzando su mano ensortijada—. Por eso no lo entiendo. Creía que a ti también te gusta la variedad, y no es la primera vez que...

—Esta Marina es muy... Es deliciosa y lista. Muy lista. Traduce el idioma de aquí al indio de Aguilar y él a nuestro castellano. Pero podría acabar prescindiendo de Aguilar si me aseguro, no sólo de que ella aprenda bien nuestro idioma, sino también su fidelidad. Esto de usar dos intérpretes convierte cada conversación en algo tedioso.

Cortés se sentó ante una mesa redonda de madera fijada al suelo e invitó Alvarado señalando una silla mientras decía:

—Pero no creo que hayas venido a mi nave a hablar de estos asuntos.

Alvarado se sentó con un suspiro.

—Ya sabes que todos los capitanes no ven con tan buenos ojos como yo tus ya evidentes intenciones.

—Aún más evidentes serán en breve, si es eso lo que te preocupa, Alvarado. Lo cierto es que en cuanto poblemos, nos aseguraremos de que Velázquez y sus capitanes aliados en esta expedición no tengan mucho que hacer legalmente ante el nuevo Rey.

—Tú eres el que sabe de leyes —repuso Alvarado apoyando el codo izquierdo sobre la mesa con una mueca de hastío—. ¿Y en cuanto a lo de los ritos paganos?

—¡Vamos Pedro! ¿Qué te ocurre? Ya les hemos hecho cambiar sus dioses por el nuestro. Hay imágenes de la Virgen y cruces allá por donde hemos pasado.

—¡Matan! —Alvarado golpeó la mesa y los anillos repicaron contra la madera—. Comen corazones humanos. Jamás, ni entre los moros, vi actos tan atroces. No basta con que respeten las cruces, hay que castigarlos.

Cortés no pudo evitar la risa ante la reacción del impulsivo capitán.

—¿Te aburres? Tranquilo, hombre, pronto tendrás acción. —Al ver la cara tensa de Alvarado, Cortés trocó su sonrisa por una expresión autoritaria y se apoyó en la mesa para aproximarse a él—. Escúchame bien. Eso de castigarlos, de momento y hasta que yo diga, olvídalo. En todo caso, nuestra misión es hacerles abrazar la verdadera fe y mientras renuncien a esas atrocidades… Estos de la costa, indios totonacas, ¿no?, no son los del imperio del interior. Y podríamos sacar partido si creen que vamos a liberarlos de un yugo.

Alvarado se quedó pensativo. Sonaron unos golpes en la puerta. Cortés la miró fugazmente y luego volvió sus ojos al capitán, expectante. Este al fin sonrió y Cortés se recostó en su silla, puso los pies sobre la mesa y gritó:

—¿Quién va?

La puerta se abrió lentamente, con un ligero crujido chirriante de la madera. Apareció el rostro contrariado de

Gerónimo de Aguilar, quien se había unido a la expedición en Cozumel por casualidad: la flota zarpó de allí sin esperanza de recuperar a ninguno de los cristianos que se decía que estaban en la zona, pero un bergantín empezó a hacer agua y regresaron para arreglarlo; entonces se cruzaron con Aguilar, que iba a su encuentro. Después de haber vivido entre los indios durante ocho años, Gerónimo de Aguilar se convirtió, no sólo en un intérprete necesario, sino también en un excelente informador de las salvajes costumbres indias que tanto molestaban a Alvarado. Aun así, su larga estancia entre indios había afectado su castellano, que aún sonaba extraño, aunque era oriundo de Écija.

—Mi señor Cortés —dijo con una leve reverencia—, ha llegado al campamento una embajada mexica.

—¡Bien! —celebró el comandante levantándose enérgico mientras dirigía una mirada triunfal a Alvarado—. Que vengan a la nao.

—Esa ha sido la orden, mi señor. Por ello vengo a avisaros.

Cortés dio un golpecito en el hombro a Alvarado y se acercó hacia la puerta, donde Aguilar permanecía inmóvil.

—Vayamos, pues, a cubierta —ordenó Hernán—. Habrá que hacer llamar a Marina.

Alvarado se puso en pie mientras Cortés tomaba su sombrero decorado con una pluma azul, del mismo color que su estandarte. Se lo puso y, al ver que Aguilar no se movía de la puerta, le preguntó:

—¿Algo más?

La expresión contrariada de Aguilar dejó traslucir cierto desprecio. Aún recordaba a su antiguo amigo Gonzalo Guerrero, que como él acabó entre mayas, pero que, para su vergüenza, abrazó las costumbres y los ritos de aquel pueblo.

—Hay un hombre blanco con ellos. Viste como ellos, pero es de pelo claro y… habla castellano.

—¡Vaya! —exclamó Cortés

—No eres el único, ¿eh, Aguilar? —comentó Alvarado soltando una risotada.

El intérprete palideció, asaltado por una súbita sensación de amenaza. Ya que Cortés había puesto los ojos en ese imperio mexica, aquel hombre podía quitarle el puesto. Y esto le ensombreció el rostro como no lo había hecho la posibilidad de que lo sustituyera Malinali, bautizada como Marina. Al sopesar esta alternativa, y más al saberla reciente amante de Cortés, Aguilar no se sintió amenazado ya que, al fin y al cabo, era una mujer y no podía quitar méritos a un hombre. Como si leyera sus pensamientos, el comandante le dio una palmada en el hombro.

—No te inquietes. Tú sigues siendo mi intérprete. Vamos.

Los perros no nos acompañaron. Pero yo pensé en ellos mientras un bote nos alejaba de la playa hacia la nao. El sol relucía, por más que ya estábamos en la estación de las lluvias. Era un día tan apacible como la noche en que llegué a Tenochtitlán, la noche en que mis ojos también se quedaron clavados en una orilla. Si entonces el miedo me mantuvo bajo mi capucha recordando a mi hermano, en este instante me giré hacia la nao, me erguí dejando que la brisa agitara mi tocado y respiré hondo evocando el tacto y el sabor de la piel de Izel.

Las velas estaban plegadas. Sobre la enorme embarcación vi formar a algunos soldados pertrechados con sus relucientes armaduras, escudos y lanzas. Pensé en sus espadas al cinto.

Me pareció una exhibición de fuerza. Pero el *tlillancalqui* Yoallichan y el resto del séquito sólo sonreían y asentían, en apariencia satisfechos ante la situación. Entre la pequeña fuerza armada pude distinguir a un caballero con capa negra de amplio borde dorado y un sombrero adornado por una pluma azul. Fue hacia el castillo de proa seguido por algunos hombres. Nervioso, decidí fijar la vista en la borda de la nao por donde ya se descolgaba una escalerilla. Por un momento recordé cuando me vi obligado a subir a una embarcación como aquella usando un cabo en plena noche. Pero ante la angustia del recuerdo, me concentré en el rumor de la barca de al lado, la que llevaba los presentes.

Cuando llegamos, primero subió Yoallichan. Mientras yo ascendía, le oí presentarse de nuevo como un enviado de Motecuhzoma, pero esta vez añadió que venía a ver a su señor Quetzalcóatl. Me invadió un gran asombro. Pero al llegar arriba, ya había dominado mi perplejidad recordando la ferviente fe del Tlatoani. Al poner pie en cubierta, el soldado que se hallaba ante el *tlillancalqui* dio un paso atrás. El castellano era más alto que el mexica, incluido su tocado, pero yo superaba en más de una cabeza al soldado. Me miró de arriba abajo, sorprendido, y su cara reflejó desasosiego cuando le traduje lo que Yoallichan había dicho.

—¿Quién es ese Quet, Quet...? —logró balbucear entre los murmullos del resto de soldados en cubierta.

No contesté y me limité a mirar hacia proa. El soldado ordenó:

—Seguidme.

En cuanto el resto del séquito estuvo a bordo, atravesamos la cubierta, escoltados, y subimos las escaleras hacia el castillo de proa entre un pasillo de soldados. Los oía murmurar algo ininteligible. Lo único que podía deducir acerca de sus reacciones era sorpresa, pero no supe si por mi presencia o por la comitiva en general.

Sin embargo, al poner los pies en el castillo de proa, la perplejidad me paralizó. Allí, sentado en una silla como un trono, con un estandarte azul tras él, estaba el hombre al que salvé de ser aplastado por un madero. ¡Dios Santo! El hombre que podría haber sido yo mismo si mi viaje a las Indias no hubiera sido como esclavo, el hombre… ¡Justo el hombre que me sabía esclavo! Al instante me vino su nombre a la mente: «¡Anda! Resulta que el morito sabe donde está babor. Mire, don Hernán, distingue mejor que usted».

Con el sombrero decorado con una pluma azul en su regazo, cubierto por una lujosa capa de terciopelo negro a juego con la lujosa túnica, decoradas ambas con hilo dorado, don Hernán movió nerviosamente la boca enmarcada por la barba clara como si fuera un ratón que roe un pedazo de queso. Estaba algo más envejecido, quizá con menos cabello, pero eran reconocibles sus finos labios, sus ojos grandes y su pecho fuerte en aquel cuerpo enjuto. Su mirada se clavó en mí, igual que la primera vez que lo vi, también en el castillo de una nao. Se movió incómodo en su asiento mientras se santiguaba. Tragué saliva. Él volvió a sus nerviosos movimientos de boca hasta que Yoallichan se arrodilló, le besó ceremonialmente las manos, y luego, sin mirarlo, lo saludó. Cortés volvió a fijarse en mí y al fin, el *tlillancalqui* me clavó los ojos y, con grandes señas, me dijo en náhuatl:

—No seas irrespetuoso ante tu señor. Ven, Guifré.

Salí de mi estupor y avancé hasta situarme a la altura de Yoallichan. Pero el corazón me latía enloquecido, como si quisiera salirse de mi pecho, y no podía apartar los ojos de él.

Sólo desvié la vista cuando Yoallichan empezó a hablar con la mirada en el suelo. Respiré profundamente, hice acopio de todo mi valor y traduje, no sin esfuerzo al cruzarme con aquellos ojos saltones:

—Dígnese oírnos el dios. Nos envía Motecuhzoma, gran señor de Tenochtitlán. He aquí lo que os hace llegar como presente.

Y señalé los cestos que habían colocado tras nosotros. Ni los miró. Apartó por un momento los ojos de mí y los dirigió a una joven de rasgos indígenas y prominente nariz aguileña. Él volvió a mirarme mientras ella, en un idioma para mí desconocido, se dirigía a otro hombre, un castellano ataviado con una raída túnica que estaba a su lado. Entonces, el hombre repitió lo que yo había dicho en un castellano de entonación algo extraña para mí.

—¡Dios Santo! Tu acento... ¿No eres moro? —me preguntó don Hernán mostrando un estupor que me aterró.

Aun así, procuré que mi voz sonara firme al responder:

—No, señor. Mi nombre es Guifré de Orís. Soy un barón catalán, de la veguería de Ausona, cerca de la ciudad de Vic.

Don Hernán bajó la cabeza con un suspiro y, al instante, me volvió a recorrer con la mirada. Se llevó la mano a la cara y se acarició la barba. Otro hombre que había tras él, de impresionante melena rubia y con una mano repleta de anillos sobre el respaldo del trono, le preguntó:

—¿Lo conoces?

El aludido lo miró por un instante, le sonrió y luego volvió sus ojos hacia Yoallichan, que de nuevo hablaba. Ahora el rostro de Hernán reflejaba serenidad.

—Pregunta si van a ir ustedes a visitar Tenochtitlán, la gran ciudad donde Motecuhzoma reina... por usted —traduje.

—Sí, claro que iré, en cuanto resuelva mis asuntos en la costa.

Le transmití el mensaje a Yoallichan y él volvió a hablar, provocando con sus palabras que mi cara se contrajera mientras veía de reojo serenidad en Hernán y en la mujer indígena, que deduje era la que entendía náhuatl. Aun así, yo ladeé la cabeza hacia el sacerdote mexica, dudando sobre si debía traducir aquello. Luego, miré a los dos intérpretes, la indígena y el castellano, y me resigné a traducir uniendo a mi inseguridad con el idioma castellano la inquietud acerca del contenido:

—Dice que si… Que aquí mismo podrían… podrían sacrificar a diez hombres en su honor, Señor.

Cortés volvió a santiguarse, pero riendo.

—Te incomoda, ¿eh? Dile que no, por supuesto. No permitiré ritos paganos.

Así lo hice, mientras don Hernán hacía un gesto con la mano. De pronto estalló un estruendo procedente de una lombarda disparada hacia el mar. El sobresalto hizo que Yoallichan se refugiara tras de mí, mientras algunos miembros de la comitiva se lanzaban al suelo, aterrados, y otros se practicaban cortes con dagas de obsidiana en orejas y brazos. Los soldados reían entre murmullos, el hombre rubio de la mano ensortijada lo hacía a carcajadas, mientras Hernán sonreía observando con atención cada gesto de la comitiva. Yo lo miraba a él indignado, pues comprendía que el disparo había sido intencionado. Uno de los sacerdotes, tembloroso, se postró a los pies del trono y le tendió una cazoleta con la sangre de sus compañeros. Al instante, don Hernán, vestido de negro como Quetzalcóatl, se alzó, desenvainó la espada con expresión asqueada y golpeó la cazoleta. Esta rodó por el suelo, manchando la cubierta. El hombre rubio también desenvainó y alzó la espada por encima de la cabeza del sacerdote.

—¡No! —grité instintivamente al ver brillar el metal. Hernán sujetó a su compadre por la muñeca—. Creen que sois dioses. Es su manera de veneraros.

—Baja la espada —ordenó Hernán.

El hombre rubio así lo hizo, pero clavándome una mirada de odio. La misma que también advertí en el hombre de la túnica raída, el que hacía de intérprete.

—Traduce, Guifré de Orís —me ordenó Hernán acercándose a Yoallichan. Eran prácticamente de la misma estatura, pero el mexica parecía más alto a causa del tocado. El castellano se puso su sombrero y lo miró desafiante—. He oído que los guerreros mexicas son los más fuertes de estas tierras, los más valientes. Dile que nos mediremos en combate mañana. Quiero comprobar si es verdad eso que dicen. Ahora id a la costa a comer y descansad.

Lo miré perplejo. La propuesta era desproporcionada con las diferencias entre armas que había. Como si adivinara mis pensamientos, me sonrió y me guiñó un ojo mientras con la cabeza me animaba a traducir. Titubeante, así lo hice y la cara de Yoallichan reflejó un evidente terror. Hernán dio una palmada en el hombro al sacerdote e hizo gesto de que fueran acompañados fuera de la nao. Sin embargo, a mí me asió del brazo:

—Tú te quedas. Necesito hablar contigo.

Cestos y esteras. Este era básicamente el mobiliario mexica. Desde que saliera de Orís, no había visto otro. Pero trece años después, estaba sentado en una silla de madera algo pequeña para mi estatura, ante una mesa y con una copa de vino en la mano. En un rincón del camarote del capitán de la nao había un camastro con las sábanas revueltas; en la mesa, una pluma de cálamo y tinta, pergamino… Aquella estancia estaba repleta de tantas cosas que una vez fueron cotidianas para mí que sentía que yo no era yo, e incluso al ver mi mano alzarse con la copa no la reconocía.

El que se presentó a mí como Hernán Cortés y me agradeció, en privado y a solas, haberle salvado la vida una vez, ignoró por completo mi estado de embelesamiento y, en lugar de ello, me preguntó acerca de mi historia. Por primera vez me vi explicando todo mi recorrido desde el ataque de los bandoleros.

—Es curiosa la Divina Providencia, amigo. Desde luego, noble cristiano debías ser si me salvaste. Pero, aun sin saberlo, creí que Dios me encomendaba ayudarte. ¿Sabes? Me enteré de que estabas muerto cuando había reunido dinero para comprarte y liberarte. Te debo la vida —me dijo en un tono que se me antojó compasivo, ya que se tocaba un medallón con la imagen de la Virgen.

Me callé lo que pensaba en aquel instante de la Divina Providencia. Cuando menos, el temor a que aquellos castellanos vieran mi marca de esclavo ya podía desvanecerse. Pero con todo, un peso en mi estómago se mezclaba con el vino y el ambiente rancio de aquel lugar. De pronto, me sentía agotado y sólo podía pensar en el olor a flores del palacio de Chimalma. «Nunca me había planteado no regresar a Tenochtitlán —pensé abatido recordando la cara de Izel—. ¿Acaso intuía esto?»

—Ya eres libre y certificaré ante quienes sea que eres el barón de Orís —prosiguió Cortés—. Solamente que ahora no es buen momento para que te mande hacia la civilización.

Lo que tanto deseé en la bodega de la nao, lo que anhelé en la mina, ver mi linaje reconocido, ahora se me antojaba tan ajeno como la mesa o el camastro.

—Yo... Yo desearía volver a Tenochtitlán —musité sin mirarle, mientras me repetía: «Izel, Izel...».

Oí como se removía en la silla.

—¿Acaso profesas esa sangrienta religión? —preguntó secamente.

—No. —Lo miré—. No...

De pronto, sonrió.

—¡Vaya! Te has enamorado. ¿Es eso? ¿Tienes hijos aquí? ¿Familia?

—No tengo hijos, aunque...

—Está bien, Guifré, barón de Orís. Pero iré a Tenochtitlán y espero que me ayudes cuando te haga llamar. Es posible que tarde unos meses, hasta que me familiarice con los totonacas. No hablan muy bien de tus amigos mexicas, que digamos. Para ellos son como advenedizos.

—Cosas de política. Yo no entiendo mucho, he estado básicamente en un palacio. Pero cuando hay que pagar un tributo a un señor, siempre surgen problemas.

—Ya. ¿Entiendes, Guifré, que dejarte ir es un sacrificio grande para esta misión? Tú la has inspirado más de lo que crees. En fin, serías mi intérprete perfecto, pero no voy a obligarte a que te quedes. Dios te dirá lo que debes hacer y seguro te traerá de nuevo con nosotros. Ve, regresa y arregla tus asuntos. Tienes tiempo.

En aquel momento me sentía agradecido y aliviado, pero lo disimulé. Aún no conocía lo bastante a Cortés como para dejar de sentirme en guardia ante su trato fraternal. Quizá era sincero, pero tras la generosidad también podía estar el interés de tener a un intérprete agradecido y leal.

XLIII

Barcelona, año de Nuestro Señor de 1519

El obispo de Barcelona nunca había querido tener espejos en su dormitorio. Sabía qué aspecto tenía, siempre cuidado y pulcro, y le parecía deleznable el pecado de vanidad. Pero en los últimos meses, a medida que su prestigio iba creciendo, se había hecho traer uno enmarcado con sencillos listones de madera de roble sin labrar. Era alargado y podía ver reflejado todo su cuerpo. Lo hizo colgar en la pared, cerca de la jofaina en la que se lavaba por las mañanas.

Cada día, antes del desayuno, se desnudaba frente al espejo y observaba su cuerpo. Otrora fornido, Domènech veía el paso del tiempo en un torso que perdía vigor y dejaba entrever cada vez más sus costillas. Luego, sin permitir que nadie le ayudara, se vestía y volvía a mirarse. Dada su estatura, el hábito morado lo dotaba de gran prestancia y se sabía imponente con él. Pero lo que cuidaba en extremo era que no se viera ni un asomo de aquellas ronchas rosáceas. Le habían salido antes, y desaparecido al cabo del tiempo, sin más. Sin embargo, poco después de la llegada de Su Alteza don Carlos a Barcelona, volvieron a aparecer, y no sólo en la espalda, sino también en el pecho. Fue entonces cuando ordenó traer el espejo a su estancia privada.

Tranquilizado porque algunas ronchas parecían estar desapareciendo, aquella mañana el obispo de Barcelona repasó a fondo su aspecto. Debía encontrarse con Adriano de Utrecht en privado e intuía que le iba a abrir una puerta más allá de su puesto como miembro del Consejo de la Suprema y General Inquisición de Aragón. La elección de don Carlos como emperador parecía prácticamente resuelta, y era posible que, en su probable partida para tomar el cargo, quisiera dejar a nobles leales en puestos de poder, como podía ser el de Inquisidor General del reino de Aragón. Si bien Domènech sabía que tal nombramiento lo convertía directa y abiertamente en un fiel servidor de la Corona ante las esferas de poder de Cataluña, e incluso lo hacía aliado del lugarteniente, también era cierto que ser Inquisidor General de Aragón le otorgaba dignidad y poder más allá del propio Principado. Todo esto le hacía desistir ya de mantener ciertos apoyos en el bando de los nobles catalanes celosos de la autonomía de sus Cortes y de su propio poder. Al fin y al cabo, estos ya no le servían de gran cosa para conseguir su propósito y desde luego, tal como se había comprobado en el acaecer de las Cortes convocadas por Su Alteza en Barcelona, ellos tampoco habían contado con él como factor de poder.

Domènech se ajustó el cíngulo a la cintura. De nuevo se miró en el espejo y suspiró al ver sobre su hombro unos cabellos. Se los sacudió enojado. Le gustaba su corta melena negra, aunque su vigor le hubiera obligado a repasar una y otra vez la tonsura durante años. Sin embargo, desde hacía un tiempo, había notado que se le caía y, a sus treinta y tres años, le molestaba pensar que se convertiría en un anciano totalmente calvo. De hecho, siempre se imaginó de mayor tal como recordaba a su padre, con aspecto adusto y con una abundante cabellera encanecida. Al fin y al cabo, era él quien había salido parecido a su progenitor, mucho más que el primogénito Guifré a quien el padre tanto había querido.

Este recuerdo hizo que aflorase una sonrisa a su rostro mientras un leve brillo de añoranza refulgía en sus ojos azulados. «Que más da que se me caiga el pelo —pensó—; en última instancia, soy yo quien eleva el nombre de Orís más allá de la baronía, mucho más lejos de lo que mi padre pudo imaginar.»

El obispo de Barcelona había visto acrecentarse su prestigio en apenas seis meses. El papel preeminente del prelado en la misa por el alma del difunto emperador Maximiliano, el primer día de marzo, había sido el punto de partida. Domènech esperaba compartir el oficio con el cardenal, pero cuando este se lo encomendó por entero, recibió el encargo como una señal divina para labrarse un ascenso más allá, no ya de Barcelona, sino del Santo Oficio. Sin embargo, en aquellos momentos, sólo fue capaz de concebir aquello como un deseo de grandeza sin un objetivo determinado.

Unos días después de aquella memorable misa en la que le pareció ver a un joven rey emocionado con sus palabras, Su Alteza convocó un capítulo de la Orden del Toisón de Oro que comenzó en la catedral para dar paso a tres días de justas, banquetes, ceremoniales y fasto. El Toisón de Oro era una orden de caballería cuyo emblema estaba representado por el collar que Domènech viera por primera vez colgado del cuello de su prior, del propio monarca, y luego en el de Guillaume de Croy. Algunos de los más ilustres consejeros flamencos de Su Alteza también lo lucían. Al obispo le parecía que representaba un ideal caballeresco que estaba ya desapareciendo en los laberintos del recuerdo. Pero los ideales cristianos que defendía la Orden le admiraban tanto como el refinamiento del ceremonial que regía la corte flamenca. Después de asistir a aquel capítulo, Domènech entendió mejor la opulencia del banquete que se ofreció como primera recepción del Rey en la ciudad.

Entre justas y fastos, Domènech también entrevió el persistente recelo de la nobleza castellana ante el nuevo monarca, pese a su juramento en las Cortes de Valladolid. Y es que don Carlos, o quizá mejor Guillaume de Croy, designó nuevos caballeros de la Orden del Toisón de Oro durante el capítulo celebrado en la Ciudad Condal. Y junto a reyes europeos como el de Dinamarca o el de Polonia, también y sobre todo, nombró a notables de Castilla como el duque de Alba o el del Infantado, este último de la poderosa estirpe de los Mendoza. Sin embargo, Domènech había oído al señor de Chièvres comentar a Adriano que la medida resultaba inútil, por cuanto los castellanos no entendían el honor que implicaba aquello, y eran unos «seres cerrados y estrechos de miras que no quieren formar parte de la gran empresa a la que está destinado el futuro emperador».

Desde entonces, Domènech recordaba a menudo estas palabras. A lo largo de los meses, Barcelona se había convertido en un auténtico centro de poder europeo desde donde se despachaban cartas, no sólo en relación a los litigios del reino de Castilla, o de Valencia o Mallorca, sino incluso respecto a la propia sucesión del Sacro Imperio. Y según él entendía, la estrechez de miras de la que se lamentaba Guillaume de Croy obedecía a que los nobles castellanos, así como otros de los reinos peninsulares, estaban empeñados en tener un rey propio, y no querían compartir a un emperador extranjero.

Por eso, cuando se convocaron las Cortes catalanas, Domènech, como obispo de Barcelona, se empeñó en ejercer un papel en apariencia de mediador. En apariencia porque él tenía claro que defendía una Corona llamada a engrandecerse mucho más allá de la Península. La tarea resultó ardua, pues los miembros de las Cortes eran muy quisquillosos en cuanto al procedimiento legal. Y ante todo defendían lo estipulado desde la más antigua tradición, según la cual lo acordado en las Cortes no era revocable por el Rey y se recogía escrupulosamente en unos documentos, las Constituciones de Cataluña, los más antiguos de los cuales databan de la época de Jaume I. Domènech tuvo que esforzarse para convencer a Guillaume de Croy, a través de Adriano, de la importancia que tenía respetar el procedimiento específico de estas Cortes para conseguir lo deseado, pues así las negociaciones podrían centrarse mejor en cuestiones económicas. Y mientras, el obispo se ocupaba de resaltar la deferencia que mostraba Su Alteza con el Principado al prolongar su estancia en Barcelona y conceder así a la población una relevancia europea por encima de ciudades castellanas tan importantes como Toledo, Valladolid o Sevilla. El proceso fue largo y discreto, pero el prelado vio reconocido su esfuerzo con el agradecimiento directo, no sólo de Adriano, sino del propio Guillaume de Croy.

Aquella mañana, frente al espejo, Domènech esperaba que la entrevista con el cardenal fuera, no un mero reconocimiento a sus servicios, sino una recompensa acorde con la lealtad que había demostrado para con la Corona. Se colocó la cruz pectoral sobre el hábito, se dirigió una sonrisa a sí mismo, y salió de su estancia decidido a asumir la responsabilidad que Dios le encomendara en el nuevo camino ya iniciado.

Adriano estaba sentado en el espacioso estudio del que gozaba en el palacio episcopal de Barcelona. Entraba en el edificio sólo para trabajar, pues la corte solía pernoctar en Molins de Rey debido al brote de peste que amenazaba la ciudad. Aun así, Domènech había cuidado hasta el último detalle para que el cardenal y obispo de Tortosa se sintiera cómodo. Y este era consciente de ello, no porque se lo hubiera oído decir a su anfitrión, sino porque el obispo de Barcelona le cedió, en momentos puntuales, los servicios de su eficiente secretario y había visto el terror reflejado en los ojos del padre Miquel cada vez que Adriano mostraba enojo, aunque no fuera por su causa.

Durante los meses que había pasado en Barcelona, esta fue una de las tantas señales que habían confirmado al cardenal Adriano sus primeras impresiones acerca de Domènech, hacía ya tres años. Tras nombrarlo miembro del Consejo de la Suprema y General Inquisición de Aragón a su llegada a Barcelona, Adriano advirtió que la ambición que movía al obispo de la ciudad con sibilina cautela y oportuna humildad era tan efectiva para con los intereses de Su Alteza como había esperado desde el principio. Pero también incrementó la sensación de desconfianza que le inspiraba aquel clérigo. Y tenía la certeza de que su puesto en la Suprema era considerado por Domènech como un primer pago por su contribución a la estabilidad social y política del Principado y al gran recibimiento a la llegada del monarca a Barcelona. El trabajo posterior del obispo en cuanto a las Cortes aguardaba aún su premio.

Si bien Adriano había tenido la prudencia de reconocer la valía de sus servicios, la desconfianza le condujo a la cautela en todo encuentro con el prelado catalán. Pero aunque había advertido a Guillaume de Croy de que se comportara con la misma prudencia, el señor de Chièvres había pecado alguna vez de indiscreción frente al obispo de Barcelona, ignorando los suspiros reprobatorios del cardenal. Con todo, Adriano consideraba acertado el razonamiento de Guillaume de Croy para reírse de sus recelos respecto a Domènech:

—¿Quiere algún otro cargo? Se lo daremos. Al fin y al cabo, todos vamos a ser súbditos de un gran emperador —le había dicho.

Cierto, nada les costaba premiarlo, e incluso podía parecer justo. De hecho, así se conseguía la lealtad de un ambicioso, que se mantendría fiel mientras tuviera camino por delante para ascender. El cardenal fue el primero en aplicarlo con Domènech, pero también era consciente de que una persona ambiciosa siempre está insatisfecha y eso es lo que la convierte en peligrosa, sobre todo si se le ha dado aunque sea un ápice de poder que utilizar para pedir cada vez más.

Adriano también consideraba que De Croy estaba demasiado ocupado en conseguir los préstamos necesarios para que Su Alteza fuera nombrado Emperador. Y además, el señor de Chièvres tendía a menospreciar a las gentes de aquellos reinos. Por ello era incapaz de ver que recompensar al obispo de Barcelona con demasiado poder podía luego volverse contra los intereses de la Corona. «Muchas veces, aunque sea más barato valerse de la ambición, es mejor pagar un servicio con oro», pensaba Adriano.

Los muchos quehaceres de Guillaume de Croy no le permitían estar al corriente de estas apreciaciones y por ello, alguna vez, había sido indiscreto ante Domènech. Pero por lo mismo, por estar el señor de Chièvres muy ocupado, Adriano se pudo encargar discretamente de cerrar los caminos que había intentado el obispo de Barcelona para aproximarse de modo más directo a él.

Había llegado el momento de tomar una determinación. Sabía que pronto la corte dejaría Barcelona, y deseaba irse tranquilo, sin que la inquieta ambición de aquel hombre le restara ningún momento de atención a temas más elevados. A su vez, quería asegurarse de que continuara siéndole útil. Justo en el momento en que las campanas de la catedral anunciaban la undécima hora del día, sonaron dos golpes fuertes en la puerta. Adriano se puso en pie. «Yo también sé tener ataques de oportuna humildad», pensó mientras se dirigía a abrir personalmente. Al hacerlo, dibujó una enorme sonrisa.

—Ilustrísima Reverendísima —dijo indicándole con la mano que pasara—. Siéntese, por favor.

Adriano advirtió, tal como esperaba, que en el rostro siempre comedido y adusto del prelado catalán aparecía una expresión complacida. Aunque desde luego el cardenal gozaba de una posición de poder superior, tenía buen cuidado de tratar con cierta deferencia a Domènech, con la excusa de hallarse en la diócesis de la que el obispo de Barcelona era titular.

Este entró y tomó asiento en una de las dos sillas dispuestas alrededor de una pequeña mesa. Adriano se sentó frente a él.

—Si le he hecho venir es porque quería comunicarle algo personalmente antes de que corran los rumores por la ciudad. Cumpliendo con el proceso de la Bula de Oro, Carlos de Gante ha sido oficialmente elegido el nuevo Emperador del Sacro Imperio Romano Germánico.

—Entonces, Eminencia Reverendísima, ya podemos abandonar el tratamiento de Su Alteza y llamarlo Su Majestad —comentó Domènech con una sonrisa pretendidamente afable que no ocultó un destello de expectación en sus fríos ojos.

Adriano le devolvió la sonrisa con un gesto de asentimiento que aprovechó para escrutar su rostro. Tomó aire y continuó:

—Desde luego. Como puede imaginar, deben resolverse algunos asuntos en Castilla antes de que Su Majestad parta para tomar posesión del título. Así que marcharemos pronto.

Adriano hizo una estudiada pausa y vio cómo Domènech se llevaba una mano a la cruz pectoral y la acariciaba con suavidad mientras mantenía los ojos fijos en él. No separó los labios, no aprovechó el silencio para apuntar algún elogio o su más humilde comprensión ante la nueva situación. Adriano tuvo claro que esperaba algo y continuó midiendo sus palabras:

—Su Alteza deseaba reconocer sus servicios, Ilustrísima Reverendísima. Había manifestado su deseo de que fuera usted el nuevo Inquisidor General de Aragón, pues es depositario de toda su confianza. Sin embargo, ahora que Su Alteza es también Su Majestad... —Adriano observó que el obispo dejaba de acariciar la cruz y hacía ademán de rascarse el pecho, pero se reprimía para acabar por entrelazar las manos. No pudo evitar una sonrisa ante aquel contenido gesto de nerviosismo—. Usted, y disculpe que le hable así, pero usted ha cobrado mucho valor para nuestro bienamado monarca. Sin duda, es tal la estima a su lealtad y su diligencia, que Su Majestad don Carlos desea que acompañe a la corte en el camino que ahora hemos de iniciar.

—Ello supondría un grandísimo honor —respondió Domènech en tono neutro.

Sin embargo, mantuvo los labios entreabiertos y se los humedeció de forma discreta, pero con tal expresión que Adriano lo interpretó como un gesto de desconcierto.

—Sus conocimientos de idiomas, su discreto trabajo durante las Cortes de Barcelona... Vamos a necesitarlo. De hecho, permítame confesarle que soy yo quien va a necesitarlo. Tenemos por delante duras negociaciones en Castilla.

—¿Significa eso que debo dejar de ser obispo de...

—No, por el amor de Dios. Pero sí que deberá abandonar su diócesis durante un tiempo, el necesario. Luego regresará con la alta estima de Su Majestad.

Domènech asintió y desenlazó las manos. Adriano vio las marcas blanquecinas de los dedos que habían estado apretando. Sabía que el obispo no estaba contento, «pero con esa ambición, jamás lo estará», pensó el cardenal. Domènech se puso en pie con un suspiro.

—Espero las instrucciones de su Eminencia Reverendísima —concluyó mirando hacia él, pero no a sus ojos.

—Claro, claro —respondió el cardenal con una sonrisa.

Domènech salió de la habitación. En cuanto la puerta se hubo cerrado, Adriano de Utrecht rió: le parecía cómico comprobar hasta qué punto la ambición puede esclavizar a alguien. Aunque intuía que aquel hombre habría preferido un ascenso público que conllevara un nuevo cargo, su propuesta implicaba una recompensa y, desde luego, la insinuación de algo más. Hacía tiempo que el cardenal había decidido que quería al obispo de Barcelona tan cerca como si fuese un enemigo. «Es la única forma de aprovechar todo su talento», concluyó.

Domènech dio un portazo tras llegar a su estancia. Fue hacia su mesa, empuñó su preciada campanilla de bronce y la agitó. Casi al instante oyó abrirse la puerta tras de él.

—Tráeme vino —ordenó sin mirar siquiera a su secretario.

«El viejo Adriano», pensó con desprecio. No entendía por qué no le habían asignado el cargo de Inquisidor General de Aragón. Si se iba la corte, era bueno tener a gente de confianza y él había mostrado su diligente lealtad, tal como el cardenal le reconocía con sus palabras. Aún así, era consciente de que la encomienda de Adriano de Utrecht lo ubicaba cerca de las esferas de poder de los reinos de la Península de un modo tal vez mejor que el esperado, puesto que una vez se fuera la corte flamenca de Barcelona, esta volvería a ser la misma ciudad aburrida y monótona que le había recordado una vez su Orís natal.

«Bien, yo quería ampliar mis horizontes, ¿no?», se dijo. Sin embargo, notaba cómo le hervía la rabia por dentro y se mordía los labios mientras se sentaba frente a su mesa de trabajo. «¿Por qué, pues, me siento tan molesto?» Repasó uno a uno los detalles de la entrevista. No sabía con exactitud por qué, pero de pronto sentía que Adriano había estado jugando con él y que aún lo hacía. Aquella oferta de acompañarlo no era más que un gesto, con el cual insinuaba que sólo obedeciendo conseguiría el cargo de Inquisidor General.

—Pero ¿cuándo? —gritó golpeando con fuerza la mesa—. ¡Humo, nada más que humo!

Sonaron tres golpes en la puerta. Tuvo el tiempo justo para recobrar su compostura. Apareció el padre Miquel con una jarra de vino y una copa. Los dejó sobre la mesa, como era habitual. Y cuando ya estaba de espaldas a él, deseoso de dejar a su Ilustrísima Reverendísima, oyó que le ordenaba:

—Sírvemelo.

El secretario cerró los ojos un instante, reprimió un suspiro y se volvió para cumplir la petición. Le temblaban las manos y empezaron a sudarle las sienes mientras rezaba para no derramar nada.

A Domènech normalmente le relajaba ver a Miquel asustado casi tanto como el olor a cera. Se recostó en el asiento y sonrió al observar el sudor de su secretario. De pronto, su expresión se endureció. «¿Acaso quiere que yo sea su Miquel?», se le ocurrió de repente al recordar su propia voz diciéndole a su Eminencia Reverendísima que esperaba instrucciones. Entornó los ojos.

—Miquel, dime. ¿Recuerdas por qué me sirves?

—¿Cómo no, Ilustrísimo Señor?

—¿Te sientes atrapado?

Miquel dejó la jarra sobre la mesa, bajo la cabeza y contestó:

—Espero que su Ilustrísima Reverendísima me redima.

—Bien, vete.

«Yo no espero que tú me redimas, Adriano —pensó Domènech—. A mí ya me redimió Jesucristo con su Pasión y su muerte, con su sufrimiento. No he de sufrir yo salvo por las señales que Él envía a mi cuerpo.» Tomó la copa, reprimió el gesto de rascarse el pecho y dio un sorbo. Notó que el vino apaciguaba su furia. «¿Es esto lo que quieres, Señor?», suspiró. Trabajaría para Adriano. Cumpliría a su servicio, y ya no le quedaría más que otorgarle algún cargo o título, pero de verdad. Lo había hecho antes con el puesto en la Suprema, por más que no había llegado a ejercer y ni siquiera podría hacerlo durante un tiempo, ahora que debía marchar.

—Pero si después regreso con la «estima de Su Majestad» —murmuró burlón—, quizá lo de Inquisidor General de Aragón sea poco. He de lograr que Adriano me esté agradecido. Es posible que vuelva a ser el regente si don Carlos ha de marchar, y necesitará un lugarteniente de confianza para Cataluña o quizás en otro reino de la Península. Entonces se verá si realmente está jugando conmigo.

Se volvió para contemplar su estimado tapiz de la Pasión. A Jesucristo lo habían lacerado así a su misma edad, camino del monte Calvario donde moriría para redimir a la cristiandad. A su mente acudieron sus propias ronchas rosáceas. Y de pronto, lo embargó una sensación de paz y profunda ilusión. «Por eso me salieron cuando llegó Su Alteza —pensó—, es una señal: he de seguirle. El camino será duro pero, ¡oh, mi Señor!, esperas de mí algo importante.» Domènech se bebió el vino de la copa con los ojos llorosos y la piel ardiendo. De pronto tenía la certeza de que Adriano no jugaba con él, sino que era parte de una prueba que debería superar en el camino que Dios le señalaba.

XLIV

Tenochtitlán, año de Nuestro Señor de 1519

Entré en Tenochtitlán con la puesta de sol, bordeando la isla central por los canales a bordo de una canoa. Iba acompañado únicamente por un joven esclavo y sin saber que sólo había tardado medio día más que la comitiva con la que había partido.

Tras bajar de la nao, los embajadores mexicas estaban tan asustados que se fueron del campamento de inmediato. Sólo dejaron a un esclavo que pasaba inadvertido entre los muchos sirvientes mexicas y totonacas que ya había allí. Este esclavo me guió primero hasta Cuetlatxtlan. Yo sabía que Teudile, el señor de la ciudad, había sido con anterioridad emisario mexica ante Cortés. Aunque estaba advertido por Yoallichan de mi posible llegada, la sorpresa de Teudile al verme se reflejó en su rostro antes de que me ofreciera alojamiento al modo formal mexica. Decliné su invitación saboreando la comodidad que sentía al desenvolverme en náhuatl, y nos proporcionó provisiones para que marcháramos enseguida hacia Tenochtitlán.

El crepúsculo se cernía ya sobre la ciudad cuando llegamos. El bote se detuvo ante la calzada donde se alzaba el palacio de Chimalma. Estaba exhausto, pero también ansioso.

Durante todo el camino me había asaltado el recuerdo de la última mirada de Izel, tan dura en contraste con todas aquellas que me habían inspirado serenidad. Sin embargo, aquel recuerdo era ahora para mí zozobra. «No nos preocupemos, ocupémonos llegado el momento», evocaba con melancolía su profunda voz. Y de lo que fuera, de lo que ella ya intuía que iba a ser, debíamos ocuparnos juntos. Imaginármela sufriendo por mi culpa, creyéndose abandonada, me turbaba y a la vez que me daba fuerza para avanzar con rapidez por la calzada. Los *teponaztli*, acompañados por el sonido de las caracolas, anunciaban el fin del día desde lo alto del templo de Quetzalcoalt.

Ya en el palacio de Chimalma, Ocatlana me esperaba con la puerta abierta y una acogedora sonrisa. No me sorprendió. Alguien debía de haber informado al cihuacóatl de mi llegada en cuanto entré en la ciudad. Ocatlana me condujo sin tardanza al patio iluminado por las antorchas mientras yo aspiraba con fruición el grato aroma que siempre imperaba en palacio.

—El señor está en el jardín.

Me dirigí hacia el *ahuehuetl* en cuyas raíces solía sentarse Chimalma. Pero enseguida distinguí el suave crepitar del hogar de la *temazcalli* entre el murmullo de las aves y me acerqué. Chimalma, vestido únicamente con un *maxtlatl*, atizaba un leño con el ceño fruncido y la máxima concentración. Sonreí con una entrañable sensación de afecto.

—Estupendo. Necesitaba asearme —se me ocurrió decirle en tono burlón.

Se giró, me miró por un momento incrédulo, y pronto me devolvió la sonrisa mientras avanzaba hacia mí.

—Guifré, no te esperaba tan pronto.

—¿Me esperabas?

—Teudile mandó informes. Nuestros mensajeros son rápidos.

Suspiré aliviado. La melancolía se dibujó en su rostro y consciente, quizá, de que afloraban sus sentimientos, bajó la cabeza.

—¿Dudaste de mí? —pregunté casi en un susurro.

—No exactamente —respondió caminando por el jardín y conminándome seguirle—. Yo no soy Motecuhzoma; que te quedaras con ellos era uno de sus muchos miedos, pero no el mío. Si tu plan hubiera sido no volver, creo que me lo habrías dicho. De veras lo creo. Quizá porque ya te veo como un hijo, enorme, pálido, pero honesto. No, no dudé de ti. Pero me enojé, y mucho, conmigo mismo. Era lógico pensar que si te enviábamos te podían retener y no se me ocurrió hasta que la comitiva del *tlillancalqui* regresó, asustada y sin ti.

Me detuve al oír aquello y me quedé mirando a aquel hombre, bajo pero de amplios hombros, que caminaba con las manos a la espalda y con su pelo negro y reluciente recogido. «Mi padre también tenía una cabellera abundante, pero plateada a causa de las canas», pensé de pronto. Se me hizo un nudo en la garganta y no pude evitar que mis ojos se humedecieran. Sólo se dio cuenta de que no le seguía cuando pasó al lado del *ahuehuetl*. Se detuvo, se volvió y me mostró su rostro surcado de arrugas, que se distendieron con su sonrisa al decirme:

—Ve a asearte. Realmente lo necesitas. Apestas.

—Pero no quieres saber… —balbuceé.

—La comitiva ya se ha presentado ante el Tlatoani y Yoallichan ha dado su informe aterrorizado por el gran dios. Motecuhzoma ha optado por mandar regalos para intentar que no vengan a Tenochtitlán.

—Cuanto más oro envíe, peor será. Además, vendrán de todos modos. Me han dicho que me harán llamar…

—¿Quieres volver con ellos?

Negué con la cabeza.

—Mañana habrá consejo. El Tlatoani también reunirá a los señores de la Triple Alianza. Solicitaré tu asistencia, si no tienes inconveniente.

—Ninguno.

—Ve y descansa. Mañana, antes del consejo, hablaremos por si no es posible que tu voz sea escuchada. Ahora, con Acoatl encerrado en el templo de Huitzilopochtli, sería hora ya de convencer a Motecuhzoma de que esos extranjeros sólo son hombres, pero lo veo difícil. Está muy asustado. Aun así, es interesante que otros sepan tu versión, y si no es en consejo, ya buscaremos la forma. Servirá para adoptar medidas por si acaso, supongo.

—¿Y si me reclaman ellos?

—A partir de ahora, Guifré, tú decidirás.

Dio la vuelta y se fue hacia su estancia. Lo observé mientras se alejaba entre la vegetación con paso lento, resignado, pero con los hombros erguidos de quien no se siente derrotado. Acto seguido fui hacia mi habitación y comencé a desprenderme del tocado. Al pasar frente a la *temazcalli*, una voz profunda me sorprendió:

—¿No has oído al cihuacóatl?

Me giré hacia esa voz femenina, grave y burlona, con el corazón encogido. Izel estaba apoyada en la *temazcalli*, con una amplia sonrisa y un brillo de tristeza en los ojos.

—Tenías razón —balbuceé recordando el estruendo de la lombarda y su efecto en la comitiva de Motechuzoma—. Puede que sea el principio del fin, pero siempre se puede luchar.

Ella me miraba sin perder la sonrisa. Volvía a estar tranquila, pero seguía aquel brillo en sus ojos. Y de pronto me di cuenta de que la serenidad que le atribuía no era una forma de miedo, sino pura tristeza: la tristeza de la resignación.

—O vivir, Guifré, vivir para contar —me susurró acercándose hacia mí.

Me desconcertó por un momento y mi única respuesta fueron mis brazos abiertos. Respondió con un abrazo. Entonces pensé que debía hacer lo posible para evitar el enfrentamiento y asegurarme de que viviríamos. Nos fundimos en un beso pausado e intenso. Luego, se separó de mí con una sonrisa radiante y el persistente brillo melancólico en los ojos.

—Es verdad que apestas. Anda, vamos a asearte.

Y corrió al interior íntimo y cálido de la *temazcalli*.

«Tendría que haberlo previsto», se dijo Cortés tamborileando con los dedos sobre la mesa. Su rostro estaba profundamente crispado y la ira hacía relucir sus ojos en la penumbra de aquel precario chamizo. Pese a disponer de velas, no quería más luz que la que se filtraba por las grietas de las paredes. La cosa se venía fraguando desde antes de la llegada de la carabela, pero creía haberlo manejado bien. Fundar una villa era necesario, aunque sabía que algunos hombres no entendían que ello estuviera dentro de los objetivos de la expedición. Eran los mismos que creían estar allí gracias a Diego Velázquez y no a él. Y también aquellos a quienes la inactividad en San Juan de Ulúa les había llevado a querer regresar a Cuba. En aquel entonces, Cortés pensó que bastaba con hacerles creer que lo habían convencido, que la idea de crear una villa era de otros, como el mismo Alvarado, sus hermanos, su amigo Alonso…

Movió los labios nerviosamente y se llevó la mano a la medalla notando los relieves de la imagen de la Virgen y de san Juan Bautista. No hubiera querido llegar al extremo al que había llegado. Pero tuvo que hacerlo, y aun así, no se conformaba. Por eso hizo llamar a nueve de los once capitanes de las embarcaciones, aunque en realidad era consciente de que la irritación que sentía era contra sí mismo. Quizá se había precipitado al interpretar la aparición milagrosa de aquel Guifré de Orís como una señal de los designios del Señor, como una confirmación del motivo por el cual Dios le había salvado de la muerte en el viaje a las Indias. Pero aun habiendo acertado y siendo sus designios claros, era obvio que habría pruebas, duras pruebas en el camino. Y le enfurecía haberse confiado. Pero eso iba a cambiar definitivamente.

Su estratagema inicial para crear una villa no había funcionado como él quería. Envió dos bergantines y cien hombres al mando de dos capitanes leales a Velázquez para que buscaran un buen puerto natural. Aprovechando esta ausencia, convocó una asamblea con sus hombres y así, la fundación de Villa Rica de Veracruz quedó como una concesión a estos últimos, atendiendo a sus muchos ruegos por crear una ciudad con leyes y costumbres castellanas a fin de demostrar con hechos su ardoroso deseo de servir al Rey en aquellas ricas tierras que, sin duda, debían engrandecer a la Corona de Castilla.

No tardaron en elegir los cargos del cabildo de la villa, que desde luego, recayeron mayoritariamente en hombres fieles a Cortés. Él no hizo más que repetir lo que, siendo escribano, había visto hacer al propio Velázquez en Cuba.

Pero hizo algo más en un intento de cubrirse las espaldas ante el que se había creído su maestro y protector: renunció a los cargos que le había otorgado Velázquez, y los regidores de Villa Rica de la Vera Cruz lo nombraron Justicia Mayor y Capitán de las armadas reales hasta que el Rey decidiera otra cosa.

Los hombres enviados en expedición regresaron habiendo localizado puerto. Pero se encontraron con que Cortés ya podía poblar sin depender de Velázquez. Más aún, utilizó el puerto que ellos habían encontrado para edificar su ciudad. No había, pues, retorno a Cuba. Cortés acalló algunas quejas con cargos y oro. A alguno de sus opositores, como Montejo, gran amigo de Velázquez, le prometió que partiría a Castilla como procurador de la ciudad junto con Portocarrero para llevarle el quinto[11] al soberano y presentarle sus nuevos dominios. Otras quejas las dominó con la palabrería legal que él manejaba, desde luego, mejor.

Después de aquello, partieron hacia el emplazamiento del puerto natural, sobre un acantilado. Estaba a unas cuarenta millas náuticas al norte. Hernán fue por tierra y aprovechó para hacer los preparativos para su futuro viaje al interior. «Quizás eso me distrajo —pensó. Pero al momento se recostó en la silla y puso los pies sobre la mesa, negando con la cabeza—. No, sólo los hay estrechos de miras, eso es todo.» Cuando llegó a lo que sería Villa Rica de la Vera Cruz, ya sabía que contaría con cien mil totonacas dispuestos a seguirle como cabecilla para deshacerse de aquel rey, «Mutezuma, o como se llame».

---

11. Parte del botín que tocaba a la Corona.

—Igual no nos hace falta ni entablar batalla —le llegó a comentar a Alvarado.

—Se espantan sólo con oír las lombardas —rió.

—No me refiero a eso. Si manejamos a Mutezuma para nuestros própósitos, resultará más fácil que entrar batallando.

—No será ese catalán mexica quien te lo ha sugerido… No te fíes de él.

—¡Calla! Sólo digo que si nos siguen creyendo dioses, deberíamos aprovecharnos para obtener el oro y establecer el orden cristiano sin sangre.

—¿Y los sacrificios?

—¿No he dicho orden cristiano? Ya he comprobado que no tienen problemas en colocar a Nuestro Señor en sus templos, pero sí en destruir sus símbolos. Es más fácil, pues, que se los haga destruir su propio rey.

—¡Vaya! Al estilo del Cid con los jefes moros —sonrió satisfecho Alvarado.

A esta situación se vino a sumar la carabela que Cortés tuvo que dejar carenando en Santiago de Cuba cuando se vio obligado a salir a toda prisa. Eran refuerzos. Pero con la embarcación llegaron noticias de Velázquez. No había sido nombrado Adelantado, como pretendía, y eso seguía alentando a Cortés aun ahora, después de todo lo sucedido en Villa Rica de la Vera Cruz tras su fundación. Pero Velázquez sí había conseguido el permiso real, directamente desde Castilla. Y por ello, Cortés decidió que debía enviar su propia delegación ante el Rey, formada por los procuradores de la nueva ciudad. Bajó los pies de la mesa y aguzó el oído. Los capitanes no venían aún. La espera en aquel chamizo se le estaba haciendo eterna.

—Pero después de lo que pienso hacer —murmuró—, no creo que nadie vuelva a intentar nada. De momento, al menos…

Suspiró al recordar las cartas que había preparado para los procuradores. Resuelto esto, inició la ejecución de sus planes con la confianza de que el Rey los aprobaría en cuanto viera el oro.

Pero con la llegada de la carabela, habían reaparecido los amigos de Velázquez, los partidarios de regresar a Cuba.

—Queremos volver a nuestras haciendas, con nuestras esposas —le había dicho más de un expedicionario.

A Cortés le parecieron unos cobardes. Con todo, en aquel momento consideró prudente evitar un enfrentamiento directo y les dio permiso para que embarcaran. Permiso que, desde luego, sabía que retirarían las autoridades de Villa Rica de la Vera Cruz.

—Queda prohibida cualquier partida, porque todo barco y todo hombre son necesarios —había anunciado el cabildo.

La única excepción sería la marcha de los procuradores. Cortés deseaba mostrar al Rey la riqueza de aquellas tierras de indios, tan diferentes a los de las islas. Por ello quería enviar, más allá del quinto real, las grandes ruedas de oro y plata llenas de símbolos extraños, cuadernillos con aquella peculiar escritura, adornos con plumas e incluso a cinco indios, tres hombres y dos doncellas. Al poco de conocerse esta excepción, estalló el motín. No fue fruto de la furia del momento. Cortés había advertido en su momento que todo estaba perfectamente organizado, pues los conspiradores necesitaban zarpar antes de que lo hicieran los procuradores de Villa Rica de la Vera Cruz. Unos cuantos rebeldes decidieron apoderarse de un bergantín y asesinar al capitán con la intención de llegar a Cuba e informar a Velázquez para que interceptara a Montejo y Portocarrero. «Pero Dios está de mi lado», pensó Cortés.

La conspiración había sido frenada a tiempo. Y no iba a tolerar más comportamientos de ese tipo, puesto que eran una distracción de la gran misión que debían llevar a cabo. Así que se inauguró el cadalso en aquellas tierras y los cabecillas dejaron este mundo. Al resto se les impusieron otros castigos más leves, como latigazos o un encierro en la *Santa María de la Concepción* que se mantuvo hasta que pidieron perdón días más tarde.

—¡Oh, Señor! —rogó Cortés mirando hacia el techo del chamizo—. Tú sabes que no quería llegar a este extremo. Y para evitarlo en el futuro, debo llevar a cabo lo que me dispongo a hacer. ¡Ayúdanos en el rumbo que emprendemos en Tu nombre!

Acto seguido se santiguó. Hasta él llegaron unos murmullos, entre los cuales destacaba el vozarrón de Alvarado. Se puso en pie y salió del chamizo con paso decidido.

—Aquí están —le dijo Alvarado.

Con él iban los nueve capitanes que habían sido requeridos.

—Os pagaré lo que hayan costado, pero quiero que desguacéis las naves —expuso directamente.

—¡Es una locura! —exclamó un capitán de bergantín.

Cortés miró a Alvarado. Incluso él había contraído el rostro en una extraña mueca de sorpresa. Pero Hernán tenía claro lo que iba a hacer.

—Todos los que me acompañen de buen grado en esta elevada misión me honran y merecen mi respeto, pero el resto tiene que entender que no queda otro remedio que hacer lo que Dios nos encomienda.

—¿Y crees que con esto lo conseguirás? —intervino Alvarado.

—Convocad asamblea. Hablaré a los hombres y estad tranquilos, los convenceré. Les diremos que la broma[12] ha carcomido los cascos y los han inutilizado. En todo caso, siempre podemos usar la madera sana para hacer casas.

—Es muy arriesgado. Nos quedaremos sólo con una nao y dos bergantines —terció otro capitán negando con la cabeza.

—Sólo dos bergantines. La *Santa María de la Concepción* se va para Castilla con los procuradores, el tesoro y los indios. Después de mi arenga, te aseguro que ningún hombre pensará en otra cosa que caminar con la gloria del Señor tierra adentro para servir al Rey. Ha llegado la hora de ir a esa ciudad llamada Tenochtitlán.

Los capitanes que mostraron su sorpresa inicial esbozaron una sonrisa, al principio tímida, pero fue ganando amplitud. Los que se manifestaron preocupados y asustados, pasaron a escrutar a Cortés con la incredulidad de quien comienza a asimilar como realidad una idea alocada. Las nueve naves fueron desguazadas y, tras la convincente y estimulante arenga de Cortés en la que les anunció la marcha a Tenochtitlán, nadie volvió a hablar de volver a Cuba.

Pasé por la estancia con la mente embotada. Izel no estaba y me sentí desconcertado, pues era noche cerrada ya hacía rato. Pensé que quizá, ante mi tardanza, se habría marchado. Me quité el tocado y, al despojarme de la capa que me cubría, recordé que habíamos acordado vernos a la luz de las estrellas, en la azotea. Plegué el manto con lentitud; aunque

---

12. Molusco marino. Sus valvas perforan la madera sumergida y hacen galerías que revisten de materia calcárea.

mi corazón quería apresurarse hacia ella, mi cuerpo parecía tan extenuado como mi mente.

Hacía poco más de un mes que habían llegado noticias de la salida de Hernán Cortés hacia Tenochtitlán. Le llamaban Malinche, que significaba dueño de Marina, la mujer indígena que empleaba como intérprete y, en consecuencia, la boca por la cual hablaba. Hacía ya algunos meses que yo había regresado de la costa y las noticias no dejaban de sucederse. Para mi sorpresa, Motecuhzoma no requirió mi presencia, ni como humano ni como ser divino. Es más, Chimalma me aseguró que demasiado era su miedo a los extranjeros y que seguía considerándolos dioses, pero no deseaba verlos en Tenochtitlán.

—Por lo menos en eso es racional —me confesó Chimalma cabizbajo.

Ahora liberado de la presión a la que le había sometido Acoatl, y que se confrontaba abiertamente con la hospitalidad mexica que él me ofrecía como anfitrión, Chimalma sí deseaba toda la información que pudiera darle y la concentraba en preguntas concretas que yo deducía eran fruto de los informes que le llegaban. No en vano, desde que Cortés dejara su asentamiento en la costa, los mexicas le habían ofrecido guías que él aceptó, pese a estar aliado con los totonacas. Las últimas noticias, al parecer, situaban a los castellanos en las inmediaciones de Tlaxcala, único lugar que no dominaban los mexicas. Y entre tanto, yo le explicaba a Chimalma lo que implicaba el vasallaje al Rey exigido por Cortés, cuál era el valor del oro en Castilla o qué significaba la cruz o la talla de una mujer con el niño que iban colocando en los templos por donde pasaban. Todo ello en sesiones que, conforme más se aproximaban los extranjeros, más me agotaban por la intensidad de los recuerdos que debía evocar.

«Mi único cabo para amarrarme a la realidad es Izel», me dije mientras subía las escaleras. Desde mi regreso, buscábamos cada noche fundir nuestros cuerpos. Ella, para consolar su tristeza. Yo, para calmar mi zozobra. Ambos, con lo único que teníamos seguro: nuestro amor.

Entré en la azotea y allí estaba Izel mirando hacia el centro ceremonial. La luna aparecía y desaparecía entre las nubes dispersas. Pero aun así, el blanco de su blusa refulgía en destellos que se reflejaban en su rostro. Me acerqué a ella con sigilo, la abracé por detrás y cerré los ojos al sentir el tacto de su espalda y su cabellera en mi pecho desnudo.

—Creo que deberíamos decírselo —musité.

—No sé, Guifré. Quizás ahora que Acoatl está encerrado en el templo podríamos contárselo a mi padre, pero... —suspiró—, que te vea como a un hijo no nos ayuda. Y quién sabe, pienso que Acoatl es más imprevisible que antes.

—No te entiendo —susurré con un soplo de angustia en el corazón.

—No hace falta.

Me acarició la mano, pero aquella caricia fue una punzada. Decidido aunque con suavidad, la obligué a volverse sin soltar su cintura.

—¿Por qué no se lo hemos dicho nunca? —pregunté con sequedad.

—Te hace humano —se limitó a responder.

La solté. Rememoré el día de su boda y sentí que empezaba a dolerme el pecho.

—¿Por qué cuando te iban a casar no me dijiste que me amabas? Sabías que yo te quería...

—Y deseé que me lo dijeras —repuso con expresión adusta—, pero te hacía humano.

—¡Oh, Izel! —musité recordando los vítores al paso de la comitiva de su boda en la que yo, por primera vez, salía a la calle—. Te conformaste por mí…

—¡Dejémoslo ya, Guifré! De eso hace mucho. —Sus manos me sujetaron la cara. Yo estaba al borde del llanto—. Y sí, no he querido que nadie supiera lo nuestro por miedo a Acoatl, de la misma manera que mi único consuelo en mi boda fue que salieras y todo el mundo te viera como huésped de mi padre, como hombre libre y no prisionero a la espera de… Debes vivir para contar. Y yo quiero vivir contigo. ¿Por qué no nos vamos? Busquemos un sitio aislado, para nosotros solos.

—¡No! —exclamé desasiéndome con brusquedad, y añadí casi como un ruego—: No puedo abandonar a tu padre.

Suspiró resignada.

—Bueno, él también acabará… —se interrumpió y me miró con ternura. Me arrepentí de haberla soltado de aquel modo. Ella abrió los brazos, como solía hacer yo cuando deseaba consolarla—. Supongo que por eso te quiero.

Me acerqué, necesitado, de pronto, del calor de su cuerpo. Nos abrazamos.

—Disfrutemos mientras nos sintamos seguros, Guifré —susurró con dulzura.

—Por eso te quiero proteger. Hablemos con tu padre y casémonos.

—Me protegerás de todas formas, Guifré. —Me besó suavemente los labios, tambaleante al ponerse de puntillas—. ¿No quieres abandonarle? De acuerdo, yo tampoco. Pero bastante tiene ya con todo lo que está pasando.

—Lo sé —asentí separándome de ella y mirando hacia el templo de Quetzalcóatl, diminuto ante los de Huitzilopochtli y Tláloc—. Las batallas han cesado en Tlaxcala. Supongo que se rendirán.

—No se han rendido jamás ante los mexicas. Mi padre siempre ha dicho que no convenía dominar Tlaxcala porque así podíamos enfrentarnos a ellos y hacer prisioneros para las muertes floridas. Pero yo no tengo tan claro que la independencia de Tlaxcala sea por un motivo ritual. Si no, ¿por qué los mexicas les impedimos el acceso al algodón o la sal? Simplemente, no se han rendido nunca.

Sonreí amargamente. Me oprimía aún el pecho. Ladeé la cabeza para reencontrarme con aquellos enormes ojos, aunque tristes, vívidos e inteligentes. Le acaricié la mejilla. Apenas había crecido físicamente desde que la conocí siendo doncella, pero había ganado profundidad en su mirada. Se acercó a mí. Noté el tacto de sus caderas en mi muslo. Le volví a rodear por la cintura. Sonreía con sus labios carnosos entreabiertos. La brisa le agitó el cabello, que desprendía destellos azulados. Se estremeció.

—¿Tienes frío? Quizás llueva. Deberíamos…

Me besó. Nos besamos. Su mano deshizo el nudo del *maxtlatl* y noté el algodón deslizarse entre mis piernas. Le quité la blusa y la dejé caer al suelo. De repente oímos una voz:

—¿Qué es esto?

No fue un grito ni una exclamación. Fue un murmullo gutural que trajo la brisa y nos separó.

—Déjanos solos, Izel —ordenó Chimalma.

Estaba lívido, petrificado. Ella recogió su blusa, se cubrió y salió corriendo mientras yo recuperaba mi *maxtlatl* sin dejar de mirar a su padre.

—La quiero —aseveré con una súbita serenidad.

—Lo sé. Sólo que pensé que la querías como a una hermana —escupió.

No contesté. Chimalma bajó los ojos al suelo y dijo en voz alta y clara, pero para sí:

—Esto explica muchas cosas.

Su espalda se curvó y se apoyó sobre las rodillas, como el que se siente agotado tras una larga carrera. Luego, se irguió, me dirigió una mirada fría y anunció:

—Debes marcharte.

—Por eso Izel temía... Bien, temíamos decírtelo. ¿Me hubieras mandado marchar por esa obsesión tuya de protegerme de hombres como Acoatl?

Negó con la cabeza, respirando hondo repetidamente. Y de pronto, gritó en un estallido de gestos rabiosos:

—¡No es eso Guifré! Podrías habérmelo dicho, incluso me hubiera complacido. Acoatl quizá no es peligroso, pero sus ideas... No soy yo el que quiere que te marches. Es el Tlatoani, y debo obedecerle. ¡Por el bien de ella, por tu bien, por el de mi familia!

Me acerqué a él y le puse una mano en el hombro. La miró y pareció calmarse.

—¿Qué ha pasado? —inquirí.

Suspiró.

—Malinche ha entrado en Tlaxcala, a pesar de los regalos que le envió el Tlatoani para disuadirlo. Parece que los señores ancianos le han dado la bienvenida con abrazos.

—Pero ¿se aliarán con los castellanos? Han presentado batalla, ¿cómo...?

—Es posible. Nos odian, y si les promete lo mismo que a los totonacas... Malinche ha pedido que vayas, y Motecuhzoma quiere complacerle. Hemos podido convencerle, sin embargo, para que te dirijas a Cholula y no tengas que entrar en la enemiga Tlaxcala si no lo deseas. Pero te advierto, Guifré, que si vas no cambiarás los planes de algunos *pipiltin* y guerreros que creemos que ese extraño es un hombre, al contrario.

—Iré a Cholula. Pero antes de hacer nada, por favor, dejadme hablar con él.

Chimalma asintió.

—No mando tanto como crees, por lo menos ahora. Sólo puedo decirte que lo intentaré. —Me dio la espalda dispuesto a bajar, pero se detuvo y sin mirarme, con una voz profundamente triste, añadió—: Deberías habérmelo dicho. Es mi hija, mi única hija de Pelaxilla, la mujer a la que más he querido. Y yo siempre he sabido que eres humano.

—Lo siento —musité.

XLV

Cholula, año de Nuestro Señor de 1519

La comitiva con la que Motecuhzoma me envió a Cholula
tuvo que abrirse paso entre miles de guerreros totonacas y
tlaxcaltecas que acampaban a sus afueras.

Situada al otro lado de las montañas que lindaban con
el lago donde se hallaba la urbe mexica, Cholula era una
gran ciudad, con un templo piramidal incluso más alto que
el de Tenochtitlán. Si la angustia se reflejaba en el rostro de
quienes me escoltaban y la sorpresa asomaba a la faz de los
campesinos con quienes nos cruzábamos, yo no lo advertí,
pues sólo pensaba en Izel. No pude verla antes de marchar.
Tuve que partir rápido tras ser recibido por el propio Tlatoani,
vacilante en su actitud pero autoritario en las disposiciones
que me encomendó: dos hombres blancos habían llegado
hasta Texcoco y no los quería en Tenochtitlán. Aun así, antes
de partir, conseguí hablar un instante con Chimalma.

—No la castigues. En todo caso, es culpa mía. Deja que
nos casemos —le rogué—. Sé que debería habértelo pedido
antes, pero...

Bajó la cabeza, suspiró y me dio la espalda dejándome
con la palabra en la boca. Se fue en dirección a su casa sin
darme respuesta alguna.

Durante todo el camino hacia Cholula me atormentó la imagen de Chimalma lívido e Izel huyendo de la azotea. Así fue hasta que entré en la ciudad, en aquella ciudad con casas de tejado plano de entre las que sobresalían innumerables templos piramidales. Por la calle no había mujeres. No debiera haberme sorprendido, porque esto también era habitual en Tenochtitlán. Sin embargo, yendo advertido por el cihuacóatl como iba, lo cierto es que me mantuve alerta. A eso se sumó el silencio. A mi paso, tlaxcaltecas y totonacas dejaban de reír y callaban sorprendidos; lo mismo sucedía con los castellanos. Estos clavaban sus ojos en mí y me producían una profunda incomodidad. Los únicos que no me miraban directamente, e incluso bajaban el rostro al verme pasar, eran los habitantes de Cholula, los menos.

Miré hacia arriba para controlar mis emociones. Advertí algunos movimientos en las azoteas. Ante mí pude ver el enorme templo mayor que sobresalía entre los palacios. Hacia esa zona nos dirigíamos.

Pero antes de llegar reconocí, delante de un palacio, al hombre rubio de dedos ensortijados a quien había visto en el barco, tras el asiento de Cortés. Miraba hacia las azoteas con el ceño fruncido, hasta que la comitiva se detuvo ante él. Entonces me clavó los ojos, sonrió y dijo:

—¡Por fin! Guifré de Orís. Pasa. Estabas a punto de acabar con nuestra paciencia.

No respondí. Simplemente incliné la cabeza y seguí al hombre hacia el interior del palacio. La comitiva que me escoltaba no me acompañó.

Era manifiesto que los señores de Cholula no habían brindado a Cortés el alojamiento más lujoso de la ciudad y ni siquiera habían dispuesto adornos florales como bienvenida.

Enseguida entramos en una habitación encalada con una mesa en el centro hecha con un tablón algo roído. Frente a ella, un escribano castellano permanecía sentado en un taburete. Al fondo, la misma silla que vi ocupar a Cortés la primera vez, de nuevo dispuesta como un trono. Sin embargo, ahora el comandante se paseaba por la sala, caminando sobre las esteras que los mexicas usaban para sentarse o dormir. Gesticulaba con expresión grandilocuente al dictar al escriba, pero en cuanto me vio entrar, se detuvo y me dirigió una enorme sonrisa.

—Guifré de Orís, bienvenido al fin —saludó.

—Don Hernán… —respondí haciendo una reverencia.

—Godoy —dijo Cortés dirigiéndose al escriba—, puedes dejarnos. Tú quédate, Alvarado. ¿Conoces a Pedro de Alvarado?

—No por el nombre, señor —respondí volviéndome a inclinar levemente ante el hombre rubio, de quien sabía que entre los mexicas se había ganado el apodo de Tonatiu, que significaba sol.

—Bien, bien; es uno de mis lugartenientes más apreciados —comentó Hernán mientras Alvarado no me quitaba la vista de encima—. De hecho, deberías agradecerle que te hayamos encontrado, porque fue el primero en hablarme de esos indios mexica.

—Quizá no tenga nada que agradecer —repuso Alvarado mientras alargaba una mano hacia mi tocado.

—No seas absurdo —replicó Cortés sentándose en su trono—. Entre esta gente sólo sobrevive el que se adapta.

—Bien —murmuró Alvarado dándome la espalda para situarse, en pie, al lado de Cortés.

—Don Pedro ha llegado hasta una ciudad llamada…

—Texcoco —completé mirando de soslayo a Alvarado.

—Eso, eso —dijo Cortés acariciándose la barba—. Pero no pudo llegar a Tenochtitlán. Pensé que tú le facilitarías hacerlo, ya que te he dejado tiempo para que soluciones tus asuntos.

—No tengo tanto poder.

—¿No nos consideran acaso dioses? —preguntó Alvarado arqueando una ceja mientras se llevaba una mano al cinto de donde pendía la espada.

—A mí me consideraron por un tiempo un enviado divino, cierto. Al menos, algunos. Y por ello, probablemente, me han dejado venir aquí. Desde luego, con arcabuces, cañones y armaduras, es mucho más fácil para un mexica considerarles divinidades.

Ambos sonrieron, pero al momento Alvarado preguntó:

—¿Qué les has contado de nosotros, de los castellanos?

—Apenas nada. Cuando llegué, no creían que ustedes existieran, ni mucho menos Castilla.

Cortés puso su mano sobre el brazo que Alvarado apoyaba en el puño de la espada y tomó la palabra.

—Mira, no nos quedaremos demasiado tiempo aquí. No me fío de esta gente de Cholula. Han sido tacaños con la comida, y hoy sólo se han dignado traernos agua y leña, nada más. Quiero saber, Guifré, si este va a ser el trato en Tenochtitlán, hacia donde pensamos partir en breve y en tu compañía, por supuesto.

No pude evitar encogerme de hombros:

—Don Hernán, Motecuhzoma, el soberano de Tenochtitlán, me ha mandado aquí con un mensaje: persuadirle de que no vaya.

Alvarado soltó una carcajada por encima de la risilla de Cortés, una risilla que sonaba como un murmullo pero le agitaba los hombros en sacudidas. Al fin dijo:

—Don Pedro llegó a ver la ciudad de lejos y es obvio que iremos.

No pudo terminar. Los espasmos de su risa no le dejaron.

—Ya le expliqué al Tlatoani que eso no sería posible —alegué, molesto ante aquella reacción. Aun así, me controlé para continuar tal como se me había encomendado—. Pero Motecuhzoma está aterrado, la verdad. Y supongo que llegarán más emisarios pidiendo lo mismo. Si pudiéramos enviarle un mensaje tranquilizador, por lo menos asegurándole que no se derramará sangre…

Ambos hombres dejaron de reír, pero si Alvarado frunció el ceño, Cortés me dirigió una mirada franca que me recordó a aquel joven al que vi en la cubierta del barco trece años antes.

—Eso es lo que deseo de veras, Guifré de Orís. No quiero derramar sangre. Y de todo corazón anhelo que no me obliguen a verterla. Verás, sólo quiero que Mutezuma acepte ser vasallo de Su Alteza don Carlos, rey de Castilla. Sólo eso. Si ha habido batallas antes de llegar aquí es porque nos han agredido.

—Entiendo.

Mi mente volaba, aunque mantuviera los ojos fijos en la medalla con la Virgen que llevaba Cortés al cuello. Sin duda, los castellanos tenían que saber ya acerca de la religión en aquellas tierras, y eso seguro que generaba un conflicto con el Dios único. Ni yo mismo había sido capaz de ver aquellos ritos sacrificiales. ¿Por qué no me preguntaba nada acerca de ellos un hombre criado, como yo, entre historias de Cruzadas e Inquisición? Quería creer que Cortés respetaría la vida en aquel lugar, incluyendo costumbres y creencias, sin derramar sangre. Así que, si bien en mi corazón latía la incredulidad, pregunté:

—¿Puedo devolver a uno de los mexicas que me han acompañado como mensajero para que repita sus palabras a Motecuhzoma?

Cortés se puso en pie y se acercó a mí diciendo:

—Debes, querido amigo, debes. Vasallaje, eso es todo.

De pronto recordé la voz de Abdul: «Nos llamas por los nombres que nos dieron nuestros padres, no por los nombres cristianos que nos han puesto». Los nombres cristianos implicaban bautismo y el abandono de la herejía. «No hay vasallos infieles —pensé—. Y herejía es toda creencia que se aparta de la doctrina.» Sabía que debía preguntar acerca de los ritos mexicas, pero no quería hacerlo, me asustaba, y casi sentí alivio cuando, de pronto, un soldado revestido de su armadura irrumpió en la estancia.

—¡Están bloqueando las calles! —anunció alarmado.

Alvarado, que no se había movido de su sitio al lado del trono, preguntó violento:

—¿Habéis averiguado qué pasa en las azoteas?

—Según Aguilar y doña Marina, amontonan piedras.

—La gente de Tlaxcala tenía razón. Esto es una emboscada —concluyó Alvarado apretando los dientes.

Cortés se volvió para mirarlo, dirigió sus ojos a mí y luego al soldado. Al fin, con una serenidad que me sorprendió, ordenó a este último:

—Como los señores de esta ciudad no nos han querido recibir personalmente, haz que me traigan a dos sacerdotes, los primeros que encuentres en el templo mayor. Y que vengan también Aguilar y doña Marina.

El soldado salió a todo correr por donde había venido. Cortés se dio media vuelta y regresó a su asiento.

—De momento, Guifré, seguiré usando el sistema de intérpretes doble que he empleado hasta ahora. Sin embargo, quiero que estés presente, porque espero de ti que seas un buen interlocutor cuando lleguemos a Tenochtitlán.

—Estoy a sus órdenes, don Hernán —contesté.

Con gran esfuerzo pude disimular mi incomodidad. Cholula era tributaria de Tenochtitlán, con su autonomía pero, a ojos de los castellanos y los tlaxcaltecas, se trataba de una ciudad mexica. Chimalma me había advertido de que preparaban algo y la emboscada estaba ahí. Sin embargo, y dada la mirada que me dirigió Cortés momentos antes, no pude dejar de pensar que quizás el cihuacóatl y el grupo de hombres al que representaba se habían precipitado. Me estremecí y de soslayo vi brillar los ojos de Alvarado, que me escrutaba con desprecio. Mientras, Cortés atendía al escribano Godoy, que había vuelto a entrar en la sala.

Los sacerdotes no dieron información a Cortés acerca de lo que acontecía. Simplemente, callaron y temblaron. Aunque la tal doña Marina, la mujer indígena, indicó al capitán general por medio de Aguilar que los sacerdotes estaban atemorizados, yo no acerté a ver más que nerviosismo en aquel temblor.

Hernán hizo llamar entonces al señor de la ciudad, no sin protestas de Alvarado.

—¡No ha venido hasta ahora! Acabemos ya con esta farsa —decía.

Pero Cortés supo acallarlo. Y mientras esperaban una respuesta del señor de Cholula, yo no pude atender demasiado a lo que hablaban. Aunque quizás era mi creciente incomodidad la que no me permitía observar y pasar inadvertido, pues a las miradas de desprecio que Alvarado me dirigía de vez en cuando, se añadieron las de recelo y rabia del intérprete Aguilar. Me mantuve en un rincón, con la cabeza gacha, cada vez más nervioso. La desazón se apoderaba de mí y no sabía si dirigirla a los cholulecas o a los castellanos. «¿Qué hago si me preguntan qué sé sobre esto? —pensaba—. Me tendría que haber quedado en Tenochtitlán, o huir con Izel, como ella propuso. Supongo que siempre lo ha tenido más claro que yo.»

Para sorpresa de Cortés, poco más tarde apareció, precedido de sus soldados, un hombre con tres hermosos mantos, alto penacho, un rico bezote y orejeras. Me dio la sensación de que inclinaba levemente la cabeza al pasar ante mí, pero no me miró. Sí miró a Cortés, directamente a los ojos.

—Ahora se digna venir —comentó el capitán general casi en un murmullo. Sonrió y, en voz alta, le dijo a Aguilar—: No traduzcas esto. Sólo pregúntale a qué se deben tanta tensión y este trato tan poco hospitalario.

Se llevó a cabo el proceso de doble traducción y el señor de Cholula respondió en náhuatl. Su respuesta me hizo reaccionar. Tenía que pensar rápido, mientras traducían a Cortés.

—Dice que Mutezuma ha ordenado que no se nos ayude —pronunció Aguilar entre dientes.

Alvarado me clavó los ojos. Cortés apartó al intérprete para mirarme sin que ningún obstáculo se interpusiera entre nosotros. Arqueó una ceja. Yo me encogí de hombros.

—Supongo que sigues siendo cristiano —señaló Cortés—. Dime algo útil, Guifré, por Dios. Vienes de allí.

Suspiré y me situé frente a él. Como el señor de Cholula era bastante más bajo que yo, no lo miré para indicarle mi respeto y por primera vez me alegré de llevar sólo un manto, muestra de mi inferioridad social. No quería contribuir a generar más tensión.

—Le puedo decir lo que yo creo, don Hernán.

—Adelante. Es lo que quiero.

—Motecuhzoma no sabe cómo recibiros y está indeciso. Creo que unas veces piensa en acogeros pacíficamente y otras… Otras, sinceramente, creo que desearía atacar. Por eso insistía en mandar el mensaje.

—Pero está claro que aquí se está fraguando una emboscada —intervino Alvarado.

—Sí, eso no lo dudo, don Pedro —comentó Cortés—. Y desde luego, la presencia del señor de Cholula así lo indica. Si no ha querido visitarnos antes y ahora viene es para calmarnos, puesto que aún no están preparados. También en eso debe de estar obedeciendo a Mutezuma. Tradúceselo a doña Marina, Aguilar.

Cuando el señor de Cholula oyó esto mismo en náhuatl, su cara reflejó indignación, incluso un teatral bochorno. Teatral quizá sólo para mí, porque yo sabía que entre los mexicas estas demostraciones no eran habituales. Pero al oír su respuesta, hubo en mi rostro tal expresión de sorpresa y perplejidad, que Cortés rompió la cadena de la traducción.

—¿Qué ha dicho? —me apremió.

Miré al suelo. «¿Lo habrán ordenado los seguidores de Chimalma o el mismo Tlatoani?», me pregunté angustiado. No tenía más remedio que responder:

—Dice que el ejército mexica espera apostado en el camino a Tenochtitlán. Dice que tenía órdenes de ofreceros muchos porteadores, para que, cuando los mexicas se lanzaran sobre los castellanos antes de llegar a las montañas, también ellos participaran de la emboscada.

—Aprovechemos para atacarles —urgió Alvarado.

Cortés, sombrío, clavó los ojos en mí.

—¿Aún confías en que sea de utilidad enviar ese mensaje a Tenochtitlán?

Tragué saliva y asentí sin despegar los labios.

—Lo enviarás. Pero déjales claro que no provoquen nuestra ira. Ve, instruye al mensajero y vuelve. Quiero entrar en Tenochtitlán en paz. ¿Sabes escribir en su idioma? —ante mi asentimiento, Cortés sonrió—. Pues que sea por escrito. Ve.

Mientras me retiraba para obedecer, pude oír que Cortés ordenaba llamar a sus capitanes. Una súbita oleada de tristeza me invadió con una clara convicción: «Va a demostrar qué pasa cuando se provoca su ira».

Hernán vio entrar a Pedro de Alvarado en el patio del humilde palacio donde lo habían alojado. El jardín era el único sitio donde había flores y, por doña Marina y su incipiente español, entendió desde el principio que no eran bien recibidos, puesto que la costumbre de aquellas gentes era decorar la casa o el palacio con flores para dar la bienvenida. Esperaba que el mensaje que Guifré de Orís enviara a Tenochtitlán, más las noticias que sin duda llegarían sobre Cholula, pacificaran la actitud de los indios mexicas. Al fin y al cabo, Cortés era consciente de que se dirigían a la ciudad más habitada de aquellas tierras y necesitaban la paz, pues aunque contaran con lombardas y arcabuces, su ejército no era tan numeroso como la cantidad de indios que pudiera haber en Tenochtitlán.

—Nuestros hombres ya están avisados —anunció la voz de Alvarado a su espalda. Cortés se giró—. Si hay lucha, respetarán a los indios que luzcan una flor en el tocado.

Cortés sonrió.

—De todas formas, es posible que lleguen desarmados —conjeturó muy tranquilo—. Lo que me ha contado Guifré viene a confirmar nuestras informaciones previas. Para ellos la guerra es un ritual. Hay que hacer…

—¿Esos sacrificios repugnantes?

—Serán repugnantes, Alvarado, pero no nos vienen mal. En lugar de ir a matar, intentan capturar prisioneros para sus rituales. Eso los hace lentos y nos da más ventaja en caso de lucha, porque a nosotros nos basta con herir y matar —le acalló Cortés—. Ya hemos hablado de cómo trataremos ese tema. Incluso fray Bartolomé de Olmedo conviene en que no podemos obligar a que abracen la fe por la fuerza.

Alvarado suspiró. Sabía que en eso Cortés tenía razón; ya había conseguido bastantes bautismos. Sin embargo, su inquietud por las prácticas de aquellos indios se había visto acrecentada con la presencia de aquel hombre de origen catalán vestido como un mexica. Era una sensación que no podía expresar con palabras y que lo ponía de mal humor. Su gran tamaño y aquel bochornoso desnudo le incomodaban. Alvarado confiaba en Cortés, había sido un gran comandante, mucho mejor que el apocado Grijalva, pero le enfurecía la complicidad que había establecido con el tal Guifré, como si un nexo imperceptible le hiciera sentirse unido a aquel salvaje.

—¿Y dónde está tu nuevo protegido? —preguntó con aspereza.

—Ha ido a darse, dice, un baño de vapor o algo así. Ahí, en la casa de enfrente.

—No lo entiendo, de veras. ¿Por qué confías en él y sus costumbres indias?

—Alvarado, por favor —respondió Cortés cansino—. No espero que lo entiendas y agradezco esa impetuosa precaución tuya. Pero nos será útil, ya lo verás.

—¡Es un indio! ¿Qué más da dónde naciera?

La mirada severa de Cortés le hizo bajar el tono de voz. Prosiguió, pero se esforzó para que sus razonamientos sonaran calmados:

—Cuando Gerónimo de Aguilar llegó a nosotros nos explicó cómo había luchado por no tomar mujer y no convertirse en indio. Sentía vergüenza de que otro castellano hubiera caído en las prácticas de la salvaje herejía. En cambio, este Guifré ni siquiera ha pedido ropa decente. Y tú hablaste de que le habías dejado tiempo para arreglar sus asuntos. ¿Ha tomado mujer sin bautizar? Sabes que eso le hará sentirse próximo a esos mexicas. ¿Por qué no había de traicionarnos?

Cortés y Alvarado se miraron en silencio, manteniendo un mudo desafío. Había un aire retador entre ambos. Sin embargo, la tensión de aquella mirada cruzada se vio interrumpida por la voz de otro capitán:

—Todo listo. Espera delante del templo de ese Quetzalcuate.

Cortés sonrió y dio una palmada en el hombro a Pedro de Alvarado.

—Vamos, hombre, tranquilo. Déjame actuar a mi manera, pero no pienses, por ello, que no escucho tus razonamientos, ¿de acuerdo? Ahora, disfruta con la ofensiva que tú proponías… hecha a mi modo.

Alvarado sonrió y ambos salieron del palacio hacia el templo del dios Quetzalcóatl, donde los cholulecas solían realizar sus asambleas.

Un centenar de *pipiltin* de Cholula se reunieron en la plaza. Cortés y su séquito, entre el que me hallaba, estábamos sobre la pirámide en espiral coronada por el templo dedicado a Quetzalcóatl. En el interior, sin embargo, me sorprendió ver una cruz colgada en la pared y una imagen de Nuestra Señora con el Niño en brazos. Por primera vez en mucho tiempo acudió a mi mente, con una oleada de cariño sin añoranza, la imagen de la pequeña talla de la parroquia de Orís. Pero fue un solo instante, hasta que Alvarado me agarró con fuerza del brazo.

—Hoy traduces tú —me indicó con rabia al oído mientras sus ojos se clavaban en mi marca de esclavo.

Me solté bruscamente de él, le dirigí una dura mirada y me situé unos pasos por detrás de Cortés. Este ladeó la cabeza, me sonrió y se dirigió a los hombres congregados en la plaza. Al otro lado estaba doña Marina y, tras de mí, Aguilar permanecía junto a Alvarado. Las palabras de Cortés resonaban en aquella plaza cercada de edificios sagrados, pero su tono conciliador y seguro se teñía del paternalismo con que disfraza sus palabras quien se cree superior. No fueron estas las que me llevaron a desconfiar de él, sino precisamente ese tono. Cuando traduje, tuve que esforzarme por el público que me observaba y porque me vi obligado a enfrentar la realidad. En el idioma que se había convertido en parte de mí durante aquellos años, tuve que sacar a la luz esa confrontación acerca de la cual no me había atrevido a preguntar directamente a Cortés a mi llegada:

—Sólo ha querido el señor Cortés advertiros de los males que os traerán vuestros ídolos y los sacrificios humanos. Castigos que os enviará el Dios que aquí ha traído a don Hernán Cortés —tuve que traducir, señalándolo cada vez que lo nombraba y luchando por mantener la compostura mientras se me formaba un nudo en el estómago—. Y ahora él os pregunta, ¿por qué si los castellanos sólo querían preveniros, los cholulecas queréis pagárselo con la muerte? Dice que no os atreváis a negar una verdad, porque está enterado de que hay guerreros mexicas esperándolo a las afueras de Cholula.

—Han sido órdenes de Motecuhzoma —gritó el señor de Cholula, en primera fila, al pie de la pirámide—, el Tlatoani que te ha mandado a ti aquí.

Le traduje a Cortés mientras veía que doña Marina cuchicheaba con Aguilar y este traducía a Alvarado. Cuando el capitán general volvió a hablar, lo miré sin poder reprimir mi temor. «Yo no puedo traducir esto», pensé. Como si leyera mi mente, me susurró:

—Adelante, sólo quiero asegurarme la entrada pacífica en Tenochtitlán que te he prometido.

Vi que Cortés dirigía una mirada de soslayo a un Alvarado muy sonriente. Me estaban probando. Suspiré. Los castellanos se estaban apostando en las salidas de la plaza. No tenía otro remedio. Si no hablaba yo, lo haría aquella mujer a través de Aguilar.

—Según las leyes de Castilla, del lugar de donde proviene don Hernán Cortés, esto es traición. Todos los *pipiltin* deben morir —grité mientras notaba que mi cuerpo empezaba a temblar.

Los murmullos se extendieron por la plaza con la velocidad de un torrente. Retumbó un arcabuz y empezó la confusión. Los hombres de Cortés atacaron a los cien señores desarmados. Antes del anochecer habían asesinado a los de la plaza, pero la matanza no acabó ahí, sino que se extendió por toda la ciudad. Yo no lo vi. Tras oír el arcabuzazo, clavé los ojos en Hernán Cortés sin reprimir mi repugnancia y repetí con acritud lo que me había hecho decir:

—¿Advertiros de los males que os traerán vuestros ídolos y los sacrificios humanos? ¿Castigos que os enviará Dios?

Cortés palideció, pero me sonrió al detener la espada de Alvarado que se cernía sobre mi cabeza. Los ignoré a ambos. Entré en el templo de Quetzalcóatl. Miré la cruz y estuve tentado de arrancarla. «¿Por qué?», clamaba silenciosa mi impotencia. Pero la Virgen con el Niño en su regazo, ese Hijo que padeció y murió por nosotros, simplemente me hizo caer al suelo.

—No puede ser —balbuceé.

El ruido fuera era estremecedor. «He aprendido tanto de ellos… —pensé con el corazón oprimido—. No puede ser.» Debía evitar que aquello se repitiera en Tenochtitlán. Necesitábamos paz, conocernos unos a otros en paz. Estaba convencido de que así los castellanos podrían ver las cosas buenas que había en los mexicas. A mí también me repugnaban sus ritos, pero no me obligaron a practicarlos. Y los católicos, por su parte, también habían matado durante siglos. «¡Oh! Protégelos, Señor. Protégenos. Las verdades del mundo están siempre inspiradas por Ti», sollocé. Uní mis manos a la altura del pecho y por primera vez en mucho tiempo, oré. Recé suplicando tiempo para encontrar una forma pacífica de convivencia antes de que la confrontación lo hiciera imposible, como sucedía en Cholula.

El saqueo duró dos días enteros en que los castellanos aplacaron su sed de sangre y consiguieron oro y otras riquezas. La sensación de que los sacrificios serían utilizados como excusa para atacar cuando les conviniera se convirtió en una certeza que me mortificaba. Cortés permitió que sus aliados tlaxcaltecas se llevaran a sus ciudades prisioneros para los sacrificios y ordenó, a su vez, bloquear los templos de Cholula para obligar a los habitantes de la ciudad a abrazar la religión verdadera. Ya no volví a mostrar desprecio. Sólo sentía un profundo dolor.

XLVI

Barcelona, año de Nuestro Señor de 1519

Domènech llegó a la antesala de la estancia donde Adriano trabajaba y se sentó a la espera de ser recibido como si fuera un vulgar secretario. Desde hacía ya un par de meses, el obispo de Barcelona tenía la sensación de ser un invitado en su propio palacio. Fuera de lugar entre las gentes de una corte cuya actividad se había tornado frenética antes de abandonar la ciudad, parecía que no habían fijado fecha concreta para su marcha, así que no tenía más remedio que conformarse. Se lo tomaba como una prueba, una oportunidad para prepararse y hacerse a la idea de cuál sería su lugar en los tiempos que seguirían a su salida de la Ciudad Condal. Consideraba que sentirse subestimado era sólo una etapa necesaria para ascender y ocupar el lugar que realmente le correspondía en el orden divino. E interpretó que la desaparición de las manchas de su cuerpo así lo confirmaba.

Esto lo armaba de paciencia, aunque no evitó sus decepciones. Pero gracias a ello tampoco tenía mayores expectativas ahora que, por fin, Adriano, lo había convocado. Hacía algo más de dos meses que don Carlos fuera nombrado Emperador del Sacro Imperio Romano Germánico, además de Rey de una Castilla que crecía con nuevas tierras en las

Indias Orientales. Pero las tareas de Domènech se habían limitado a la gestión de su archidiócesis, sin ninguna instrucción específica de Adriano salvo la de la preparación de una misa de agradecimiento a Nuestro Señor por conceder a Su Majestad la gracia divina. Eso fue diez días después de la llegada de la noticia, y aunque durante la misa en la catedral percibió la emoción de Su Majestad al elevarse el cántico del Te Deum entre las arcadas, sólo recibió una sucinta felicitación de Adriano de Utrecht por la magnificencia de la liturgia. Después, silencio absoluto.

Aunque había esperado desempeñar un papel más representativo, Domènech se decía que si Adriano no requirió antes sus servicios se debía a una única razón: el cardenal tenía pensada para él una tarea poco visible, un trabajo de hormiga cuya discreción necesaria, en parte, vendría dispensada por disfrutar tan sólo de su cargo de obispo de Barcelona, sin especial relevancia en el reino de Castilla.

Phillippe, el sacerdote regordete y pecoso que servía a Adriano, lo sacó de sus pensamientos al anunciarle que sería recibido en aquel momento. Domènech se puso en pie y pasó ante el cura con la altivez propia de su rango. Este no le siguió, sino que cerró la puerta tras él. El cardenal, sentado frente a su mesa de trabajo, leía unos documentos.

—Tome asiento, por favor, Ilustrísima Reverendísima —le indicó en tono cálido pero sin levantar la mirada del pergamino.

Domènech cruzó las manos a la altura de su cíngulo y se sentó. Le desagradó sobremanera verse separado del cardenal y obispo de Tortosa por la gran mesa de roble en su propio palacio episcopal, pero aun así sonrió al recordar que las sillas de las estancias del Palacio Real Mayor que albergaban al Santo Oficio eran francamente incómodas. «Al menos, estas tienen un buen respaldo», pensó recostándose para aparentar tranquilidad.

A la espera de que Adriano le prestara atención, sus ojos se pasearon por los papeles dispuestos en la mesa; tuvo que esforzarse para no fruncir el ceño ante el desorden reinante. Su mirada cayó sobre una cédula real fechada en aquel mismo día que disponía que el oro de los rescates de las Indias Orientales fuera labrado en piezas y contabilizado. «Supongo que Su Majestad querrá llevárselo. Aunque no creo que esta cédula se refiera al oro de esas nuevas tierras de las que hablaba fray Benito», se dijo Domènech esbozando una sonrisa burlona al recordar al fraile. Este representaba los intereses del gobernador de Cuba, que pretendió el título de Adelantado sobre unas nuevas tierras a las cuales había enviado ya a un tal Cortés. Pero aquel mismo año, arribaron a Sevilla representantes de una ciudad llamada Villa Rica de la Vera Cruz, posiblemente fundada por ese Cortés en las tierras sobre las que pretendía el título Velázquez. Estos procuradores, llamados Montejo y Portocarrero, eran portadores de un gran tesoro que entregaron a la Casa de Contratación de Sevilla. Según se rumoreaba en la corte, también habían llegado acompañados de indios de lo que eran nuevas tierras para la Corona, aparte de Cuba o La Española. El rey Carlos despachó mensaje a los procuradores para que acudieran donde él se hallaba. Eso sí, después de que una cédula real ordenara entregar el oro de aquel tesoro al guardián de joyas de la Corona. «Pero que yo sepa, el Rey no quería fundirlo, sino verlo. Dicen que había una enorme rueda de oro con extraños símbolos», pensó Domènech mientras a su corazón asomaba el fugaz deseo de escapar de todo aquello y, sin ataduras, explorar nuevos mundos.

—Bien —le interrumpió Adriano mientras cubría con la mano la cédula que el obispo observaba—, disculpe que lo reciba así.

—Es un momento de gran agitación, supongo.

En su respuesta, el prelado enfatizó la última palabra. La fugaz ansia de libertad se había esfumado con el gesto de Adriano.

El cardenal le sonrió y se acomodó sobre su silla, al tiempo que escrutaba la fría mirada del obispo de Barcelona.

—Su Majestad tiene que embarcar —comenzó Adriano—. Primero irá a Flandes, pero antes desea convocar las Cortes de Castilla. Necesito su ayuda para asegurarme los votos favorables a la petición del subsidio que solicitará Su Majestad.

—Cataluña no es Castilla, y el funcionamiento de las Cortes tampoco es el mismo —objetó Domènech con frialdad.

—Me consta. Pero esa diferencia no será un obstáculo para usted. Los castellanos pueden oponerse, desde luego, pero las Cortes de Castilla tienen menos poder que las catalanas. Son básicamente un órgano de consulta para la monarquía y, ante todo, debe recordar una cosa, Ilustrísima Reverendísima: no nos pueden pedir una compensación por agravios cometidos por la Corona antes de hablar de los subsidios. Es cuestión de hacer cumplir la legalidad vigente en Castilla.

Domènech bajó la mirada hacia la mesa de roble. Su mandíbula se movió ligeramente, mientras sus manos entrelazadas concentraban toda la fuerza en su regazo. Al fin, clavó los ojos en Adriano.

—Entonces disculpe, Eminencia Reverendísima, pero no entiendo para qué necesita mi ayuda. No entiendo de qué ha de servirle un humilde clérigo catalán como yo.

—¡Por Dios! —exclamó Adriano levantándose. Rodeó la mesa y se sentó en la silla que había libre junto al obispo—. Usted es un siervo de Dios dotado de extraordinario talento. Y seguro que ya ha pensado en el modo de servir a Su Majestad. No lo tengo por tonto ni por ignorante, sino todo lo contrario. Como sabe, en las Cortes de Castilla, como en las catalanas, están representados nobles y prelados, además de las ciudades. Usted, como catalán, no formará parte, lo cual le dejará mayor libertad de movimientos y le facilitará mayor discreción. Deberá centrarse, sin embargo, en los votos de los procuradores de las ciudades. Este es el brazo con mayor poder.

Adriano revolvió en los papeles de su mesa. A pesar del gesto de aproximación del cardenal, a Domènech le desagradó ahora su cercanía. Su barba cerrada empezaba a despuntar y le confería un aire algo descuidado. Ajeno a las impresiones del obispo de Barcelona, Adriano sacó un pergamino doblado de entre los documentos de su mesa y se lo entregó a Domènech. Él lo tomó y lo abrió con parsimonia.

—Estos serán los representantes de las dieciocho ciudades que asistirán a las Cortes. Dos por ciudad.

—Sigo sin comprender qué puedo hacer desde Barcelona.

Adriano le dedicó una tranquila sonrisa que no surtió ningún efecto en la fría expresión del prelado catalán. El cardenal suspiró y se puso de nuevo en pie. Fue hacia una arquimesa que había en la pared, tras su mesa de trabajo. La abrió y sacó un fajo de pergaminos.

—Idiomas —dijo procurando ser igual de frío que Domènech. Dejó caer los pergaminos sobre su mesa, cerca del obispo de Barcelona—. Aquí hay una serie de cartas de algunas de estas ciudades dirigidas a Su Majestad. Estúdielas. Seguro que le darán alguna idea de quiénes pueden plantearnos mayores problemas. Tenemos traductores, pero necesitamos a alguien leal como usted para que lea entre líneas. Burgos, por ejemplo, comunicó que había hecho grandes fastos en honor a Su Majestad en cuanto este fue elegido Emperador. Pero luego osaron pedir explicaciones sobre por qué el soberano empleaba antes el título de Emperador del Sacro Imperio que el de Rey de Castilla. ¿Significa esto algo? Analice cómo está redactada la carta y dígamelo. Es sólo por poner un ejemplo.

—Claro.

Alargó la mano con la mirada fija en el cardenal y tomó el fajo de pergaminos. Bajó la vista, ojeó algunos y pudo observar que estaban ordenados por fechas. Se mostró satisfecho.

—Le gusta el orden —comentó Adriano como si pensara en voz alta.

Domènech contrajo el rostro, recorrió con la vista la mesa de trabajo del cardenal y luego lo miró a los ojos. Se puso en pie con los documentos entre las manos y dijo:

—Es una forma de pureza, ¿no cree?

No esperó respuesta. Dio media vuelta y salió de la sala hacia su estudio sin ver la sonrisa en el rostro de Adriano de Utrecht.

Domènech dispuso que no lo molestaran. Ordenó los pergaminos que le entregara Adriano de Utrecht, no sólo por fechas, sino también por ciudades, y luego separó las cartas de las cédulas reales dejando la parte central de la mesa con espacio para leer y tomar notas. Varias candelas iluminaban su trabajo, más que por falta de luz, por el olor.

Entre sus manos tenía una cédula de Su Majestad que le resultaba especialmente molesta por lo que tenía de justificación. En ella, don Carlos manifestaba que si tomaba el título de Emperador y también el de Rey de Castilla, no era porque esperase que los reinos de la Península reconocieran el Imperio, sino porque la dignidad de Emperador era superior a la de Rey. Domènech se llevó la mano a la barbilla, suave, sin sombra de barba. Antes del nombramiento, sabía que don Carlos firmaba como Rey por la gracia de Dios siempre tras su madre, doña Juana. Sin embargo, desde su nombramiento, su nombre precedía al de la Reina, en condición de Emperador, y volvía a aparecer tras el de ella como Rey. «Se sitúa por encima de su madre —concluyó pensativo. Recordó lo que le dijera Adriano acerca de la petición de explicaciones de Burgos al respecto y pensó—: Claro que se tiene que preocupar el cardenal. A ella se la considera reina oriunda de Castilla, a don Carlos, extranjero.»

Sin embargo, del análisis de algunas misivas, dedujo que las dificultades se centrarían en Toledo, una de las ciudades más poderosas del reino, que ya se había sentido agraviada con el nombramiento del joven sobrino de Guillaume de Croy como obispo.

Dejó la cédula sobre la mesa y se acomodó en su asiento. De sobra sabía que las Cortes de Castilla tenían menos poder de oposición a la Corona que las catalanas y las aragonesas. Pero no ignoraba que influían en alto grado en las opiniones del vulgo. «Y eso es lo que en verdad debería preocupar a Adriano, más que los votos para el subsidio.»

Sus ojos se posaron en la llama, inquieta pero sostenida, de una vela. «Por el momento no me conviene alertar a Adriano de esto. Cuanto mayor sea el apuro del que lo saque, más agradecido se sentirá. Están tan volcados en obtener dinero que la fama de Su Majestad empeorará aún más en Castilla. Y aunque lo sepan, no harán caso. Es lo que tiene el orgullo. De modo que aquí es donde puedo sacarle ventaja a Adriano, midiendo lo que piensa el vulgo y las posibilidades de rebelión.» Domènech empuñó la vela con una mano y pasó la palma de la otra por encima de la llama. Notaba el calor sin llegarse a quemar, mientras el fuego cambiaba de forma al contacto del aire agitado por su movimiento. Cerró la mano sobre la mecha y la llama se apagó al instante. En cuanto la apartó, el olor de la cera brotó con fuerza renovada y lo aspiró con deleite.

«Enviaré a Lluís a Toledo. Será él quien tome el pulso al vulgo. —Miró hacia la puerta de su despacho, cerrada. Sabía a su secretario al otro lado, vigilando con temerosa devoción que no molestaran a su señor, tal como había ordenado. Sonrió—. Y me llevaré a Miquel conmigo cuando llegue el momento.»

XLVII

Chalco, año de Nuestro Señor de 1519

Fue una noche dura. En unas tres semanas habíamos llegado a la ciudad de Chalco, a la orilla del lago, y allí pernoctamos. Oí el estruendo de algunos arcabuzazos, pero la ausencia de gritos me permitió albergar la esperanza de que no hubiera muertos. Desde que hacía unas semanas pisáramos Huehuecalco calados por la nieve, Cortés dispuso que se montara guardia como prevención de un ataque mexica, no sin advertir a los señores locales de que sus hombres no dormían y que quien se aproximara, moriría. A sus soldados y a él mismo les resultaba indiferente que se tratara de simples curiosos: algunos indios que se acercaron habían muerto con estrépito. Desde entonces, y con el temor inspirado por la matanza de Cholula, nuestro avance había sido tranquilo. Sin embargo, aquella noche en Chalco parecía que las manos que prendían las mechas de los arcabuces se sentían más inquietas a la vista de la misma agua que albergaba, algo más al norte, Tenochtitlán. Estaba deseando llegar y, a la vez, habría dado la vida porque así no fuera.

Cortés siempre me alojaba cerca de él y, en Chalco, me asignó una estancia de su mismo palacio. Como si fuera uno de sus capitanes, pero con un soldado de guardia a mi puerta.

—Ante Dios te debo que vuelvas a tu tierra como el noble barón que eres. Es por tu protección —me llegó a decir en tono afable.

Al principio no lo creí. Después de mi angustiada oración ante el altar de la Virgen en el templo de Quetzalcóatl, finalizado ya el saqueo de Cholula, Bartolomé de Olmedo, uno de los dos clérigos que formaban parte de aquel ejército, me ofreció un crucifijo para que lo colgase de mi cuello. Lo acepté agradecido, incluso conmovido, hasta que me percaté de que estaban poniendo a prueba mi fe. Cortés sonrió y miró satisfecho a un Alvarado que me observaba rabioso.

—¿Deseas confesión, hijo? —me ofreció Olmedo.

Cortés se retiró mientras Alvarado seguía con su examen.

—Esperaré a regresar a mi tierra. Ansío su paz y anhelo hablar con mi confesor de Orís —contesté al fraile mientras miraba al hombre de cabellera rubia y mano ostentosamente ensortijada.

Ya fuera de Cholula, noté que ponían demasiado celo en mantenerme separado del resto de la comitiva mexica que nos acompañaba. No había vuelto a hacer de intérprete para Cortés, quien parecía preferir los consejos de los tlaxcaltecas a los míos, aunque de vez en cuando me pedía información. Él insistía en que se comportaba así por mi protección y «por el trato debido a tu dignidad cristiana, a tu linaje; no eres un mexica».

Aunque en Chalco me seguía sintiendo un prisionero, y de hecho lo era pues jamás se me preguntó qué quería hacer, a aquellas alturas creía probable que Cortés fuera sincero conmigo en su deseo de protección. Había comprobado a lo largo de los días que si intercambiaba alguna palabra en náhuatl, ni que fuera con un esclavo, siempre hallaba miradas recelosas que me observaban, ya fuera Alvarado, Aguilar o alguno de los aliados tlaxcaltecas. Estos, para entonces, ya me sabían enviado allí por su odiado Motecuhzoma, e incluso llegué a pensar: «Por suerte, los totonacas ya han regresado a sus hogares».

Fuera de la habitación oí los pasos del cambio de guardia y me revolví sobre la estera, removiendo la arena que hacía de colchón. El espacio en el suelo de piedra era demasiado pequeño y avivaba mi insomnio a la vez que me hacía pensar en mi lecho de Tenochtitlán... y en ella. La lluvia empezó a caer repicando con suavidad sobre las aguas del lago. A mi estancia llegaba como un murmullo amortiguado. Era noviembre, y me sorprendí pensando en la cercanía de la Navidad. Hacía mucho que había perdido la noción del calendario cristiano; para mí, aquella época era ahora la estación de lluvias, y el mes de Quecholli, tan cercano al Panquetzaliztli, la primera fiesta mexica que vi desde la azotea con Izel. Pero el contacto con los castellanos desenterraba recuerdos y maneras de pensar que creía ya sepultados. Volví a evocar a Izel, y con los arcabuces ahora en silencio, el vaivén de los recuerdos y los susurros del agua, me adormecí en atormentados sueños.

—¡Barón de Orís! —me despertó la voz ronca de un joven soldado.

Me incorporé sobresaltado y sudoroso, y el castellano agachó la cabeza.

—Disculpe. El señor Cortés lo espera. Ha llegado otra comitiva mexica.

El soldado se retiró. Me puse en pie y me cambié el *maxtlatl*, aunque mi cuerpo necesitaba ya un baño. Cortés me facilitaba ropa mexica limpia de entre los regalos que recibía. Me puse una capa, sólo una. «Esto ya lo he vivido antes —me dije—. Es como al principio con Chimalma. Me exhibe, supongo que para mantener su atributo divino, porque le dije que me habían considerado enviado de Quetzalcóatl. Aunque después de la matanza, dudo ya que lo tengan por ese dios bondadoso.»

Recordé a Acoatl acobardado por el casco y cómo, desde entonces, se había recluido en lo alto del templo de Huitzilopochtli. «Después de lo de Cholula, supongo que me sacrificaría», pensé. Salí de mi estancia hastiado y el soldado me acompañó hasta donde se hallaba la comitiva. Esperaba que fuera de las habituales, aquellas que con regalos pretendían que Cortés no llegase a Tenochtitlán. Nada más llegar a Chalco, la estratagema de intentar hacer pasar a un noble mexica por el mismo Tlatoani fue bochornosa, puesto que los tlaxcaltecas sabían perfectamente quién era Motecuhzoma y, ante sus risas, mi rubor involuntario confirmó la impostura. Parecía que en Tenochtitlán creían que conocer al Tlatoani era el único interés de los castellanos, y suponía a Chimalma en apuros para hacer entender al mismo Motecuhzoma la verdadera motivación de los extranjeros: la codicia.

A las puertas ya de la sala donde Cortés recibiría a la delegación mexica, los esclavos del Tlatoani seguían entrando cestos con regalos. «Alimentan su codicia con cada delegación», pensé para mis adentros al observar el derroche de oro, jade, y más oro.

Al entrar en la sala vi que, como de costumbre, Cortés se hallaba sentado en su silla, dispuesta como si fuera un trono. Alvarado se encontraba junto a otros capitanes, y fray Olmedo, también presente, no apartaba sus ojos satisfechos del oro. El fraile fue el único que me saludó con un leve movimiento de cabeza. Alvarado me siguió con la mirada, y

Aguilar parecía querer clavarme una daga en el pecho. Jamás entendí que se sintiera amenazado, porque él y doña Marina se mantenían como los intérpretes oficiales de Cortés. Lo ignoré. Ella me sonrió y siguió escuchando a uno de los cuatro *pipiltin* ceremonialmente ataviados que formaban la comitiva.

Que de todas aquellas delegaciones enviadas durante el camino pocos dieran muestras de conocerme, ayudó para que Cortés no se sirviera más de mí. Aunque la verdad era que la pretendida indiferencia resultaba una señal de educación mexica.

—Mi señor Motecuhzoma nos pone a los cuatro a su disposición —decía uno de los enviados mientras yo avanzaba discretamente, pegado a la pared, hacia donde se hallaba Cortés.

Este me hizo una leve señal con la mano para que me detuviera y en cuanto lo hice, me sonrió y asintió, como siempre. Sólo que en esta ocasión, y por primera vez, al toparme con sus ojos, los mismos de aquella remota cubierta, tuve la sensación de que me mantenía a la vista para observar mis reacciones, como si mi cara fuera un libro abierto para él. El mexica seguía hablando:

—Y ruega nuevamente que no vaya a Tenochtitlán. El camino es peligroso. Debe hacerse en canoa. —No puede evitar fruncir el ceño ante esta aseveración y, al notar la mirada de Cortés, me arrepentí enseguida. Luego pensé que era una tontería: el castellano no comprendía náhuatl—. Ha mandado mucho oro y jade para tu Tlatoani y para los dioses que adoráis y decís que os envían aquí. Y Motecuhzoma se compromete a pagaros cada año un tributo si os volvéis hacia atrás. El pueblo de Tenochtitlán se rebelará si entráis en la ciudad, porque no hay comida, y superado el peligro del camino, puede ser peligrosa para vosotros.

El mexica calló y empezó el proceso de la doble traducción. Cuando le tocó el turno a Aguilar, este empezó en un susurro:

—Te tengo dicho que hables más alto —le interrumpió Cortés con un tono paternal—. No tengo nada que ocultar a mis hombres.

Al pronunciar esto último, me miraba con una sonrisa que espoleó más la rabia de Aguilar. Yo me mantuve en mi sitio, escuchando hastiado un discurso oído ya más de una vez. Motecuhzoma no sabía cómo evitar que fueran a Tenochtitlán y, encima, ignoraba que para los castellanos su actitud revelaba una cobardía y una apatía que les hacía más tentadora aún la marcha hacia la ciudad. Claro que, ¿cómo iba a entender el Tlatoani el concepto de conquista, cuando para los mexicas conquistar equivalía a tributar? No creía que ni siquiera Chimalma lo hubiera entendido muy bien cuando se lo expuse, tras mi primer encuentro con Cortés en la costa.

—Tradúceles que será Guifré de Orís quien lleve mi respuesta a Motecuhzoma, y si quieren, ellos mismos le pueden acompañar —dijo Cortés haciéndome seña de que me acercara.

Fui hacia él con el corazón de pronto al galope. Ni siquiera me intimidó la reacción de desacuerdo de Alvarado y de algún otro capitán. Mucho menos la de Aguilar. «Me manda a Tenochtitlán», pensé.

Me puse al lado de los *pipiltin* y dediqué una respetuosa reverencia a Cortés justo en el momento en que doña Marina les informaba de lo dispuesto por él en un náhuatl algo extraño para mí. Miré a los *pipiltin* sonriente, y más se amplió mi sonrisa al reconocer disfrazado entre ellos al jefe de los guerreros águila. Yo sabía que Miztli era uno de los hombres fieles a Chimalma y al hermano de Motecuhzoma, Cuitláhuac. Él permaneció impasible y di gracias, pues ningún castellano pareció advertir nada.

Entonces, Cortés se puso en pie y me miró. Me colocó teatralmente la mano en el hombro a la vez que yo, mucho más alto, me inclinaba cual vasallo, en un gesto que marcaba claramente la jerarquía. Cortés hinchó su ya de por sí ancho pecho y manifestó con voz enérgica y algo irónica:

—Irás a Tenochtitlán antes que nosotros. Tardaremos apenas unos días. Dile a Mutezuma que, con todo lo recorrido, no podemos regresar sin ser considerados unos cobardes. Dile también que, insisto de nuevo, no tema por el alimento, por cuanto mis hombres se conforman con poco. Si una vez llegados nuestra presencia resultara incómoda, nos retiraremos. Pero debo ir como embajador de don Carlos y cumplir los deseos del que es mi Rey por la gracia de Dios, ya que me ha encomendado hacer llegar el mensaje de Nuestro Señor.

Me quitó la mano del hombro mientras, ante estas últimas palabras, yo notaba un escalofrío que me recorría la espalda.

—¿Te acordarás? —me preguntó paternal, mientras miraba de reojo a Alvarado.

—Sí, señor —respondí.

Cortés sonrió satisfecho y añadió en un tono de confesión, casi susurrando:

—No quiero sangre, Guifré. Eso es lo importante. Ve con Dios.

• • •

Salimos sin demora hacia Tenochtitlán. A medida que nos alejábamos de Chalco remando hacia la ciudad flotante, mis temores y suspicacias se desvanecían como si el murmullo de la canoa sobre el lago pudiera desvanecerlas. Pensé con alivio: «Vuelvo a casa».

El jefe águila y otro *pilli*, quizá también un guerrero disfrazado, volvían conmigo, mientras los otros dos se unieron a la nutrida comitiva de mexicas que acompañaban a Cortés.

—Son nigromantes —me confesó el jefe águila con pesar.

—Eso no sirve de nada. ¿Acaso no lo ve Motecuhzoma? Con la magia no vencerá.

El curtido guerrero bajó la mirada.

—Podríamos vencerlos con lo que mejor sabemos hacer: la guerra. Somos muchos más —musitó.

—¿Te puedo llamar Miztli? Ese es tu nombre, ¿no?

Levantó la cabeza y asintió con una sonrisa.

—La primera vez que hicimos juntos este viaje, ni siquiera me hablaste, Miztli. ¿Qué pensabas de mí?

—Estaba convencido de que eras un enviado de Quetzalcóatl —respondió con cierta melancolía—. Y lo he creído durante muchos años, incluso cuando Chimalma se reía de mí. De hecho, si pensara que Malinche es Quetzalcóatl, aún te creería de origen divino.

—Pero no lo soy. Ni lo son ellos.

—No. Desde lo de Cholula tengo claro que es un hombre, y un hombre cruel. Aunque aún hay algunos que lo dudan, Guifré. —Titubeó al pronunciar mi nombre, pero le sonreí agradecido y continuó con un suspiro de resignación—: El Tlatoani es uno de ellos. Ahora vamos directamente a la Casa de los Guerreros Águila. Allí estará el consejo aguardándonos y también los señores de Texcoco y Tlacopan. Pase lo que pase, esto nos cambiará a todos.

—Sí, a todos —susurré evocando los ojos de Izel.

No hablamos mucho más. Sólo alguna alusión al cielo encapotado que amenazaba lluvia, aunque pareció apiadarse de nosotros y sólo dejó caer algunas gotas dispersas. Al atardecer arreció el viento, pero ya teníamos a la vista la ciudad. Llegamos a Tenochtitlán antes del anochecer. Pasamos el embarcadero de Texcoco y subimos por un canal hasta la mitad de la calzada que llevaba a la puerta de Tezcacoac.

Miztli y yo bajamos de la canoa y el otro hombre marchó con ella. Ya en tierra, caminamos presurosos hacia el centro ceremonial. No vi a nadie en las calles, pero no le pude preguntar acerca de ello al jefe Águila, como tampoco hacerle mención de mi aspecto. No apestaba a una mezcla de orines, sudor y vino como los soldados castellanos, gracias a lo que para ellos era mi parco y salvaje atuendo, pero me hubiese gustado asearme. Miztli aceleró el paso como si llegara tarde, pues hacía rato, al pasar por la fortaleza de la calzada sur, había enviado señales anunciando su llegada.

Lo que consideraba un aspecto lamentable para presentarme ante el pulcro Huey Tlatoani de Tenochtitlán empeoró cuando rompió a llover torrencialmente. Nos cubrimos la cabeza con los mantos y corrimos por el centro ceremonial hasta las puertas del recinto de los guerreros Águila. Dos centinelas nos cerraron el paso. Miztli les mostró su rostro sin mediar palabra y al instante se disculparon y nos dejaron entrar. Subimos las escalinatas a toda prisa y, ya dentro de la Casa, dejamos caer los mantos. Estábamos empapdos, pero a él no parecía importarle. Avanzó con paso seguro hacia una estancia, la misma que yo ya había visitado. Antes de abrir la puerta, Miztli se descalzó y yo me agaché para hacer otro tanto. Al erguirme me topé con su mirada sorprendida.

—Creía que tú y el cihuacóatl erais los únicos que no...

—Me dejaba verlo calzado porque creía que era divino. Eso se tiene que acabar —le interrumpí.

El guerrero frunció el ceño un instante y bajó la mirada, pero luego la alzó, sonrió fugazmente y asintió:

—Entraré yo primero, te anunciaré formalmente, disculparé nuestro aspecto y luego entras tú.

Sin esperar respuesta, abrió la puerta y desapareció. Al cabo de un rato asomó y me hizo una señal con la mano para que entrase. En la sala estaban los señores del consejo, dispuestos como lo estuvieran en la visita anterior. En algunas caras había pena; en otras, miedo; en todas, cansancio; y en la de Acoatl vi un odio que me recordó el brillo de los ojos de Aguilar. Lo evité y me centré en el Tlatoani. Motecuhzoma estaba flanqueado por dos hombres, uno de los cuales me resultaba familiar por haberlo visto el día más doloroso que había vivido en Tenochtitlán. Era Cacama, el Tlatoani de Texcoco, el que le quitó la sucesión a quien fue marido de Izel. El otro supuse que debía de ser el señor de Tlacopan. Tras el Huey Tlatoani Motecuhzoma me encontré con el rostro de Chimalma. Advertí la rigidez cansada de su faz y un brillo en los ojos; no pudo evitar una leve sonrisa al verme.

—Guifré tiene un mensaje —anunció Miztli mirando al suelo.

Motecuhzoma escrutó mis ojos, miró mis pies descalzos, y me contempló con cierto temblor en los labios.

—Habla —resonó su voz, saltándose el saludo formal respecto al viaje y nuestro cansancio.

Le transmití con la máxima exactitud que supe cuanto me había dicho Cortés. A medida que hablaba, su cara se transfiguraba, se contorsionaba en muecas que agitaban su bezote y suspiraba a menudo, ruidosamente, como si se ahogara. Para no desconcentrarme, tuve que acabar mi discurso buscando a Chimalma con la vista. Luego, reinó un tenso silencio, y por fin el Tlatoani habló:

—Debes de estar fatigado. Retírate y descansa —me dijo recuperando el tono formal.

—Pero aprovechemos para preguntar... —objetó colérico el Tlatoani de Texcoco.

Motecuhzoma le hizo callar.

—Si el que viene no es un dios como afirmáis... ¡Entonces, Guifré es hombre, uno de ellos! —sentenció mirando a Acoatl. De pronto, un escalofrío me recorrió la espalda: «¿Se arrepiente de no haberle hecho caso?», dudé. Pero él se dirigió a mí procurando suavizar su expresión—: Retírate y descansa en el palacio del cihuacóatl, si él no tiene nada que objetar.

Chimalma asintió y salí de la sala con una mezcla de zozobra y enfado. Entendía la desconfianza de Motecuhzoma. «No me deja ayudarles. Aunque sea humano, no tengo por qué ser un prisionero que alimente a sus dioses. ¡Soy su amigo! —pensaba recordando aquellos paseos por su maravilloso jardín al finalizar cada mes lunar—. ¡Cuan diferente era! Parece no recordar nada.» Fui hacia la puerta de la Casa, pero justo antes de salir, oí que me llamaban:

—Señor...

Me detuve y la familiaridad de la voz me hizo olvidar el disgusto.

—¡Ocatlana!

—Señor, mi amo el cihuacóatl desea que le espere aquí. Venga, por favor.

Me condujo a otra estancia más pequeña dentro de la misma Casa de los Guerreros Águila. Después salió y al cabo de un rato volvió con ropa seca y algo de comida. Apenas había mejorado mi aspecto y tomado algo cuando en la sala irrumpieron cuatro hombres encabezados por el cihuacóatl. Me levanté de un salto.

—¡Guifré, me alegro de verte! Nos informaron de que estabas custodiado por soldados —me dijo Chimalma con voz cálida.

—Sí, por eso no he podido regresar antes.

—No te justifiques. —Por un instante miró al suelo, melancólico, pero enseguida añadió—: Ya conoces a algunos de estos hombres. El Tlatoani de Texcoco, Cacama; el hermano de Motecuhzoma y señor de la ciudad de la costa, Cuitláhuac; el primo del Tlatoani, Cuauhtémoc; y el jefe Águila.

Me incliné en una leve reverencia mientras Chimalma decía:

—Sentémonos.

Así lo hicimos, replegando todos nuestras capas sobre las rodillas para cubrir el cuerpo.

—Bien, Guifré… ¿Puedes darnos tu opinión, aparte del mensaje? —me preguntó el cihuacóatl—. ¿Cómo reacciona ese hombre ante nuestras delegaciones?

—Me hubiera gustado exponerlo ante el Tlatoani —me lamenté cabizbajo.

—Los que aquí estamos sí confiamos en ti. Sabemos que eres un amigo —me aseguró Chimalma.

Nos miramos unos instantes directamente. Estaba ojeroso, pero no aprecié en él ningún resto de la herida que reflejaban sus ojos cuando marché.

—Ya sabéis que Malinche reacciona bien ante los regalos, sobre todo ante el oro. A mayor cantidad de oro, sin embargo, mayor es su deseo de venir aquí. Y cuanto más se le insiste en que no venga, más fácil cree que será. —Me interrumpí y tomé aire antes de concluir—: Supongo que quiere hacerse con el poder en Tenochtitlán.

—¡Pero has dicho que viene como embajador de un rey extranjero! —exclamó Cacama escandalizado.

Cuauhtémoc, el primo de Motecuhzoma, asintió enérgico. Yo sonreí con amargura. Los señores de las ciudades debían recibir siempre a las embajadas extranjeras con hospitalidad. Para ellos, no hacerlo era más que una muestra de mala educación, una demostración de bajeza de espíritu. Por su reacción, intuí que Cacama debía de haber defendido el recibimiento de aquella embajada del Rey de Castilla. Y tal vez no fuese el único.

—Después de la matanza de Cholula, ¿cómo se puede seguir pensando que vienen en son de paz? —escupió el jefe Águila—. Tendríamos que haber combatido mucho antes de que llegara al valle.

—Sabes que eso no depende de nosotros —cortó tajante Cuitláhuac, el hermano del Tlatoani.

—Cuanto más se demore en llegar, es probable que consiga más aliados —señalé. Todos me miraron con atención—. Puesto que ha de venir, que venga cuanto antes. Por el camino ha hablado con los señores de las ciudades, y nadie sabe mejor que vosotros que hay muchos descontentos con el pago de tributos a Tenochtitlán. Él promete liberarlos. Por esa razón su avance ha sido fácil, y por ello creo que corremos el riesgo de que no venga en son de paz.

—¿Riesgo? —inquirió Chimalma pensativo—. Entonces, hay posibilidades de que sí venga en paz.

—Según él, si no es atacado, no atacará.

—Bien, hasta ahora no hemos atacado. Pero no entiendo nada —se exasperó Cuitláhuac—. ¿Quiere que le cedamos el poder? ¿Quiere que tributemos a su rey?

Suspiré y pensé en la mejor manera de explicárselo.

—Es posible que os pida que aceptéis a su Dios. Supongo que os habrán llegado rumores al respecto.

Chimalma cerró los párpados, negó con la cabeza y, como si pensara en voz alta, resumió:

—Nos pedirá, como en las otras ciudades, que dejemos de adorar a nuestros dioses.

Me dirigió una mirada inquisitiva.

—Sí —aseveré seguro.

—¡Eso no lo tolerará el pueblo! —se volvió a escandalizar Cacama.

—Exacto. Y es lo que aprovechará como excusa para entablar batalla —apuntó Chimalma sin quitarme los ojos de encima.

Callé, pero no rehuí su mirada.

—Está bien —dijo Cuitláhuac—. Preparémonos entonces para esa posibilidad.

—Habrá que acelerar las cosas —apuntó Miztli, el jefe Águila—. Pero tenemos que hacerlo venir ya a Tenochtitlán. Para luchar contra el fuego de sus armas, nuestra única posibilidad es ser muchos más. No debe lograr nuevos aliados.

—Quizá pudieras ir a recibirlo, Cacama —sugirió Chimalma.

—No sé si Motecuhzoma querrá.

—Lo convenceremos —le tranquilizó Cuitláhuac—. Debe entender que lo están recibiendo los más altos cargos. Cacama, haz que vaya a Iztapalapa. Allí me sumaré a ti como señor de esas tierras.

—Me encargaré de ir preparando el recibimiento —intervino el cihuacóatl mirando a Cuauhtémoc.

—Sí, yo te apoyaré en todo ante mi primo.

—Descansemos pues —concluyó Cuitláhuac poniéndose en pie—. Saldremos Cacama y yo primero.

Los últimos en abandonar la estancia fuimos Chimalma y yo. La lluvia había cesado, pero las calles del centro ceremonial estaban encharcadas y nuestros pasos resonaban con un chapoteo. El cihuacóatl caminaba cabizbajo, pensativo. No soporté el silencio. A cada paso, la imagen de Izel se agigantaba.

—Chimalma —le llamé al fin deteniéndome en seco.

Se detuvo a su vez y me miró. Sólo vi la sombra de su rostro. Yo no sabía por dónde empezar. Quería disculparme, quería preguntar por ella, quería…

—Vamos, Guifré, vamos a casa —sonó su voz cansada.

—Izel… ¿La has castigado?

Le oí suspirar e intuí sus hombros abatidos.

—Estuve tentado. Incluso me arrepentí de no haberte dejado en poder de Acoatl. Pero entendí de pronto que ella, cuando la abandoné en manos de Ixtlixochitl… —sacudió la cabeza—. Yo también tengo mi parte de culpa en vuestro engaño. Es normal que no confíe en mí. Que cada cual cargue con su responsabilidad. —Se acercó a mí—. Todo va a cambiar, y si no pudiéramos arreglar vuestro matrimonio, espero que la protejas como si fuera tu esposa.

Intenté balbucear un «desde luego», un «gracias», ¡algo! Pero un nudo en la garganta y mi corazón acelerado me lo impidieron. Chimalma me dio una palmada en el hombro:

—Vamos, hijo.

• • •

Entré solo en el patio de la que sentía como mi casa. A pesar de que estaba oscuro, cerré los ojos. Aspiré el aroma a flores y humo, escuché el murmullo de las idas y venidas de las aves. De pronto me sentí ligero, consciente de cuánto había temido no volver. Cuando abrí los ojos, me notaba feliz. La luz de la luna asomaba cambiante entre las nubes en movimiento. El jardín estaba ante mí, y me acogió con paz y armonía.

Un rumor de hojas y una exclamación ahogada se sumó a esta dulce sensación. Sonreí y noté que se me disparaba el corazón.

—Izel…

Apareció entre las plantas, vestida de blanco con el cuello de la camisa bordado con finos detalles verdes, como la primera vez que la vi: tenía la cabeza gacha, oculta la cara por su cabello lacio y negro que me devolvía reflejos azulados. Una vez, hacía ya diez años, esos reflejos al sol me devolvieron la capacidad de sentir ternura. Bajo la luz tamizada de la luna, el amor que sentía por ella me humedeció los ojos.

Me acerqué. Con la mano en su barbilla, la invité a alzar la cabeza. Sus grandes ojos negros estaban enrojecidos y las lágrimas rodaban por sus mejillas.

La abracé. Nos abrazamos. Noté cómo se aferraba a mí y su cuerpo se agitó sollozando sobre mi pecho. El dolor que sentía se convirtió en pensamiento claro: «Deberíamos habernos ido». Pero sólo pude murmurar:

—Ya no nos separaremos.

Al fin apaciguada, alzó la cabeza, me miró y redescubrí su rostro con una sonrisa amarga. Estaba más delgada, pálida, con unos enormes surcos violáceas debajo de sus ojos.

—¿Te encuentras bien?

Asintió. Entonces me di cuenta de que en su mirada había algo herido y asustado, profundo. Ya no reflejaba aquella serenidad triste de la aceptación ante el principio del fin. Sólo se puso de puntillas, me acarició como si quisiera aprender de nuevo mi rostro con las manos, y me besó. Con lentitud, saboreó cada recodo de mi boca. Yo saboreé el miedo que ella había sentido en mi ausencia.

—Lo siento —susurré cuando nos separamos. Tenía un nudo en la garganta. Me costaba hablar y mi voz sonaba temblorosa—. Debí hacerte caso. Deberíamos habernos ido. Ahora ya… Si nos fuéramos, no sé, quizá crearíamos un problema más.

—No te arrepientas de tus decisiones —me interrumpió acariciando mi cabello—. Quizá fui yo quien se precipitó… Fue el miedo. Ollin creía que debías ser la memoria de nuestro pueblo y, de pronto, no sé, temí que fuera una advertencia para salvaguardar tu vida en peligro.

—Para ser memoria y contar hay que estar vivo —murmuré con una sonrisa amarga. Le acaricié la mejilla—. Te quiero.

Me puso un dedo sobre los labios.

—Es posible que debas ser testigo de todo.

Advertí en sus ojos algo así como un brillo en el que se mezclaban el miedo y el dolor. Me estremeció y también me asustó. Nos besamos y me fundí en sus labios de nuevo. Necesitaba desesperadamente a mi Izel, la que sonreía y me serenaba.

Nos separamos.

—Apesto —sonreí intentando que se animara—. Vamos, démonos un baño juntos. Creo que Ocatlana ha preparado el fuego.

Asomó la duda a sus ojos.

—Ya no hay peligro de que nos descubran. Tu padre aprueba nuestra relación —afirmé.

Asintió, como quien sabe pero le pesa. La tomé de la mano y nos dirigimos hacia al *temazcalli* humeante. Antes de entrar, sin embargo, se detuvo y empezó a decir:

—Guifré…

—¿Qué, amor?

Me miró por un momento. De nuevo percibí aquel brillo en sus ojos, entre herido y asustado. Bajó la cabeza y prosiguió:

—No, nada… Estoy feliz de que hayas vuelto.

La zozobra se apoderó de mí. La miré, inseguro y de nuevo asustado por el tono. Pero ella me sonrió y entró en la *temazcalli*. No pregunté más ni pronuncié palabra alguna. Me despojé de mi zozobra junto con la capa y entré tras ella con la feliz expectativa de refugiarme en su cuerpo.

XLVIII

Tenochtitlán, año de Nuestro Señor de 1519

Motecuhzoma había dispuesto que las gentes de Tenochtitlán no salieran a recibir a la comitiva de Cortés, y no se veía a nadie en los campos de chinampas. Pero el sonido metálico de botas y armaduras, los cascos de los caballos y las caras blancas y barbadas eran demasiado poderosas para que los curiosos no estuvieran en el lago observando el avance.

En la calzada sur de la ciudad, aquella que yo había visto desde el agua en mi primera entrada a Tenochtitlán, un grupo de *pipiltin* tenía que dar el primer recibimiento a aquel ejército, quizá reducido a ojos de los mexicas, pero espectacular en su composición y su inconcebible armamento. Yo estaba entre ellos, en una de las torres de la fortificación, a poco más de media legua de la entrada de la ciudad. Era la primera vez que la veía desde arriba y me sentí apabullado por la construcción que mostraba toda su magnificencia ante aquel ejército. Cuatro jinetes ataviados con sus armaduras encabezaban la comitiva, pero hubieran cabido muchos más caballos avanzando en línea. Tras ellos iba la infantería castellana, y a medida que se acercaba, se veían refulgir las espadas que los hombres blandían, haciendo teatral el desfile. Los arcabuceros y los ballesteros iban tras ellos, y en la retaguardia me pareció ver a Hernán Cortés, orgulloso sobre su caballo, escoltado por varios jinetes. Iba seguido de más hombres que luego identifiqué como sus servidores, y al final se hicieron visibles las capas blancas y rojas de los tlaxcaltecas y algunos cholultecas que no habían tenido más remedio que seguirlos como aliados. Pintados para la guerra, los tlaxcaltecas eran los más ruidosos y, a medida que se acercaban a Tenochtitlán, más se oían sus gritos por encima de los cascos de los caballos.

—Esos tlaxcaltecas tienen que estar muy contentos de poder entrar libres en nuestra ciudad —masculló un guerrero jaguar a mi lado, con la rabia reflejada en sus ojos—. Hasta ahora sólo lo habían hecho como prisioneros.

—¡Es vergonzoso! —exclamó un noble.

—No nos han vencido —rebatió un joven guerrero águila que observaba fascinado—. Entran con los dioses blancos. Porque tienen que ser dioses. Miradlos, llevan tocados como los de Huitzilopochtli. ¿Y qué son esas literas?

Se refería a las carretas con ruedas que cerraban la comitiva. Algunos tlaxcaltecas las arrastraban cargadas de lombardas, y supuse que también pólvora. Si hasta aquel momento había observado la vista tenso pero maravillado, me angustió comprobar que Cortés traía consigo sus más temibles armas y estaría dentro de la ciudad sin necesidad de asediarla. «Pero entran tal como me prometió», me repetía.

Cuando ya los primeros jinetes llegaban a la entrada de la fortificación, los nobles bajaron para recibirlos. Cumpliendo órdenes del mismo Motecuhzoma, me acerqué a Alvarado, que cabalgaba entre ellos.

—Esta es una primera comitiva de nobles que quiere saludaros —le expliqué.

Su caballo piafó y noté que el capitán lo controlaba con naturalidad, pero nervioso. Miró al frente, luego a mí, y asintió. El mensaje se transmitió hacia atrás y, al poco, apareció Cortés rodeado de todos sus capitanes. Hice una seña para que fueran avanzando los *pipiltin*. Ellos, especialmente vestidos para la ocasión, lucían sus más suntuosos mantos y coloridos tocados.

Cortés aguantó con cierto estoicismo que todos le besaran las manos durante largo rato. Yo me mantuve a su lado y pude percibir más tensión entre sus hombres de lo que parecía a lo lejos, en apariencia tan seguros de sí mismos en su teatral exhibición de armamento.

—¿Por qué no me miran? —me preguntó dejándose saludar con una sonrisa.

—Es una muestra de respeto. También se comportan así con su propio rey.

Cortés miró sonriente a Alvarado. Esta vez, sin embargo, no pude reprimir comentarle en voz baja:

—Seguro que doña Marina se lo ha contado ya, don Hernán. No es la primera vez que ocurre.

Me miró, ahora sorprendido por un instante, y luego volvió la vista al tocado que lucía otro *pilli* a sus pies.

—Yo confío en ti más de lo que puedas imaginar, Guifré. Pero para lo que ahora tenga Dios a bien depararnos, necesito que los demás también lo hagan.

Acabados los saludos, la comitiva emprendió la marcha con los *pipiltin* delante. Yo me incorporé tras Cortés, a la cabeza de su servicio, flanqueando a la indígena Marina que caminaba con Aguilar a su lado.

—Barón de Orís… —musitó Marina en castellano, al tiempo que se inclinaba en leve reverencia, como si se tratara de una dama castellana.

Mi expresión de sorpresa le hizo reír con cierta coquetería, e incluso arrugó con gracia su nariz aguileña. Instintivamente alcé la mirada por encima de ella, hacia Aguilar. Sin rasurar y con el ceño fruncido, sus ojos desprendían un brillo que se me antojó temeroso al vislumbrar, al fin, la entrada de Tenochtitlán.

Nos detuvimos. Cortés avanzó a caballo. Marina me rozó levemente el brazo.

—Vamos —susurró en náhuatl.

Avanzamos ella, Aguilar y yo con Cortés a la cabeza. Entonces pude ver la comitiva que precedía al Tlatoani. Eran los miembros del consejo a quienes había conocido en la Casa de los Guerreros Águila. Caminaban en dos hileras, todos ataviados con sus galas. De entre los tocados de plumas sobresalían la cabeza de jaguar y la de águila de los jefes de las órdenes de guerreros mexica. El sumo pontífice de Tláloc avanzaba tembloroso a la misma altura que Acoatl. Este, como sumo pontífice de Huitzilopochtli, iba ataviado con su túnica negruzca, pero su actitud era tensa y, a pesar de la mirada baja, pude distinguir la indignación en su rostro.

—¿Dónde está Mutezuma? —preguntó Cortés desde su caballo.

—En la litera, tras los nobles —respondí.

Él desmontó y volvió a mirar. Desde donde estaba, yo podía ver perfectamente el dosel de plumas verdes ornamentado con multitud de flores que caían en guirnaldas.

Se repitieron de nuevo los saludos por parte de todo el consejo. Cerraban el cortejo el Tlatoani de Texcoco y Cuitláhuac, el hermano de Motecuhzoma. Eran los dos únicos que iban calzados. Se saludaron entre ellos, y después a Cortés, que sonrió complacido al reconocerlos. Luego le llegó el turno al cihuacóatl Chimalma, que caminaba portando el báculo que indicaba el poder del Tlatoani. Saludó. Tras él, se detuvieron los hombres que barrían el suelo al paso de Motecuhzoma. Empezaron a caer flores en el trecho que nos separaba de la litera.

—¿Esto es normal?

—El Tlatoani sólo camina sobre una alfombra de flores —dije en castellano y en náhuatl, mirando a doña Marina.

Cortés vio el gesto, suspiró, miró a la mujer con un brillo en los ojos y sonrió satisfecho. De pronto, la sonrisa fue acompañada de una exclamación ahogada y miré al frente. Motecuhzoma había bajado ya y se acercaba. Coronado con un impresionante tocado de plumas de quetzal verdes, su capa turquesa hacía juego con los adornos de la nariz y las enormes orejeras. Nadie, salvo Cortés, los castellanos y yo, lo miraba en su avance. Lento, con una sonrisa que mantenía erguido su fino bezote con forma de colibrí, su parsimonia apenas dejaba tintinear los collares prendidos de su cuello, y sus borceguíes cuajados de oro y piedras preciosas parecían flotar. Cortés superó su fascinación y caminó, con paso regio, al encuentro del gran Tlatoani de Tenochtitlán. Marina, Aguilar y yo lo seguimos.

Debían de medir aproximadamente lo mismo. Ya frente a frente, Cortés hizo ademán de saludar con un abrazo. Al instante advertí la alarma de los guerreros águila más próximos.

—Mejor la mano —indiqué con rapidez.

Cortés me miró y la alargó. Los guerreros mexica observaban tensos, como si fueran cazadores a punto de saltar sobre la presa. Me giré un instante y vi que las manos de los capitanes, tras Cortés, se posaban sobre los pomos de sus espadas. Alvarado, ceñudo, tenía la frente perlada de sudor y no quitaba ojo a los alarmados mexicas.

—Es un saludo, signo de respeto al Tlatoani —dije muy alto en náhuatl, y luego añadí, dirigiéndome a Motecuhzoma—: Huey Tlatoani, sólo tienes que darle la mano.

Cortés mantuvo la suya tendida. Motecuhzoma me miró. Yo asentí con una sonrisa y, por fin, se estrecharon las manos. El Tlatoani pareció desconcertado al notar el contacto físico y emitió una risilla nerviosa; Cortés sonrió complacido y la tensión se desvaneció.

—Me inclino ante ti y beso tus pies, Malinche. Seguro que estáis fatigados, pero ya os halláis en vuestra casa —saludó formalmente Motecuhzoma.

Cortés me miró, y traduje. Entonces, el castellano, quitándose un collar de perlas cuyo olor a almizcle llegó hasta mi nariz, dijo:

—Gracias, Mutezuma, por recibirnos al fin. Venimos en son de paz a ver y admirar la ciudad más grande de estas tierras y a traeros el ofrecimiento de don Carlos, rey de Castilla por la gracia de Dios.

Me miró y empecé a traducir mientras le tendía el collar. Motecuhzoma lo tomó sin admirarlo en exceso. Mientras yo aún hablaba, hizo una señal a un hombre que trajo dos collares con conchas de caracol rojas y motivos marinos dorados. Cortés los aceptó satisfecho, palpó el metal y, por su expresión, concluyó que era oro. Por descontado, no hizo el menor caso del símbolo del caracol relacionado con el dios Quetzalcóatl, ni del significado de lo que, realmente, Motecuhzoma le regalaba. Al fin, el Tlatoani dijo:

—Entremos, pues, en Tenochtitlán. Así, tú y tus hombres podréis comer y descansar.

Cuitláhuac se colocó cerca de su hermano, y al fin, entramos en la ciudad. Las casas blanqueadas fueron dando paso a los palacios, y los curiosos se asomaban, ya fuera en canoas por los canales o desde las azoteas. En alguna ocasión volví la vista atrás y advertí que los hombres de Cortés miraban a su alrededor admirados, cuchicheaban despreocupados y no dejaban de maravillarse. Recordé mi primera entrada a Tenochtitlán, aquella sensación de estar accediendo a un mundo de leyenda. Pero los castellanos, a pesar de su fascinación, eran una fuerza militar: ni fueron enfundadas las espadas de infantería, ni ballesteros ni arcabuceros depusieron la posición alerta de sus armas.

Llegamos a la altura del palacio del cihuacóatl y no pude reprimir el impulso de mirar hacia arriba. Con congoja distinguí a Izel en la azotea, rodeada de otras mujeres engalanadas, más relajadas en su actitud que los hombres. Al verme, me sonrió y me lanzó un beso. Suspiré. Pero, de pronto, me sentí observado. Ladeé la cabeza y vi que Aguilar clavaba sus ojos en mí para luego desviar la mirada de reojo hacia la azotea. No me gustó, pero ya se veía el palacio de Axáyacatl, el padre de Motecuhzoma, y toda la tensión que pudiera transmitirme Aguilar se desvaneció. Sólo entonces pude sentir el peso que se había instalado en mi corazón desde que viera las lombardas. Fui consciente de ello porque en ese momento empezó desvanecerse. «Ha cumplido su promesa», pensé aliviado.

Tal como Chimalma me había informado, entramos en el palacio de Axáyacatl. Motecuhzoma había dispuesto que se alojaran en aquel edificio que fuera de su padre porque era el único lugar espacioso donde podían tenerlos concentrados a todos.

El Tlatoani y su hermano acompañaron a Cortés y sus capitanes hasta una amplia estancia donde se había dispuesto un *icpalli*, uno de aquellos asientos bajos con respaldo que ya había visto utilizar como trono a Motecuhzoma. Entonces, el soberano se despidió para dejarlos comer y, en cuanto la comitiva mexica salió, empezaron a entrar esclavos portando chocolate y abundantes tamales y carne de pavo, perro, venado y otras exquisiteces.

Cortés suspiró y se sentó en el *icpalli* que tenía dispuesto como trono.

—Ya estamos aquí —dijo con los ojos brillantes.

Abrazó a Marina por la cintura y la acercó a él mientras Alvarado, también sonriente, añadía:

—Lo hemos logrado.

Me quedé en un rincón, cerca de la puerta, y me senté sobre una esterilla tapándome con el manto, al estilo mexica, pero en lugar de mantener la espalda erguida, mi ánimo me mantenía el cuerpo encogido. De pronto estalló un estruendo y el olor a pólvora invadió la estancia. Pero todos reían. Era una salva de arcabuces, acompañada por vítores de los hombres, como si hubieran ganado una gran batalla. No me sentí ofendido, pero tampoco contento. Me pareció un alarde innecesario. Me llevé la mano a la cruz que, desde que me la diera fray Olmedo, pendía siempre de mi cuello. En realidad, mi temor era que cualquier malentendido diera pie a una revuelta y ello sirviera como excusa para enzarzarse en una batalla antes de conocerse unos a otros. Si las diferencias culturales lo podían propiciar, como casi sucedió en la calzada durante el primer encuentro entre Motecuhzoma y Cortés, en aquel mismo momento descubrí que el desconocimiento también podía ser una ventaja.

—¿Dónde está mi intérprete, mi iluminación?

Cortés, vociferante con la boca llena, me sacó de mis cavilaciones. Los mandos castellanos comían y reían distendidos.

Se habían sentado en las esteras del suelo, en hileras, como si estuvieran alrededor de una mesa alargada.

—Aquí, señor —respondió Aguilar alzando una mano en la que tenía un tamal.

—Aguilar, Aguilar... Mira, no te ofendas. Tú eres mi intérprete y un leal servidor de la Corona. Pero pregunto por Guifré, el barón de Orís.

—Señor... —dije poniéndome en pie.

—Ya va siendo hora de que cambie eso por una túnica y vista como barón —soltó Alvarado burlón.

—Calla —ordenó Cortés. Marina, a su lado, le acarició el muslo, y él continuó en un tono más afable—: Vestido así les da confianza a los mexicas y eso nos viene bien, Alvarado.

—Sí, gran sacrificio hace por nosotros don Guifré —repuso él, irónico.

Cortés clavó los ojos en su capitán.

—No sé si sacrificio; desde luego, sí un buen servicio —apuntó.

—Por lo menos no se ha perforado el cuerpo —terció con amargura Aguilar para mi sorpresa.

Alvarado rió ante el comentario. Cortés apartó a Marina con suavidad, se puso en pie y vino hacia mí.

—Bien, don Guifré. No te ofendas si uso a doña Marina y a Aguilar para los discursos. Lo hemos venido haciendo hasta ahora y nos ha ido bien.

Recordando el único que había traducido en Cholula, di gracias a Dios e intenté que disimular el escalofrío que me invadió al notar la mano de Cortés sobre mi hombro. Yo era mucho más alto que él, pero pareció no importarle.

—Como bien ha dicho, don Hernán, sólo estoy a su servicio.

595

—Entonces, tú serás mi intérprete cuando hable con Mutezuma. —Me dio una palmada y se dirigió hacia su sitio mientras cambiaba de tema—: ¿Dónde te has alojado hasta ahora?

—En el palacio de enfrente, el del cihuacóatl. Es un cargo parecido al de gobernador general en Cataluña o, según tengo entendido, al de un canciller en Castilla.

—Muy bien. Ven aquí, come a mi lado y luego vuelve a ese palacio. —Me guiñó un ojo y acarició el cabello de Marina—. Te seguirás alojando con él, no vayamos a ofenderle si se trata de tan alto dignatario. Pero vendrás aquí cada día.

—Sí, don Hernán.

Me senté a su lado y comí, aunque me costaba tragar. Cortés me había prometido devolverme a mi tierra y de hecho me trataba como un barón catalán, que además un día le salvó la vida. Pero de pronto me asaltó una duda: «¿Me sentiría tan incómodo como entre estos castellanos si de veras pudiera regresar? ¿Vendría Izel conmigo?».

—Son gente abierta, me gustan. Creo que al final abrazarán la verdadera fe —me confesó Cortés.

Mi suspiro escéptico quedó velado por los martillazos de los atareados carpinteros que había traído consigo la expedición castellana.

—La fe no se puede abrazar por la fuerza —respondí, y me llevé la mano al crucifijo.

Cortés dejó de observar los trabajos en el patio del palacio de Axayácatl y miró, muy serio, mi mano en el cuello.

—Eso dice fray Olmedo. Y veo que a ti no te ha abandonado —añadió en tono reflexivo.

—Quizá, sólo alguna vez, cuando me he enfadado con Dios.

—Desde luego, si como noble cristiano has pasado todo lo que has pasado… Eso me da mucho que pensar, Guifré de Orís. El Señor te ha sometido a grandes pruebas y ahora tu mano se aferra a la cruz. Y cuando viste a la Virgen, después de tanto tiempo, te postraste…

—He de regresar —le interrumpí incómodo.

Sonrió.

—Yo tomo a doña Marina, pero está bautizada. Espero que esa mujer que cada noche…

—Cuando llegue el momento.

—Claro. —Me dio una palmada en el hombro—. Ve.

Salí con parsimonia y tuve que contener mis deseos de correr hasta el palacio del cihuacóatl. Aunque era poco trecho, desde la visita de Cortés al templo de Huitzilopochtli, hacía un par de días, se me hacía más largo. La sabía allí, esperándome en la azotea.

Durante los días siguientes a su entrada en Tenochtitlán, los hombres de Cortés pasearon por la ciudad como yo jamás lo había hecho, libremente, por sus mercados y sus barrios; llenaron el ambiente de una mezcla de excitación, miedo y tensión. Pero lo peor era la presencia de los tlaxcaltecas, que algunos interpretaban como una ofensa. Por suerte, los dirigentes de Tenochtitlán estaban de acuerdo en mantener la paz, mientras Motecuhzoma, el cihuacóatl y los gobernantes mexicas se centraban en guiar a Cortés. Visité sitios populares que no había visto, como el impresionante mercado de Tlatleloco, donde los comerciantes exponían una increíble diversidad de productos, a menudo procedentes de tierras lejanas, y donde barberos y prostitutas ofrecían sus servicios.

Aquel mercado me fascinó al instante, hasta que vi esclavos atados a palos y sentí una punzada de repulsión. Sin embargo, parecía el único pues a mi alrededor oí comparar esa forma de atar a los esclavos con el método portugués, al parecer bastante similar. Entonces me vi en algún rincón de Castilla, sediento y maltrecho, y el desagrado se debió de reflejar en mi cara.

—Tus amigos indios no son tan buenos, ¿eh? —masculló Aguilar lanzándome su apestoso aliento.

Durante aquellos días, a menudo me sentí desconectado de la realidad. Era para mí una sensación extraña que hacía aflorar a un joven que existió en un pasado lejano y lo confrontaba con el hombre en que me había convertido. Ver a los soldados más jóvenes con sus espadas al cinto me recordaba a mi hermano en Orís. Los discursos de Cortés acerca de Dios me hacían pensar también en él: me preguntaba si habría seguido en el clero, tal como le obligué y, de pronto, me asaltaba cierta añoranza. Pero a la vez, iba vestido con mi *maxtlatl* y mi manto y, como otros mexicas, sentía temor ante lo que se avecinaba. Temor que se intensificaba al ser consciente de que para Cortés y el clero, lo de un Dios único no era negociable. Ya había manifestado con firmeza que no quería más sacrificios. A mí me repugnaban, pero no olvidaba lo que había dicho Izel:

—Son parte de nosotros. Esos forasteros, lo mismo que tú al principio, se maravillan de esta ciudad, pero los templos, las calles anchas y rectas, todo lo han creado nuestras creencias. Y no son sólo las muertes floridas.

—Lo sé. Tu padre se ocupó de que me lo enseñaran bien.

Izel. Fue ella quien me permitió mantener la cabeza fría pues, durante aquellos días, podía compartir, no mis paseos ni mis visitas, sino la dualidad en la que me sentía inmerso, una dualidad que enfrentaba a una persona que no era ni un catalán al que los castellanos pudieran identificar, ni un mexica reconocible para los mexicas. Guifré tenía un poco de ambos. ¡Cuánto la necesitaba para ser simplemente yo mismo! Incluso cuando aquel destello de sus ojos me angustiaba.

Chimalma había prohibido salir de palacio a todas las mujeres de su familia. Yo lo prefería. La inquina de Alvarado o Aguilar, pura envidia por el trato cordial y franco que Cortés me dispensaba, hacían que deseara ocultarles aquello que más amaba de los mexicas. A veces, por las noches, me asaltaba una pesadilla en la que aparecían los ojos de Aguilar clavados en mí para desviarse luego hacia la azotea, como durante la entrada en Tenochtitlán. Era angustioso porque, ni él ni Alvarado podían dañarme directamente, y no quería que la utilizaran para hacerlo. Izel. Eso era lo único que no le había contado a ningún castellano.

Dos días antes de que Cortés visitara el gran templo mayor, ella me sorprendió. Pasó de la resignación ante las pérdidas que acaecieran, por mucho que la asustaran o hirieran, a una actitud optimista, conciliadora, como la que yo había procurado mantener.

—Tienes razón. Bueno, tú eres una muestra de ello —comentó—. Si conocen la grandeza de los mexicas más allá de las muertes floridas, quizá nada tenga por qué cambiar en exceso, excepto algún templo más para acoger a los nuevos dioses que los castellanos traen. No sería la primera vez que adoptamos divinidades extranjeras.

Cuando le recordaba cuán imposible veía esto, me hablaba de la grandeza de la literatura mexica, la música, la pintura, la escultura…, como si tratara de convencerme de que compartir, intercambiar, era el camino. Entendí que intentaba convencerse a sí misma, y su inteligencia no le permitía abrazar esperanzas sin encontrar una razón. Ambos sabíamos que se engañaba, y aunque me preguntaba acerca del motivo de aquel cambio, callé e incluso me permití fantasear con ella.

Sin embargo, después de que Cortés subiera al templo mayor acompañado de Motecuhzoma, le conté a Izel lo sucedido. Pero sólo porque, por primera vez, el Tlatoani se sintió ofendido con los visitantes. Eso sí, me cuidé de omitir mi encuentro con Acoatl.

Al principio, todo fue bien. Motecuhzoma acudió con una pequeña escolta, y entre ellos se hallaba Miztli. Cortés mantuvo su actitud altiva, la que adoptaba para ocultar cuánto le maravillaba lo que veía en Tenochtitlán; una altivez que en ocasiones resultaba grosera, aunque bien se cuidaba la educación mexica de hacérselo saber. No pude evitar lanzar alguna mirada avergonzada a Miztli. Yo no había subido nunca allí, y lo cierto es que, pese a saber cuántos corazones humanos habían sido arrancados, no pude evitar sentirme fascinado al contemplar de cerca las esculturas de los vigilantes del santuario y sus detalles en turquesa, sus serpientes doradas al cinto e incluso los collares con delicadas calaveras también de oro. Los castellanos no apreciaban la hechura de las esculturas, sino cuánto valdría aquel oro al fundirlo. Incluido fray Olmedo, que veía herejía en los ídolos y los ritos paganos de los mexicas, pero no advertía pecado ninguno en su propia codicia.

Desde allí, el paisaje de Tenochtitlán era increíble. Se veía a la perfección la cuadrícula ordenada de calles amplias, canales, calzadas que salían al norte, este y oeste, los templos más pequeños de los diferentes barrios, los pueblos a la otra orilla de lago... Motecuhzoma hablaba orgulloso, yo traducía fascinado y Cortés observaba aquella grandeza con una sonrisa y los ojos entornados para, de vez en cuando, abrir las aletas de la nariz e inspirar profundamente.

—Sería fantástico construir aquí una iglesia para que reine Dios en este valle. Sin duda, es obra de Él —le oí comentar.

Me estremecí.

—Es evidente que tanta riqueza es obra del Señor, pero creo que sería precipitarnos —contestó, para mi alivio, fray Olmedo.

Sólo fue un aviso. Tras aquello, Cortés pidió entrar en el santuario de Huitzilopochtli. Mi antiguo maestro, de expresión siempre impenetrable, frunció el ceño. Pero Motecuhzoma accedió y entramos. Al instante, el sonido del *huehuetl* me recordó el latido rítmico de un corazón. Pensé por un instante en Izel, pero el hedor, el insoportable hedor que reinaba allí dentro, pronto me quitó su imagen de la cabeza. La muerte estaba en las paredes, todo apestaba a sangre. En la penumbra, los ojos de Huitzilopochtli refulgían amenazantes. Frente a los ídolos, sobre unos braseros, reposaban lo que parecían corazones humanos.

—El tuyo estaría ahí de no haberte protegido Chimalma —me susurró Acoatl.

Estaba tras de mí, notaba su presencia. El roce de su capa negruzca en mi brazo me estremeció. Por primera vez, comprendí de que me habían protegido. Desvié la mirada hacia la imagen recortada de Tezcatlipoca, que acompañaba al dios de la guerra y la caza. Me fijé en su cuchillo de obsidiana alzado, y la sonrisa burlona del ídolo me recordó la que muchas veces había visto en Acoatl.

—¿Crees que si mi corazón estuviera ahí no habrían venido? ¿Qué si Huitzilopochtli se hubiera alimentado de mi sangre no estarían aquí? —pregunté—. ¿Maestro, por qué me enseñaste?

—Salgamos de aquí. ¡Santo Dios! —oí exclamar a Cortés.

Me volví hacia Acoatl bruscamente, mientras los castellanos salían y el mismo Tlatoani iba tras ellos con expresión de desconcierto.

—Para que supieras por qué morías. ¡Es una muerte con honor y te hubiera hecho realmente divino!

—¿Por ser blanco y haber aparecido en una playa? ¿De veras Huitzilopochtli hubiera aceptado mi corazón?

—¡Vaya! Después de todo, te he enseñado bastante bien. Pero ¿sabes qué? Al final eso lo decido yo, pues habla con mi voz… Chimalma te ha protegido mejor de lo que cree prestándose a mi juego.

La rabia me dominó. Agarré a Acoatl por el manto y lo alcé con brusquedad.

—¡Jamás has pensado en los tuyos! Y por eso están aquí. No me has dejado que os ayudara por evitar que ascendiera el culto a Quetzalcóatl. ¡Tu dios morirá!

—Guifré —oí que me requería Miztli—, necesitan tu traducción. Malinche está…

Solté a Acoatl con tal brusquedad que se cayó al suelo. Salí del santuario precipitadamente, sin mirar siquiera al jefe de los guerreros águila.

Sólo le conté a Izel que cuando salí del templo, Cortés vociferaba su desagrado. Al verme, suspiró y siguió hablando, aunque sin gritos, con la cara contraída por la ira. Haciendo un gran esfuerzo para disimular su profunda irritación, Cortés le dijo a Motecuhzoma que no entendía que hombre tan sabio se dejase engañar por aquellos ídolos que no eran otra cosa que demonios. Además le pidió que le dejara poner una cruz en lo alto del templo y una imagen de la Virgen en su interior para demostrarle hasta que punto atemorizaban con su fortaleza a esos diablos. Los sacerdotes del templo se ofendieron; se ofendió el Tlatoani de Tenochtitlán:

—Señor Malinche, si llego a saber que va a proponer tal deshonor, no le enseño a los dioses que nos han hecho grandes, que nos lo han dado todo.

Su voz sonó severa y me pareció que se sentía herido. Cuando se lo conté a Izel, la tristeza asomó a sus ojos. Simplemente musitó:

—Sólo entran los sacerdotes, sólo…

Aquella reacción desterraba la esperanza de poder continuar siendo mexica, así que apenas me atreví a contarle lo que siguió. Pero Izel conocía demasiado bien mis silencios. Sabía que mi gran temor era un enfrentamiento abierto. Y no tuve más opción que relatarle que, al llegar a palacio, Cortés se empecinó en la necesidad de una iglesia en aquella ciudad poseída por el demonio.

—Normalmente no habría problema, Guifré, tú lo sabes —indicó Izel con un desánimo profundo—. En el templo mayor hasta hay un templo para los dioses conquistados.

Pero en este caso, ¿qué nos traerá ese templo? Ni siquiera Motecuhzoma ha aceptado el dichoso vasallaje.

De eso hacía dos días. Dos días en que la tristeza de sus ojos se tornó en melancolía. Dos días en que aquellas miradas suyas que tanto me angustiaban afloraban cada vez más.

Entré en nuestra azotea con aquellas palabras clavadas en mi mente. Izel estaba sentada, mirando hacia el centro ceremonial. Había extendido el viejo *patolli* con el que tanto habíamos jugado y recorría con sus dedos las casillas, como si lo dibujara.

—¿No hace un poco de frío? Podríamos bajar —sugerí.

Ella se giró y la brisa agitó su cabello. Me sonrió y golpeó el suelo con una mano, en invitación a sentarme. Así lo hice. En silencio, me tomó del brazo y se apoyó en mi hombro. Sentí la piel de su mejilla suave y cálida.

—¿Qué te pasa? —me preguntó con la serenidad de alguien que se siente vencido.

—Motecuhzoma les ha dado permiso. Han empezado a construir la iglesia en el patio del palacio de Axayácatl. Pero no te preocupes, no os obligarán a renunciar a vuestros dioses por la fuerza. Me lo ha dicho Cortés.

Izel se separó de mí y me miró. Aquel brillo entre doliente y herido apareció en sus ojos, fugaz. Luego, aunque resignada se obligó a sonreír. Me estremecí: hacía que me sintiera como un chiquillo que había tenido una ocurrencia pueril. Había visto ya aquella mirada, y me había sentido así antes. Me acarició el rostro con dulzura y entonces lo recordé abrumado: eran la misma mirada, los mismos gestos del momento en que me dijo que la casaban y no supe ver cuánto la amaba. Se me desbocó el corazón al preguntar:

—¿Qué sabes que yo no sé?

Sin girarse, sin moverse, miró al suelo. Sus labios se movían sin emitir sonido alguno, como pugnando por hablar. Vi que se le humedecían los ojos.

—Necesitaba sentir que aún todo podía ser como antes. No sé si quiero traer un hijo a este mundo que se está volviendo tan inquietante.

No pude evitar sentirme ilusionado ante aquella noticia. ¡Era una bendición! Qué más daba el dios o diosa que nos estaba bendiciendo; era un regalo divino. Tras su aborto, Izel se había creído incapacitada para ser madre. Por lo tanto, sólo podía ser un milagro. Yo también temía cómo sería el mundo en el que iba a nacer nuestro hijo, pero estaba convencido de que todos los dioses del cosmos velaban por nosotros.

Ni las últimas noticias ni lo que acontecía a mi alrededor podían menoscabar mi ánimo. No era consciente de que los tlaxcaltecas andaban diciendo a los ociosos capitanes de Cortés que jamás saldrían vivos de Tenochtitlán con todas las riquezas que habían recibido. No era consciente de las idas y venidas de Chimalma, de la gente que salía de palacio o entraba en él, ni de quienes hacían lo propio en el de Cortés. Oí alguna queja de los castellanos sobre puentes alzados en la calzada sur, pero no hice caso porque sabía que se levantaban para dejar paso a las canoas. No me perturbaba la cara de Alvarado, siempre agria, como tampoco me alertaba un Cortés atribulado.

Me sentía flotar por aquella ciudad y sólo descendía para apoyarme en su vientre, en su piel, en la sonrisa y la felicidad que por fin se permitió sentir Izel. Jamás antes conocí tanto regocijo, tanto calor, tanta compenetración entre nosotros. Y aquella mirada que tanto me angustiaba desapareció.

—Quizá lo que más miedo me daba era que no quisieras un hijo nuestro —me confesó Izel un día.

Yo iba a diario a aquella iglesia de madera erigida en el corazón de Tenochtitlán, levantada dos días después de saber la buena nueva. De hecho, ella llegó a pensar que la Virgen tenía que ver con su estado, pues antes sus dioses no le habían concedido un hijo.

—Recuerda que nos amábamos en secreto. Quizá te han protegido —le comenté divertido.

No tenía prisa en que abrazara la fe. Los mexicas jamás me habían obligado a participar en sus ritos o sus creencias, y yo la quería tal como era. Pero mi felicidad me llevaba frente al Dios que yo conocía para agradecerle el vientre de Izel.

En misa, siempre iba cubierto con una túnica y el atuendo de caballero que me había regalado un Cortés muy satisfecho. Él ligaba mi alegría a un reencuentro con los ritos y el mensaje del Señor verdadero. No me molesté en contradecirle ni explicarle que me sentía disfrazado con un vestuario que muchos años atrás fue absolutamente natural para mí. Supongo que de alguna manera, gracias a Izel, una pagana, era cierto que me había reencontrado con la fe con una fuerza que no conocí antes. Luego, al salir, recuperaba mi ropa mexica porque, ¡gracias a Dios!, Cortés insistía en que le convenía que la siguiera llevando. Sólo con esa ropa me ponía a su servicio, y él me dejaba marchar si estaba ocupado, o me pedía charlar amigablemente sobre temas personales, como si tratara de comprenderme, lo cual me desconcertaba. Yo era sincero, pero lo sucedido en Cholula me había mostrado una parte de aquel hombre que no podía dejar de temer, y procuraba que las conversiones versaran sobre generalidades.

Pero tuve que volver a la realidad cuando apenas hacía una semana de la entrada de los castellanos en Tenochtitlán. Fue al salir de misa. Cuando me dirigía a la estancia donde me solía cambiar de ropa, oí la voz de Cortés a mi espalda:

—Barón de Orís. —Me giré. Su semblante estaba contraído de rabia, como a la salida del templo de Huitzilopochtli—. Le agradecería que viniera ahora mismo conmigo al palacio de Motecuhzoma.

Entré con rapidez en la estancia, me desprendí de la túnica, los calzones y las botas, y recuperé el *maxtatl*, el manto y un tocado. A la salida, me estaba esperando. Caminamos presurosos hacia el palacio del Tlatoani escoltados por dos capitanes, entre ellos Alvarado, dos arcabuceros y algunos hombres de infantería protegidos con sus armaduras.

—Me ha costado confirmarlo, pero es totalmente cierto —me dijo por el camino—. Mi lugarteniente en Villa Rica de la Vera Cruz y seis de mis hombres han sido asesinados por estas gentes.

—¡Cómo! —exclamé incrédulo.

—¡Pedían tributos ¡Tributos! ¿Te lo puedes creer, Guifré?

—Motecuhzoma no ha aceptado el vasallaje —apunté—. Aun así, perdone, don Hernán, pero no me creo que hayan pedido tributo a los castellanos.

—Pero sí a mis aliados. Y son vasallos del Rey de Castilla, les debemos protección.

Fruncí el ceño. «¡Como no he avisado a Chimalma de que no tocaran a sus aliados!», me recriminé. Pero en aquel momento entendí que era pedirle que admitiesen que ya no eran señores de aquellas tierras. Y eso no lo harían sin luchar.

Me había preocupado por el choque entre religiones y, al final, el peligro de la confrontación era más terrenal.

—Don Hernán... —murmuré. Mi cerebro iba a toda prisa—. Don Hernán, ¿qué vamos a hacer en el palacio? No es aconsejable enfrentarse al Tlatoani directamente. A pesar de la superioridad castellana, que no discuto, son muchos, y adoran a su rey como los castellanos al suyo.

Por primera vez, Cortés sonrió y me miró.

—Cierto, cierto. No te inquietes, Guifré. Te dije que quería paz y, a pesar de su agravio, sólo quiero asegurarme de que la paz perdure.

—¿Entonces?

—Tradúceme para convencer a Motecuhzoma de que se venga a nuestro palacio, con nosotros. Te garantizo que será atendido como corresponde a su rango. Pero mis hombres están enfurecidos y quiero protegerlo. ¿No lo hice también por ti? Es el argumento que expondré, y el que tú traducirás.

Así lo hicimos. Y en esta ocasión también me creí en parte las razones de Cortés. Los guardianes del Tlatoani, guerreros águila detrás de él, se mantuvieron impávidos durante la tensa conversación. Chimalma, al fondo de la sala, se iba encogiendo, incrédulo, a medida que observaba, mientras el resto de consejeros cada vez disimulaban peor su temor. Me vi incluso obligado a rogar en un susurro afligido:

—Acompáñalos, mi señor Tlatoani, por favor, o te sacarán de aquí muerto.

Una ráfaga de terror asomó al rostro del soberano mexica. Pero tras ella vino un gran aplomo, asintió y dijo:

—Los acompañaré porque quiero mostrarles mi buena voluntad y la de mi pueblo. No es por las amenazas.

Cortés me hizo traducir y comentó:

—Un acto que lo ennoblece como gobernante, sin duda.

Empezamos a caminar. Los guerreros águila se inquietaron. Chimalma, desde el fondo del salón, preguntó con angustia:

—¿Vas preso, mi señor?

—No, mi buen cihuacóatl. —Motecuhzoma se detuvo y se dirigió a sus hombres. Estos se detuvieron al momento y bajaron el rostro—. Quedaos aquí. He hablado con el dios Huitzilopochtli y me ha dicho que viva un tiempo en el palacio que fue de mi padre, con nuestros invitados, porque será bueno para mi salud. Así pues, dejadnos marchar. Está decidido.

Vi que Chimalma negaba con la cabeza. Era demasiado pragmático para dejarse convencer. Igual que su pueblo. Al verle pasar en su litera, portada por sus esclavos pero escoltada por castellanos, los mexicas le preguntaban si debían luchar. El Tlatoani insistía en que era una visita de unos días, por amistad. Y Cortés, a través de la voz de Marina, anunciaba que él y el rey de los mexicas debían hablar en profundad del Dios cristiano. Y al decir rey, su sonrisa era triunfal. De pronto entendí la estratagema que tan bien habían interpretado los hombres de Cortés y por qué Chimalma negaba con la cabeza: Motecuhzoma seguía siendo el Tlatoani, el que tenía poder para gobernar. Así lo reconocía en público, ante su propio pueblo y ante los guerreros. Pero a la vez, se aseguraba la paz al dominar al Tlatoani a cambio de su vida o del miedo que sabía que despertaba en él.

XLIX

Santiago de Compostela, año de Nuestro Señor de 1520

Domènech se levantó de la silla. Por un ventanuco entraba un rayo de luz que incidía sobre el camastro. Ante la estrecha abertura de la pared, dejó que lo acariciara el fresco aire de la incipiente primavera. Sentía calor, mucho calor en aquella celda donde lo habían alojado. Lo único que dotaba de cierto lujo al lugar era la chimenea apagada. No había siquiera un tapiz en la pared y, en general, consideraba que el espacio no respondía a la dignidad de su cargo. «Incluso esos indios han tenido mejores alojamientos», pensó recordando a los totonacas, tratados por la corte como nobles, siguiendo órdenes directas de don Carlos. Pero no tenía más remedio que esperar y procurar dominar aquella mezcla de nerviosismo y malhumor que enrojecía su tez.

Fuera de las murallas de la ciudad, el monasterio de San Francisco se enorgullecía de haber recibido en el siglo XIII la peregrinación del santo que le daba nombre. Aquel era el lugar elegido para celebrar las Cortes Generales, y a los peregrinos que llegaban a diario a Santiago de Compostela se sumaron los representantes de los tres brazos del reino de Castilla.

La flota con la que se haría a la mar Su Majestad aguardaba en el cercano puerto de La Coruña. Había sido pagada, en parte, con los cuatro mil pesos enviados junto a los indios. Domènech sabía que el monarca quería zarpar con presteza, y este era uno de los elementos que los procuradores de ciertas ciudades utilizarían como punta de lanza para generar controversia. Cierto que como catalán gozó de mayor discreción para realizar algunas averiguaciones, pero sin la previsión de enviar a Lluís fuera de Barcelona antes de su propia partida, no hubiera dispuesto del dato revelador que ahora tenía, dato que definiría la estrategia de la mayoría de procuradores de ciudades y villas que se iban a reunir en una capilla del monasterio dos días después.

La discreción de la que disfrutó Domènech hasta entonces, viajando por su cuenta sin seguir a la comitiva real, aunque usando su condición de prelado, finalizó en el momento en que se alojó en aquel monasterio de Santiago como ayudante directo de Su Eminencia Reverendísima el cardenal Adriano de Utrecht. Había dispuesto que Lluís se trasladara a la ciudad como peregrino desde León, donde se había desplazado tras su paso por Toledo siguiendo cierta información. El antiguo verdugo le confirmó lo que imaginaba: la impopularidad de don Carlos se extendía por las callejuelas toledanas como si fuera la peste negra. Dicha impopularidad se propalaba a muchas otras ciudades del reino, pero además, Lluís superó toda expectativa cuando, pareciéndole demasiado abierta la oposición al monarca, su patrón le ordenó averiguar qué estrategia emplearía Toledo para sembrar la inestabilidad y subyugar la voluntad de Su Majestad en pro de lo que ellos creían el bien de Castilla.

Tres toques familiares sonaron en la puerta. Sin responder, el prelado permaneció de pie, frente al ventanuco. Abrió un envejecido padre Miquel, que anunció con voz temblorosa:

—Ilustrísimo Señor, su Eminencia Reverendísima está aquí.

Domènech ladcó la cabeza en un movimiento seco, y el padre Miquel no pudo evitar estremecerse ante la mirada feroz de su superior. Sin embargo, este simplemente le hizo una señal de asentimiento con la cabeza. Miquel se retiró sin cerrar la puerta, y al instante apareció Adriano de Utrecht con su sotana roja y tocado con el capelo cardenalicio. Dio un par de pasos y se quedó en medio de la estancia, mirando a su alrededor, mientras la puerta se cerraba tras él. Una mueca de disgusto se dibujó en su rostro.

—Eminencia Reverendísima —saludó Domènech acercándose a Adriano.

El obispo de Barcelona se postró mirando impaciente el anillo del cardenal y también obispo de Tortosa. Este alargó al fin la mano para que Domènech lo besara y la retiró con prontitud.

—Mandaré que le cambien de estancia inmediatamente. Bien está el voto de pobreza, pero un obispo no puede alojarse así —manifestó en un tono que a Domènech le pareció sinceramente irritado.

—No se preocupe por mí, Eminencia Reverendísima. Pero me avergüenza que venga a verme y no tenga una silla adecuada que ofrecerle —repuso Domènech con voz queda, invitándole a que tomara asiento con un gesto comedido.

Adriano lo observó unos instantes. El obispo de Barcelona, siempre impoluto en su hábito morado, no tenía buen aspecto. Su tez estaba enrojecida, así como sus ojos. Tenía ojeras y sus pómulos sobresalían.

—El viaje ha sido difícil… —comentó el cardenal dirigiéndose a la silla.

—Ha sido provechoso.

Adriano se sentó y se oyó un crujido. Domènech contrajo el rostro y entrelazó las manos, pero el cardenal le dedicó una plácida sonrisa.

—¿Y bien? —preguntó.

—Me temo que va a prevalecer la insistencia que hubo en las Cortes de Valladolid sobre la concesión de cargos a... En fin, a extranjeros, Eminencia Reverendísima. Pero sobre todo, creo que la petición de que Su Majestad resida en Castilla va a ser el principio de la controversia.

—Eso es fácil saberlo, Ilustrísimo Señor obispo de Barcelona. Tan sencillo como haber leído la documentación que le he ido proporcionando durante este tiempo. Pero ya hemos pensado al respecto, y Su Majestad se comprometerá ante las Cortes a no estar ausente de sus reinos más de tres años.

Domènech bajó la cabeza, como si dudara, suspiró teatralmente y al fin preguntó:

—¿Lo hará Su Majestad en persona?

—No creo que eso le competa.

—Si se me permite, sugiero que utilice a algún castellano para que haga el anuncio primero.

—Puede ser... —Adriano se golpeó las rodillas en un gesto de exasperación—. ¡Oh, vamos! Dígame algo que no sepa, o que usted cree que no sé. Desde luego, tiene un motivo para haber retrasado su llegada hasta aquí.

Domènech paseó su mirada por la celda. Adriano se lo tomó como un gesto estudiado del siempre comedido obispo de Barcelona. Quería transmitirle preocupación. Decidió seguirle el juego.

—Siéntese, siéntese y cuénteme. ¡No puede ser tan grave!

Domènech se sentó en el camastro, con la cabeza baja, mientras retorcía sus manos. Por fin, miró de frente a Adriano.

—Da igual que Su Majestad prometa y jure un pronto regreso. Con la excusa de que ha de marchar, se presentará una petición para que, antes de que se pronuncien los procuradores en lo relativo al subsidio, se atiendan las peticiones y demandas de las ciudades y villas.

—¡Eso no puede ser! —exclamó Adriano sorprendido—. Siempre se ha hecho al contrario. Por lo menos en las Cortes castellanas. ¿Quiénes? ¿Los procuradores de Toledo? De esa ciudad cabe esperarlo todo, aunque ni siquiera han llegado aún.

—Bueno, Eminencia Reverendísima, no serán ellos directamente. Empezarán los procuradores de León. Pretenden que, a raíz de su petición, se adhieran otras ciudades. Saben que cuentan con mayoría. Mucho me temo que de las dieciocho, sólo Granada y Burgos estén por el orden tradicional del procedimiento de las Cortes.

—¡Es imposible! ¿Cómo lo ha averiguado? —masculló Adriano. Domènech sonrió simulando amargura—. ¿Sobornos?

—Servicio a Su Majestad —se apresuró a contestar encogiéndose de hombros.

Adriano miró al suelo y asintió. Domènech había superado las expectativas del cardenal, lo veía en su expresión. El obispo de Barcelona se esforzó por reprimir una sonrisa triunfal y adoptó su habitual expresión neutra y contraída. Adriano se puso en pie, enérgico.

—Dispondré que lo hospeden en un lugar adecuado. Va a tener más trabajo, Ilustrísimo Señor, muy probablemente en la línea de los servicios a Su Majestad que usted ya ha iniciado por su cuenta. Aunque arreglaremos lo de los fondos, claro está.

Y sin más, salió de la celda dando un portazo tras de sí. Al quedarse solo, Domènech no se relajó ni sonrió. Se tensó aún más, sus puños se cerraron y uno se levantó para golpear con fuerza el camastro.

—¿Sólo me va a utilizar para que sea yo el que soborne? —masculló con rabia.

Era un amplio salón con una mesa repleta de frutas, quesos y vino. Guillaume de Croy sonrió tras oír al cardenal Adriano de Utrecht y miró al canciller Gattinara, que presidiría las Cortes.

—Interesante —dijo éste tomando una uva.

—A mí me parece un insulto —repuso De Croy borrando la sonrisa de su rostro e irguiéndose sobre su silla tapizada en rojo.

—Insisto en que debería anunciar las disposiciones reales el obispo de Badajoz. Es fiel, ha estado en la corte de Su Majestad en Bruselas, y creo que rebajaría algo la tensión —expuso Adriano.

—Pero si el obispo de Barcelona con tanta seguridad le ha advertido de que lo que pretenden es cambiar el procedimiento para…

—¡Chantajear a Su Majestad! —interrumpió Guillaume a Gattinara.

—Si bien, ese es el trasfondo del cambio de procedimiento —continuó Gattinara intentando calmar los ánimos—. Pero tenemos la legalidad de su propio reino de nuestro lado, la legalidad que ellos mismos defienden… En fin, Eminencia Reverendísima, no veo qué ánimos pueda calmar que les anuncie un castellano fiel a nosotros lo que don Carlos dispone.

—Buena fe —suspiró Adriano ignorando la sonrisa despectiva de Guillaume de Croy—. Que el obispo de Badajoz exponga con detalle, y en su mismo idioma castellano, la buena fe del Rey con disposiciones concretas en relación a la justicia, que asegure que no saldrán más fondos hacia Flandes, incluso que hable de ese nuevo mundo descubierto en las Indias, lleno de oro, para que entiendan que don Carlos, el rey de Castilla, va ser más que Emperador, va a ser Rey del mundo. Y no por codicia, sino para gloria de estas tierras. Y luego, que Su Majestad recalque, de viva voz, que le desagrada marchar y lo hace por el bien de sus reinos, que promete el retorno antes de tres años y que no habrá más cargos que no sean castellanos.

Guillame de Croy escrutó el rostro del cardenal, analizando sus palabras. Al fin, dijo:

—Ya… ¿Nos podemos fiar de lo que dice el obispo de Barcelona, Eminencia Reverendísima? ¿Seguro? Sinceramente, no me gusta su actitud siempre tensa y fría. Lo tendríamos que haber dejado en su ciudad y ya hubiéramos arreglado esto.

—No, no, no… —le interrumpió Adriano afablemente—. La información que me ha dado es de fiar, seguro. Sé manejarlo. Huele el poder y se aferra a él como un perro al amo que le da de comer.

—¿No le estará mordiendo la mano con esto? —intervino Gattinara—. Si su información no es fidedigna, haremos promesas que no podremos cumplir del todo, entre otras cosas, porque Su Eminencia Reverendísima, un extranjero, se quedará como regente.

—Lo asumo —respondió con firmeza Adriano.

Guillaume tomó su copa de vino y se acomodó de nuevo en su asiento.

—Bueno, pues prometamos lo que ya habían reclamado y algunas disposiciones más. Hagámoslo como dice su Eminencia. Que hable primero el obispo de Badajoz en los términos que usted ha dicho. Y luego, si León realmente presenta su propuesta y hay tal adhesión, serán los procuradores de las ciudades los que se salten el procedimiento y seremos nosotros quienes, con el arma de la buena fe de Su Majestad y el poder de la legalidad vigente, nos mantendremos en nuestras trece. Primero que aprueben el subsidio, y luego, Su Majestad dispondrá lo que las ciudades soliciten antes de partir. Pero Gattinara...

—Ya, ya... Que se vea como generosidad de Su Majestad.

—Entre tanto, habrá que hacer algo, ¿no, Eminencia? Si todo esto se destapa en dos días, no puede ser que tengamos sólo los votos a favor del subsidio de Granada y Burgos.

—Sí, dispondré lo necesario al respecto. Pero necesitaremos dinero y probablemente más de dos días.

—Lo arreglaremos —convino Gattinara—. Los procuradores de Toledo y Salamanca aún no han llegado. Los usaremos como excusa para ganar tiempo.

—Eminencia Reverendísima —dijo Gillaume de Croy con cierta prudencia—, ¿seguirá confiando en el catalán?

—Confiar no es la palabra que utilizaría —repuso Adriano—. Pero, bueno, supongo que sí, y más si en dos días las Cortes le dan la razón.

—Un buen perro de caza —rió Gattinara.

Guillaume también rió. Ninguno de los dos observó que Adriano ni siquiera había esbozado una sonrisa.

• • •

El padre Miquel aceleró el paso en la penumbra del pasillo monacal. Dobló una esquina y abrió la puerta de la celda que le habían asignado. La cerró y apoyó los brazos sobre ella. De pronto, sus hombros empezaron a agitarse y no pudo contener los sollozos.

En aquella pequeña estancia a oscuras cuyas sombras sólo dejaban intuir un camastro, el único sonido que acompañaba su desdicha era el de las campanas llamando a nonas. Pasado lo peor, los sollozos comenzaron a apaciguarse entre suspiros. Encendió una vela y la colocó a los pies de un sencillo crucifijo que colgaba de la pared. Agotado, se arrodilló ante él y pidió perdón al Señor por los pensamientos que lo asaltaban.

—Te voy a convertir en un buen cristiano —le había asegurado Domènech.

Al principio aceptó su temor a aquel hombre con agradecimiento, pues reconoció en él su miedo a la ira de Dios. Estuvo convencido durante años de que los sacrificios que había padecido para tomar los hábitos eran suficientes para que el Señor le perdonara su origen y lo acogiera en su seno. Los servicios a Gerard de Prades le habían brindado posición y dinero, pero se había dejado llevar por la codicia. Y Domènech de Orís le había rescatado de todo aquello que, sin duda, habría conducido su alma a la perdición. Era severo, pero ¿qué otra cosa se puede esperar de un guerrero del Señor?

Sin embargo, la fe de Miquel en su salvación empezó a flaquear cuando la confesión de estos pecados resultó insuficiente; tuvo que inventar para que Domènech no creyera que mentía. Por aquellos pecados inexistentes, Su Ilustrísima Reverendísima le había impuesto castigos de sangre y látigo, y comprobado personalmente que los cumpliera. Se azotaba él mismo, pero cada vez que el látigo laceraba su piel, sentía que era aquello lo que quería el Señor. Con cada penitencia, sentía que Dios lo amaba y quería la salvación de su alma.

Arrodillado ante al crucifijo, el cura rezaba para ahuyentar sus pensamientos. Porque empezaba a dudar de que tal penitencia sirviera de algo, de que valiera la pena purificar el alma a aquel precio. «¿Qué más da? —pensaba—. Arder en el infierno no puede ser peor. ¿Cuánto ha de durar esto?»

Domènech cada vez se mostraba más cruel, pero lo que más le hacía flaquear era el miedo a aquellos ojos fríos y la resignada certeza de que nunca recibiría su aprobación. El sacerdote a menudo pensaba que sólo resistía los designios del Señor porque con ello protegía a su padre. Ante el menor atisbo de rebeldía en los ojos de Miquel, el prelado siempre tenía un oportuno comentario sobre su progenitor.

Cuando abrazó el cristianismo, su padre cortó casi toda relación con él, no sólo en apariencia sino también de corazón. Pero Miquel no; siempre veló por su bienestar. Al abandonar Barcelona, estaba enfermo. Dejó dinero a un humilde médico llamado Amador, un buen cristiano que se comprometió, no sólo a tratarlo, sino también a escribir informándole de su estado. Miquel rezó con mayor fuerza para expulsar los demonios que habitaban en su alma. Sentía el latido del amor hacia su progenitor en lucha con un deseo egoísta: que abandonara este mundo. Esa era la única forma que veía para su propia liberación, por lo menos la de su cuerpo, pues para su alma sólo esperaba que Dios se apiadara. «¿Me atrevería a hacerlo? ¿A acabar con todo?», se preguntó. Y sabedor de la respuesta, apretó las manos entrelazadas sobre su pecho y oró con mayor fuerza.

L

Tenochtitlán, año de Nuestro Señor de 1520

Se oyeron unos enérgicos golpes en la puerta y Marina se incorporó en la cama que Cortés se había hecho construir en el palacio de Axayácatl.

—¿Otra vez Tonatiu? —preguntó en un susurro.

Él se desperezó y le apartó con delicadeza un mechón de pelo que caía sobre su cara.

—Puedes llamarlo por su nombre cristiano.

Ella arrugó su prominente nariz buscando las palabras con las que contestar.

—¿Broma? —dijo por último—. Él es como sol, siempre aparece primero pelo amarillo y…

Volvieron a oírse los golpes. Ella rió y se inclinó sobre Hernán para morderle una oreja. Le llamaban la atención esos lóbulos que no estaban agujereados ni enjoyados. Él se apartó y se puso la túnica mientras decía en voz alta:

—Pasa.

La mujer saltó de la cama y se colocó tras un biombo. Por la puerta entreabierta apareció la cabellera rubia de Pedro de Alvarado.

—Espero no interrumpir —comentó burlón.

—Te aseguro que si interrumpieras no habrías asomado por esa puerta, Tonatiu.

Se oyó la risa de Marina al otro lado del biombo. Alvarado siguió a Cortés hacia una mesa donde había una jarra de vino. Este lo sirvió en dos vasos metálicos. Alvarado tomó uno y bebió un pequeño sorbo, procurando saborearlo.

—¡Gracias a Dios! Ese pulque es asqueroso —afirmó.

—A mí me recuerda a la sidra, pero en fin… No creo que hayas venido a beber la reserva especial de vino de tu capitán general.

Alvarado arqueó las cejas mientras Cortés se sentaba con una sonrisa.

—El tal ciu, ci… Bueno, esa especie de canciller indio está visitando de nuevo al rey. —Alvarado desvió un momento la mirada hacia Marina, que salía de detrás del biombo. Vestida con una blusa bordada en oro y la característica falda india, se dirigía hacia Cortés. «No entiendo qué le ve», pensó. Pero dijo algo muy diferente—: ¿Lo apresamos?

Cortés rodeó la cintura de Marina con un brazo mientras con el otro se acercaba el vaso a los labios y daba un sorbo al preciado y escaso vino, cuya mayor reserva se destinaba a la misa.

—¿Por qué? —preguntó a su lugarteniente oficioso.

—¿Cómo que por qué? —se exasperó Alvarado—. Quizá porque el dócil Mutezuma nos ha amenazado con la guerra y ese canciller Chimalma es jefe de sus ejércitos, ¿no?

—¿Está Orteguilla con ellos?

—Sí, claro.

—Bueno, pues ya está. Ese paje sabe lo suficiente del idioma de los mexica como para avisarnos si traman algo.

—Nos ha dicho claramente que nos declararán la guerra —masculló el rubio.

Cortés miró a Marina, la soltó con una sonrisa, le dio una palmada en el trasero y le indicó que saliera. Entonces, él apoyó ambos brazos sobre la mesa y miró seriamente a Alvarado, no sin emitir un suspiro. Su lugarteniente era eficiente, pero a veces demasiado impetuoso para una estrategia que requiriera paciencia. Eso sí, y por ello seguía confiando en él, jamás lo cuestionaba o expresaba sus dudas en público.

—¿Qué hay ahora en los altares del templo mayor, Alvarado?

Este miró al capitán general como si le preguntara una estupidez.

—Están las imágenes de la Virgen y San Cristóbal.

—Y no hay sangre ni están esos demonios. ¿Y verdad que no hemos tenido que librar batalla alguna para conseguirlo?

Alvarado se encogió de hombros:

—Entonces Mutezuma era dócil.

—Lo hicimos dócil, Alvarado. Recuerda bien que siempre se negaba a colocar imágenes cristianas en ese maldito templo pagano; recuerda que los brujos nos amenazaron con el alzamiento de todos los indios. Y a una orden de su rey, ¿qué? Ahora no sólo ese templo pagano es una gran iglesia, extraña, pero monumental, sino que encima esos brujos que la mancharon de sangre la limpian cada día. Y sin armas, sólo una simple estrategia: amabilidad con Mutezuma para que se sienta contento, y crueldad con los demás para que no olvide de lo que somos capaces. Por no haber, no hay ni sacrificios salvajes a nuestra vista.

—Ya, pero ¿por qué ahora dice que sus dioses le han mandado hacernos la guerra?

—¡Y qué más da eso! Escuchas demasiado a los tlax-caltecas. —Cortés se apoyó en el respaldo de su asiento—. A

Mutezuma hay que hacerle creer lo que él desea para que nos deje hacer lo que queramos. Recuerda cuando le dije que nos iríamos si me daba tiempo para construir barcos. Hasta nos brindó carpinteros que ayudaran a los nuestros. Antes de atacar, si se atreve realmente a hacerlo, volverá a invitarnos a marchar. Y ya inventaré algo para entonces.

—¿Y si es él quien nos engaña a nosotros, Cortés? ¿Y si sólo gana tiempo para organizar un ejército? Le estamos dejando que hable con el único hombre libre y con poder para prepararlo todo.

—Si hasta nos ayudaron a construir los cuatro bergantines que ahora hacen guardia en el lago. ¿Cómo van a organizar un ejército? Y además, se traicionan entre ellos, como le ha pasado a ese Cacama de Texcoco. Quiero que estés tranquilo, Pedro. Con los barcos que estamos construyendo en Villa Rica de la Vera Curz, los que cree Mutezuma que usaremos para marcharnos, enviaremos el quinto real a Castilla y eso nos cubrirá las espaldas ante Velázquez. Y además, pienso mandar una embarcación a La Española para reclutar más hombres.

Alvarado se apoyó en el respaldo de su silla, se relajó y al fin mostró una amplia sonrisa: Cortés sabía lo que había que hacer y aquella situación de tener presos a los mandatarios indios no podía durar eternamente.

—Además —añadió el capitán general—, el cambio de Mutezuma es por algo más simbólico. Según sus creencias, el año pasado no era propicio para los reyes, pero al parecer este sí lo es. Es algo relacionado con el cuchillo de pedernal con el que nombran al año y también con ese asqueroso dios de la guerra. En fin, creencias heréticas.

—Ya —comentó Alvarado borrando la sonrisa de su rostro—. ¿Y cómo sabes eso?

—El barón de Orís es un hombre culto —contestó Cortés con una sonrisa.

—¡Al final no hacemos prisionero al canciller porque tu barón intercede!

El capitán general contrajo el rostro y puso los puños sobre la mesa.

—No vuelvas a lo mismo. Es buen informador, útil. Y sí, no lo detengo por intercesión de un buen cristiano como él, y porque necesitamos comer cada día. ¿Quién te crees que organiza a esos indios para que nos traigan lo que necesitamos, eh?

Alvarado bajó la cabeza, sinceramente arrepentido. Cortés era un buen jefe.

—Lo siento —replicó.

—No sé por qué le tienes tanta manía. De veras te digo que…

Unos golpes le interrumpieron. Sonaron fuertes, insistentes, y la puerta se abrió sin esperar respuesta.

—¡Señor! —exclamó un soldado sudoroso con una expresión expectante en los ojos—. Han avistado dos naos castellanas cerca de las costas de Villa Rica de la Vera Cruz.

Alvarado alzó la cabeza, clavó los ojos en Cortés, y sonrió pensado que llegaban refuerzos gracias a los procuradores enviados a Castilla. Hernán, pensativo, acabó por fruncir el ceño.

Chimalma no me permitió acompañarlo al palacio de Axayácatl. Sólo dejó que el anciano Ocatlana fuera con él. Yo me senté a los pies del *ahuehuetl* a esperarlo con cierta ansiedad. Cortés había atendido a mis razonamientos para mantenerlo en libertad, y a pesar de esa extraña complicidad que nos unía fruto de lo que el castellano entendía como una deuda, también había demostrado ser un hombre cambiante. Un hombre cambiante no por el ímpetu o la indecisión, sino, mucho me temía, por una calculada estrategia.

Por un lado, trataba a Motecuhzoma como a un invitado de alto rango, con una vida de lujos, juegos y pocas privaciones, salvo la de la perpetua escolta castellana. Incluso lo llevó de caza a bordo de uno de los bergantines cuya construcción creó gran impacto entre los mexicas al ver tornillos, sierras, ruedas y las técnicas de carpintería extranjera. Pero a la vez, cuando los mexicas que en la costa habían matado a algunos castellanos estuvieron en sus manos, Cortés ordenó que los quemaran en la plaza del templo mayor como si fueran herejes condenados por la Inquisición, y obligó a Motecuhzoma a presenciarlo, encadenado por los tobillos ante todos sus súbditos. En un acto de magistral teatralidad, luego lo desató diciéndole:

—Quedas libre.

Y Motecuhzoma, no sé si aterrado o, como sostenía Chimalma, para proteger a su pueblo, se quedó bajo la custodia de Cortés. Me parecía admirable cómo el cihuacóatl quería seguir creyendo, incluso más que nunca, en su Tlatoani, mientras por otra parte entendía para qué servían aquellos en apariencia ociosos bergantines y qué implicaba el vasallaje al fin aceptado por Motecuhzoma.

—Sí, pero ha rehusado convertirse a la religión de Malinche —me decía intentando convencerse a sí mismo—. No se bautizará. Le da largas, pero no lo hará. El año que viene, el dos pedernal, es favorable. ¡El pedernal es el símbolo de nuestro pueblo!

El sol ascendía. La estación seca tocaba a su fin y los mexicas, pese a haberse visto obligados a quitar sus dioses del templo mayor, sentían la urgencia de apelar a Tláloc para que trajera las lluvias y, con ellas, la vida a los campos.

—¿Qué haces aquí?

Levanté la cabeza al oír aquella voz que me sacaba de todas mis preocupaciones. Izel tenía las manos a la espalda y su barriga sobresalía, descubriéndome cuan mágico era su cuerpo.

—¿No has ido con mi padre al palacio de Axayácatl? —inquirió ella, preocupada.

Negué con la cabeza. Se acercó a mí y se apoyó en el robusto tronco del árbol para sentarse. La miré. Me sonrió y abrió los brazos. Me recliné sobre su barriga.

—No ha querido que lo acompañara —susurré.

—¿Estará seguro? —preguntó con un leve temblor en su voz grave—. No es por Malinche o como se llame. Sólo pensar en que Ixtlixochitl pueda…

Me incorporé y la silencié con un beso suave.

—No tiene ningún poder. ¿Sabes? Para un cristiano piadoso es…

No continué. Simplemente, la volví a besar. ¿Cómo explicarle qué horrible pecado es golpear a una mujer embarazada hasta que pierde a su criatura? Me recosté de nuevo sobre su vientre, no pude evitar avergonzarme del estallido de ira que me dominó y recordé la escena con amargura.

Cuando apresó a Motecuhzoma, Cortés también se apoderó de otros nobles que habían ido a visitarlo, incluido Cuitláhuac, el hermano del soberano mexica. En consecuencia, algunos

pipiltin acabaron rehusando visitar al gran Tlatoani de Tenochtitlán en lo que a las claras entendían como una prisión.
Chimalma no dejó de hacerlo. Siguió ejerciendo de cihuacóatl,
a las órdenes del Tlatoani, a pesar de que tras él estuviera
Cortés. Hasta que Cacama, que además de Tlatoani de Texcoco
era sobrino de Motecuhzoma, escapó de Tenochtitlán e intentó
rebelarse. Confió en su hermano Ixtlixochitl sin sospechar que
su rencor lo había convertido en aliado de los castellanos contra
los mexicas que le habían arrebatado el trono. Ixtlixochitl
traicionó a Cacama y lo entregó a Cortés. Además, acusó a
Chimalma de estar implicado y también lo apresaron.

Yo aún no sabía nada de todo eso cuando, como de
costumbre, entré en el patio donde habían construido la
iglesia. Era habitual que el capitán general hablara con
Motecuhzoma sobre Dios, el cristianismo, don Carlos y sus
reinos. Pero aquel día me topé con un disgustado Cortés.
Marina estaba a su lado; Aguilar, detrás; y en el otro flanco,
aquella cara con una enorme nariz aguileña que parecía
partirle los estrechos labios. Sólo la había visto dos veces
en mi vida, pero reconocí al momento al que fuera marido
de Izel. La rabia se apoderó de mí. Mis puños se cerraron.
El expresivo ceño de Ixtlixochitl reflejó sorpresa para luego
pasar al desdén. No pude soportarlo y me abalancé sobre él.
No me costó tumbarlo. Ya en el suelo, sólo recuerdo una ira
ardiente como una gran hoguera alimentada por la imagen
de Izel. Su recuerdo impulsaba mis brazos, y mis puños no
dejaban de golpear esa cara y esa sonrisa y ese desdén.

—*Assassí llardós!*[13] —gritaba en mi propia lengua, la
que hacía ya una década no usaba.

---

13. En catalán: sucio asesino.

Creo que mis lágrimas se mezclaron con los restos de su sangre en mis manos. Advertí que intentaban apartarme de él. Por último, noté un fuerte golpe en las costillas y el dolor me obligó a detenerme.

—¡Eso no era necesario! —oí gritar a Cortés.

—Está pegando a nuestro invitado —refunfuñó Alvarado—. Y el barón de Orís, al final, ha resultado ser amigo de un traidor.

Me puse en pie, ignorando el dolor. Miré a Ixtlixochitl, ensangrentado a mis pies, y el brillo de sus ojos me impulsó a escupirle mientras le decía en náhuatl:

—Conmigo no has podido como con ella, ¿eh?

—¡Barón de Orís! —exclamó Cortés. Lo miré. Estaba tenso—. Su comportamiento no es propio de un caballero de su linaje. ¿Qué está ocurriendo?

Se lo expliqué todo. Miró de reojo a Marina, luego directamente a Alvarado, y por último, a mí:

—¿Era una hija del canciller? —me preguntó moviendo algo nervioso los labios—. ¿Ese Chimalma al que tengo preso?

—¿Por qué lo has apresado? —me sorprendí.

—Por intentar sublevarse junto a Cacama de Texcoco.

—¡Es increíble! —murmuré y añadí en voz alta—: Después de lo que Ixtlixochitl le hizo a Izel, Chimalma y Motecuhzoma intervinieron para que no heredara el trono de Texcoco. Desde luego, tu delator tiene motivos para sentir rencor hacia el cihuacóatl.

—¿Nos ha utilizado? —se indignó Cortés clavando sus ojos con desprecio en el quejumbrosos Ixtlixochitl. Luego alzó la mirada hacia mí—. ¿Responderías por tu anfitirión?

—Sí. Él os proporciona comida, tal como su Tlatoani ordena —«Y Dios sabe lo que les empieza a costar alimentar a tres mil invitados», me dije—. No sé si hace algo más, pero para él ir contra su Tlatoani es lo mismo que para nosotros ir contra el Rey. Y desde luego, es un hombre honrado.

—Bien, quedará libre. Y me parece que este hombre no se sentará en el trono de Texcoco.

—¿Le preparo el fuego de la *temazcalli*, señor? —se oyó la voz de Ocatlana.

—No; avisa a Pelaxilla para que vaya a mi estancia —ordenó el cihuacóatl, cansino.

Izel dejó escapar un suspiro de alivio, me miró sonriente y se apoyó en mi hombro. Se oyeron uno pasos y Chimalma apareció por detrás del árbol. Calzaba unas humildes sandalias, llevaba un solo manto y lucía un sencillo tocado de plumas de guacamayo.

—¿Cómo va mi nieto? —preguntó mirando a Izel.

Ella bajó el rostro, ruborizada. Aun así, respondió:

—Enérgico.

Chimalma y yo sonreímos. Entonces sacó de entre los pliegues de su manto un *amatl* y me lo alargó. Izel hizo ademán de levantarse, pero él la detuvo con un gesto.

Tomé el *amatl*. Era la representación dibujada de unos dieciocho barcos, cinco de los cuales parecían hundidos o encallados en la arena. Noté el escalofrío que recorrió a Izel y cómo se aferraba a mi brazo. Miré a Chimalma desconcertado; él ya sabía cómo interpretar aquello. «¿Refuerzos?», pensé. Pero advertí que el rostro del cihuacóatl parecía más esperanzado que preocupado.

—Hemos establecido contacto con ellos. Están a la altura de Cuhlúa. Parece que vienen a liberarnos de Malinche. ¿Puede ser?

Me encogí de hombros.

—Pudiera haber alguna disputa interna… O que el Rey le haya retirado el mando. La verdad, no lo sé.

Le tendí el *amatl* y él se lo guardó con una amplia sonrisa, como dando rienda suelta a sus esperanzas.

—Quizá podamos volver a la normalidad antes de lo esperado —resumió mientras sus ojos se posaban en el vientre de su hija.

—Pero… —balbuceé. Miré a Izel, y ella asintió. No podíamos engañarnos—. Si vienen a luchar contra Cortés…, bueno, contra Malinche, será sólo para quitarle el sitio. No se irán, Chimalma.

Me miró contrariado. Entonces Izel intervino:

—Sea quien sea el que envía a ese ejército, los mexicas tampoco lo haríamos con nuestros tributarios.

—Pero quizás estos de ahora sólo quieren tributos, no quedarse, ni cambiar nuestras costumbres.

—Desde el momento en que Motecuhzoma aceptó ser vasallo del rey forastero, Tenochtitlán forma parte de la Corona de Castilla, un reino cristiano —respondí mientras a mi mente acudían la expulsión de los judíos, la conquista de la infiel Granada y la Inquisición de los reyes Fernando e Isabel, abuelos de aquel rey Carlos del que había oído hablar.

Chimalma asintió con un suspiro y se marchó. Sin embargo, le oímos murmurar cuando se alejaba:

—Veremos.

• • •

Cortés irrumpió en la estancia de Motecuhzoma a grandes zancadas, lo cual provocó que los sirvientes se retiraran hacia los lados, mientras el Tlatoani quedaba en el centro sosteniendo un cuenco que despedía un agradable aroma a *xocoatl*.

—¿Me has hecho llamar? —preguntó Cortés divertido.

Se cuadró frente a él, se quitó el sombrero con plumas e hizo una reverencia. El Tlatoani me miró y le traduje.

Motecuhzoma asintió riendo por el gesto. Dejó el cuenco con tranquilidad y sacó, de entre los pliegues de su manto turquesa, un pedazo de *amatl* que yo ya conocía, mientras le daba una explicación. Cuando acabó de hablar se lo tendió a Cortés y este lo observó atónito mientras escuchaba lo que yo le traducía.

—Han sido avistados estos barcos en la costa de Culhúa. —Y maticé—: Bueno, de San Juan de Ulúa.

—¿Tantos? —me preguntó ceñudo.

Miré a Motecuhzoma. Tenía una sonrisa como la de un chiquillo travieso a quien le hace cosquillas el bezote con forma de colibrí.

—Sí —respondí arqueando las cejas mientras Cortés contaba los barcos con el dedo índice—. También dice que el jefe es un hombre que viene a luchar contra usted, don Hernán. Y le invita a irse antes de que sus enemigos, tan numerosos…

Cortés alzó la mano para que me callara. Obedecí.

—¡Dieciocho! No sabía que eran tantos. ¡Ese Velázquez! —gruñó. Luego alzó los ojos hacia mí. Su rostro reflejaba estupor, pero pronto sonrió—. Dile que agradezco la información.

Hizo una reverencia, dio media vuelta y se marchó sin esperar a que yo tradujera al Tlatoani. Motecuhzoma tomó el *xocoatl,* satisfecho, e incluso me ofreció un cuenco de la deliciosa bebida cuando acabé de darle las gracias en nombre de Cortés. No me preguntó en ningún momento si pensaba que se marcharían. Creo que estaba absolutamente convencido.

Tardó algunas semanas en irse. Según el calendario cristiano, a principios de mayo. Para los mexicas, poco antes del festival de Toxcalt. Pero partió sólo con algunos hombres. Iban a la costa a enfrentarse a aquellas tropas venidas de una isla llamada Cuba y comandadas por un tal Pánfilo de Narváez. Aun así, de la naturaleza del conflicto que tenía Cortés para que mandaran un ejército contra él, no me quiso contar nada. Se limitó a informarme de que Tenochtitlán quedaba bajo la vigilancia de Alvarado. Y con él dejó a un centenar de castellanos y a sus aliados tlaxcaltecas. Yo debía presentarme a diario en el palacio de Axayacátl y ponerme al servicio del lugarteniente como había hecho con Cortés.

En cuanto marchó el capitán general, comprendí que no sería tratado igual. Alvarado me obligó a vestir mi ropa de misa siempre que estuviera entre castellanos.

—¿Un barón esclavo?

Y me ordenó que me encargara de la limpieza de la iglesia. Empecé a temer que no me dejara volver a casa por las noches, pero intuí que alguna orden debía de haberle dado Cortés, pues jamás me prohibió salir del palacio.

Durante aquellos días, sólo requirió mi presencia una vez para que le hiciera de intérprete de Motecuhzoma. Este rió cuando entré en su estancia vestido como castellano, pues siempre me había visto con el *maxtlatl* y el manto. Pero pronto se centró en explicar a Alvarado que Malinche le había dado permiso para celebrar el importante festival de Toxcalt. Aun así, puesto que él no estaba, se lo solicitaba a Tonatiu. Para autorizarle, Alvarado empleó a su intérprete de los últimos días, un muchacho de Coatzalcoalcos capturado al principio de la expedición castellana a quien llamaban Francisquillo. A mí sólo me pidió que le tradujera una frase:

—Sin sacrificios humanos, por supuesto.

Motecuhzoma me miró divertido y asintió, y Alvarado frunció el ceño antes de marcharse. Disimulé mi desconcierto, pues según me había enseñado Ollin hacía ya mucho, el momento más importante del festival de Toxcalt era el sacrificio de un joven al cuarto día, un joven que durante un año había estado viviendo como un dios y que, en el ritual, representaba precisamente a Tezcatlipoca.

Durante los días sucesivos, no fui el único desconcertado. La ciudad bullía con los preparativos del festival. Ante el templo mayor empezaban a disponerse coloridos toldos, los guerreros iban y venían preparando sus maquillajes y sus mejores galas, y las mujeres elaboraban una gran escultura de Huitzilopochtli con comida, semillas y sangre procedente de sacrificios, que se hacían a escondidas. Alvarado entraba y salía del palacio sin entender el significado de todo aquello, lleno de suspicacias que enrarecían el ambiente cada día más.

El capitán siempre salía escoltado por unos cuantos soldados y los acompañaban algunos tlaxcaltecas, de entre los cuales uno con la nariz rota parecía gozar de su confianza. Se había convertido al cristianismo y respondía al nombre de Hernando. Si mi mirada se cruzaba con la de Alvarado, se mostraba desafiente pero, por lo demás, me ignoraba. La tensión fue en aumento y empeoró cuando, a poco de empezar el festival, los mexicas dejaron de facilitar alimento a los castellanos. Alvarado no me preguntó; sólo entró en la iglesia y se lo comunicó a fray Olmedo a gritos mientras yo limpiaba una imagen de la Virgen de los Remedios. Me di por aludido, desde luego.

—Guifré —me contestó Chimalma en cuanto le pregunté—, mi pueblo o ellos. No podemos alimentarlos más. Tres mil hombres tanto tiempo, sus perros, sus caballos… Ni la gran Tenochtitlán puede soportar esto.

—Pero los mercados están llenos.

—Si les quito a los mercaderes más víveres para dárselos a los castellanos, no puedo garantizar la paz. Ya estamos comiendo guiso de frijol y maíz para que ellos tengan pavo y perro y venado. Está demasiado cerca el festival de Toxcalt para caldear los ánimos.

Al día siguiente fui al palacio de Axayácatl temiendo que el temerario Alvarado me hiciera preguntas y no le gustaran mis respuestas. El ambiente había llegado al límite. No vi a ninguno de los sirvientes mexicas que trabajaban para los castellanos. Temí que Chimalma me hubiera engañado y realmente tramaran algo. Pero al entrar en uno de los patios, colgado de la rama de un *ahuhuetl* se balanceaba el cuerpo amoratado de una muchacha mexica brutalmente ahorcada. Un escalofrío me recorrió la espalda mientras me santiguaba. «No se fía ya de los mexicas ni para que le sirvan, y los ha echado atemorizándolos», pensé. En el otro extremo del patio apareció Alvarado con algunos hombres y el tlaxcalteca de nariz rota del que cada vez resultaba más inseparable.

—¡Sacad eso de ahí, por Dios! Ya ha cumplido su cometido —gritó.

Mi razón me decía: «Haz como en la nao siendo esclavo, pasa desapercibido». Pese a ello, mi corazón me hizo caminar hacia Alvarado con el paso decidido propio del linaje de mi padre.

—Don Pedro…

—¡Dime! —ordenó sin mirarme.

—Según he averiguado, hay problemas de suministro por parte de las autoridades, que temen requisar a los comerciantes… No desean sublevar al pueblo. Hay mucha gente congregada en la ciudad con motivo del festival de Toxcalt.

Alvarado me miró con desconfianza y me repasó de arriba abajo.

—¿Alguien te ha ordenado que me digas esto? ¿Es una amenaza velada?

—No, don Pedro, no lo creo. Ustedes tienen a su Tlatoani y a la mayoría de los dirigentes. Lo he preguntado yo, extrañado ante esta repentina falta de hospitalidad.

—Bueno, entonces compraremos en el mercado. Tenemos oro… Su oro —rió Alvarado. Calló de repente y, muy serio, se llevó la mano al cinto de la espada mientras decía—: De todos modos, hay maldad en sus actos.

—No entiendo a qué se refiere.

—Sacrificios. Ese diablo de la plaza, frente al templo, contiene sangre de sacrificios.

Procuré que mi desconcierto no se reflejara en mi rostro. Jamás se habían dejado de hacer sacrificios, sólo que pensaba que Cortés y los suyos estaban enterados y, como yo, habían optado por no verlos. De hecho, se desarrollaban con tal discreción que ni siquiera sabía en qué templo menor se hacían.

—Yo no he visto sacrificios —respondí decidido.

Alvarado rió.

—De acuerdo. Ni yo, ni tampoco Cortés. Y como dice él: «Si no los vemos es que no los hay». Bien. —Inspiró profundamente, entornó los párpados y añadió con una tensa sonrisa—: Diles a tus amigos, sin embargo, que no seremos parte de sus sacrificios. No nos engañarán con la excusa de esa fiesta, te lo aseguro. Los tendremos vigilados. —Se acercó a mi oído y su pestilente aliento recorrió mi cuello—. Y esto no es una amenaza velada, baroncito.

El mismo día que empezó el festival, Chimalma fue apresado en una visita a su Tlatoani. Lo encadenaron junto a Cacama, Cuitláhuac, señores de ciudades vecinas como Tacuba o Tlatelcoco y otros relevantes *pipiltin*. Pero a mí, Alvarado aún me permitió salir de palacio y regresar a casa.

Al entrar en la sala de la litera, Izel se lanzó a mi cuello y cerré los ojos para sentir su calor y su abultado veintre. Cuando los abrí, dos mujeres angustiadas y el fiel Ocatlana me miraban:

—¿Qué pasa, Guifré? —me preguntó Pelaxilla.

Sujetaba por el brazo a otra mujer, de más edad que ella. En sus ojos reconocí enseguida a la primera esposa de Chimalma. Yo notaba el cálido tacto de Izel en mi brazo y la miré.

—Mipadrenohaidoalaceremoniadehoy—meinformóinquieta.

—Está preso —no tuve más remedio que anunciar.

La primera esposa rompió en un llanto silencioso que sacudía su cuerpo. Pelaxilla la ayudaba a mantenerse en pie mientras sus propias lágrimas rodaban por sus mejillas. Sin embargo, Izel no lloraba. Súbitamente tranquila, sólo en el fondo de sus ojos había un reflejo de triste resignación.

—Tenía que pasar —susurró.

—Supongo… Él está bien. Aun así, el ambiente es tenso. No salgáis de casa, por favor.

—¡No lo entiendo! —gritó de pronto la primera esposa de Chimalma.

—Los tlaxcaltecas han hecho creer a ese Tonatiu que atacaremos —replicó Izel.

—¡Eso es mentira! —exclamó a su vez Pelaxilla.

—Les da igual —aseguré, y sonreí con amargura al recordar aquello que me decía Chimalma—: No importa lo que eres, sino lo que pareces. Y con la fiesta, a ojos cristianos, los mexicas parecen el demonio.

—Quizá debería suspenderse —musitó Ocatlana. Al darse cuenta de que lo habíamos oído, agachó la cabeza y enrojeció—: ¿Cómo reaccionarán cuando vean el sacrificio del joven *tlacauepan* dentro de tres días?

—¿Y cómo reaccionará el pueblo si alguien le quita la culminación de Toxcatl? —añadió Izel en un susurro.

Ella no salió de palacio, tal como le pedí, pero sabía que miraba desde la azotea el desarrollo del festival. No me gustaba la idea. Yo, en el palacio de Axayácatl, notaba el ambiente tan enrarecido que me pasaba el tiempo arrodillado delante del altar de la pequeña iglesia de madera para rezar porque no pasara nada. Había oído a Alvarado gritar a Motecuhzoma como a un perro para que detuviera aquello, fray Olmedo me había hablado de sus temores respecto al sacrilegio imperdonable que implicaría meter a Huitzilopochtli en el templo donde ahora estaba la Virgen, sabía que habían torturado a algunos hombres, no podía ver ni a Chimalma ni a nadie, ya que los mexicas presos estaban aislados, y el sonido de la música y los tambores era reforzado por las palabras de odio de los tlaxcaltecas. Las imágenes de Cholula se mezclaban con mis oraciones.

Pero pasó un día, otro, otro más y no sucedió nada. Izel me hablaba de las danzas que había podido ver, pues se realizaban en diversos lugares sagrados de la ciudad. Me hablaba de las habilidades de los pajes del *tlacauepan* que representaba a Tezcaltipoca y de las mujeres que simbolizaban a las cuatro diosas. Siempre lo hacía buscando el entusiasmo en su corazón. Era como si quisiera recobrar a aquella mujer joven e ilusionada que se conoció a sí misma y a su pueblo enseñándome, a aquella mujer que me enamoró sin que yo me diera cuenta… Pero una cosa era su voz, y otra, el fondo triste de sus ojos. Cuando dejaba de hablar, se sumía en una profunda melancolía que parecía tratar de calmar tocando su vientre. En ese momento, callábamos, y yo unía mi mano a la suya. De alguna manera, sentía que Izel se despedía de sí misma, sentía que intuía aquel Toxcalt como el último. No le hablaba de lo que ocurría. Tampoco me preguntaba. ¿Para qué? Quizá, para poder afrontar cada nuevo día de angustia, yo también necesitaba el refugio de su alborozado parloteo.

Llegó el cuarto día. Entré en palacio, me vestí con mi túnica y asistí a la misa de la mañana, con los castellanos y algunos de los tlaxcaltecas que ya profesaban el cristianismo, como el llamado Hernando, el de la nariz rota, que se sentaba cerca de Alvarado. Pero lo que más me inquietó fue ver a Ixtlixochitl, aún con cicatrices de mi rabia, cerca de ambos.

Me concentré en la oración. Al acabar la misa, como de costumbre desde la marcha de Cortés, me dediqué a recoger como sacristán. Los sonidos de las caracolas empezaron a extenderse por la ciudad mientras limpiaba el altar. La voz de fray Olmedo me sorprendió:

—En verdad, suenan a guerra.

Me giré en silencio.

—¿Quieres rezar conmigo? —me invitó el fraile.

Se me hizo un nudo en la garganta. De pronto, sentí deseos de llorar. Oí que Alvarado pasaba ante la iglesia gritando:

—Si nos han de atacar, ¡lo haremos nosotros primero!

Los soldados lo vitorearon.

Besé la cruz que llevaba al cuello y me arrodillé junto al fraile. Sus ojos por lo común brillantes de codicia, parecían teñidos de otra luz, una luz de piedad, y me recordó al viejo párroco de Orís junto al que me había criado.

—¿Lo has visto alguna vez? —me preguntó mirando hacia el altar con las manos unidas en oración.

—De lejos.

—¿Y también has visto…?

—No, no. Tengo entendido que el… el sacrificio principal tiene lugar en medio del lago, en una islita cerca de Iztapalapa, la ciudad donde estuvieron ustedes antes de venir a Tenochtitlán.

—Ya… —asintió pensativo—. Entonces, ¿qué hacen aquí?

Creo que me miró, pero yo tenía la vista al frente, perdida en una evocación, intentando recordar qué sentí cuando para mí aquel mundo mexica era nuevo.

—Lo que yo he visto es una comitiva que danza. Van primero quienes han elaborado la imagen del di…, del ídolo pagano. Ahora deben de estar danzando al son de esas flautas. Les siguen importantes guerreros…

—¿También danzan?

—Todos danzan. El joven que representa a Tezcatlipoca, sus amigos, los más importantes nobles, los parientes de Motecuhzoma… Bueno, los que no están presos… Todos los presentes en la plaza acaban bailando.

Mientras, en mi cabeza se mezclaban los ritmos de los dos tambores, el *teponatzli* y el *huehuetel*, con el colorido de los mejores mantos emplumados y las risas del *cuecuxicuacatl*, al que yo llamaba baile de las cosquillas. El fraile suspiró y murmuró:

—¿Cuánta gente?

—Cuatrocientos, seiscientos… No sé. —Me encogí de hombros—. Muchos.

—Oremos, hijo, oremos.

Empecé un Padrenuestro reprimiendo los sollozos, pero sin poder evitar las lágrimas. De pronto, alguien irrumpió en la iglesia.

—¡Ahí está! —oí en náhuatl.

Me volví e, impávido, vi correr hacia mí a Ixtlixochitl seguido de tres tlaxcaltecas pintados de rojo para la guerra. Fray Olmedo se puso en pie:

—¡Estáis en la casa del Señor! —gritó.

No intenté traducirlo. Se abalanzaron sobre mí y me arrastraron agarrándome por el jubón. No opuse resistencia, pero fray Olmedo me asió del pie.

—Diles que eres cristiano y que estás bajo mi protección —me increpó.

Su voz se mezcló con la de Ixtlixochitl en náhuatl:

—Es una orden de Tonatiu.

Estiraron, obligando a fray Olmedo a soltarme. Su estupor lo mantuvo inmóvil.

—Ningún cristiano ha profanado esta iglesia, y tampoco ningún mexica —le grité.

Él se santiguó.

Me sacaron de la iglesia e Ixtlixochitl me ordenó ponerme en pie con un grito. Me golpeó el vientre con el mango de su espada de obsidiana, pero no sentí el dolor. Un tlaxcalteca impidió un segundo golpe.

—La orden es llevarlo con los *pipiltin* sin hacerle daño —le recordó en tono amenazante. Y se giró hacia mí—. ¿Caminarás?

Asentí y me puse en pie sin ayuda. Entonces sí noté dolor en mi vientre, pero no lo demostré. Caminé escoltado, sin rebelarme, hasta una sala. Allí no estaba Motecuhzoma, pero sí el resto de señores, encadenados y custodiados por soldados castellanos. Con ansiedad busqué a Chimalma. Pero sólo hallé los ojos de Cuitláhuac, el hermano de Motecuhzoma, indicándome a un hombre que yacía en el suelo, a su lado, lacerado a latigazos.

—Encadenadlo —ordenó un capitán castellano que estaba frente a quien creía era el señor de Tacuba.

Chimalma alzó la cabeza. Pensé que había sido por la voz del castellano. Pero no. Yo también lo oí mientras los soldados obedecían: la música del festival se había acallado de repente.

—¡Traduce, catalán, traduce esto!: escuchad el silencio.

Lo miré a los ojos y respondí:

—Creo que no hace falta.

Algunos castellanos rieron ante mi respuesta mientras una oleada de gritos fue ascendiendo hasta llegar a nuestros oídos. Gritos de sorpresa, gritos de terror, gritos de guerra. Todos procedentes de la plaza frente al templo mayor. Oí gemir a Chimalma y vi cómo se ponía en pie. Todos los *pipiltin* allí reunidos, sin la menor expresión en sus rostros, miraban directamente a los castellanos armados frente a ellos. Un tlaxcalteca dijo en náhuatl:

—La plaza está cercada, y no será la sangre tlaxcalteca la que hoy alimente a Huitzilopochtli. ¡Ningún hombre que haya pisado el *calmecac* sobrevivirá! ¡Es el fin de los guerreros mexica!

Las imágenes de Cholula me volvieron a la mente, y el capitán castellano ya no me pidió traducir nada más. Simplemente dijo:

—La muerte de los vuestros será lo último que oiréis.

La espada voló y cercenó la cabeza del señor de Tacuba. Su cuerpo, en suspenso, tardó en caer mientras su cabeza rodaba hasta mis pies. Era la señal. Los castellanos se abalanzaron sobre los *pipiltin*. Les hundían las espadas, la sangre manaba, y en un momento pude ver a Ixtlixochitl sacando el corazón de Cacama de su pecho. Y gritos, gritos de sorpresa, de terror, de guerra. Caí de rodillas. Se marcharon. Habían concluido. No me atreví a mirar a mi alrededor. La sangre encharcaba el suelo. La notaba empapando mis calzones. Silencio dentro y estrépito en el exterior, ahora confuso, con los tambores de fondo.

—Están sonando.

Levanté la vista. Era Cuitláhuac quien hablaba. El corazón me volvió a latir con fuerza al distinguir los ojos de Chimalma en su cara cubierta de sangre.

—Nuestros guerreros no están acabados —musitó.

Hubo una matanza en la plaza de Tenochtitlán como la que presencié en Cholula, pero los mexicas supervivientes lucharon. Apareció Alvarado, de cuya cabeza manaba sangre, y ordenó:

—Limpiad esto.

No lo vimos más. Sólo intuimos, por el ruido, que el palacio estaba siendo asediado. Luego, no sé cuándo, nos trasladaron adonde retenían a Motecuhzoma. A punta de cuchillo, lo obligaron a salir a la azotea y frenar aquello, pero oímos gritos que repudiaban al Tlatoani. Los momentos de calma se intercalaban con los de lucha abierta. Ya no hubo paz. La batalla no paró y, por muchos mexicas que hubieran matado en la plaza, el centenar de castellanos, las lombardas y los tlaxcaltecas no fueron suficientes para acabar con ellos, y mucho menos, con su espíritu guerrero.

Pasó un día, quizá dos. Sólo entonces mi mente volvió a tener pensamientos más allá del rojo sangre que lo había nublado todo. Pensé en Cortés. Cuando marchó, jamás imaginé que desearía su retorno, pero de pronto me di cuenta de que, a pesar de sus estratagemas, había cumplido lo que me prometiera antes de entrar en Tenochtitlán. Paz, tensa, incómoda, angustiosa, pero paz. Alcé la cabeza. Noté una mano cerca de la mía.

—Ella estará bien —dijo Chimalma.

La sangre reseca le cubría el rostro.

—Los nuestros son los que tienen tomada la ciudad —sonrió Motecuhzoma.

Sólo podíamos esperar.

LI

La Coruña, año de Nuestro Señor de 1520

Domènech se sentía agotado. Tras casi veinte días de hacer de recadero del cardenal para comprar algunos votos y ejercer presión sobre determinados procuradores, las Cortes se habían trasladado de Santiago de Compostela a La Coruña cuando ya acababa la Semana Santa. Desde entonces, durante diez días se ocupó de lo mismo, entre altivos nobles castellanos recelosos de lo que pudieran hacer los extranjeros en cargos de poder una vez don Carlos se marchara a Aquisgrán. A veces, tan airadas fueron ciertas repuestas que llegó a pensar que se sentían invadidos y expoliados por los flamencos. A raíz de ello, nada más reemprender las Cortes en La Coruña, Su Majestad había ordenado leer las disposiciones reales que prohibían la salida de monedas, caballos y riquezas de los reinos mientras él estuviera ausente, e incluso se comprometió a no otorgar beneficio ni prebenda a personas que no fueran naturales de los reinos. Pero estas eran sólo unas cuantas concesiones de entre los más de sesenta puntos cuya revisión reclamaban ciertas ciudades antes de dar un sí definitivo al dinero solicitado por el monarca. Y puesto que lo planteaban, no como un chantaje abierto sino como un miedo a no quedar proveídos con disposiciones concretas antes de la marcha del

Rey, Domènech se tuvo que emplear a fondo para asegurar, si no la unanimidad a que aspiraba la corte de Su Majestad, sí los votos necesarios para conseguir el dinero.

Aquel día, por fin, la tarea del obispo de Barcelona había acabado. Sentado, con la mirada fija en la jarra de vino que había sobre la mesa, aguardaba en la estancia donde se alojaba, también en el monasterio franciscano, pero ahora de La Coruña. No podía faltar ya mucho para que concluyera la sesión. Su Majestad no quería retrasar su partida, y el canciller Gattinara, presidente de las Cortes, declararía como últimas las consideraciones de aquel día. Domènech creía tener asegurados los votos de los procuradores de las ciudades que Adriano le había encomendado, pero se respiraba un ambiente tan enrarecido en diversos ámbitos que el prelado experimentaba en sus carnes la inseguridad. Sabía que su ascenso dependía del resultado de aquellas Cortes, y tan físicas se habían tornado sus sensaciones que incluso en su miembro viril reapareció aquella llaga de bordes duros.

Ni los procuradores de Toledo ni los de Salamanca comparecieron a las Cortes convocadas en Santiago. Domènech no había previsto algo así, pero Adriano tampoco lo reprendió.

—Quizás incluso nos convenga que no estén —le había dicho.

A pesar de los temores de Domènech ante este imprevisto, ello no desacreditó las informaciones que había facilitado al cardenal, ya que, en cuanto se iniciaron las Cortes, se escenificó lo que le había advertido: León formuló la petición de que se vieran las demandas de las ciudades, expuestas en los capítulos generales, antes de aprobar la concesión del dinero. A León enseguida se sumó un bloque en apariencia compacto de ciudades. En total, doce de dieciséis a favor de un cambio en el procedimiento tradicional en los reinos castellanos: primero las disposiciones y después el dinero.

A raíz de esto, y estando aún en Santiago, la Corona insistió en que se manifestaran respecto al dinero, con el compromiso de despachar lo que demandaran las ciudades antes de la partida del monarca. León insistió a su vez en las peticiones presentadas a Su Majestad y se negó a responder a la Corona hasta haber consultado con otros procuradores. Con León se alinearon otras tantas ciudades a las que se vino a añadir Ávila, inicialmente declarada en reflexión.

En este punto fue cuando Adriano ordenó a Domènech acercarse a los representantes de dicha ciudad y presionarlos para que se manifestaran. El cardenal le instó a que, si era posible, no los sobornara, ya que prefería guardarse esta táctica para usarla con procuradores de posición más dura.

La pugna entre Corona y Cortes se prolongó hasta que llegó un punto en que Su Majestad, a través del canciller Gattinara, preguntó a los representates de las ciudades si se oponían a dar el dinero. Desde luego, todos respondieron que no, pero León seguía abanderando la súplica de que se vieran las disposiciones.

Tras haber convencido a Ávila, en adelante Domènech abordó a quién le encomendara su Eminencia. Todos sabían que el obispo era miembro de la corte de don Carlos, como todos sabían que era catalán. Y en las Cortes del Principado el orden era el inverso: primero se veían las disposiciones. Así que podía acercarse a los procuradores más hostiles al servicio de la Corona y granjearse cierta complicidad, mientras Lluís se ocupaba de escarbar en su vida personal.

—Porque no es que tengamos un emperador extranjero gobernando nuestros reinos, sino que el Sacro Imperio Romano viene a buscar emperador a Castilla —decía a menudo, una vez comprobada la eficacia de esta frase.

Calculaba que debían de quedar seis ciudades empeñadas en cambiar el procedimiento, siempre y cuando Jaén, la opinión de cuyos procuradores se dividía entre una y otra parte, acabara por aunarse a favor del servicio que el Rey había demandado. Ese era su mayor temor en aquel momento.

Mientras apuraba el vino, imaginó a los representates de Burgos o Sevilla alabando a Su Majestad. Esta última ciudad mostró con gran claridad su posición desde el principio: quería mantener la exclusividad de la que ya gozaba respecto al comercio de las Indias, y más con las riquezas que parecían alumbrar las nuevas tierras aún en conquista. Por ello el obispo de Badajoz, de manera informal, comunicó a los procuradores sevillanos que se les concedería, pese a que las demandas de las ciudades no se hubieran estudiado aún oficialmente. Domènech torció el gesto al pensar en ello y optó por servirse más vino para digerir su incipiente malhumor. Ya lo había sentido antes, y por el mismo motivo. A él le asignaban las ciudades a las que había que preparar para aceptar un soborno; al venerable obispo de Badajoz, aquellas a las que simplemente había que lisonjear para que, en las Cortes, alabaran a la Corona y defendieran el procedimiento. Le molestaba hasta cierto punto que el obispo de Badajoz fuera públicamente portavoz del monarca mientras él se movía entre las sombras, pero lo que le irritaba de veras era que se había convertido en una especie de recadero de Adriano, quien se llevaría los méritos si todo salía bien, pues su Eminencia Reverendísima le había cortado todo acceso a

Guillaume de Croy y al canciller Gattinara. Por otro lado, estaba convencido de que el cardenal no dudaría en ofrecer la cabeza del obispo de Barcelona si algo salía mal. Por suerte, Dios había estado de su parte, y Domènech juzgaba que, de seguir todo así acabadas las Cortes, Adriano sólo podría reconocer su aportación ofreciéndole un cargo que mostrara con elocuencia su agradecimiento por todos los méritos que estaba acumulando a su costa.

Miquel llamó a la puerta. El prelado se irguió en la silla y notó sus hombros tan tensos que una punzada de dolor los recorrió hacia la nuca. Cuando el secretario entró, se topó con los fríos ojos azules del obispo clavados en él.

—Su Eminencia Reverendísima desea verlo —anunció con un leve temblor en la voz.

Al prelado no le gustó el tono. Miquel estaba al corriente de todo. No en vano le había mandado ser sus ojos y sus oídos en los pasillos del monasterio. Siempre dejándole entrever que, cuanto más importante fuera el destino que alcanzara el obispo, más fácil sería su retorno a Barcelona.

—¿No tienes nada más que decirme? —inquirió Domènech, quien fijó la mirada primero en las manos, luego en los ojos de su servidor.

El sacerdote detuvo sus gestos nerviosos y se ruborizó.

—Ha salido bien, Ilustrísima Reverendísima. Jaén ha cedido.

El obispo seguía mirándolo fijamente. Miquel se estremeció. Era la misma expresión que adoptaba cuando le hacía desnudar para comprobar que había cumplido con las flagelaciones impuestas como penitencia.

—Bien, entonces Su Majestad ya tiene lo que desea. Nueve de doce ciudades —resumió Domènech poniéndose en pie. Miró el vino que le quedaba en la copa, lo apuró de un trago y añadió señalando la mesa—: Limpia todo esto.

Aún no le tocaba recibir ninguna recompensa. Tras la última sesión de las Cortes, en la que nueve ciudades otorgaron abiertamente el dinero al Rey, Adriano de Utrecht lo había hecho llamar, no para recompensarle por sus servicios, sino para encomendarle más. Desde luego, Domènech tuvo que hacer esfuerzos para controlar la decepción que pugnaba por manifestarse con furia. «Cuanto más agradecido me esté, más me favorecerá después», se insistía a sí mismo. Y así, procuró cumplir las nuevas encomiendas, sabiéndose sólo parte del plan.

Puesto que León, Córdoba, Valladolid y algunas otras ciudades habían insistido en su súplica de que fueran vistos todos los puntos antes de la partida de Su Majestad, y dejaron claro que sólo obedecerían en cuanto al dinero una vez se les hubiera atendido, Guillaume de Croy, Gattinara y Adriano seguían viendo en los reinos un cuestionamiento al poder real. Por eso el cardenal encargó a Domènech que buscara algún elemento para presionar a los procuradores de León, pues Su Eminentísima Reverencia insistía en que era preciso conseguir que cedieran.

—No es tanto por el dinero como por respeto a Su Majestad y a las leyes de estos reinos que tanto insisten que cumplamos —le dijo Adriano.

Domènech enseguida puso a sus peones a trabajar. Siempre centrado en los representates de León, pues si doblegaba su resistencia, ganaría el favor de sus seguidores. Así pues, indicó a Luís que buscara en sus vidas alguna afición pecaminosa o conducta moral reprobable, mientras que al padre Miquel le ordenó escarbar en las relaciones económicas entre los procuradores y las comunidades de judíos que vivían como nuevos cristianos.

Entre tanto, el obispo de Badajoz había lanzado un discurso que pretendía engatusar a los miembros de las Cortes. En él anunciaba que Adriano de Utrecht sería el gobernador durante la ausencia de don Carlos. Y aunque nacido en los Países Bajos, argumentó que llevaba tanto tiempo en los reinos de Castilla, que Su Majestad dejaba a una persona natural de ellos. Evidentemente, esto era un incumplimiento de los compromisos del Rey, pero sólo se quejaron quienes no habían otorgado el subsidio, y aun, de entre ellos, algunos procuradores llegaron a argumentar que transigían por el bien general.

Aunque en el aspecto formal de sus parlamentos todas las ciudades allí representadas besaran los pies y las manos de Su Cesárea Majestad, el ambiente se enrareció aún más. Las órdenes recibidas por Domènech no cambiaron, e incluso empezó a ser presionado por el cardenal. Este se hacía el encontradizo con él, entre pasillos, en misa... Y jamás le preguntaba por otra cosa que no fuera la marcha de lo solicitado. Pero esto, lejos de desalentarlo, estimuló su estrategia, la que empleaba para soportar aquel servilismo anónimo, sin reconocimiento público, en que lo tenía atrapado Adriano. Así que cuando tuvo la cesión de León encarrilada, no corrió a decírselo al cardenal. «¡Que padezca! —se decía complacido—. Cuanto más sufra, más alivio sentirá y más agradecido me estará. Su orgullo necesita una lección.»

Por eso mismo, tampoco le avisó de la ceguera en que lo tenía sumido el orgullo. Él, desde su discreta posición, lo había percibido como un fenómeno en ascenso. Las idas y venidas de las Cortes habían menoscabado la imagen que tenía el pueblo de su monarca: lo veían como un interesado que venía a exprimir estos reinos para ir a recibir una corona imperial extranjera. Pero los prohombres al servicio más cercano de Su Majestad parecían cegados por el orgullo, y no daban importancia al deterioro de la imagen del soberano. Por su parte, Domènech entendía que con aquella impopularidad se fraguaba el riesgo de una sublevación. Pero como Adriano no le preguntó, el obispo de Barcelona jamás le advirtió. Se limitó a cumplir lo encomendado. «Dios colocará a cada cual en su sitio», pensó.

Un día antes de la partida de Su Majestad, León cedió.

La flota de Su Majestad partió de La Coruña el 20 de mayo. El obispo de Barcelona no vio el despliegue de las velas sobre el mar, de la misma forma que no había visto cómo cargaban el tesoro de las nuevas tierras de las Indias para que don Carlos diera a conocer en Europa a aquellos pueblos capaces de hacer tocados de plumas, ruedas de oro con intrincados símbolos y libros cosidos. Ni siquiera estaba en el puerto, sino en el monasterio de San Francisco. Con las manos entrecruzadas a la altura de la cintura, Domènech avanzaba despacio por el pasillo que había de conducirle hasta las dependencias del cardenal Adriano, que se había quedado en los reinos en calidad de gobernador hasta el regreso del monarca. Ahora sí, ahora estaba seguro de que se le requería para ser recompensado. Las señales físicas que le mandaba el Señor habían desaparecido, y su táctica para hacer sentir a Adriano la tensión necesaria para que apreciara su diligencia había salido bien.

Llegó a la estancia donde trabajaba el padre Philippe. En cuanto el pecoso secretario de Adriano lo vio, se levantó de su silla y lo anunció ante Su Eminentísima Reverencia. Domènech entró con expresión impasible en las dependencias del cardenal. Tras los saludos formales, este le invitó a sentarse en una silla de tijera cercana a la chimenea.

—Le felicito, Ilustrísimo Señor obispo, por el trabajo realizado —le dijo tomando asiento a su lado.

—Gracias, Eminentísima Reverencia. Yo sólo deseo regresar a mi tierra y servir a Su Majestad, ahora representado en su persona, con toda la diligencia de la que soy capaz. Disculpe mi atrevimiento, pero creo que podría serle útil como Inquisidor General en Aragón. Y podría ayudarle a controlar a los nobles, sobre todo del Principado.

—No es atrevimiento, Ilustrísimo Señor, y nada me complacería más. Necesito la discreta y sobresaliente efectividad que ha demostrado en el desempeño de sus tareas, pero cerca de mí. —Puso su mano sobre el brazo de Domènech. Notó que este se tensaba, pero no lo rechazó—. Sé que puede ser un gran sacrificio estar lejos de su reino, pero la persona que representa a Su Cesárea Majestad le pide ayuda. Son muchas las tareas que tengo, y preciso a alguien de confianza que ponga orden en los asuntos del Santo Oficio.

—Entonces, ¿puedo albergar la esperanza de que haya pensado en mi humilde persona para servirle como Inquisidor General de Castilla? —preguntó Domènech con un destello en los ojos.

Adriano retiró la mano, se recostó en la silla y respondió con una plácida sonrisa:

—Quisiera, pero Su Majestad me ha pedido que ostente yo el cargo hasta que él vuelva, y así se debe mantener oficialmente. —Adriano observó que la expresión de Domènech se endurecía—. Por otra parte, ya quisiera yo nombrarle Inquisidor General haciendo valer mi poder como gobernador, pero no puedo nombrar a extranjeros para el cargo en Castilla, y usted no es castellano, sino catalán. No ignora las reacciones que ha suscitado mi nombramiento como gobernador, y por ello resultaría poco prudente provocar más. Pero lo cierto es que necesito su ayuda con el Santo Oficio en estos reinos, que aunque no sean el suyo, bien son reinos de Nuestro Señor.

Se oyeron pasos apresurados en el pasillo; ellos permanecieron mirándose a los ojos. Por primera vez, Adriano se inquietó al ver que el obispo de Barcelona no dejaba traslucir ni emoción ni expresión alguna, y dudaba de que su argucia fuera a funcionar. Al fin, Domènech suspiró.

—A ver si lo entiendo: quiere que ejerza de Inquisidor General sin serlo.

—Sí, de eso se trata a nivel práctico —respondió Adriano arqueando sus finas cejas—. Necesitamos un Santo Oficio fuerte y activo, y seguro que su experiencia...

La puerta, de pronto, se abrió. El cardenal miró hacia allí claramente contrariado por la interrupción. Phillippe había entrado tras un azorado soldado de la guardia personal de su Eminentísima Reverencia.

—Toledo se ha sublevado —anunció casi sin resuello.

Adriano se puso en pie. Miró a Domènech, aún sentado, pero ahora con el ceño fruncido. Lejos de lo que el cardenal pudiera pensar, el obispo de Barcelona no mantenía esa expresión por la noticia de la sublevación, sino por el disgusto de no ser investido con un cargo oficial, aunque el poder que le ofrecía Adriano superaba al que había esperado en recompensa. El cardenal se mantenía en pie, mirándole, en espera de su respuesta.

—Estoy a su servicio, Eminentísima Reverencia —dijo al fin.

Adriano asintió con gesto grave. Domènech se puso en pie y salió de la sala de trabajo del cardenal, que ahora hervía de actividad.

—Han expulsado al corregidor y se han declarado comunidad —le informaban—. Todo empezó antes de que partiera el Rey.

El prelado catalán volvió a su estancia con una sonrisa, mientras en el monasterio resonaban carreras por doquier. «A cada cerdo le llega su San Martín», pensó.

LII

Tenochtitlán, año de Nuestro Señor de 1520

El caballo de Hernán Cortés se detuvo ante la calzada oeste que entraba a Tenochtitlán. Su ejército había aumentado. Pánfilo de Narváez, enviado por Velázquez al frente de una fuerza de novecientos hombres para detenerlo, fue vencido y, a la vista de las riquezas y la grandeza que podían conseguir, los soldados de Narváez se sumaron a los suyos. Todo esto supuso una confirmación más de que debía llevar a cabo aquella misión. Cuando hizo formar a todos los hombres por primera vez en Villa Rica de la Vera Cruz, fue consciente de hasta qué punto había salido reforzado su ejército en infantería, caballería, arcabuceros y ballesteros. Y aquello debía ser suficiente para entregar un imperio en funcionamiento al nuevo rey don Carlos. En aquel momento Cortés pensó que la presencia de aquellos hombres en la gran ciudad bastaría para asegurar definitivamente la paz. «Dios quiere que demos a conocer Su Palabra en estas tierras», se dijo. Sin embargo, cuando partió hacia Tenochtitlán, sabía que se dirigía a un lugar donde ya no reinaba la paz. Pero esto, lejos de turbarlo, le dio unos ánimos que alimentaban su fe. La sentía palpitando en su interior, hinchando su amplio pecho: «Sin duda el Señor me ha enviado refuerzos para que cumpla Su cometido».

Hizo avanzar a su ejército a pesar del hambre y la sed, puesto que en el camino topó con dificultades para que los abastecieran. Pero él se ocupó de aumentar sus fuerzas. En Tlaxcala se le unieron un par de millares de indios. Esperaban hallar un ejército mexica en cuanto pisaran el valle o al bordear el lago, pero nada. La única señal clara de hostilidad, aparte de la falta de provisiones, fue que no había rastro de sus bergantines. Así que se dirigió a Tenochtitlán por la calzada oeste que limitaba con Tacuba. Según sus informes, no tenía otra opción, pues al parecer las otras vías terrestres estaban bloqueadas, con los puentes retirados o destrozados. «O dejan la calzada abierta para su propia provisión o quieren que vayamos por donde ellos decidan», reflexionó desconfiado.

Los cascos de la caballería resonaban rítmicos sobre la piedra y la desconfianza de Hernán, ahora, era alerta y precaución. Acarició el pomo de la espada ceñida al cinto mientras miraba hacia Tenochtitlán con preocupación. No era el único que percibía aquel extraño ambiente. Notaba las sensaciones de sus hombres en formación. El cielo estaba claro. «Gracias a Dios, la guarnición de Alvarado sigue con vida», pensó. Lo sabía por mensajeros. Fijó los ojos en algunas columnas de humo procedentes de la ciudad. Pero eso era lo único, humo y silencio. Un silencio tenso, roto sólo por los caballos y las botas; un silencio denso, más fuerte que la algarabía de los pájaros y el rumor del agua. «Como si allí habitaran fantasmas.» Hernán sintió un escalofrío, y entonces, una sensación de alivio cruzó sus pensamientos: «Hoy es el día de san Juan Bautista». Dejó el pomo de la espada para besar la cara de su medallón, con la imagen de este santo, la que le había acompañado desde que saliera de Cuba. Entonces sonrió. «No dejaré que mis hombres se intimiden por este silencio que anuncia calles desiertas. No, a fe.»

Hizo una señal y, como si el ruido pudiera desvanecer aquella nebulosa tensa que se había apoderado del ejército, los arcabuces tronaron en una salva entre los vítores de los castellanos y el griterío belicoso de los tlaxcaltecas.

Cortés espoleó su cabello y avanzó al trote. En cuanto sus hombres salvaron las primeras calles de la ciudad sin resistencia, pasó al galope. «Temen represalias, cobardes cucarachas», se permitió pensar Hernán triunfal. No se veía un mexica por las calles, tampoco en los canales ni las plazas. No resonaban tambores ni sonaban flautas. Sólo se oía el estruendo de su ejército.

Ya en el último puente, alrededor del palacio de Axayácatl, apreciaron restos de escaleras, así como flechas y piedras, como si hubieran querido tomarlo. Pero se hallaba desierto. En la azotea, sin embargo, revestidos de sus armaduras de hierro y protegidos por sus escudos, dos vigías agitaban los brazos excitados ante la inminente llegada de refuerzos.

Cuando Hernán alcanzó el palacio, las puertas ya estaban abiertas. Entró al galope y se apeó de su caballo con un brinco ágil, haciendo resonar sus botas sobre el suelo. Miró a su alrededor; la guarnición que allí había dejado estaba en los huesos. Sus hombres parecían pordioseros famélicos. Frunció el ceño. En el patio habían cavado un pozo; el olor salobre del agua llegaba hasta su nariz. Volvió a mirar a los hombres que, expectantes, se arremolinaban a su alrededor. Entre las barbas sucias y descuidadas, los labios se veían agrietados.

—¿Y Alvarado? —clamó al fin.

Un murmullo recorrió los maltrechos hombres y de entre ellos apareció la cabellera rubia de Pedro de Alvarado. Llevaba una venda mugrienta, sin embargo, advirtió que se había puesto una buena túnica bajo la abollada armadura. Le seguía Motecuhzoma, quien exhibía lo que a Cortés le pareció una sonrisa pueril e insoportable. No le dirigió la palabra ni lo saludó. Aguardó a que su lugarteniente llegara frente a él reprimiendo un estallido de ira. «Delante de los hombres, no», se repetía a sí mismo. Pero cuando Alvarado se inclinó levemente para inicar un saludo formal, no pudo soportarlo más, lo tomó del brazo y le susurró:

—¿Qué ha pasado aquí? ¿Por qué están así tus hombres?

Alvarado no intentó soltarse. Sólo contestó con desprecio:

—Esos perros indios no nos dan comida. Nos venden algo, poco, y a un coste desorbitado. Y nos mantienen aquí, obligándonos a beber el agua podrida de ese agujero.

—¿Y acaso no has ordenado a Mutezuma que…

Cortés se interrumpió y soltó el brazo de su lugarteniente. Miró de reojo al Tlatoani, tras Alvarado, con la cabeza gacha y las manos a la espalda, como el chiquillo que espera una reprimenda de su padre. Sin embargo, no sintió la menor compasión. Recordó que Motecuhzoma había mantenido contacto con Narváez a sus espaldas y que, por lo tanto, no era tan simple o inocente como había llegado a pensar antes de su partida. «Además, parece sediento», pensó. Cortés miró al suelo, resignado a afrontar lo mucho que habían cambiado las cosas. Aun así, no pudo evitar murmurar:

—Pedro, habían pedido permiso para esa fiesta.

—Sí, pero nuestros aliados…

—¿Los tlaxcaltecas a los que tanto te gusta escuchar?

—Sí, nos avisaron de que querían empezar la guerra y matarnos en ese festival. ¿Qué querías que hiciera? ¿Qué mejor defensa que un buen ataque? ¡Están descabezados, sin jefes ni brujos!

Cortés golpeó el suelo con el tacón de la bota. Miró de reojo hacia Motecuhzoma y vio como este se alejaba hacia el interior del palacio. Clavó los ojos en Alvarado.

—Pero os tienen aquí, muertos de hambre y sed. Ha sido una imprudencia, una absoluta imprudencia, don Pedro. Espero que el barón de Orís esté vivo y aquí. —Alvarado asintió—. Bien, lo necesito para que hable con Mutezuma, ya que parece que a ti no se te ha ocurrido.

De pronto, sonrió y puso una mano en la espalda de su lugarteniente. Le dio un par de palmadas amistosas y asintió teatral, como si lo felicitara. Luego, miró a quienes les rodeaban y gritó para que todos lo oyeran:

—Habéis demostrado gran valor. Id, descansad, que han llegado huestes para relevaros. Obligaremos al perro de Mutezuma a que nos dé comida. —Los hombres vitorearon a Hernán—. Descansa tú también, mi buen capitán Alvarado.

Este agachó la cabeza para ocultar la rabia mezclada con el alivio que invadía su cuerpo agotado. No se arrepentía de lo que había hecho y asumía las consecuencias, aunque estas no dejaban de molestarle. Oyó ordenar a Cortés:

—Sandoval, distribuye a los hombres. Quiero que releven a los centinelas.

—Sí, señor —respondió el capitán aludido con una gran sonrisa. «Alvarado ya no es el segundo al mando», pensó con orgullo.

• • •

Habíamos oído la llegada de Cortés. Pero nadie dijo nada, ni siquiera hubo un susurro, apenas algún intercambio de miradas a pesar del estruendo. Yo mantenía la cabeza gacha y mis ojos estaban centrados en mis pies descalzos y sucios de sangre reseca. Y no es que lo hiciera por seguir el consejo que cada día nos daba Cuitláhuac al amanecer: «Guardad fuerzas. Nuestros guerreros nos liberarán». Simplemente, a aquellas alturas, aceptaba la situación en que me hallaba como en su día no tuve más remedio que aceptar que unos bandoleros me habían vendido como esclavo.

El palacio de Axayácatl había sido atacado sin orden pero con eficacia, ya que los castellanos estaban cercados. A pesar de ello, Alvarado no había vuelto a matar a ninguno de la veintena de *pipiltin* con los que me mantenía encerrado. Habían retirado de la estancia los cadáveres, pero la sangre se había secado sobre la piedra y hedía, como un anuncio de nuestro previsible final por hambre y sed. Pero vislumbrar mi final, oír las botas paseándose por fuera de aquella sala, ya no me atemorizaba, no me inspiraba ese miedo que no es más que amor a la vida. Pese a tener las mejores razones para ansiar vivirla, al evocarlas no sentía dolor. Ya no me preguntaba si sería niño o niña, ni cómo sería su piel, ni cuánto habría aumentado el vientre de Izel. Sólo oraba en una especie de aturdimiento para que ella estuviera bien. A veces me ladeaba para ver a su padre. Necesitaba comprobar que respiraba. Su estado iba de mal en peor, afectado por las palizas recibidas y la matanza. Y verlo así era lo único que me dolía a aquellas alturas. Deseaba intensamente que él sí conociera a mi hijo, su nieto, el resultado de lo que podría haber sido, sin sangre ni muertos. Chimalma no se quejaba, y a veces tenía fuerzas para devolverme una sonrisa amarga que pretendía ser de esperanza. Al principio, le quise recriminar, hacerle ver que debían alimentar a los castellanos para que nosotros no pereciéramos. Pero era una chispa que al momento se apagaba. ¿Por qué abastecerles? ¿Quién iba a ordenar hacerlo, después de aquella matanza en la plaza, injustificada, cruenta, demoníaca?

En mi sopor, sin saber cuánto tiempo había transcurrido desde que los arcabuces enmudecieran y luego se oyeran caballos y vítores en el patio, Alvarado me obligó a levantarme agarrándome por las cadenas como si fuera una bestia de tiro.

—Ya ha vuelto Cortés —masculló en mi cara—. Quiere que vayas.

Miré al suelo. Chimalma había alzado la cabeza, saliendo de su sopor. Vi en su cara cadavérica aquellos ojos marrones rodeados por una orla negra. En sus destellos rojizos pude apreciar, por primera vez, temor. No había comprendido las palabras, sólo el tono. Le sonreí para tranquilizarlo. Bajó los ojos, despacio, en señal de asentimiento. Parecía agotado, tremendamente anciano, frágil de pronto. Sus labios eran sangre reseca y costras, algunas heridas de látigo supuraban y el hambre estaba haciendo estragos en él.

Noté que Alvarado me arrastraba. Me asió del brazo y apretó con fuerza sobre mi marca de esclavo. Las piernas me pesaban, me sentía torpe y algo mareado. Sólo al trasponer la puerta de la estancia y dejar atrás aquel hedor a muerte me pregunté: «¿Qué le habrá contado?». Un repentino ataque de pánico me hizo perder de vista las paredes y en mi mente sólo se dibujaba el rostro de Chimalma con gusanos que salían de sus ojos. Sangre, sangre salpicándolo todo entre ruido de espadas, gritos y gemidos retumbando en mi cabeza. Caí al suelo. Salí de mi alucinación al sentir dolor en las rodillas.

¡Aún estaba vivo! Percibí el olor a flores de su piel, el tacto de los labios de Izel en mi cuello. «Aún no me toca morir», pensé.

—Ya sabes a quién agradecer el hambre —oí que decía Alvarado.

Lo miré. Me puse en pie y no me dejé arrastrar más como un esclavo, sino que caminé erguido como un barón, según mi padre me había enseñado, e inexpresivo como había visto hacer a los buenos mexicas. Me sentía libre de temor al saber mi conciencia limpia ante Dios, ante cualquier dios.

La puerta de la estancia donde se hallaba Cortés se abrió y entró Alvarado. Yo iba tras él con las manos encadenadas a la altura del cinto que debiera haber ceñido la túnica de un noble cristiano.

—¡Dios Santo! —exclamó Cortés al verme, mientras yo trataba de imaginarme a mí mismo salpicado de sangre reseca y mugriento entre mis harapos.

Vino hacia mí, apartó a Alvarado y me tomó las manos. Las observó incrédulo.

—No lo he matado. Eso deberás juzgarlo tú —dijo Alvarado secamente.

Cortés se giró hacia su capitán. Este, aunque había tensión en su rostro, parecía tranquilo.

—¿Por qué? —le preguntó.

—Lo apresé por precaución. Me informaron de que pasaba mensajes del rey indio Mutezuma a sus súbditos.

—Ya; tus amigos tlaxcaltecas, supongo.

Alvarado no respondió. Cortés me miró el cuello, tiró de la cuerda y sacó el crucifijo que me diera fray Olmedo.

—Suéltalo ahora mismo y ve a confesar tus pecados. Has escuchado antes a unos infieles que a un buen cristiano.

Alvarado no me liberó de las cadenas. Las lanzó a las manos de Cortés.

—Algo haría el barón para acabar como esclavo.

—Y algo ha hecho para mantener la paz del Señor en esta ciudad antes de que tú… —Se retuvo. Suspiró y dijo—: Ve, ve Alvarado. No vas a tener un castigo mío por más que lo quieras. Eres un buen capitán, pero tu arrojo debe compensarse con prudencia. Y esta es una lección que te ha llegado desde lo más alto, muy por encima de mí.

Alvarado bajó la mirada y salió. Cortés me empezó a liberar.

—¿De veras cree usted, don Hernán, que busca castigo y no desafía su decisión de protegerme? —pregunté con voz clara pero indiferente.

—Es obvio que yo no le protejo, don Guifré —me sonrió amargamente—. En cuanto a él…, sabe muy bien que lo ha complicado todo, que ha cometido un error estúpido. No lo puedo castigar. Puso mucho en esta misión y es un buen capitán. Si está vivo, al igual que usted, es porque Dios lo quiere. Y en su caso, el castigo es su propio orgullo herido.

Las cadenas resonaron al caer al suelo. Me toqué una muñeca, luego la otra. Estaban llagadas. Cortés las miró, alzó los ojos y, por primera vez desde que entré en la sala, me escrutó con un brillo que me pareció de profundo pesar. «¿Estará pensando en la promesa de paz?», me pregunté. Despegó los labios, e iba a decir algo cuando se abrió la puerta y un olor a flores lo invadió todo.

—¡Ah, Marina! —exclamó Cortés con el rostro, de pronto, iluminado.

Oí los tenues pasos de la mujer a mis espaldas y su voz en castellano:

—Don barón, mis respetos.

Cortés sonrió y no pude evitar hacerlo yo también. En mi caso fue porque pensé que mi castellano, después de tantos años de náhuatl, debía de sonar tan extraño como el de ella.

—Desearía que fuerais ambos a hablar con Mutezuma para que nos dispense otro palacio además de este. Se ha quedado pequeño para todos mis hombres. Como ve, don Guifré, Marina ya habla bastante bien nuestro idioma. Quiero que sea ella quien transmita mi mensaje, pero con su apoyo.

—Por supuesto —respondí con una inclinación de cabeza hacia la joven mujer. Y añadí extrañado—: ¿No vendrá usted con nosotros, don Hernán?

Cortés frunció el ceño y su voz sonó seca al responderme.

—Me ha mentido, por no decir que me ha traicionado. No, no quiero verlo. —Alzó la mirada y recuperó en su rostro la luz que parecía darle aquella mujer—. Después, don Guifré, vaya a casa y aséese. He de confesar que verlo ensangrentado me avergüenza. Vuelva a vestir como un mexica, excepto en misa. Intentemos recuperar la normalidad. Me vendría bien que entendieran que todo ha sido un error; puede decir que estoy apesadumbrado y disgustado.

—Pero ha habido muchos muertos —me lamenté entre la incredulidad y la indignación. «¿Qué normalidad?», era la pregunta que retumbaba en mi cabeza.

—Sí, muchos, y no quiero que haya más —repuso él—. Ayúdame, Guifré, a que no los haya.

Mis ojos se clavaron en los suyos. Tenía claro lo que debía hacer:

—Déme a alguien que tenga más credibilidad que mi piel y mi crucifijo. Quiero llevarme a mi anfitrión, también preso.

—Claro, claro —respondió como si mi petición fuera un detalle sin importancia.

Así lo hicimos. Motecuhzoma le ofreció a Cortés el templo de Tezcatlipoca, bastante cerca del palacio de Axayácatl. Pero en sus palabras, en sus gestos, me pareció el hijo que desea recuperar el afecto de un padre que ya no le presta atención. Me apenó, aunque también noté un nudo de rabia en el estómago. Motecuhzoma seguía siendo bien tratado, no había cadenas a su alrededor, estaba aseado, sin sangre en la piel ni en su manto de color turquesa.

Al salir de la estancia, fui en busca de Chimalma deseando salir del palacio cuanto antes. El vigía de la sala me entregó unas llaves y me dejó pasar. Era obvio que le habían dado instrucciones. Entré. Cuitláhuac me miró y luego bajó la cabeza hacia Chimalma, tendido en el suelo. Sólo veía su espalda.

Fui hacia él y me arrodillé.

—El cihuacóatl se ha desmayado —me susurró el hermano de Motecuhzoma con la preocupación grabada en los ojos.

«¡Qué diferentes son estos hermanos!», pensé. Alargué las manos hasta el cierre y liberé a Chimalma. Sus brazos, antes fuertes, se habrían podido deshacer con facilidad de las cadenas, tan delgado estaba.

—Chimalma —susurré poniéndolo con cuidado boca arriba para despertarlo—. Chimalma, nos vamos.

Abrió los ojos. Intentó incorporarse, pero no pudo. Entonces le tomé el brazo derecho y me lo pasé sobre los hombros para ayudarlo a ponerse en pie. Gimió de dolor. Lo senté. En el costado parecía tener un enorme morado. Fui hacia el otro lado, repetí la operación con su brazo izquierdo y alcé al cihuacóatl. Respiraba y tenía voluntad de andar. Un hondo pesar se apoderó de mí. Miré a Cuitláhuac, sentado entre cadenas y sangre reseca. Las lágrimas recorrían sus mejillas sucias. No pude soportarlo. Fijé los ojos en la puerta. Casi llevaba a Chimalma en brazos. Al salir, oí la voz compungida de Cuitláhuac:

—Tío…

Fuera de palacio anochecía.

Bajo el *ahuehuetl*, mis lágrimas rodaron silenciosas una vez más mientras, apoyado en el vientre de Izel, me dejaba acariciar por sus manos. Sus grandes ojos resaltaban sobre sus pómulos especialmente marcados a causa del cansancio y la incertidumbre.

Cuando llegamos, la noche anterior, no se lanzó a mis brazos llorando. Sólo me miró con esos ojos. Me quitaron a Chimalma de los brazos, estallaron llantos y gritos clamando por un *ticitl*, y nos seguimos mirando hasta que su quietud me hizo sentir pánico. Entonces se arrodilló y dio rienda suelta a su dolor. La abracé, seco, vacío. Ya no nos separamos.

Como si aquel llanto lo hubiera limpiado todo, Izel entonces se mostró práctica como siempre, práctica como su padre. Me lavó, me dio de comer, y nos sentamos bajo el *ahuehuetl*. El médico había visitado a Chimalma, a quien además del hambre y la sed, las heridas de los golpes devoraban por dentro. Y yo no podía llorar. Deseaba hacerlo, pero sólo de vez en cuando me brotaban las lágrimas, silenciosas, como si no tuviera el derecho a estallar como ella. Eso me pesaba. ¡Cuánto me pesaba!

—¿Viste algo? —le pregunté al fin, aterrado ante la idea de que hubiera podido estar en la azotea.

Sabía que sus hermanos, los hijos de Chimalma, habían muerto en el recinto sagrado. Me tomó la cabeza con las manos, me miró y me besó. Con fuerza pero sin ansia, un beso dulce y prolongado. Los ruidos en el patio nos llamaron la atención.

—Está muy mal —oímos que decía Ocatlana.

—Pero necesito verlo.

Di un salto, de pronto esperanzado aunque sin saber por qué. Era Cuitláhuac. Tomé la mano de Izel para que me acompañara y fuimos a su encuentro. Aún ensangrentado, vestido con su *maxtlatl* mugriento, me miró. Debió de leer la pregunta en mis ojos.

—Cortés quiere que le abran el mercado y mi hermano me lo ha encomendado a mí.

—¿Te ha liberado Motecuhzoma? —pregunté sorprendido.

Cuitláhuac sonrió amargamente.

—No lo sé, pero estoy libre.

—¿Y los dem…?

Negó con la cabeza antes de que acabara de preguntar. Ese peso, ese enorme peso que era llanto que no quería surgir, volvió a mí mientras me giraba hacia la puerta de Chimalma. Esta se abrió. Apareció Pelaxilla, la madre de Izel.

—Quiere que lo llevemos bajo el *ahuehuetl* —anunció con serenidad.

El anciano Ocatlana dio un paso tembloroso hacia delante.

—Déjame a mí, amigo, por favor —le supliqué.

Me miró con el rostro anegado en lágrimas. Cuitláhuac le puso una mano en el hombro.

Entré en la habitación. Su respiración era entrecortada. Un fino manto de algodón cubría su cuerpo. Tenía un águila bordada en el centro. Lo llevaba atado al hombro. Me arrodillé y lo tomé en brazos. Ligero. Me miró y me sonrió.

—Sólo llevo un manto —musitó.

Las lágrimas nublaron mis ojos. Oí de pronto unos sollozos entrecortados. Intuí a la primera esposa encogida junto a una pared.

—Al *ahu... ahue... huetl* —balbuceó Chimalma sin apenas aliento.

Salí de la habitación. Él había vuelto a cerrar los ojos. No vi más que siluetas que me abrían paso. No intenté distinguirlas, tampoco hubiera podido. Mis ojos se centraron en el tronco del árbol, rugoso y cuarteado por el tiempo. Caminé aspirando el aroma del jardín del hombre que me acogió, me enseñó, me utilizó e hizo de mí quien era. Di un paso tras otro consciente del calor huidizo de aquel cuerpo encogido, un cascarón roto en cuyo interior iban desapareciendo los recuerdos. Llegué a las raíces donde tantas veces se sentara y lo deposité con cuidado, a mi pesar. No quería dejarlo ir. Cuando su cuerpo tocó la tierra, abrió los ojos. Una leve brisa levantó un murmullo entre las hojas del *ahuehuetl*. Cantaron los quetzales. Sonrió. Ya no se alzó más su pecho. Ya no pestañeó.

—Cumpliré mi promesa, tío —dijo Cuitláhuac.

LIII

Tenochtitlán, año de Nuestro Señor de 1520

Velamos el cadáver, pero ni siquiera pude asistir al funeral de Chimalma. En parte me sentí aliviado, pues me dolía pensar en el olor de su carne quemada. Aunque hubiera querido estar con Izel, ella se valía del pesar de su madre para defenderse del suyo.

Me dejaron entrar en el palacio de Axayácatl cuando las campanas repicaban llamando a misa. «Oraré por él», pensaba. Pero no me consolaba. No era aquel el lugar donde debía estar, aunque Cuitláhuac hubiera insistido:

—Si quieres ayudarnos, haz que todo parezca normal.

Tramaban algo, era obvio. Pero no iba a ser yo quien delatara su derecho a defenderse, si es que al fin iban a hacerlo. No, después de todo lo que había visto. «Que sea lo que Dios quiera», pensé adoptando la misma actitud que Cortés usaba para justificarse. Atravesé el patio hacia la estancia donde me esperaba la ropa para misa. Entré. Allí estaba, negra como mis sentidos.

—Debes hacerlo, por él y por nuestro futuro hijo. Ve, cariño. Te veré esta noche.

El abrazo de Izel y su susurro tranquilo acudieron a mí cuando la túnica ciñó mi piel. Salí de la estancia y entré en la iglesia. Fray Olmedo empezó a hablar acerca de cuán a prueba los ponía el Señor haciéndoles sentir hambre y sed para que con pureza difundieran la Palabra entre aquellos infieles. Las lágrimas pugnaban por salir de mis ojos evocando la sangre de la matanza, de las matanzas. Incluso me pesó la muerte de Acoatl, de la que Izel me había informado. Me postré delante de la Virgen y oré sin escuchar más. «Quizás Chimalma se dejó morir», pensé. Al fin y al cabo, todos sus hijos varones habían perecido.

Una mano se posó en mi hombro. Alcé la mirada.

—No has comulgado, hijo —me señaló fray Olmedo—. ¿Deseas confesión?

Lo miré desorientado. Desde el exterior llegaba el fragor de la batalla alrededor de palacio, mezclada con el ruido de martillos y sierras procedentes del jardín.

—Aquí estás. ¿Aún rezando? —se oyó la voz de Cortés tras el fraile. Este se apartó mientras él venía hacia mí—. He puesto en marcha un plan para acabar con estos endemoniados.

Hizo una señal con la mano al clérigo para que se fuera. Yo permanecí arrodillado, sin entender nada. Cortés se sentó frente a mí, en actitud despreocupada. Cuando me habló, su tono era cálido.

—Temí por ti. Ayer no apareciste y casi matan a los mensajeros que despaché para Villa Rica de la Vera Cruz, e incluso a la comitiva que debía sacar a algunas mujeres. Dios los protegió, sin duda. ¿Dónde has estado?

—Mi anfitrión falleció.

Sonrió mirando al suelo y se santiguó.

—Ya decía yo que no podía estar detrás de los ataques. Si no, no me hubieras pedido liberarlo. —Se dio una palmada en las rodillas, se levantó y añadió—: Anda, vamos fuera. —Me puse en pie. Mi cuerpo se movía, obedecía, pero era como si mi alma no estuviese y mi razón hubiera quedado hueca—. Vamos a hacer tres manoletes[14]. En el palacio de Mutezuma hay comida, ¿no? Lo tomaremos. Primero aseguraremos un área alrededor de nuestros alojamientos. Habrá que tomar los templos…

Me detuve al salir de la iglesia. La voz de Cortés, aún a mi lado, me fue sonando lejana e ininteligible. Sólo oía el ruido de lo que me pareció desolación. El tronco de un *ahuehuetl* yacía ante mis ojos mientras los hombres lo despedazaban. «Es un cadáver», pensé. El olor fétido del agua salobre ascendía del pozo y se mezclaba con el de la pólvora de los arcabuces. Se oía el retumbar de tambores, roto tan solo por algún disparo de lombarda. Unas palmadas en la espalda me devolvieron a la realidad.

—Ha sido imposible mantener la paz, Guifré. Yo no quería luchar en Tenochtitlán.

Miré a Cortés y estuve tentado de preguntarle: «¿Por qué no te marchas?». Pero no me salían las palabras. Me sentía vacío.

—Necesito que vayas con Mutezuma. Vestido de mexica, claro… Habla con él. Tengo la sensación de que se han organizado.

Asentí y crucé el patio pestilente para quitarme la túnica.

Estuve todo el día con el Tlatoani. Parecía un chiquillo que no hacía más que preguntar por Cortés mientras, en el exterior, su pueblo proseguía la lucha y a ratos daba

---

14. Manolete: torre móvil de madera con mirillas. Los hombres iban dentro, de modo que podían disparar a la vez que se protegían mientras se desplazaban en plena batalla.

la sensación de que se recrudecía el combate. Yo no era consciente del tiempo. Sólo quería volver a casa, con Izel. En algún momento del día Marina vino para preguntarme si había sacado algo en claro de Motecuhzoma. Este la miró como un perrillo que espera las migajas de su amo y dijo con voz cantarina:

—Yo soy el Huey Tlatoani de Tenochtitlán. Estoy vivo. ¿Por qué no viene Malinche a verme?

Marina lo ignoró, se encogió de hombros y salió de allí. Miré entonces a Motecuhzoma. Tenía los ojos fijos en la puerta. En cuanto esta se cerró, sonrió pero ya no como un chiquillo, sino como el Tlatoani que yo conocía. Sin mirarme, su voz sonó clara y pesarosa.

—Siento mucho la muerte de Chimalma. —Me miró—. ¿Viste a mi hermano ayer?

—Sí —respondí atónito.

Asintió. Luego sonrió otra vez como un chiquillo y exclamó:

—¡Hoy será el día! Malinche vendrá, ¿verdad?

Desde ese momento, sin ser conciente del tiempo, mi mente estuvo dando vueltas. Era obvio que Motecuhzoma se enteraba de más de lo que daba a entender. Al fin y al cabo, era verdad: mientras viviera sería el Tlatoani de Tenochtitlán. Sin embargo, ¿acaso había liberado a su hermano por amor, o por algo más? ¿Qué le había prometido Cuitláhuac a Chimalma? ¿Hasta qué punto el Tlatoani sabía? ¿Hasta que punto fingía?

El estruendo cesó al caer la noche. Motecuhzoma se puso en pie. Los criados que allí estaban, por primera vez en su vida, miraron a su Tlatoani. Este parecía ignorarlos, concentrado en el murmullo procedente del exterior.

—Como las ondas del lago. Cuando me coronaron, el lago hirvió, y antes de ello sus aguas sonaban así, con este murmullo.

Pero era gente que gritaba, sólo que las paredes no nos dejaban oír más. El único sonido distinguible era el de las botas repicando en el suelo, que se aproximaban a la estancia donde nos encontrábamos. Motecuhzoma me miró y sonrió, como tantas veces había hecho bajo las estrellas durante aquellos años.

—Ya viene el fin.

El Tlatoani se sentó majestuoso en el *icpalli*, con el manto turquesa tapando su cuerpo. Cortés irrumpió en la sala y reapareció la expresión de un chiquillo en el rostro de Motecuhzoma, pero se demudó cuando vio que lo tomaba del brazo y lo alzaba con brusquedad.

—Vamos, a la azotea. Guifré, ven, traduce.

Me levanté de un salto y los seguí. Mientras caminábamos, la intensidad del murmullo se acrecentaba. Parecían vítores y abucheos. Sin duda, era una multitud.

—Hay unos doce indios vestidos de gala, con toda clase de plumas —escupió Cortés—. ¿Capitanes? ¿Jefes? ¡Me da igual! Que hable con los que reconozca y, como rey, les obligue a dispersar a la gente.

Cuando acabé de traducir a Motecuhzoma, estábamos ya a punto de salir a la azotea. Sin embargo, el soberano mexica, que hasta ese momento se había dejado arrastrar, clavó un pie en el suelo, frenando el avance. Cortés lo soltó. Se miraron. Motecuhzoma, erguido, le dijo con aplomo:

—Ya no deseo ni oírte más ni vivir. Por tu culpa, aquí me ha traído mi camino. ¿No has querido ver al Huey Tlatoani antes? Quizá ahora lo que me pides… Ya es tarde.

Traduje. Cortés miró a Marina, a su lado, y ella asintió.

—¿Una amenaza? —sonrió el capitán general.

Empujó a Motecuhzoma y este salió a la azotea, al frente de una escolta de soldados castellanos. Cortés me asió el brazo y nos mantuvimos en un discreto segundo plano. La calle estaba atestada de gente. Pero entre la muchedumbre, doce guerreros se abrían paso con facilidad. Escoltaban a un hombre, un hombre con túnica turquesa. Gracias a mi altura pude distinguirlo: era Cuitláhuac. Cuando Motecuhzoma se detuvo para hablar, apenas llegó a alzar los brazos. Una lluvia de piedras empezó a caer junto con abucheos y gritos:

—Ese ya no es nuestro Tlatoani. ¡Fuera! Arriba Cuitláhuac.

Los escudos metálicos se alzaron para cubrirnos. Entre las piedras también llegaron flechas. Corrimos a refugiarnos en el palacio.

—¿Qué ha pasado? —me preguntó Cortés ya dentro.

Motecuhzoma se desplomó. Sólo vestía su *maxtlatl*. Una flecha en el hombro le había despojado del manto turquesa de Tlatoani. Otra le atravesaba la pierna derecha. Su cabeza sangraba abundantemente. Había recibido el impacto de las pedradas antes de que los escudos lo protegieran.

—Su hermano, el que iba escoltado y vestía el manto turquesa, es el nuevo Tlatoani —expliqué a Cortés.

Este frunció el ceño y movió la boca de aquella manera que empezaba a erizarme el vello. Miró a Motecuhzoma, que yacía en el suelo y profería gemidos ininteligibles. Entonces ordenó a sus hombres:

—Hay que acabar esos manoletes ya. Que nadie duerma. Tomad posiciones. Sandoval, aprovechemos la multitud para usar los cañones.

Los soldados fueron a sus puestos obedeciendo las órdenes de Sandoval. Entonces, Cortés me puso una mano en el hombro:

—Esto se ha complicado. ¡Peligrosa es la prueba a que nos enfrentamos! No salgas de palacio. Encárgate de Mutezuma. Intentaré mandaros un médico.

Me quedé petrificado mientras Cortés se iba gritando órdenes. «No salgas de palacio», resonaba una y otra vez en mi cabeza, mientras mis ojos sólo veían a Izel y mi rostro evocaba sus manos sobre mis mejillas. Entonces, por primera vez durante aquel día, dejé de estar vacío. Miedo a mis espaldas, miedo en mis entrañas, miedo. Eso era lo que no me había dejado llorar.

—Ya viene el fin.

La voz de Motecuhzoma me sacó de mi inmovilidad. Lo miré. Bajo su cabeza había un charco de sangre. Me agaché y lo tomé en brazos, como hiciera con Chimalma, pero sin lágrimas, sólo con compasión. Mi mente era un torbellino: escapar, estar con ella, protegerla, huir los dos, empezar de nuevo, solos, lejos de unos y otros... «Debí hacerle caso hace mucho, cuando me lo propuso.»

No logré huir. Los manoletes salieron al día siguiente y volvieron destrozados. Los mexicas prendieron fuego al palacio de Axayácatl. Los castellanos estaban cercados. Yo, enjaulado. Los hombres de Cortés, tan pronto ganaban terreno en las escaramuzas como lo perdían. Sin muchedumbre arremolinada, con el acoso de batallas libradas desde calles y azoteas, poca superioridad les daban las lombardas, los arcabuces, las culebrinas y los cañones. En guerra ya abierta, los mexicas no perdían oportunidad de atacar. Fuera con armas, fuera con miedo. Por la noche, los ataques daban paso a los fantasmas. Sin duda, obra de los nigromantes que atemorizaban a los castellanos con cabezas que caminaban con un pie o cuerpos sin cabeza lamentándose. Los nervios de los vigías obligados a contemplar esto estaban a flor de piel, lo que hacía mi huida imposible.

Cortés trató de dialogar, a gritos, desde la azotea. Intentó la paz. Usó a Marina y a Aguilar, me usó a mí. Nada. Les hablaba como si se compadeciera de ellos en lugar de admitirse acorralado. Me obligaba a decirles:

—Malinche os pide que detengáis esta hostilidad. Advierte que si no ha acabado con esta ciudad es porque Motecuhzoma se lo ruega. Pero si seguís en guerra, quemará las casas y castigará a los hombres.

La respuesta eran gritos:

—¡Venganza!

—¡Libertad!

—Moriréis como bestias sin honor, igual que los nuestros.

La guerra no cesó. Y a pesar de los aires de Cortés, la obvia ventaja mexica hacía mella en sus hombres, sobre todo en los nuevos, que no habían conocido Tenochtitlán en paz. Algunos capitanes empezaron a instar a su jefe a retirarse, pero este se negaba una y otra vez.

—¡Son vasallos de don Carlos, rey de Castilla por la gracias de Dios! —exclamaba.

Los manoletes fueron reparados. Cortés quemó casas y tomó el templo de Yopico para usarlo a modo de torre de vigilancia. Pero en ninguno de sus movimientos intentó abrir una salida. «Quizás haya abandonado la ciudad —me decía a mí mismo, más que deseando verla, anhelando su seguridad—: Su primo Cuitláhuac, el nuevo Tlatoani, la protege. Es la hija de Chimalma.» Estos pensamientos se mezclaban con una creciente animadversión hacia Cortés. Me avergonzaba haber sentido alguna vez simpatía por él. De pronto lo vi como a los capataces de la mina, que nos fustigaban y daban más valor al oro que a nuestra vida. Por gestos, por comentarios oídos, por lo que le trajo a la ciudad y por lo que jamás dejó de pedir, comprendí que su empecinamiento no obedecía a un desmesurado y absurdo sentido del honor. Era por no dejar atrás el oro. A aquellas alturas era cuantioso, ya fundido en barras que, en un ambiente hostil, serían difíciles de transportar. No le importaba la vida de sus hombres, acosados por el hambre, el cansancio y la sed. Procuré evitarlo y ser parco en palabras cuando no tenía más remedio que hablarle. Lo hice por temor a perder el control y acabar con él con mis propias manos. Tenía que hacer como en la nao, aquella nao donde lo vi por primera vez: pasar inadvertido. Mi única manera, a menudo, era encerrarme con el agonizante Tlatoani.

El soberano mexica expiró casi tres días después de haber resultado herido. Cuando se lo comuniqué, Cortés simplemente puso cara de fastidio, se encogió de hombros y luego devolvió a su pueblo el cuerpo de quien fuera Motecuhzoma Xocoyotzin.

—Que vean respeto y buena voluntad —me dijo—. Es una guerra, pero la han empezado ellos. Si se rinden, habrá castigo pero también misericordia, tal como enseña el Señor.

Él no estaba cuando se produjo la matanza de la plaza mayor. Y a su responsable ni siquiera lo había relevado como capitán. Respiré hondo. Me invadió un súbito temor, mucho más concreto que el miedo denso y algo melancólico que me acompañaba desde que Alvarado me hiciera prisionero. «¿Y si me obligan a empuñar una espada?» Me escondí en la iglesia para orar porque eso no sucediera, pero Cortés en persona acudió en mi busca al anochecer. Entró en el templo, se santiguó ante el altar y se arrodilló a mi lado. Cruzó las manos a la altura del pecho y, sin mirarme, dijo con cierto pesar en la voz:

—Creo que debería revestir una armadura, barón de Orís. —Lo miré, tenso, luchando contra mi propia ira. Me ignoró y continuó—: De algodón, como las de los mexicas. Son efectivas contra las flechas. Nos vamos esta noche. En silencio. Es por si acaso.

—¿Nos vamos? —grité alarmado.

Me malinterpretó, estoy seguro. Me miró sonriente:

—Prometí que regresarías a tu tierra como barón. Tienes que salir protegido. Voy a cumplir mi promesa. Irás a mi lado. En cuanto oscurezca del todo, salimos. Desde dentro no creo que podamos retomar Tenochtitlán.

—Pero yo no me puedo ir; no así.

Volvió a mirar al frente. Su tono sonó duro:

—Te dije que la trajeras. ¿No has visto mi ejemplo? ¡Ni siquiera está bautizada! Tú sí, y debo protegerte. Ahora no te puedo dejar marchar. No es seguro para ti, y Dios no me lo perdonaría. Sé que Él quiere que vuelvas al lugar que te corresponde. Te ha salvado demasiadas veces, y puedo dar fe de ello. ¡Quiere que lo haga! —Se volvió hacía mí y adoptó un aire conciliador al añadir—: Regresaré, tomaré Tenochtitlán y será tuya, esclava de tu propiedad, y bautizada.

Se santiguó de nuevo y salió de la iglesia. Sentí una arcada y otra y otra hasta que el vómito me liberó.

—¡No es una esclava! —grité.

Seis días después del regreso de Hernán Cortés, una sigilosa formación abandonó el maltrecho palacio de Axayácatl. Agujereado, quemado, destruido su jardín... Ni vigas de madera quedaron en su interior. Las últimas iban a lomos de unas mulas, en la vanguardia de la formación. Una llovizna plomiza empezó a caer mientras caminábamos en silencio. Hasta los cascos de los caballos sonaban mullidos, puesto que estaban enfundados en paño para acallar el ruido. Bajo una armadura de algodón, yo iba vestido con una túnica, y el agua calaba despacio el maloliente ropaje. Cortés me había dejado quedarme con algo de ropa mexica de sus tesoros. A él sólo le importaba el oro. Saqué un manto de un hatillo y me lo coloqué sobre la cabeza, más que para protegerme del agua, para no ver. Mi ánimo era sombrío. Me pesaba el corazón, me pesaba cada paso. Cierto que nunca me había resignado a no verla más, pero ahora sentía que era verdad, que no vería a Izel ni vería nacer a mi hijo. Tentado estuve de huir corriendo, de gritar. Pero eso significaba una muerte segura. Ella misma me habría reprendido ante una idea tan absurda. Mientras nos fuéramos, debía creerla a salvo en un Tenochtitlán mexica, entre los suyos. «Encontraré la forma de escapar», pensaba buscando consuelo en mi esperanza.

Alcé la cabeza. Debía observar, estar atento a cualquier oportunidad. Caminaba al lado de Cortés, junto al grueso de los hombres, maltrechos pero aliviados por dejar Tenochtitlán. Enfilamos la calle hacia la salida de la ciudad, por la calzada oeste. Justo detrás de nosotros iban las mulas que cargaban la mayor parte del oro, bien custodiadas por los soldados mejor armados. Pero no estaba todo el oro. No fue posible, y Cortés dio permiso a los hombres para que cargaran, si querían, el que pudieran y quedaba. Ahora se les vía caminar pesadamente, incluso hacían más ruido que los caballos.

En retaguardia iba Alvarado. Por lo menos no tenía que verlo. Cerraban la comitiva los tlaxcaltecas con los cañones. Y delante de nosotros caminaba el que ahora era segundo de Cortés, Sandoval, otros capitanes, los frailes, Marina y la amante de Alvarado, bautizada como Luisa. «El oro en medio, bien protegido, más que las mujeres con quienes comparten lecho», pensé rabioso.

Los pasos de madera que salvaban los canales estaban destrozados. Pero la marcha continuó, pues allí, como puente improvisado, acabaron las vigas del otrora lujoso palacio de Axayácatl. La lluvia era continua, pero caía lenta, como cansada. A su murmullo se sumaban los cantos de los pavos, algún ladrido lejano y el paso cauteloso de las botas sobre la piedra, que apenas dejaban oír el eco metálico de las espadas al cinto y las armaduras.

Las casas blancas ya quedaban atrás. La calzada que se abría ante nosotros apenas se distinguía en la oscuridad. Pero esa oscuridad anunciaba que ya salíamos, que sólo nos quedaba atravesar el lago. Miré al cielo, sin estrellas, lloroso. No quería irme de Tenochtitlán. No quería. Y entonces, de repente, tronaron los *teponatzli* desde lo alto del templo mayor. Cortés dio el alto.

—¿Qué es eso? —preguntó.

Alcé la cabeza. Todos se miraban unos a otros.

—Nos han descubierto —respondí sin poder evitar cierto regocijo.

El caos estalló con el estruendo de gritos de guerra y los tambores de fondo. Aún no se veían canoas cuando empezaron a caer las primeras flechas. Las piedras no tardaron en resonar. Gemidos, chillidos, monturas encabritadas… Por un instante di gracias a Dios porque mi padre me obligara a aprender a nadar en un riachuelo. Intenté desplazarme hacia un lado de la calzada para llegar al agua, lanzarme al lago y regresar. Pero era difícil cruzar cuando la corriente humana iba hacia delante, a ciegas, por el único camino posible que dejaba ambos flancos abiertos.

—Llevaos el oro —oí gritar a Cortés.

Una flecha se clavó en mi casaca de algodón. Debía alejarme, pero me detuve por un instante. Miré a mi alrededor. «Necesito un escudo, un escudo.» Me empujaban. Me llevaban. Chapoteos.

Los hombres caían al agua, precisamente donde yo quería llegar. Olía a sangre, fuego y pólvora. Ya no avanzábamos. La calzada estaba cortada. Empecé a oír rumor de espadas: metal contra obsidiana. Las canoas se distinguían ya con claridad. Algo me empujó hacia el costado. Noté una coz. Caí al agua bajo un peso enorme que me hundía. Otra coz. Alguna cabalgadura, intentando nadar, me hundía con ella. Llevaba una pesada carga. «El oro», pensé. Me apoyé sobre el animal con los pies para impulsarme hacia arriba. Salí a la superficie y me deshice de la armadura de algodón. El agua sabía a sangre. Se oían gritos aterrados.

De pronto, una flecha prendida de fuego iluminó a un caballo, lo hirió y lo vi venir hacia mí. Me sumergí para evitar el golpe. Aun así, me rozó el costado y me obligó a soltar algo de aire. Ascendí a pesar del dolor. Era peor la sensación de asfixia. Asomé la cabeza para respirar cuando una mano se aferró a mí y me arrastró hacia abajo. Era el jinete. «Mejor subirlo que zafarme», pensé. Lo agarré, pataleé y oí su respiración acelerada y ansiosa por encima del clamor.

—Gracias —balbuceó.

—¿Don Hernán?

—Guifré… ¡Oh Señor, Señor…!

Pensé en ahogarlo. Quisiera decir que no lo hice por piedad, pero en realidad, no tuve valor. Dejaba en manos de Dios que se pusiera a salvo. Me sumergí y, amparado por el agua, me alejé de la calzada.

Nadé. De pronto, pensaba con claridad. Llegué a una chinampa. Subí. Me quité la ropa. Rasgué la túnica para hacerme un *maxtlatl*. El fragor de la batalla y los tambores desde el centro ceremonial me indicaron el rumbo. Avancé sabiendo adónde iba, aunque no por dónde caminaba. Llegué a la calle que llevaba al palacio de Axayacált y corrí, corrí con todas mis fuerzas hacia mi casa.

Sin aliento, llamé a la puerta. Nadie respondió. Los gritos de la batalla eran un murmullo que se alejaba. Mi corazón latía con fuerza. Volví a llamar mientras gritaba:

—¡Izel, soy yo! ¡Ocatlana, abre, soy Guifré!.

Nadie respondió. Oí un grito en el interior de la casa. Era su voz. Aporreé la puerta. Otro grito. Me lancé con el hombro, intentando derribarla; poseído, la golpeé aullando:

—¡Izel! ¡Izel!

De pronto, la puerta se abrió. Me detuve en seco. Silencio.

—¡Señor Guifré! —Ocatlana, mal iluminado por una candela, me escrutaba con los ojos desorbitados.

Entré bruscamente y rebusqué con la mirada como si así la fuera encontrar.

—¿Dónde está Izel? —inquirí.

—Ella salió a buscarlo y… con la confusión, recibió algún golpe, algo… —balbuceaba. Me di la vuelta y lo miré angustiado—. Cuando la trajeron a casa estaba de parto.

—Pero si aún no es tiempo… —musité.

El hombre bajó la mirada. Oí llantos en el patio. Salí corriendo y vi a la primera esposa de Chimalma con la ropa ensangrentada; corría desolada hacia la fuente entre sollozos.

Me ofusqué. Sólo recuerdo estar ya dentro de la habitación y ver un charco de sangre entre sus piernas. Recuerdo también el pánico y el dolor y la sensación de que todo se había teñido de color rojo. Oí su voz en un suspiro:

—Guifré —murmuró débilmente.

Su cabeza entre mis brazos. Sus ojos en los míos. Sus ojos grandes, cálidos, húmedos. Una sonrisa suya, serena. Besé sus labios carnosos. Apenas me aparté. Su débil aliento sobre mi piel.

—Te quiero —sollocé.

Parpadeó una vez y entreabrió los labios.

—Te quiero —repetí sin cesar.

Sentí una mano sobre mi hombro, cálida. Entonces me di cuenta de que Izel estaba helada. Alcé los ojos. Amanecía sobre el rostro de Pelaxilla. Entrecortada por su propio llanto, me suplicó:

—Deja que la limpiemos, por favor.

LIV

Guadalajara, año de Nuestro Señor de 1520

Lo que empezó como una sublevación en apariencia espontánea y puntual en Toledo, se propagó por otras ciudades casi de la misma forma que las ronchas rosáceas reaparecieron en la espalda de Domènech para extenderse por su cuerpo. Ya no le cabía duda de que su proceder era voluntad del Señor, pues Él le había enviado una señal más severa aún que cualquiera de las anteriores.

Se dirigió hacia las escaleras del palacio con la intención de pasear por el patio. Le dolía la garganta y se sentía tan bloqueado en aquel villorrio que incluso había perdido su ya de por sí frugal apetito. Las tareas de la Inquisición que le había encomendado el cardenal estaban paralizadas, pero aun así Adriano se empeñaba en llevarlo con la corte que lo rodeaba, como si fuera una especie de fantasma. Le asignó una estancia de trabajo y lo enterró en papeles para poner al día, según le dijo, las cuentas del Santo Oficio, pues en las Cortes de La Coruña las ciudades habían solicitado que el personal de la Inquisición no percibiera su salario de los bienes incautados a los acusados. Desde el principio, al obispo de Barcelona le había parecido una tarea absurda, dada la magnitud de la sublevación que se apoderaba de gran parte del reino.

Lo que empezó como disturbios urbanos sin aparente orden ni concierto evolucionó hacia una guerra abierta que Adriano no parecía atreverse a declarar. Parte de los sublevados se había reunido en Ávila a finales de julio para organizar lo que llamaban la Santa Junta del Reino con la pretensión de gobernarlo. Formada por cinco ciudades, a esta junta se unieron otras poblaciones gracias a lo que Domènech consideraba ineficacia de su Eminentísima Reverencia. Las tropas reales habían incendiado Medina del Campo porque sus gentes se negaron a entregar la artillería al ejército para acallar los disturbios en Segovia. Esta acción solivantó aún más los ánimos entre los castellanos descontentos. Tras aquello, Adriano remató la faena disolviendo el ejército, de modo que los sublevados, ya con organización y tropas propias, tomaron Tordesillas buscando el favor de la reina Juana.

El prelado descendió las escaleras. El otoño había llegado para dejar en los árboles una mezcla de ocres, rojos y marrones, y reverdecían los matojos antes del invierno. Al llegar abajo, Domènech rodeó el patio repasando con la mirada la hechura de las columnas sobre las que se apoyaban los arcos de medio punto. Pero pronto dejó de caminar, al sentir el repentino deseo de poner los pies sobre la fértil tierra del centro ajardinado. Se subió el hábito dispuesto a descalzarse cuando recordó las ronchas rosáceas que salpicaban sus pies.

—Ilustrísimo Señor obispo de Barcelona, me complace verlo aquí —oyó decir a una voz profunda que se acercaba acompañada del repique metálico de una espada.

Dejó caer el hábito y se volvió con una sonrisa. Había reconocido la voz de aquel caballero, más bajo que él pero de complexión fuerte. Le recordaba al Gerard de Prades que conoció por primera vez en Pals.

—Don Fadrique, pensaba que usted, en su calidad de almirante, claro, ya había salido hacia Tordesillas con el ejército de Su Majestad.

—Sin duda, su Eminentísima Reverencia es tan obstinadamente precavido como usted me advirtió. Parece que le cuesta declarar la guerra de una vez a esos…, esos…

—¿Rebeldes? Ay, don Fadrique, habría que aplastar su descaro ya mismo.

—Cierto. Usted es un clérigo de acción, Ilustrísimo Señor, pero no todos son así, por desgracia.

Domènech vio, de reojo, un movimiento en una ventana del piso superior. Sabía a quién pertenecía la estancia. Así que entrelazó las manos a la altura del cíngulo con la mayor naturalidad y empezó a caminar hacia las columnas acompañado de Fadrique de Enríquez.

—Probablemente, soy tan extranjero en Castilla como él —empezó a decir Domènech.

—No es lo mismo. Usted es catalán.

—Cierto, he estado cerca de la grandeza de estos reinos y entiendo que los sublevados ya no demandan un funcionamiento similar al de nuestras Cortes catalanas.

—Yo no estaría tan en desacuerdo con ello —musitó don Fadrique.

Domènech detuvo sus pasos al pie de una columna y miró al caballero a los ojos.

—Los dos sabemos que ya no se trata de eso, ¿no es cierto? Entre sus absurdas demandas contra el orden divino de esta sociedad limitando los poderes de Su Majestad, incluso exigen frenar la exportación de lanas que tanto dinero da a los grandes nobles de Castilla e incluso a don Carlos.

—¿Dónde quiere ir a parar, Ilustrísimo Señor? —sonrió Fadrique—. Es obvio que por eso Burgos, o por lo menos sus nobles representantes, han abandonado el bando de los sublevados: por el monopolio del comercio de las lanas.

El obispo le puso una mano sobre el brazo y se acercó a él para hablar con simulada complicidad:

—Si quiere convencer a Adriano de que declare una guerra abierta a los sublevados, hágale entender que tiene de su parte a todos los nobles terratenientes. El ejército real avanzará entonces para recuperar Tordesillas.

—Lo que usted tan bien ha observado, también lo ven muchos linajes. En Burgos o Sevilla, saben cuál es su bando, el que mantendrá sus derechos de cuna —respondió Fadrique con cierto pesar.

—Ya, pero lo tiene que ver así el gobernador extranjero —replicó el prelado—. Y ahora, si me disculpa, se acerca la hora sexta. Debo prepararme para la oración.

—Por supuesto.

—Vaya con Dios —añadió.

Y se alejó hacia las escaleras dejando al caballero pensativo.

El cardenal Adriano se hallaba ante su mesa de trabajo. Debía pensar cómo plantear una estrategia para frenar aquella sublevación. Necesitaban mano dura, pero no podía permitirse más fallos como los de Medina del Campo que, sin duda, incrementaban la mala imagen que el pueblo tenía de un monarca ausente.

Dejó el pergamino que estaba leyendo.

—¡Engreídos! —masculló poniéndose en pie.

Rodeó la mesa y empezó a caminar de un lado a otro de la sala. Don Carlos había aceptado nombrar a otros dos gobernadores junto a él mismo, dos gobernadores de indudable origen castellano: el almirante y el condestable. Pero ni con eso se habían conformado los miembros de la Santa Junta. En la carta que había dejado sobre su mesa se le informaba de que los sublevados osaban enviar emisarios ante Su Majestad a Bruselas. Adriano sabía que no conseguirían nada, pero con aquel gesto le estaban obligando a hacer lo que él quería evitar: declararles la guerra.

Se aproximó a una ventana y miró hacia el patio interior. «Necesito más apoyos para Su Majestad», se dijo. De pronto vio que Domènech irrumpía en el patio, entre los matojos. Visto desde allí arriba, le pareció que en poco tiempo había perdido bastante pelo. Adriano sonrió. «Menos mal que no lo devolví a Cataluña. Allí, sólo habría necesitado a un ambicioso con poder para aprovecharse de la inestabilidad en el reino vecino.» El cardenal se quedó observándolo pues, por primera vez, le veía un gesto humano: se levantaba el hábito y parecía mirarse los pies. «¿Qué hace?», se preguntó divertido.

Era una imagen sorprendente para el siempre tenso e insondable Domènech de Orís. Aunque desde luego, cada vez tenía menos que ver con el hombre a quien conociera en Tortosa. Había adelgazado y tenía un aspecto algo enfermizo, pálido, y a veces era presa de un sudor febril. Pero de pronto, la sonrisa de Adriano desapareció de su rostro al ver que don Fadrique saludaba amistosamente al obispo de Barcelona. «¿Cómo tanta familiaridad? Sólo se han visto una vez», se dijo alarmado.

Advirtió que Domènech dirigía una mirada de reojo a su ventana y luego avanzaba con el almirante hacia la columnata del patio, fuera de su vista. El cardenal se quedó impávido ante el cristal. De pronto, lo entendía. En cierta medida, incluso habría admirado la maniobra de aquel hombre tan ambicioso de no ser porque iba claramente dirigida contra él. Don Fadrique era uno de los dos gobernadores castellanos que don Carlos había nombrado. «¿Hasta qué punto tendrá también contacto con el otro, el condestable Íñigo de Velasco?», se preguntó.

Al ver aquella familiaridad en el patio, resultó evidente para Adriano que Domènech se mostraba servil ante él sólo en apariencia. Aún era el gobernador de los reinos pero, dada la situación de inestabilidad, el obispo debía de pensar que él no sería capaz de controlarla. Si las cosas salían mal en Castilla, Su Majestad, desde luego, no podría ser tan severo con los gobernadores castellanos como con él, por lo menos en apariencia. Así que Domènech había establecido puentes, que supiera por el momento, con uno de los gobernadores castellanos.

De pronto se sintió indignado. No tenía bastante con buscar la paz, encima debía encargarse de aquel obispo. «Claro que lo he mantenido cerca precisamente para controlarlo», pensó. Las campanadas sonaban ya llamando a las oraciones de la hora sexta y Adriano vio al padre Miquel atravesando el patio a toda prisa hacia la capilla. El cardenal sonrió. «Quizás haya una forma de enterarse sin tener que preguntar a don Fadrique o a don Íñigo. Sería darle una importancia que no me apetece», se dijo.

Adriano de Utrecht tuvo que aguardar una buena oportunidad, tan casual como discreta. Mantener una actitud vigilante lo había convencido de que ese era el camino. Resultaba difícil abordar al ocupado padre Miquel, oficialmente secretario del obispo de Barcelona. Pero el cardenal había advertido que el sacerdote, siempre temeroso ante su patrón, desempeñaba todo tipo de funciones dedicadas al servicio personal de Domènech. Esto era algo a todas luces impropio para aquel discreto cura, que con tanta eficiencia le sirvió a él mismo en algunos menesteres durante su estancia en Barcelona.

Pero al fin, unos días más tarde, encontró la ocasión. Tras las oraciones de vísperas en las que todos los clérigos se habían reunido en la iglesia, incluidos los de la corte, Adriano observó que Domènech le decía algo a su secretario. Vio palidecer el rostro sonrosado del padre Miquel mientras el obispo de Barcelona abandonaba la capilla a grandes zancadas sin ocultar lo que a Adriano le pareció una llamativa cara de dolor. El sacerdote se volvió hacia el altar mayor y el cardenal pidió a su fiel secretario Phillippe que la capilla quedara solitaria para su propia oración, especificando que el padre Miquel debía quedarse.

Adriano se arrodilló ante la imagen de Cristo crucificado mientras el templo se iba quedando vacío. Simulando actitud orante, vio cómo el padre Miquel se dirigía a uno de los primeros bancos, en apariencia ajeno a su presencia. El sacerdote se postró y se cubrió el rostro con las manos. A Adriano le pareció ver, entre el refulgir de las velas, que el cuerpo del padre Miquel se estremecía. El cardenal se puso en pie, se dirigió hacia el cura y, con sigilo, se arrodilló a su lado. «Está llorando», pensó escandalizado.

Al notar una presencia cercana, el padre Miquel procuró limpiarse las lágrimas con la manga de la sotana y luego alzó la cabeza.

—¡Eminentísima Reverencia! —exclamó sorprendido.

El rubor se apoderó del sacerdote, con las mejillas todavía húmedas por los sollozos. Adriano le sonrió y dijo:

—Hijo mío, si puedo ayudarte en tu aflicción…

—Gracias, Eminentísima Reverencia, pero sólo puede ayudarme Nuestro Señor —respondió Miquel, que luego volvió la cabeza hacia el Cristo y unió sus manos a la altura del pecho para orar.

Ya desde su primer encuentro en Tortosa, Adriano intuyó que había algo que permitía a Domènech mantener atemorizado a su propio secretario. Sin embargo, ahora era consciente de que debía ir más allá. «¿Por qué lo aguanta?», se preguntó. De pronto, olvidando sus planes, el cardenal se apiadó de aquel sacrificado siervo del Señor.

—Padre —comenzó con delicadeza, clavando su ojos en las carnes laceradas del Salvador—, si lo desea, puedo liberarle del servicio al obispo de…

—¡No! —exclamó el sacerdote, con un respingo, mientras ladeaba la cabeza para mirarlo. Inspiró profundamente, intentando disimular, aunque tarde, el pánico de su expresión—. El obispo es… Debo irme, Eminencia.

Hizo ademán de alzarse, pero Adriano le puso una mano suavemente sobre el brazo. Miquel volvió a arrodillarse junto a él, visiblemente incómodo.

—Me he encargado de que estemos solos —le susurró el cardenal. El sacerdote entonces relajó los hombros, vencido—. No se siente en paz, padre; le vengo observando desde hace tiempo, y seguro que Dios tiene otro servicio para usted.

—Es imposible —musitó el cura mientras fijaba los ojos en los clavos hundidos en las manos de la talla.

Adriano lo miró y decidió abordar el tema directamente. Quizá no tuviera otra oportunidad, y ahora ya no se trataba sólo de atrapar a Domènech, sino también de liberar las angustias de aquella pobre alma. Suspiró y se encomendó al Señor. Probaría suerte simulando que sabía más de lo que en realidad conocía.

—Me da igual lo que haya descubierto el obispo de Barcelona acerca de usted —aseguró el cardenal. Miquel le clavó unos ojos sin expresión. Adriano continuó—: Domènech de Orís también debe de tener algún secreto.

—No, porque al parecer, su crueldad ya no es un secreto —respondió Miquel secamente.

A Adriano le gustó aquel tono. El sacerdote, que debía de llevar años crucificado al servicio de Domènech, aún tenía capacidad de rebeldía.

—Así es. Pero nadie se libra de tener pecados sólo confesables ante el Señor. Si él descubrió el suyo, padre, descubra el del obispo y yo me encargaré del resto.

Miquel, con una sonrisa amarga, negó con la cabeza. Nunca descubriría algo tan grave de Domènech como lo que este sabía de él. Era tan cruel como recto e inflexible en los rigurosos mandatos de la Iglesia. Y aunque escondiera algo... Miquel no conocía a aquel cardenal y, cierto que parecía piadoso, pero no podía evitar temer esa piedad, puesto que Domènech la había aparentado ante Pere Garcia mientras le interesó. No quería arriesgarse a que el prelado le descubriera en un doble juego ahora que en la práctica llevaba las riendas del Santo Oficio. Su padre era muy anciano, pero Dios mediante, aún estaba vivo. Y aunque el Inquisidor General fuera Adriano, si el obispo de Barcelona lo hacía público todo, poca defensa tendría ante las evidencias físicas de su origen judío ,y eso dejaría a su padre sin protección.

—Me tengo que ir —dijo repitiendo el ademán de ponerse en pie.

Esta vez, Adriano no se lo impidió. Mientras el sacerdote se dirigía al pasillo central, el cardenal alzó la voz:

—Últimamente parece enfermo, padre Miquel. —El sacerdote se detuvo—. Si alguna vez quiere hablar, estoy a su disposición. Quizá Nuestro Señor me ha enviado a usted atendiendo a sus ruegos.

LV

Tenochtitlán, año de Nuestro Señor de 1520

Era una niña. Me lo dijo Pelaxilla. Nació, respiró y murió, sin fuerzas siquiera para llorar. No la quise ver. No podía. Recuerdo las manos de Pelaxilla sobre mis mejillas, obligándome a mirarla a los ojos.

—Debes ejercer de marido, Guifré —sonó su voz en algún punto lejano, pese a que notaba su aliento cálido en mi rostro—. Protege su cuerpo para que pueda ir con el sol.

Busqué palabras. Quise decirle que necesitaba verla, que no podía hacer nada, que me dolía estar vivo… No dije nada. Sólo logré mover los labios, noté la sal de mis lágrimas y una voz en mi interior rugió un lamento: «Soñar ya no es posible».

—Lo hemos perdido todo, los dos. Necesito… Guifré, cuando se ponga el sol, necesito saber que ella lo acompaña, verla en sus rayos, en su luz, en la eternidad del cielo.

«El cielo —se repitió en mi cabeza como una letanía—, el cielo.»

—Ya está limpia.

Miré por encima de Pelaxilla. Una mujer de cabellos negros y piel muy arrugada estaba ante la puerta de la que fuera mi estancia, nuestro hogar. No la conocía, no la había visto antes. Era la partera, la mujer que tuvo en sus manos el breve instante de vida de mi hija, la que no pudo detener la sangre que escapaba incontenible del cuerpo de Izel. Me miraba como si esperase algo de mí.

Noté el tacto de una mano en mi brazo.

—Te ayudaré —me susurró Pelaxilla. Di un paso hacia la estancia, luego otro. Ella seguía a mi lado—. Tenemos que salir con la puesta de sol.

Entré. Solo. Izel estaba vestida de blanco. Suave algodón. Acaricié sus cabellos sueltos, sedosos.

—Señor… Vamos, debe vestirse —musitó Ocatlana detrás de mí. Me tendió un *maxtlalt,* un manto y una rodela, pero yo seguía con sus cabellos entre mis dedos—. Los mozos intentarán… Cuando la lleve al templo de las *cihuapipiltin…*

—*Cihuapipiltin…* Mujeres valientes, guerreras —me traduje en voz alta.

—Su primer parto. Es una diosa.

Por primera vez miré a Ocatlana. Un millar de años le habían sobrevenido y sus piernas enclenques temblaban. Sabía a lo que se refería. Volví de algún sitio, de no sé donde, y recordé lo que Ollin me había enseñado. Lo recordé para aplicarlo.

—No nos la quitarán —conseguí decir al fin. Sin dejar de mirar el primer rostro que vi cuando llegué a aquella casa, alargué mi mano para tomar la ropa —. No le quitarán ni un mechón de su pelo.

Ocatlana me sonrió amargamente, con los ojos húmedos, y salió de la estancia. Me vestí. Luego me agaché, alcé su cuerpo en mis brazos, con cuidado. La besé. En los ojos, en la boca y en la frente. Sin llorar, pero con los ojos empañados. Inspiré profundo, noté mi pecho en contacto con su cuerpo helado:

—Te llevaré para que vayas al cielo.

Las andas que me escondieron una vez habían sido preparadas por las parteras. Las viejas que estaban en la sala me abrieron paso. La deposité y extendí su cabello para que lucieran sus destellos azulados con los últimos rayos de sol. Iríamos hasta el templo de las *cihuapipiltin*, a pie. Ellas serían nuestra escolta. Apenas quedaban familiares de quien fuera el cihuacóatl Chimalma. Pero aunque los jóvenes guerreros intentaran quitarnos su cuerpo, hacerse con sus cabellos y cortarle algún mechón que guardar en las rodelas de sus brazos, la defendería y no obtendrían ninguna reliquia de mi diosa.

—Ni en el trayecto, ni en los cuatro días siguientes en el patio del templo —le susurré al oído—. Te defenderé y te velaré, mi amor.

Le acaricié la mejilla gélida, la besé por última vez. Una sonrisa había quedado en sus labios carnosos. Me erguí, miré hacia la puerta. Se oían gritos de fiesta. Aquella noche, a pocos pasos de nuestro destino, celebrarían la victoria sobre los castellanos con danzas y música. Quizá los jóvenes guerreros que aún no habían conocido la gloria acudieran con más vigor por un pedacito de ella, sagrada, para cegar a sus enemigos en la primera batalla. No lo conseguirían. Izel llegaría sin mancillar a la tierra, llegaría para ser eterna.

Las primeras ancianas salieron y empezaron a vocear. Ocatlana me tendió una espada de obsidiana. Era la primera vez, desde que me atacaron en Les Gavarres, que empuñaba un arma. Di un paso, después otro, a su lado. Sonaron los gritos de guerra.

· · ·

Después de que el cuerpo de Izel, intacto, fuera depositado bajo tierra para que su alma volara con el sol, pasaron los días. Era consciente de ello. Cada uno de esos días, cuando los guerreros mexica muertos en combate dejaban al sol en el cenit, yo subía ataviado con el manto de caracolas que ella me había regalado. Extendía el *patolli* en el suelo, me sentaba, y con su olor impregnándolo todo en aquel lugar, permanecía allí mirando hacia el cielo. Era ella ahora, con las demás *cihuapipiltin*, la que acompañaba al sol en su descenso hasta que se ponía.

Durante el tiempo que no estaba en la azotea, sólo pensaba: «¿Cuánto falta?, ¿cuándo llegará el mediodía?». Mientras permanecía allí, velando el recorrido del sol, me preguntaba si el cielo, aquel cielo mexica, coincidiría con el del Señor, si la vería alguna vez de nuevo. Y esto me serenaba porque no podía dudarlo. Para los mexicas, Izel se había convertido en diosa; de Dios, sólo cabía esperar que tuviese en cuenta la profunda bondad de su corazón, a pesar de no estar bautizada. No podía dudar de que fuera al cielo, aunque a veces dudase del Dios que tan claramente era utilizado por los cristianos para justificarse. Tanto como los mexicas, infieles mexicas, habían usado a Huitzilopochtli para guerrear, sacrificar y percibir tributos y riquezas.

Plantas entre las que se escondía, flores que se ponía en su cabello, las cosas que me contaba… Su esencia. Esa era mi compañía en la azotea. Mientras estuvo viva la pude amar con besos, sonrisas, caricias que dejaban salir aquel torrente de sentimientos; con su ausencia, no sabía cómo expresar mi amor, no había dónde llevar la corriente de sensaciones que seguía en mí aunque hubiera muerto. Así que sólo podía amarla con dolor, en mi alma, en mi pecho. Y por ello lo cultivaba, agradecido porque una vez el dolor fue la mano que tocó su pelo. Ya no experimentaba el peso angustiante del miedo, como tampoco deseos de llorar. En verdad, sentía una paz vacía.

En algún momento vi cómo limpiaban el lago de la batalla. Alinearon los cadáveres de los enemigos, uno tras otro, por centenares. Armaduras, espadas, cotas de malla, arcabuces... Y oro, las barras de oro que los mexicas no adoraban ni codiciaban.

Sí, después de que el cuerpo de Izel, intacto, quedara bajo tierra para que su alma volara con el sol, pasaron los días. Era consciente de ello pero me hallaba refugiado en mi doloroso pesar, lo único que me quedaba de nuestro amor.

El sol se ponía ya. Apenas quedaba un leve resplandor, un borde anaranjado en el escarpado horizonte. Me puse en pie, descalzo, sobre el *patolli*. Entorné los ojos. No quería mirar los matices violáceos, grises y negros que ascendían por la bóveda celeste. Sólo quería ver aquel resto de día, aquel resto de Izel.

—Señor... Disculpe señor.

Me giré. Era Ocatlana, la única persona con la que mantenía contacto aquellos días, porque me traía comida y agua y me preparaba el baño. Se le veía nervioso. Oí pasos abajo. De pronto, fui consciente de que a las caracolas que daban la bienvenida a la noche se sumaba algún griterío por las calles, griterío de guerra.

—El gran Tlatoani de Tenochtitlán ha venido.

Apareció un guerrero águila y puso la mano sobre el hombro de Ocatlana. Este, temeroso, lo miró. El guerrero hizo ademán al sirviente para que se marchara. Pero entonces, Ocatlana irguió su viejo cuerpo, hinchó el pecho como un joven guerrero de piel cuarteada, y dijo:

—No, mi señor no hubiera querido. Jamás dejó que le hicieran daño —añadió con aplomo.

—Está bien, fiel Ocatlana. Mi tío te tenía en gran estima. —El viejo y el guerrero águila bajaron la cabeza al oír esa voz—. Yo también estimaba a Chimalma, y por eso he venido en persona.

Una figura, cubierta por un manto oscuro como la noche que ya había caído, apareció en la azotea. Reconocí sus ojos, pero seguí aletargado, como si, a pesar de oírlo y verlo todo, no estuviera allí. El hombre se llevó una mano al hombro y desató el manto oscuro. Se lo quitó y debajo apareció el color turquesa del Tlatoani. Era Cuitláhuac. Evoqué las cadenas, la sangre, el hambre, las últimas horas de Chimalma.

—Dejadnos solos —ordenó alargando el manto oscuro, que el guerrero tomó sin mirar a su señor.

Ambos obedecieron mientras yo observaba a aquel hombre con quien había compartido padecimiento. Se le veía cansado, ojeroso. Pero sus ojos desprendían valentía, seguridad y un pragmatismo que me recordaban a Chimalma. «¡Qué diferente a Motecuhzoma!», pensé. De pronto, como impulsado por una voluntad ajena, me agaché para besar el suelo y saludarle con la dignidad debida.

—No lo hagas —me frenó. Soltó una carcajada y añadió—: De todos modos, ya me has mirado, aunque vista de turquesa.

Alcé la cabeza. Estaba paralizado sobre mi *patolli* y allí me quedé. Me sentía más seguro.

—He venido como amigo, como sobrino de mi difunto tío Chimalma, no como Tlatoani.

Agachó la cabeza y se acercó a mí. Luego paseó su mirada por el centro ceremonial.

—Las cosas se han complicado, Guifré. Y mucho.

Hablaba con el pesar de quien debe decir algo que no desea. Mis pies dejaron el *patolli* y se posaron sobre la fría piedra. Me acerqué a él.

—Hemos pasado penalidades, hambre y sed juntos. Vamos, di lo que sea.

Ladeó la cabeza y me escrutó un momento. Luego, volvió la mirada a la ciudad.

—Para que permanecieras aquí, Guifré, Chimalma demostró una gran habilidad política. Él estaba seguro, y no creo que sólo por los augurios, que vendrían otros como tú.

—Espero que te hayas dado cuenta de que no son exactamente como yo.

Cuitláhuac sonrió con amargura.

—¿Sabes? Puso todo de su parte para enseñarte nuestro mundo, o por lo menos, nuestra manera de verlo. Pensaba que si tú lo entendías y aprendías a apreciarlo, los otros que vinieran podrían hacerlo también. Y quería utilizarte, sí, para que se lo hicieras entender. Pero mi hermano fue una persona indecisa y no quiso escuchar, ni a ti ni a Chimalma, que hablaba por tu boca. ¡Y tú sabías que vendrían! ¡Podríamos habernos preparado! Pero Acoatl le hizo creer que, si llegaban extranjeros como había predicho Nezahualpilli, no se te podía considerar un enviado divino, sino un seguro para alimentar a nuestros dioses.

—Ya sé todo eso. ¿Adónde quieres ir a parar? De poco vale ahora pensar en lo que ya está hecho.

Cuitláhuac me miró y me puso la mano en el brazo, decidido.

—Tienes razón. Verás, mandé un ejército a perseguir a nuestros enemigos, tan maltrechos después de su salida de Tenochtitlán. Cerca de Otumba pasó algo, no sé... —Sus ojos se desviaron un instante al suelo—. Éramos muchos más, pero ese Malinche con su caballo atravesó nuestras filas, hizo desaparecer el estandarte y... —se interrumpió, bajó los barazos y suspiró.

—Los hombres no sabían dónde ir sin estandarte al que seguir —dije en tono neutro. Asintió—. ¿Cayeron muchos?

—Sí. Hasta mi cihuacóatl, Miztli, ha muerto. En el mismo campo de batalla. Ni siquiera ha podido dar su corazón a... —Bajó la cabeza y al alzarla de nuevo, me miró con decisión—. Guifré, el problema es que ahora, entre los que han vuelto... Bien, hay quien quiere matar a todos los que tengan que ver con los castellanos. Yo soy el Huey Tlatoani, pero no estoy oficialmente coronado. Sin embargo, he de posicionarme al lado de estos hombres, quizás implacables; debo hacerlo. Porque la otra opción es la de los antiguos partidarios de Motecuhzoma, y no quiero... No quiero que vuelvan a entrar en Tenochtitlán. ¡Mataron a los mejores hombres que teníamos! No sé si podré recomponerlo todo. Me faltan buenos jefes, hombres con experiencia... Le prometí a mi tío que velaría por ti como si fueras mi primo. Por ti y por Izel. Sé que no eres como ellos, pero...

—Tampoco soy mexica.

—Todos te vieron entrar y salir del palacio de Axayacátl. Incluso hablaste en nombre de Malinche y ahora, aunque Acoatl esté muerto, sus ideas tienen mayor fuerza. Los que permanecimos presos, estamos... —sacudió la cabeza, dolido.

Me giré, miré a mi alrededor, la azotea, la ciudad… Hasta Miztli, el guerrero águila que me llevó por primera vez a Tenochtitlán, había muerto. «El sol se pone cada día en cualquier lugar», sonó en mi mente la voz profunda de Izel, con tanta claridad, que las lágrimas acudieron a mis ojos. Asentí. No me quedaba nada en esa ciudad. Su esencia estaba en mi dolor. Me volví y miré a Cuitláhuac.

—Me gustaría garantizarte la protección —confesó en tono de disculpa—, sé que podrías ayudarnos…

Alcé la mano pidiéndole silencio. Respetó mi muda petición.

—No te preocupes. Siempre llevaré Tenochtitlán conmigo.

Cuitláhuac se situó ante mí, extendió el brazo, me puso la mano en el hombro y suspiró:

—Has sido un buen amigo.

Salí al amanecer con una comitiva de hombres que iba hacia Tlaxcala. Cortés, con lo que quedaba de sus tropas, estaba cerca, en una ciudad llamada Hueyotlipan.

Sabía que los embajadores mexicas eran fieles a Cuitláhuac, sabía que el Tlatoani había ordenado darme protección hasta llegar a la ciudad donde estaban los castellanos, pero aun así, noté cierto recelo en algunos. No me asustó ni me hirió. Simplemente, no me importaba, como tampoco me importaba demasiado mi destino. Hacía años, muchos ya, deseé volver a mi reino con ansia, con angustia, pero cada intento me había alejado más del retorno. Ahora sentía que ya no. Aunque me hallaba a una enorme distancia, presentía que había empezado mi regreso.

Caminaba absorto en el cielo y el sol, en su luz sobre los maizales y sobre las montañas que atravesamos. Vestía un manto rojizo. El de las caracolas iba cuidadosamente doblado en mi hatillo, con el *patolli* y la ropa que llevaba Izel cuando la conocí, blanca con su fino bordado verde al cuello. El pincel y la pintura que había usado para escribir, *amatl* y algo de lo estudiado con ellos, como los calendarios, el cielo, los dioses, algunos poemas... Mi vida.

Cuando entramos en suelo tlaxcalteca, los embajadores me indicaron la silueta de Hueyotlipan y ellos continuaron hasta Tlaxcala. Llevaban oro, mantos lujosos, regalos, pero esta vez no eran para los castellanos. El Huey Tlatoani de Tenochtitlán pretendía aliarse con sus históricos enemigos tlaxaltecas para que, cuando menos, dejaran de apoyar a Cortés e incluso lucharan juntos contra él. Los miré mientras se alejaban hasta que los vi desaparecer, y entonces, caminé.

Ya a las puertas de Hueyotlipan, seguro y tranquilo, me cuadré ante un vigía castellano:

—Soy Guifré, barón de Orís. Deseo ver a don Hernán.

Dejé atrás la mirada desconfiada de Aguilar. Ya en el patio del palacio, pasé ante los ojos llenos de rabia de Alvarado y, a su lado, la sonriente cara de fray Olmedo. De hecho, el clérigo hizo ademán de venir hacia mí, pero Alvarado lo asió del hábito y lo inmovilizó. Pese al súbito desprecio que me invadió ante su gesto, me dominé y lo ignoré. Sólo tenía un objetivo: irme. Seguí al soldado, pero aún me llegaba el olor a sudor y sangre que desprendía Alvarado cuando oí que decía a mis espaldas:

—¡Ya se cansó de fornicar con esa perra infiel!

Me giré. Fue un instante, un instante en el que vi cómo el castellano se tocaba el pelo grasiento con aire digno y exhibía una sonrisa burlona de dientes carcomidos. Por mi mente pasó el último espasmo de vida de Izel, mientras resonaba en mis oídos la palabra «perra». Las carcajadas de aquel individuo quedaron silenciadas por mi corazón acelerado, la cara de fray Olmedo reflejó pánico al encontrarse con mis ojos, un instante, y al siguiente, resonó en el patio:

—*Assasí!*[15]—grité con una voz ronca que no supe reconocer—. *Maleït!*[16]

Me abalancé sobre él. No lo esperaba. Lo derribé. Mis manos rodearon su cuello. Noté que me golpeaba en los costados con los puños. Apreté más fuerte. Su sonrisa carcomida se fue tornando una mueca. Yo sólo oía mi propia voz gritando:

—¡Todo es culpa tuya! ¡Tú sí que eres un perro!

Me embistieron. Rodé por el suelo del patio. Pero todo mi dolor se había tornado ira, todo. Sentí que mi vida se había vaciado por su culpa. Me incorporé. Lo busqué con la mirada. Alvarado seguía tendido, jadeando, con fray Olmedo arrodillado a su lado, ayudándole a incorporarse. Me dispuse a abalanzarme de nuevo sobre él. Una espada se interpuso. Era el soldado a quien había seguido hasta allí. Negaba con la cabeza, mientras yo ignoraba el filo metálico y me ponía en pie.

—¡Basta! ¿Qué sucede aquí?

Cortés apareció en el patio. Miró a Alvarado, aún en el suelo, y luego al soldado, que le daba la espalda. Por fin, fijó sus ojos saltones en mí. Frunció el ceño, ladeó la cabeza de nuevo hacia Alvarado, y fray Olmedo se lamentó:

—Ha intentado matarlo.

---

15. En catalán: Asesino.
16. En catalán: Maldito.

—¡Baja la espada y apártate, soldado! —ordenó Cortés.

Tenía la mano vendada. Al ver mis ojos en ella, se la llevó a la espalda y me escrutó.

—¿No vas a castigarlo? —sonó la voz ahogada de Alvarado, quien ya estaba en pie, pero seguía con una mueca en el rostro.

Cortés mantuvo sus ojos en los míos. La ira que antes me empujó era ahora una mezcla de rabia y regocijo que me mantuvieron inmóvil, con los puños cerrados y las mandíbulas apretadas. Él esbozó una sonrisa, negó con la cabeza como única respuesta a Alvarado, y luego se santiguó.

—Venga a mi estancia, barón de Orís, por favor —dijo amablemente.

Caminé hacia ellos. Cortés al frente, con una sonrisa afable, Olmedo aún asustado y Alvarado junto a él. Me detuve delante del capitán general, pero miraba a su antiguo lugarteniente con descaro, con burla, buscando avivar su indignación, deseando que se lanzara sobre mí para gozar de otra oportunidad de matarlo. Cortés me tomó del brazo mientras decía:

—Don Guifré, seguro que el viaje le ha agotado.

—Necesitaría ropa decente —contesté sin dejar de mirar a Alvarado.

—Dejen sus diferencias, por favor —añadió con precaución, en tono conciliador.

—¿Un hereje me ha intentado matar y lo tratas como a un noble? —bramó el capitán, escupiendo su rabia en mi cara.

—Vamos, Pedro. No es un indio. ¿Estás ciego? No seré yo quien castigue a este hombre. Si alguien ha de hacerlo, que sea el Señor Todopoderoso.

Dio media vuelta y fue hacia la puerta abierta de su estancia.

—Ya me encargaré, pues, que te llegue el castigo de Dios —oí que mascullaba Alvarado.

Lo ignoré y entré en la estancia donde ya estaba Cortés, quien, de espaldas a la puerta, miraba un crucifijo colgado en la pared. Cerré tras de mí. Se volvió, me observó con una sonrisa y la mano en el medallón que siempre llevaba al cuello.

—¡Estás vivo! Otra vez te ha salvado el Señor —me acogió animado.

—Quiero volver. Necesito dejar esto y regresar a mi castillo —contesté con cierta sequedad.

La sonrisa se borró de su rostro. Frunció el ceño, se llevó las manos a la espalda y movió la boca de aquella forma suya.

—Qué contrariedad —murmuró—. Justamente he ordenado que no zarpen barcos. No me conviene. La situación ahora mismo es delicada. Me quedan poco más de trescientos cincuenta hombres, y no quiero que llegue la noticia a Cuba. ¿Por qué no te unes a nosotros? Nos podrías ayudar.

Negué con la cabeza y guardó silencio.

—Lo que quisiera Dios que hiciera aquí, ya está hecho. —Di unos pasos para acercarme a él—. Si hubiera en estas tierras un monasterio, me encerraba dentro. Estoy cansado del mundo —concluí mirándole a los ojos.

Cortés asintió y se llevó la mano al medallón.

—¿Sabes? Alvarado siempre ha pensado que te habías convertido en un indio, o aún peor, porque conociendo al Dios verdadero, has permanecido entre ellos. No sabe nada. No creo que pueda entender hasta qué punto eres un instrumento del Señor. Te ha puesto a prueba y la has superado, pues aquí estás. Dos veces, Guifré de Orís, dos veces me has salvado de una muerte segura.

Empezó a caminar ante a mí, de un lado a otro, nervioso. De pronto, rompió a hablar como si pensara en voz alta.

—No me equivoqué la primera vez, debes volver. Sólo que en aquel momento aún no habías acabado lo que debías hacer y tenías que salvarme en una segunda ocasión. Yo también tengo algo que hacer, y no la he acabado. —Se detuvo y me miró—. Pero si no regresas, Dios no me lo perdonará. —Hizo una pausa. Serio, me escrutó y al fin, anunció solemne—: Te irás, y te ruego que no dudes de mi palabra. Con el oro que he recuperado, y el que los hombres que han salvado algo me deben dar si no quieren morir, he de comprar pertrechos para pacificar estas tierras. Partirás con el primer barco que zarpe hacia La Española para ello. Serán, a lo sumo, un par de meses.

—¿Aquí?

—No; espero entrar en Tlaxcala. Pero si no deseas estar más entre indios, te puedo mandar a Villa Rica de la Vera Cruz. Allí serás tratado según tu rango. Me ocuparé de que tengas el oro necesario para facilitar tu regreso y papeles para ayudarte a embarcar desde La Española.

Bajé la cabeza.

—¿Dos meses?

Habría deseado partir ya. De pronto me di cuenta de que tenía prisa. No por regresar, sino por huir. Miré a aquel hombre enjuto que apenas me llegaba a los hombros, con cabellos claros de destellos rojizos y amplio pecho. No cejaría. Había sufrido una dura derrota, había visto los cuerpos inertes de sus soldados, él mismo estuvo al borde de la muerte… Pero sus ojos seguían brillantes de convicción.

Estaba estableciendo nuevos planes, nuevas estrategias. Sin duda, la victoria de Otumba le había dado alas.

—¿No sientes pesar por tus hombres muertos?

—¡Por el amor de Dios, claro que sí! Por ellos hay que seguir. Y aunque nos maten a todos los que aquí estamos, no faltarán cristianos que vengan para juzgar a esos indios, porque Dios quiere que Su Palabra se extienda por estas tierras.

Sí, definitivamente quería huir de allí pues sabía que él tenía razón. El mundo que fue mi hogar estaba condenado a desaparecer. Yo no quería ser testigo de ello.

LVI

Tordesillas, año de Nuestro Señor de 1520

Fue durante el traslado a Tordesillas cuando Domènech comenzó a percibir algo que le generó un creciente estado de inquietud. La Navidad se aproximaba y aún no habían derrotado por completo a los rebeldes, pero el conde de Haro los había expulsado de Tordesillas, ahora en poder de las fuerzas del monarca. Y allí estaba instalada desde entonces la corte, con el cardenal y todo su séquito, para proteger a la reina Juana, madre de don Carlos. El sublevado obispo Acuña huyó con las fuerzas comuneras hacia Valladolid, y las noticias llegadas informaban de que fue recibido en las calles de la ciudad con gran júbilo. Domènech no había vuelto a intercambiar palabra alguna con don Fadrique, pero por el momento le bastaban ciertos saludos discretos y los propios hechos. Aquello era ya una guerra abierta, y ahora Adriano presionaba a los nobles para que vencieran definitivamente, lo cual agradaba a los otros dos gobernadores castellanos.

Sin embargo, lo que inquietaba a Domènech era una mirada, una simple mirada de soslayo que captó entre el padre Miquel y Adriano de Utrecht en el camino a Tordesillas. Una mirada a la que siguió un leve temblor del sacerdote al advertir que el obispo de Barcelona contemplaba la escena. Al

710

instalarse en su cámara de palacio, Domènech no dijo nada al padre Miquel; se limitó a clavarle la mirada, sabedor de que así espoleaba su miedo. Si habían tenido alguna conversación secreta, sin duda ese miedo haría que el sacerdote diera algún paso en falso útil para forzarle a confesarlo todo.

Desde su llegada a Tordesillas, despertaba en plena noche empapado de sudor, en un estado de zozobra, con temblores y calenturas. En sus sueños, el padre Miquel lo desnudaba ante la sonrisa maligna de un Adriano cruzado de brazos. La escena era parecida a un recuerdo del obispo, el de Lluís despojando a Miquel de su hábito para mostrar el miembro circuncidado que probaba su origen infiel. Sólo que en su pesadilla, el despojado era él, y lo que Adriano consideraba símbolo de pecado entre estentóreas risas eran sus ronchas en el pecho y la espalda. Ronchas que habían empezado a ulcerar en la zona pectoral, en lugar de desaparecer como en otras ocasiones.

Apenas dos días después de que se instalara en aquel palacio, los dolores de cabeza empezaron a aparecer cada vez con mayor intensidad. A ello se añadió la falta de apetito. Y al fin, se admitió a sí mismo que todo aquello era la consecuencia de una sensación, una sensación que hasta aquel momento él había considerado ajena a su persona: la angustia. Se preguntó por qué una intangible pesadilla le generaba aquello, tan físico, y concluyó que sólo podía ser una señal para que estuviera alerta. Para Domènech había dos formas de estar alerta: una, esperar a que se sucedieran hechos que le facilitaran más información con la que poder actuar para proteger sus intereses; la otra, ir directamente en busca de ella. Y si una mirada entre Adriano y Miquel fue el desencadenante de la alerta, estaba claro de dónde debía obtener esa información, puesto que su estado le advertía de que no podía aguardar sin correr demasiados riesgos.

En su dormitorio, con los ojos vidriosos y la piel ardiendo, sentado frente a una ventana a la que llegaba la nauseabunda humedad del río Duero en aquella noche invernal, Domènech no se movió cuando oyó unos suaves pasos tras de sí. Sólo esbozó una sonrisa al escuchar una voz que saludó:

—Ilustrísimo Señor, me congratula verle de nuevo en persona.

—Admiro tu pericia, Lluís. Este palacio está muy vigilado.

El hombre emitió una leve risilla.

—Llegué bastante antes que ustedes a Tordesillas. He tenido tiempo de conocer bien el lugar.

El obispo volvió la cabeza y miró al antiguo verdugo del tribunal inquisitorial de Barcelona. Sigiloso, lo había acompañado por toda la Península cumpliendo cuanto le había encomendado con tanta discreción como diligencia, desde facilitarle información hasta dejar mensajes en la piel de quien se resistía a otros chantajes. Aparte de una panza algo más prominente, a Domènech le pareció que el hombre mantenía su aspecto vulgar, con su gran nariz y sus dientes negruzcos.

—Bien, Lluís, bien. Sitúate tras la puerta.

—¿Perdón? —no pudo evitar preguntar arqueando las cejas a la vez que se separaban las aletas de su ancha nariz.

Le había extrañado que el obispo de Barcelona lo hiciese ir a palacio, con el riesgo de que se supiese su vínculo secreto. También le sorprendió el aspecto envejecido de Domènech, con grandes bolsas bajo los ojos y lo que parecían unas incipientes manchas rosáceas asomando por el cuello. Pero que le indicara que se colocase tras la puerta lo desconcertaba, pues aunque esperaba recibir una gran encomienda dado el tipo de entrevista, jamás hubiera pensado que debiera cumplirla en la propia cámara de su patrón. Pero la mirada desorbitada del prelado le hizo obedecer sin esperar respuesta u otra orden.

En cuanto Lluís notó el contacto de la roca en su espalda, como si todo estuviera calculado con absoluta precisión, tres golpes sonaron en la puerta y al instante entró un sacerdote. El verdugo reconoció de inmediato, aunque envejecido, a aquel cura de miembro circuncidado, y entornó los ojos pensando: «¡Bien! Un poco de diversión».

—Ilustrísima Reverendísima, le traigo el vino caliente con miel —anunció el padre Miquel.

—Déjalo aquí —ordenó Domènech con un suave golpe sobre la arquimesa que tenía al lado.

Miquel intentó disimular su estremecimiento. No le gustaba estar tan cerca del obispo, y menos con aquella mirada cada vez más afiebrada y los ojos inyectados de sangre, pero obedeció.

Cuando el cura se inclinó para dejar la bandeja, Domènech hizo una señal a Lluís y este salió de su escondrijo. Asió a Miquel por detrás y lo inmovilizó con un brazo mientras con la otra mano le tapaba la boca. El prelado se levantó de su asiento. Exhibía una sonrisa burlona. Separó la silla de la pared y ordenó secamente:

—Siéntalo. —Luego se dirigió a su secretario y añadió—: No gritarás, ¿verdad?

Miquel negó con la cabeza y Lluís le destapó la boca, pero le sujetó las manos tras el respaldo.

—¿Llevas cuchillo, Lluís?

—En el cinto, Ilustrísimo Señor.

Miquel empezó a temblar convulsivamente, pero no dijo palabra alguna. «Quizá por fin vaya a ser libre», pensó aterrado mientras Domènech se acercaba al verdugo y tomaba el arma. Notó cómo la mano ardiendo del obispo le acariciaba la tonsura. Luego, con el cuchillo, hizo saltar lentamente los botones de la sotana mientras preguntaba:

—¿Has tenido alguna audiencia privada con Adriano?

A Miquel se le heló la sangre, pero con la conciencia tranquila pudo responder la verdad:

—No, Ilustrísimo Señor. ¿Qué podría querer de mí su Eminencia Reverendísima?

Si se hubiera limitado a responder con un escueto no, Domènech le habría creído. Pero aquella pregunta defensiva aumentó los recelos del obispo, quien dejó a la vista los calzones del sacerdote con una risita gutural.

—Vamos, sé que habéis hablado en privado —insistió poniéndose frente a él.

—Yo, yo… le soy fiel —tartamudeó Miquel.

Domènech sonrió y le acarició una mejilla con la hoja del cuchillo. Su rostro antes regordete parecía ahora el de un mastín de carrillos caídos. Lo miró a los ojos, aún sonriente.

—Ilustrísimo Señor, yo no le traicionaría. ¡Lo juro por Dios!

Esta vez el prelado soltó varias carcajadas entrecortadas mientras paseaba la punta del arma por la otra mejilla.

—Gran valor tiene tu juramento procediendo de un infiel.

—Es cierto. Su Eminencia se acercó a mí una vez, pero yo, yo soy fiel a…

—¡Se acercó a ti! —le interrumpió acercando su cara a la del sacerdote—. ¿Para qué?

—Me preguntó si conocía algún secreto de su Ilustrísima Reverendísima.

La furia se reflejó en el rostro de Domènech, que de repente lo entendió todo. Miquel pudo ver cómo se le hinchaban las venas del cuello, donde aparecieron motas rosadas que hasta entonces no había observado. Pero sus ojos se desviaron rápidamente hacia la hoja del cuchillo, ahora sobre su cuello.

—¿Me espías? —inquirió el obispo en un susurro.

—Me indigné y me fui. No he vuelto a hablar con él, de verdad —empezó a sollozar Miquel—. Si algo he aprendido a su servicio es que su vida es intachable.

El obispo lo escrutó en silencio. Luego miró a Lluís, que mostraba su negra sonrisa.

—Suéltalo —le ordenó irguiéndose. Clavó los ojos de nuevo en el sacerdote, que se cubría avergonzado, con la cara bañada de lágrimas—. Esto deberías habérmelo contado en cuanto sucedió. Como puedes comprender, Miquel, no es agradable para mí obrar de esta forma. Así que la penitencia que te debes a ti mismo te la dispensará Lluís. A ver si así recuperas esa agudeza de mente que te hizo llegar a secretario de obispo, a pesar de tu secretillo. —Se dirigió hacia el antiguo verdugo y preguntó—: ¿Has traído la cuerda?

—Sí, Ilustrísimo Señor.

Domènech se secó unas gotas de sudor de la frente. Le dolía la cabeza y sentía en las sienes mayor opresión que nunca.

—Bien. Tápale la boca cuando lo cuelgues por los brazos, Lluís. Yo seré el primero en oírlo si grita, y quiero silencio para pensar. Después, déjalo en la cama y regresa aquí. —Se acercó a Miquel y le acarició el rostro—. Tranquilo, hijo, no te romperá las articulaciones. Lluís es un experto en estas cosas.

Luego se giró de espaldas a ambos. Sentía temblores por todo el cuerpo mientras oía cómo abandonaban la habitación.

—¡Adriano! —masculló.

Notó que la ira ascendía desde su estómago y aceleraba su corazón, mientras su mente recordaba al cardenal impidiéndole saludar a Guillaume de Croy, al cardenal vigilando que no se acercara a Fadrique, usándolo como vulgar mensajero... De pronto, su vista se nubló y cayó al suelo con un golpe seco.

Un penetrante olor a jerez entró por su nariz y lo despertó. Un desconocido de barba cana y nariz aguileña le dio un par de golpes en la mejilla.

—Ilustrísima —dijo con suavidad.

Domènech se incorporó de un salto. Estaba en su cama, con el torso desnudo. El desconocido lo sujetó por los hombros y le obligó a tumbarse mientras añadía:

—Tranquilo, tranquilo... Soy médico.

El prelado frunció el ceño:

—¿Médico?

Miró a su alrededor. Al pie de la cama vio a Lluís.

—Es de confianza, señor —señaló el verdugo—. Regresé tal como me ordenó y estaba desmayado en el suelo.

Domènech se relajó sobre su cama. Por un momento fugaz pasó por su cabeza la imagen del Adriano de sus pesadillas, con risas estentóreas y brazos cruzados.

—Tiene calenturas —le informó el médico—. Debería guardar cama unos días.

—No sé si podré. Tengo mucho que hacer.

—Debería… —insistió encogiéndose de hombros. Luego revolvió en su bolsa y sacó un frasco—. Estas ronchas… Son algo extrañas. ¿Le duelen?

—No.

—¿Hace mucho que las tiene? Parecen de viruela, pero hay algo que no entiendo.

Domènech giró la cara y miró a la pared.

—Son una señal del Señor —aseveró con sequedad.

—No se lo discuto, Ilustrísimo obispo. Pero este ungüento quizás ayude a secarlas. Si no, hágame llamar.

—¿Y para las calenturas? —preguntó Lluís.

—Ya lo he dicho, cama… Y paños.

—¡Se me pasará! —exclamó el prelado con la vista fija en la pared.

El médico miró a Lluís y le tendió el ungüento. Este lo tomó y se acercó a la cabecera de Domènech para ponerlo bajo su almohada.

—Si no se fía de Miquel, yo se lo pongo —le susurró.

—Puedo solo.

Lluís hizo ademán de erguirse, pero con un movimiento rápido, Domènech lo agarró por la manga. El antiguo verdugo acercó el oído a la boca de su patrón.

—Creo que te voy a conseguir un trabajo en palacio. Pero asegúrate antes de que ese médico no habla con nadie de mi enfermedad. ¿Lo has entendido?

—Claro. Si dice algo inadecuado por ahí, yo me encargo de él, Ilustrísimo Señor.

—Está bien.

Domènech permaneció con la mirada clavada en la pared, pese a haberse quedado a solas. Se arrebujó en la cama, convencido de que, aunque parecieran una enfermedad, las señales de su piel sólo desaparecerían, como las otras veces, si atendía al mensaje enviado por el Señor. De hecho, estaba seguro de que las calenturas y la mayor extensión de las ronchas se debían sólo a su negligencia. Porque los indicios habían estado ahí desde el principio y pecó, pecó de orgullo por creerse cercano al poder, y esto lo cegó. «Adriano nunca ha querido recompensarme, y ha buscado a Miquel para atraparme como atrapado tengo yo al infiel», pensó. Luego empezó a mascullar invadido de un repentino sosiego:

—En Barcelona, en Santiago, en La Coruña…, siempre lo ha hecho todo de modo que fuera él mi único interlocutor, haciéndome creer importante para mantenerme bajo su control. ¡Lo que se habrá reído a mi costa! Pero pronto se arrepentirá, se le va a helar la risa en la cara. No me ha dejado otra salida.

Se puso de costado, encogió las rodillas, cerró los ojos y se durmió. Aquella noche no tuvo pesadillas y las calenturas remitieron.

LVII

Océano Atlántico, año de Nuestro Señor de 1520

La excitación en la nao aumentó cuando la costa peninsular se hizo visible. La actividad de los marineros se aceleró, por más que el mar quisiera que nos moviésemos al compás de una apacible brisa.

Pero yo necesitaba aquel avance pausado. Apoyado en la borda de popa, por primera vez dejé a mi espalda el oeste para mirar la extensión de la enorme nave. Abracé el hatillo con mayor fuerza e intenté serenar aquella sensación que se había aposentado en mi estómago y que ya conocí catorce años antes, a bordo de una canoa camino de Tenochtitlán: el miedo que surge ante la proximidad de lo desconocido. A pesar del sol y la bonanza, temblé ligeramente mientras un escalofrío recorría mi piel con la misma lentitud con la que la nao avanzaba.

Antes de seguir con sus asuntos en Tlaxcala, Cortés me envió acompañado de un mensajero a Villa Rica de la Vera Cruz:

—Para protegerte —me informó.

Era obvio que me alejaba para evitar otro conflicto con Alvarado. Yo accedí, pero no por este motivo, sino por la imperiosa necesidad que sentía de alejarme de Tenochtitlán, de la guerra, de la muerte. Aunque de esta última no me pude distanciar. Estaba en todas partes. Camino ya de la ciudad castellana, encontramos grandes maizales sin nadie que los trabajara.

—La viruela se ha extendido —manifestó mi acompañante—. Dios mata a los infieles por nosotros.

Así era. En los dos meses que tuve que esperar para poder al fin embarcar, estuve al lado de la viruela, mano a mano. Procuraba ayudar en los cuidados a los enfermos, en general sirvientes mexicas y totonacas aliados de los castellanos. Perecían sin remedio. Ni baños de agua fría y agua caliente, ni remedios de plantas, ni ungüentos, ni hechizos. Nada servía. Y no es que ayudara a los *ticitl* por misericordia o piedad; lo hacía buscando morir, descansar, pues llegaban noticias de cruentas matanzas cerca del valle, victorias castellanas que me hacían demasiado insoportable la espera.

Pero yo no me contagiaba. Y aunque lo hubiera hecho, tal vez me habría pasado como a los pocos castellanos que enfermaban: no morían. Era como si la viruela realmente fuera un castigo de Dios para los infieles indios; o como los mexicas pensaban, un castigo de sus propios dioses por haberles ofendido, por más que no entendiesen en qué les habían faltado. Al terror de sangre y muerte que extendía Cortés, jamás llegué a saber si por venganza tras la salida de Tenochtitlán o porque crear miedo hace sumiso al más rebelde, era evidente que se le había aliado una viruela convenientemente selectiva.

Adelgacé en aquellos dos meses; no era capaz de tragar el alimento. Dormía a ratos, sin saber cuánto tiempo, y la pena era honda: un dolor físico por todo mi cuerpo. Así que cuando Cortés cumplió su promesa, abandoné aquella tierra sin mirar atrás.

Viajé en uno de los cuatro barcos que salieron hacia La Española con la misión de adquirir más piezas de artillería para la guerra. Llevaba conmigo el hatillo que saqué de Tenochtitlán, tres cartas que fray Olmedo me rogó entregara al regente de Castilla, documentos de Cortés que me reconocían como Guifré, barón de Orís, y once ducados de oro más un saquillo de pequeñas joyas mexica.

Al arribar a La Española, no llegué a salir del puerto. Me limité a preguntar por la nao de Fernández de Alfaro, tal como me indicaba Cortés en su carta de despedida. Estuve en el mismo arenal en el que una vez me oculté para subir a la embarcación cuyo naufragio me llevó a la que había sido mi vida. Quizás igual de delgado que entonces, pero con más años y vestido como un caballero, en esta ocasión no tuve que trepar en la oscuridad. A cambio de once ducados, incluido el sustento y la garantía de que iba hacia Castilla, subí a bordo tranquilamente desde una barcaza.

Sólo cuando estuvimos en el mar abierto miré atrás. Miré cuando ya no se veía tierra, cuando sólo la puesta de sol me devolvía a Izel y me recordaba que la llevaría conmigo allá donde fuera. Miré cuando no había lugar donde ni hombre ni dios pudieran interponerse entre el abrazo de sol, agua y sal. «¿Qué voy a hacer cuando ya no haya mar?», pensé sabiendo cercano el final del viaje.

—¡Ya se ve el Guadalquivir! —gritó alguien.

—¡Navidad en tierra! —se oyó a un marinero, desde un mástil, jubiloso.

El capitán Fernández de Alfaro se me acercó sonriendo.

—Don Guifré… En breve vamos a atracar en Sanlúcar de Barrameda. Pero si le urge llegar a Sevilla, puedo facilitarle un barco que lo lleve río arriba.

—Gracias, no será necesario.

El capitán se marchó y me quedé allí, en popa, encogido por mi miedo. «Erguido, Guifré. Mira hacia delante con la cabeza alta. ¡Por Dios! Eres el barón de Orís.» La voz de mi padre resonó en mis oídos. Me noté los ojos empañados y me erguí. Recordé a mi hermano Domènech. «¿Qué habrá sido de él?», me pregunté, y este recuerdo me resultó tranquilizador. Miré al frente. Estaba a la vista Sanlúcar de Barrameda, el lugar desde el que partí encadenado como esclavo.

El olor putrefacto del río ascendía por la borda cuando arribamos a Sevilla. Igual que de entre los palacios y las casas de Tenochtitlán sobresalían los templos, la inmensa catedral y su enorme torre dominaban el paisaje en cuanto se alzaba la mirada. Sin embargo, Sevilla me pareció una ciudad pequeña.

En cuanto salí del puerto, seguí las indicaciones del capitán del barco y me dirigí a una fonda donde solían ir navegantes procedentes del Mediterráneo. «Ahí podrá arreglar lo de su viaje, señor», me explicó. Empecé a caminar entre las calles. La sospechosa proximidad de ciertos personajes estrafalarios me indujo a sujetar el saquillo de oro con tanto celo como extrema discreción. Las flores en patios de casas encaladas me recordaron la frescura que había dejado atrás. Aspiré el aire, buscando su perfume, pero sólo pude sentir las lágrimas que se agolpaban en mis ojos al percibir el olor nauseabundo de las calles mezclado con el del río. «Tengo que salir de aquí», me dije llevándome el hatillo al pecho y abrazándolo.

Genoveses, portugueses, algún flamenco… mezclaban sus hablas con el castellano del lugar. El corazón empezó a latirme acelerado. Me sentía algo aturdido, preguntándome si no me habría equivocado en mi decisión de regresar. «Volver no es esto; es Orís», me dijo un eco de mi propia voz desde algún recóndito lugar de mi alma. El recuerdo de campos de cultivo salpicados de pinedas y encinares, las montañas protegiéndome del mundo, aromas a romero y a tomillo, y el son de los cencerros que me aguardaban alrededor del castillo devolvieron el sosiego a mi corazón.

Me detuve. Una brisa húmeda me lamió el rostro. De pronto fui consciente de la ropa que llevaba y del lugar donde me encontraba. Ya no estaba en Tenochtitlán y jamás hallaría nada con que compararlo. Debía asumir que volvía a ser el barón de Orís. Con un dolor sordo en las entrañas, reuní fuerzas para alzar la mirada y observar a mi alrededor. Las calles de Sevilla, en comparación con lo que recordaba de Barcelona, por no hablar ya de Vic, eran amplias, casi lujosas. Mi estómago se quejó. De pronto, entre el orín y el sudor que corrompían el leve perfume a azahar, mi olfato percibió un olor hacía mucho olvidado: aceite de oliva crepitante.

Doblé una esquina y encontré la fonda donde el capitán me había indicado. La luz se colaba por las ventanas formando haces. Varias mesas de madera algo toscas y raídas se disponían con bancos a su alrededor. Hombres, en su mayoría marineros de diversas procedencias, bebían vino de jarras de cerámica y comían entre risas y gritos. Me senté en una mesa solitaria, cercana a la pared. Los dos comensales de la mesa contigua, uno con jubón nuevo y el otro con una túnica marrón, me miraron por un momento mientras me quitaba el sombrero, pero luego siguieron con su cháchara. El del jubón tomó un pedazo de pan y lo hizo crujir. «¡De trigo, no de cazabe!», pensé. ¿Cuánto hacía que no lo probaba? A mi mente volvió el recuerdo del olor a pan recién horneado que salía de la cocina para inundar el patio del castillo y llegar hasta el estudio donde leía. ¡Qué lejos y qué cerca estaba, de pronto, de todo aquello! ¿Seguiría Orís oliendo así?

—¿Qué desea, señor? —me interrumpió una voz.

Un hombre vestido con una camisa de color indefinido por la suciedad, una faja y un pantalón, me dedicaba una sonrisa sin dientes.

—Pan.

—Tenemos un guiso de…

—Está bien, lo que sea —asentí—, y algo de vino.

El hombre se retiró y desapareció por una puerta al fondo de la sala. Cerca de la misma, algunos jamones pendían del techo. También había longanizas. Las barricas de vino se disponían como las celdas de una colmena.

—Que no, don Luigi, que no. Hay que ir en barco.

La conversación a mi lado se tornó entendible para mi mente.

—¿Acaso no habían firmado ya las ciudades a favor del Rey? —se oyó al tal Luigi con indignación y acento italiano.

—Sí, bueno… Sevilla nunca se ha opuesto a don Carlos. Y menos después de esas nuevas tierras que dicen se han descubierto en las Indias. ¡Fascinante! ¿Llegó a ver usted el tesoro que trajeron de esa ciudad…, cómo era, Villa Rica de… de la Vera Cruz?

No pude evitar mirarles con un vuelco en el corazón. El italiano de túnica marrón negó con la cabeza y el otro continuó hablando. Sin embargo, el golpe de una jarra de cerámica sobre mi mesa desvió mi atención.

—Caballero… —dijo el hombre que me había atendido.

Dejó sobre la mesa el pan y una escudilla. Miré su contenido. Entre un caldo espeso asomaban verduras, tocino y carne. Fruncí el ceño, pero mi estómago volvió a quejarse reclamando alimento. Al ir a poner las manos sobre la escudilla, topé con una cuchara a mi derecha. Sonreí, sintiéndome de pronto ridículo. Mientras esperaba mi partida en Villa Rica, seguí comiendo como un mexica, y en el barco sólo teníamos pan de cazabe, tocino salado y poco más. «¡Una cuchara!», me sorprendí. La empuñé con una enorme sonrisa, pues había pensado en comerme el contenido de aquella escudilla bebiendo y con las manos. La introduje en el caldo y luego me la llevé a la boca. El sabor explotó en ella, pero apenas pude distinguir ningún ingrediente aparte del ajo.

—Mañana zarpa un barco a Barcelona. Le recomiendo que intente que le transporten la mercancía en él —volví a oír, a mi lado, al hombre del jubón.

Continué comiendo el guiso, pero ahora prestaba especial atención a aquella conversación.

—Entonces se trata de una guerra abierta…

—¡Demasiado larga su ausencia, amigo! ¡Claro! Los que se oponen al Rey han recibido un duro golpe después de perder Tordesillas, donde se ha instalado la corte. Pero aun así, dicen que en Valladolid han sido recibidos como héroes.

No tenía ni remota idea de nada de aquello. Por un instante me recriminé no haber prestado oídos en la nao, puesto que en La Española se debía de saber la situación de Castilla.

—Ya —se oyó lastimoso al llamado Luigi—. Y en Valencia y Mallorca también hay levantamientos contra el virrey y los nobles, contra los musulmanes…

—Por eso le conviene el barco de mi amigo. Se lo digo como favor, porque un envío de aceite al final no irá y quiere hacer el viaje a plena carga. Sus mercancías estarán seguras.

Navegará hacia Barcelona sin atracar en ningún puerto donde haya hostilidades.

—Mañana quizá sea muy precipitado para mí. No sé… ¿Puede esperar aquí, Antón?

—Claro, pero necesito una respuesta pronto. Hay más mercaderes interesados…

El comerciante se puso en pie, tomó su sombrero, se lo caló y se marchó. Entonces supe que debía hacerlo.

—Disculpe, no he podido evitar oírles. —El hombre del jubón me miró extrañado—. Yo también he estado mucho tiempo ausente; vengo de lejos.

El tal Antón entornó los ojos. Apenas tenía cejas. Su tez se veía curtida por los rigores del sol y el mar bajo una encanecida barba larga. Sin embargo, su cabellera era de un intenso color azabache.

—¿De La Española? —inquirió señalando el sombrero que yacía a mi lado—. Esas plumas no se ven por aquí.

Asentí con una sonrisa.

—Me interesaría llegar a Barcelona.

El hombre del jubón me escrutó con sus ojos negros. Esbozaba una sonrisa desconfiada de labios agrietados mientras se pasaba la mano por la cabellera. Tomé el saquillo que llevaba escondido entre los pliegues de mi túnica, saqué lo que había sido un pequeño bezote de oro con forma de pico de águila y se lo mostré. El hombre amplió su sonrisa, ahora satisfecha, con un brillo de codicia en los ojos.

—Si hay más de eso, puede ser fácil, caballero.

—¿Mañana mismo? —pregunté algo seco, al tiempo que le entregaba el bezote.

Lo tomó, se lo llevó a la boca y lo mordió. Luego me miró con aire amable.

—Mi nombre es Antón Villares, a su servicio. Por supuesto, si usted lo desea, será mañana mismo.

Recordé las cartas que me entregara el padre Olmedo con un atisbo de culpabilidad. Había oído decir a Antón que la corte estaba en Tordesillas, de modo que si iba por tierra a Barcelona, podría dejarlas de paso.

—El barco zarpará temprano. Por otro como este, podría alojarse a bordo esta misma noche.

Acudió a mi mente la imagen del clérigo a los pies de un Alvarado jadeante. También a fray Olmedo le gustaba el oro. Tomé el pan. Crujió cuando arranqué un trozo; estaba tierno. «Pueden esperar. Las enviaré con alguien cuando esté en mis tierras», me dije.

—Eso sería perfecto —respondí volviéndome hacia Antón.

Me metí el pan en la boca y su sabor me hizo sentir seguro, enormemente seguro de mí mismo por primera vez desde que pisé tierras castellanas.

LVIII

Tordesillas, año de Nuestro Señor de 1521

Desde la llegada de la orden real firmada por don Carlos en Worms, el obispo de Barcelona había cargado de trabajo al padre Miquel, quien debía completar los expedientes de los numerosos acusados. La real orden condenaba a casi doscientos cincuenta sublevados. Los seglares debían acabar en el cadalso, pero para los clérigos el monarca establecía otras penas. Y mientras el conflicto entre tropas reales y fuerzas rebeldes se recrudecía, Adriano ordenó a Domènech que clasificara a los traidores pertenecientes al clero para facilitarle el trabajo al determinar los castigos.

Miquel trabajaba a las puertas del estudio del obispo de Barcelona. Faltaba poco para la hora nona, pero no podía retirarse para almorzar hasta que su superior se lo ordenara. El sacerdote luchaba por ignorar el apetito concentrándose en la tarea, ya que su miedo a disgustar al prelado era superior a cualquier otra necesidad. El recuerdo del doloroso crujido de sus hombros durante una tortura propia del Santo Oficio le ayudaba a mantener la mente por encima de sus instintos. Después de aquel día, el obispo se había mostrado de un humor cambiante, algo inusual para una persona siempre tensa que ocultaba toda forma de expresión. Esto hacía que Miquel viviera en un estado de alerta constante y que ya no hallara descanso ni durante sus horas de sueño.

Al percibir el cálido aroma de lo que podría ser un caldo o un guiso, o ambas cosas a la vez, el secretario alzó la cabeza expectante y, en efecto, vio acercarse a su mesa una bandeja con una escudilla humeante; su esperanza se desvaneció cuando vio al portador de las viandas.

—Traigo el almuerzo de su Ilustrísima Reverendísima.

La voz de aquel sirviente resonó en su cabeza como un puñetazo. Era el antiguo verdugo. El sacerdote palideció ante la sonrisa negruzca de aquel hombre robusto sin apenas cuello.

—¿Me abres? —preguntó Lluís arrugando la abultada nariz, burlón ante la reacción del secretario.

El padre Miquel se levantó con rapidez, dio tres golpes en la puerta y la abrió, tembloroso.

—Su almuerzo, Ilustrísimo Señor.

Domènech leía sentado frente a su mesa y ni siquiera levantó la cabeza. Sólo hizo un gesto con la mano. El cura se giró hacia Lluís y casi pudo notar su aliento putrefacto en la cara. Bajó la cabeza y su mirada cayó en un humeante tazón con hierbas que acompañaba a la escudilla.

—¿Puedo entrar? —solicitó Lluís.

Miquel se apartó para dejarle paso y huyó hacia su mesa como si esta pudiera protegerlo. El antiguo verdugo entró con la bandeja y empujó la puerta para cerrarla. No oyó el golpe que debiera dejarla encajada, pero pronto vio desviada su atención.

—¡Ya era hora! Tengo hambre —gruñó el obispo, mirándolo desde su amplia mesa.

El antiguo verdugo se acercó.

—Eso es señal de salud, Ilustrísimo Señor.

Domènech asintió frotándose las manos mientras Lluís colocaba la bandeja ante él.

—¿Has traído las hierbas? Estupendo. Tienen un sabor horrible, pero me están sentando muy bien.

—Señor, el médico… —empezó Lluís, pero dudó y se detuvo.

—¿Qué? —le insistió su patrón.

—Cree que pueda ser el mal portugués[17] y que esta repentina mejoría sea para ir a peor.

—¡Tonterías! —bramó el prelado, al tiempo que se alzaba bruscamente y tiraba el tazón con las hierbas al suelo—. Ese médico es un infiel, y a mí me ha curado Dios.

—Desde luego, Ilustrísima Reverendísima —respondió Lluís con un tono servil para disimular su sorpresa ante aquella reacción.

Domènech suspiró y se sentó de nuevo. Su rostro se relajó y de pronto fue como si reapareciera el obispo de Barcelona, frío e impenetrable como siempre se lo había conocido.

—¿Te gusta tu trabajo en la cocina? —preguntó.

—Sólo lavo platos —repuso el antiguo verdugo visiblemente molesto.

—¿Algo de mi interés?

—Si se refiere al sacerdote de ahí fuera, nada. Creo que aprendió bien la lección que tan sabiamente le dispensó.

—No bajes la guardia, Lluís.

---

17. El mal portugués era una de las formas de denominar a la sífilis en España. El término sífilis aparece por primera vez en 1530 en el poema Sífilis o el mal francés («Syphilis sive Morbus Gallicus»), del poeta y médico Girolamo Fracastoro.

—Podría hacerlo sin lavar platos, Ilustrísimo Señor.

Domènech se recostó en el respaldo de la silla y entrelazó sus manos sobre el regazo con una sonrisa.

—Me temo que no —repuso.

Lluís sabía perfectamente por qué tenía un puesto en la cocina y era la primera vez que un encargo del prelado le parecía demasiado peligroso.

—Es imposible acercarse a la comida de Adriano. Un sirviente flamenco se encarga de todo. Supongo que el cardenal no ignora el recelo que despierta por estos reinos —explicó sin atreverse a cuestionar abiertamente la orden de Domènech.

—Ten paciencia, hijo, y tu trabajo hallará recompensa.

—Espero que sea algo más que dinero. Soy yo quien corre un gran riesgo —espetó Lluís secamente.

—Tranquilo. Tengo algo para ti, quizás hasta un puesto de *castellà*.

El hombre sonrió complacido y el obispo lo miró con un destello grisáceo en los ojos. Luego le hizo una seña con la mano para que se retirara y olió el guiso.

El verdugo dio media vuelta y fue hacia la puerta. Su expresión se ensombreció al verla entreabierta. Se giró hacia Domènech, pero este lo ignoraba. Lluís frunció el ceño y salió de la estancia. Cerró tras él y se quedó mirando fijamente al cura. Con los codos apoyados sobre la mesa de trabajo repleta de papeles, sus ojos parecían pasear absortos por el documento que sostenían sus manos. Escrutó al padre Miquel por un momento hasta percibir un leve temblor de sus manos. «Qué más da lo que haya oído», pensó. Su rostro ceñudo recuperó la negra sonrisa al acercarse al sacerdote.

—Hasta más ver, padre —se despidió burlón.

Sólo cuando sus pasos dejaron de resonar en el pasillo, el secretario del obispo de Barcelona alzó la mirada hacia el lugar por donde su torturador había marchado. Su rostro sonrosado mostraba evidente alivio y un brillo rejuvenecido. Alzó la cabeza hacia una imagen de Cristo que había en la pared opuesta y musitó:

—Gracias, Señor.

Ya tenía un secreto. Unió las manos para orar en silencio cuando oyó que Domènech lo llamaba. Notó que se le erizaba la piel, pero fue con una súbita tranquilidad a atender al obispo.

—Limpia todo eso —le ordenó señalando el tazón y las hierbas en el suelo.

Miquel asintió levemente y se arrodilló. Tomó el tazón. Las hierbas estaban esparcidas. Miró a Domènech de reojo. El obispo leía un pergamino mientras en la otra mano sostenía una cuchara sobre la escudilla aún humeante. Recogió las hierbas cuidadosamente. Ya sólo tenía que ver cómo acercarse a Adriano.

LIX

Orís, año de Nuestro Señor de 1521

En cuanto dejé atrás los campanarios de Vic, espoleé mi caballo imbuido de una súbita impaciencia. Ya estaba en casa, ya estaba en Orís. El camino serpenteaba entre los campos de labor enharinados por la nieve. Pero el día era claro, el sol estaba en lo alto y su próximo descenso me llenó de ilusión. «Estaremos juntos en Orís, Izel», pensé sin asomo de melancolía. Los cascos del caballo al galope me recordaron el rítmico redoble de un tambor mexica.

Aún en el barco, conforme me aproximaba a la Ciudad Condal, temí que los recuerdos de un remoto pasado que habían aflorado durante el viaje se convirtieran, al llegar a tierra, en una turbulenta sensación de pérdida. Pero en cuanto puse los pies en la dársena, lo único que perturbó la cansada indiferencia de mi corazón fue la necesidad práctica de completar, por fin, el camino. Sin tardanza, compré aquel animal corpulento, de cruz algo baja, pero de gruesas y poderosas patas. Me desenvolví con resolución, aunque mi voz me sonó irreconocible en un catalán lento, de curioso acento, que arrancó una sonrisa del vendedor. Era extraño estar en Barcelona. Pero a diferencia de la primera vez que vi Tenochtitlán como si fuera la entrada a un mundo de leyenda, ahora me parecía que yo representaba al personaje de fantasía que desembarca en un mundo real. No era que el lugar me hiciera sentir extranjero, sino que yo me sentí forastero en mi propia alma.

Pero en el mismo instante en que subí sobre el caballo y dio los primeros pasos, esa sensación de dualidad entre quien había sido en mi tierra natal y el hombre que ahora era se fue diluyendo. Hacía casi quince años que no cabalgaba, pero desde el momento en que monté, fue como si mi cuerpo jamás hubiera olvidado cómo comunicarse con un caballo.

Entonces, a la vez que la escarcha matinal se iba deshaciendo en el camino, aparecieron los miedos. Entre los matojos ralos y los árboles desnudos por el invierno, se me ocurrió de pronto que la idea del Orís donde quería lamer mis heridas quizá no tuviera nada que ver con el real. Seguro que sería un Orís de pérdidas que esperaban, que me esperaban. En el camino, la imagen del ataque de los bandoleros acudió a mí, vaga respecto a lo que sucedió, pero clara al evocar al joven Quim agonizante, a mis vasallos muertos; Frederic, mi mentor, mi amigo, mi maestro... Su cuerpo sobre un charco de sangre. «¿Fue Jofre el que escapó?» Apenas recordaba el rostro de aquel muchacho con quien Domènech jugaba a ser un gran caballero. «¿Habrá dejado la Iglesia? ¿Será mi hermano el señor del castillo?»

Cuando el sol estaba ya en lo alto, rebasé Vic y sus campanas se convirtieron en un eco tan lejano como familiar. Entonces, al mirar a mi alrededor, pude dar nombre al Montseny y al Puigmal, reconocí los recodos del camino y los recuerdos de mi infancia se desataron. De pronto imaginé cumplidos los sueños caballerescos de Domènech y tuve necesidad de llegar. Fuera Orís como fuese, ya me encontraba en casa. «No va a creer nada de lo que le cuente», pensé recordando al niño absorto con las historias que narraba nuestro padre frente al fuego.

La silueta del castillo se dibujó sobre el monte escarpado, resplandeciente al sol, nítida. Mi pecho se hinchó, la emoción subió a mis ojos y se mezcló con el recuerdo de Izel, con sus sonrientes labios carnosos, como si en lugar de llevar el hatillo a mi espalda, la llevara a ella y me animara con su profunda voz: «Llévame a tu palacio».

Perdí el castillo de vista en cuanto tomé el camino ascendente que me había de llevar hasta él. Subí al galope por el monte. Unas marcas de carro señalaban el camino, cubierto por una capa blanca que aumentaba de espesor a medida que ascendía. El caballo, resistente y vigoroso, no aminoró el paso hasta que, pasado un recodo, el castillo se irguió ante nosotros.

—So, sooo…

El animal se refrenó suavemente antes de que llegara a tirar de las riendas. Al trote vislumbré a la izquierda del camino la fachada cuadrangular de la iglesia, con su humilde campanario. Los viejos pinos, los mismos de mi infancia, y la ladera del peñasco donde se alzaba el castillo convertían la pista en un pasillo estrecho que se ensanchó luego para dejarme ver la casa parroquial, adosada a un muro lateral del templo. Estaba cuidada, pero el huerto que recordaba frente a ella era un cúmulo de matojos resecos por la helada y el abandono. «Era muy anciano», pensé recordando a aquel párroco tan cuidadoso con su huerta, que jamás usó a Dios para atemorizarnos. Detuve mi cabalgadura ante la cuadra. Estaba tal como la recordaba. Quizá más concurrida. Se oía a los animales dentro, pero no se veía a ningún mozo. En la nieve había bastantes huellas; las recorrí con la mirada.

Sonaron las campanas. «Son de la capilla del castillo», me dije entornando los ojos. Repicaban alegres, festivas, sólo podían deberse a una celebración. Sonreí. Me sentí bienvenido, como si Izel también estuviera allí para recibirme. Me apeé del caballo, lo até fuera de la cuadra, tomé el hatillo y subí las escaleras. De pronto, de todas las emociones por las que había pasado en el trayecto desde Barcelona, no quedaba más que una súbita y desconocida tranquilidad. Sólo quería subir, encaramarme a la muralla por encima de la casa señorial, y contemplar el atardecer, respirar.

No se oía nada, excepto mis propios pasos sobre la roca y los cantos de los pájaros, tan diferentes a los que me habían acompañado durante años, pero a la vez tan entrañables. Ya en lo alto de las escaleras, encontré la puerta abierta. El patio estaba igual, quizás con algo más de musgo en las paredes del pozo, pero nada había cambiado. La nieve, tras ser apartada y apilada en montones cerca de la muralla, se deshacía lentamente al sol del atardecer. Olores de pan reciente y carne asada salían de la cocina, pero estaba silenciosa, como a la espera de que fueran a recoger los manjares para servirlos. Se elevaron cánticos desde la capilla, a la derecha. La miré fugazmente, pero luego mis ojos se fijaron en la casa señorial. Reconocí los ventanucos del estudio. Alcé la cabeza un poco más y, de pronto, el corazón me dio un vuelco para acelerarse en un latido emocionado: una figura, un muchacho, estaba de espaldas a mí. Su cabello claro ondeaba, al igual que su capa granate, y su postura, con las manos a la espalda, parecía la de Domènech cuando era niño y se ensoñaba con el paisaje. «¿Su hijo?», pensé.

Atravesé el patio empujado por la curiosidad. Subí las escaleras y me acerqué al muchacho. Bajo su capa pude distinguir una túnica rojiza con brocados dorados. Sentí un repentino miedo. No sé si oía mis pasos o mi corazón. El chico se giró y me miró.

—¿Quién eres? —balbucée perdido en sus ojos.

Las campanas repicaron; como un murmullo lejano, oí risas y vítores saliendo de la capilla. Me sentía mareado. Caí en la cuenta de que, impulsado por la excitación, no había comido desde que subí al caballo.

—¿Está bien, señor? —me preguntó el muchacho. Yo sólo podía mirarle.

—¡Vivan los novios! —se oía en el patio.

«Elisenda.» Aquel muchacho tenía sus ojos. De pronto, todo se tornó oscuro.

Me sentí zarandeado. Voces incomprensibles de fondo. La cabeza como un peso muerto; sólo quería cerrar los ojos. Al darme cuenta de que aquel rostro surcado por una cicatriz no era una alucinación, luché y conseguí mantenerlos abiertos mientras intentaba zafarme de las manos que me sujetaban.

—¿Dónde está mi hatillo? ¿Dónde? ¿Dónde? —grité en náhuatl.

Despojado de la túnica, sólo con la camisa, fui consciente de que estaba recostado en un lecho. Pero él no me dejaba levantarme. Las manos del hombre me sujetaron la cara con determinación y suavidad.

—¿Guifré? —le oí preguntar, el llanto contenido.

Dejé de agitarme y lo miré. Sobre la cicatriz, sus ojos castaños estaban húmedos, pero me transmitieron serenidad. La barba cana, la forma de su mentón… Sentí un nudo en la garganta:

—¿Frederic?

Se llevó mi cara al pecho, me abrazó y noté que sollozaba. Yo no podía ni pensar. Al fondo, oí una voz de mujer que también lloraba mientras decía:

—Ay, mi niña, mi niña…

Me separé de Frederic con suavidad y lo miré. Sonrió, me palpó incrédulo. Le sonreí a mi vez y, por encima de su hombro, vi a la mujer que se lamentaba. Me di cuenta de que estaba en la que una vez fue mi habitación. Sin embargo, aquella mujer en aquel lugar… No era una sirvienta, pero me resultaba familiar…

—Nos hemos casado hoy —balbuceó Frederic.

—¡Joana! —recordé de pronto: su imagen apareció, rejuvenecida, paseando con Frederic por las calles de Barcelona, cuando… «Cuando conocí a Elisenda», pensé.

La mujer me miró. Ya no lloraba, pero sus ojos enrojecidos estaban secos y agotados. Ladeé la cabeza hacia Frederic. Este suspiró, nervioso. Como un latigazo, volvió a mí la imagen del muchacho.

—He visto a un joven… —musité desconcertado.

Hice ademán de levantarme, pero Frederic me lo impidió sujetándome por los hombros.

—Es complicado, señor. Le creímos muerto, todos le creímos muerto —se lamentó con la cabeza gacha.

Calmado, le puse la mano en el hombro. «Yo también te creí muerto», me dije. Me incorporé en la cama.

—¿Qué pasó? ¿Por qué no ha regresado hasta ahora? —inquirió Joana con rencor—. ¡El muchacho! ¿Ahora? ¿Después de tantos años?

«¿Cómo explicárselo?», pensé mientras mis ojos volvían a la vista de Tenochtitlán desde la azotea.

—¡Joana! ¡Es el barón, nuestro señor! —recriminó Frederic.

Pero tranquilamente, incluso sonriente al oír tal llamada de atención, me alcé la manga de la camisa y les mostré mi brazo: la marca de esclavo. Frederic frunció el ceño. Joana suavizó la expresión, se acercó a nosotros, se sentó a mi lado y la tocó, siguiéndola con sus dedos ásperos. Alzó los ojos y dijo con suavidad:

—Es su hijo, señor. Se llama Martí. Está fuera.

Asentí y bajé la cabeza. Me sentía nervioso. «¿Por dónde empezar?» Un miedo dócil, pero al fin y al cabo miedo, nació en algún lugar de mí. «¡Qué estúpido!», me recriminé. ¿Cuántas veces había pensado en cómo consiguió Elisenda que su padre, el orgulloso y poderoso conde de Empúries, permitiera nuestro matrimonio?

—¿Lo ha criado mi hermano aquí? —fue lo único que me atreví a preguntar.

Había demasiadas cosas que explicar. No levanté la cabeza. Contemplaba mis manos, sin apenas rastro ya de los tiempos de la mina, como si pudieran darme respuestas.

Sentí que el silencio se prolongaba y alcé los ojos. Joana y Frederic se miraban. El rostro de ella reflejaba rabia y dolor; él parecía asustado. Fruncí el ceño.

—¿Y mi hermano? —inquirí con los ojos fijos en Frederic.

—Hace mucho que no viene. Es… Bueno, es obispo de Barcelona —respondió en un tono neutro, de pronto tremendamente familiar para mí—. Yo me encargo de todo aquí desde hace tiempo.

—Quince años atrás venía más —terció Joana con rabia—, cuando trajo a Elisenda embarazada.

La miré. En sus ojos vi el deseo de hablar; en su rostro, una esperanza de justicia. Entendí que Elisenda no se había vuelto a casar, como primero temí, luego descé y, al fin, di por sentado, para olvidarla y poder hacer mi propia vida. La viví, la perdí, y lejos de retornar a un Orís de ausencias, me di cuenta de que había regresado a un Orís de asuntos que aguardaban mi retorno. Tomé sus manos, las uní y los miré a ambos a los ojos.

—Quiero saberlo todo.

A veces se oía el hielo resquebrajarse bajo los cascos del caballo. La mayor parte del trayecto, el sonido del galope era un golpeteo mullido sobre la nieve. Había pasado un solo día en Orís, y cabalgaba sobre un caballo negro y nervioso. La mirada fija al frente. Al fondo, Les Gavarres. «Te queremos a ti. Ya nos han pagado por tu persona.» La voz del bandolero tuerto había surgido de lo más hondo de mis recuerdos con una nitidez brutal. «Tuvo que ser él. Tuvo que ser el maldito Gerard», me repetía mientras avanzaba.

No dejé que Frederic me acompañara; no quise que repitiera aquel viaje. Tampoco acepté escolta. Quería hacerlo solo. La rabia no era la misma que me hizo atacar a Alvarado, impulsiva y animal. Ahora sentía la súbita impaciencia de la justicia, como el oso que despierta del invierno con hambre voraz.

La nieve desapareció en algún punto de mi recorrido. Aun así, había charcos cuando inicié la subida. Era el mismo camino del día en que tenía que casarme y en el cual alguien decidió por mí que no lo haría. «¡Deberíamos haberlo matado, como nos encargaron!» De eso también me acordaba, lo oí en la cueva: la discusión entre el tuerto y otro bandolero. De hecho, la codicia del tuerto acabó por ser un acto de piedad. Gracias a él viví con amor, con padecimiento y dolor, con felicidad e ilusión. En cambio, Elisenda... «¡Cómo le ha podido hacer eso a su propia hija!»

Recordé con dolor su débil cuerpo encogido sobre la cama, con los ojos perdidos... Una muerta cuyo corazón latía. Espoleé el caballo. La impaciencia del deseo de justicia no tenía que ver con el ataque, sino con ella. Quería que su padre sufriera, quería castigarlo como había castigado a su propia hija, aunque no sabía bien cómo, porque sólo obedecía a un impulso. Pero esperaba contemplar su rostro desencajado en cuanto viera mi cara. «Lo arrastraré hasta Orís para que la vea. ¡Que le pida perdón!»

Reconocí la cima rota por el propio paso y atravesé veloz el lugar en donde nos habían atacado. El camino empezó a descender, sinuoso, por la montaña. «¿Y Domènech? ¿En qué estaba pensando?» Quisiera haber creído de él misericordia por acogerla, ya que todos aquellos años la cuidaron bien en el castillo. Pero Joana y Frederic me lo habían contado todo. «¿Hijo del pecado? He visto la maldad de los que usan el nombre de Dios para justificarse. ¡Y mi propio hermano, con sangre de su sangre!» En última instancia, mi hijo Martí estaba vivo gracias a un vasallo, una sierva y un sacerdote que creía que la bondad está por encima de todo.

—Martí —murmuré.

Repetía de vez en cuando su nombre para acostumbrarme. Sus ojos, como los de su madre, me habían mirado desafiantes al volverlo a ver, ya sabedores ambos de lo que nos habían ocultado. A su lado estaban un hombre y una mujer. Él, alto, delgado, de barba canosa; ella, morena, de anchas caderas y mirada afable. Ambos, incómodos al verme, bajaron la cabeza; Martí puso las manos bajo la barbilla de sus padres y les obligó a alzarla, orgulloso.

—No se avergüencen ante mí —supliqué. Fruncieron el ceño. Me di cuenta de que había hablado otra vez en náhuatl. Confirmé en catalán—: Yo sólo tengo agradecimiento hacia ustedes. Martí, no pretendo… No… Tienes un título, o varios, y un patrimonio. Eso no te separará de tus padres. Ellos… No se ofendan, señores. Pero Martí, te pido que aceptes los apellidos que te corresponden por nacimiento. Si no por mí, por tu madre.

El muchacho relajó los hombros.

—La he visto —musitó.

—Me gustaría contarte por qué no estuve contigo.

Me quedé con su asentimiento, con la promesa de sus padres, Amador y Teresa, de aguardarme en el castillo.

La montaña acabó. No dejé que el caballo disminuyera el paso. Resoplaba cansado y sudoroso, pero era fuerte y siguió al galope.

Gerard de Prades estaba sentado ante la chimenea, en un pequeño salón. Seguía el movimiento de las crepitantes llamas, embelesado con sus sinuosos cambios de forma y color. Le gustaba estar cerca, muy cerca del hogar, descalzo, en calzones y camisa. Solo, con el calor del fuego. Por eso prefería el invierno, y pensar en la proximidad de la primavera lo entristecía.

Poco después de la muerte de su único hijo, el conde dejó Castelló d'Empúries y se instaló definitivamente en Pals. Ya no tenía motivos para luchar por la preeminencia política de su familia, y aquella casa era más pequeña, más acogedora y tranquila. En ella dejó pasar los años. Delegó la administración de sus propiedades, y luego, paulatinamente, fue dejando toda actividad, incluso las cacerías. Muchos pensaron que se debía a la edad, pero lo cierto era que cada vez disfrutaba más sin compañía. Gerard de Prades consideraba liberador observar las llamas, conocer a lo que se enfrentaría si le llegaba el día de arder en el fuego eterno. Por eso, desde hacía ya algún tiempo, incluso prescindía de su túnica y su lujosa vestimenta. Se preguntaba: «¿Pediré perdón? ¿Me arrepentiré, o dejaré que me consuma el fuego eterno?». Observándolo en la chimenea, no le parecía tan malo ser tronco, alimentar la llama en su grandiosa belleza, tan grácil y viva. Pero admitía que era demasiado cobarde para soportar que su cuerpo ardiera.

Apenas arqueó una ceja al oír el rumor de pasos en el patio. No solía recibir visitas, pero tampoco se preguntó quién podría ser. A sabiendas de que no tenía repuestas para las cuestiones más importantes, y consciente de que resultaba imposible saber cómo habrían sido las cosas si hubiera obrado de otra forma, hacía mucho que sólo se formulaba preguntas acerca del fuego.

La puerta de la pequeña estancia se entreabrió con un chirrido cansado.

—Señor, el barón de Orís desea verle.

No se giró, no respondió nada. Siguió con la mirada clavada en el fuego, pero sintió helado el corazón. Sus ojos se humedecieron: «Elisenda, mi niña...». Más poderoso de lo que él mismo lo fue jamás, Gerard concluyó que el único motivo por el que Domènech se pondría en contacto con él era la muerte de su hija, tantos años enferma, tantos años perdida. Sonrió apesadumbrado al recordar que una vez, ante el fuego, sentenció: «Sólo enterrándola podré recuperarla».

Unos ruidos en el pasillo interrumpieron sus pensamientos. Continuó inmóvil.

—Debería haber avisado. Ahora no le puede recibir —oyó decir a su sirviente, angustiado.

La puerta que sólo se había entreabierto fue empujada violentamente y se estrelló con estrépito contra la pared. Se resquebrajó. «¿Arderá bien?», se preguntó Gerard. Una voz tronó:

—¿No tienes nada que decirme?

Gerard frunció el ceño y, por primera vez en mucho tiempo, sintió algo: desconcierto. Se volvió, pero no pudo ver más, pues se vió alzado por el cuello de la camisa con tal fuerza que esta se rasgó y volvió a caer sobre la butaca. Levantó la cabeza, confuso. Ante él vio a un caballero muy alto, de tez tostada por el sol, cabello claro y unos ojos castaños que despedían el dolor y la rabia que surgen de la impotencia. «Conozco esa sensación», pensó. El caballero se agachó, apoyó las manos en los brazos de la silla y acercó su cara a la del desconcertado conde. Las narices casi se tocaban. Susurró conteniendo la furia:

—Estoy vivo. ¿No me reconoces?

Los ojos de Gerard mostraron que empezaba a entender, pero esto no hizo sino avivar su desconcierto. Despegó los labios y los notó resecos. Pero su voz sonó más clara de lo que él, desacostumbrado ya hablar, habría creído:

—Barón de Orís… Guifré de Orís, claro.

—¿Por qué me mandaste matar? Aunque eso aún lo puedo entender. Pero ¿ordenar la muerte de tu nieto? ¿Enterrar a tu hija en vida?

Gerard notó que su corazón latía por primera vez en mucho tiempo y agarró a Guifré por una de las manos, con toda la fuerza que aún quedaba en su anciano cuerpo:

—Yo no he mandado matar a nadie. —Notó un torrente en su interior y rompió en sonoros sollozos—. Pero todos han muerto, todos, todos…

Ya no quedaba un ápice de aquel orgulloso conde que una vez me hizo sentir dolido y humillado. Era un viejo triste y solitario. Su barba cana crecía descuidada, de su melena sólo subsistía un recuerdo grasiento y blanquecino, y sus ojos antaño altivos ahora estaban vacíos. Al romper a llorar, no sé por qué, me recordó a Ocatlana cuando me tendió el *maxtlalt* para enterrar a Izel, tembloroso por los años y el dolor de todo lo perdido. Solté a Gerard con brusquedad. Su camisa me quemaba en las manos, su frase me retumbaba en la cabeza. Me erguí. Suspiré y me situé tras la butaca. No soportaba el calor de la chimenea.

—¿No has mandado matar a nadie?

El anciano pugnó por recomponerse un poco. Contuvo sus sollozos, pero no los pudo reprimir del todo.

—No, no. ¿Cómo voy a mandar matar a mi nieto? ¿Y a ti? —Se irguió, suspiró y, aunque con tono lejano, esta vez pudo articular—: Lo habría hecho, pero con mis manos. Cuando me enteré de que Elisenda estaba encinta, sin honra… —Su voz me sonó a añoranza, más que a confidencia—. ¡Oh, Dios lo sabe! Os hubiera matado a los dos. —Suspiró—. De cómo está ella ahora, sí, de eso yo tengo toda la culpa. Y espero que Dios me castigue como es debido, aunque con lo que he perdido, no sé si ya lo ha hecho, no lo sé.

Mis ojos se quedaron clavados en el fuego. Quién ordenara mi muerte me importaba poco, pero si Gerard no había mandado matar a mi hijo... El anciano conde me miró y se puso en pie. Estaba encorvado. Se alisó la camisa, sonrió al ver sus propios calzones ridículos y se rascó la cabeza. Luego, afable, incluso paternal, me puso una mano en el hombro.

—Llegué a pensar que habías huido de la boda. Pero si tantos años después vienes buscando repuestas, es que no pudiste volver antes. —Se encogió de hombros—. No sé... Había comprometido la mano de Elisenda; también llegué a sospechar de mi propio Gerau...

—Eso da igual. ¿Tú no mandaste matar al hijo de Elisenda, la prueba de tu deshonra?

Frunció el ceño e insistió:

—No, Guifré de Orís, no. Lo oculté, eso sí. Tu hermano me ayudó. Él sabe en qué monasterio debe de haber crecido.

Aparté su mano de mi hombro y di unos pasos hacia atrás.

—¿Monasterio? Mi hijo ahora mismo está en Orís. Se ha criado en Barcelona, con el hermano de Joana.

Me di cuenta de que había respondido a gritos. Gerard de Prades me miró con un destello de comprensión en los ojos y su voz sonó tan segura como la del hombre que fuera hacía años:

—¿Tu hermano mandó matar a mi nieto, a su sobrino?

Esa era la pregunta que no me había querido formular a mí mismo desde hacía rato. Permanecimos en silencio.

—Creo que debo ir a hablar con él —dije al fin con voz queda.

Asintió y miró a su alrededor; parecía buscar algo.

—Trabaja con el regente de Castilla. Es poderoso, igual no quiere verte…

Recordé el encargo de fray Olmedo.

—Tengo unas cartas que me ayudarán.

Los ojos del conde reflejaron un brillo expectante, como si de pronto quisiera preguntar dónde había estado, qué me había sucedido, por qué podía acceder al regente de Castilla con unas cartas. Pero sólo dijo:

—Yo te daré una más. Tu hermano tiene a un secretario que fue amigo mío: el padre Miquel. No es para que puedas ver a tu hermano, sino para… —Se rascó la cabeza—. Tú dásela, sólo eso. Y ahora, si me disculpas, haré que te traigan algo de comida mientras me adecento y la escribo.

Se encaminó hacia la puerta. De pronto se volvió e inquirió:

—¿Sabe que es mi nieto?

—Y lo reconocerás como tal.

—No lo discutiremos. Es mi único heredero.

—Pero no lo verás hasta que te enfrentes…, hasta que visites a tu hija.

Bajó la cabeza.

—Supongo que es lo justo, aunque no sé si tendré valor.

Y salió de la estancia. Me pareció oírle sollozar de nuevo.

LX

Tordesillas, año de Nuestro Señor de 1521

Domènech estaba leyendo los aburridos informes sobre los clérigos afines al obispo Acuña para determinar hasta qué punto debían ser juzgados por levantarse contra Su Majestad, cuando las letras se le unieron unas con otras en un borrón indescifrable. Se llevó una mano a la frente y cerró los ojos. Ya le había ocurrido varias veces durante los últimos días. «Es esta tarea. Cómo se nota que Adriano sólo quiere mantenerme ocupado.» Abrió los ojos de nuevo, miró hacia el documento y el trazo oblicuo sobre el pergamino volvió a ser nítido e inteligible. Pero consideró que ya había leído suficiente y lo dejó a un lado de su amplia mesa.

—Condenado.

Su boca dibujó una mueca de satisfacción, alzó los brazos sobre la cabeza, estiró la musculatura de su espalda y dejó escapar un indolente bostezo. Miró hacia la esquina donde había ordenado colocar una jofaina y una jarra con agua para lavarse las manos antes de comer. Evocó la falsa sonrisa de Adriano y pensó: «Ya te queda poco». Rió con aire burlón. Desde luego, la cicuta o cualquier otro veneno vegetal no eran la vía adecuada. Y por eso Dios no había facilitado el camino de Lluís hasta la comida de su Eminencia. Abrió una arqueta que tenía sobre la mesa y contempló el pequeño frasco oscuro de su interior.

—La serpiente. El veneno de Satán.

Se lo daría a Lluís en cuanto este le trajera la cena y la medicina que tan bien le estaba sentando. «Quizá debiera decirle que avise al médico, por lo de la vista…» Tres golpes sobre madera lo sacaron de su ensimismamiento. Miró al frente con fastidio. La puerta se abrió.

—Ilustrísima Reverendísima —dijo el padre Miquel mientras cruzaba las manos a la altura del cíngulo. A Domènech le pareció observar una sonrisilla mal disimulada en el rostro del cura, pero este bajó la cabeza y prosiguió—: Hay un hombre ahí fuera. Trae unas cartas para su Eminentísima Reverencia.

—¿Acaso soy yo ahora el secretario del cardenal Adriano? Para eso tiene al padre Phillippe —contestó con desdén.

—Pregunta por usted. —El sacerdote levantó la cabeza y miró al obispo directamente a los ojos—. Dice ser el barón de Orís.

Domènech sonrió y arqueó las cejas. Se llevó una mano al rostro perfectamente rasurado. Miquel había esperado ver estupor, incluso temor en el altivo prelado. Pero la situación, a todas luces, le divertía.

—Hazlo pasar —ordenó al fin. De pronto, su rostro se demudó. «¿Y si es una forma de acceder a mí para matarme?»—. Y haz que llamen a la guardia por si acaso necesito echar al impostor.

El secretario asintió y salió. Domènech permaneció sentado, mirando hacia la puerta. Apoyó los codos en los brazos de la silla y unió ambas manos en forma de triángulo. «Poca gente conoce que soy titular de una baronía. ¡Y Orís está tan lejos! Pero Adriano sí lo sabe. Las cartas que el impostor dice que trae pueden ser una trampa.» La puerta se tornó borrosa y la vista se le volvió a nublar. Cerró los ojos; no le gustaba esa sensación. Se oyeron unos pasos que entraban.

—Ilustrísimo Señor obispo de Barcelona —oyó decir ceremoniosamente a Miquel—, Guifré de Orís se presenta ante usted.

Abrió los ojos. Un hombre alto, de cabellera clara, bronceado por el sol, lo miraba fijamente.

—Domènech… —saludó y arrojó un libro sobre su mesa—. Me ha costado encontrar otro ejemplar.

—¡Dios Todopoderoso! —se santiguó. «El libro de Esopo, cuando estuve a punto de matarlo.» Era él, sin duda—: ¡Estás vivo!

El obispo se llevó la mano a la gran cruz pectoral. Por primera vez en mucho tiempo, no sabía qué pensar. Contempló su mesa ordenada, el espacio conocido.

—Padre Miquel, déjenos —dijo.

Luego alzó la mirada, se puso en pie y se acercó a Guifré.

Me costó mantener la actitud que había previsto cuando entré en aquella estancia. Debía obrar con cautela, habida cuenta de que mi hermano era un hombre poderoso en un reino como el de Castilla, lleno de enfrentamientos y suspicacias. Pero al verlo allí sentado, con el hábito morado que marcaba sus hombros, anchos pero huesudos, se mezcló una sensación de asco con el deseo de protegerlo, tal como me había enseñado mi padre. Estaba pálido y ojeroso, pero continuaba siendo él. Apenas le quedaba pelo, y en sus ojos, al mirarme, pude ver un brillo de asombro con algo más, algo indescriptible que me provocó un escalofrío.

Cuando se acercó a mí, me pareció ver un atisbo de locura en su rostro. No sé por qué, temí que me abrazara, pero no lo hizo. Sólo me puso una mano en el brazo y apretó, como si quisiera comprobar que yo era real.

—Siéntate, por Dios, hermano. ¡Esto es un milagro!

Me indicó dos sillas de tijera que rodeaban una pequeña mesa situada ante la chimenea.

—Porque es un milagro, ¿no? —repitió a mi espalda.

—Supongo —respondí quedo y algo herido: aquel hombre, mi hermano, el único sobre el que me había atrevido a soñar cuando volvía a Orís, era un total desconocido.

Tomó asiento a mi lado. Su rostro carecía ahora de expresión alguna, y la musculatura contraída del mentón apenas se movió cuando preguntó:

—¿Qué te ha sucedido, Guifré? Han pasado…

—Quince años —le atajé intentando disimular mi indignación. Hablaba como si nos hubiéramos visto hacía unos meses. No daba crédito a mis oídos.

—Sí —suspiró él—. Dios, cómo pasa el tiempo.

—Unos bandoleros me vendieron y acabé como esclavo en las Indias Occidentales. Es una historia muy larga.

—¡Oh! He oído algo de esas nuevas tierras —afirmó, pero no con el entusiasmo del Domènech niño que yo conocí. Resultaba algo extraño, como si divagara—. ¿Cómo era el nombre del hidalgo que…? Cortés. Sí, eso, Hernán Cortés. El gobernador de Cuba está furioso con él.

—No he venido a charlar.

Bajó la mirada, tamborileó con los dedos de la mano derecha sobre el muslo y al fin se puso en pie. Parecía nervioso.

Empezó a pasear, mirando hacia todas partes, mientras decía:

—Ya, unas cartas… Para Adriano, ¿no?

Cerré los puños. Respiré hondo e intenté calmar la furia que me asediaba. No podía eludir más el tema si no quería estallar. Deseché toda cautela. Me puse en pie con tal brusquedad que la silla cayó al suelo. Él detuvo su paseo y me miró impasible.

—¿Mandaste matar a mi hijo?

—¡Vaya! —sonrió burlón—. Has ganado genio con los años.

Di un paso amenazador hacia delante, pero me contuve en cuanto su voz sonó:

—La dejaste preñada sin casarte, como a una cualquiera. —Se encogió de hombros—. Obedecí a su padre, y Dios sabe que agradecí el regalo que me hiciste con ello, para Su gloria y la de nuestro linaje.

—¡Mentiroso! —rugí rechinando los dientes.

—Mentir es pecado —apostilló con un teatral tono aleccionador.

No pude contenerme. Fui hacia él y lo agarré del hábito morado. A pesar de ser ancho, Domènech estaba en los huesos. No tuvo fuerzas para resistirse. Tampoco lo intentó. Simplemente me sonrió con descaro.

—Lo sé todo. Gerard de Prades piensa que su nieto está en un monasterio —murmuré con rabia.

—¿Y cómo sabes que ordené matarlo? Aunque en realidad mandé que lo abandonaran en la montaña… ¡Vaya! Tu leal Frederic. También debí deshacerme de él, como lo hice de ti.

Lo solté de golpe, empujándolo hacia atrás.

—¿Qué? —grité.

Rió con una carcajada silenciosa mientras se recomponía el hábito.

—De qué me servía que abandonarás este mundo si habías dejado heredero, ¿eh? Claro que cuando pagué a los bandoleros, aún no lo sabía. —Rodeó tranquilamente su mesa hacia la silla—. Pero Dios estaba de mi lado. Me favoreció entonces, y lo ha hecho ahora enviándote ante mí. Acabaré lo que otros no supieron hacer. Ya no es por el título. Como ves, he sacado todo el partido que podía a la baronía. Es sobre todo porque debo obedecer las señales del Señor.

Se sentó tras la mesa y comenzó a rascarse unas pústulas rosadas que tenía en el cuello. Bajé la cabeza asqueado. Ese fue el único movimiento que me permitió mi cuerpo al encontrarme ante aquel Alvarado de mi propia sangre. Sentí ganas de vomitar. «¡Mi hermano, mi propio hermano!»

—¡Guardia! —gritó Domènech agitando una campana de bronce con el grabado de una mitra.

Estaba delante de mí, pero me sonó lejana. Lo miré. «¿Qué pretende ahora?», pensé atónito. Oí abrirse la puerta, oí el rumor de botas y tintineos metálicos en la estancia.

—¡Apresadlo!

Sonreía. Había dejado de rascarse y tenía las manos en triángulo ante su cara, con suficiencia. Me asieron de los brazos. No opuse resistencia. Noté como me arrastraban hacia atrás. Lo vi ponerse en pie y alzar una mano.

—Un momento, un momento.

Los soldados se detuvieron mientras rodeaba su mesa y venía hacia nosotros. Se colocó frente a mí. Aún medíamos casi lo mismo, aunque yo continuaba siendo un poco más alto. Alzó la cabeza con cara de desagrado. Luego volvió a sonreír.

—Dame lo que traes para su Eminentísima Reverencia. Mejor se lo entrego yo.

A un gesto de Domènech, los soldados me soltaron. Negué con la cabeza, aún sin poderme creer que aquel ser fuera mi propio hermano.

—¡Las cartas! —apremió—. O me las das tú o...

Metí la mano entre los pliegues de mi túnica e, indiferente, se las tendí.

—Gracias —dijo complacido al tenerlas en la mano—. Ahora sí, al calabozo con él.

Domènech me dio la espalda. Los soldados hicieron ademán de volverme a agarrar, pero rechacé su gesto con brusquedad y una mirada.

—Puedo ir solo.

Me di la vuelta y salí de aquella estancia por delante de mis guardianes. Fuera, detrás de su escritorio, vi la cara sonrosada y castigada del padre Miquel. En sus ojos me pareció percibir compasión. La carta que Gerard de Prades le enviaba, y que yo ya le había entregado, estaba sobre su mesa.

—¡Miquel! —oí gritar a Domènech desde su estancia, agitando la campanilla.

El sacerdote dio un respingo. Un soldado me empujó.

—¡Vamos! ¡Muévete!

Caminé hacia el pasillo. «Gracias a Dios, no le he dicho que Martí está vivo», pensé.

Miquel no se sorprendió cuando vio salir a aquel caballero con los guardias. Desde el momento en que comunicó a Domènech que el barón de Orís deseba verlo y observó la reacción del obispo, supo que no cabía otro desenlace. Sin embargo, la mirada que el hombre rubio le dirigió, pretendidamente fría, claramente dolida, suscitó en él un sentimiento de compasión que hacía años no sentía por nadie. «Desde que entré a su servicio», pensó el sacerdote.

Tocó la carta que le entregara el que se presentó como Guifré. Le había dicho que se la enviaba Gerard de Prades. Miquel advirtió que los ojos del hombre seguían el movimiento de su mano. Y entonces recordó algo, algo vago, un rumor que había oído hacía mucho tiempo.

—¡Miquel! —gritó Domènech desde su estancia.

La campanilla lo apremiaba. El sacerdote sintió un escalofrío que le recorrió la espalda. Pero era un temor diferente al de otras veces. No le hizo temblar ni le aceleró el corazón. «Por fin», pensó. Hacía un mes que no tenía ya nada que perder. Pero el miedo había seguido ahí, frenándolo. Hasta ese momento, en que se acababa de manifestar más como una costumbre que como una sensación. Con tranquilidad, el padre Miquel ocultó la carta entre los papeles, se puso en pie y respiró hondo. Entró en la estancia del obispo intentando disimular la seguridad que en su alma había sembrado el sentimiento de compasión hacia alguien que no era él mismo.

—Cierra la puerta.

El padre Miquel obedeció. Mientras lo hacía, su cabeza siguió buscando aquel rumor. Era algo relacionado con Gerard de Prades. Frunció el ceño por un instante. En cuanto la puerta quedó encajada, se volvió con la expresión que el obispo esperaba de él.

Domènech le sonrió, se levantó y se dirigió hacia el secretario, aún sonriente. Miquel había comprobado que últimamente la cara del prelado, por lo común adusta y fría, cobraba mayor expresividad. Pero no le servía para prever qué le iba a pedir, pues también había salido a relucir un genio cambiante e irritable.

Empezó a pasear alrededor del sacerdote:

—¿Sabes el nombre de ese hombre, del preso?

—Guifré de Orís —masculló Miquel callándose un «ya se lo dije antes».

—¿No te ha dado ningún nombre más?

—No, Ilustrísima Reverendísima.

Domènech, tras el sacerdote, le puso una mano sobre el hombro. A Miquel le dio asco aquel contacto. Se tensó tanto que tembló levemente. El prelado interpretó aquello como temor mal disimulado.

—Bien. Ese hombre es un preso de la Inquisición. Y no quiero que le digas a nadie —apretó la mano sobre el hombro del fraile-, a nadie, que se ha presentado como Guifré, barón de Orís.

«¡Claro! El hombre que debía haberse casado con la hija de…» Al sacerdote se le iluminó el rostro justo cuando Domènech se situaba frente a él.

—Lo has entendido, ¿verdad? —insistió el prelado con una mueca que quería ser una sonrisa—. Si no, esta vez, no será Lluís quien se ocupe de ti, lo hará directamente la Inquisición.

Miquel no sintió temor. En aquellos momentos, el obispo no sabía lo ridícula que sonaba su amenaza. Por primera vez le divirtió la altivez prepotente de Domènech. «Sé cosas peores de él, esta amenaza es de lo más absurdo.»

—Desde luego, Ilustrísimo Señor, no me hará falta contar a nadie lo que sé sobre su hermano.

Domènech dio un paso atrás, sorprendido. Analizó la cara de Miquel, sonriente, bobalicón como la primera vez que lo vio. El sacerdote se dio cuenta de su error: «He dicho hermano». Aún necesitaba que siguiera confiando en él. Por eso, aunque sin poder ya cambiar su semblante liberado del miedo, añadió:

—¡Oh! La noticia de la boda que debía haberse celebrado se comentó mucho, no me malinterprete, Ilustrísima Reverendísima: un barón con la hija del conde…

—Claro —sonrió al fin Domènech recordando que Miquel había servido a Gerard de Prades—. En cuanto me traigan la cena, puedes retirarte a tu habitación.

Alargó la mano, el cura besó el anillo pastoral y salió de la estancia.

El padre Miquel suspiró con añoranza y plegó el pergamino. Se recostó en su dura cama y observó el lacre con el sello de Gerard de Prades. No se equivocaba: el hombre al que Domènech había mandado encarcelar era su hermano.

Sin embargo, saberlo por el puño del conde de Empúries lo inquietó. En el sacerdote reapareció el miedo, pero era muy diferente al que había experimentado durante todos aquellos años y del cual se había sentido liberado con la última amenaza de Domènech. Este miedo agitaba el alma. Se dio cuenta de que había esperado largamente, pero al fin el momento había llegado, la posibilidad era real y sólo acaecería si él actuaba. Esto era lo que ahora le asustaba. El padre Miquel fue consciente de su cobardía. Tras aquella carta, incluso le pareció justificable. La reabrió y buscó las líneas de nuevo:

[…] Domènech de Orís mandó matar a su sobrino, mi nieto, ordenando que fuese abandonado en el monte en cuanto naciera. Sólo me cabe pensar que lo hizo, no por una fe ciega que ambos sabemos no posee más allá de la ambición, sino a fin de eliminar herederos al título de la baronía y el dinero correspondiente. Ahora, cuando los años me han enseñado algo de la virtud de la humildad, sé que mi ayuda no fue lo único que lo ha llevado tan alto. Sospecho que también ordenará matar a su propio hermano, y por ello me temo que corra peligro cuando estas líneas lleguen a usted. Entiendo que aclararlo todo es cuestión de honor para Guifré de Orís, pero no quisiera que mi nieto quedara sin padre después de quince años. Por eso le suplico su ayuda, imaginando que quizás el motivo de su fidelidad a Domènech sea el temor. Pero tengo testigos, y todavía me queda fuerza para acusarlo formalmente del intento de acabar con Martí de Orís y Prades. Quizá sepa usted a quien entregar esta carta en caso de que…

El cura se acarició el mentón. «Lluís me vigila», pensó rememorando aquel dolor insufrible en sus articulaciones. Por ello no había podido ni acercarse a Adriano para decirle todo cuanto sabía: por miedo. Su padre había fallecido hacía algo menos de un mes. Amador, el médico que lo cuidó, fue quien se lo comunicó por carta: abandonó el mundo en paz, durmiéndose para siempre en la cama de su casa del *call*, entre sus libros y los aparejos de astrología que tanto amaba. Lloró por su padre y por él mismo. Aun sin tener ya nada que perder, no se atrevió a afrontar su propia liberación. Y aunque ya no tuviera nada claro que implicara la condena eterna de su alma, seguía teniendo miedo. Pero ahora, había cambiado de color y era la primera vez que lo miraba de frente: «Soy un cobarde y he usado a mi padre como excusa», admitió.

Miquel se incorporó. Miró el crucifijo que pendía de la pared y fue hacia él, con la carta aún en la mano. Se arrodilló y rezó:

—¡Oh, Padre Todopoderoso! Dame valor…

LXI

Tordesillas, año de Nuestro Señor de 1521

Dentro de un pergamino cerrado con un lacre de un tal fray Olmedo, iba otro sin lacrar. Escrito con un trazo gótico de *scriptorium*, contenía lo que Domènech consideró la razón más importante por la que se había ocultado la carta y su autor a aquel que la había traído:

> [...] Ya en la ciudad mexica, Guifré, barón de Orís, no sólo siguió vistiendo como indio, sino que no se alojó con los buenos cristianos. Y sabido es que el dicho Guifré tenía mujer india e infiel. Así pues, los vergonzosos comportamientos del barón de Orís son demasiado parecidos a los de Gonzalo Guerrero, a quien ya me he referido como antiguo compañero de la nao en la que yo iba y que naufragó. En mis largos años prisionero de indios mayas, pude ver cómo Gonzalo Guerrero dejaba la Fe para horadarse las orejas, tomar mujer india y hacer con ella hijos del pecado, sin querer después volver al buen camino del Señor de la mano de don Hernán. El pecado de la carne es, pues, el que usan los indios para tentar al cristiano y hacerle abandonar la Fe. Combatí la

tentación con éxito gracias al Señor, mas no puedo decir lo mismo de Guifré de Orís. Mucho me temo, y vergüenza me causa, que su alma pueda estar perdida.

Y todo esto valga como testimonio ante Dios. Por Su Palabra me veo en el deber de denunciar a Guifré de Orís ante el Tribunal de la Suprema y General Inquisición de Castilla y ante su Inquisidor General.

Gerónimo de Aguilar

En la mazmorra, tumbado boca abajo, sin fuerzas para moverme. Torturado. Sentía cómo las paredes rezumaban humedad en aquel agujero donde apenas cabía estirado. Pero ni siquiera era consciente de si tenía las rodillas dobladas o no, o los brazos al lado de mi cuerpo. Sólo notaba con claridad las aristas del suelo que se me clavaban como alfileres en la carne viva del torso. Me dolía respirar. El olor del orín y las heces se mezclaba con el acre de la sangre encostrada. Lágrimas y gemidos parecían flotar en aquel ambiente sórdido, y yo ni siquiera podía distinguir si procedían de mi cuerpo, de mi alma o de otras mazmorras. «Mi hermano, mi propio hermano...»

Mejor hubiera sido morir con el corazón arrancado y el cuerpo despeñado por la pirámide del templo mayor. ¿Por qué no acababa ya todo?

El obispo de Barcelona tomó la segunda de las tres cartas que le había entregado su hermano. Volvía a ser un pergamino con un lacre del mismo fray Olmedo, que escondía otro sellado por un noble señor. Lo desplegó, leyó las referencias que de sí daba el caballero y frunció el ceño en cuanto halló el nombre de su hermano. Esta carta era un testimonio concordante con Aguilar, pero aportaba más datos:

[…] Utiliza el nombre de Guifré y se hace llamar barón de Orís, mas yo le he visto marca de esclavo en el brazo. No quisiera poner en duda su nombre, pues don Hernán Cortés, hombre intachable y cristiano devoto, asegura que es el barón de Orís, oriundo de tierras catalanas. Sólo quisiera recomendar que se investigue acerca de la atrocidad que debió de cometer el llamado Guifré de Orís para que un hombre de alta cuna acabara con tal marca grabada a fuego en su cuerpo. Y si Dios quiere que ya haya expiado tal pecado, nada diré en su contra al respecto, mas si es un esclavo fugado, débase tener en cuenta aunque no competa a Castilla.

Pero estoy seguro de que sí debe saber el Santo Oficio de la Corona de Castilla lo que he de narrar respecto a Guifré de Orís, ya que ha tenido lugar en sus nuevas tierras. Este noble barón dice llevar once años entre estos indios mexicas. Intercedió, usando malas artes, para que don Hernán no apresara al canciller infiel de estas tierras. Y pudiera estar «casado» según algún rito herético de los que se practican aquí. Lo terrible acerca de ello es que en estos ritos diabólicos matan a las personas por cientos y devoran sus corazones con tal brutalidad que no cabe mencionar más de ellos para no ofender al Señor.

[…] Jamás vi empuñar espada alguna al tal Guifré de Orís contra los infieles ni defender la presencia de la Virgen en estas tierras llenas de herejía. Bien al contrario, pues tras una noche triste en la que nuestro ejército se vio atacado cobardemente por los infieles indios y expulsado de Tenochtitlán, el tal Guifré, que nos acompañaba, desapareció. Y hubiera querido creerlo prisionero, pero después regresó donde nos habíamos refugiado, nuevamente vestido como indio, e intentó matarme con sus propias manos y una furia propia del mismísimo Satán.

Y para que mi honor valga como testimonio ante Dios, denuncio a Guifré de Orís ante el Tribunal de la Suprema y General Inquisición de Castilla y ante su Inquisidor General.

Pedro de Alvarado

Domènech dejó el pergamino sobre la mesa y se recostó en el respaldo de la silla. «¿Ritos donde comen corazones humanos?», se preguntó incapaz de concebir algo así. Pero aun imaginándolo como quien evoca una leyenda, lo que no podía creer en modo alguno era que su hermano estuviera involucrado en los términos en que se pretendía presentar en aquella carta. Suspiró. «El linaje de Orís es de sobrada pureza cristiana —se dijo—. Sin duda, ese Alvarado se quiere vengar. Además, lo utiliza a él mismo como mensajero para hacerlo, sabedor de que entregaría las cartas. Desde luego, hay cosas que no cambian: Guifré sigue siendo muy cándido.»

De pronto, se enfureció y no pudo evitar golpear la mesa. Había encarcelado a su hermano arreglando los papeles para que fuera un prisionero de la Inquisición, aunque cambiando el nombre, por supuesto. Sin embargo, ¿y si confesaba? Desde luego, si era verdad lo que referían las cartas, confesaría pues el sufrimiento purifica, pero a Domènech de Orís no le convenía que se pudiera ligar su linaje con una herejía tan diabólica que incluso resultaba imposible de concebir para la fe cristiana. «Matar gente, comer corazones… No puede ser culpable.»

Medio perdido entre sueños y pesadillas, el ruido de unos pasos me devolvió la conciencia de respirar aquel aire maloliente y húmedo de la mazmorra. Tronó en mi cabeza una voz:

—¡Confiesa, vamos! ¡Lo sabemos todo!

No sentí temor al oír aproximarse aquellos pasos, sólo cansancio. Si querían acabar conmigo, que lo hicieran. Oí el rechinar de otra puerta, otra mazmorra que se abría, y la compasión se apoderó de mí. Por mi mente volvió a pasar todo: mi cuerpo totalmente rodeado de cuerda sobre una banqueta de roble; ni un poro de piel libre del áspero esparto.

—¡Confiesa, vamos! ¡Lo sabemos todo! —había insistido el inquisidor.

Yo sólo veía un rayo de luz, uno solo, que se dispersaba por la sala en tétricas sombras. No podía distinguir ningún objeto, sólo fantasmagóricos bultos. La única claridad que entraba por aquel ínfimo ventanuco se concentraba en el anguloso rostro del monje que me hostigaba, y daba un tono mortecino su pálida piel.

—¿Qué debo confesar? —repliqué alterado, casi indignado por una exigencia que me parecía más injusta que la propia tortura—. ¿Qué crimen he cometido para ser tratado así?

No obtuve respuesta del inquisidor. Hizo un leve gesto de cabeza que no entendí, pero no iba dirigido a mí, sino al verdugo. Este tiró de los cabos de la cuerda que rodeaba mi cuerpo. Estiró para que el esparto se ajustara más a mi piel, para que la oprimiese hasta romperla. Sentí como la cuerda me mordía con dientes ásperos, me rasgaba buscando la carne; lancé un alarido.

—El dolor es sufrimiento, y el sufrimiento es purificación. Confiesa y esto acabará —tronó la voz.

Sabía que era un interrogatorio de la Suprema y General Inquisición. Pero ignoraba de qué me acusaban ni qué debía confesar; ni siquiera podía elegir entre el dolor o la condena.

La tortura siguió, no sé por cuánto tiempo. Sobre el potro, sólo sentía cómo mi piel se desgarraba. Me estaban desollando vivo, ante el inquisidor de hábito blanco, inmóvil bajo la luz que reptaba por su rostro inmutable. Pero entre los espasmos de dolor, yo sólo podía ver la cara de Domènech, niño, joven, adulto, Domènech... Hasta que perdí la consciencia.

Desperté sobre la roca de aquella mazmorra con la piel hecha jirones, medio perdido entre sueños y pesadillas. Los pasos volvieron a cruzar por delante de mi puerta, pero ahora oí una voz que suplicaba:

—No, por favor, no. Diré lo que queráis que diga.

Cerré los ojos. «Volverán por mí.» Yo tampoco había confesado. En la oscuridad, sentí los dedos de Izel entre mi cabello.

La tercera carta estaba en un pergamino que no ocultaba ningún otro en su interior. El lacre era el mismo. El trazo de *scriptorium* de la letra también era idéntico al de las dos anteriores, y aunque no era escriba, el autor reconocía haber transcrito las palabras de Aguilar y Alvarado. Y a su vez, volvía a ser un testimonio de una concordancia perfecta con los anteriores. En este sentido, sin embargo, la misiva tenía un valor particular como testigo.

[...] El motivo es que mi conciencia no quedaría tranquila ante la inminente partida hacia el Reino de Castilla de Guifré sin advertir del riesgo que corre su alma. Pues he de confesar que yo mismo he querido creer que el barón de Orís deseaba recuperar la práctica de la Verdadera Fe, pero he hallado demasiadas señales que requieren de un juicio más elevado para ser clarificadas.

[...] He de señalar que Guifré de Orís asistió a todas y cada una de las misas, con el crucifijo que yo mismo le obsequié en Cholula y que desde entonces siempre llevaba al cuello. Pero del mismo modo me veo en la obligación de decir que jamás pidió confesión, ni aceptó cuando se la ofrecí, y nunca comulgó.

[...] Guifré de Orís me explicó con todo detalle un rito e incluso indicó dónde se produciría el brutal sacrificio de una persona para honrar a un ídolo hecho de sangre y restos humanos. Y declarándose profundo conocedor de todos estos ritos paganos, aún profesa simpatía por estas gentes e incluso llora y se indigna por el castigo divino que Dios les envía a través de don Hernán y su ejército cristiano.

[...] El Señor sabe cuánto he orado por el alma de Guifré, barón de Orís, pues su carácter tranquilo y pacífico traslucía la bondad de un alma descarriada que necesitaba guía. Sin embargo, tras un comentario de don Pedro de Alvarado sobre la mujer infiel con la que estaba amancebado, Guifré reaccionó con un violento y endiablado intento de asesinato. Esto me asustó y me hizo ver que no está en mis manos salvar a esta alma, si es que tiene salvación.

Por ello, y para que sirva de testimonio en caso de hallarse causa de herejía, remito esta carta a la Suprema y General Inquisición de Castilla y a su Inquisidor General.

Fray Bartolomé de Olmedo

Domènech plegó el pergamino. Clavó los ojos en la jofaina de la esquina. No era hora de comer ni iba a hacerlo, pero sintió la irrefrenable necesidad de lavarse. Se levantó mientras a su mente afloraban sus años como inquisidor jurista en Barcelona. El caso era claro: tres testigos, seguro que podría haber más, pero lo peor era que, aun pudiendo hallar tachas en Alvarado, y escarbando incluso en el tal Aguilar, el testimonio de fray Olmedo, comedido y prudente, era el más desgarrador y provenía de un clérigo a quien seguro que avalaban hombres de honor.

Apenas entraba luz por la rocosa ventana y, en el extremo opuesto de la habitación, el crepitar de la enorme chimenea no daba calor a la sala. O por lo menos, él no lo notaba. Sentía los pies helados. Sabía que ya habían empezado a torturar a su hermano. «¿Habrá confesado?», se preguntó.

Vertió agua en la jofaina y sumergió las manos. También estaba helada. Aun así, frotó con fuerza, incluso con rabia.

Tras leer las cartas, Domènech tenía claro que Guifré debía desaparecer. Ya no sólo por la amenaza que representaba si se sabía cómo se había hecho él con el título familiar, sino porque convenía que se perdiera aquel caso. Los testigos identificaban a Guifré como barón de Orís, situaban perfectamente la baronía en Ausona y, sin duda, el simple proceso mancharía el título. «Y eso por no pensar que pudiera dar lugar a confusión. En cambio, si desaparece y esto sale a la luz, simplemente se puede decir que, en efecto, hubo un Guifré de Orís, pero que murió en 1506 a manos de unos bandoleros.»

Se secó las manos con energía y observó sus uñas. Le tranquilizó verlas absolutamente pulcras. Se colocó bien la cruz pectoral y suspiró, ahora ya sereno. «Es lo mejor», pensó. No podría frenar el caso, puesto que si no entregaba las cartas, era posible que, más adelante, los mismos que las escribieron hicieran salir la denuncia a la luz. «Y mi posición será mucho más relevante entonces. Más escandalosa, por lo tanto, la situación. Sobre todo si se descubre que yo, su hermano, lo oculté todo.»

Fue hacia su mesa y tomó las cartas. Decidido, dio media vuelta hacia la puerta. Pero entonces, frunció el ceño. La rabia afloró a sus ojos.

—¡No me lo creo! —exclamó.

Se volvió de nuevo hacia la mesa. Abrió una arqueta. Al verla vacía, recordó que ya había entregado el veneno de serpiente y sonrió. «Veamos si quien debe recibir las cartas es su Eminencia Adriano.» Las metió dentro, cerró la arqueta y salió de la estancia, igualmente decidido.

• • •

Esta vez los pasos se detuvieron ante la puerta de mi mazmorra. Intenté incorporarme en busca de la dignidad que aún sentía que albergaba mi alma, pero sólo conseguí ponerme boca arriba. Una llave se introdujo en la cerradura y el sonido metálico al girar se clavó en mi mente, la azotó. No sentí miedo. Sabía que si me volvían a torturar, esta vez moriría. Sólo quedaría pendiente una explicación para mi hijo. Aun así, sentía que moriría en paz, pues antes de partir me había asegurado de que Martí tuviera lo que le debía. Casi deseaba acabar ya para descansar y reunirme al fin con ella.

—Izel —murmuré con una sonrisa que me trajo sabor a sangre.

En el techo no veía telarañas, ni musgo, ni rocas. Sólo su rostro sonriente y vivo, con su cabello sedoso alborotado. Alguien entró. Oí que quien fuera intentaba contener el vómito. Luego, jadeos entrecortados y una respiración profunda y rítmica. Noté el doloroso roce de un hábito en mi brazo casi despellejado.

—Así se te ha borrado la marca de esclavo.

La sonrisa se me heló. La cara de Domènech se sobrepuso a mi ensoñación. Se cubrió la nariz con un pañuelo, asqueado, y a la vez se santiguó.

—¡Dios Santo! ¿Has confesado?

Desvié la mirada hacia la pared, para evitar verlo.

—¿Confesar qué? —creí pensar.

Pero en realidad, lo debí farfullar, puesto que, tras un suspiro, él respondió:

—Ni yo lo sabía hasta que leí las cartas que me entregaste.

La sorpresa me hizo mirarlo de nuevo. Se había quitado el pañuelo de la nariz y sus ojos me recordaron a aquel joven que intentó decirme una vez que quería dejar el camino de la Iglesia. Se inclinó sobre mí.

—Es un principio procesal. Un acusado por la Inquisición no debe saber de qué se le acusa hasta el momento del juicio. —Me acarició el cabello y me repelió el contacto de su mano, a pesar de su mirada entristecida, casi llorosa, desde luego perdida—. Tampoco debe saber quién le denuncia. ¿Alvarado, Aguilar? Te acusan de la más horrible herejía que he oído jamás, y he servido a la Inquisición. ¿De verás no hiciste nada para luchar contra esos salvajes asesinos infieles? ¿Ni cuando tuviste oportunidad?

Ladeé la cabeza en un intento de evitar el contacto de su mano. La retiró.

—Mira mi cuerpo —escupí dolorido—. ¿Más salvaje que esto?

Lo hizo. Recorrió mi cuerpo desnudo, medio desollado, ensangrentado. Cuando se topó de nuevo con mis ojos, los suyos estaban llorosos. No sentí compasión, tampoco rabia; sí indiferencia.

—No confieses, no digas que eres Guifré de Orís. Aunque lo hayas ultrajado, no manches en público nuestro linaje.

Pensé en Martí. La compasión de Domènech era egoísta, como egoísta fue toda su vida. Pero él no sabía que Martí sería el barón de Orís en cuanto yo desapareciera. Dudé. Entonces vi a Chimalma muerto bajo el *ahuehuetl* porque un cristiano cobarde había usado a Dios para justificar su crueldad, vi a Izel acompañando al sol del atardecer como diosa…

—El Señor es quien debe juzgarte, no el hombre —musitó sincero.

Sentí deseos de vomitar. Esa frase ya se la había oído a Cortés, el mismo que ordenó la masacre de Cholula, el que no castigó a Alvarado tras la matanza de Tenochtitlán, el que impuso el terror antes de mi huida... Pero esta vez no, esta vez no huiría. Mi voz sonó, pero era un murmullo. No tenía fuerzas. Domènech se inclinó para oírme. Su cercanía me provocó nauseas, pero pude susurrar:

—Te crees el barón de Orís, ¿verdad? Pues tranquilo. Confesaré, pero no te afectará, no como crees.

Contrajo el rostro, pero no desapareció el pesar de sus ojos cuando replicó:

—Quizá no tengas tiempo... —Se puso en pie—. Te mandaré un médico.

LXII

Tordesillas, año de Nuestro Señor de 1521

«Cándido, terco y orgulloso —pensaba Domènech encarando con paso firme el pasillo hacia su despacho—. Continúa siendo el mismo primogénito engreído, aun muriéndose.» No sabía si le pesaba más la actitud de su hermano o haberlo visto en aquel estado. Cuando encargó su muerte la primera vez, también ordenó que fuera sin sufrimiento. «Pero es voluntad de Dios, supongo —se resignó—. Ahora acabaré con esto lo antes posible.»

—Ilustrísimo Señor —sonó la voz agitada del padre Miquel.

Se detuvo en mitad del pasillo, disgustado. El sacerdote se apresuraba hacia él trotando, con la faz enrojecida y la voz chillona. A pesar de su escaso pelo, ya grisáceo, sus arrugas y el cuerpo enjuto, aquella manera de acercarse a él le recordó al cura que lo recibió en Barcelona hacía años. Cuando llegó a su altura, el padre Miquel se topó con la cara tensa y disgustada del obispo. Recobró su compostura, la única actitud que toleraba Domènech, y se esforzó en que no sonara fingida su voz de preocupación:

—Su Eminencia, el cardenal Adriano, desea verle. Me temo que lleva rato aguardando.

—No le habrá dicho que estaba en las mazmorras…

Miquel bajó la cabeza para ocultar una sonrisa con aquel gesto sumiso:

—Yo no sabía dónde estaba usted, Ilustrísimo Señor.

—Bien —respondió Domènech rascándose el cuello.

Empezó a caminar de nuevo, pero esta vez tomó la dirección de las dependencias de Adriano. El padre Miquel le siguió hasta que el obispo, disgustado, se giró hacia él y con brusquedad le ordenó:

—Haz llamar a un médico y que me espere en el despacho.

Miquel asintió, pero el prelado no lo vio. Tuvo que apoyarse en la pared, puesto que de nuevo se le había nublado la vista. Aun así, alargó el brazo y asió al cura por una manga.

—Que sea de fuera de palacio, ¿entendido? —susurró.

El secretario se dio perfecta cuenta de que Domènech estaba cegado. Se atrevió a preguntar:

—¿Para usted, señor?

—¡A ti no te importa para quién!

—Difieren los honorarios.

—Es para la mazmorra —indicó el prelado en el momento en que el rostro de Miquel volvía a dibujarse ante sus ojos. No le gustó su expresión. Le pareció demasiado tranquilo. Lo agarró del brazo y masculló—: Ve y se discreto, o…

El cura se soltó con brusquedad y se alejó por el pasillo. «Ya me encargaré de él», pensó Domènech. Luego se giró y reemprendió la marcha hacia las estancias de Adriano. «¿Qué querrá ahora el viejo?», se preguntó irritado.

Caminó con las piernas temblorosas, tropezó y cayó al suelo. Con dificultad, se puso en pie. Miró y no vio ningún obstáculo que hubiera provocado aquella ridícula caída. Las

piernas le seguían temblando levemente, pero reemprendió
la marcha.

—Ilustrísimo Señor obispo de Barcelona, por fin. Es usted un
hombre muy ocupado.

Adriano estaba sentado de cara a la puerta, frente a una
pequeña mesa sobre la que había dos tazas y unos roscos.
Domènech se quedó entre los dos soldados que flanqueaban
la entrada.

—Sólo procuro cumplir con la mayor diligencia lo que
su Eminencia me ordena.

—Pues siéntese —le invitó el cardenal señalando una
silla.

El obispo dejó a los soldados a su espalda, pero se sintió
incómodo ante la aparente amabilidad de Adriano.

—¿Se encuentra usted bien? —le preguntó con una amplia sonrisa.

—Sí, ¿por qué? —se extrañó Domènech. Nadie, excepto
Lluís, sabía de su malestar.

—Me ha parecido que temblaba un poco al caminar.

El obispo forzó una sonrisa.

—Cansancio… Son muchos los clérigos implicados en el
levantamiento contra la Corona.

La puerta de la estancia se abrió. El cardenal miró un
momento hacia ella, asintió y acercó su mano al plato de
roscos.

—¿No quiere uno? Irá bien con la tisana.

Alguien sirvió un líquido en la taza de Adriano. Domènech
reconoció de inmediato al sirviente. «¡Cómo espabila!», pensó,
satisfecho. Alargó una mano y tomó un rosco.

—Muy bien, son deliciosos, Ilustrísimo Señor obispo —comentó el cardenal y, a su vez, tomó uno.

Lluís sirvió también a Domènech. Luego miró a Adriano e inclinó la cabeza; hizo lo mismo con Domènech y aprovechó para enviarle un gesto de negación con los ojos. El obispo sonrió.

—Espere un momento —ordenó Adriano a Lluís cuando ya se iba a retirar—. No sé si querré miel con esta tisana. No suelo, pero huele amarga. —El cardenal levantó la taza y se dirigió a su invitado para añadir—: ¿No la prueba usted?

—Claro.

Domènech tomó la taza a su vez. Adriano ya se la estaba acercando a los labios. Miró al obispo, le sonrió, pero no bebió. Domènech también se la acercó a la boca, con lentitud. Adriano no bebía. De pronto, el cardenal dejó la taza en la mesa y observó a su invitado.

—Realmente huele amarga. Pruébela usted, pruébela —insistió.

Domènech miró de reojo a Lluís. Este estaba tenso y unas gotas de sudor perlaban su frente. El obispo dejó la taza sobre la mesa.

—No me gustan las tisanas amargas.

—¿Ah, no? Será que no le gusta el veneno.

Domènech no pudo ocultar un leve temor y se mordió el labio inferior. Pero pronto adoptó una actitud de indignación:

—¿Qué insinúa, Eminentísima Reverencia?

—¡Soldados! —gritó el cardenal de pronto.

El obispo se puso en pie, a la defensiva. Pero los soldados prendieron a Lluís y se lo llevaron mientras Adriano decía:

—Siéntese, no se altere.

Domènech lo miró. El cardenal tenía un codo apoyado en el brazo de su silla y se iba tocando la barba mal rasurada, mientras lo miraba fijamente y con expresión sombría.

—Es la primera vez que ese hombre viene a servirme personalmente. Sin embargo, me consta que a usted le lleva a diario tisanas amargas recetadas por un médico.

—¿Qué tiene que ver eso con esta?

Adriano suspiró y se santiguó.

—El mal portugués… ¡Es curioso! Los portugueses lo llaman el mal español. En Flandes también lo conocemos así: la enfermedad española. A ver si le resulta familiar. Consiste en una especie de ronchas rojas; se pueden abrir en forma de herida y van y vienen. Usted tiene suerte, no le han salido en la cara, tampoco en las manos o sitios visibles. Quizá conociera a alguien con alguna de estas características que lo contagiara.

Domènech contempló la taza humeante y respondió con voz fría:

—No sé de qué habla.

—Ya se le empiezan a ver.

Domènech, inconscientemente, se llevó una mano al cuello del hábito en un intento de ocultar lo que sabía. Adriano lo ignoró y prosiguió:

—A medida que la enfermedad avanza, a las ronchas se unen pérdida de pelo y de peso, problemas de visión, temblores en las piernas e incluso locura. ¿Y qué otra cosa que no sea la locura ha podido llevarle a creerse capaz de ordenar mi muerte?

Domènech lo miró con frialdad, pero sólo podía pensar: «La condesa acabó loca. ¡Maldita!».

—En esa tisana está el veneno de serpiente, como bien sabe por su servidor… En cuanto al padre Miquel, el trato que le ha dispensado por fin se enmendará.

—El padre Miquel es…

—Lo sé. Conozco sus orígenes. Pero es tan buen cristiano, tan leal, que el Señor seguro que desea para él más responsabilidad a su servicio. Tendré que seguir Sus designios y encontrarle un buen cargo. Quizás el de obispo de Barcelona, ahora que va a quedar vacante.

Domènech hizo una mueca de desdén. Adriano alargó el brazo por detrás de la silla y tomó un hatillo. Lo depositó sobre la mesa, al lado de la tisana, y dijo tuteándolo:

—Puedes tomarte esa tisana, encontrarás la muerte y te ahorrarás la ceguera y los demás padecimientos que trae tu enfermedad. Si no te la tomas, aquí tienes un jubón. Sal de palacio lo antes posible o morirás en las mazmorras. —Se puso en pie y le tendió la mano con el anillo pastoral, pero Domènech no lo besó. Miraba la tisana y el hatillo—. Te dejo solo para que tomes una decisión.

En cuanto oyó la puerta cerrarse, las lágrimas asomaron al rostro de Domènech. Todo cuanto durante muchos años había interpretado como señales, señales de Dios para indicarle el camino, todo era un castigo. Se quitó el anillo pastoral y lo lanzó con rabia contra la pared, vencido por el llanto.

—¿Por qué yo he sido el castigado? ¡Sólo fue una vez, Señor! ¡Y me habías perdonado!

Se arrancó la cruz pectoral y escupió en ella. Respiró profundamente. La miró, con lágrimas en los ojos. Entonces la besó y, presa de una súbita serenidad, la dejó sobre la mesa. Tras la tisana estaba el hatillo. Los miró.

• • •

Miquel estaba en el que fuera el estudio de Domènech. Su primer impulso fue lanzar por los aires todos los papeles, pero se contuvo. Entonces su mirada se paseó por el escritorio perfectamente ordenado. Sonrió, al fin libre. Tomó la campanilla de bronce, la dejó en el suelo y la hizo rodar de una patada hacia la puerta. Mientras tintineaba, tomó la arqueta y miró a su alrededor para ponerla en otro sitio, fuera de la mesa.

Fue hacia la chimenea y la colocó encima. La volvió a mirar. Arqueó las cejas, aún sonriente, y la abrió. Contenía tres cartas, todas con la misma letra, las tres dirigidas al Inquisidor General y regente de Castilla. Las sacó.

«A Su Eminentísima Reverencia el cardenal Adriano de Utrecht, regente del reino de Castilla,
Me dirijo a Su...»

Miquel se sentó junto al fuego, muy tranquilo. Cruzó las piernas y leyó. Primero, con la curiosidad de descubrir qué le había ocultado Domènech a Adriano. Después, por saber la historia, o retazos de la historia de aquel hermano a quien el obispo ordenó encarcelar y para quien Gerard de Prades le había pedido protección.

Cuando acabó de leer las cartas, el gesto del padre Miquel, despreocupado al comienzo, era grave. «No lo encerró por esto. Aún no las había leído», recordó con los ojos fijos en el crepitar del fuego. Llamaron a la puerta. Se puso en pie de un salto, algo atemorizado. Entró un hombre de nariz aguileña y facciones afiladas. Miró primero al suelo, desconcertado al oír el tintineo de la campana que había hecho rodar al abrir la puerta.

—Soy el médico. Me han hecho llamar —anunció volviendo la vista hacia él.

Miquel se tranquilizó y contempló de nuevo las cartas. Luego, alzó los ojos y miró al recién llegado. Le sonrió, inundado por una sensación de profunda paz: «Si Guifré pecó fue por culpa de su hermano. Que lo juzgue Dios». Ladeó la cabeza y arrojó las cartas al fuego.

—Vamos —le dijo al médico yendo hacia él—. Acompáñeme, por favor.

Salieron de la habitación. El clérigo cerró la puerta y enfilaron el pasillo.

Miquel, de pronto, se detuvo ante un ventanal que daba al patio. Lo cruzaba una figura vestida con un jubón marrón. Le llamó la atención: era un hombre alto que caminaba tembloroso. Un joven franciscano corrió hacia él y le ofreció un cayado, pero el hombre alargó el brazo y tiró el bastón con desprecio. Luego miró hacia arriba. Miquel dio un respingo al reconocer aquella cara furibunda: «El obispo». Parecía buscarlo con los ojos. El sacerdote se calmó. «Ya no puede hacerme daño», pensó. Domènech fue hacia la salida de palacio y Miquel se santiguó:

—Que Dios se apiade de él —murmuró. Luego, se giró hacia el médico y dijo—: Tenemos que bajar a las mazmorras. Mucho me temo que el enfermo esté mal.

—¿Inquisición?

—Por error. Por eso le he hecho llamar. Hemos de hacer que el barón de Orís vuelva a su casa.

Epílogo

Orís, año de Nuestro Señor de 1528

Me recuperé de las heridas y regresé a Cataluña con el padre Miquel, ya como obispo de Barcelona. Desde entonces, hemos sido buenos amigos. Aunque no salgo mucho de Orís, él viene de visita al menos una vez al año, y casi siempre acabamos charlando sobre el pueblo mexica y Tenochtitlán. También sé que protege a Martí, mi hijo, que estudia en la Universidad de Barcelona.

Fue asimismo el padre Miquel quien me casó con Elisenda. Sentía que se lo debía. Ella no habló, apenas si reaccionó al tacto de mis manos acariciando sus mejillas, pero el mismo oficiante entendió que el sí lo había dado mucho tiempo atrás. Poco después murió Gerard de Prades. Jamás llegó a conocer a su nieto. Aun así, legó a Martí el título, las propiedades y una carta en la que le pedía perdón por lo sucedido con su madre y en la cual se confesaba incapaz de verla en su estado. Martí nunca hizo el menor comentario al respecto.

Tras conocernos, tras contarle toda mi historia y asistir a la boda entre Elisenda y yo, el muchacho regresó a Barcelona con Amador y Teresa, a los que siempre ha llamado padres. Un fiel vasallo del condado de Empúries se encarga de sus posesiones mientras Martí se entrega a su pasión: el estudio de la medicina. Desde que tiene dinero, ha reformado la casa que Teresa heredó de su familia en la Ciudad Condal. Me ha invitado a menudo a visitarla, pero he rehusado. Es él quien viene a Orís. Con estudio, paciencia y cariño, estuvo intentando que Elisenda despertara hasta su fallecimiento, hace dos años. El único consuelo que nos queda es que, aunque ella no lo supiera, murió rodeada de amor.

En cambio Domènech debió de morir solo. El padre Miquel me habló de su enfermedad y de su expulsión del clero en Tordesillas, pero no supimos más de él. En parte me alegro, pues de haber podido llegar a Orís pidiendo refugio, aunque fuera para morir, habría puesto a prueba mi compasión. Y decidiera lo que decidiese, es muy probable que me hubiera resultado repugnante.

Martí es mi razón de vivir. No sólo porque existe, sino por su empeño en dar un objetivo a mi día a día: dejar constancia de mi pasado. Es como si mi hijo, a tanta distancia de Tenochtitlán, fuera por su carácter una mezcla de Izel y Ollin. Él, sus padres, Amador y Teresa, Frederic y Joana, y el padre Miquel son ahora mi familia.

Mi hijo es el único que ha probado la *temazcalli* que me hice construir en el patio del castillo. Y no porque se lo prohíba a los demás. Creo que el pudor a usarla les supera. En cambio, a él le fascina combinar los vapores con hierbas. Cuando Martí no está, dedico mis días a cultivar plantas; he hecho del patio un jardín de flores, e incluso he reservado un espacio para las plantas medicinales que mi hijo estudia. También leo, últimamente escribo… Dejo pasar el tiempo hasta el deseado final del día. Entonces subo a la muralla, por encima de la casa señorial, a contemplar el atardecer con el recuerdo vivo de Izel y a estudiar las noches llenas de estrellas y de dioses titilantes; no los quiero olvidar, aunque las gentes que creyeron en ellos cada vez sean menos. Por mucho que digan que sólo hay un Dios, yo vivo y viviré siempre en una tierra de dioses.

He escrito esta historia, mi increíble historia, animado por mi hijo Martí. Y lo hago ahora sabiendo que Hernán Cortés se halla en el reino de Aragón, en Monzón, donde está la corte de Su Cesárea Majestad don Carlos V pasando el verano. Por una carta de Miquel sé que ha llegado con unos cuarenta indios, todos bautizados; animales extraños en nuestras tierras como jaguares, zarigüeyas o un armadillo; y también mantos, tocados, abanicos, espejos de obsidiana, joyas... El desfile del vencedor ante su monarca. Cartas enviadas por Cortés a Carlos V fueron publicadas en Sevilla. Mi hijo ha podido acceder a unas copias y me las ha traído. Apenas me he atrevido a leerlas.

En agosto de 1521, Cortés conquistó Tenochtitlán definitivamente. Se la tomó al segundo tlatoani desde Motecuhzoma, su primo Cuauhtémoc. Recuerdo haberlo visto con Chimalma, en una reunión, antes de la llegada de Cortés a la ciudad. El hermano de Motecuhzoma, Cuitláhuac, había muerto antes, como tantos otros, a causa de la terrible viruela que asoló las tierras llamadas por Cortés Nueva España. Causó estragos entre sus habitantes, no entre los castellanos, tal como pude comprobar yo mismo antes de mi partida. Poco queda ya del pueblo mexica y, como dice Martí, ese poco no tardará mucho en perderse. Me duele pensarlo, pero ya lo sabíamos, incluso Izel lo sabía antes que yo. A veces me he querido consolar de haber salvado la vida a Cortés diciéndome que si no hubiera sido él, otro castellano habría destruido aquel mundo; en otras ocasiones me he preguntado qué hubiera pasado de no haberse aliado con él totonacas o tlaxcaltecas, o si Cuitláhuac hubiese perseguido a los castellanos tras echarlos de Tenochtitlán. ¿Qué más da? Al final estaba la viruela.

Es igual lo que hubiera podido ser, sólo cuenta lo que es. Por eso Martí se empeña en que ahora mi razón para vivir es escribir, además de mi historia, todo lo que recuerde de las creencias y costumbres de aquel pueblo. Como si hubiera hablado con Izel y Ollin acerca de lo que ellos creían que debía hacer. Ahora entiendo para qué me estuvo preparando el nigromante, ahora entiendo por qué me estuvo esperando. Lo haré, aunque me duele. Echo de menos Tenochtitlán, la echo de menos a ella… Pero lo mismo que entendí que la única manera de mantener viva a Izel era recordándola, siento que lo único que puedo hacer por el pueblo que me acogió es ser un pedazo de su memoria.

Cumpliré mi cometido, Ollin. Seguro que en algún lugar de las estrellas así está escrito.

Vocabulario náhuatl

Acoatl: serpiente de agua.

Amatl: papel mexica elaborado a partir de hojas de maguey.

Ahuehuetl: literalmente «árbol viejo de agua», es un tipo de ciprés cuyo tronco puede alcanzar los 14 metros de diámetro y llegar a los 40 metros de altura.

Cacaxóchitl: flor de cuervo.

Calmecac: escuelas de los templos donde inicialmente estudiaban los hijos de los nobles hasta la edad militar (excepto si manifestaban vocación religiosa). El dios del *calmecac* era Quetzalcóatl, y en estas escuelas se formaba a los alumnos para ser funcionarios administrativos o religiosos. A la vez, monasterio donde vivían los sacerdotes. Cada templo tenía su *calmecac.*

Calpixqui (en plural, calpixque): funcionario de la administración encargado básicamente de hacer que se cultivaran las tierras cuyo fruto debía pagar impuestos, recibir las mercancías que constituían tributos, y asegurar su envío a Tenochtitlán. El cuerpo de *calpixque* se organizaba piramidalmente. El jefe era el *Huey Calpixqui* de Tenochtitlán.

Cihuacóatl: literalmente «mujer serpiente». Por una parte, era diosa de la fertilidad. Por otra, era un título o cargo político que podría equivaler al de un primer ministro.

Cihuapipiltin: vinculadas a la diosa Cihualcóatl, eran almas de las mujeres muertas al dar a luz, a las que se veneraba. Al igual que las almas de los guerreros muertos, las *cihuapiptlin* acompañaban al sol, en su caso, del cenit a la puesta y, en este sentido, eran consideradas divinas. A su vez, se creía que salían durante la noche de los días nefastos del calendario para enfermar a los niños o se aparecían en los cruces de caminos dejando paralizado a quien encontraran.

Cihuatlanque: ancianas que ejercían de intermediarias entre la familia del novio y la de la novia para pactar una boda. Generalmente visitaban varias veces la casa de la novia con este fin, pues las buenas formas mexicas implicaban empezar con una negativa cortés.

Copalxocotl: fruto del árbol que los mexicas utilizaban como jabón y que, como este, produce espuma al frotarlo con agua.

Cueitl: tela enrollada alrededor de la parte inferior del cuerpo y sujeta por la cintura, a modo de falda, que llegaba hasta la pantorrilla. La utilizaban las mujeres de todas las clases sociales.

Etl: frijol.

Huehuetl: tambor vertical de madera, se puede tocar con manos o baquetas.

Huey: grande, gran; calificativo aplicable a personas *(Huey Calpixqui)* y a objetos *(Huey Teocalli,* templo mayor).

Huipilli: camisa femenina que quedaba por fuera de la falda *(cueitl)*. No la vestían todas las mujeres mexicas. Generalmente, las campesinas acostumbraban a llevar el busto descubierto.

Huitzilopochtli: literalmente «colibrí del sur». Era el dios del sol, de la caza y de la guerra, a la vez que patrón de los guerreros. Se le representaba como un hombre azul, armado y tocado con plumas de colibrí o un yelmo en forma de cabeza de colibrí *(huitzilin* significa colibrí).

Icniuhtli: amigo.

Icpalli: tipo de silla o asiento sin pies, con respaldo alto e inclinado hacia atrás. Al sentarse en el cojín, las piernas quedaban sobre el suelo. El *icpalli* podía ser usado por clases altas, aunque el asiento más habitual era en el suelo sobre la estera.

Macehualli: palabra que, al parecer, tenía una ligera connotación despectiva y se refería a la gente del pueblo (campesinos y trabajadores). Eran personas libres y podían ascender socialmente.

Maxtlatl: prenda de vestir masculina usada a modo de taparrabos. El *maxtlatl* envolvía la cintura, se pasaba entre las piernas, se anudaba y se dejaban caer los extremos por delante y por detrás. Todos los hombres usaban *maxtlatl* y el grado de elaboración de la prenda variaba a tenor de la posición social de su propietario.

Octli: pulque. Bebida alcohólica de maguey. Las bebidas alcohólicas estaban prohibidas entre los mexicas y la embriaguez se castigaba. Sin embrago, no sucedía así entre los ancianos de ambos sexos.

Patolli: juego de casillas, tipo parchís, con un tablero en forma de cruz. Se usaban frijoles marcados como dados, y piedras de colores como fichas. El objetivo del juego era regresar el primero a la casilla de origen.

Piciyetl: tabaco.

Pilli (en plural, *pipiltin*): noble. Funcionario militar o civil con privilegios en base a su función. La riqueza de un *pilli* era consecuencia de los honores que hubiera conseguido. El hijo de *pilli,* más que heredar título, tenía como ventaja ante el hijo de campesino, la fama de su padre y la educación en el *calmecac,* para conseguir sus propios honores (que legar a su descendencia).

Quetzalcóatl: literalmente «serpiente emplumada». Procedente del mito del rey-dios tolteca del mismo nombre, nació en el año Uno Caña y «murió» un siglo mexica después (52 años), también en el Uno Caña. Según la leyenda, el dios Tezcatlipoca entró en su casa disfrazado de anciano. Embaucándolo, le dio *octli* para beber y Quetzacóatl se emborrachó. Por ello tuvo que marchar exiliado, ya que él mismo había prohibido la embriaguez. Sin embargo, anunció su retorno a aquellas tierras. Quetzalcóatl se relacionaba con el planeta Venus (estrella roja) y era uno de los dioses creadores, dios del viento, la sabiduría, las artes...; y patrono de los gobernantes, los mercaderes y los sacerdotes. Una de sus representaciones era como hombre blanco barbado.

Quequetzalcoa: referencia a los sumos pontífices, plural del tratamiento de *quetzalcóatl* que recibían. Había dos sumos pontífices: *quetzalcóatl totec tlamacazqui* (encargado del culto al dios Huitzilopochtli) y *quetzalcóatl Tláloc tlamacazqui* (a quien correspondía el culto al dios Tláloc). Su título de *quetzalcóatl* les daba el tratamiento de santidad procedente del mito del rey-dios Quetzalcóatl (*quequetzalcoa*, según Sahagún, significa descendientes de Quetzalcóatl).

Tecactli: sandalia con talonera. Los integrantes de las clases populares solían ir descalzos. El grado de elaboración del calzado iba en función de la jerarquía social.

Tecozauilt: maquillaje amarillo.

Telpochcalli: literalmente «casa de los jóvenes». Escuelas de barrio cuyos maestros eran funcionarios no religiosos. El dios del *telpochcalli* era Tezcatlipoca, y en estas escuelas se formaba a los alumnos en tareas comunitarias y en la guerra.

Temazcalli: hecha con piedras porosas y argamasa, era una pequeña construcción semiesférica empleada para el baño de vapor. Había un hogar en una pared exterior, de forma que en el interior sólo había que echar agua sobre la misma para obtener el vapor. Entonces, se procedía a frotarse el cuerpo con hierbas. La mayor parte de las casas tenían *temazcalli* anexo.

Teponaztli: tambor de hendidura, alargado, hecho a partir de un tronco ahuecado por debajo. Se golpea con baquetas.

Tequiua: literalmente «el que tiene parte del tributo», esta palabra se refiere a la ascensión del soldado raso en función de los prisioneros que captura. Con el primer prisionero, se convertía en *iyac;* cuando capturaba a cuatro ascendía socialmente a *tequiua* e, independientemente de su origen, ganaba el derecho a participar en la distribución del tributo y se abría la posibilidad de ascenso e ingreso en las órdenes militares. El soldado que en dos o tres combates no obtenía prisioneros debía abandonar la carrera militar.

Tezcatlipoca: literalmente «espejo humeante». Uno de los dioses creadores, dios del cielo nocturno y de la escuela militar, es un maestro del disfraz que tendía a ridiculizar a los hombres. Se le solía representar con una franja negra en el rostro.

Ticitl: médico-hechicero de carácter benévolo, en contraposición al brujo. Podía ser tanto hombre como mujer.

Tlachtli: Juego de pelota jugado por nobles, en el que los jugadores debían hacer pasar una pelota a través de unos aros colocados en la pared lateral del campo. Este estaba dividido en dos y había dos equipos, de manera que la pelota iba de un bando al otro hasta conseguir el objetivo. Los jugadores se protegían el cuerpo, pues sólo podían emplear en el juego caderas, rodillas y pies.

Tlacotli: esclavo. No necesariamente recibía remuneración por su trabajo, pero podía acumular riquezas, propiedades y esclavos para su propio servicio. También tenía la posibilidad de casarse con personas libres.

Tlacualli: comida.

Tláloc: literalmente, «licor de la tierra». Dios de la lluvia y patrón de los campesinos, también regía diferentes fenómenos metereológicos. Se le solía representar con prominentes labios y con colores de los diversos matices del agua.

Tlaxalli: tortilla de maíz.

Tlillancalqui: literalmente, «el vigilante de la casa de las tinieblas». Era uno de los consejeros principales del Tlatoani.

Xitomatl: tomate rojo.

Xocoatl: chocolate.

Yoloxóchitl: magnolia.

Nota de la autora

En tierra de dioses es una novela que utiliza la reconstrucción histórica para narrar una ficción. Los hechos reales en los que se ancla corresponden, a grandes rasgos, a la caída de Tenochtitlán y el ascenso de Carlos I al trono del reino de Castilla. Éste es un momento histórico intenso y por ello se ha hecho un importante esfuerzo de síntesis de los episodios concretos (y reales), esfuerzo guiado por la agilidad de la narración y el desarrollo de los dos personajes principales (y ficticios): Guifré y Domènech.

A favor de ese ritmo narrativo, todos los cargos políticos y religiosos que aparecen en la novela son reales, no así los personajes que los encarnan. En algunos casos, como el de obispo de Barcelona, varias dignidades eclesiásticas ocuparon el cargo a lo largo del periodo histórico que cubre la novela; sin embargo, se ha prescindido del hecho histórico para crear un único personaje que genera una unidad narrativa y facilita la lectura. Por otra parte, hay casos en que el nombre del personaje coincide con el real (Pere Garcia, Juan de Aragón), pero no necesariamente con el período en que ocuparon el puesto. Asimismo, hay personajes totalmente inventados (como Chimalma, Acoatl), pero cuyo cargo existió en realidad.

Los títulos nobiliarios catalanes irían en esta última línea, pero con una particularidad. Mientras los personajes son ficticios, no ocurre lo mismo con los títulos que ostentan, si bien en el momento histórico en que transcurre la novela ya se habían extinguido o bien pertenecían al rey. En conjunto, representan a una élite nobiliaria que sí existió, al igual que la situación de «tensión» (o pactismo) institucional entre monarquía y ciertas esferas de la nobleza. Pero se han utilizado hechos ficticios para ilustrarla, y otro tanto se ha hecho con los personajes. Lo propio sucede con los procesos inquisitoriales: la estructura y el funcionamiento de la Inquisición instaurada por los Reyes Católicos son reales, pero no los casos que juzga.

Ahora bien, en la reconstrucción histórica de los hechos reales en que se basa la novela se han respetado tanto los personajes como sus cargos o títulos y el curso general de sus acciones y movimientos. Citemos, entre ellos: Motechuzoma y sus sucesores; Carlos I y los miembros de su séquito, incluido Adriano de Utrecht; y Cortés y sus compañeros de campaña. Aunque Guifré y Domènech se insertan como ficción, sus acciones no alteran los sucesos históricos que involucran a los personajes reales.

En el terreno estilístico, *En tierra de dioses* también busca la cercanía con el lector. Por ello, los diálogos se desarrollan bajo las formas actuales de tratamiento (usted/tú, en lugar del vos de la época).

Manuel Pimentel
El arquitecto de Tombuctú

Enrique Cortés
La torre

Rosa Ribas
Entre dos aguas

Jennifer Weiner
Pequeños contratiempos

Santa Montefiore
El último viaje del Valentina
La virgen gitana

Leonardo Gori
Los huesos de Dios

Kathleen McGowan
La esperada

Gianrico Carofiglio
Con los ojos cerrados